桂冠译丛

看不见的人
INVISIBLE MAN

〔美〕拉尔夫·艾里森 著
Ralph Ellison

任绍曾 张德中 殷惟本 译

人民文学出版社
PEOPLE'S LITERATURE PUBLISHING HOUSE

著作权合同登记号　图字　01-2021-1406

INVISIBLE MAN
Copyright © 1947，1948，1952，Ralph Ellison
Copyright renewed © 1980，Ralph Ellison
Simplified Chinese translation rights © 2021 by Shanghai 99 Readers' Culture Co.，Ltd.
ALL RIGHTS RESERVED

图书在版编目(CIP)数据

看不见的人/(美)拉尔夫·艾里森著;任绍曾,张德中,殷惟本译.—北京:人民文学出版社,2021
(桂冠译丛)
ISBN 978-7-02-016882-8

Ⅰ.①看… Ⅱ.①拉… ②任… ③张… ④殷… Ⅲ.①长篇小说-美国-现代 Ⅳ.①I712.45

中国版本图书馆CIP数据核字(2020)第268244号

责任编辑　卜艳冰　张玉贞　汤　淼
封面设计　钱　珺

出版发行　人民文学出版社
社　　址　北京市朝内大街166号
邮政编码　100705

印　　刷　上海盛通时代印刷有限公司
经　　销　全国新华书店等

字　　数　448千字
开　　本　890毫米×1240毫米　1/32
印　　张　18
版　　次　2021年12月北京第1版
印　　次　2021年12月第1次印刷

书　　号　978-7-02-016882-8
定　　价　85.00元

如有印装质量问题，请与本社图书销售中心调换。电话:010-65233595

目 录

自　序　　　　　　　　　　　　　1

序　曲　　　　　　　　　　　　　1
第一章　　　　　　　　　　　　 13
第二章　　　　　　　　　　　　 31
第三章　　　　　　　　　　　　 65
第四章　　　　　　　　　　　　 91
第五章　　　　　　　　　　　　102
第六章　　　　　　　　　　　　126
第七章　　　　　　　　　　　　140
第八章　　　　　　　　　　　　150
第九章　　　　　　　　　　　　159
第十章　　　　　　　　　　　　183
第十一章　　　　　　　　　　　217
第十二章　　　　　　　　　　　237
第十三章　　　　　　　　　　　246
第十四章　　　　　　　　　　　280
第十五章　　　　　　　　　　　302
第十六章　　　　　　　　　　　317

第十七章	340
第十八章	366
第十九章	390
第二十章	402
第二十一章	422
第二十二章	438
第二十三章	455
第二十四章	488
第二十五章	509
尾　声	545

"你得救了。"德拉诺船长高声喊道,
感到越来越惊异,越来越痛苦。
"你得救了:是什么给你蒙上了这样的阴影?"

     赫尔曼·麦尔维尔:《本尼托·塞莱诺》

哈里: 我跟你说,你双目注视的不是我,
你笑脸相迎的不是我,你用诡秘的眼色
企图牵连的也不是我,而是另一个人,
如果你把我当成人,就让那躯壳
助长你的恋尸癖吧……

     T.S.艾略特:《家庭团聚》

自　序

　　一个小说家的作品最好交给批评家，不然，小说家能对自己的作品说些什么呢？批评家至少有条件去对付书页上的文字，而小说家呢，要解释文字被付诸写作的经过，这无异于指挥一个烟火精灵有序地撤退——不仅仅要把它赶回到传说中的那个魔瓶，而且要将它交付于一台此时已经报废的打字机的色带和键盘。就此部作品而言，情况更是如此，因为自从某个不可预想的瞬间开始，它已经是一篇完全自我、自由生成的小说了。因为，曾经有一度，我正埋头写一部完全不一样的小说，不觉间竟将它写成了一篇序言的开场白；接着继续往下写，开始挑战自己的想象力，这样大约经过七年之久。更有甚者，虽处于和平时期，我却一发不可收拾，把它写成仿佛是从人们认为的战争小说里脱胎出来的了。

　　这一切开始于一九四五年的夏天佛蒙特州的韦茨菲尔德的一个谷仓里，当时我正从商船队服役回来休病假；此时战争已经结束，我继续在纽约的几处住所，甚至在它那拥挤不堪的地铁里专注于我的小说创作。我在一四一号大街的一个改建过的训练中心待过，在圣尼古拉斯大街一楼一个一居室公寓住过，最意想不到的是，住进了第五大道六〇八号八楼。多亏碧翠斯和弗朗西斯·斯蒂格马勒的好心，当他们在国外的一年里，我住上了通常都是珠宝商住的一套套房。这时我才发现，在同行作家的一个漂亮办公室里写作，跟在拥挤的哈莱姆区公寓写作，其困难程度并无二致。然而，也有重要的相异之处，有些东西对我脆弱的自信心的帮助非同小可，它们后来也许全都变成了催化灵感的种种混合因素，被揉进了正在进行的小说创作之中。

房子的业主山姆和奥古斯塔·曼，想方设法确保我的写作不受打扰，我也只是花点时间午餐（他们经常做东），他们对我的写作给予鼓励。多亏了他们，我的生活作息像一个体面的商人；经常目睹屋子里有漂亮的珍贵物件来来往往，看着住客们对珠宝、钻石、白银、黄金的评估，我竟忘记了自身的经济条件。事实上这是八楼，也是最高的一层，我的小说也象征性地达到了这样一个高度；但是，这跟街面上的地下公寓有天壤之别。假如我不是在写一位在社会行为、动机和礼仪令人迷惑不解的道路上苦苦求索的人物，这天壤之别会使我失去方向。

饶有趣味的是，那些开电梯的工人常问我何以住进了如此豪华的房子；但这种事情，仅仅在高档住宅区里服务的门卫引领像我这类的人进入工勤人员电梯的那段时期发生。在六〇八号，类似的事从未发生过，因为一旦电梯工人们熟悉我之后，对我都十分友好。说真的，即便他们中那个博览群书的外来移民，也觉得我居然是个作家，怪有意思的。

但是正相反，圣尼古拉斯大街的邻居却认为，我是一个有问题的人。这事从表面上看是因为我妻子方妮；她有规律地上下班，而我却老是待在家，有人间或看见我带几只苏格兰小猎犬出去遛遛。然而，说到底，这是因为，无论在合法或非法的意义上，我都没有某个具体的身份，而我的邻居却对不同身份的人都非常了解。我既不是歹徒、赌场伙计，也不是推销员、邮局工人、医师、牙医、律师、裁缝、殡葬师、理发师，更不是牧师。一旦我张嘴，他们马上听出我有高学历的背景，同时，也十分清楚，我不属于左邻右舍的任何人群。我身份的不确定，使我成为不被信任的对象，他们觉得不安，特别是那些态度或处事方式跟法律和规章秩序格格不入的人。这使得大家都成为点头之交，他们对我保持一定距离，我也对他们敬而远之。但是，我依旧被怀疑：一个下雪初霁的午后，正当我从背阴的街道走到冬日的阳光底下，一个酒鬼妇女让我真正知道，我在她心目中各色人物的清单里，究竟处在什么位置。

我走近时，她正无精打采地靠在转角一个酒吧的门上，直冲着我，对她那些糊里糊涂的伙伴说，"看那边的黑鬼，一定是个他妈的情夫，因为打从他老婆有了小'奴隶'之后，我只看到他常在遛他那些短命的狗，拍他短命的照片！"

老实说，我被她对我如此低下的评价惊呆了，所谓的"情夫"，指的是吃女人软饭的人，这类人常常游手好闲、衣着华丽，或是干着十足心狠手辣的皮条客营生——所有这些品性我压根儿没有，她真的应该好好自嘲这种挑衅性的俏皮话。然而，她这样做无非是想得到一个应答，不管是生气的或是抚慰的应答；她醉得太厉害了，竟然不给我存在的阴影投去一丁点儿的光亮。所以，我不仅不生气，反而觉得乐了；既然，在回家的路上手里攥着通过给人拍照合法得来的五十元钱，我有理由为自己心里的这个秘密偷着乐呀。

即便如此，醉酒妇人这事刚好发生在我经济上马上要安排好的时候，这一安排使我的写作计划能得以实现；当然这也是我小说背后的故事。我妻子真的为我家的收入作出可靠的贡献，而我只是顺其自然地赚一点小钱。在我写小说的过程中，她的行当是替几个不同机构做秘书，后来竟做到美国对缅甸的医疗服务中心的执行主任，这个团队支持著名的"缅甸外科大夫"加登·斯其夫。至于我本人，我写一些书评，卖一些文章和小说，业余也替人拍一些照片（包括为弗朗西斯·斯蒂格马勒和玛丽·麦卡锡新书的封面拍摄肖像照片），制作音响放大机，安装高保真音响系统。我还有一些在船上工作时攒下的积蓄，一笔罗森沃尔德补助金和追加款，一家小出版社的预付款，有时，也得到我们朋友和艺术赞助人、已故的 J. 西莎·古根海姆夫人的按月补贴。

很自然，我们邻居对此一无所知，房东也被蒙在鼓里，他把写作看成有问题的职业，一个好端端的青年人为什么要干这个。于是，趁我们不在时，他会偷偷潜入我们的公寓，将里面的纸张和书本乱翻一气。再说，既然自己像赌博一样不管不顾地选择了做职业作家，对类似的闲气，一定要有足够的心理承受能力。很幸运，我妻子对我的才华很有信心，对我的幽默感，而且热衷于为邻里做善事，也是褒奖有加。我也并非没有自知之明，看不到这种滑稽行为只不过是种族限制在社会上的一种动向；这使得我每天要离开黑人聚居地去另一处上班，在那里陌生人会质疑我的人格；其实这不过是因为我们常见的肤色，以及我稍稍有些不合大家的行为规范罢了；要在绝大多数是白人居住的环境里找到避难所，如果对自己的肤色和身份认识不清，终究会默默无闻，置身于公众视线之外。回想起来，好像写"无形性"使我变得既透明又模糊，在愚昧无知小村庄的地方主义与大都市那种无害的漠不关心之间摇摆不定。要是对在多元化社会里取得当作家的知识很困难有着足够的认识，那么，这样做对美国的作家来说不失为一个不错的行为准则。

除了在第五大道，这部小说的很大部分是在哈莱姆完成的；在那里，我们共有的种族和文化背景下发出的声音、言辞、民间传说、传统以及对政治的关注度等，成了最主要的写作素材。另外，写这部小说时花了多少努力去掌握经济学、地理学和社会学知识啊；下面，让我们回到写此小说起始时的情况吧。

这个故事被那种对无形性头头是道的声音所掩盖（这样说很中肯，因为它后来被证明对现在的小说来说是错误的一步）。小说集中描写一位美国飞行员，他被俘后被关在一个战俘营里；因为在俘房中官阶最高，按照惯例，他被指派为狱友的代言人。可以预见，戏剧性的冲突开始了；因为他是这些美国人当中唯一的黑人，由此产生的一幕幕种族冲突，都被德国战俘营的长官为了自己取乐而加以利用。既要极力反对国内外的种族主义，又要维护他和白种同胞共同提倡的民主价值观，我的飞行员，被迫用他的个人尊严意识和刚刚觉醒的人类孤独意识去寻求支持，用以鼓舞自身的斗志。他觉得，像马尔罗雄辩地写出的那样，战争会带来强有力的兄弟情感，此种景象还未出现；使他备感意外的是，他发现自己唯一的理由，是要像对待同志那样去对待他的同胞；这种理由恰恰来自那些陈旧的、没有被遵守的诺言；这些民族的口号和言辞被说得头头是道，正像海明威《永别了，武器》的主人公从卡波雷托撤退时发现的那样，有多么可恶可憎。海明威的主人公成功地把战争甩在身后，选择了爱情，而我的飞行员，既不能逃跑，又没有一个爱他的人在等着他。因此，他既必须重申绝妙的民主理想，同时还要帮助那些瞧不起他的人，以便得到应有的尊严，或是接受毫无意义的空等待；这就等同于拒绝自己的人性。最具讽刺意味的是，所有这一切基于这样一个事实：他的对手当中，谁都不知道他内心的苦苦挣扎。

毫不夸张地说，所有这一切听起来有点极端，然而从历史上看，这个国家的军事冲突，至少对非裔美国人来说，是战争中的战争。比如，南北战争，最后一次印第安人战争，西班牙-美国战争，两次世界大战等。而且，为了履行作为一个公民的义务，黑人常常有必要为自我肯定的权利而斗争。于是，我的飞行员准备为战争作最后的牺牲，这是多数政府要求它们身体健全的公民应尽的义务；但是对于他，他的生命好像比跟他作出了同样牺牲的白人要不值钱。这种事实导致活生生的折磨，由于明白了这一点，紧张的螺丝被拧得更紧了；一旦和平条约生效，德国战俘营里的长官可以移居美国，马上享受到自由的权利，但所有这些，多数英勇的黑人士兵是无权得到的。这样，民主理念和英勇征战，都被弥漫着的种族和肤色的神秘性变得荒谬绝伦。

我自己选择了把在商船服务作为更民主的服役方式（我过去有一位同事，是位诗人，他第一次出海便死在了离摩尔曼斯克不远的地方）。作为水手，有一次我在欧洲上岸，遇见许多黑人士兵，他们生动地诉说了自己遭遇的不很民主的对待，而民主是他们为之战斗和努力争取的东西。因为我有一位神父在圣胡安山、菲律宾和中国作战，我知道这类抱怨声发自非常典型的美国两难困境：你在战场跟黑人士兵讲平等，而到了和平时期，为什么就不给他们平等权利了呢？我也听到一些黑人飞行员的磨难和遭遇，他们在隔离营受训，遭到白人军官和士兵的百般侮辱，但后来还是不让飞上天去履行作战任务。

其实，我以前出版过关于此类故事的短篇小说，在将经验改编成小说的尝试中，我发现其中蕴藏着的戏剧性，远比我想象的要复杂。因为，我用黑与白、多数与少数冲突的提法去设想问题时，直面一个白人军官拒绝承认一位黑人的人性，不把他学好技术的同时改善自己的经济状况，当作一种有尊严的报效祖国的行为；我终于明白，这位飞行员在经受着看不见自己的困难。而这一切，是他自己的群体属于哪一阶级跟文化上的差异的矛盾情绪所造成的，这种情绪，被一次意外的经历强化了；有一次他的飞机坠落在一位黑人佃农的种植园里，佃农的观点和习俗勾起他对部队的不堪待遇和同为奴隶出身经历的惨痛回忆。作为身处两个世界的人，这位飞行员感到自己被这两个世界所误解了，因此，处于哪个世界他都很不自在。简而言之，这部小说描写了为证明自我价值、为获得个人尊严而取得切实有力的支持所做的自觉努力。我并不知道他跟看不见的人有无亲缘关系，但是，他身上确实有着这样的苗头。

在同一时期，我发表了另一个短篇小说，写的是一位非洲裔水手的故事。他在南威尔士的斯旺西上岸休息，在斯旺西直街上，因为战时灯火管制，他在黑暗中被一群白种美国人打成了"熊猫眼"，被迫和这个恼人的所谓"美国人"身份作斗争。但是，这桩事对自省的压力却来自一帮威尔士人，他们出面救了他，而且出人意料地把他称作"美国黑佬",把他邀请到一家私人酒吧喝酒,而且唱起了美国国歌,表示对他的尊敬。这两篇小说都发表在一九四四年,可是到了一九四五年,在佛蒙特的一个农场,一个由年轻黑人身份引发的问题,更令人百思不得其解。

用熟悉的经验编织故事、搜集具体背景中的人物形象,对我来说驾轻就熟,现在我要面对的,却是被一种无实质性的、空洞的声音所嘲弄。在我构思一部以当时正在进行的战争为基础的小说的时候,让我一直关注的声音带来的冲突,自南北战争之后从未终止。如果以过去的经验为题材,即便要表达复杂的人类情感,或基于独特的个人所面对的哲学取舍,我总感觉得心应手,有着历史安全感。我想,这种题材,对于写一部美国小说,绝妙无比,但对一位初出茅庐的新手,是一个极大的挑战。所以,我的写作被来自南方讽刺性的声音所打断,我心里十分恼火,犹如听人演奏布里顿的《战争安魂曲》时,号手突然吹出了刺耳的调调那样,觉得遭到了不文明对待。

因为这种声音使我十分明白,我是绝对不能写科幻小说的;事情也果真如此。事实上,这好像是在嘲弄我,暗示多数非裔美国人遭遇种种困难,多半是因为我们的"高可视性",这是一种违背科学的社会学观点;最近,有两句流行话,既阴险又具两面性:"温和的忽视"和"逆向歧视",两者合起来,意思就是"让那些黑鬼疲于奔命吧——但一定要让他们待在老地方"。我的朋友拿它开玩笑有好几年了,意思是,比我们更黑的兄弟明显感觉被"制约与平衡"——受到更大程度的制约而不是平衡——这是因为他们那闪闪发光的黑色;然而,在美国人心里,对此紧张性的感觉如何呢,多数白人对此尴尬局面伪装成道德上的视而不见;这也包括最近到来的几波移民潮,这些外来人拒绝接受这样的事实:他们虽然遭到二等公民的待遇,却也广为受益,不过他们还是把怨气撒在南方白人的身上。

这样，尽管社会学家提出了一些温和的主张，而"高可视性"其实能让人真正不被看见——不管是正午时分梅西百货商店的橱窗，还是在为白人至高无上而献祭的仪式上那被熊熊火炬或闪光灯照耀的时候。有了这种认识，鉴于种族暴力的持续和法律保护的缺位，我不禁问我自己，除了大笑，还有别的什么能支撑坚持下去的决心？这种笑里面隐藏着一丝欢欣，只是我不曾感到，不过这种笑声是否比大发雷霆要好呢？这是一种秘而不宣、苦苦得来的智慧，也许它能够帮助一名辛勤奋斗着的非裔美国作家获得一种有效的策略，更好地来表达他的想象力吧？

这是一个令人吃惊的主意，不过在这种带有布鲁斯音调的笑声的余音里，我发现自己受到了感染而有了这样一种心态：突然间，我觉得不管是时事、记忆还是历史文物都开始结合在一起，形成一个模糊、但是十分有趣的新视角。

在无形性的发言人发出干扰之前不久，我在附近的佛蒙特村看到一张"汤姆秀"的海报；"汤姆秀"指的是早已被人遗忘的、根据斯陀夫人《汤姆叔叔的小屋》改编的一种由白人扮演黑人的歌舞剧。我想这是一种成为过去的娱乐了，但是在安静的北边小村庄，它依旧鲜活而有生命：名叫伊莱扎的女孩在冰面上拼命逃跑，滑倒又爬起来——那是在第二次世界大战之际——为了逃脱奴隶主猎犬的追捕……哦，*我逃到山上/去那儿躲藏/小山叫喊着/无处能躲藏/无处能躲藏/在这儿山上！*

不，诚如威廉·福克纳坚持认为的那样，这不是人们都以为的过往历史，而是鲜活现实的一部分。这在悄悄地、执拗地，甚至富有技巧地刺激着观众和被观赏的景象，刺激着物品的制作、人们的言谈举止和社会氛围；它持续不断地发声，即便无人愿意倾听。

因此，当我倾听时，曾经一度模糊的事物变得清晰了，这是一些古怪的、不期而遇的事情。正像海报使我想起，一个国家以道德为借口所呈现出的那种坚韧性，假如采用服饰等外部标识来包装种族老习俗，那么即便最痛苦的悲剧经验，也会轻而易举地演绎成为白人扮演黑人的闹剧。即便是随意得到的朋友或熟人的信息，也会变作慢慢形成的暗示模式。我们的主角，这对混血夫妇，那妻子的爷爷，是一位土生土长的佛蒙特人，在南北战争中做过将军，这为海报的呈现效果增加了新的看点。老照片、顺口溜、谜语、儿童游戏、教堂祈祷、大学仪式、恶作剧、政治活动等细节，是战前我在哈莱姆观察到的——一切都被有条不紊地记录了下来。我在《纽约邮报》上对一九四三年的动乱做了报道；早些时候还鼓动释放安吉洛·赫恩登和斯科茨伯勒的男孩们；跟随小亚当·克莱顿·鲍威尔示威游行，最终在他的努力下，取消了一二五大街商店里的种族隔离；同时参加了封锁第五大道、抗议德国和意大利在西班牙内战里所扮演的角色的斗争。一切事情都成了我小说的有用素材。有一些素材大声说出，"这里就用我吧"，而有些事实却有点扑朔迷离。

我忽然想起读大学的时候，有一次打开了一只橡皮泥做的大盆子，是南方一个美术馆赠送给一位残疾的雕塑家朋友的；我发现里面包裹着一组油腻腻的塑像，它们是按照矗立在波士顿广场、圣戈登纪念碑上罗伯特·古尔德·肖上校以及他所属的马萨诸塞第五十四黑人步兵团战士的形象塑成的。我不知道，为什么要做得如此表面化，不过，也许这是在提醒我，因为我正在写小说，有意无意地收集黑人和白人友好相处的形象资料，要我尽量想方设法回顾亨利·詹姆斯的兄弟维尔基，他以前曾和一帮黑人弟兄并肩作战；肖上校的尸骨也跟士兵们的尸体一起埋在了沟里。也许，它还在提醒我，战争可以跟艺术一起，被改造成远比表面的暴力更深刻、意义更深远的东西……

不管怎样，现在看来，这种无形性的声音源自美国复杂的地底深处。我最后得去寻找这种声音的主人，多荒唐和不可思议呀，他竟然（颇费一番周折找到）住在一个废弃的地窖里。当然，搜寻的过程远比想象的要复杂得多，不过这就是一部酝酿过程中的小说，由内到外、由主观到客观这样一个过程，以及它丰富的内涵和超现实的内核……

即便如此，我还是更想闭上耳朵，继续写我中断了的小说，但是就像许多作家一样，碰到了康拉德所说的"破坏性的因素"，我依然我行我素，进入超感受性状态；这是一个小说作家难以回避的糟糕情况，即便已经出现了创作过程中最朦胧的情感苗头。因为他马上知道，这种无序的零星印象，可以成为想入非非的念头所馈赠的意外礼物，如果观察得当，可以提供构思过程中思如泉涌所需的材料。另一方面，它们也会将你击垮，把你埋在举棋不定的流沙之中。为了避免写成又一部所谓反对种族歧视的小说，我正在兴致勃勃进行人性比较研究，我想任何有价值的小说都应该写这个题材；而这种声音看起来好像正引领我朝这个方向努力。但是，当我倾听这嘲讽的笑声时，我盘算着哪一类人可以用这种口气说话，我想他必须是一位有过美国地底下社会经历的人，但必须给人以稍有些讥讽、但不是愤怒的印象。他将是一位用布鲁斯声调嘲笑创伤的人，而且将自己融入控诉人类境况不公的行动之中。我喜欢这个想法，在设想他应该是怎样的发言人的时候，我终于把他跟正在发生的冲突、悲剧和喜剧联系在一起，所有这些，也就是我们这些人自打放弃重建以来所花精力的指归。经过苦苦劝导，要他稍加暴露一些自身，我弄明白了，他无疑是个"人物"，而且是双重意义上的人物。我同时也注意到他很年轻，手中没有权力（想想那个时期黑人领袖们经受的困难），但有决心做好领导人的角色，也是一个注定要失败的角色。反正我也没有失去什么，就权当给自己提供一个成功或失败的广阔平台，虽然相隔遥远，我还是把他跟陀思妥耶夫斯基小说《死屋手记》的讲述人联系起来，这样我开始构思小说的情节变化，而他呢，开始考虑我们共同关心的小说形式问题，以及由多元性文学传统带来的一些问题，我本人也是源自这一传统的。

诸多的问题之一是，为什么非裔美国人小说的多数主角（更不要说由白人写的小说里的黑人角色）没有一点文化修养。他们的形象常常出现在社会斗争非常激烈的场合，在最为极端的人类困境中苦苦挣扎，却很少能说出自身受煎熬的原委。并不是许多能干的个人真的不善辞令，而是在现实生活中确实有太多的例外，他们不能给敏锐的小说家提供很好的实例。即便他们在现实里不存在，但是为了有利于小说的表达和提供人类潜力的实例，我们很有必要去创造他们。亨利·詹姆斯曾经就笔下"超敏感"的角色教导我们，那些人物用他们受过教育、上流社会的方式，来体现美国社会良知的美德。这种理想的人物在我生活的世界里难以寻觅，但是谁都不知道，这个社会里，许多东西都是不被知晓、不曾记录的。另一方面，我觉得一个美国小说家一直面临的挑战，就是要用雄辩去武装他不善言辞的人物、场景和社会进程。因为只有做这样的尝试，他才能真正以美国艺术家的身份完成自己的社会责任。

由此可见，艺术和民主的利益在此是一致的，培养和造就自觉的、善于表达的公民是我们这个民主社会的既定目标，创造自觉而又能表达自己的人物是不可或缺的，也是创立响当当的创作机构所需要的；通过这些机构，才能实现小说创作形式的有机统一性。作家通过把意思加之于不同的美国生活经验，寻求创造种种形式，让里面的行为、场景和人物不仅仅只是为直接的自我说话；为了实现这个目标，作家切实掌握语言尤为重要。因为受到命运的嘲弄（尽管还有种族问题），人类的想象力是一样的——影响民主进程的离心力的作用也是如此。虽然说，小说仅仅是象征性行动的一个形式，一个"假如"的游戏，不过里面确实有它的真正功能和影响发生变化的潜在功能。但是从最严格意义上说，正如政治可以发挥它最大的功能一样，小说对人类理想的实现也是一种推动力。

经过一个微妙的对世界事物否定的过程，它慢慢接近了这种理想；而这一切事物，都是以人为的正面事物复合体的形式出现的。假如，实现政治平等的理想要我们逃避现实的话——这是一直这样在做的——仍然存在建立一个理想的民主制度的虚构憧憬；在这种民主制度里，要求现实跟理想结合，给我们提供一系列表现事态的形式：无论身居高位或地位卑贱，黑人和白人，北方人和南方人，土生土长的和外来移民，一起都来告诉我们什么是卓越的真理，什么是真正的希望——就像马克·吐温把哈克和吉姆放在了同一只筏子上那样所体现出的希望。

这个情节暗示我，一部小说可以变成一只充满希望、洞察力和娱乐之筏，帮我们在上头漂浮，绕过障碍和漩涡，摇摇摆摆地朝着或远离理想的民主目标前进。当然，小说还有别的目标。然而，我还记得，在早些时候，共和国建国之初，大家都认为，每个个体公民都有可能成为（或应该有准备成为）总统。因为，民主制度不仅被看作个人的集体，也如 W. H. 奥登界定的，政治能人的集体，依靠我们引以为荣的普及教育制度，这些能人可以准备好治理它。诚如事情的结果，这种可能性有点靠不住——但也不是完全不可能，就像最近一位种花生的农民和一位电影演员所提供的例子证实的那样。

不过，即便对非裔美国人来说，他们暂时还抱有希望，因为在重建时期，华盛顿也有黑人当上议员的。我也看不出有任何理由，让我们对政治可能性的谨慎看法（我开始写这部小说不久，A. 菲利普·伦道夫威胁敬爱的罗斯福总统，要在华盛顿举行示威，反对向黑人开放军事工业）不恰当地限制了我们的小说家，凭想象去描述这些可能性，这些可能性既存在于非裔美国人的人格上，同时也存在于受限制的美国社会结构上。我的使命是超越这些限制。诚如马克·吐温所证明的那样，小说可以当作治疗政治弊端的一剂开心良药。现在，甚至自一九四五年至今，非裔美国人在跟环境作斗争时，屡屡败下阵来，谁也不知原因何在；像贝尔兔和他更有文学修养的弟兄们（这些悲剧和喜剧的英雄），不应该被允许从压制他们的力量中去抢夺自觉意识的胜利。因此，我应该塑造一位既能做又能想的叙述者；在此，我看到一种有主见的能力，它是克服盲目追求自由的前提。

因此，我的任务是，揭示潜在人类困境中的人性共性，不管他们是黑人还是美国人；我把它看作表达我对可能性的个人观点，也把它看作对付纯粹修辞学的挑战；这些挑战有关跨越种族、宗教、阶级、肤色和地区等障碍——这些障碍包括许多设计好并继续起作用的区分策略，用以避免或多或少会影响到对黑人和白人和睦相处这个现实的自然认识。然而，为了驳斥全国性拒绝接受共同人性的倾向，而这种人性，是我的人物和那些碰巧读到过他经历的人所共同拥有的；我觉得有必要给他某种世界观，给他一种能够提出严肃的哲学问题的自觉性，给他拥有能够表现我们祖国语言丰富性的词汇，编织一个故事情节，让他跟美国的各个类型、在社会各个层面服务的人相沟通。最为重要的是，我认为有必要把种族的成见，看作社会进程和前进的既成事实，把读者接受虚构的真理能力当作赌注，揭开社会成见想要掩盖的那种人性的复杂性。

然而，有人以为，所有写作过程都十分严肃，这种观点实属误导。因为，事实上，写作的过程充满极大乐趣。我知道我在编织一部小说，一种文艺的形式，人们允许我利用小说的功能通过讲述一个"谎言"来呈现事实，或是这就是非裔美国人民间对即兴创作的故事的看法。我曾一度在理发馆工作，那里各色口头文艺形式层出不穷，我因此知道我既可以利用小说的文化丰富性，也可利用民间故事的文化丰富性来写故事；因为对自己的水平没有把握，我要随时改变对素材的处理方法，正像一名爵士歌手用如一场疯狂的星暴变形来处理他的音乐题材。当我意识到开场白里的有些词，同时包孕了开头和结尾里出现的词汇幼芽，我自由自在地享受着事件和人物在脑海里纷至沓来时的那种惊喜。

确实有许多惊喜。在这本书完成之前的五年，弗兰克·泰勒——他给了我第一本书的出版合同——将其中一节带给了英语杂志《地平线》的编辑西里尔·康纳利看，后来这一节发表在一期献给美国艺术的专刊上。这标志着第一节小说的刊出时间；不久之后，它被登载于一九四八年、如今已停办的《年度杂志》上——这一情况引起学者对出版的版权时间，即到底是一九四七还是一九四八年的争论。全书的确切出版时间是一九五二年。

这些惊喜有鼓舞人心的，也有令人沮丧的，因为在初尝胜利的喜悦之后，我担心的是，这单独的一节里大混战的场面，也许是小说里唯一让读者感兴趣的部分。我一直坚持写了下去，直到最终到了与我的编辑艾伯特·厄斯金的合作变得有意义的时刻。其余部分，诚如常言所说，都是历史。我的最大愿望是，卖出更多的书，不致让出版社亏本，再者，不要让编辑的劳动付诸东流。但是，诚如我一开头说的，这始终是一本最随意、最自发的小说，这句话已经被这里的事实所证明；难以相信，时隔长长的三十年之后，我竟然又一次动笔为它写点什么了。

拉尔夫·艾里森，一九八一年十一月十日

（黄遵洸　译）

序　曲

　　我是一个看不见的人。可我并不是缠磨着埃德加·爱伦·坡的那种幽灵，也不是你司空见惯的好莱坞电影中那些虚无缥缈的幻影。我是一个有形体的人，有血有肉，有骨骼有纤维组织——甚至可以说我还有头脑。请弄明白，别人看不见我，那只是因为人们拒绝看见我。在马戏的杂耍中，你常常可以见到只露脑袋没有身体的角色，我就像那样，我仿佛被许许多多哈哈镜团团围住了。人们走近我，只能看到我的四周，看到他们自己，或者看到他们想象中的事物——说实在的，他们看到了一切的一切，唯独看不到我。

　　我成了看不见的人绝不因为我的表皮在生化上有什么变异，而是因为我所接触到的人眼睛古怪。问题出在他们**内在**眼睛的构造上，所谓内在眼睛就是他们透过肉眼观察现实的心灵的眼睛。我既不满腹牢骚，也不一再抗议。别人看不见你有时也有好处，尽管这往往会使你烦躁不安。再说，你常常会被视力不佳的人碰撞。还有，你时常会怀疑自己是不是真的存在。你会疑惑自己是不是别人脑子中的一个幻影，比方说，是睡梦中的人千方百计想毁掉的那种噩梦里的人物。当有这种感觉的时候，为了发泄怨恨，你就会蓄意撞人。说句心里话，这种感觉是经常存在的。你急切地要使自己相信你确确实实存在于这个现实世界里，存在于这喧嚣和痛苦之中，你挥舞拳头，你诅咒发誓要使他们承认你。可是，唉，不见得会有什么结果。

　　一天晚上我不巧撞了一个人，也许是因为天快黑了，他看见了我，用侮辱性的字眼喊我。我随即向他扑了过去，一把抓住了他的外套翻领，要他道歉。他是一个身材高大、白肤黄发的男人。当我的脸凑近他的脸时，他那一双蓝眼睛傲慢地盯着我，口里还在谩骂，嘴巴里的热气直往我脸上喷，一边使劲挣扎。我学着我见到过的西印度群岛的人的样儿，将他的下巴接二连三地狠狠往我的头上猛磕。我感觉到他已经皮开肉绽，血流如注了。我高喊："赔个礼，赔不是，赔不是。"然而他还继续咒骂，不断挣扎，于是我就一个劲地这样磕他，最后他沉沉地瘫了下去，跪在地上，血流不止。他满口血泡，但还是从血口中喷吐出谩骂的语言。我简直发狂了，飞起腿来不停地往他身上踢。嘿，我就是要踢这小子！盛怒之下，我掏出了刀子，准备在那条僻静的街上，就在街灯下面割断他的喉管。我一手抓住他的领口，用牙齿拉开了刀子——此刻我猛然想到这个人并没有**看见**我，确实没有看见我；他还以为自己在梦游！我收起了刀，在空中一挥，顺手就把他往后一推，让他摔倒在街上。一辆轿车的灯光划破了黑暗，我直瞪瞪地盯住他。他躺倒在柏油路上，低声呻吟；他一条性命几乎断送在一个幽灵的手中。这倒把我吓坏了。我既感到厌恶，又感到羞愧。我像一个醉汉，两条腿发软，摇摇晃晃。然而我又感到好笑。这家伙的笨脑袋里冒出了个蠢念头，害得他几乎送了命。这个绝妙的发现不禁使我大笑了起来。在死亡临头的一刻，他会不会清醒？死亡本身会不会使他自由，从而可以清醒地生活？我并没有在那里滞留，我跑到了暗处，捧腹大笑，我笑得那么厉害，真怕自己给笑坏了。第二天我在《每日新闻》上看到了他的照片，上方的标题讲他遭人"抢劫"。我深切地感到同情。暗自想，可怜的蠢货，可怜的瞎鬼，竟让一个看不见的人抢劫了！

通常我并不显得多么狂暴（尽管我对于当今的暴力已不像过去那样采取不闻不问、拒绝承认的态度）。我不会忘记，我是个看不见的人，走路得轻轻的，不要惊醒熟睡的人们。最好是不要惊醒他们，世界上要数梦游的人最危险了。然而我最终认识到我可以暗中与他们作对，而他们自己却被蒙在鼓里。比如，一段时间以来我一直在和独营电灯电力公司斗。我用他们的电,分文不付,但他们一点儿也不晓得。对,他们怀疑漏了电,可他们查不出在什么地方。他们只能凭电站的总电表,查看出大量的电在哈莱姆区流失了。当然,妙就妙在我并不住在哈莱姆区,而是住在两区交界的地方。几年前(在我意识到别人看不见自己的好处之前),我照章办事,花钱请他们供电,付给他们昂贵的电费。现在我可不一样了。这一套我不干了,公寓退掉了,原来的生活方式放弃了。过去的一切都出于一个错误的假设:我和旁人一样,是别人看得见的。现在我意识到自己是个别人看不见的人,于是就分文不付地住进了专门租给白人的一所公寓,占了地下室的一块。早在十九世纪这个地下室就已经封闭,被人遗忘了。有一天晚上,煞星拉斯追捕我,我在逃跑之中发现了这个住处。不过这话扯得太远了,快到故事的结尾了。虽然故事开头里面就包含着结尾,但是说来话还很长呢。

反正我寻到了一处住所——或者说在地上找到了一个洞,随你怎么说都行。不过可不要马上得出结论说由于我管我的家叫"洞",这地方就一定像坟墓那样阴湿寒冷。洞各有不同,有阴冷的也有暖和的。我住的就是一个暖暖和和的洞。请记住:熊总是躲进洞里过冬,直到春天才像破壳而出的复活节雏鸡一样从洞里摇摇摆摆地走出来。我唠叨这些,无非是要让你了解:不要以为我是个看不见的人,又住在洞里,就当我死了。这种看法是不对的。我既没有死去,也没有昏厥。叫我杰克熊吧,因为我正在冬眠。

我的洞温暖如春,光线充足。确实是光线**充足**。恐怕走遍整个纽约也找不到像我这个洞这样明亮的地方,即使百老汇也不例外。帝国大厦晚上灯火通明,连摄影师也觉得光线理想,但也比不上我的洞。那是骗人的。这两个地方看来明亮,其实是我们整个文明最为黑暗的场所——请原谅,我该说我们整个**文化**最为黑暗的地方(听说,文明与文化有重大的差别)——这话听来像是在开玩笑,自相矛盾。但是，就说矛盾吧，世界的运动本身就是矛盾的：它并非直飞如箭，倒像飞镖一样旋回原处。（当心那些说历史是以**螺旋形式**运动的人们。他们正在准备投掷飞镖。你手边可要准备好一个钢盔。）这我是一清二楚的。我已经给飞镖劈头打中得够多了，所以我能看到光明中的黑暗。我挺喜欢光。你或许会感到奇怪，一个看不见的人竟然还需要光、渴望光、珍爱光。也许正因为我**是**个看不见的人才这样的。光证实了我的存在，赋予我形体。有一个美丽的姑娘曾经告诉我，她几次三番做了同一个噩梦。她梦见自己躺在一个偌大的黑洞洞的房间中央，只感到自己的脸不断膨胀，结果成了无形无体的一团，把整个房间都塞满了，同时她的眼睛成了胆汁般的糊状物，穿过烟囱直往上冒。我的情况就是这样。没有光，不仅别人看不见我，而且无形无体。意识不到自己的形体，活着就跟死了一样。就拿我自己来说吧，活了二十来年，直到发现自己是个看不见的人，才意识到自己是个活人。

　　这就是我和独营电灯电力公司做斗争的原因。更深一层的原因是，这一斗争使我感到自己充满活力、生气勃勃。我和他们斗还因为在我学会维护自己的利益之前，他们刮了我许许多多的钱。我在地下室的那个洞里，总共装了一千三百六十九盏灯。我在天花板上拉满了电线，哪怕寸把大的地方也不放过。而且我没有用日光灯，而是用那种老式的耗电多的灯泡。要知道，这可是蓄意的破坏行为。我已经开始在墙上装电线。我熟悉一个收旧货的人，他很有点见识，是他向我提供了电线和插座。不论在什么情况下，暴风骤雨也好，洪水泛滥也好，我们都需要光，需要更充足的光，更明亮的光。真理就是光明，光明就是真理。四周墙壁上装了电线以后，我就要着手在地板上装。装好了以后怎么样，我心里还没有数。不过，要是你像我一样，不被人看见地生活了那么久，你就会别出心裁。这个问题我总会解决的。说不定我能发明一个小机械，我躺在床上不用起来，它就能给我把咖啡壶放在炉子上，兴许我还能发明一个小玩意来暖暖我的床——我在一本画报上面看到有人发明了一种能暖鞋的小玩意！说不定我也有这样一点能耐。我虽然是个看不见的人，倒也继承了美国人敲敲打打、修修补补的伟大传统。这就把我和福特、爱迪生和富兰克林联结起来了。既然我有理论，有观点，你就管我叫"爱动脑筋的修补匠"吧！我的鞋子确实得暖一暖；因为那鞋上面到处是洞，实在要暖它一暖。这事我得做，当然还有其他事要做。

现在我有了一台无线电唱机，我筹划着要搞它五台。没有音乐，我这个洞里显得死气沉沉的，所以一放音乐，我就不仅凭听觉而且用整个身体来**领略**音乐的颤动。我喜欢听路易斯·阿姆斯特朗①的五张唱片同时播放，唱着"我作了什么孽落得如此伤痕累累"。有时，我一边欣赏路易斯的音乐，一边享受我爱吃的甜点：香草冰淇淋和黑刺李酒。我把红色的酒倒在白色的冰球上，看着它晶莹发亮，一团团雾气徐徐上升，此时路易斯似乎也用军乐器奏出了抒情曲。路易斯·阿姆斯特朗善于从看不见中创作出诗意来，也许这是我喜欢他的原因。我想他具有这样的表现能力一定是因为他并没有意识到自己也是看不见的人。我对看不见的充分了解有助于我理解他的音乐。有一次我向人讨支香烟，结果几个爱开玩笑的家伙给了我一支大麻卷烟。回到家里听唱片的时候，我就点着抽了。那个夜晚可有点不可思议。让我说给你听吧。看不见对于时间有一种与众略微不同的感觉。从来弄不准时间，有时抢在时间前头，有时落在时间后头。对于看不见，时间并不是连续不断、无法察觉的长流。在某一个点上，时间会停顿下来，然后又向前飞逝。可以感到时间的这种节点。可以钻进时间的缝隙，环顾四周。听路易斯的音乐，你就能隐隐约约有这种感觉。

---

① 路易斯·阿姆斯特朗（1901—1971），美国著名爵士音乐家。

有一次我看到一个职业拳击手在和一个乡巴佬交手。拳击手动作敏捷，技术惊人。他迅速而有节奏地不停跳动。乡巴佬吃了他不下一百拳，被打得晕头转向，举起了手臂。突然，乡巴佬像一阵狂风，挥舞着戴着拳击手套的双手左右急速移动，只见他一拳下去，打得拳击家像霜打的苗一样蔫了。什么技巧、速度、步法都统统无济于事了。赌注扔到了拳击台上，乡巴佬不畏强手取得了成功。原来他钻进了对手的时间意识。由于大麻烟的作用，我发现了一种欣赏音乐的新的分析性方法。运用这个方法就可以欣赏听不到的音乐。它的每一个旋律都自成一体，比其他部分更为清晰突出，一节过后就有个停顿，再由其他部分发出不同的乐音。那天晚上我不仅在时间的领域里，而且在空间的领域里欣赏音乐。我不仅进入了音乐，而且和但丁一样沉浸在音乐的深处。在快速炽烈的表层下面我发现了较为缓慢的节奏，发现了一个洞穴。我走了进去，环顾四周，只听得一个老年妇女在唱黑人圣歌，跟吉卜赛歌曲一样充满了忧戚的情绪。在这一层次下面还有较低的一层，那儿我见到了一群奴隶主正在为一个赤身裸体的姑娘叫价。这姑娘生得细皮嫩肉、十分标致，正站在他们面前苦苦哀求。她的声音和我母亲的十分相像。在这下面我找到更低的一层，节奏也更快了，只听得有人在高声布道：

"兄弟姐妹们，今天早晨我要宣讲的题目是《黑中之黑》。"

一群人齐声应道："那是黑透了，兄弟，黑极了……"

"起先……"

"最初的时刻……"他们大声呼喊。

"是一片漆黑……"

"就讲这个……"

"还有，太阳……"

"太阳，上帝呀……"

"血红，血红……"

"红的……"

"这时黑成了……"布道者高声讲道。

"血红的了……"

"我说黑成了……"

"讲吧,兄弟……"

"然而,黑又不是……"

"红的,天呀,是红的:上帝说是红的!"

"阿门,兄弟……"

"黑会使你遭殃……"

"对,黑准会使你……"

"然而,黑又不会……"

"现在,不会了!"

"黑准会使你……"

"黑准定会,主啊……"

"它又不会了。"

"哈利路亚……"

"黑会把你投进鲨鱼的肚子,荣耀归于上帝!"

"讲吧,亲爱的兄弟……"

"叫你试它一试……"

"至善、全能的上帝!"

"奈莉老大娘!"

"黑会使你成为……"

"黑……"

"要不就叫你完蛋。"

讲到这儿,只听得一个小号般响亮的声音冲着我喊道:"滚出去,你这个浑蛋要造反啦!"

我急忙离开。唱圣歌的老妇人还在低吟:"诅咒你的上帝,孩子,然后就死去吧。"

我停下脚步,询问她究竟出了什么事。

"孩子,我满心爱戴我的主人。"她说道。

"你该恨他。"我说。

"他给了我几个儿子,我爱这帮儿子,所以虽然我恨他,可我总得爱孩子的爹。"

"对这种既恨又爱的矛盾心理我也挺有体会,"我说,"我此刻之所以在这儿出现,就是因为这种矛盾的感情。"

"你说什么?"

"没啥。那是个不说明问题的词儿。你为什么呻吟呢?"

"我这般呻吟都是因为他死了。"她说。

"那么请问,在楼上笑的是些什么人呢?"

"那是我的几个儿子,他们可高兴啦。"

"这我能理解。"我说。

"我也跟着他们笑了,不过同时我也悲叹。他嘴上说要给我们自由,可是他怎么也不肯兑现。然而我还是爱他……"

"爱他?你当真……"

"哦,是的,不过我更爱别的什么东西。"

"更爱什么呢?"

"自由。"

"自由,"我重复了一遍,"也许自由存在于仇恨之中。"

"不,孩子。自由存在于爱怜之中。我爱他,给他下了毒,他就像打了霜的苹果一样枯瘪了。要不然,那几个儿子就会用自制的小刀把他割成碎片。"

"有什么地方不对头,"我说,"我都给弄糊涂了。"我想说点其他事情,可是楼上的笑声,不仅声音高而且还有点像呜咽,我简直受不了,我想马上走开,可是又没有走掉。刚刚离开,我突然又产生了一种强烈的愿望,想问问她自由究竟是怎么回事,于是又走了回去。她两手捂着脸坐着,低声呻吟;她那棕褐色的脸上充满了悲哀。

"老婆婆,你这么热爱的自由究竟是什么呢?"我把脑子里的这个问题向她提了出来。

她露出了惊讶的神色,继而若有所思,又感到困惑不解。"我忘了,孩子,一切都乱了套。我一上来把自由看成这个,后来又看成那个,弄得我头晕目眩了。我琢磨,自由嘛,也不过就是脑子里想到啥就能说啥,可这事儿并不容易,孩子。短短的时间里我经历了这么多的事。我像是总在发烧。一走路头就发晕,就要摔倒。要不然就得怪我这些儿子;他们会放声大笑,他们要杀绝白人。他们一肚子仇恨,他们就是那样子的……"

"可自由是怎么回事呢?"

"别问我了,孩子;我头都痛了!"

我走开了,也感到有点头昏。我没有走远。

突然间,老太婆的一个儿子,六英尺①高的彪形大汉,出现在我面前,抡起拳头就揍我。

"怎么啦,伙计?"我喊道。

"你叫我妈哭了!"

"怎么会呢?"我边说,边闪开他的拳头。

"你问她那些问题,她就哭起来啦。滚开,别再来了。下次碰上这种问题,问你自己!"

他那只手像冰冷的石头,一把抓住了我,手指头卡住了我的气管。我想我都快憋死了,这时他才松手放我走。我跟跟跄跄,昏昏沉沉。狂热的音乐还在我耳边作响。天黑了,我头脑清醒了。我走进了

---

① 1英尺约等于0.3米。

一条黑洞洞的狭窄通道,仿佛听到那大汉的急促脚步声紧跟在我后面。我感到恼火,内心渴望平静和安宁,这一切我觉得我永远不会达到的。小号吹得嘟嘟响,节奏又是那么闹哄哄的。光这个也就够受的了。咚咚的鼓声像心脏怦怦跳动,淹没了小号的声音,堵塞了我的耳朵。我想弄点水喝。我摸着往外走,手指碰上了冷水管道,听到水在里面流动,但我没法停下来寻找,因为背后有脚步紧跟着。

"哎,拉斯,"我叫道,"是不是你,是'煞星'?是赖因哈特吗?"

没有人应。我只听到身后咚咚的脚步声。我走过马路的时候,一辆疾驶的汽车撞了我一下,随即呼啸而过,把我腿上的皮都擦掉了。

后来我总算走了出来,从声音的底层急速地回升到现实之中,又听到了路易斯·阿姆斯特朗天真的问话:

我造了什么孽
为何我
周身漆黑,如此忧伤?

起初,我心里有些害怕;这熟悉的音乐催促人们行动起来,采取那种非我力所能及的行动,然而,如果我在音乐的低层逗留,可能我就会行动起来。可是,现在我知道并没有什么人真心去欣赏这种音乐。我坐在椅子边上,满身大汗,似乎这一千三百六十九只灯泡都成了舞台上的弧光灯,而台上演的这出戏是由拉斯和赖因哈特坐镇的一场拷打。这音乐听得我精疲力竭——仿佛连续几天的饥饿之后出现了一种可怕的宁静,而我在这种状态之中屏息了整整一个小时。然而,对于一个看不见的人来说,能听到音乐中的寂静确实是一种奇特的享受。我感到自身产生了一种不可名状的冲动——虽然对于这种冲动的刺激我并不能作出积极的反应。可是打那以后,我就再没有吸过大麻。这倒并不是因为吸毒违法，而是因为**看到**一眼看不到的东西就已经够了（这对于看不见的人来说的确没有什么了不起的）；听到平常听不到的东西那就叫人受不了了；那就会叫人缩手缩脚，不敢行动。尽管杰克兄弟遭到了不幸，尽管兄弟会有过一段令人伤心的失败经历，我仍然相信唯有行动起来，才是办法。

请看这个定义：蛰伏是为公开活动作秘密准备。

除此以外，吸毒会使人完全丧失时间意识。要是那样，我就可能在一个晴朗的早晨，眼看橙黄色的有轨电车，或者是急匆匆的公共汽车开了过来，却忘了躲闪，结果给那笨蛋驾驶员撞倒了。或者当行动的时刻来到的时候，我可能忘了从洞里跑出来。

由于独营电灯电力公司的厚意，我生活得挺愉快。人们认不出我，即使跟我打个照面，他们也认不出我。而且，毫无疑问，人们压根就不相信我的存在，所以就是给人发现我拉出一根线接到这座大楼，一直引到我地下的洞里，也没有什么关系。以往我被人追逐到黑暗之中，我也就生活在这黑暗之中。现在，我可以看见东西了。我照亮了我那看不见的状态的黑暗，也显示了黑暗的看不见的状态，于是我就演奏起我的与世隔绝的看不见的音乐。这句话似乎不对，是不是？然而事实却是如此。人们可以听音乐，因为音乐是可以听到的；除了音乐家之外，音乐是看不到的。我这样兴冲冲地谈论看不见的现象，是不是意味着我感到一股冲动，想把它用音乐表现出来呢？然而，我是个演说家，是个煽动家——我现在究竟是不是，我不清楚。反正我**过去是**，兴许将来还会是个煽动家。谁知道呢？并不是所有的疾病都会导致死亡，看不见也不一定会致人死命。

我听到你在说："好一个可恶的不负责任的坏蛋！"你说得对。我毫不犹豫地同意你的看法。我属于人世间最不负责任的人。缺乏责任感是我这个看不见的人的一个属性。不论你怎么看待这种属性，总是不会有结果的。话说回来，我对谁负责任呢？你对我不屑一顾，我干吗要对你负责？且听我跟你说我是如何不负责任的吧。责任基于承认，而承认又是相互间某种形式的一致。就拿几乎在我手里丧命的那个人来说吧！谁对这个近乎谋杀的事件负责呢？我吗？我看不出来。我不能接受。我不认账。你不能强加于我。是**他**撞了**我**，是**他**侮辱了**我**。为他个人的安全着想，难道他不该承认我的疯狂劲，承认我"潜在的危险"？姑且让我们这样来看吧：他在一个梦幻的世界中迷了路。然而，不正是**他**控制着这梦幻的世界吗？——天哪，这世界只是太真实了！难道不是**他**把我排斥在这世界之外？假如他高声呼唤警察，**我**不就会被看成肇事的一方吗？对，对，对！我就附和你吧，我是那个不负责任的人；因为我本该用我的刀来维护社会的更高利益。总有一天那种愚蠢会给我们带来悲剧性的烦恼。所有的睡梦者和梦游者都要付出代价，而且甚至作为牺牲品的看不见的人要对众人的命运负责。不过我不承担这个责任；这些相互矛盾的模糊观点缠结成了一团，在我脑子里直打转，把我完全搞昏了。我是个懦夫……

可是**我**造了什么孽，怎么会如此忧伤？请容我讲下去吧。

第一章

说来话长，也许有二十来年了吧。我一直在寻找着什么，而且无论我走到哪里，总有人要告诉我那是什么。我也接受他们的解答，尽管这些解答往往相互矛盾，甚至本身也是矛盾的。我当时很幼稚。我明明在寻找自我，却到处问人，唯独不问我自己，而这个问题只有我自己才能回答。为了寻求解答，我花了许多时间，兜了许多痛苦的圈子，最后才了解到别人生来就了解的一个道理：我不是别人，我是我自己。然而首先我得了解我是一个看不见的人！

可是，我并不是畸形的人，也不是历史上的反常现象。我不过是一种任人取舍的可能性，至于其他方面的情况，在八十五年以前与别人相同（或者说都处于不平等的地位）。我不为祖辈是奴隶而感到羞耻，我只为自己一度为身世感到羞耻而深感惭愧。大约八十五年前，人们宣布他们自由了，嘱咐他们要和我们国家的其他人在谋求共同的利益的一切活动中、在社会的一切事务中团结一致，若说彼此会有点差距，那也只是像一只手上的几个指头。他们信以为真，兴高采烈。他们安分守己，辛勤劳动，抚养我爸爸长大成人，教育他要像祖辈一样生活。但是我的祖父却与众不同。他是一个古怪的老头，人家说我像他。可就是他惹了祸。临终之前，他把我爸爸叫到身边，说："儿啊，我死后，希望你继续战斗。我没有对你说过，我们的生活就是一场战争。我一辈子都是个叛徒。自从重建时期开始，我缴了枪以来，我就成了潜伏在敌国的密探。你要在险境中周旋。希望你对他们唯唯诺诺，叫他们忘乎所以；对他们笑脸相迎，叫他们丧失警惕；对他们百依百顺，叫他们彻底完蛋。让他们吞食你吧，要撑得他们呕吐，要胀得他们爆裂。"他们以为老人神志不清,因为他本是个极为温顺软弱的人。晚辈被撵出了房间,百叶窗拉了下来,灯捻也压得很低,灯芯烧得噼啪作响,好似老人在喘息。他声音微弱了,但还一面挣扎着一面严厉地说:"要把我的话告诉孩子们。"说罢就咽了气。

　　家里的人对老人的去世固然感到惊慌,可是,对他的临终遗言更加感到震惊。仿佛他还在人间,他的话引起了很大的焦虑。家里人再三要我忘却他的这番话。事实上,这还是我第一次向外人说及。然而,老人的话对我影响极大。我怎么也弄不清他临终遗言的含义。祖父是个沉默寡言的老人,从不惹是生非,然而临死之前却把自己说成是叛徒、密探。他处处表现温顺,但他说这是危险的举动。这就成了我脑子里始终得不到解答的难题。在诸事顺利的时候,我就会想起祖父,感到自己犯了罪,内心十分不安。仿佛我在不知不觉地按他的嘱咐办事。更糟的是人们却因此喜欢我了。城里那些生就一身白皙皮肤的人称赞我。就像我祖父一样,在人们的眼里,我成了品行端正的楷模。但是老人说过这是**背叛**,我委实感到困惑不解。每当人们赞扬我的人品的时候,我就产生了一种犯罪感,仿佛我确实是在以某种方式违抗白人的意愿。如果他们觉察到这一点,他们准会叫我来个一百八十度的转变。他们上当了,对我现在的作为还挺中意。其实,我应该阴沉而自卑,而他们也该指望我做这样的人。说不定哪一天他们会把我当成叛徒,那我就完了,这真使我害怕起来。然而我更怕不够循规蹈矩,因为那是不顺他们心的。老人的遗言真像是诅咒。举行毕业典礼那天,我发表了演说,阐明进步的秘密在于谦卑,实际上进步的本质也在于此。(并不是我真的相信这个说法,祖父的话还记忆犹新,我怎么会相信呢?——我只是相信这个说法会起到作用。)果然,演说十分成功。人人称道。我还被邀请在本镇白人头面人物的集会上再次发表那通演说。整个街坊都为此感到十分得意。

集会在一家大饭店的舞厅里举行。到那儿以后，我发现他们举行的原来是一次非正式的男性社交集会。有人对我说，我的几个校友还将进行格斗，算是一项文娱节目，既然我来了，我可能也要参加。集会就以这场格斗开始。

镇上的头面人物全都到场了。他们身着小礼服，饿狼似的吞食自助食物，同时喝着啤酒和威士忌，抽着黑色雪茄。高大、宽敞的舞厅里简易拳击场的三边，整整齐齐地安放着一排一排椅子，再有一边留出了一块空地，地板擦得锃亮。对于这种混战，我得插一句，我心里有些疑虑。倒不是我素来厌恶动武，而是因为参加格斗的这帮人我不大喜欢。这一个个粗悍的小伙子似乎都没有听过叫他们伤脑筋的祖父遗言。一看就明白，这批人粗野得很。此外，我有些担心参加这场格斗会有损于我这个演讲者的尊严。在成为看不见的人之前，我把自己看成是未来的布克·T. 华盛顿[①]。不过他们那九个人也看不惯我。我自以为有比他们优越的地方，就连跟他们一起挤在用人专用电梯里，心里也感到很不舒服。可是他们也有点嫌我在场。事实上，就在电梯急速上升、灯火通明的楼面一层层掠过的时候，我们吵了起来，为的是我参加了这场格斗，他们的一个朋友就给挤掉了，弄得他一晚上没有活干。

我们跟着带路的人走出了电梯，穿过洛可可式舞厅，进入了接待室，随即按照吩咐穿上格斗服。我们每人领了一副拳击手套后，就被带进了镶有壁镜的大厅。我们怯生生地四下张望，压低了嗓门讲话，生怕话说得太响，在大厅里的嘈杂声中会意外地让人听见。大厅被雪茄熏得烟雾腾腾。威士忌已经显示出了后劲。镇上几位最有身份的人物竟然也喝得醉醺醺的了，这使我感到吃惊。当地要人全都到场了——银行家、律师、法官、医生、消防队的头头、教师、

[①] 布克·T. 华盛顿（1856—1915），美国黑人教育家，主张黑人要逆来顺受，"就地取水"，用自己的坚韧努力和一技之长在白人社会中出人头地。

商人，甚至还来了一位时髦的牧师。舞厅上首闹哄哄的，不知是怎么回事，我们看不见。一支单簧管欢快地吹奏着，要人们都从座位上站起来，急切地往前拥去。我们紧靠在一起，挤成一团，赤裸的上身碰来碰去，格斗虽还没开始，已经汗涔涔的了，一个个都显得油光光的。那些大人物拥到了舞厅的上首，不知被我们看不见的什么东西弄得越来越狂。突然，我听到那位叫我前来讲演的督学扯开嗓门喊道："把那些黑家伙带过来，先生们！把那些黑小子带过来。"

我们随即被推到了舞厅的前头，那儿的烟味、酒气更加难挡。我们被推到自己的位置，弄得我差一点把尿撒在裤子里。人们围着我们站成了一圈，那一张张面孔，有的带有敌意，有的显出了兴致。正中央，面对我们站着的是一个十分俏丽的金发女郎——身上一丝不挂。这时室内鸦雀无声。我只感到一股冷风袭来，吹得我周身发寒。我想后退走开，可是背后、四周都是人。我们这批孩子当中有的人低下了头，在微微颤抖。我突然产生了一阵莫名其妙的犯罪感和恐惧心，牙齿直打战，浑身起了鸡皮疙瘩，膝盖也在发抖。然而我却被强烈地吸引住了，不由自主地朝她看。假如看了眼睛要瞎的话，我也硬是会朝她看的。她头发金黄，活像马戏团的玩偶，脸上搽了厚厚的一层粉，还涂了胭脂、口红，仿佛是要勾画出一副没有个性特征的面具。她眼睛深陷，涂得蓝蓝的，就像狒狒臀部的那种颜色。当我的目光缓缓扫过她的时候，我真想往她身上吐唾沫。她的乳房高耸，圆鼓鼓的，活像印度寺院的圆顶。我离她很近，就连她皮肤上纤细的纹路以及她那挺直的花蕾般粉红乳头四周晶莹发亮的露水似的汗珠也看得清清楚楚。我既想从这舞厅中溜走或者钻到地下，同时又想走到她身边，用我的身子遮挡住她，不让她这样暴露在我和众人的眼前；我想抚摸她柔软的大腿，爱抚她，同时又想毁掉她；想爱怜她同时又想杀害她；想避开她，同时又想抚摸她刺有美国国旗花纹的小腹下面与大腿形成大写 V 字的部位。我感到她面对这么一屋子人，只用冷漠的目光盯着我一个人。

接着她翩翩起舞，节奏缓慢，动作婀娜。上百支雪茄的烟雾宛如极薄的轻纱缠裹在她身上。她好似美丽的小鸟，系着一条条轻纱，在灰蒙蒙的惊涛骇浪的海面上向我呼叫。我只觉得精神恍惚。这时我又听到单簧管在演奏，大人物正冲着我们高声叫喊。要是我们瞧了姑娘有人就露出凶相；要是我们没有去瞅她又会有人怒形于色。我右边有一个小伙子晕倒了。有人从桌上抓起一只银质大水罐，走近了几步就往他身上浇冰水，随即一把把他拉了起来，硬要我们中的两个人扶住他。我见他耷拉着脑袋，不时从厚厚的、发紫的嘴唇中间发出呻吟。另一个小伙子要求回家。我们这批人数他最大。他穿着一条深红色的格斗运动裤，裤子实在太小，无法掩盖似乎是呼应单簧管逗人的低沉吟鸣而引起的勃起。他只好用拳击手套挡住下身。

这当儿，金发姑娘一刻不停地跳舞，依稀对那帮看得神魂颠倒的大亨们淡淡微笑，又好像是觉察到我们的恐惧不安而微笑。我只见有个商人饿鬼似的尾随在她后面，张着个嘴巴，馋涎直往下滴。这家伙身材臃肿，衬衫上金刚石的饰扣，随着他高高隆起的大腹的抖动而抖动。每当姑娘起伏有致地摇摆臀部时，他就用手梳一下光头上所剩无几的头发，把两只胳膊向上举起，笨拙得活像只喝醉酒的熊猫。他慢吞吞地、下流地扭摆着屁股，完全是一副销魂的模样。音乐的节奏加速了，跳舞的姑娘急速地转动身子，脸上表情漠然。那伙男人开始伸出一双双手去触摸她。我可以看到那些肥胖的手指揿按她柔软的肌肤。但也有人试图劝阻他们。她则以优美的舞姿沿着舞厅周围旋转，那批家伙仍然紧跟在她后面，有的在光滑的地板上摔倒了，有的一溜就好远。舞厅里是一片疯狂景象：笑啊，喊啊，他们追逐着跳舞的姑娘，椅子被撞倒了，酒洒了一地。她刚转到门口，就让他们一把抓住了。她被悬空托起，就像大学新生常常受到的那种恶作剧一样,让人在空中抛来抛去。我看见她红艳艳的双唇强作欢笑,眼睛里却流露出恐惧和厌恶的神情,和我感觉到的恐惧以及我在某些同伴身上发现的恐惧几乎完全一样。在我抬头注视的一刻,他们两次把她抛起,她那柔软的乳房在半空中变得扁平了。她落地之后继续旋转,发狂似的踢着腿。几个比较清醒的人帮助她逃了出去。我也忙着离开舞厅,和其他小伙子向外间走去。

有些人还在叫喊、发狂。我们刚想往外走,却被人拦住了,并被命令马上进入格斗场。我们毫无办法只好照办。十个人都从栏索下钻进场地,准备让人用白色宽布条把眼睛蒙起来。有个家伙似乎还有点同情心。在我们背靠栏索站着等待的时候,他还给我们鼓气。有几个小伙子咧了咧嘴想笑。这时有个白人开了腔。"看见那边那个小伙子了吗?锣一响,你就给我跑过去,狠揍他的肚子。你不揍他,我就揍你。我讨厌他那副长相。"他对我们每一个人都同样说着这句话。蒙眼布给缚上了,然而即使在那一刻,我还在默默背诵我的演讲稿。在我的脑际,每一个词都像一团火似的明亮。我感到蒙眼布收紧了,于是忙皱起了眉头,这样我眉头一舒展,蒙眼布就会松动一些。

此刻,一阵无名的恐惧向我袭来。我不习惯于眼前的一团漆黑。仿佛突然进入了黑洞洞的屋子,四处都是毒蛇。此时只听得有人含糊不清的叫嚷,忙不迭地要格斗马上开始。

"打这儿开头!"

"我来揍那大个儿黑小子!"

我竭力想辨别出督学的声音,仿佛从他那稍微熟悉的声音中可以获得一点点安全感。

"让我来收拾那些黑杂种!"有人叫喊着。

"不行,不行,杰克逊!"另外一个人叫喊道,"来人,帮我拽住杰克。"

"我要揍那个姜黄色的黑鬼。我要揍得他胳膊、腿分家。"第一个声音在嚷。

我靠着栏索,瑟瑟发抖。那时,人们都说我的皮肤是姜黄色。听那家伙说话的劲头,仿佛可以把我当作姜饼放在嘴里嚼烂。

一场激烈的搏斗正在进行。椅子被踢得东倒西歪,还有人不时地发出哼哼声,好似在使好大的力气。这时,我比任何时候都更强烈地渴望能看到一切。可是蒙眼布紧得就像使皮肤起皱的痂块,当我举起戴着格斗手套的手,想把白布往边上推开的时候,有个白人喊了起来:"呃,不许动,黑杂种,不准碰蒙眼布。"

"快敲锣,要不杰克逊快揍死那个黑鬼了。"在突然降临的片刻寂静之中,有人以嗡嗡的声音警告说。我听到锣响了,同时,也听到有人走了过来。

一拳飞来击中了我的头部,打得我直打转,我只觉得一阵剧烈的震动,从胳膊一直痛到了肩膀。于是,在有人过来时,我就机械地伸出拳头去打。后来,似乎那九个小子都同时对准了我,从四面八方往我身上抡拳头,我也只好挥舞拳头拼命回击。我不知挨了多少拳,简直有点弄不清,难道在这拳击场上只有我一个人被蒙上眼睛?难道那个叫杰克逊的人根本还没有打着我?

眼睛一蒙,我就无法控制自己的动作,也顾不上什么体统了,跌跌撞撞,像个幼儿,也像个醉汉。室内烟味更浓了。我每挨一拳,这浓烟就又一次烧灼我的肺,压缩我的肺。我的唾液变得又热又苦,黏得简直像胶汁似的。我的头遭到一下拳击,我满口鲜血,到处都挨了打,浑身湿乎乎的,究竟是血还是汗,我也说不上来。忽然背后又飞来一拳,猛打在我脖子上,打得我一头栽倒在地上,跌了个嘴啃泥。蒙眼布背后的漆黑世界中密密麻麻的蓝色光带不停地闪动。我趴在地上,假装晕过去了。可是一只手抓住了我,一把将我拽了起来。"再上,黑小子!去混战一场!"我两臂重得像铅,脑袋被打得发痛。我摸来摸去，总算摸到了栏索。我紧抓住不放，想喘口气。不料此时侧面又来一拳正击中腰部，又将我打倒在地，我只觉得室内的烟似乎变成了匕首刺进我的内脏。我给周围不停转动的人们踢来踢去，最后又被拖了起来，我这才发现一个个黑黝黝、汗淋淋的身影，在蓝幽幽的烟雾中不停地迂回跳动，就像舞蹈家酒醉之后合着鼓点似的击拳声左右跳动。

所有的人都大打出手。厅内一片混乱。不管是谁，逢人就打。没有一伙人在一起连续打上一阵子的，两个、三个、四个对付一个，过不一会儿，要是遭到别人的攻击，内部又相互殴打。有的用巴掌，有的用拳头，对着肋下、腰眼猛击。此刻我的蒙眼布松动了，我可以眯着眼睛看到场内的情景，因而也就不那么恐慌了。我小心地移动位置，闪开别人的打击。当然，我不敢做得过分，不敢躲闪得次数太多，以免引起怀疑。我忽而在这堆人中厮打，忽而又转到另一堆人当中。小伙子们像瞎眼的螃蟹小心翼翼地摸来摸去，猫着腰，护着腹部，两肩高高耸起，头紧紧缩了起来，胳膊神经质地伸在前面，在烟雾中挥舞拳头，像是高度灵敏的蜗牛伸出了两只带节的触角。我看到一个小伙子在角落里使劲挥舞空拳，不巧一只手正打在拳击场的柱子上，痛得他尖叫了起来。片刻间他就抱着那只伤手蜷缩着蹲了下去，不料又飞来一拳正打在他毫无防护的脑袋上，结果倒了下去。我加入一伙人去打另一伙人。我纵身切入，抢上一拳，随即就退下阵来，又把别人推进乱成一团的混战之中替我承受那些向我胡乱打来的拳头。烟呛得人难以忍受，而这种厮打既不分回合，又不鸣锣让我们休息三分钟缓解一下疲劳。舞厅在我眼前旋转了，电灯、烟雾、冒汗的身子，还有外层那些神情紧张的白人面孔都跟着在打转。我的口鼻都在流血，一滴滴落在胸前。

那帮人还在吆喝："狠狠揍那黑小子，把他五脏六腑都给打出来！"

"挥臂往上打！揍死他！揍死那个大小子！"

我佯作摔倒，一个小伙子也沉重地倒在我旁边，好像什么人一拳撂倒了我们两个。那两个把他摔倒在地的家伙在他身上绊了一下，一只穿运动鞋的脚正踩在他腰眼上。我连忙滚开，不由得感到一阵恶心。

我们殴斗得越卖力，那帮人就显得越凶狠。然而，我又在为我的演讲发愁了。我会讲得怎么样呢？他们会赏识我的才华吗？他们又会给我些什么呢？

我还在机械地挥舞拳头，突然发现小伙子们相继退出了格斗场。我感到吃惊，感到恐慌，仿佛只剩下我自身一人来经受未知的危险。我马上明白了，原来这是那帮小伙子事先商定的。根据惯例，留在格斗场里的最后两个人得决一胜负，胜者有奖。这一点我发觉得太晚了。锣声一响，两个身着晚礼服的男人跳进了格斗场，给我们解去蒙眼布。我定睛一看，眼前站的是那帮小伙子中身材最为魁梧的塔特洛克。我感到一阵恶心，直想呕吐。我耳边的第一声锣音未尽，第二遍锣又敲响了，他随即向我扑来。我无计可施，只好朝着他鼻子狠揍过去。他仍紧紧逼近，浑身一股刺鼻的汗臭。他面部黝黑，毫无表情，只有眼睛十分机灵，闪现出对我的仇恨，而且有些发红，那是因为刚才的一番混战使他产生了极度的恐惧。我感到焦急，我要发表演说，而他却不停地向我打来，好像成心要打得我把演说词忘得一干二净。我一次又一次奋力猛击，也任凭他一拳拳打在我身上。突然，我灵机一动，轻轻地打了他一拳。随即我们扭打成了一团。这时我压低了嗓门对他说："假装我把你打晕了过去，奖金都归你。"

"我可要打断你的脊梁骨。"他嘶哑地低声回答。

"难道为了**他们**？"

"为**我**自己，浑蛋！"

他们叫嚷着要我们分开,塔特洛克一拳打得我一个踉跄,转了一个圈。我好似一只被震动了的摄影机转着圈摄进了四周的场景,只见眼前一片蓝幽幽、灰蒙蒙的烟雾,下面蹲伏着狂笑的人群。一张张涨红的脸,显得精神紧张。刹那间,一切都在摇晃、解体,继而浮动了起来。接着,我脑子清醒了,塔特洛克正在我面前跳跃,我眼前飘忽的影子原来是他向我劈来的左手。我把身子往前一倾,头正好撞在他汗涔涔的肩膀上。我小声道:

"我外加五美元。"

"见你的鬼!"

然而,因为我压在他肩上,他的肌肉倒稍微松弛了一点儿。我又轻轻地说:"七美元,怎么样?"

"给你妈去吧。"他答道,说时对着我心窝就捅了一拳。

我死抱住他不放,一面用头顶撞他,随后我一个箭步闪开。可是拳头还是像雨点般地落在我身上。我使出浑身解数拼命回击。我一心想发表演说,别的都无关紧要。因为,在我看来,只有这些人物才能真正判断我的才能。而现在这个蠢货却要断送我的机遇。于是我打得更加用心机了,忽而逼近他抡上一拳,随即又疾速闪开。我一拳不偏不倚打在他的下颏上,打得他四脚朝天。这时我听见有人扯开嗓子在叫喊:"我把钱押在那壮小子身上了。"

这话几乎使我失去了警惕性。我感到犹豫不定:该不该对他的叫嚷来个针锋相对,力争取胜?这会不会与我的演说的精神不符?此刻该不该表示谦卑,实行不抵抗主义?我还在左右跳动,哪晓得迎面飞来一拳,正中我头部,把我的右眼打得像玩偶匣中的玩偶一样暴了出来。我这就没有犹豫的余地了。我跌倒下去,厅内一片喧嚷。我宛如在梦境中摔倒,周身软弱无力,欲倒不得,好似在仔细选择落点。格斗场的地面似乎等得不耐烦了,一跃而起托住了我倾倒的身躯。不一会儿,我苏醒了过来,只听得有人以催眠似的语调一字一顿地报出了个"五"字。我软瘫在地上，朦胧之中，看到那一片肮脏的灰色帆皮上面有我一块紫褐色的血斑，形如蝴蝶，晶莹发亮。

有人拉长了调门喊出了"十"，于是我就被拽了起来，拖到了一张椅子前面。我坐在那儿，迷迷糊糊。眼睛剧痛，而且随着心脏的跳动不断地肿胀起来。我寻思着：他们现在还会不会让我演讲呢？我浑身湿淋淋的，口腔还在不停地流血。按照吩咐，我们靠墙站成了一排。小伙子们连声向塔特洛克道贺，揣摩着可以捞到多少犒赏，对我当然不屑一顾，理也不理。一个伤了手的小伙子还在呜咽。舞厅上首，身穿白色上衣的侍者们卷走了简易格斗场的设备，又就地铺上了一块正方形的小地毯，四周安放了许多椅子。我忖度着，也许我将站在这块地毯上发表演说。

接着司仪对我们高声宣布："上这儿来，小伙子们，来拿钱。"

那伙人已经在椅子上就座，有说有笑，似乎都变得友好了起来。我们忙跑了过去，站在那儿等着。

"钱就在地毯上。"司仪说。我看到毯子上确实有大小不等的硬币，还有几张皱成一团的钞票。不过使我感到兴奋的是散落在四处的金币。

"小伙子们，这些钱都赏给你们。抓到的都归你们。"

"没错，萨姆布。"一个满头金发的男人向我眨眨眼睛，暗示着说。

我兴奋得颤抖了起来，疼痛也忘得一干二净。我暗自打算要抢金币和纸钞。我得双手去抓。我要用身子挡住旁边伙伴的去路，叫他们碰不着金币。

司仪命令道："现在围着地毯跪下来，我不发令，谁也不准去碰。"

"这肯定不错。"我听到有人在说。

我们遵照命令在方形地毯四周跪了下来。司仪慢悠悠地举起了满是雀斑的手,我们的视线也跟着他的手自下而上移动。

我听到有人在说:"这些黑鬼好像在准备祈祷!"

接着司仪发令了:"预备,开始!"

我立即扑向地毯蓝色图案上面一枚黄澄澄的硬币,手刚一碰就惊恐地尖叫了起来。周围也是一片尖叫声。我拼命想把手挪开,但怎么也拉不动。一股强烈的热流传遍了全身,震得我像只落水的老鼠。原来地毯通了电。我使劲摇动手臂,总算挣脱了,这时连头发都像猪鬃一样竖在头上,肌肉不停地跳动,神经极度烦躁不安。然而这并没有使其他小伙子就此住手。有的哈哈大笑,既怕又窘,把身子往回缩,又忙不迭地去捡别人在抽搐时碰到地毯外面的硬币。我们就这样被折腾着,而高坐在椅子上的那批人却捧腹大笑。

"去捡,他妈的!把钱捡起来!"一个人叫喊着,活像一只声音低沉的鹦鹉,"接着干,快去拿!"

我急速地在地板上爬来爬去,一边打地上捡起硬币。我不要铜钱,专捡美钞和金币。我把硬币从地毯上往外拨弄,电震得手发麻,我不去理会,只是笑,我发现自己居然能抑制电流。这说来真矛盾,但确实如此。后来那伙人把我们往地毯上推。我们呢,不自在地大笑,竭力想躲开他们的手,但一面还在寻找地上的硬币。我们一个个都湿得滑溜溜的,可不容易抓住。突然一个小伙子被托到空中丢了下来。他浑身是汗,油光发亮,像是马戏团的海豹。他那潮湿的背脊平平展展地落到了通电的地毯上,只听他尖叫一声,手足乱舞,两只胳膊肘没命地连续拍击地面,肌肉像马给许多苍蝇叮了似的不停地抽搐。他最终滚出了地毯,脸上一片灰白,在哄堂大笑中拔腿就跑,谁也没有去阻挡他。

"拿钱啊,"司仪叫喊着,"响当当、硬邦邦的美国现钞!"

我们抓呀抢呀,抢呀抓呀。我很留神,绝不过分靠近地毯。我忽然感到一股热烘烘的威士忌酒气,像一团臭气由上而下对着我喷了过来,我忙伸手抓住了一条椅子腿。椅子上坐着人,我死抱住椅腿不放。

"松手!黑鬼!松手!"

这位先生姓柯可德,拥有许多电影院和"安乐宫"。他使劲要把我推开,一张大脸在我面前悠悠忽忽地摇晃。可是我的身子太滑溜,他又烂醉如泥,他一抓,我马上就打他手上滑掉了。这可真的成了一场搏斗。地毯和醉汉,二者相比我更害怕那通了电的地毯,所以我死死抱住椅腿不放,甚至还想把他从椅子上掀翻,推到地毯上去。我居然产生这个念头,不禁暗自吃惊。这个主意非同一般,我真的就那么干了。我想尽量干得不要太显眼,可是当我伸手抱住他的腿,准备把他从椅子上掀出去的当儿,他霍地站了起来,哈哈大笑,两眼直瞪着我,眼神却变得十分清醒。他使劲地对着我的胸口就是一脚,椅腿应声从我手中飞开,人随之倒了下去,我忙不及地在毯子上翻滚。我好像是在一层灼热的煤块上滚动,也不知何年何月才能滚到尽头。滚动之中,从我肌体的最深处到我难闻的气息都被烧灼着。我体内的一丝丝气息已经热得快要爆炸了。一切马上就会过去,我一边往外滚一边心里在想。一切马上就会过去了。

然而一切并没有过去。另一边的人们正在等待。他们坐在椅子上,俯身看着我们,一张张红脸像中风似的浮肿。我眼看他们手指向我伸来,我急忙滚开,又滚到了一片热煤块的中央,好像一只失传的橄榄球,接球手的手指虽碰到一下却又飞开了。这次算我运气,把地毯牵动了,硬币滚到地板上,叮当作响,小伙子们马上争着去抢。此刻司仪喊道:"好了,小伙子们,到此结束。快去穿好衣服来领钱。"

我软得像一团棉花,背脊痛得像是挨了钢丝的抽打。

我们穿好衣服,司仪便走过来给我们每人五美元。塔特洛克例外，一人独得十美元，因为他是格斗场上最后的胜利者。然后司仪就打发我们走了。我暗自想，这一来我不会有机会发表演说了。我带着失望的心情，走出了大门，进了昏暗的廊道。这时忽然有人叫住了我，叫我回去。我又来到舞厅，只见大人先生们正推开座椅，三五成群地聚在一起交谈。

司仪拍了拍桌子，请大家安静。"先生们，"他说，"我们几乎忘掉一个重要节目，一个非常严肃的节目，先生们。我把这小伙子叫到这儿来是让他发表他昨天在毕业典礼上的演说……"

"好啊！"

"我听说，他是我们格林伍德镇最机灵的小伙子。据说他知道的大字眼儿比袖珍词典上收的都多。"

一阵喝彩，一片笑声。

"现在，请诸位注意听他的演说。"

我站在他们面前，嘴巴发干，眼睛抽痛。人们还在嘻嘻哈哈地说说笑笑。我慢慢地开始了。显然我的喉咙过紧，因为他们喊了起来："大点声，大点声！"

我提高了嗓门："我们年轻一代崇拜那位伟大的引路人和教育家的智慧，是他首先给我们讲述了这闪耀着智慧的比喻：'一艘迷途的船只在茫茫的大海上久久漂泊，突然见到一艘及时出现的船只。难船的桅杆上悬着信号："水，水；我们渴死了！"另一艘船答话了："就地投桶。"处境困难的船长，终于领会了。他忙投下了一只桶，往上一提，里面装满了亚马孙河清澈的淡水。'让我效法这位伟人，而且用他的话来说，'我的同族兄弟，你们流落异乡，指望改善境遇，但你们对于和你们近邻的南方白人和睦相处的意义认识不足。我要对你们说：就地投桶——投吧，拿出点大丈夫的气概，和我们周围各民族的人们结为朋友……'"

我不假思索地讲着，讲得那么热情，直到伤口流出的血流满干焦的嘴巴，使我快要窒息了，我才察觉到他们还在谈话说笑。我不断咳嗽，多么想中断一下，跑到那装沙的高脚铜质痰盂边吐掉嘴里的血。然而毕竟有几个人，特别是督学在听我讲。我有些惶然，所以就连血带唾液一股脑儿咽下了肚，又继续往下讲。（那些年我有多么大的忍耐！多么大的热情！又那么笃信刚正不阿！）我虽然感到疼痛，却反而讲得更响了。他们还是在交谈，还是在嬉笑，好像那些醍醐耳朵里塞了棉花，什么也听不见。我讲得更为有力，感情更加充沛。我什么也不去听，不停地把血水往肚里咽，以致感到恶心。演说词似乎比原来长了百倍，而我却无法删掉哪怕一个词。什么都得讲，记忆中的任何细微的意义差别都得斟酌，都得表达。然而麻烦的事情还不止这些。每当我使用一个三音节或多音节词的时候，有些人就喊起来，叫我重复一下。我使用"社会职责"这个词组，他们就叫喊：

"你说的是什么词啊，小伙子？"

"社会职责。"我说。

"什么？"

"社会……"

"大声点。"

"职责。"

"再响点！"

"职……"

"再说一遍！"

"责。"

厅内爆发出一阵笑声。后来由于我咽了口血，有点走神，讲失了口，用了一个报纸经常抨击人们私下争论的词，笑声才逐渐停了下来。

"社会……"

"什么，什么？"他们吆喝着。

"平等——"

笑声像烟雾似的悬在半空，厅内刹那间陷入了沉静。我睁开了眼睛，感到茫然不解。只听到一片不满的嘘声。司仪赶紧跑了过来。他们对着我叫喊，一个个凶相毕露，言辞激烈，可是我莫名其妙。

前排一个身材瘦小干瘪、满脸胡须的人扯开嗓门吼道："小子，把话说得慢点。"

"先生，说什么？"

"你刚才说的！"

"先生，是社会职责。"我回答说。

"你刚才不是在耍小聪明吧，小伙子，对不对？"他口气倒是缓和了下来。

"不是的，先生！"

"你说什么'平等'真的是口误？"

"是的，是的，先生，"我回答说，"我那当儿正在往肚里咽血。"

"那你还是把话讲得慢点，让我们听听清楚。我们是想公平对待你，不过你一刻也不要忘记自己的地位。好吧，现在你继续讲。"

我心里直发怵，真想马上跑掉，但我又想继续演讲。我生怕他们会把我赶下去。

"谢谢您，先生。"我说，接着又继续往下讲。他们又像刚刚那样对我不加理会了。

可是，当我演说一结束，他们却对我报以雷鸣般的掌声。我惊异地看到督学走了过来，手里拿着一只用白绉纸裹着的包。他做了个手势，请大家安静，然后对着那帮人说：

"先生们，你们看，我并没有过奖这个小伙子。他做了一场精彩的演说。总有一天他会领导他的人民走向正确的道路。毋庸赘述，在现在，在当今这个时代，这点是至为重要的。他是一个品行端正、聪明伶俐的青年。为了鼓励他坚持正确的方向,我谨以教育董事会的名义颁发给他这一奖赏……"

他停了下来,打开绉纸包,露出了一只锃亮的牛皮公文包。

"奖给他这只沙德·惠特摩尔商店出售的一等品。"

"小伙子,"他对着我说,"过来领奖,好好保存,要把它看成职责的象征。珍惜它。要一如既往,继续前进。会有这么一天,这只公文包里将装满决定你们民族命运的重要文件。"

我激动万分,不知如何感谢才好。一丝血红的口水从口角上挂了下来,滴在皮包上,形状像一个尚待发现的大陆,我连忙把它揩掉。此刻,我感到有一种连做梦也不曾想到过的重大意义。

他又对我说:"打开来看看里面是什么。"

我手指颤颤抖抖地把公文包打开了,闻到一股新鲜皮革的气味,我看到包里有份公文模样的文件,原来是一张州立黑人学院的奖学金证书。我含着眼泪笨拙地跑出了大厅。

我欣喜若狂;当发现我抢到手的那些金币原来是给某一型号的汽车做广告的铜制袖珍纪念品的时候,我也不去管它了。

我一回到家里,大家都感到异常兴奋。第二天,邻居们来向我祝贺。甚至我的情绪也没有受到祖父的影响,而往常我得意的时候,他的临终遗言往往会煞风景。我站在他的遗像下面,手里拿着公文包,朝着他迟钝的、黑黝黝的农民面孔得意地微笑。他这张脸总是强烈地吸引着我。不论我走到哪里,他的一双眼睛似乎总是跟着我。

那天夜里,我梦见他带我去看马戏。不管小丑做出什么滑稽动作,他都一点不笑。后来他叫我打开公文包,把里面的东西读给他听。我照办了,发现里面有一只盖有州政府公章的信封,信封里面又装着一只信封,而这一只信封里又装着另一只信封,一只套一只,不计其数。我心想这样拆下去,我会累倒的。"那些都是老早的了，"他说，"现在把那一只打开。"我又马上照办，发现里面有一份刻印文件，是用金字写成的短信。"读一读，"我祖父对我说，"读大声点。"

"敬启者，"我高声朗读，"务使这小黑鬼继续奔波。"

我醒了，耳朵里还响着老人的笑声。

（这个梦多少年后还反复重现，所以我总是记忆犹新，可是当时不能洞悉其中含义。我首先得去上大学。）

第二章

　　学院十分漂亮。古老的建筑物上爬满了常青藤，校园里的道路幽然曲折，两旁是一溜树篱和野玫瑰。夏日骄阳似火，野玫瑰分外耀眼。忍冬和紫藤沉甸甸地从树上垂挂下来，四处蜜蜂嗡鸣，空气中飘溢着白兰花的芬芳和忍冬、紫藤的清香。我待在这个洞里常常回忆起学院的情景：春天，草地又是一片茵绿，模仿鸟抖动着尾巴唧啾高歌，夜晚，一座座建筑物上涂上了一抹月光，小教堂的钟声宣告宝贵而短暂的时光已经结束；姑娘们穿着鲜艳的夏装在草坪上散步。晚上我待在这个洞里，闭上眼睛，一次又一次在想象中回到了学院。我沿着外人不得涉足的便道，绕过女生宿舍，走过耸立着报时钟楼的礼堂，它那一扇扇玻璃窗被灯光照得透亮。我继续往前漫步，迎面就是小巧的白色家政学实习楼，月光之下显得更白。我顺路走去，下坡转弯，路边是那座黑乎乎的发电站，机器有节奏地轰轰作响，连地也被震得微微颤抖，炉火把玻璃窗都染红了。我一直走到横跨在一条枯河上的小桥，桥上长着一丛丛灌木，爬满了枝蔓交错的常青藤。这座用原木造成的小桥，本是个供情人幽会的处所，然而，至今还没有起过作用，因为情人们并不到这儿来。我沿着上坡路继续往前走，经过一幢幢大楼，那向南的阳台，一个连着一个，足足有城里半个街区那么长。最后我走到一个岔路口，那儿没有房屋，没有小鸟，也没有绿草。顺着这条路再弯过去，就到疯人院了。

　　我总是走这么远，而且一到这个地方我就把眼睛睁开。闭目漫游的一刻过去了。我想再看一看在树篱间和大路上乱窜的兔子。这里从来没有人追猎野兔，所以它们像家畜一样不怕人。破碎的玻璃片和晒得发烫的石板缝里长出带刺的蓟属植物,有的紫红,有的银白。蚂蚁排成一行,慌慌张张地往前移动。我又往回走,踏上了弯弯曲曲的便道,经过了医院。这里有几个病房里的实习护士颇有些轻佻,对那些熟知内情的走运的小伙子们,她们晚上施与的东西远比药丸贵重。走到小教堂门前,我止了步。突然,寒冬降临。明月高悬,教堂塔顶传来了和谐的钟声,响亮的长号鸣奏着圣诞颂歌;这大千世界一片寂静,仿佛有点凄凉,叫人感到孤独。月亮高高挂在天空,我伫立在月光之中,聆听着音乐。四支长号庄严而柔和地奏出了"上帝——万无一失的安全处所",风琴接着又送出了同样的曲调。这音乐到处飘荡,清朗得像月夜,像流水,宁静之中有几分孤寂。我独自站在那儿,好似在等待什么回答,脑海里出现一幅图景:红土大路那边是一间间小屋,周围是一片旷野。另一条路的对面是一条小河,河水流得很缓慢,里面长满了绿不绿、黄不黄的水藻,一动也不动,毫无生气。再走过几片旷野,就到了散落在铁路交叉口、晒得变了形的木屋。退伍的残疾军人常挂着拐杖、手杖,一颠一跛地顺着铁路到这儿来寻花问柳,间或还用红色轮椅把一个截了下肢的老兵推到这儿来。有时我侧耳倾听,试图了解教堂的音乐能不能传到那里,可是我只记得那些悲哀的妓女酒醉之后传出的一阵阵狂笑。我仿佛兀立在一座塑像附近、三条公路会合的圆形场地里。每逢星期天,我们总在这儿排成四路纵队,在平坦的柏油路上进行队列操练,然后走进小教堂祈祷。我们的制服烫得笔挺,鞋子擦得锃亮,思想高度集中,两眼像机器人一样,对那些站在粉刷过的检阅台上的来宾和官员都视而不见。

这一切都是很久以前在遥远的地方发生的,现在我作为看不见的人住在这个洞里,对这一切到底发生过没有,心里也产生了疑问。然而,我脑子里却浮现出了学院奠基人的那尊铜像,那尊冷冰冰的创始人的铜像。他平伸出了双手,正激动人心地给一个跪着的奴隶掀起面罩。那用褶皱的金属片做成的面罩仿佛在随风飘动。我困惑不解地兀立着,无法确定那奴隶脸上的面罩是正在被揭开还是被捂得更严实,这是在给人们一种启示,还是更巧妙地把人们蒙蔽?就在我凝视的当儿,忽听得一阵扑翅的声音,眼前飞过一群受惊的小鸟。当我视线又回到铜像上时,只见奠基人的两只冷漠的眼睛流出石灰似的液体,俯视着一个我前所未见的世界——这又给我苦思冥想的脑子增添了一个哑谜:为什么被鸟粪玷污的铜像竟比干干净净的铜像更具有威仪?

啊,绿茵茵的开阔校园,啊,黄昏时刻的恬静歌声,啊,亲吻着教堂塔尖的月光,飘散着馨香的夜晚,啊,清晨传来的号角,啊,中午军训的鼓声——这难道是现实吗?是真真实实的现实?难道这一切只不过是借以消磨时光的美梦?如今既然我成了看不见的人,那一切怎么可能是真的?要是真的,为什么我记忆中的那绿洲上只有一处破损、剥蚀、干涸了的喷泉,怎么连一处完好的也没有?为什么我苦思良久,想不起天下过雨?为什么我记忆中没有淅沥的雨声?为什么没有雨水浸透那些新近变得干焦坚硬的土层?为什么我不记得春到人间、种子发芽时的气息,只记得贮水池中的黄水浇灌在草坪枯草上的情景?为什么?怎么会这样?又为什么会这样?

草的确还会生长,绿叶也会在枝头出现,在林荫道上投下树影,给人们提供绿荫,就像北部的百万富翁,每到春天都会在奠基人纪念日这天屈驾光临。且看他们来校时的那副神气吧!他们面带笑容而来,四处巡视,不断勉励,讲起话来细声细语,对着洗耳恭听的黑人和黄种人发表演说——临走之前,每人都赠给学校一笔可观的款项。我相信这一切都是不可思议的魔力——月光炼金术的效果。学校是布满鲜花的荒野,在那里岩石深深地陷在地下,狂风悄悄地躲在一边,斗输了的蟋蟀对着黄色蝴蝶唧唧啾鸣。

哦,哦,哦,那些大富翁!

他们都属于早已消失的另一种生活，所以我都不记得了。（我说的是过去的时间和过去的我，如今那岁月已经消逝，"我"也不复存在了。）但是我记得这么一个人。那是在我快读完大学三年级的时候，他来到学院，逗留了一个星期，当时我给他开车。他和圣尼古拉一样，脸微微发红，一头银发，态度随和，平易近人，即使对我也是如此。他是波士顿人，抽着雪茄，爱讲无伤大雅的黑人故事。他是位精明的银行家、熟练的科学家、董事和慈善家。四十年来他肩负着白人的职责，六十年来他一直是伟大传统的象征。

我们驱车在校园里行驶，发动机的嗒嗒声使我既感到骄傲，又感到焦虑。轿车里弥漫着一股薄荷和雪茄的气味。当车子徐徐开过时，学生们都抬起头来，微笑着向我们招呼。我刚吃过饭，直想打嗝，我忙伏到驾驶盘上，想把嗝憋下去，不料无意中按了喇叭，结果嗝虽没有打出来，喇叭却送出一声刺耳的长鸣，路上的人都转头凝视着我们。

"先生，实在抱歉。"我说，心里担心他向校长布莱索博士报告，那校长就不会让我开车了。

"没关系，一点儿也没有关系。"

"先生，我送您到哪里去呢？"

"让我想想看……"

在反光镜中，我看见他对着一只薄得像脆饼似的怀表看了一下，随后又将它放进了方格背心的胸袋里。他穿的是质地柔软的丝质衬衫，配着一只蓝底白色圆点的蝶形领结，他器宇轩昂，温文尔雅，举止潇洒。

"现在去开会还早点，"他说，"你就随便开吧。上哪儿都行。"

"我们这个校园您都到过了吧，先生？"

"对，我想是的。你要知道，我是这所学院的创始人之一。"

"呀！我还不晓得呢，先生。那我就开到一条公路上去吧。"

我当然知道他是创始人，可是我也知道恭维有钱的白人是大有好处的。也许他会给我一大笔小费，或者一套西装，或者下一年的奖学金。

"你爱上哪儿就上哪儿吧，这个校园是我生活的一部分。对于我个人的生活，我是一清二楚的。"

"是的，先生。"

他还在微笑着。

一会儿，绿色的校园和攀附着常青藤的大楼都给我们抛在后面了。车子在公路上颠簸着。我感到纳闷，校园怎么会是他生活的一部分？人怎么会对自己的生活了解得"一清二楚"？

"年轻人，你是一所了不起的学院的一员，伟大的理想在这里成了现实……"

"是的，先生。"我说。

"不用说，你会因为跟这所学院有关系而感到幸运，连我也跟你一样有同样的感觉。多少年前，当你们美丽的校园还是一片不毛之地的时候，我来过这里。那时没有树木、没有花草、没有肥沃的农田，那是在很多年前，你还没有出世呢……"

我入迷地听着，眼睛紧盯着公路上的白色分道线，脑子竭力想象他刚才描述的那个时光。

"连你的父母当时也还年轻。奴隶制刚刚废除。你的民族不知道向何处去，而且，我得承认，我的民族中的许多人也不知道该走什么道路。可是你们伟大的奠基人却胸有成竹。他是我的老朋友，对于他的远见卓识我深信不疑，有时我甚至很难判断究竟是他的见解还是我的见解。"

他抿起嘴轻声地笑了起来，眼角上堆起了皱纹。

"当然是他的见解；我只是协助而已。我与他一道来到这儿，实地考察这片荒地。而且尽我所能助他一臂之力。我每年春天来学院，看看一年年的变化。这确实是我的造化。这比我自己的本职工作更加令人愉快、令人满足。这确确实实是造化。"

他讲话的声音柔和，含义深刻，我不能完全理解。我开着车子，脑海中浮现出了图书馆展出的建校初期的照片，都是些褪色发黄的照片。照片上的景象零零星星地重现了当时生活的片断——四轮骡车和牛车上坐着一群男男女女，身上穿着落满灰尘的黑色衣服，他们似乎都没有什么个性特征。那黑压压的一群人在期待，在毫无表情地观望。他们当中总是坐着一群笑眯眯的白人男女，一个个都眉清目秀，引人注目，举止高雅，满怀信心。虽然我辨认得出奠基人和布莱索博士，可是直到目前为止，照片中的人物似乎从来都不是活生生的人，倒像是词典最后几页上的记号和符号……可是现在，汽车随着我脚下排挡的变换，不慌不忙地向前驶去，我感到我参与了一项伟大的事业。我把自己和后排座位上陷入回忆的富翁放在同等的地位上了……

"好造化，"他又重复说，"我也希望你有好运道。"

"是的，先生。谢谢您，先生。"我答道。他祝我交好运，我心里乐滋滋的。

然而，我又感到困惑不解：一个人的命运怎么会**好**？命运对于我总是折磨人的。我的熟人从来没有讲过什么诸事顺遂的好运——就连让我们读希腊戏剧的伍德里奇也没有说过。

此刻我们的车子开过了学校农田，我突然决定离开公路，转上一条不那么熟悉的大路。四周不见一棵树，但空气十分清新。沿路而下，只见太阳强烈地照射在一个谷仓门上的白铁招牌上。山坡上有个人孤零零地在扶锄劳动。他疲乏地直起了腰，挥了挥手，在天空的衬托下看过去，与其说那是一个人，不如说是一个影子。

"我们走得有多远了？"我背后传来了问话声。

"约莫有一英里①路了,先生。"

"这一带我记不清了。"他说。

我没搭腔,脑子里在想第一个在我面前谈论命运的人——我的祖父。命运总是多磨,我也总是想把它忘却。然而,此刻我和一个对自己命运感到称心如意的白人同乘一辆阔气的轿车,我不由得感到一阵恐惧。祖父会说我的这种行为是背叛,但我又不知道怎么会是那么回事。我蓦地产生了一种犯罪感,我意识到这个白人也许会有同样的想法,他还会有什么别的想法呢?他可知道像我祖父那样的奴隶是在这所学院成立之前不久才获得解放的吗?

我们驶上了一条大路支线,看到几头牛套在一辆破车上,衣衫褴褛的赶车人在一丛树的绿荫下靠在座位上打盹。

"您看见那些了吗?"我转头问道。

"那是什么?"

"是几头拉车的牛,先生。"

"哦,树挡住了,我没有看见,"他说着又向后看,"这木材挺不错。"

"对不起,先生,我掉头好吗?"

"不用了,还没走出多远哪,"他说,"朝前开吧。"

我继续驱车前进,那打盹的赶车人瘦削而带有饥色的脸仍在我脑子里盘旋。他是我害怕的那种白人。褐色田野一直伸展到天际。一群小鸟,好似被一根无形的线牵连着,忽而俯冲而下,忽而在空中盘旋,又突然展翅高飞,飞得无影无踪。热浪在引擎盖的上方翻腾,轮胎在公路上嚓嚓低吟。我终于克服了畏怯心理,问道:

"先生,您为什么对这所学校产生兴趣?"

"我想,"他提高了嗓门,若有所思地说,"那是因为早在我年

---

① 1英里约等于1.6公里。

轻的时候就感到，你的民族和我的命运有着某种密切的联系。你明白吗？"

"不太明白，先生。"我说，承认这一点我直感到害臊。

"你学过爱默生的作品吗？"

"先生，您说爱默生？"

"拉尔夫·华尔多·爱默生。"

我感到很窘，因为我没有读过。"还没有读过，先生。我们还没有读到他。"

"没有？"他语气中有几分诧异，"噢，没什么。我和爱默生一样，也是新英格兰人。你应该了解他，对你的民族来说，他是一个重要人物。他关心你的民族的命运，有过一定的影响。是的，这也许就是我的意思。我感觉到你的民族不知怎么和我的命运联系着。就是说你们过去的经历和我未来的命运联系着……"

我把车子的速度减慢了，想弄懂他这番话的意思。在反光镜里，我看见他细长的手指优雅地夹着一支雪茄，指甲修剪得整整齐齐，两眼盯住雪茄上积得长长的一截烟灰。

"是的，你们是我的命运所在，年轻人。只有你们才能告诉我命运究竟是怎么回事，你明白吗？"

"我想我明白了，先生。"

"我的意思是说，多少年来我资助你们学校究竟有没有结果，就要看你们了。这是我毕生的事业。我毕生从事的并不是开办银行或进行科学研究，而是亲手安排人们的生活。"

此刻我看他俯身靠在前排座位上，说话的情绪比刚才更为激动，我的视线不由得离开公路转向他。

"另外还有个原因，一个更为重要、更具感情色彩的原因，甚至可以说是更为神圣的原因。"他说着，似乎眼睛也看不见我了，只是在自言自语，"是的，是比所有其他原因都更为神圣的原因。那是一个姑娘，我的女儿。她比诗人狂想中的最美的美人还要罕见，还要俏丽、纯洁，还要完美、纤秀。我怎么也无法相信她是我的亲骨肉。她的美貌是最清澈的生命之水的源泉，你只要一看见，就会情不自禁地去啜饮，而且饮个不停……她是千载难逢、完美无瑕的创作，是最为地道的艺术杰作。一朵在如水的月光中盛开的娇嫩鲜花。她超然脱俗，犹如《圣经》中的少女。她举止优美，仪态端庄。我很难相信她是我亲生……"

突然他伸手去掏他背心上的口袋，从座位的靠背上方递过了一件东西，这使我吃了一惊。

"你看，年轻人，你能这么走运，读上这样一所学校，多半是亏了她。"

我端详着装在雕花白金框里的一幅着色的小画像，差一点把它从手上跌落。一个眉目清秀、令人喜爱的少女在看着我。她美极了，当时我想，她那么漂亮，我简直不知道应该就自己心里所感受的极力加以赞美呢，还是应该装得礼貌一点。然而我似乎对她或者是对一个与她模样差不多的什么人，过去脑子里曾有过一些印象。现在我知道了，原来是那柔软飘拂的衣服使她看起来这般美丽。今天，如果她穿上妇女杂志上常见的那种裁剪得当、机器加工、显露线条的乏味的紧身时装，她就会像一件经机器磨过的高价钻石一样，平淡无奇，缺乏生气。然而，不知怎么的，我当时受到了他情绪的感染，也有些激动。

"她太纯洁了，无法在这人世间生活，"他伤心地说，"她太纯洁，太善良，太美丽了。我们，就她和我两个人，去周游世界。到达意大利后，她病了。当时我不大在意，还继续旅行，翻过了阿尔卑斯山。到了慕尼黑，她就明显地消瘦了。在一次使馆举行的酒会上，她突然晕倒，世界上最好的医术也没能挽救她的生命。我只身返回，结束了一次痛苦的旅行。自那以后，我便一蹶不振。我不能原谅自己。她死后我所做的一切都是为了怀念她，都是为她竖立无形的纪念碑。"

他沉默了，一双蓝色的眼睛凝视着伸向远方的洒满阳光的田野。我把小画像还给了他，心里揣摩着为什么他要把这样的隐私向我透露。这样的事我从来没干过，那太危险了。首先，假如你想获得什么，又把内心的活动像他那样告诉了别人，那就太危险了，因为你的希望一定会落空，或者即使得到了，也会给别人抢走，或者由于某种情况得而复失。其次，没有人能理解你，他们甚至会讥笑你，认为你太傻。所以袒露自己的内心世界是件危险的事。

"你看，年轻人，虽然你从前没有见到过我，你却与我的生活休戚相关。你与一个伟大的理想、一座壮丽的纪念碑紧紧地联系在一起了。假如你成了一个能干的农场主、厨师、传教士、医生、歌唱家、技师——不管你成为什么，甚至即使你无所成就，你也体现了我的命运。你得给我写信，告诉我结局。"

我在反光镜里看到他在微笑，倒松了一口气，此刻，我思绪纷乱。他是在和我打趣？他是在模仿书上人物对我说话，来试探我的反应？或者这位富翁是不是——我简直连想也不敢想——有那么一点儿精神失常？我怎么会告诉他*他的*命运？他把头抬了起来，我们的视线刹那间在镜子里相遇了，我随即低下了头，看着公路上鲜明的白色分道线。

沿路的树又粗又高，我们转了个弯。一群群褐色的鹌鹑拍打着翅膀向高空飞去，它们在田野上空盘旋，忽而又飞了下来，与棕褐色的大地融成了一体。

"你能答应告诉我我的命运吗？"我听他这样问。

"先生？"

"你肯吗？"

"就*现在*吗，先生？"我尴尬地问。

"随你的便，愿意的话，现在就讲。"

我沉默了，他的语气严肃，似乎非要我回答不可。我想不出什么话来回答他。发动机嗒嗒地响着，一只小虫在挡风玻璃上撞得稀烂，留下了黏糊糊的黄色污迹。

"现在我还不清楚，先生。我才读到三年级……"

"你知道了就告诉我，行吗？"

"我一定尽力，先生。"

"那好。"

我很快地向反光镜瞥了一眼，发现他又在微笑。我想问他，他既有钱又有名，而且又帮助把学校办成了今天这个样子，难道还不够吗？可是我心里害怕。

"你觉得我的想法怎么样，年轻人？"他问道。

"我说不上来，先生。我只是想您已经得到了您在寻求的一切。因为，如果我一事无成或中途辍学，我看那也不能说是您的过错。因为是在您的帮助下，学校才有今天。"

"因此你认为这就够了，是不是？"

"是的，先生。校长总是这样跟我们说的。您获得了您自己的一切，您通过个人的努力获得了这一切，我们应像您一样，不断提高自己。"

"可那仅仅是我企求的一部分，年轻人。我有钱，有名气，有声望——这都是事实。可是你们伟大的奠基人所拥有的还不止于此。他有成千上万的人，他们依靠他的思想，依靠他的行动。他的所作所为影响你们整个民族。在某种程度上，他有国王的权力，或者说在某种意义上，他有天神的威力。我渐渐相信，这比我的工作重要，因为我得指望你们。你对我很重要，因为如果你一事无成，**我**就在一个人身上失败了，生产了一只坏了一个轮牙的齿轮；过去似乎还不太要紧，但是现在我老了，所以……就非常重要了。"

可是你连我的名字都不知道,我想,说这些话算什么呢?我心里感到纳闷。

"我看要你了解这一切对我如何至关重要,是不太容易的。但是在你前进的路程中你要记住,我得依靠你来了解我的命运。通过你和你的同学,我才会成为,比如说,三百个教师、七百个技师、八百个技术熟练的农场主,等等。那样我就可以根据造就出的人才多少看出我投入的金钱、时间收到了多大的成效,我寄予的希望取得了多大的成功。我也就为我的女儿建立了一座活生生的纪念碑。懂吗?我可以看见在你们伟大奠基人把荒野改造成的良田上,结出了硕果。"

他不说话了。我看见一缕缕青烟飘过反光镜,还听到电热引燃器啪的一声又插回到前座背后的管套里。

"我想我现在对您的话明白一点了,先生。"我说。

"好极了,我的孩子。"

"我要继续朝前开吗,先生?"

"好的,"他应了一声,眼睛看着车外的田野,"这一带我从没来过,对我来说还是陌生的地方。"

我心不在焉地顺着路上的白线开车,脑子里还琢磨着他刚才说的一番话。当我们驶向一个山坡的时候,一阵热风迎面扑来,好像走近了沙漠。我连气都快透不过来了,于是我欠身向前打开了电扇,霎时听到了呼呼的响声。

车内有了一阵阵轻风,他说了声"谢谢"。

我们这时正经过一排木头棚屋,这些木屋由于风吹雨打都发白变形了。长年暴晒的木瓦像一沓沓浸了水、正在摊开来晒干的纸牌。每座木屋两边各有一间四方的房间,中间由共用的顶棚和地面连接起来,正中是个门廊。我们从旁边开过,一眼可以看到木屋那边的田野。他有点激动地命令我把车停在一间孤零零的木屋前面。

"那是间木屋吗?"

那间木屋已经陈旧,裂缝里填着灰白的泥土,屋顶上倒也补了些发亮的新木瓦。我心里突然感到后悔,觉得不该莽莽撞撞开到这条路上来。在摇摇晃晃的篱笆附近有一群穿着硬邦邦的新套衫的孩子在游戏。一看到他们,我马上认出了这个地方。

"是的,先生。那是间木屋。"我回答说。

这是吉姆·特鲁布拉德的木屋。他是一个用谷物交租的佃农,曾使这里的黑人蒙受耻辱。几个月之前,他引起了学校相当大的义愤。现在人们不愿谈他,若提到他的名字,都要把声音压低。在这之前,他很少来到学校附近,可是人们喜欢他。他吃苦耐劳,精心照料家庭,而且讲起故事来很有幽默感,有一种描述得活灵活现的魅力。他还是一个高音歌手,有时学校有白人贵宾光临时,他就和一个乡村四重唱小组的其他成员被叫到学校来表演。那往往是星期天晚上我们在小教堂集会的时候。他们通常演唱那些官员们称作"原始黑人灵歌"的歌曲。我们都为他们粗俗的和声感到难为情,可是既然来宾们都有几分敬畏,我们也就不敢讥笑吉姆·特鲁布拉德了。他领唱时那种粗犷的高腔,就好似动物悲戚的叫声。自从他做了见不得人的事以后,这一切也就成了过去。学校的行政人员本来对他抱轻蔑的态度,只是由于宽容而有所收敛;现在由于憎恨,这种轻蔑就变本加厉了。在我成为看不见的人之前,我还不知道他们的憎恨以及我的憎恨里面都充满了恐惧。那时候学校里所有的人都多么憎恨黑人,憎恨聚居地带的人们,憎恨那些"农民"啊!我们竭力想抬举他们,而他们,比如吉姆·特鲁布拉德,却拼命把我们往下拽。

"看上去很旧了。"诺顿先生说。他看到光秃秃的硬土院子那边,有两个身穿新的蓝白格布衫的妇女正在铁锅边洗衣服。锅乌黑乌黑,微弱的淡红火苗舔着锅边,下面是一片淡红,上面箍着一圈黑边,好似火焰在戴孝。两个妇女都怀孕很久了，挺着大肚子，动作迟缓，显得很疲乏。

"是的，先生，房子很旧了，"我说，"这一间木屋，还有另外两间跟它差不多，都是蓄奴时期造的。"

"真的！我不能相信这些小屋会那么耐久。蓄奴时期就有啦！"

"是真的，先生，"我说，"这里办大庄园时掌握土地的那家白人现在还住在城里呢。"

"对，"他说，"我知道那时候的不少人家现在还有人，许多人还活着。虽然衰败了，但这样的家族还在延续。我可没想到这些个木屋居然会没坏！"他似乎感到惊异、迷惘。

"你看那两个妇女会不会知道一点这地方的历史？那个老的或许会知道一点。"

"我看不大会，先生。她们，她们的脑子似乎并不特别灵活。"

"灵活？"他随手把雪茄从嘴边拿开，"你是说他们不会跟我谈话？"他心怀疑虑地问。

"对，先生。是这么回事。"

"为什么不肯和我谈话呢？"

我不想加以解释，那将会使我感到丢人。可是他意识到我知道点什么，就老是追问我。

"那不大合适吧，先生。不过我想她们也不会跟我们谈话。"

"我们可以向她们解释，说我们是学校的人。那样，她们肯定会谈谈。你可以告诉她们我是什么人。"

"是的，先生，"我说，"不过他们挺恨我们这些学校的人，他们从来不上学校去。"

"什么！"

"他们从不去学校，先生。"

"就连在篱笆边玩的那些孩子也不去吗？"

"先生，他们也从来不去。"

"可是为什么？"

"我实在不清楚，先生。不过这一带确有许多人不上学校去。我猜想那是因为他们太没有知识。他们不感兴趣。"

"这我可不能相信。"

孩子们停止了玩耍，一声不响地看着汽车，他们两手交叉在背后，把过大的套衫紧绷在隆起的小肚子上，仿佛也怀孕了。

"她们家的男人怎么样？"

我迟疑了。为什么他对此感到这么奇怪呢？

"他恨我们，先生。"我说。

"你说他，这两个妇女没有都结婚？"

我倒吸了一口气。我做了件错事。"老的结过婚了，先生。"我踌躇地回答说。

"那个年轻妇女的丈夫怎么啦？"

"她没有丈夫——这就是……我……"

"你说什么，年轻人？你了解这些人吗？"

"稍稍了解一点。校园里不久前对他们有许多议论。"

"议论什么？"

"嗯，那个年轻妇女是那个上岁数的妇女的女儿……"

"怎么？"

"嗯，先生，有人说……您了解……我的意思是有人讲那个女儿没有丈夫。"

"哦，我懂了。但这不该如此大惊小怪啊。我了解你的民族——没关系！就这些吗？"

"嗯，先生……"

"那么，还有些什么呢？"

"他们说那是她父亲干的。"

"什么!"

"是的,先生……他们说是他让她怀了孩子。"

我只听他嘿的一声吸了一口气,像一只玩具气球突然瘪掉了。他两颊通红。我茫然不知所措,心里为这两个妇女感到羞耻,同时又担心言多有失,伤害了他的感情。

"学校里可有人调查过这件事?"他停了一下之后问道。

"调查过,先生。"我说。

"有什么发现?"

"确有其事——他们说。"

"那他又怎样解释他干的这样一种——一种——骇人听闻的丑事呢?"

他倚在靠背上坐着,双手紧抓住膝盖,一个个指节显得苍白。我把头扭向一边,眼睛看着热得发亮的水泥公路。我真巴不得是在白线的另一边,正朝回开,正驶向宁静的绿茵茵的校园。

"人们说那个男人既占有自己老婆又占有自己女儿,是不是?"

"是的,先生。"

"而且他是她们**两个人**的孩子的爸爸?"

"是的,先生。"

"不,不,不会!"

听起来他仿佛在经受极大的痛苦。我不安地看着他。怎么回事呢?我说了些什么呢?

"不会是那样!不会……"他说,话音里流露出某种恐怖情绪。

我看见那个男人从小屋旁边走了出来,太阳火辣辣地照射在他那新蓝布套衫上。他脚上穿着一双棕褐色的新鞋,不紧不慢地在发烫的土地上走动。他身材矮小,穿过院子的时候,显得对周围十分熟悉,即使是在伸手不见五指的黑夜里,他也可以蛮有把握地像白天一样走动。他朝自己扇动着一条蓝色印花大手绢,走到两个妇女跟前,跟她们讲了几句话。然而她们阴沉沉地对待他,话也没怎么说,头几乎没有向他扭过去。

"就是那个人吗?"诺顿先生问道。

"是的,先生。我想是的。"

"下车!"他大声说,"我一定要跟他谈谈。"

一时间我动弹不得。他会跟特鲁布拉德、跟他的女人们说些什么呢?他会问些什么问题呢?我又惊又怕,怏怏不乐。他何必去管这些人呢!

"快!"

我下了车,把后面的车门打开。他从车子里爬了出来,连跑带颠地穿过马路到了院子里面,好似被我无法理解的紧迫感催促着。不一会儿,我突然看到那两个妇女转身没命地往屋后跑,动作笨拙,脚步沉重。我紧跟着诺顿先生,只见他在那男人和孩子身边站住了。他们不吭声了,脸色阴沉了下来,表情显得模糊、冷淡,眼神变得呆滞而难以捉摸。一双双眼睛都成了帷幔,他们就蜷缩在那后面等待,看他会说出些什么话来。我一看到这景象,就也缩到自己的帷幔后面去了,浑身直哆嗦。走近了,我就发现了在车子里没有看到的东西。这个男人好像给人用雪橇打过似的,右颊上有一块伤痕,鲜红稀湿的,他不时地扇动手绢驱赶蚊虫。

"我,我……"诺顿先生结结巴巴地说,"我一定要跟你谈一谈!"

"好的,先生,"吉姆·特鲁布拉德说,丝毫不感诧异,等待他发问。

"真的你……我是说你干过?"

"先生,您是问……"特鲁布拉德问道。我把脸扭到了一边。

"你倒熬过来了,你是不是当真……"他脱口而出地问道。

"先生,您是问……"种田人反问道。他困惑得皱起了眉头。

"对不起,先生,"我解释说,"恐怕他不懂您的意思。"

他根本不理我,两眼死死盯住特鲁布拉德的脸,似乎觉察到了什么我看不到的信息。

"你干这种事,却安然无恙!"他叫喊起来,两只蓝眼射出幽光,直视那黑黝黝的脸上,像是又羡慕又气愤。特鲁布拉德无可奈何地朝我看。我忙把眼光避开。我并不比他更明白这位先生的用意。

"你目睹了一片混乱,却平安无事!"

"是的,先生!我感觉挺好啊。"

"真的吗?你内心没有感到极度不安,你没有感到要驱赶那令人难受的目光?"

"**先生**?"

"回答我!"

"我挺好,先生,"特鲁布拉德局促不安地说,"我的眼睛也还不错。肚子难受时,我吃上一点儿苏打就没事了。"

"不,不,不是讲这个!让我们到阴凉地方去谈。"他说着,激动地朝四下看了看,就拔腿向门廊下面的阴凉处走去。我们跟着走了过去。种田人把手搭在我肩膀上,但是我把它抖开了,我心里明白我没法向他作任何解释。我们进了门廊,坐在轻便折椅上,围成了半圆。我就坐在佃农和百万富翁之间。门廊周围的土地硬邦邦的,平时洗衣水就倒在这里,日子一久,就给冲刷得变成了白色。

"你现在生活得怎么样?"诺顿先生问道,"也许我能帮点什么。"

"我们日子过得还不坏,先生。在他们听说我们这儿出事之前,我再求,也没人肯帮忙。现在好多人感到新鲜,可肯出力帮忙啦。就连那些神气活现的学校里的人也肯帮忙了,只不过这当中有花招,要把我们统统撵出这个县,说路费之类由他们出,还答应给我们一百美元安家。我们挺喜欢待在这儿,我没有答应。后来,他们派来了一个人,也是个大人物,说我如果不走,他们就要叫白人来收拾我。我一听可气炸了,心里又直发慌。学校里的那些人和白人可抱得紧啦，我很怕。他们头一次来，我就琢磨，他们跟过去态度不一样啦。好些日子前，我上学校找几本书看看，想弄清楚几个管庄稼的问题，他们就不像现在这样。那时我还没有落到这步田地。现在他们肯帮忙，那是因为看到我弄得两个女人要同时生孩子啦。

"他们要撑我，说我干了见不得人的事。我知道是为了这个，可气坏了。是的，先生，我的的确确气坏了。我就去看了老板巴查南先生。我把事情跟他谈了，他就给我写了个条子，叫我带着去见司法官。我按他的话办了，上监狱把条子交给了司法官巴勃。他问我出了啥事。我就原原本本给他讲了。他又叫了些人来，叫我从头到尾再讲一遍。他们叫我把姑娘的事谈了好多遍。他们给我吃，给我喝，还给了我烟草。这事我觉得挺怪。我本来心里很怕，哪敢指望他们这样待我。啊，我猜在这个县里的黑人当中，数我占白人的时间多啦。末了，他们叫我不要发愁，他们会给学校去信，让我还待在这儿。那些黑人大好佬们也就不管我了。这说明不管你黑人多神气，白人总有办法治你。白人护着我了，他们爱上我们这儿来，跟我们谈谈。有的白人还是大人物，是打州里有名的学堂来的。他们问我是怎么想的，问到我家里的人，问到我的孩子，我无论说啥，都统统给他们记到一个小本子上了。最好的是如今我的活儿多了，比过去不知多了多少……"

此刻他心甘情愿地讲着，还有点洋洋自得。没有丝毫的犹豫和羞愧。老人静静地听着，脸上露出了茫然的表情。细细的手指夹着一支没有点燃的雪茄。

"现在光景好多了，"种田人说，"我一想到那阵子天那么冷，日子那么苦，我就直哆嗦。"

他咬了一块口嚼烟草。不知什么叮当一声撞在门廊上。我捡了起来，盯着它看了看，原来是用白铁皮冲压出来的一只硬实的红苹果。

"先生，那时天很冷，我们又没有怎么生火，只有木头，又没有煤。我到处想办法求人，没有人肯帮忙，我找不到活干，啥活都找不到。天冷极了。我们只好挤在一块儿睡觉；我，老太婆，还有姑娘。事情就是这样发生的，先生。"

他清了清喉咙，眼睛发亮，声音念符咒般的低沉，仿佛这件事他已经讲了很多很多遍了。苍蝇和小虫在他的伤口处打转。

"事情就是这样的，"他说，"我睡在一边，老太婆睡在另一边，姑娘睡在当中。房间里黑洞洞的，黑得像待在柏油桶里，小崽子们都挤在一起，睡在角落里的床上。我一定是最后一个上床，因为我还在琢磨第二天怎么弄点东西糊口。还想到了姑娘，想到一个围着她转的小伙子。我不喜欢这小子。老是想到他。我拿定主意叫他不要缠着我的姑娘。房间里漆黑漆黑，有个孩子在睡梦中呜咽地哭了起来。最后几根树枝烧得劈劈啪啪作响，一根根落到了炉底。肥肉的气味像油脂在冷糖浆盘里凝住了一样，在空气里也变冷，凝住了。我又想到了姑娘和那小伙子。我感觉到她的胳膊在我身边，同时听到老太婆在另一边哼哼地打着鼾。我在为这一家子人发愁，给他们吃什么呢？我想起我这姑娘像角落里的那些小崽子那么大的时候，她跟我真亲，比跟老太婆还要亲。我们这一家人在黑暗中一起呼吸。我眼睛一闭就看到他们了。他们现在的样子我清楚，那时候的模样我也同样记得。我在心里把他们一个一个打量过去。姑娘就像老太婆年轻的时候，就像我初次见到她的时候的样子，只是更加好看。你知道，我们这个民族越长越好看了……"

"不管怎么说吧，我听他们在呼吸，我没有睡着，但那呼吸的声音叫我瞌睡。不一会儿，我听到姑娘在睡梦里轻轻地、软绵绵地叫唤'爹'，我朝她望了望，看她是不是还醒着。可是我只能闻到她的气味，我伸手去摸她的时候只能感觉到她呼在我手上的气息。她的声音那么轻，我有没有听见也拿不准。所以我就躺在那儿听着。仿佛我听到了夜鸥的叫声，我心里就在说：走开，要不找到老威尔我们就抽他①。过了一会儿，我听到学校里的钟冷清地敲了四下。

"后来我开始想到老远以前的事儿了。我想到我离开了农场，住到牟比尔，想到了跟我相好的一个姑娘。那时候我还年轻，和跟前这个年轻的小伙子差不多。我们住在河边一幢两层楼的房子里。夏天，我们总是躺在床上聊天。她睡着了，我总还是醒着，看着从河上照进来的灯光，听着来往小船开动的声音。小船上常常有乐师。有时候，当小船向我们开来时，我就把她叫醒，让她听听船上传来的音乐。我总是躺在床上，四周静悄悄的，我可以听到打老远老远的地方传来的音乐，就好像抓鹌鹑一样。天黑了，你听到老鹌鹑鸣叫，想把一窝雏儿叫拢。它慢慢向你走了过来，叫得很轻，它知道你带枪躲在附近。可是它总还是得把它们叫叫拢，所以它还是一直走过来。老鹌鹑真像个好人，该做啥它就做啥。

"啊，那船上的声音听起来就是这个样，打老远的地方慢慢过来了。开头在你快要睡着的时候，声音来了，好像有人举着一把锃亮的铁镐对着你慢悠悠地打过来。你眼看那镐尖直对着你，慢虽慢，可你又没法躲；只是等到镐落到身上，你才发现那根本不是铁镐，而是老远有人把各种颜色的小玻璃瓶摔破了。可是那声音还是不停地冲着你过来。稍停，声音近了。这一刻你好像站在二楼窗口，张眼一看，只见下面有一车西瓜。在一堆有条纹的绿皮西瓜上面有一只新鲜多汁的西瓜剖开了，散放在各处，清凉，蜜甜，好像召唤你去吃。你可以看到鲜红的瓜瓤，又熟汁水又多，就连黑油油的瓜子你都看得见。同时你又听到汽船侧轮打水的声音，听起来好像不愿把人吵醒似的。我和那姑娘躺在床上，感到跟阔佬似的，船上伙计们演奏的音乐像上等桃子酒一样甜滋滋的。不一会儿，船走过去了，窗上的灯光不见了，音乐也跟着消失了。这就像在一条两旁种

---

① 夜鸱产于美国东部和加拿大，夜间出来活动。英文 whippoorwill，是个拟声词，它的发音和 whip ole（黑人对 old 的读法）Will（鞭打老威尔）相近。

树的巷子里看到一个头戴宽边草帽、身穿红色衫裙的姑娘打身边走过一样,她丰满、娇嫩,悠悠地扭动着屁股,因为她知道你在注视她,你也**知道**她心里明白。你就站在那儿盯着看,后来你只能看到她的红帽顶了,再过一会儿连帽顶也看不见了,你知道她打那边下了山——我遇到过这样一个姑娘。那时候我耳朵里光响着这个牟比尔姑娘的话音——她叫玛格丽特——她躺在我身旁吸气,兴许就在那一刻,她会问:'老爹,你还没有睡着吗?'我'唔'了一声又睡着了——先生们,"吉姆·特鲁布拉德说,"我喜欢回忆待在牟比尔的那些日子。

"咳,也就是在这么个情况下,我听到马蒂·卢在叫'爹',听那声音,我心里嘀咕着,她一定是梦到什么人啦。会不会是梦到那个小子啦,我心里很火。我听她咕哝了一会儿,看她会不会把他名字叫出来。她没有叫。我记得有人说你要是把说梦话的人的手放进温水,他什么都会说出来,可是屋里的水太凉啦。反正我也不想干这件事。我感到她翻了个身,往我这边慢慢紧挨了过来,一条胳膊搂住了我露在被子外面的、冷冰冰的脖子。这当儿我心里晓得她成人了。她说了些我听不懂的话,像是个女人在卖弄风骚,讨好男人。我就知道她是个大人了。我真想知道这种事已经有过多少次了。会不会是给那个杀千刀的小子逗的呢?我把她柔软的胳膊推开,这并没有把她弄醒;我叫她,也没有把她叫醒。后来我就翻了个身,把身子挪挪开。可是床上地方太小,我还是感觉得到她身子靠着我,往我身边贴过来。后来我就迷迷糊糊,兴许是做了一场梦。我得把这个梦讲给你们听听。"

我瞥了诺顿先生一眼,随即站了起来,满以为这是个离开的好时机,不料他全神贯注地听特鲁布拉德讲话,根本没有看到我站起身。我只好又坐了下来,暗中咒骂这个种田人和他的梦一起见鬼去吧!

"我记不周全了，光记得我想弄点肥肉，上城里找白人，他们叫我去找布罗德纳克斯先生，说他会给我。啊，他住在一个小山上，我得上山去找他。那座山好像成了世界上最高的山，我越爬，布罗德纳克斯先生的家好像就越远。末了，我总算爬到了顶，累极了，又赶忙找他这个人，我就打前门进去了。我明知道这样做不对，但我没有法子。走到里面，就进了个大房间，到处是点着的蜡烛，家具锃亮，墙上挂着画，地板上还铺着软乎乎的东西。可是一个人影也看不见。我就叫起他的名字来。可是没有人来，也没有人应。我看到一扇门，就穿过那扇门，进了一个宽敞雪白的卧室，就像小时候跟我妈在公馆里看到的一个样。房间里什么都是白的。我站在那儿，心里知道自己不该进去，可是不知怎么搞的已经进去了。原来那是个女人的房间，所以我想跑出去。可我找不到门。我能闻到四下里女人的气味，而且越来越浓。后来在一个角落里，我找了半天，发现了一只落地大座钟。我听它敲了几声，玻璃门就开了，里面走出一位白人贵妇。她只穿了一件柔软的白绸子睡衣。她两只眼睛直瞪着我。我不知道怎么办是好。我想跑掉，可是我只看到钟上的门，可她又站在那儿——反正我走不了。那一阵，钟响个不停，而且越响越快。我想说点什么，可又说不出来。接着她大声叫喊了起来。我想那刻我耳朵许是聋了，我看她嘴巴在动，却听不到声音。可是我又可以听到钟的闹声。我想跟她说个明白，说我是来找布罗德纳克斯先生的，可是她又不听。而且她冲着我跑了过来，两只手搂住我的脖子紧紧抱住不放，不让我钻到钟里面去。说真的，我不晓得怎么办。我想跟她说话，我想跑开。可是她紧紧地把我抱住，我怕接触她，因为她是白人。我怕得要命，一下就把她掼到了床上，好甩开她，哪晓得那床软绵绵的，那个女人陷进去就不见了，陷得那么深。简直快把我们两个人闷死了。忽然嗖的一声，床上飞出了一群小白鹅，有人说在地上挖宝就会看到这种景象。天哪，白鹅刚刚飞走,我就听到门打开了,只听见布罗德纳克斯先生说:'都是黑鬼,让他们搞吧!'"

他怎么能把这事跟白人讲呢?他明知道白人听了都会说黑人全干得出这种事的。我低头看着地板,眼前一片模糊,红殷殷的,心里感到痛苦。

"一不做,二不休——虽然我感到不对头。后来我挣脱了那个女人,径直向钟跑了过去。开头我打不开门,因为那门上有一团像钢丝绒一样的东西。可是我总算把门打开了,钻了进去。里面又热又黑。我往上进了一个黑洞洞的隧道,一直走到像学校里的那个发电厂那老是在作响发热的机器附近。里面热极了,像是房子着了火。我拔脚就跑,想逃出去。我跑啊跑啊,按理我该累了,可我越跑越觉得轻松。我跑得像飞,飞啊,飘啊,就在市镇的上空飘动,可是我还是在**隧道**里面。远远的前方,我看到一点亮光,像坟场上的磷火,越来越亮。我心里知道我得赶上去,要不就不成了。不一会儿我赶上了。哪知道它像一个特大的电灯泡在我眼前爆掉了,把我上上下下都烫伤了。可是又不是烫伤。我好像掉到一个湖里了。湖面上水滚烫,湖底下却是一股股冻得人发僵的冷流。忽然间,事儿完结了,我跑了出来,一看是大白天,挺阴凉,感到一身轻松。

"我醒来之后打算把这个怪梦告诉我老伴。已经是早上,天快亮了。我两眼直盯着马蒂·卢的脸。她抽风似的一边打我、抓我,一边哭,全身哆嗦着,抽搐着。我惊得动也不敢动。她边哭边叫:'爹,爹,爹啊。'忽然我想起了我老伴。她就在我们身边打盹。我不敢动,我估摸着一动就是造孽,不动兴许就算不上罪过了,因为这个事是我睡着的时候发生的——虽然有时候有的男人一看到打小辫子的姑娘就以为找到了个妓女——这你们都晓得的吧?不管怎么说吧,我心里清楚:不把身子移开,老太婆会看到我,我可不愿出现这个局面,因为那比造孽还要**糟糕**。我轻轻地对马蒂·卢说话,劝她安静下来。同时盘算着怎么样既不造孽又能从这种困境里摆脱出来。我差一点儿把她闷死。

"不过一个男人到了这种地步,就没有法子了,就由不得他了。我拼死想把身子挪开,但是我得一动**不动**地挪开。我飞也似的进去,可得一步一步走出来。我得一动不动地移开。我一直在想,想多了我就明白过来了;我的处境向来就是这个样,我的生活差不多一直是这个样。我想来想去,觉得只有一个出路:那就是动一动刀。可是我身边又没有刀,而且,如果你看到过秋天阉小公猪的情景,你就明白,为了不作孽挨这一刀代价实在太高了。什么事都涌上了心头,七上八下直翻腾,像是在打架。想想我这个进退两难的处境,我倒反而横下心了。

"情况本来就够糟了,马蒂·卢又按捺不住了。她自己动了起来。开头她想把我推开,我把她按住,这样我就可以不造孽了。后来我慢慢地移开,'嘘嘘'了两声叫她安静不作声,不要把她妈妈弄醒。这时她一把搂住了我,搂得很紧。原来她并不要我离开。老天在上,说句良心话,我发现自己也不想挪开身子。我当时的感觉——尽管我从那时起一直感到难受——就跟伯明翰的那个家伙一样。他把自己关在房子里,冲警察开枪,最后他们放火烧房子,把他烧死了。我摸不准该怎么办。我们越是扭动,想要分开,越是想待在一起。于是我就像那个家伙一样,待着不动了,我得顶到最后。那家伙可能是死了,不过他死之前,一定是心满意足了。我知道我刚经历的事从来没有过,简直没法说。就好像一个爱喝酒的人喝醉了酒,像一个真正圣洁虔诚的妇女被挑逗得一下把衣服脱个精光,或者像一个赌徒输了还要拼命再赌。你被吸住了,即便你想撒手也办不到。"

"诺顿先生,"我憋得结结巴巴地说,"我们该回学校了,先生,否则你就来不及赴约定的会了。"

他连看也不看我，说了声"得了"，厌烦地挥了挥手。

特鲁布拉德似乎对着我暗笑，看了看那白人又看了看我，又继续讲了下去。

"我忽听得凯特大喊了一声，可是我松不了手。她那喊声听了真叫你寒心，好像一个做妈妈的眼看一群野马践踏着她的小宝宝，而她又不能过去救他。凯特的头发竖起来了，像是见到了鬼。她身上的睡衣领口松开了，颈子上的青筋快要暴出来了。那双眼睛，天呀，那双眼睛。我还跟马蒂·卢躺在那木床上，眼睛看着凯特。我虚得动也动不了。她一面叫喊，一面顺手抓住一件件东西就扔过来。有的打偏了，有的正好打在我身上。大东西小东西都有。不知什么冷冰冰臭烘烘的东西一记打在我头上，弄得我身上湿漉漉的。又不知什么呼隆隆一声炮弹似的打在墙上，我连忙把头捂起来。凯特跟疯婆子一样，不晓得在说些什么。

"'等一等，凯特，'我叫着说，'别扔了！'

"后来我听她住手了，跑到了房间那一头。我扭头一看，天哪，她去拿我的双管猎枪了。

"她嘴里喷着唾沫，一面推扳机，一面迸出句话来。

"'爬起来！起来！'

"'嗳，不能啊，凯特！'我说。

"'该死的，你的灵魂该下地狱！起来，别趴在我孩子身上！'

"'可是，凯特，孩子妈，你听着……'

"'不要啰唆，爬起来！'

"'把那玩意儿放下吧，凯特。'

"'不放下，**起来**。'

"'那里面装着大号铅弹，孩子妈，**大号**铅弹！'

"'是装了弹！'

"'我说，把枪放下。'

"'我要把你崩了，让你的灵魂进地狱。'

"'你会打到马蒂·卢的。'

"'不打马蒂·卢，**就打你**。'

"'那铅弹会散开的，凯特，马蒂·卢要紧！'

"她走了过来，对着我瞄准。

"'我警告过你，吉姆……'

"'凯特，是做了个梦，你听我说吧……'

"'该你听我说——从那里起来。'

"她把枪一转，我闭上了眼睛。可是没有崩我的爆炸和闪光，倒听到马蒂·卢在我耳朵旁边尖叫：

"'妈妈，呜呜呜呜，妈妈！'

"那当儿，我一骨碌滚开了，凯特一时下不了手。她看看枪又看看我们，像发寒热似的抖了一阵。她突然把枪往地上一丢，刷的一声快得像只猫，扭头一把抓住炉子上的什么东西，随手就往我身上摔了过来，像是一把尖锹打在我腰眼上。我一下子气都透不过来了。她不停地摔，不停地骂。

"我抬头一看，啊呀，她手里拿着一只烙铁。

"我大声喊了起来：'不要流血，凯特，不要伤人流血啊！'

"'你这条贱狗，'她说，'流血总比下流好！'

"'不能啊，凯特，事情并不是你看到的这个样！不要因为梦中的罪孽又造孽流血啊！'

"'住口，黑鬼。**下流胚**！'

"我觉得跟她讲道理是白费劲。我就打定主意随她拿我怎么办。我只好接受惩罚，没有别的法子了。我对自己说，吃点苦头兴许更好。说不定我就该让凯特打。我没有罪过，可是她认为我有罪。我不愿意她打我，但是她以为非打我不可。我想爬起来，可是我虚得动弹不了。

"我像小孩子冬天把嘴唇粘在冰冻的水泵把手上似的,愣在那里动也动不了。我像只给黄蜂叮得半死的樫鸟——但是还活着,而且眼睁睁地看着黄蜂把自己叮死。

"这使我似乎躲在脑袋里,缩在眼睛后面暗暗地瞧着,就像在暴风雨中躲到了挡风墙的背后似的。我往外一望,只见凯特向我冲了过来,后面还拖着样什么东西。我想看看清楚,了解个究竟。我看见她的外衫被炉子刮了一下,露出了手,手里紧紧攥着一样东西。我猜想是个木柄。可是她拿木柄干啥呢?我看到她正冲着我过来,显得挺高大。她像男人抡十磅雪橇一样挥着手臂。我看见她指节擦伤了还在流血,我看见那木柄勾住了她的外衫,把外衫掀了起来,这样我就看到了她露出的大腿。我看见她皮肤冻得乌青发紫。我看见她弯腰又直起,我听到她嘴里还在哼哼。我看见她不停地挥舞着,我闻到她身上一股汗臭。我看清楚了那发亮的木柄的形状,闹明白了她在用什么家伙敲打我。天哪!这一回我看见被子给钩住了,挑得老高,掉到了地上。跟着我看到一把斧头露了出来,明晃晃的,因为我几天前刚刚磨过。我蜷缩着身子好像又躲到挡风墙的背后去了。我喊道:

"'不能啊,凯特——天哪,凯特,不能啊!!!'"

他的声音突然变得刺耳了,我不由得一惊,抬起了头。特鲁布拉德眼睛呆滞,直愣愣地盯着诺顿先生,似乎要把他看透,几个孩子像是做了错事,停止了游戏,朝着他们的爸爸看。

"求她一点用也没有,还不如去求能掉头的火车头。"他接着说,"我看着那斧头下来了,忽闪一亮。我看见凯特凶相毕露,我端起了肩膀,硬着头皮等着——好像苦苦地等了几万年。我好像等了很久,以往的一桩桩过错都记了起来。我睁开眼睛,又闭起,闭了又睁。我看到斧头正往下落,快得像一头六英尺长的公牛噗地倒在地上。在等的那一阵子,我的心都揪起来了,像泡在凉水里。我看见了,天哪,我是看见斧头下来了。我把头一偏,不偏不行啊。不偏就给凯特完全砍中了。我动了一下。我本来不想动,可我还是把头偏了一下。除了耶稣基督,谁都要闪开的。我只觉得半边脸被砍掉了。像是一块热铅打到了脸上,真烫极了,可是并没有把我烧伤,只是使我麻木了。我躺在地上,心里却像被打断了脊梁骨的狗一样兜着圈子奔跑,后来又夹起了尾巴,周身里外都麻木了。我感到脸上的皮都没有了,骨头露出来了。我虽然感到疼痛、麻木,可我更感到轻松。这事我弄不懂,但我说的是实话。为了想多得到一点宽慰,我仿佛打挡风墙后面钻了出来,直向手提斧头的凯特奔去,我睁开了眼睛等她再砍。这都是真话。我要她再砍,我等她砍。我看她眼睛朝下瞪着我,一下抡起了斧头,举过了头。我马上憋住气,可是突然斧头停在半空中不动了,像是天花板里钻出一个人一把把它抓住了。只见她脸一抽,斧头就往下落了,这次却是落在她的背后,掉在地下。凯特这时候呕吐起来了。我又阖上眼睛等着。我听到她呜咽着,跌跌撞撞地出了门,从门廊上摔到了院子里。她还在呕吐,好像五脏六腑都要倒出来了。我再往下一看,马蒂·卢四周都是鲜血。那是我的血,我脸上流的血,我得起来,我慢慢爬起来,踉踉跄跄地跑到外面找凯特。她在木棉树的下面,跪在那儿,哭泣着。

"'天哪,我做出了什么事啊!我做出了什么事啊!'

"她嘴边上挂着绿水,又是一阵呕吐。我去扶了扶她,结果她吐得更厉害。我站在她旁边用手捂着脸,想把血止住,心里估摸着事情会闹成什么样子。我抬头看着早晨的太阳,巴不得马上会打雷。可是天气挺好,太阳已经出来,鸟儿啾啾地叫。那时候,就是天上闪电响雷,我被电击中了,也不会这么害怕。我喊叫道:'发发慈悲吧,老天爷!老天爷,发发慈悲吧!'后来我就等着,可是天上一点儿云丝也没有,早晨的太阳还是火红火红的。

"可是一切照常,什么变化都没有。那会儿我心里很清楚,最倒霉的命运在等待着我。我在那儿愣了半个小时。凯特站了起来,走进屋子,我还呆呆地站在那儿,衣服上沾满了血,苍蝇老叮着我。我也走了进去,想把血止住。

"我看马蒂·卢摊手摊脚地躺在床上,还当她死掉了。她脸上一点儿血色也没有,苍白得发灰,呼吸几乎也停了。我要想法帮她,可是我帮不了忙。凯特不跟我说话,甚至连看也不看我,我想她又在盘算着怎么把我弄死呢,可是她没有。她在给一个个小崽子穿上衣服,把他们送到威尔·尼科尔斯家去。我只好干坐着看,啥也干不了。

"等她领了几个妇女回来看马蒂·卢,我还坐在那里没有动。没有人理睬我,只是打量打量我,好像我是台新式摘棉机。我难受极了,向她们说明事情是在梦里出的,可是她们斜着眼看我。我一下冲出了屋子,去找传教士,连他也不相信我。他把我赶了出来,说我是他见到过的最坏的人,叫我忏悔自己的罪,求上帝宽恕。我就从他家里出来了,想祈祷,又祈祷不了。我想啊想啊,想得脑子都快炸了。我想我怎么算有罪,又怎么算没有罪。我不吃不喝,晚上睡不着觉。最后,有一天夜里,天还没有亮,我抬头看到了天上的星星,我开始唱起歌来。我并没有要唱,连想也没有想唱,可就这么唱了起来。我也不知道唱的什么歌,我猜大概是教堂里唱的什么歌吧。我只知道末了我唱起了伤感的布鲁斯,那天夜里我唱的都是我从没有唱过的布鲁斯,我一边唱着这些布鲁斯,一边认定了一个事实:我不是别人,就是我自己。我没法可想,该怎么就怎么吧。我决定回去见凯特,还要见马蒂·卢。

"我回来之前,人们都以为我逃走了。家里有一群妇女和凯特待在一块儿,我把她们统统赶了出去,后来又叫小的出去玩,随即把门锁上,向凯特和马蒂·卢讲了我的梦,告诉她们我心里很难过。可是生米已经煮成熟饭啦。

"'你怎么不走掉，不离开我们？'这是凯特对我说的第一句话。'难道你对我，对这孩子，还没把坏事做够吗？'

"'我不能离开你们。'我说，'我是个男子汉，男子汉是不该丢开他的家的。'

"她说：'不对，你不算男子汉。没有男子汉干你这种事。'

"'我还是个男人嘛。'我说。

"'出了这种事之后，你准备怎么办？'凯特问。

"'出了**什么**事？'我反问。

"'你那可憎的黑子女出世之后，会在上帝面前哭诉你的罪孽。'（她一定是向传教士学会了这句话。）

"'出生？'我问道。'**谁生**？'

"'我们两个。我要生，马蒂·卢也要生。我们俩都要生。你这个卑鄙龌龊的畜生！'

"这话真使我急死了。我这才懂得为啥马蒂·卢看也不看我，跟谁都不说话。

"'如果你还要在家里待下去，那我就去找克洛大婶来，'凯特说，'我不愿生个坏种，一辈子让人耻笑；我也不要马蒂·卢遭这个罪。'

"克洛大婶是个接生婆。虽然听到这个消息我人都发软了，可我还明白我不能让她糊弄我家的女人。那样会罪上加罪。所以我就对凯特说，克洛大婶如果走近这个屋子，管她老不老，我就要她的命。我只能这么干。事情就这样定了。我跑出了屋子，让她们两个待在一块哭个够。我又想一个人出走，但是这种事情逃是没法逃脱的。你上哪儿，它就跟到哪儿。再说，事实上我又没有什么地方好去，身上连一个子儿也没有！

"麻烦接着就来了。学校里的黑人跑来撑我，我气死了。我去找白人，他们倒肯帮我忙。这件事儿我弄不懂。我做了一个人在家里能做出来的最坏的事,他们非但不赶我,反而帮助我。他们给我的帮助超过了给其他任何一个黑人的,再好的黑人也没有我得到的多。除了我老婆和女儿不理我以外,我的日子过得比以前好了。凯特虽不跟我说话,我打城里给她买回来的衣服她倒也肯要。现在她正在配一副她多年来需要的眼镜。我弄不懂的是:我在家里干出了坏得不能再坏的事,可是日子过得非但没有更糟,反而更好了。学校里的黑人讨厌我,白人倒待我不错。"

他是一个了不起的种田人。我听着听着,一会儿感到耻辱,一会儿又听得出神。为了减轻我内心的羞愧,我目不转睛地注视着他那张紧张的面孔。这样,我就可以不去看诺顿先生。此刻他沉默了,我坐在那儿低头看着诺顿先生的一双脚。院子里,一个嘶哑的女低音在吟诵赞美诗。孩子们的声音在嬉笑的谈话中更响了。我弯着身子坐着,闻到了炎热的阳光中木头燃烧的焦枯味。我盯着眼前的两双鞋。诺顿先生的是一双白鞋,沿了黑边,一看就知道是定做的,和种田人的那双粗皮厚底靴一比,他那双就像高级手套一样优雅、精致。后来,不知谁清了清嗓子,我抬头一看,发现诺顿先生一声不响,两眼直瞪瞪地凝视着吉姆·特鲁布拉德的眼睛,我吃了一惊,他脸上没有一丝血色,神色可怕,那双发亮的眼睛像火似的审视着特鲁布拉德的黑脸。特鲁布拉德不解地看着我。

"听,这些小崽子,"他局促不安地说,"在玩'伦敦桥倒塌'的游戏呢。"

有什么我捉摸不透的事情正在发生。我得请诺顿先生起身。

"您感觉可好,先生?"我问他。

他视而不见地看着我,说:"好?"

"是的,先生。我是说,我想是下午开会的时间了。"我赶紧补充说。

他茫然地看着我。

我又问他:"您的身体真的还好吗,先生?"

"也许是天太热了吧?"特鲁布拉德说,"只有土生土长的人才受得了这样的炎热。"

"也许是天热的关系,"诺顿先生说,"我们还是走吧。"

他摇摇晃晃地站了起来,眼睛还是牢牢瞪着特鲁布拉德。他打上衣口袋里掏出一只摩洛哥皮夹,镶有铂金边的小画像也一起掏了出来,不过,这次他没有去看。

"给,"说着,他递上一张钞票,"请收下,替我给孩子们买点玩具。"

特鲁布拉德目瞪口呆,伸出颤巍巍的手接过了钱,眼睛都湿了。那是一张一百美元的大钞。

"走吧,年轻人。"诺顿先生的声音低得跟耳语似的。

我走在他前面,替他打开了车门。他踉踉跄跄地爬进了汽车,我还扶了他一把。他仍然面如死灰。

"开车,离开这儿,"他突然一阵狂怒,"马上走!"

"是,先生。"

我赶紧发动汽车,看见吉姆·特鲁布拉德还在频频挥手。"你这个杂种,"我低声骂道,"你这个孬杂种!你倒是捞到了一百美元大钞!"

我把车子掉了头,准备往回走了,我看到他还站在原处。

突然,诺顿先生拍了拍我的肩膀。"我得喝一点酒,年轻人,喝一点儿威士忌。"

"好,先生。您现在感觉可好,先生?"

"有点发晕,不过,喝点儿酒……"

他的声音渐渐低得听不到了。我觉得胸口发凉。如果他有个三长两短,布莱索博士一定要责怪我。我连忙踩油门,心里在琢磨什么地方可以给他弄到威士忌。去镇上不行,那得走好长时间。只有一个地方,金日酒家。

"几分钟就可以给您弄到了,先生。"我说。

"尽快吧。"他说。

第三章

当我们驶近铁路轨道和金日酒家之间一段不长的公路时，我看到了他们。起初我并没有认出来那是些什么人。这帮人在公路上稀稀拉拉地蹒跚着。太阳把公路晒得火辣辣的，路边冒出的杂草被踏得乱七八糟地趴在地上。从路当中的白线到路边，去路都给他们堵住了。我暗暗地诅咒。他们挡住了我们的去路，可是诺顿先生已经气喘吁吁，上气不接下气了。越过车前锃亮的散热器的曲线看去，这伙人像一串囚犯正被押出去修路。可是囚犯通常是被拴成单排，而且我又没有看到骑马的看守。车子开近了，我认出退伍军人穿的那种宽大的灰色衬衫和裤子。该死，他们也上金日酒家去。

"来点酒。"我听到身后诺顿先生说。

"一会儿就到，先生。"

正前方，我看到那个自认是军乐队指挥的老兵神气十足地走在队伍前面。他一面迈着大步，大摇大摆、精神抖擞地径直往前走，一面对别人发号施令，把一根手杖举过了头。好似合着音乐的节拍在上下挥动。我把车子减速，看他转身面对着那群人，把手杖直握在胸前，放缓了步子。那些人仍然不理睬他，散成一片朝前走，有的三五成群边走边谈，有的指手画脚地自言自语。

突然，乐队指挥看到了我们的车子，向我挥动着他那根手杖指挥棒。我按了按喇叭，老兵们都走到一边，车子便小心翼翼往前移动。他却两腿叉开，双手贴在后腔上，站在原地一动不动。我怕撞倒他，赶紧踩住刹车。

这位乐队指挥穿过人群，急匆匆向汽车跑了过来，用手杖敲打车头。

"你他妈的算老几,敢来冲队伍?回我口令。谁是你们单位的指挥官?你们这些开车的杂种都很放肆。回我口令。"

"这是潘兴将军[1]的车子,先生。"我记得听人说过,他一听到战时总司令的名字就会肃然起敬,所以我就这么随口说了。果然他那凶狂的眼神消失了,往后退了一步,生硬而准确地行了一个举手礼。稍停,他将信将疑地朝后排座位投去一瞥,又咆哮了起来:

"将军在哪儿?"

"后头。"说着,我扭头一看,诺顿先生正想直起腰来,脸色苍白,显得非常虚弱。

"什么事?怎么停下来啦?"

"中士叫我们停车,先生……"

"中士?什么中士?"他坐直了。

"将军,就是您吗?"老兵问道,随即又行了一个举手礼,"我不知道您今天视察前线。非常抱歉,先生。"

"什么……"诺顿先生问。

"将军有急事。"我连忙说。

"当然,"老兵说,"他得视察好多地方呢。现在军纪松散,简直乱了套。"随即他对路上走着的人们喊道:"别他妈的挡住将军的路。潘兴将军要过去。给潘兴将军让路。"

他让到了一边。为了闪开这批人,我急忙把车子开过了白线,在反方向的车道上行驶,直奔金日酒家。

"那是谁啊?"诺顿先生在后排座位上上气不接下气地问。

"一个过去的士兵,先生。一个退伍老兵。这些人是退伍老兵,都患有弹震症。"

"守护员在哪儿?"

---

[1] 约翰·约瑟夫·潘兴(1860—1948),美国将军,第一次世界大战时的美国远征军司令。

"我一个也没有看到。不过这帮人还不致动武伤人。"

"即使这样,也应该有人看管。"

我得趁他们到达之前赶到酒家并且离开那儿。这一天是他们找妓女的日子。金日酒家一定吵闹不堪。我寻思他们总共该有五十人左右,其他人不知上哪儿去了。不管这个,我得赶紧去,弄到威士忌就跑。可是诺顿先生是怎么回事呢?他干吗为特鲁布拉德**这样**沮丧呢?我曾感到羞愧,我有几回几乎要笑出来,可他却给弄病了。也许得给他找个医生瞧瞧。见鬼,他又没有讲要医生。特鲁布拉德这个杂种真该死。

我盘算着,要快步跑进金日酒家,弄它一品脱酒,马上就走。这样,他就不会看到酒家里面的情况了。往常除非是听说从新奥尔良市来了一批姑娘,我才会跟些小伙子一块儿来玩玩,否则我是很少独自上这个地方来的。学校曾经要求金日酒家从事正当营生,可是当地白人不知怎么插了一手,因而毫无结果。学校只好惩罚被发现去金日酒家的学生。

诺顿先生躺在座位上像是昏昏入睡了。我下了车,跑进了酒家。我想跟他讨钱,后来还是决定自己掏腰包。走到门口,我站住了。里面已经客满,挤满了身穿宽大灰色衬衫和长裤的退伍士兵和穿着浆得发硬的方格紧身短工作裙的女人。走了气的啤酒气味像一根棍棒,在嘈杂声和自动电唱机的喧闹声中向人们当头打来。我刚进门,一个表情呆滞的人一把抓住了我的胳膊,木然凝视着我的眼睛。

"那将在五时半到来。"他说,两眼直愣愣地对着我。

"什么?"

"伟大的全面的无条件停火,世界的末日!"他答道。

我还没来得及说话,一个矮胖女人朝我笑了笑,就把他拽走了。

"医生,轮到你了,"她说,"趁还没有到来,你我先上楼。怎么搞的,总得我来拖你。"

"不，那是真的，"他说，"今天上午他们从巴黎给我发来了电报。"

"宝贝，那你我就得赶快。在那事到来之前我可以赚上很多钱。这个你等等再说，好不好？"

说着她向我眨眨眼睛，就拽着他挤过人群往楼梯口走。我神经紧张地在人群中挤向柜台。

这些人当中，不少过去是医生、律师、教师、文职人员；还有几个厨师、一个传教士、一个政客、一个艺术家，疯得最厉害的一个原来是精神病医生。看到他们，我总感到不舒服。他们从事的职业，我都在不同时期模模糊糊地向往过。虽然他们似乎根本没有注意到我，可是我无法相信他们都是些病人。有时，他们好像在和我以及学校里的其他人进行某种大规模的复杂的游戏，目的是为了取乐，而规则和细节我怎么也弄不清楚。

我前面站着的两个人挡住了我的去路，其中一个极其认真地说："……约翰逊从与下齿的左门齿成四十五度角的方向猛击杰弗里斯，使得他整个丘脑边缘传导阻塞，像冰箱似的蒙上了一层薄霜，从而损坏了自主神经系统。极度的痉挛性的肌肉颤抖使得女里女气的大块头瓦工晃晃荡荡，结果摔倒在尾椎末梢上身亡，而这又对括约肌和神经产生了强烈的反作用。后来，我亲爱的同事，他们急忙把他抬起来，往他身上撒石灰，用手推车把他推走了。当然，没有什么别的治疗办法了。"

"劳驾。"我边说边挤了过去。

大块头哈利站在柜台里面，衬衫让汗水湿透了，黑黝黝的皮肤看得一清二楚。

"你说啥，大学生？"

"我要双份威士忌，哈利。打在深杯子里，我好拿出去，否则会溅出来。我是给外面一个人买的。"

他脱口就说:"滚蛋,不行。"

"为什么?"我问道,对他那金鱼眼睛里流露出的愤怒感到吃惊。

"你是不是还待在学校里?"

"是啊。"

"咳,那些杂种又想关我的店啦。你问为啥,就是为这个。你可以在里面喝得脸发青,但是我就连牙缝里漏出来的那么一丁点儿酒也不让你卖出去。"

"可是我的轿车里躺着个病人。"

"什么轿车?你从来就没有轿车。"

"是一个白人的,我只是给他开车。"

"难道你不在学校读书啦?"

"他是**从学校来**的。"

"那么,到底谁病了?"

"就是他。"

"他以为进来有失身份?告诉他我们这儿对谁都不实行种族隔离。"

"可他病了。"

"他可以死嘛!"

"他可是个重要人物,哈利,是校董。他很有钱,可是现在病了,他要是有个三长两短,他们会打发我回家的。"

"没法帮忙,大学生。带他进来买,他要买多少就买多少,多到够他游泳的都行。连我自备的酒都可以给他喝。"

他用乳白色的桨状搅拌器把几瓶啤酒的白盖子撬开,顺手推到了柜台的另一端。我内心感到厌恶。诺顿先生不会愿意到里面来的。而且他又病成这个样子。再说,我也不想让他看到这些病人和女人。我往外走去,屋里比原先还要乱。那个穿白制服的守护员休珀卡戈通常可以使这批老兵保持安静,此刻连他人影子也不见了。这事我觉得很不好,因为他一上楼,这些老兵就肆无忌惮了。我朝停在外面的轿车走去。我能向诺顿先生说些什么呢?我打开了车门,发现诺顿先生非常安静地躺在座位上。

"诺顿先生,他们不让我把威士忌买出来。"

他还是一动不动地躺着。

"诺顿先生。"

他像一尊石膏像横躺在那儿。我轻轻地推了推他,心里充满了恐惧,连呼吸也几乎屏住了。我使劲推了推他,只见他的头古怪地摇晃着,嘴巴张开,两唇发紫,露出一排细长的牙齿,跟动物的牙齿像得出奇。

"**先生!**"

惊慌之中,我又跑进了金日酒家,在一片喧嚣中,心慌意乱地往里走,像是在穿过一堵无形的高墙。

"哈利,帮帮我的忙,他已经奄奄一息了。"

我想挤过人群,但似乎谁也没有听见我的喊声,他们挤成了一团,从两边堵住了我。

"哈利!"

这时,有两个病人扭过了头,紧瞪着我,他们的眼睛离我的鼻子只有两英寸。

"这位先生怎么啦,西尔威斯特?"那高个儿问。

"外面有个人快死了!"我说。

"总会有人快死的。"另一个说。

"对,死在上帝的天幕下挺不错的。"

"他得喝一点威士忌!"

"哦,那又是另一回事了,"其中有一个说道,说着就径直往柜台挤了过去,"最后喝上一口晶莹的酒,保你能消除心头的痛苦。请让让路!"

"大学生,你又进来啦?"哈利问。

"卖给我一点威士忌吧。他已经要完啦。"

"我跟你说过了,大学生,你最好还是把他带进来。他死就死,可是我还得付我的账单。"

"行行好,他们会把我关进监狱的。"

"你上了大学,自己动动脑筋解决吧。"他说。

"你还是把他带进来的好,"那个名叫西尔威斯特的说,"来,我们帮你忙。"

我们又从人群中挤了出去。诺顿先生的情况跟我走开时一样。

"西尔威斯特,来看啊,是托马斯·杰弗逊。"

"我也刚要这么说。我一直想跟他谈谈。"

我默然地看着他们,两个人神经都不正常,要不就是他们在开玩笑?

"帮个忙。"我说。

"愿意效劳。"

我推推他,叫道:"诺顿先生!"

"他要想喝上一口,我们就得赶紧。"其中一个若有所思地说。

我们把他扶了起来。他像一袋破布,在我们手中晃动。

"快!"

我们把他往金日酒家抬的时候,这俩人当中有一个突然住了脚。诺顿先生的头倒垂着,银白色的头发拖到了地上。

"先生们,这个人是我的祖父!"

"可他是**白人**,名字叫诺顿。"

"我自己的祖父我还不认识!他是托马斯·杰弗逊,我是他孙子——属于'庄园黑奴'的一支。"高个儿说。

"西尔威斯特,我相信你没有错。我完全相信你的话。"他说着,目不转睛地看着诺顿先生,"看那五官,跟你一模一样——一个模子出来的。是他把你送到这世界上来的,还裹上衣服啦,你敢说不是?"

"不,不,那是我父亲。"那人一本正经地说。

我们往门口走,他大声骂起他的父亲来。哈利在门口等着。不知怎么,他居然使闹哄哄的人群静了下来,餐室当中空出了一块地方。人们都围拢来看诺顿先生。

"谁端张椅子过来。"

"对,让埃迪先生坐下来。"

"喂,这位可不是什么埃迪先生,伙计,他是约翰·D. 洛克菲勒。"有人这么说。

"救世主的座椅来了。"

"大伙儿都朝后退退,"哈利命令道,"不要挤在他身边。"

曾经当过医生的伯恩塞德急匆匆地赶过来给诺顿先生把脉。

"**坚实有力**!这人的脉象**坚实有力**。他的脉不是在跳动,简直是在**振动**。实在少见,少见。"

不知什么人把他拽走了。哈利手里拿了一只瓶和一只玻璃杯走了过来。"来,谁来托住他的头。"

我还没来得及过去,一个满脸雀斑的小个子胳膊一伸,两手托住了诺顿先生的头,使它微微后仰,然后像理发师剃胡子之前那样,轻轻地捏他的下巴,随后突然打了他一巴掌。

"噗!"

诺顿先生的头像戳破了的拳击吊袋一样陡然一动。苍白的面颊上出现了五道淡红的手印,好似半透明的石头映着下面燃烧着的火苗。我不能相信我的眼睛,我想溜走。一个女人嗤嗤地笑出了声,几个男的想夺门逃跑。

"住手,你这个笨蛋!"

"是一种癔症。"脸上有雀斑的人平静地说。

"他妈的滚开,"哈利说,"来个人把那个密探守护员从楼上叫下来。叫他上这儿来。快!"

"轻度癔症。"满脸雀斑的人被人推走时还在说。

"哈利,快给他喝酒。"

"嗐,大学生,你拿着杯子。这瓶白兰地本是我省下来自己喝的。"

不知什么人在我耳边悄悄地说:"你看,我告诉你五时三十分发生吧。造物主显灵了。"说话的原来就是那个面无表情的人。

哈利把酒瓶一斜,油一般的琥珀色白兰地慢悠悠地流进了玻璃杯。我把诺顿先生的头轻轻地往后一推,随即把杯子凑到了他的嘴边往里灌酒。他嘴角上挂下了一条棕红色的细流,一直淌到他病弱的下巴上面。室内突然安静了下来。我的手感到了轻微的跳动,就像小孩哭完以后胸部还在不停地起伏。他布满了细小血管的眼帘开始眨巴了。他咳嗽,红晕开始慢慢地向上爬,突然涌上他的脖子,接着就扩散到整个面部。

"把酒瓶凑在他鼻子下面,大学生。让他闻闻酒的气味。"

我拿着酒瓶在他鼻子底下晃动。不一会儿,他淡蓝的眼睛睁开了。在泛出淡红色的脸庞上,一双眼睛显得水汪汪的。他想坐直,右手哆哆嗦嗦地去摸下巴。此刻他眼睛睁大了,迅速地打量着一张张面孔。当他的视线落到我脸上的时候,他湿润的眼睛紧紧盯着我,认出了我。

"您刚刚失去了知觉,先生。"我说。

"我这是在什么地方,小伙子?"他疲乏地问道。

"这是金日酒家,先生。"

"什么?"

"是金日酒家,是一个娱乐场兼赌场。"我迟疑地回答说。

"再给他喝一杯白兰地。"哈利说。我随即倒了一杯递给他。他嗅了嗅,困惑不解似的闭上了眼睛,然后就喝了下去。他的腮帮子鼓了出来,活像只小风箱,原来他在用酒漱口。

"谢谢,"此刻他已好了一点,"这是什么地方?"

"金日酒家。"几个病员不约而同地说。

他慢慢地环顾了周围,又举目看到了楼廊,只见上面有雕成的卷轴和其他木雕,离地不远还刻有一面下垂的大旗。他不禁皱起了眉头。

"这房子过去是做什么用的?"他问。

"这里曾经是教堂,后来成了银行,再后来又改成了饭店、高级赌场。现在**我们**在用,"哈利解释说,"我想有人还说这地方曾做过监狱。"

"他们让我们每周到这儿来狂欢作乐一次。"有个人这么说。

"他们的酒不外卖,我拿不出去,所以只好把您请进来。"我解释说,心里非常害怕。

他又扫视了四周。我的眼睛跟着他的视线转动。病员也都默默地瞪着他,脸上露出各式各样的表情,使我感到惊异。有的充满敌意,有的献媚讨好,有的恐慌不已,有的在他们自己人中间本来穷凶极恶,此刻却显出孩子般的恭顺。有的甚至感到异乎寻常得有趣。

"你们都是病员吗?"诺顿先生问。

"我嘛,是开这个店的,"哈利说,"其他这些人……"

"我们是病员,是到这儿来接受治疗的。"一个一脸聪明相的矮胖子说。"不过,"他又笑着说,"他们派了个守护员跟着来,可以说是个监察官。他一心要破坏我们的治疗。"

"你们都是些疯子,我可是一个精力充沛的人。我上这儿来是加加油的。"一个老兵坚持说。

"先生,我是研究历史的,"另一个打着舞台上的手势插话说,

"这世界像一个赌盘,周而复始地在转动。开始,黑的占上风,到中世纪,白的领先,可是不久埃塞俄比亚将会伸展它高贵的翅膀!那么,你就把钱压在黑的上面吧!"由于激动,他声音微微颤抖,"在那之前,太阳没有热量,地球的中心也会结冰。再过两年,我就可以长大给我混血的妈妈洗澡了,那个有一半白人血统的淫妇!"说罢,他目光呆滞,狂怒地跳上跳下。

诺顿先生眨眨眼睛,挺身坐直了。

"我是医生,可以给您把脉吗?"伯恩塞德说着,一把就抓住了诺顿先生的手腕。

"别理他,先生。他有十年没看病了。他想把血变成钱,结果给人抓住了。"

"我确实把血变成了钱!"那人尖叫着说,"是我发现的,后来约翰·洛克菲勒把我的配方偷去了。"

"你是说洛克菲勒先生?"诺顿先生说,"我肯定你弄错了。"

"下面在干什么?"楼廊上一声嚎叫。大伙都扭过头。我看到一个巨人般的黑人,只穿了一条白色短裤,在楼梯上摇摇晃晃。他就是守护员休珀卡戈。他身上不穿那身浆得发硬的白制服,我简直认不出他来了。通常他总是转来转去,手臂上搭着一件病人或犯人穿的拘束衣,对病员们虎视眈眈。他们在他面前不敢吱声,一个个都规规矩矩的。可是此刻,他们好像不认识他,破口大骂起来。

"你自己喝醉了,还怎么能维持秩序?"哈利呵斥道,"查林!查林!"

"谁啊?"一个女人在楼廊边上的一个房间里恼火地应了一声。她声音传得那么远,实在令人吃惊。

"我要你把那个专干密探勾当、破坏别人作乐、欺压精神病人的家伙弄回你房间去,让他清醒清醒。然后给他穿上白制服,让他下来维持秩序。我们这地方来了白人啦。"

一个女人应声到了楼廊上,身上裹着一件粉红色的毛料睡衣。她拉长了声音说:"哈利,你听着。我是个女人。你要他把衣服穿起来,你自己来替他穿。我只替一个男人穿衣服,他还在新奥尔良。"

"别管那些了。叫这个密探先醒醒酒!"

"下面给我安静点,"休珀卡戈隆隆地高声喊道,"如果下面有白人,我就**加倍地**要求安静。"

突然,柜台附近的人群中发出一阵怒吼,只见他们向楼梯冲去。

"抓住他。"

"让我们给他来点秩序!"

"给我让路。"

五个人冲向楼梯。我见那巨人猫着腰,两手紧抓住楼梯顶端的柱子,叉开两腿,赤膊的身子在白短裤映衬下亮光光的。打了诺顿先生一巴掌的小个子冲在前头,一步两跳地上了那长长的楼梯。守护员摆好了架势,小个儿刚到楼梯顶上,他就飞起一脚,正中他胸口,叫他腾空跌了半圈,摔到身后的人们中间去了。休珀卡戈又摆好了架势,准备抬腿。那楼梯很窄,他们只好一个个依次向上爬。他们冲得快,休珀卡戈也踢得快。他使劲地摆腿,像棒球队员打出飞球一样,把他们一个个都踢了下去。我看得入神了,竟忘掉了诺顿先生。金日酒家内一片混乱。没穿好衣服的女人们从楼廊两侧的房间里走出来。男人们大喊大叫,好像是在看橄榄球比赛。

"给我保持良好秩序!"他一脚把一个人踢下楼梯,同时大声吆喝着。

"他们扔酒瓶啦!"一个女人尖声叫了起来,"真的酒啊!"

"这样的秩序他可不要。"有个人说。

酒瓶、酒杯雨点般地落在楼廊上,杯啊瓶啊被砸得粉碎,威士忌溅得一地。休珀卡戈突然直起腰,一只手捂住前额,满脸威士忌,喊着"咿……咿……"身子摇摇晃晃,好像从头到脚都僵硬了。楼梯上的人群愣了片刻，默默地望着他。随后，他们一拥而上。

他们从下面抱住休珀卡戈的腿，把他往楼下拖，他拼死想抓住楼梯的栏杆。这帮人就像义务消防队员拖着水管奔跑一样，抓住他的脚踝边跑边拖，他的头嘭嘭地撞在一级级梯阶上，好似一串枪声。人群向前拥过来。哈利在我的耳边大声喊叫。我看到休珀卡戈已被拖到餐厅的中央。

"给这杂种一点秩序吧！"

"我四十五岁了，可是他一举一动像是我老子！"

"你喜欢踢，嗯？"一个高个儿边说边对准他的头就是一脚。他右眼上方的肉顿时鼓了起来，好像是充了气。

此刻我听到诺顿先生在我旁边喊道："不行，不行！他倒下了就不要这样踢他了。"

"听这位白人说话。"有人说。

"他就是白人的人！"

病员们双脚在休珀卡戈身上乱踏乱踩。我感到一阵兴奋，真想跟他们一块儿闹腾一番。就连那些女人也在喊叫："狠狠地揍他！""他从不付我钱！""揍死他！"

"对不起，各位，这事不能在这儿干，别在我这地方干！"

"他在这儿值班的时候，你就不敢说心里话！"

"见鬼，当然不敢！"

不知怎么我和诺顿先生被人挤散了，我站在那名叫西尔威斯特的人旁边。

"大学生，瞧这儿，"他说，"看这儿，他的肋间在出血吗？"

我点了点头。

"别朝其他地方看。"

好似被迫似的，我一直盯住那下肋和髋骨之间的部位。西尔威斯特用脚尖仔细地瞄准位置，好像踢球一样，猛地踢出一脚。休珀卡戈像匹受伤的马哼了一声。

"你来试一试，大学生，可舒服啦。会使你感到轻松的，"西尔威斯特说，"有时候我怕他怕极了，他好像钻到我脑子里来了。看！"说着他又踢了休珀卡戈一脚。

我还在看，有人双脚踩在休珀卡戈的胸口上乱蹦乱跳，使他马上失去了知觉。他们便往他身上泼冷啤酒，让他恢复知觉，只不过是为了再次把他踢得昏迷过去。不一会儿，他就浸在鲜血和啤酒之中了。

"这个杂种彻底完了。"

"把他扔出去。"

"不，等一会儿。谁来帮个忙。"

他们把他抬起一抛，平放到了柜台上，又把他的双手搁在胸前，活像一具死尸。

"现在我们来喝上一口吧！"

哈利慢吞吞地走到柜台里面。这引起了他们一阵咒骂。

"到里面去，给我们卖酒，你这块大肥肉。"

"给我来一杯黑麦威士忌。"

"在那上面，你这个胆小鬼！"

"动动你那邋遢屁股！"

"好，好，甭急，"哈利边说边急匆匆地给他们倒酒，"大伙儿在什么地方喝，钱就撂在什么地方吧。"

休珀卡戈无能为力地躺在柜台上，病员们都像疯子一样在餐厅里来回打转。这阵子兴奋使得那些神经脆弱的人疯得不可收拾了。有的声嘶力竭地发表言辞激烈的演说，攻击医院、国家以至宇宙。一个自称作曲家的病员用拳头、臂肘一个劲地敲打一架走了调的钢琴键子，弹出了似乎是他所熟悉的一首疯狂乐曲，至于音乐的其他效果，他用低沉的嗓音来替代，活像是一头受伤的熊在呻吟。一个文化程度最高的人碰了碰我的胳膊。他原是个化学家，走到哪里都带着亮晶晶的大学联谊会的钥匙。

"这些人已经失去了自制能力，"在喧闹声中他对我说，"我想你还是离开的好。"

"我是打算走，"我说，"只要我能挤过去找到诺顿先生就走。"

诺顿先生已不在原处。我在人群里挤来挤去，叫他的名字。

我找了半天，最后总算在楼梯下面找到了他。不知怎么弄的，他被推推搡搡、晃晃荡荡的一伙人挤到了那里。他四肢平伸地瘫在一张椅子上，活像一只年老的洋娃娃。在昏暗的灯光下面，他的五官白皙而轮廓分明，闭着的眼睛线条十分清晰，脸盘也好似精雕细刻出来的。在一片喧嚣中我大声叫唤他的名字，可是他毫无反应。他又失去了知觉。我摇晃他，先轻轻地摇，后来使劲地摇，可是他皱纹重叠的眼帘一动也不动。人们到处转动，不知什么人猛地将我一推撞在诺顿先生身上，刹那间，离我眼睛二英寸处隐约出现了白乎乎的一团。原来是他的面孔，可是我仍感到一阵无名的恐惧。我从来没有跟白人靠得这么近。惊慌之中，我竭力想溜走。他的一双眼睛闭着比睁着还要令人生畏。他像无形的白色幽灵，突然出现在我面前。这幽灵虽早已存在，只是在金日酒家的这片狂乱之中才显露真相。

"别叫喊啦！"有人命令道。我只觉得被人拽开了，一看原来是那个矮胖子。

我忙把嘴闭起来，因为我这才意识到那尖叫声原来是从我喉咙里发出来的。他向我抿嘴苦笑，脸上的表情也缓和了下来。

"这就好，"他对着我耳朵高声喊道，"他只是个人。记住这点。他不过是个人！"

我想告诉他诺顿先生远远不止如此，他是个富有的白人，此刻由我照料。可是一想到我要对他负责，就连说也不敢说了。

"我们把他弄到楼台上去吧。"那人说着,把我往诺顿先生的脚跟前一推。我机械地挪了两步,抓住了他瘦削的脚踝,矮胖子两手托住他的腋窝,把他抬了起来,打楼梯下面倒着往上走。诺顿先生的头就耷拉在他胸口,像是喝醉了酒,又像是断了气。

矮胖子老兵踏着楼梯倒退着一步一级往上爬,脸上笑眯眯的。这使我焦虑起来:他是不是和别的老兵一样喝醉了酒。这时我看到三个伏在栏杆上看热闹的姑娘走了下来,帮我们把诺顿先生抬上去。

"看样子酒是不中用了。"其中一个粗声大嗓地说。

"他已经烂醉如泥了。"

"对,我跟你说,哈利拿出来的那种酒,白人喝是太凶了。"

"不是醉,是病了!"矮胖子说,"去找一张空床,好让他躺一会儿。"

"行,老爹。我还可以帮你点什么别的小忙吗?"

"弄张床就可以了。"他说。

一个姑娘一溜小跑抢着赶到了前头,说:"我的床刚换干净,把他抬过去吧。"

几分钟之后,诺顿先生已经躺在一张窄窄的双人床上,在微微地呼吸。矮胖子很内行地俯身替他把脉。

"你是医生?"一个姑娘问道。

"现在不是了。我现在是病人,不过我懂一点。"

又是一个神经病,我心里想,忙不迭地把他推到一边。"他会好的。让他自己清醒过来,我好带他出去。"

"别担心,年轻人,我又不像楼下那些人,"他说,"我原先确实是个医生。我不会伤害他的。他现在处于轻度休克状态。"

我们看着他又俯身替诺顿先生把脉,把他的眼皮也翻了一番。

"轻度休克。"他重复说。

"这金日酒家对谁都够呛。"一个姑娘这么说。她那围裙罩住的腹部显得挺平滑,有美感。她边说边将围裙抹抹平整。

另一个姑娘将诺顿先生披在额前的头发掠开,抚摸了一阵,心不在焉地笑说:"他挺俊,就像一个白人小孩。"

"怎样的老小子啊?"一个瘦小的姑娘问。

"就那一种嘛,老小子。"

"你就是喜欢白人,埃德娜。就是这么回事。"那瘦子说。

埃德娜摇了摇头,仿佛自我欣赏地说:"我确实喜欢。我就是喜欢白人。就拿这个来说吧,老虽老,他哪一个晚上睡我床上来都行。"

"呸!要是我,这样的老头子我就宰了。"

"千万别宰他,"埃德娜说,"妹子,你可知道这些有钱的白人老头身上长着猴子的腺体和公羊的睾丸?这些老杂种从来就没有个够。他们想要把整个世界捞到手。"

医生瞧着我,向我微笑着说:"你看你在学习内分泌学的全部内容。我刚刚说他只是个人,我说错了;好像他一半是公羊,要不就是一半是猴子。也许他既是公羊又是猴子。"

"这是实话,"埃德娜说,"我在芝加哥就弄上过这样一个老家伙……"

"姑娘,你从没去过芝加哥嘛。"另一个插嘴说。

"你怎么知道我没去过?两年前……呸!你啥也不知道。我那老头可能有一副公驴的睾丸!"

矮胖子站了起来,咧嘴一笑。"作为一个科学家和医生,我不能不对此持怀疑的态度,"他说,"这一切必须进行手术加以证实。"后来,他总算把那些姑娘赶出了房间。

"万一他醒过来,听到这番话,他准会又晕过去,"他说,"而且,科学的好奇心可能促使她们作实际调查,看他是不是真的有猴子的腺体。那样恐怕就会有失体统了。"

"我得把他送回学校去。"我说。

"好,"他应道,"我尽力帮忙。你先去看看有没有冰。别发愁。"

我出门上了楼廊,只见下面人头攒动。自动唱机好似狗吠,钢琴嘭嘭作响。休珀卡戈像一匹精疲力竭的马躺在餐厅另一端的柜台上,身上浸透了啤酒。

我走到楼下,看到一杯剩酒。里面倒有一大块亮晶晶的冰。我抓了就奔回房间,冰在热乎乎的手心里显得特别冷。

老兵坐在那里,双目注视着诺顿先生。诺顿先生的呼吸听起来有点不大规则。

"你动作倒快,"老兵随即站起来,把冰接了过去,"心急如焚,动作神速,"他似乎自言自语地说,"把那条干净毛巾递给我——那儿,在脸盆旁边。"

我把毛巾递给了他,见他把冰包了起来,敷在诺顿先生的脸上。

"他好了吗?"我问。

"过几分钟就会好的。他是怎么啦?"

"我给他开车兜风。"我说。

"是发生了车祸,还是出了别的什么事?"

"不是的,"我回答说,"他只是跟一个老农谈谈心,中了暑……后来就碰上楼下这一帮乱神。"

"他多大年纪啦?"

"这我不知道,不过他是我们学校的一位校董。"

"无疑,是最早的一个。"他说,用毛巾揩了揩他显露蓝色毛细血管的眼睛,"一位有自我意识的校董。"

"你说什么?"我问道。

"没什么……喏,他快醒了。"

突然我产生了一股冲动,想马上离开。我怕诺顿先生可能对我讲的话,我怕他眼睛里将流露的神情。然而,我又不敢走开。我的目光一直盯在他那眼帘微微跳动的脸上。在暗淡的灯光下面,他的头左右摇动,好似在否认我听不见的什么急切声音。不一会儿,他眼帘分开了,露出了两只淡蓝色的眼睛,模模糊糊、蒙蒙眬眬的视线逐渐清晰地集中在老兵的身上,他也毫无笑容地俯视着诺顿先生。

我们这些人从不这样打量诺顿先生这种有身份的人。我连忙走上前去。

"他是个真正的医生。"我说。

"我会解释的,"老兵说,"去弄杯水来。"

我迟疑不决。他用坚定的眼光直视着我。"弄水去。"他说着,转身就把诺顿先生扶着坐起来。

走到外面,我向埃德娜讨水。她领我下楼,经过餐厅,走进一间厨房,从一只老式的绿色冷却器里接了一杯水。

"小老弟,你要给他喝酒的话,我可有些好酒。"她说。

"有水就行了。"我应道。我的手颤抖着,把水也溅了出来。等我回到房间里,诺顿先生已经不用人扶,自己坐在那里,正在和老兵谈话。

"水来了,先生。"说着,我就把杯子递了过去。

他接过杯子,说了声"谢谢"。

"别喝得太多。"老兵告诫他说。

"你的诊断与我的专科医生的诊断完全一致,"诺顿先生说,"而我拜访了好几位名医,才找到一个能确诊我的毛病的医生。你怎么会知道?"

"我本来也是专科医生。"老兵说。

"这是怎么回事?全国只有为数不多的人有这方面的学问……"

"其中一个就是轻度疯人院的病员,"老兵说,"不过,这也没有什么神秘之处。我逃跑了一段时间——我随陆军医疗队到了法国,停战之后还待在那儿进行研究,并且开业。"

"哦，是这样。你在法国待了多久？"诺顿先生问。

"待得够久了，"他说，"久得我把永远不该忘记的一些基本原理都忘了。"

"什么基本原理？"诺顿先生问，"你指的是什么？"

老兵微微一笑，把头一偏。"生活中的事儿，就是大多数种田人和普通人从切身经历中了解到的那些事儿，尽管他们不怎么去认真思考……"

"对不起，先生，"我对诺顿先生说，"现在您既然感觉好点儿了，我们是不是该走啦？"

"此刻还不走。"他说。他接着对那医生说："我很感兴趣。后来你出了什么事儿？"一滴水溅在他的眉毛上，亮晶晶的好似一粒活性金刚石。我走了过去，往一张椅上一坐，心想：该死的老兵，见鬼去吧！

"你真的想听？"老兵问道。

"当然啰。"

"那么，也许这位年轻人可以到楼下去等……"

我一打开门，楼下的叫喊声和破坏声一下就涌了上来。

"不，也许你该待在这儿，"矮胖子说，"如果我在那山上做学生的时候偶然听到一点我将跟你说的话，也许我就不会成为今天这样的牺牲品了。"

"年轻人，坐下来，"诺顿先生命令说，"你原来也是这所学院的学生。"他转脸对老兵说。

我又坐了下来，听这矮胖子向诺顿先生讲他如何上大学，后来如何成了一名医生，第二次世界大战中又如何到了法国。可是我心里想着布莱索博士，暗暗地发愁。

"你行医可有成就？"诺顿先生问。

"有一些。我做过几次脑外科手术。赢得了一点小名气。"

"那你为什么要回国呢?"

"怀乡啊!"老兵说。

"那么你在这……干什么呢?"诺顿先生问,"有你这样的才能……"

"得了溃疡病。"矮胖子说。

"这实在太不幸了。可是得了溃疡你怎么就放弃了你的事业了呢?"

"也并没有真正放弃,不过得溃疡之后,我知道我的工作并不能给我带来尊严。"老兵说。

"听来你有点抱怨了。"诺顿先生说。这时门突然开了。

一个红发棕肤的女人把头探了进来。"白人可好呀?"说着就跌跌撞撞地进来了,"白人,宝贝儿,你算醒啦。要不要喝口酒?"

"现在不喝,赫斯特,"老兵说,"他还有点虚弱。"

"他看上去的确很虚。所以他得喝点酒,给他血里补点铁质。"

"别,别,赫斯特。"

"好,好……不过你们怎么啦,怎么都像参加丧礼似的?难道你们不晓得这是金日酒家吗?"她跌跌撞撞地歪到我这边来了,一面优雅地打嗝,一面摇摇晃晃,"看你们这些人。这个学生好像吓得要死,这个白人仿佛把你们两个当成了狮子狗。你们都快活点儿吧!我下楼去叫哈利给你们送酒来。"她从诺顿先生身边走过,伸手拍了拍他的面颊。我看他的脸倏地红了。"快活点,白人。"

"哈,哈!"老兵放声大笑,"你脸都臊红了,这说明你好多了。别难为情。赫斯特是个伟大的人道主义者,是个为人慷慨、医术高超的治疗专家,经她手一摸,就会手到病除。她做导泻具有神效——哈,哈!"

"您面色好多了,先生。"我说,急切地想离开这个地方。老兵说的话我能懂,但究竟是什么意思我又不清楚了。我感到不自在,诺顿先生看上去也跟我一样。有一点我非常了解：这个老兵对白人的举动过分随便，难免要惹出事来。我本想告诉诺顿先生这个人神经不正常，可是听他这样跟白人说话，我却感到一种胆怯的痛快。那个女人，得另当别论。一件男人摆脱不掉的事情，女人可以甩手走开。

我焦急得浑身冒汗，可是老兵仍喋喋不休。刚才虽中断了一下，但他谈兴未减。

"休息，休息，"他说，目光固定在诺顿先生身上，"时钟已经倒转了，楼下那股破坏力量已无法控制。他们可能会突然认出你的真实身份，那你的生命就顶不上一张破产的股票了。你就会像股票一样，被他们戳满了洞，一笔勾销，宣布失效，那你就会成为人所共知的磁铁，吸引上许许多多散落的螺丝。那你又怎么办呢？这种人并不是金钱所能收买的。休珀卡戈一倒，像被宰了的牛一样失去了知觉，以后他们就不管什么价值不价值了。有的把你奉为伟大的白人父亲；有的把你看作对灵魂施行私刑的恶魔，可是对于我们所有的人来说，你意味着混乱，现在甚至殃及了金日酒家。"

"你在说什么呀？"我问他说，脑子里揣摩不透，他怎么说起**施私刑的人**来啦？他真比楼下那些人还要疯。我看也不敢看诺顿先生，他气呼呼地哼了一声表示异议。

老兵锁紧了眉头。"这个问题我只有回避才敢正视。这完全是一个极端愚蠢的主张。通过精心培养掌握了手术刀的这双手却渴望摸弄枪栓。我回国本想拯救生命，可是遭到了拒绝，"他说，"十个戴面具的人深更半夜把我拉到城外，用鞭子抽打我，只因为我救了一条性命。我被迫忍受最大的屈辱，因为我有一双技术熟练的手，而且我相信，我的学问能给我带来尊严——不是财富，而是尊严——还能给其他人带来健康！"

他蓦地转而凝视着我。"现在，你懂了吧？"

"你指什么?"我问道。

"你刚刚听到的这些话。"

"我不懂。"

"为什么?"

我说:"我确实觉得我们该走了。"

"你看,"他转向诺顿先生说,"他有眼睛,有耳朵,有大鼻孔的非洲鼻子,可是他不理解生活中的简单事实。**真正理解**。懂吗?还有更糟的情况。他凭着感觉获得印象,但是让脑子短路,不去思考,所以什么都没有意义。他囫囵吞枣,但是不加以消化。啊!我的老天!看!他已经成了行尸走肉了!他不仅已经学会了克制自己的感情,而且会压抑自己的人性。他成了别人看不见的人,成了否定的化身,成了你们梦寐以求的卓越成就,成了机器人!先生!"

诺顿先生神色惊讶。

"告诉我,"老兵要求说,突然平静了下来,"你为什么对学校感兴趣,诺顿先生?"

"我觉得我命中注定该起点作用,"诺顿先生声音颤抖地说,"我曾经感到,而且现在我仍然感到你们的民族与我的命运有某种重要的联系。"

"你说的命运是什么意思?"老兵问道。

"喔,那当然是指我的工作成就。"

"原来这样。你如果看见自己的命运,你能认出来吗?"

"嗯,当然可以,"诺顿先生愤愤地说,"我每年回到校园,都看到它在发展!"

"校园?与校园有什么相干?"

"我个人的命运就靠这校园造就啦。"

老兵捧腹大笑。"校园,什么样的命运!"他突然站了起来,在那狭小的房间里走来走去,笑个不停。他又突然停住不笑了。

"你不大可能看出你自己的命运,可是你和这个年轻人跑到这金日酒家来倒挺合适。"他说。

"我是因为身体不适才来的,更确切地说,是他把我带到这儿来的。"诺顿先生说。

"当然,不过你毕竟来了,而且来得挺合适。"

"你这是什么意思?"诺顿先生恼怒地问。

"一个孩童将来引导他们[①],"老兵微笑着说,"不过,我是当真的,因为你们两个人都弄不清楚你们正经历着怎么一回事。眼前的一切真情,你们看也看不到,听也听不见,闻也闻不到——你,在寻求命运!这不新鲜。这个年轻人,这个自动机器,是本地土生土长的,见识远不及你。可怜的糊涂虫,你们相互都不了解。对你,他只不过是你的成就记录卡上的一个标记,是一个物,而不是一个人;是一个儿童,甚至还不及一个儿童,只是一个无定形的黑东西。至于你,尽管你有权势,对于他,你也不是一个人,而是一个上帝,一种力量……"

诺顿霍地站了起来。"我们走,年轻人。"他勃然大怒地说。

"别走,听我说。他对你坚信不疑,就像他相信他自己的心脏在跳动一样。白人总是对的,这是教给奴隶和实用主义者的至理名言,实际上这是弥天大谎,可他也坚信不疑。我可以告诉你**他的**命运。他遵照你的吩咐行事,因此盲目成了他的主要财富。他是你的人,朋友。你的人和你的命运所在。现在你们两个给我下楼,经过那一片混乱就他妈的滚出去。我讨厌你们这两个可怜的下流胚。出去,否则我就要砸你们的脑袋啦!"

我看他跑过去伸手拿洗脸台上的白水罐。我立刻插到他和诺顿先生之间,护着诺顿先生急速走过了门廊。我扭头一看,只见他倚

[①] 此话引自《圣经》。孩童指耶稣基督。

在墙壁上,他那笑声中夹杂着哭腔。

"赶快,这个人跟其他人一样也是个疯子。"诺顿先生说。

"是,先生。"我说,同时听到他的话音里含有一种新的口气。

此刻,楼廊上与楼下一样吵闹不堪。姑娘们和醉汉手里都拿着酒,东倒西歪地走动着。我们走过一个开着门的房间时,埃德娜发现了我们,一把抓住了我的手臂。

"你把白人带到哪儿去?"她问道。

"回学校。"说着,我把她的手甩开了。

"你别上那儿去,白人,宝贝儿。"她说。我正试图从她身边挤过去。"我不撒谎,"她说,"我们这行里数我最好啦。"

"好吧,请别纠缠我们吧,"我哀求她说,"你会给我惹麻烦的。"

我们正下楼朝乱哄哄的人群走去,她尖声叫喊起来:"那我付钱!我的档次够不上他的话,叫他付钱!"

我还没来得及拦住她,她猛地把诺顿先生一推,我们两个停不住脚,跌跌撞撞地冲下了楼梯。我撞在一个老兵身上,他头一抬,露出了醉汉脸上常见的神情,使劲把我往旁边一推。我被卷到了人群中间,而诺顿先生不由自主地被人从我身边挤开了。我听到那姑娘还在尖叫,哈利也在大声吆喝:"嘿!嘿!嘿!"这时我感到了一阵新鲜空气,发现自己已经快到门口了。我急忙冲出了人群,站在那儿喘气,准备再挤进去找诺顿先生。这时,我听到哈利在咋呼:"大伙儿让让路!"还见他扶着诺顿先生,护送他到了门口。

"喔唷!"他叫了一声,松手把手上的白人放开了,同时摇了摇他那大头。

"谢谢,哈利……"我讲不下去了。

我看见诺顿先生脸色苍白,白上衣都是褶皱,晃了一晃就倒了下去,头正好擦在纱门上面。

"哎!"

我推开门把他扶了起来。

"他妈的,又过去了,"哈利说,"你怎么会把这个白人带到这儿来呢,大学生呀?"

"他死了吗?"

"死了!"他气愤地往后退了一步,"他**不能死**!"

"哈利,我该怎么办呢?"

"他不能死,不能死在我这个地方。"说着,他跪了下来。

诺顿先生抬起了头。"没有人死掉,也没有人病危,"他尖刻地说,"把手拿开!"

哈利忙不迭地退开了,惊慌不已。"我确实很高兴。您一定好了吧?我真以为您这次是死了。"

"看在老天的分上,别说了!"我神经紧张地大声喊道,"他好了,你该高兴。"

诺顿先生显而易见是怒火中烧了,他额头上的一块皮擦破了。我赶紧抢在他的前头向汽车跑去。他不要人帮忙,自己钻进了汽车。我坐到了方向盘后面,又闻到了薄荷和雪茄烟热烘烘的气味。我驱车回校,而他一直缄口不语。

第四章

　　我沿着公路上的分道白线疾驶着，感到手里握的不是方向盘，而是什么不熟悉的东西。已经接近黄昏时分，灰白的水泥路面反射出落日火辣辣的余晖，在微微地闪光，犹如在宁静的深夜里，远方的号角送来懒洋洋的音调，不紧不慢地向四处扩散。在反光镜里，我可以看到诺顿先生茫然地望着空荡荡的田野，嘴巴显得冷峻，被纱门擦伤的前额泛着青灰色。看到他这副神情，梗在心窝的一团冰冷的恐惧，一下子在我身上弥漫开来。会出现什么情况呢？学校的官员们又会说些什么呢？我心中在想，布莱索博士见到诺顿先生时会有一副什么脸色。我揣测我若被开除，家乡的某些人又会有多高兴。塔特洛克龇牙咧嘴的笑脸在我脑际回旋。那些送我读大学的白人又将做何感想？诺顿先生是不是在生我的气？在金日酒家，在那老兵胡说八道之前，他一直显得异常好奇。该死的特鲁布拉德。都是他的不是。不在阳光下坐那么久，诺顿先生也不会要喝威士忌，我也就不会上金日酒家。为什么白人在场那帮老兵的举止竟会那副样子呢？

　　我开着车子，穿过校门的红砖门柱，不由得有点胆战心惊。就连一排排整齐的宿舍也显得虎视眈眈，起伏不平的草坪和画有白色分道线的大路也同样怀有敌意。当我们驶过屋檐倾斜向下的小教堂时，轿车不由自主地慢了下来。太阳穿过阴凉的林荫道上的大树，在弯曲的车道上投下了斑驳的阴影。一群学生走过树荫，走下了长满茸茸绿草的小丘，到了一片红砖色的网球场上。远处是一幅阳光沐浴下的欢乐景象：身穿白色球衣的运动员在红色网球场及其周围的绿草衬托下，显得分外鲜明。在短暂的间隙中，我听得一阵喝彩。

这使我想起了我的困难处境，像是让人扎了一刀。我感到自己失去了对车子的控制，急忙在路当中刹了车，在向诺顿先生道歉之后又继续往前开。我置身于这一片静谧翠绿之中，暂时还保留着有生以来所知的唯一身份，然而眼看就要失去了。就在这开车的短暂时间里，我意识到这些草坪和大楼与我的希望和理想原来息息相关。我想停车，向诺顿先生吐露我的心情，请求他原谅，我实在不该让他看到那一切；我要苦苦哀求，就像小孩儿在爹娘面前一样，毫不害臊地痛哭流涕；我要痛斥一天里的所见所闻；向他保证我绝不是他刚见到过的那种人，而且我还深深痛恨他们；我全心全意信奉奠基人的原则，相信他秉性善良、和蔼可亲，是他伸出了慈悲之手，把我们贫穷无知的人们从黑暗的深渊中解救出来。我将按照他的教导办事，教育别人不负他的期望而努力向上，教育他们成为勤俭、体面、正直的公民，为大家谋福利。道路虽多，但我坚持走他和奠基人展示在我们面前的笔直而狭窄的正道。只要他不生我的气！只要他让我将功补过！

我噙着泪水，眼前的车道和大楼浮动了起来，霎时又封上了冰冻，璀璨晶莹，就像隆冬的雨水在青草和树叶上结成了冰霜，把整个校园变成了银色世界，大树上和灌木丛上到处悬挂着水晶般的果实，树枝都被压得低垂了下来。眨眼间，这一切都蓦然消失了。此时此地的炎热和翠绿又重现在眼前。可惜我没法让诺顿先生了解这所学校对我有多大的意义。

"先生，送您回房间吗？"我问，"要么送您去行政大楼？布莱索博士可能会担心的。"

"去我的房间，然后把布莱索博士接到我这儿来。"他简洁明了地回答说。

"是，先生。"

在反光镜里，我看他抬手用一条皱成一团的手绢小心翼翼地抚擦前额。"你最好把校医也请到我这儿来。"他又补充说。

我驶近了一座小楼，那一根根白色的柱子使这建筑看来就像旧时庄园的住宅。我在楼前停了车，连忙下车给他开门。

"诺顿先生，对不起，先生……我很抱歉……我——"

他眯起了眼睛，冷冷地睨视着我，一声也没有吭。

"我事先不了解……对不起……"

"把布莱索博士叫到我这儿来。"他说罢转身就走，摇摇晃晃地走上了门前的沙砾路。

我又回到车里，慢吞吞地往行政楼开去。一个姑娘手里拿着一束紫罗兰，当我车子开过时，欢快地向我挥动着。两个身穿黑色西装的教师，站在一个残破的喷泉旁边文质彬彬地交谈。

大楼里寂然无声。我上了楼梯，脑子里出现了布莱索博士的模样。他生就一张球一般的大脸，好像是因为里面的脂肪多而往外胀，而外部的空气，就像顶住气球的薄膜一样，顶住了他的脸，所以他就有了那种长相，并且那么富有弹性。有的学生管他叫"老桶头"。我可从来没有这样叫过。他一开始就对我挺好，这也许是因为中学的督学在我来校就读的时候给他写了信的缘故。不过他还不光是对我好，他集中体现了我所企求的一切：对于全国各地的富翁颇有点影响；事关黑人，必定会向他请教；他成了民族的领袖，拥有**两辆**，而不是一辆卡迪拉克轿车。此外还有优厚的薪俸，有温柔、漂亮、奶油肤色的妻子。再说，他脸黑乎乎的，头光秃秃的，白人爱取笑的地方他都具备，可是他获得了权势和地位。虽然他生得漆黑，满脸皱纹，可是在社会上他比大多数南部白人更有影响。他们尽可以取笑他，却不能不把他放在眼里。

"他在到处找你。"坐在写字台旁的一个姑娘说。

我走进房间的时候，他正在打电话。他一见我，就抬起了头，说："不要紧了，他现在回来啦。"并随手挂上了电话。"诺顿先生在哪儿?"他激动地问道,"他一切都好吧?"

"是的,先生。我已把他送回房间,现在来送您过去。他想见您。"

"是不是出了什么事?"他说着,连忙站起来,走到了写字台前面。我迟疑了。

"哎,是不是出事啦!"

我的心在惊慌之中急速跳动,连我的视线仿佛都模糊了。

"现在没有什么事了,先生。"

"**现在**,你这是什么意思?"

"嗯,先生,他昏厥了一会儿。"

"啊,我的天!我就晓得出了事。你为什么不和我联系呢?"他一把抓起了黑礼帽,就往门口走,"快跟我走!"

我跟在他的后面,想说明一下情况。"他现在都好了,先生。我们走得太远了,没有办法给您打电话……"

"你为什么要把他带到老远的地方去呢?"他一面问,一面急匆匆地噔噔往外走。

"可是,是他要上那儿去的,所以我就开去了,先生。"

"上哪儿?"

"就是那奴隶居住区的后面。"我满心恐惧地说。

"那个奴隶居住区!孩子,难道你是个笨蛋?你怎么会傻到把一个校董往那儿领呢?"

"他叫我带他去的,先生。"

我们迎着春风,走下楼前的便道。他忽然住了脚,恼怒地瞪着我,好像我一时间把黑白颠倒了。

"**他**要去,活见鬼。"说着,他钻进了轿车,就坐在前排我的旁边,"你难道连狗的那么一点机灵劲也没有?对这些白人,我们只带他们上我们要他们去的地方,只让他们看我们要他们看的东西。你难道连这都不懂？我还以为你有点脑子呢。"

到了拉布厅，我停下车，这时只觉得心慌意乱，周身发软。

"别坐在这儿，"他对我说，"跟我进去！"

进楼之后我又吃了一惊。我们走到一面镜子前面，布莱索博士站住了，像雕刻家一样，他使自己愤怒的脸平静了下来，把它变成了一副毫无表情的面具，只是眼神还掩饰不住一分钟之前我见到的那种情绪。他对着镜子把自己端详了一阵子；我们两个一声不响地在静悄悄的门厅里走了一段，然后拾级登楼。

在一张雅致的桌子旁边，坐着一个女学生，桌上堆着一沓沓杂志。一扇大窗的前面安放着一只养鱼缸，里面有五颜六色的石子和一座封建城堡的艺术复制品。城堡周围的金鱼，虽然花边状的鱼鳍不时微微扇动，鱼身却一动也不动。这可算作运动中的时间的瞬间停顿。

"诺顿先生在房间里吗？"他问那个女学生。

"在，先生，布莱索博士，先生，"她回答说，"他关照过，您来了就请您进去。"

我站在门口，听他清了清喉咙，用手轻轻地叩门。

"诺顿先生？"他话音未落，双唇就绽出了笑容。一听到应门，我就随他进去了。

那房间宽敞明亮。诺顿先生已经脱掉了上衣，坐在一张特大的安乐椅上。清爽的床罩上面放着一套替换的衣服。宽大的壁炉上方悬挂着一幅奠基人的油画肖像。他居高临下，冷漠地注视着我，慈祥之中夹杂着凄楚，在这多事的时刻，他显得极度失望。随后，他脸上似乎就蒙上了面纱。

"我一直在为您担忧，先生，"布莱索博士说，"我们本指望您下午来开会……"

现在已经开了头，我自忖着。现在……

他突然向前紧走了两步。"诺顿先生,您的头!"他惊叫了起来,话音里包含着那种老奶奶般的特有的关心,"怎么弄的,先生?"

"没有什么关系。"诺顿先生面部的表情毫无变化,"只是擦破了一点皮。"

布莱索博士转身朝着我,脸上怒气冲冲。"去把医生叫来。你为什么不早点告诉我诺顿先生受了伤?"

"医生我已经请过了,先生。"我轻声轻气地回答说,可是他已经转过身了。

"诺顿先生,**诺顿先生**!我感到非常抱歉,"他喃喃地说道,"我本以为给您派了一个办事周到的小伙子,一个有头脑的年轻人!我们从来没有出过任何事故。从来没有。七十五年来没有出过一次。先生,我保证,他将受到纪律处分,一定从严惩处!"

"可是并没有出车祸啊!"诺顿先生好心肠地说,"而且这小伙子也没有责任。你可以让他走了。现在我们用不着他了。"

泪水涌进了我的眼帘。听他说这样的话,我不由得感激万分,内心一阵激动。

"不要这样发善心,先生,"布莱索博士说,"对这些人心肠不能软。我们不能姑息。学校的客人在学生接待时发生事故,毫无疑问得由学生负责,这是我们一条极为严格的校规!"然后他冲着我说:"回到宿舍去。没有通知不得离开!"

"可是我实在无能为力,先生,"我说,"正像诺顿先生说的那样……"

"年轻人,我会说明的,"诺顿先生似笑非笑地说,"一切都会说清楚的。"

"谢谢您,先生。"我说,只见布莱索博士两眼盯着我,脸板着,表情毫无变化。

"我琢磨了一下,"他说,"今晚你给我到教堂去,懂了吗,先生？"

"是，先生。"

我伸出冰凉的手，打开了房门。一出门，正撞在刚才坐在门口的那个姑娘身上。

"对不起，"她抱歉地说，"看起来你叫老桶头光火了。"

她跟着我向外走，期待我回答，可是我一声不吭。我径直往宿舍走去，一轮落日给校园涂上了一抹红光。

"你肯不肯替我捎个口信给我的男朋友？"她说。

"他是谁？"我问道，竭力想掩饰自己的紧张和恐惧。

"杰克·马斯顿。"她回答说。

"行，他就住在我隔壁。"

"好极了，"她满脸笑容地说，"教务长安排我值班，下午没有见到他。就告诉他，我说草绿了……"

"什么？"

"草绿了。这是我们的暗语，他会懂的。"

"草绿了。"我又重复了一遍。

"对。谢谢你，亲爱的。"她说。

我看她急匆匆地跑回了大楼，一双平底鞋踏在沙砾小道上嘎吱嘎吱作响，我真想骂人。在决定我一辈子的命运的时刻，她却在玩弄无聊的暗语。草绿了，他们要会面，而她会挺着个大肚子被送回家的。可是，即便这样，也不会像我这样丢人……我真巴不得知道他们在讲我些什么……忽然我想起个办法，连忙掉头追她，进了门厅，跑上楼。

厅内，她急速走过而扬起的尘土，在一束光柱里飘浮飞动，可是她连影子也没有了。我本打算请她在门口偷听，了解他们讲些什么，好给我一个底。我打消了这个念头；要是她被发觉，那我的良心也会为此受到谴责。何况我也不愿意让人了解我的困境，这一天的遭遇实在荒唐得叫人难以置信。宽敞的门厅尽头，虽看不到人，却听到有人轻快地往楼下走，一面还在唱歌。那是一个美妙的女声，充满着希望。我悄悄地离开了，慌忙往宿舍走去。

我躺在房间里，阖上眼睛，想好好思考一下。紧张的情绪揪住了我的心。不一会儿，听到门廊里有人走了过来，我不由得周身紧张。难道他们这就来叫我了？邻近的一扇门开了又关上了，我依旧忐忑不安。我能向谁求助呢？我谁也想不出。金日酒家里的事我是有口难辩，只觉得心里七上八下，乱成一团。布莱索博士对诺顿先生的态度最叫人难以捉摸，他的话我不敢再想，唯恐往深里一想，我继续学习的可能性就显得更小了。情况并非如此，是我误解了。他**不可能**说那些我以为他说过的话。难道我没有看到他常常把帽子拿在手里，走近白人来宾，低三下四、毕恭毕敬地向他们弯腰鞠躬？难道他没有拒绝同白人来宾在一个餐厅进餐，只是在他们用膳完毕才走进去，而且还不肯落座，始终站在一边，手里拿着帽子，对他们斟词酌句地说这讲那，离开之前照例是谦卑地鞠上一躬？难道他不是这样的吗？**他不就是这样的吗？**每当我躲在厨房与餐厅之间那扇门的背后偷看，总是亲眼看到他这副模样。他最喜欢的圣歌不就是《为人恭谦赞》吗？星期天晚上他在小教堂里，站在那布道台上，不是用毫不含糊的语言反复告诫我们要安分守己、自知自足吗？他确是这样谆谆教导我们，而我也坚信不疑。他用范例说明遵循奠基人指引的道路定会有好的结果，这一点我也确信无疑。这是我的生活信念。他们不会往我身上强加罪责而使我脱离这一信念。他们绝不会如此。可那个老兵！他那股疯狂劲把正常人都搞糊涂了。他想闹个天翻地覆，那个混账东西！他激怒了诺顿先生。他无权那样对白人讲话，无权让接着惩罚……

不知是谁推了我一下，我本能地蜷缩了起来，腿上净是汗，在簌簌地颤抖。原来是我的室友。

"喂，怎么啦，小伙子，"他说，"一块儿去吃饭吧。"

我打量他那张信心十足的脸，他将成为农场主。

"没有胃口。"我说着，叹了一口气。

"好吧，"他又说，"你尽可以哄我，但你可不能说我没有叫醒你。"

"我不会怪你的。"我应道。

"你在等谁啊？是不是一个臀部肥大又会扭摆的姑娘？"

"不是的。"我说。

"这个事儿你还是趁早别干了，小伙子，"他咧着嘴笑笑说，"那会毁掉你的健康的，叫你成个意志薄弱的蠢材。你应该找个女朋友，让她看看月亮怎样徐徐升起，爬过了那青草覆盖的奠基人的坟墓，伙计……"

"滚你的蛋。"我对他说。

他哈哈大笑着走了。门一开，从走廊里传来了好多人的脚步声：是开晚饭的时候了。人们离去的说话声。我自身的一部分仿佛随着他们走了，又到了灰蒙蒙的远方，在艰苦跋涉。此刻有人敲门，我一骨碌爬了起来，心都抽紧了。

一个戴一年级学生帽的小个子把头探了进来，喊道："布莱索博士叫你到拉布厅去，他要见你。"我还没有来得及问个清楚，他拔腿就跑了，他得在打最后一次钟之前赶到餐厅。他跑得飞快，脚步声震得门厅轰轰响。

在诺顿先生的门前，我停住脚步，握住门上的把手，默默地祈祷。

"进来，年轻人。"他听到我在敲门，叫道。他刚换了内衣，灯光之下，一头白发犹如银丝。额上已经敷了一块纱布。室内只有他一个人。

"对不起，先生，"我抱歉地说，"可有人通知我布莱索博士要在这儿见我……"

"没错，"他说，"只是布莱索博士有事先走了，晚祷以后你可以到他办公室找他。"

"谢谢您，先生，"说罢，我转身要走。他站在我背后，清了清喉咙，"年轻人……"

我满怀希望地连忙转过身来。

"年轻人，我已经跟布莱索博士说明白了，你没有什么过错。我相信他已经清楚了。"

我感到如释重负，以致直愣愣地看了他好一会儿。我的眼睛模糊了，站在我前面的是满头银丝、一身素服的圣尼古拉斯。

"我确实十分感激您，先生。"我终于迸出了这么一句话。

他静静地打量着我，眼睛稍稍眯了起来。

"今晚您用得着我吗，先生？"我问。

"用不着了，我不需要车子了。由于事务繁忙，我得提前离开。今晚我就走了。"

"我可以送您上车站，先生。"我还抱着一线希望。

"谢谢，布莱索博士已经安排好了。"

我失望地"哦"了一声。我本指望替他开车到周末，那样就可能挽回他对我的好感。现在我再也没有机会了。

"好，祝您旅途愉快，先生。"我说。

"谢谢。"他说，忽然露出了一丝笑容。

"也许您下次来的时候，我能回答您下午提出的某些问题。"

"问题？"他眼睛又眯了起来。

"是的，先生，就是关于您的命运的……"我说。

"啊，对，对。"他说。

"我还准备读爱默生的著作……"

"很好。自食其力是极为可贵的美德。希望你能对我的命运有所贡献,我将拭目以待。"他朝门口指了指,"别忘了去见布莱索博士。"

我走时心里有点坦然了,可是还没有完全放心。我还得去见布莱索博士。我还得到小教堂参加晚祷。

第五章

晚祷钟响了，我夹在一群群学生当中，慢慢地穿过了校园。时近黄昏，十分恬静，人们边走边喊喳低语。我记得，拱形的毛玻璃窗被灯光照得黄灿灿的，向枝叶遮盖的沙砾小道和便道上投下了花边状的侧影。夜幕将临，我们信步走去，丁香、忍冬和马鞭草的阵阵清香和春天带来的一片葱绿叫人心烦意乱。我记起，一阵突发的爽朗的笑声，洋溢着欢乐的笑声，轻快地飘过了大地回春后的草坪，余音在远方缭绕——流畅，自然，其中银铃般的女声，十分清脆嘹亮，之后这笑声戛然而止，仿佛是给钟声震荡的肃穆气氛无可挽回地一下扼杀了。当！当！当！周围只听得步履端庄的悄悄脚步声，那是有人从散落在四处的住房里离开游廊往便道走来，过了便道，又上了柏油车道。车道两旁是粉刷得雪白的碑石，对于默默地往教堂走去的信男信女，有着难以捉摸的寓意。来宾已在教堂等候。我们并非带着虔敬礼拜的神往，倒是怀着审时度势的心绪往教堂走去。此时此地，暮色渐浓，湛蓝色的天幕下面雨燕盘旋，飞蛾穿梭，而教堂背后，月亮血红，就像西斜的落日。月光没有照亮蝙蝠啾啾鸣叫的黄昏、蟋蟀、夜鸥活动的夜晚，却全部倾注在我们汇集的地方。我们缓缓地往前走，动作呆板，手足僵硬，缄口不语，即便待在暗处，也好像在众目睽睽之下，而月亮就像白人那充血的眼睛。

我带着前途未卜的心情朝前走，一举一动比别人更加拘谨。教堂的钟声震撼到我翻腾的内心深处，使人感到末日就要来临。我还记得，那教堂的屋面倾斜而下，屋檐既宽又低，颜色血红，就像刚刚升起的月亮，拔地而起；那教堂爬满了常青藤，夜色朦胧之中，上下一片灰蒙蒙的泥土色，好像这座建筑不是出自人工之手，而是破土生长起来的。为了求得暂时的慰藉,我不去想那春日的黄昏和阵阵花香,避开那耶稣受难时的情景,去领略圣诞时刻的心情;躲开春天的傍晚和钟声,去寻求冬日的明月和白雪。皎洁的明月高挂在天空,晶莹的白雪在低矮的松树上闪烁。那里没有钟声,唯有风琴和长号奏出的圣诞赞歌随着白雪飘到远方,将沉寂的夜晚化为清澈见底的大海,起伏的波涛拍打着沉睡的大地,直到音乐所及的最远处,无边无际,给人们,甚至给金日酒家,给狂人的住所带来宽宥。可是此时此地,仍是黄昏,我在升上天空的月亮下,迎着扑鼻的花香,向预示末日即将来临的钟声一步一步走去。

我进了教堂,里面灯光柔和。我悄悄走过一排排极不舒适的直背条椅,找到了我的位置,便弯着身子坐下,准备受苦。讲台设有专门的布道台,前方围着擦得雪亮的铜栏杆。讲台的上首按个儿高矮站了几排唱诗班的学生。他们身穿黑白两色制服,表情镇静,甚至有点呆头呆脑。一根根光泽晦暗的镀金风琴管,从他们的头顶一直伸展到天花板,高低参差,很像哥特式建筑的屋顶。

我的周围还有学生在走动,一张张面孔都突然严肃起来,活像戴上了面具。我似乎已经听到人们提高了嗓音在唱来宾喜爱的歌。(喜爱吗?是要求的。是赞颂他们吗?是被迫接受、奉若神明的最后通牒。是为了求得平安无事有口无心地反复表示忠顺。也许仅仅为了这点,人们才喜爱这些歌,就像战败者喜爱征服者的象征一样,作为一种姿态,表示接受一方规定、另一方勉强同意的那种条件。)此刻我直挺挺地坐在这教堂里面,不由想起了许许多多夜晚,坐在这宽大的讲台前面,既感到敬畏又感到欣慰,是一种敬畏之中的欣慰;记起了在布道台上短小而正规的讲道,抑扬有致、清晰洒脱,虽从容自信却完全摆脱了那些缺乏教养的传教士的粗野感情,我们多数人的家乡都不乏那类传教士,而且我们也颇为此感到惭愧。这些讲道,逻辑的感染力就像刻板而正式的图案,只要有板有眼,顿挫铿锵,多音节词发得慢慢悠悠,就足以使我们感到激动,得到慰藉。而且我还记得那些来宾的讲话,他们个个都渴望让我们了解,我们能参加这样"盛大"而正式的宗教仪式是多么幸运。我们在这个大家庭中不致与那些在愚昧和黑暗中沉沦的人们同流合污又是多么幸运。

在这儿的舞台上,按照上帝自己对动作的描述演出了霍雷肖·阿尔杰[①]的邪恶的仪式,百万富翁——前来登台自我表演;不光是戴起纸板面具表现出他们的德行、富有、成就、权势、慈悲等的神话,而且要活灵活现地把他们自己和他们的这些品行表现出来。祭台上不是什么圣饼和圣酒,而是肉和血,活生生的人的肉和血。纵然弯腰曲背,老态龙钟,枯瘦干瘪,但也还是活生生的。(面对这个事实,谁不相信?谁会怀疑?)

我记得我们还得面对另外一种人,那些把我安置在这座伊甸园中的人们,似曾相识又不相识的人们,虽然熟悉却又陌生的人们。他们时时摆出一副假惺惺的笑脸,用鲜血、暴力和嘲讽,以降尊纤贵的态度,慢条斯理地对我们说话,他们时而规劝,时而威胁,时而用轻描淡写的语言进行恫吓。说我们一生的缺陷太多,可是企求过高,蠢不可耐地急于改善境遇。他们一张口说话,我脑海里就出现他们鬼鬼祟祟的幻影,那下巴颏上黏着的发亮的血泡,就像嚼烟之后常常挂着的棕色唾液,还有那嘴唇上糊着的成千上万黑奴保姆干瘪乳房中的奶汁。这让我们模模糊糊地了解到我们黑人的存在。他们吮吸我们生命的源泉,却往我们身上喷回污物。这就是我们的世界。他们绘声绘色地说这是我们的世界,我们的天地,我们的四季和气候,春季和夏季,秋季和收获,千年之后都是如此。而这一切对于我们都是洪水和飓风,他们这伙人又不啻是惊雷和闪电。这

[①] 霍雷肖·阿尔杰(1834—1899),美国牧师,1866年后从事创作,是著名的儿童文学作家。

个世界我们必须接受，必须喜欢。即使我们不喜欢，也得逆来顺受。我们得接受——即使那伙人不在场，而我们面前却是铺设铁路、制造轮船、修建石塔的人们，尽管他们有血有肉，声音与那伙人不同，没有显而易见的危险的重压，并且对我们的歌声表面上更加真挚地欣赏，对我们的福利有一种几乎是慈悲而又客观的冷漠。可是那另一种人的话却比慈善家的美元更为有力，比采金钻油的竖井更深，比实验室里制造出来的奇迹更加令人生畏。因为他们平平淡淡的几句话就构成了暴力行动。对于暴力，我们这些学生虽感到无法忍受，却异常敏感。

我也曾登上那个讲台，参加辩论。有个学生领袖叫我对着那些最高的大梁和最远的橡子叫喊。我的声音使大梁和橡子发出清脆的欢鸣，也使栋木发出断续的乐曲，回音里面可辨叮叮当当的响声。我好像是对着茫茫原野中的大树诉说，对着蓝灰色深水井口呼喊；只有声音，没有意义，只是拿建筑物的共鸣声做游戏，是对人的耳鼓的强烈刺激。

哈！后排座位上白发苍苍的女总管。哈！苏西小组，苏西·格雷沙姆小姐。她坐在最后看着一个女生给男生传送秋波——听我说吧，语言的拙劣号手，模拟吹出喇叭和长管的那种音色，像中音号那样演奏主旋律的变调。嗨！精于语言的行家，善于揣测空洞语言的老手，听听那一个个元音和咝咝作响的齿音，听听那表现痛苦的低沉而刺耳的颚音，现在再随着早年浸礼会传教士讲道的节奏起伏，去掉那些形象的比喻：太阳不会出血，月亮不会流泪，蚯蚓不会避开神圣的肌体，复活节早晨照样在泥土中翻滚。哈！歌唱伟大成就，哈，赞颂日益巨大的成就，吟诵啊，哈！众人接受的意义。哈！到处淹没着充满激情的有声语言的河流，漂浮啊，哈！壮志未酬和暴乱流产的残迹，冲刷着我面前伸长的脖子和竖起的耳朵，哈！喷上了天花板，拍打着发黑的后橡，震荡着在千百人的声音中变得柔软的硬木横梁，哈！就像弹击木琴；那歌词犹如学校乐队在校园中来回演奏的凯歌，毫无胜利的欢乐。嗨，苏西小姐，无词的歌词的声音，歌颂尚未取得的成就的虚伪曲词，驾着我的讲话的翅膀，传到了您的耳旁，年迈的女总管，您熟悉奠基人的声音，您知道他许愿时的语音腔调以及人们的种种反响。此刻，您坐在一群年轻人中间，微微歪着白发苍苍的头，闭起了双眼，脸上是一副出神的表情，听着我的词语的声音发自我的肺腑、我的风箱、我的喷泉，就像喷水口喷出的色泽鲜明的水珠——听我说吧，年老的总管，点一点您那可爱的头，闭上您那眼睛笑一笑，或欠一欠身表示您听到了我的声音。您不会受语言的表面意义愚弄，不会受我的话儿愚弄，即便那些轻抚在您眼帘上的绒毛使您的眼睛眨个不停，也不可能使您一听到许愿的反响就感到欣喜若狂。在这歌颂与吐诉之后，您抓住我的手，声音颤抖地说：“孩子，有朝一日你会使奠基人感到骄傲！"哈！苏西·格雷沙姆，格雷沙姆姆妈，情窦初开的姑娘们的指导。她坐在那清教徒式的条椅上，不懂得您那约旦河的圣水可以节制她们的私情；您，奴隶制的遗老，学生们爱戴您，但不理解您。您年事已高，又是奴隶制的产物，然而您却蕴藏着一股持久而旺盛的热情，在这蒙受耻辱的孤岛上，对您的这种精神我们并不感到羞愧——我是对着坐在最后一排的您，发出我这一连串的声音，在等待仪式开始的时候，我怀着羞愧和惋惜的心情想着您。

贵宾们在静悄悄的气氛中登上了讲台，布莱索博士像一名肥头大耳的侍者领班那样彬彬有礼地把他们引到高背雕花椅子前面就座。

像有的来客一样，他下穿一条条纹西裤，上穿一件燕尾服，翻领镶着黑边，配了一条考究的宽领带。每逢这种场合他都是这副装束。尽管衣着华贵，他还是显出一副谦恭的样子。不知怎么的，他那条裤子的膝弯总是显得肥大，上装也总在肩膀上往下耷拉。来宾之中除一名之外全是白人，我看到布莱索博士对他们一一笑脸相迎。他一只手放在他们的臂膀上，不时拍拍他们的背脊，还凑近一个尖嘴猴腮的校董叽咕了几句，此人也就亲热地拍拍他的胳膊。这时我不禁感到一阵战栗。今天我也接触过白人，结果酿成了一场大祸。那一刻我才领悟到，在我认识的黑人当中——也许理发师和保姆得除外——布莱索博士是唯一可以接触白人而不致遭殃的人物。我还想起每当有白人登上讲台，他总要用手去拍拍他们，好似在施什么法术。他和白人握手的时候，我看到他牙齿总是闪闪发光。客人们入席之后，他才跑到一排椅子的末尾落座。

在他们的后面站着几排学生，风琴手扭转了头在张望，等待开始演奏，一双眼睛对着落地支架，闪闪发光。我只见布莱索博士正打量着听众，突然连身也没有转就点了点头。仿佛他用无形的指挥棒打出一个强拍，风琴手忙掉转了头，耸起肩膀，风琴随之如滚珠般发出了一串乐音，乐音向教堂四面扩散，悠悠扬扬，起伏跌宕，在小教堂内缓缓地缭绕。风琴手坐在凳子上扭来扭去，一刻也没有安静，他两只脚飞快地踏动着，好似合着与这风琴响亮、悦耳的音乐毫不相干的拍子在跳舞。

布莱索博士坐在椅子上，思想集中，脸上露出了一副宽厚的笑容。然而他的眼睛急速地在转动，先是落在一排排同学身上，然后又转到教师的席位上。他急速扫视的目光对谁都是一种威胁，因为他要求全体师生都来参加这样的集会。学校的方针都是在这儿以最明确的语言加以宣布的。当他的目光扫到我坐的这一块地方时，我似乎感到他的眼光一直停在我的身上。我注视着台上的客人；他们坐在那里，显得既轻松又机警。你若抬头去仰视他们，他们总是带着那副神情来瞧你。我思忖着该求哪一位替我向布莱索博士说情，可是我心里明白他们谁也不会帮我的忙。

尽管布莱索博士旁边坐了一排要人，尽管他摆出卑躬屈膝的姿态，显得比别人矮了一头（实际上他是个大高个），可是他往那台上一坐，就会对我们产生比别人更大的影响。我想起有关他进入这个学院的传说。那时候，他还是个光脚丫的小子，因为求学心切，背着一包破旧衣服，长途跋涉走过了两个州。后来他在学校谋到一个喂猪的工作，结果成了建校以来最好的喂猪能手。奠基人对他的印象挺好，把他调到办公室当听差。我们谁都知道，多少年来，他拼死拼活，爬到了校长的位置。有时我们都想象他曾只身步行到学校，或者推着一辆独轮车来到学校，或者用别的什么显示决心和牺牲精神的行动来证明他渴望知识。我记得他使学校里的每个人敬畏他，他的照片常上黑人报刊，照片的说明是"教育家"，字号很大，十分显眼，照片上的那张脸总是满怀信心地看着你。对我们来说，他不仅仅是学校的校长。他是一位领袖人物，一个"政治家"，可以把我们的问题向上反映，甚至可以反映到白宫；在过去的日子里，他曾陪同总统视察校园。他既是我们的领导，又是我们的法宝。他能使学校的捐款源源不断，奖学金绰绰有余，还能通过报刊渠道使学校声望不断提高。他成了我们众人畏惧的黑炭阿爹。

风琴的音响消失了，我看到唱诗班后排位置上悄悄地站起了一个瘦削的棕色姑娘。她动作轻柔，一丝不苟，简直像现代舞蹈家。她开始了无伴奏的轻声吟唱，似乎不是在向聚集在教堂里的人们唱歌，而是独自低声吐诉内心深处的感情，只是事与愿违地让人无意中听到了。她的歌声逐渐高昂，有时简直像游离于形体之外的一股力量，竭力想钻进她的身体，惊扰她，震荡她，使她周身有节奏地摇摆，仿佛成了她赖以生存的泉源，而不是她发出的网状音波。

我看到台上的来宾都掉过头去看这个瘦削的棕色姑娘。她穿着一件洁白的唱诗班长袍，高高地站在后排，背后是一根根风琴管，而她自己在我们看来也变成了一支长管，委婉地吐诉着压抑已久的内心痛苦，她那清瘦而平常的脸庞在音乐的影响之下变了形。我听不懂歌词的含义，却能领略演唱时的那种凄楚、渺茫和超凡入圣的情绪。颤抖的歌声流露出思乡、惋惜和悔恨。她慢慢坐下去的时候我感到哽噎；她不是一下落座而是竭力控制的颓然瘫下，仿佛她在保持平衡，她大睁着水汪汪的眼睛，通过心脏血液流动的微妙节奏或是个人意识的高度集中承担着余音中的沸腾感情。

没有人报以掌声，只有一片深沉的寂静表明人们的赞赏。白人来宾们相互微笑，表示称许。我虽坐在那里，心里却在估摸那可怕的可能性：我将离开这一切，我可能被开除。我想象自己被赶回了家，受到了父母的责备。在绝望之中，我好像是在更远的地方看着眼前的情景，仿佛是通过一只倒置的望远镜在察看讲台和上面的演员。小得像玩具娃娃般的人物正在举行某种毫无意义的仪式。随后有人站到灯光昏暗的讲经台上宣布通告。从后面看去，他站得比我前面一排排学生要高。这些学生有的头发干如地衣，有的油光闪亮。接着又有一个人起立领诵经文。还有一个人发表了一通讲话。我周围的人都在唱"指引我，指引我走向那比我更高的基石"。这歌声，虽是眼前情景的一个有机部分，可似乎有一种力量，比这情景更加咄咄逼人，于是我一下子被拉回到了现实之中。

有位来宾站起来发表讲话。这个人形貌奇丑；他体形臃肿，圆头短颈，鼻子过于肥大，跟那张脸颇不相称，鼻梁上还架着一副墨镜。他坐在布莱索博士旁边。我老是瞧着我们这位校长，根本没有注意到他。我的眼光一直集中在白人和布莱索博士身上。因此当他起立，慢吞吞地走到讲台中央的时候，我总觉得布莱索博士一半在往台中央走，另一半还坐在椅子上微笑。

他站在我们面前,神态自若。他的白领子亮闪闪的,好像是他黑脸和黑上衣之间的一条白带子,把他的头和身子截然分开。他像一尊黑菩萨,粗短的胳膊交叉在腹前。他仰起了大头,停了片刻,仿佛是在思考;随即他开始讲话,声音圆润而响亮。他告诉我们,时隔多年他对再次获准来访感到十分高兴。上次来访问的时候,他在北部某一个城市讲道。当时奠基人年事已高,布莱索博士在学校里位居第二。"那可是些了不起的日子啊,"他拖长了调门说,"很有意义的日子,充满着奇迹的日子。"

他边说,边将两只手的指尖对碰在一起,围成了一只笼子,随后又将两只小脚并拢,悠悠地有节奏地晃荡了起来;他全身向前倾,重心落在脚趾上,仿佛马上就要跌倒了,随之又向后仰,重心又落在脚跟上。灯光时时从他的墨镜上反射出来,让人感到他的头似乎已经脱离了身子在空中浮动,只是由于一条白领,才没有飘离得太远。他一边晃悠,一边说话,倒也自有一种节奏。

接着他就重新唤起我们心中的理想:

"废奴后的这片荒野,"他拖长了音调说,"这黑暗和悲伤的土地,无知和堕落的土地,这里兄弟相搏,父子不容,主人处处与奴隶作对,奴隶时时与主人为敌;这里只有斗争和黑暗,实在是一块苦难深重的土地。就在这块土地上来了一位谦卑的先知。他像拿撒勒的木匠[①]一样卑微。他自己是奴隶,父辈也是奴隶,不过他只知道母亲。他生来就是奴隶,但他从小就才智过人,品德高贵;虽出生在荒无人烟、战痕累累的穷乡僻壤,但是他走到哪里,就给哪里带来光明。我相信你们都曾听说过他多灾多难的幼年。有一次,他精神失常的表兄往他这婴儿身上泼了碱水,使他幼小的生命种子马上就枯萎了。他宝贵的生命几乎就这样被断送掉了。一个出生不久

[①] 根据基督教的传说,拿撒勒是耶稣的故乡。这里木匠是指耶稣的养父约瑟夫。

的婴儿,像死去一样昏迷了九天,后来忽然奇迹般地复原了。你们大可以说他曾起死回生或者说死而复生。"

"哦,我年轻的朋友,"他喜气洋洋地高声说,"我年轻的朋友,这实在是一个美妙的故事。我肯定你们已经听过多次了:请你们回忆回忆,他怎样巧妙地询问他的小主人,从而获得了启蒙知识,而他那些老主人倒并没有产生疑心;他又怎样学会了字母,自己学会了阅读,解开了文字的奥秘,便本能地阅读了《圣经》,其中的智慧就成了他最初的学问。你们也知道他怎样逃跑,翻山越岭,靠两只脚走到了那所学府,又怎样因为获得了难得的学习机会,或者用老人的话说,有了'用头摩擦大学墙壁'的机会。无论清晨、黑夜、正午,他都坚持不懈,刻苦攻读。你们了解他光辉的成就,当时他成了善于打动人心的演说家;后来他毕业了,但他一贫如洗,几年之后又回到了他自己的故土。"

"随即他的伟大斗争就开始了。请你们想象一下吧,我年轻的朋友们:乌云笼罩着大地,黑人和白人都充满了恐惧和仇恨,虽然各自都想前进,可是彼此害怕,整个地区处在极度的紧张气氛之中。恐惧和仇恨像匍匐在这块土地上准备猛扑过来的恶鬼。怎么消除这种恐惧和仇恨情绪呢?每一个人都对这个问题感到一筹莫展,束手无策。你们知道他怎样来到这里,给他们指明了道路。哦,是的,我的朋友,我肯定你们已几次三番听过这一切了;你们听说过这位贤人的辛勤劳动、他伟大的谦卑精神以及他从不模糊的远见卓识,其丰硕成果,具体而实际的成果你们正在享受;他在蓄奴制时代的荒凉与黑暗之中形成的理想,现在已经生动具体地实现了,它甚至体现在你们呼吸的空气之中,体现在你们柔和而优美的和声之中,还体现在你们——奴隶的子子孙孙——在设备齐全、光线明亮的教室中所吸取的知识之中。你们必须了解这个奴隶,这个黑人的亚里士多德。他以令人赞叹的耐心,不慌不忙地进行着工作。他的耐心远非常人可以比拟，因为它出自上帝赋予的信念。他一点一滴地进行工作，克服了一个又一个阻力。是的，对他我们应该作出充分的评价，他稳步为你们寻求了新的天地，也就是你们今天在其中愉快生活的天地……"

他伸开了五指，手心朝下。他继续说："在整个这块土地上，这一切都讲了又讲。它鼓舞着一个微不足道但在迅速崛起的民族。这一切你们听了又听——这真实的传记寓意深长，这生动的寓言中蕴含着验证了的光荣和平凡中的高尚——依我看是这一切才使你们获得了自由。即使你们当中那些本学期才来到这块圣坛的学生对这一切也很清楚。你们从父母的口中早已听说过他的名字。因为是他引导你们的父母走上了正确的道路。他像一名伟大的船长指引他们前进，像上古时期的舵手，引导他的人民安全地通过了血红的大海的深处。你们的父母紧跟这位伟大的人物渡过了偏见的暗海，安全地离开了无知的大陆，穿过了恐惧与愤怒的风暴。他高声呼唤着，让我的民族前进！而在必要的时候，在窃窃私语最为明智的时候，他就轻声呼叫。可是人们可以听到他的声音。"

我紧靠在坚硬的椅背上，聆听他的讲话，出神得近乎麻木了。我的感情像是上了织机跟他的话交织在一起了。

"你们要记住，"他接着说，"在一个采摘棉花的时节，他到了某一个州，他的敌人是怎样企图谋害他。记住他又怎样在途中被一个陌生人叫住了。这个人脸上疤痕累累，根本看不出究竟是黑人还是白人……有人说他是希腊人，有的说他是蒙古人，还有些人说他是混血儿——更有人说他是一个信奉上帝的普通白人。不论他是什么人，也不论人们怎么说，我们都不能排除一个可能性：那就是他是上帝直接派来的使者——哦，确实是这样！记住这个人怎么突然出现，使奠基人和他的马都大吃一惊。他告诉奠基人情况危急，关照他把马和马车都丢在路上，立即赶到一间小屋。随即他悄悄地飘然而去。他一声不响地飘然离去，我年轻的朋友，奠基人甚至怀疑他是不是当真出现过。你们知道我们的伟人黄昏又继续赶路,虽然他感到困惑不解,还是一心往镇上走去。他陷入了沉思。突然传来了第一声来复枪的枪声,随即一排几乎致命的子弹擦伤他头顶——哦,天呀!——他晕了过去,看似已经失去了生命。"

"我曾经听他亲口说过,当那帮恶人还围着他,检查他们罪恶勾当的结果的时候,他恢复了知觉。他躺在地上,拼命抑制心脏的跳动,生怕他们听出了之后会像法国人说的,再补上致命的一枪。哈!我肯定你们每一个人在他逃跑的过程中都曾和他一起共艰辛,"他说道,似乎直盯着我泪汪汪的眼睛,"他醒过来时你们也醒过来;歹徒走开了,他没有进一步遭到毒手,他为此感到庆幸时你们也都感到庆幸;他从地上爬起来时你们也从地上爬起来;用他的眼睛看到地上凌乱的脚印,他倒下的地方有几个子弹壳;是的,还有不算太多的鲜血,已经凝结了,上面覆盖了一层尘土。你们满怀疑虑和他一起往陌生人指点的小屋匆匆赶去。在那小屋里,他见到一个似乎疯疯癫癫的黑人……你们记得那个老头儿吧,他常常在小镇的广场上被孩子们取笑,他老迈年高,长相滑稽,主意顶多,满头**棉花**似的白发。然而,就是他在包扎奠基人的伤口,也包扎了你们的伤口。他这个老奴,对于治疗这类毛病十分在行。他管自己这门行当叫**细菌学,疥癣学**——哈!哈!真是了不起的新手艺!他剃光了我们的脑袋,清洗了我们的伤口,哈!用他从轻信的歹徒头头家里偷来的绷带把我们的伤处包扎得利利落落。你们总记得,你们又怎样和奠基人、我们的领袖一起,专注于黑人的逃跑技巧。开始正是这位好像疯疯癫癫的黑人给你们指了路,实际上是他教你们怎么逃跑。这一手是他做农奴的时候学会的。在伸手不见五指的黑夜,你们和奠基人上了路。这我是清楚的。你们悄悄地沿着河床往外逃。蚊子乱叮,猫头鹰尖叫,蝙蝠不停地吱吱啾鸣,逼得你们三步并作两步走。夜间,躲在石缝里的蛇啪啪作响,逃跑的人们藏在泥土中周身发烧，在黑暗里不断地叹息。第二天你们在小屋里躲了一整天，十三个人挤在三间小屋里。你们一直站在那儿，直到壁炉的火熄了，烟囱又变得黑洞洞的，看得清煤烟和炉灰的时候，你们才敢躺下——哈！哈！有一个老婆婆为你们警戒。她在一个似乎已经熄了火的壁炉旁边打盹。你们却站在漆黑的房间里。当歹徒带着狂吠的猎狗进了屋，他们以为她精神失常了。可是她知道，她心里明白！她知道有火！她知道有火！她知道那是只会燃烧不会耗尽的烈火！我的天呀！就是这么回事啊！"

"我的天啊，是这么回事啊！"有个女人这样应了一声。这使得他在我脑子里勾勒的情景更逼真了。

"第二天早晨你们让他躲在一车棉花中间。通过准备应急的一支枪的枪管呼吸热烘烘的空气。子弹，谢天谢地总算没有用着，还散放在你们的手掌上。你们和他一块儿进了这个镇，一个好心的高贵的人把你们藏了一夜，第二天又有一个没有仇恨情绪的白人铁匠把你们藏了起来——这是在逃亡的秘密旅程中令人吃惊的矛盾现象。逃跑，对！你们从熟悉你们的人和素不相识的人那里得到了帮助。有的一看到奠基人就主动协助，有的甚至连见也没见到他就伸出了援助的手，他们有的是黑人，有的是白人。但在多数情况下是我们自己人，自己人总是相互帮助的。这样，我年轻的朋友，我的兄弟姐妹，你们和他一起，披星戴月，翻过高山，越过草地，走出一间小屋，又进了另一间小屋。你们走了一程又一程，从一个黑人手中转托到另一个黑人的手中，有时也经过白人的手。所有这一只只援助的手铸成了奠基人的自由，铸成了我们大家的自由，就好像很多人的歌喉汇成了一支感人肺腑的歌曲。你们大家，你们每一个人，都曾和他待在一起。啊，这点你们是最明白不过的，因为是你们逃向了自由。啊，确实如此，你们了解逃跑的始末。"

我看他停了下来，对着前前后后的听众微笑，他那特别肥大的脑袋像灯塔似的向教堂的每一角落转动。他的话音还在回响。我极力克制自己的感情。回忆奠基人使我感到难受,这还是第一次。校园仿佛在我的眼前掠过,迅速地隐退了,就好像沉睡乍醒,梦境渐渐消失了一样。我旁边的一个同学,眼泪扑簌扑簌地往下落,脸都变了样。他表情呆板,好似内心在斗争。这胖子不费吹灰之力就驾驭了听众的情绪。他自己却泰然自若,好像他那副墨镜把他整个人都挡住了,只有面部的表情配合他耍嘴皮子的独角戏。我用臂肘轻轻碰了碰我边上的同学。

"他是谁?"我低声问道。

他厌烦地瞪了我一眼,差不多要光火了。"是芝加哥来的霍默·阿·巴比牧师。"

这一刻他把手臂搁在讲演台上,脸转向布莱索博士说:

"我的朋友们,你们刚刚听到的只是这美妙故事的愉快的开端。可是结尾却令人悲伤。也许在许多方面这个结尾的含义更为深刻。旭日般的光荣儿子陨落了。"

他又对着布莱索博士说:"那是一个不祥的日子,布莱索博士,先生,您也会记得的吧。我们当时都在场。啊,我年轻的朋友们,"他脸又转向我们,心情沉重却又有点自得地微笑说,"我十分了解他,热爱他,当时我在场。

"我们走遍了好几个州,所到之处他都给人们送去了福音。人们赶来听他这位先知讲道,大众都接受了他的教诲。他们都是些因循守旧的人:女的系着围裙或者穿着印花布、方格花布的宽大套衫;男的穿着工装或者是打了补丁的羊驼毛衫;他们济济一堂,有的头顶破草帽,有的戴顶旧宽边遮阳帽。一张张脸都仰望着他,流露出困惑不解的表情。他们有的乘牛车、骡车,有的靠两条腿,长途跋涉,赶来听他讲道。那才是九月,虽是初秋,天却很冷。他一字一句说到了他们心里,使他们烦恼的灵魂得到了平静,获得了信心。

他把一颗亮灿灿的明星捧到了他们面前。随后,我们又辗转到其他地方,继续传播他先知的福音。

"那是些一刻不息、四处奔波的日子,是充满青春活力的日子,是春色满园的日子;在那些日子里,大地生机盎然,繁花似锦,阳光普照,前程无限。啊,在那无法用笔墨形容的光荣日子里,奠基人不仅在这块当时还是不毛之地的峡谷里,而且在四面八方,把理想灌输到人们的心坎里。他竖起了民族的支架,像在休耕地上撒播种子一样,传播了他的福音,他作出了自我牺牲,同两种肤色的敌人斗争,同时又宽宥他们——哦,他确有两种不同肤色的敌人。然而,他仍勇往直前,意识到身负传播福音的重任,全力以赴地去完成他的使命。由于他热情过高,或许是由于他过于执拗,他拒不听从医生的劝告。此刻我还能想象那挤得水泄不通、充满决定命运气氛的会堂里,奠基人和颜悦色,妙语连珠,完全掌握住了听众,给他们以震动、抚慰和教诲;下面,一张张出神的面孔被大腹火炉的鲜红火光映得绯红;是的,一排排全神贯注的听众完全被他不容置疑的真谛吸引了。此刻,我仿佛又听到静悄悄的会堂里响起了一片嗡嗡声,奠基人刚以一句铿锵有力的话结束了他的讲道,听众当中一位满头白发的老人霍地站了起来,喊道:'告诉我们该怎么办吧,先生!看在上帝的分上,你给我们说说吧!为了我那上周被他们抓走的儿子,你就给我指点指点吧!'整个会堂都响起了恳切的呼声:'告诉我们吧!给我们指点指点吧!'忽然,奠基人热泪纵横,一时说不上话来。"

老巴比的声音忽然响亮了起来。他激动得开始在台上走动。他走走停停,边走边讲,边讲边比画。我怀着厌恶和迷恋的心情出神地注视着他。虽然这故事的内容有些我早已晓得,但我心里有一股子劲头不愿意听那不可避免的悲伤结局。

"奠基人收了声,然后向前走了几步,眼睛里流露出了激昂的情绪。他高举起一只胳膊,准备回答众人的问题,可是就在这一刹那,他摇晃了起来。随后是一片混乱。我们急忙冲到前面,把他扶走了。

"听众都惊愕地站了起来。在一片恐慌和混乱中,有人呜咽,有人悲叹。突然,犹如一声惊雷,一记响鞭,响起了布莱索博士的声音。那声音既富有权威,又好像是给人带来希望的歌声。我们将奠基人平放在一张条椅上休息时,布莱索博士噔噔地在架空的讲台上走动,用低沉雄浑的丹田之音而不是用词句命令着。他本来不就是一名男低音歌手吗?今天他不也还是一名歌手吗?人们伫立在奠基人身旁,竭力表现出镇静,为了祈求他们的巨人不要倒下,他们随着他齐声唱出一首悠长的黑人歌曲——《鲜血和白骨之歌》:

意味着**希望**!
唱一支艰难和痛苦之歌:
意味着**信仰**!
唱一支谦卑和荒谬之歌:
意味着**忍耐**!
唱一支黑暗中斗争不已之歌,意味着:
胜利……"

"哈!"巴比高声感叹着,拍了拍手,"哈!他们唱了一首又一首,一直唱到他们的领袖复苏!"(他的双掌一击。)

"对他们讲话——"

(击掌!)"我的上帝,我的老天!"

"让他们放心吧——"(击掌!)

"那——"(击掌!)

"他只是由于没日没夜的工作而身心疲乏。"(击掌!)

"对,打发他们走吧,让他们高高兴兴上路,分别时和每一个人友好地握一握手……"

我只见巴比按一个半圆形线路来回走动,嘴唇抿得紧紧的,由于激动,脸也抽搐了起来,他轻轻地合起了手掌,连一点儿响声也没有。

"啊,在那些日子里,在那些生气勃勃、艳阳高照、好似盛夏的日子里,他耕作了这大片土地,照看庄稼生根、成长。"

巴比只觉得不堪回首,声音在叹息之中渐渐消失了。他深深地叹息着,教堂里了无声息,人们都屏住了呼吸。我看见他掏出一条雪白的手绢,摘下眼镜,擦了擦眼睛。孤独感把我和别人之间的距离拉得越来越大。我远远看去,贵宾席上听得入神的人们都在微微地摇头。巴比接着又讲开了。此刻,他的声音已脱离了他的形体。所以,虽然他沉默了片刻,他的声音似乎并没有中断,他的话有节奏地涌进我们的心头,还在我们的内心萦绕不息。

"哦,是啊,我年轻的朋友们,哦,是啊,"他怀着极度的伤心接着说,"人们可以凭着自己的愿望描绘出绚丽多彩的画面,把飞翔的秃鹫当成高贵的雄鹰,看成咕咕低鸣的白鸽。啊,确实如此!但我心里**明白**。"他的声音突然高亢起来了,使我一惊。"尽管**我内心怀着强烈而痛苦的希望**,但我知道——知道这伟大的人物已经日渐衰竭了,临近了他幽冥的冬日;那一轮巨大的太阳在落山。有时人们会意识到这种情况……由于我感到了这一点,沉重的精神负担简直使我难以支撑,但我真该死,竟承受住了这个负担。可是奠基人的精力是那么充沛——哦,是的——我们在那小阳春的日子里从一个城镇赶到另一个城镇,不久我就把他的健康置之脑后了。可是后来……可是后来……可是……后来……"

我听他的声音又轻得像耳语似的了;他平伸出两只手,好像在指挥乐队进入深沉而逐渐减弱的结尾。接着他的声音又高昂起来,清脆利索,不加渲染,说话的速度也加快了:

"我记得火车开动了，呻吟着爬上斜坡，进入深山。天很冷，窗边蒙上了冰霜的图案。火车的笛声凄然而悠长，好像深山发出的叹息。

"在前面一节车厢里，在这条线路总经理亲自拨给的一节卧铺车厢里，奠基人躺在床上，辗转反侧。他得了莫名其妙的急病。我心如刀割，但是我知道太阳就要落山，老天给了我这个启示。火车在奔驰，车轮在铁轨上哐啷啷、哐啷啷地响个不停。我透过蒙上一层薄霜的车窗，看到了忽隐忽现的北极星。一会儿，好似苍穹阖上了眼睛，北极星顿然消失了。火车爬上山巅，车头像大步奔跑的黑猎犬，环着大山与最后几辆倾斜着疾驶的汽车平行奔驰。列车爬得越来越高，喷吐出灰白色的烟雾。不久，天黑了，但没有月亮……"

他说话的尾音还在教堂里回响，他垂下了头，下巴直贴到胸脯，白色的领子看不见了，从头到脚浑然一团漆黑。我可以听到他呼哧呼哧的呼吸声。

"仿佛星辰也了解我们即将临头的巨大悲痛，"他扯开了嗓门说道，他仰头向着天花板，声音变得十分深沉，"一片乌黑的天空上，突然现出了一颗钻石般的明星。我见它闪烁，又见它昏沉、陨落，像是天空乌黑的面颊上抑制不住而滚下的一颗孤独的泪珠……"

他深情地摇了摇头，噘起了嘴巴，悲戚地呻吟着"呜……"他脸朝着布莱索博士，可是又似乎没有看到他，"在那大难临头的时刻……呜……我和你们伟大的校长坐在一起……呜……他陷入沉思，等待医生们的消息。他还跟我谈起了那颗消逝的星星。

"'巴比，我的朋友，你可看到那颗星了？'

"我回答说：'是的，博士，我看见了。'

"我们感到伤心的情绪像一只冷手卡住了喉咙。我对布莱索博士说：'让我们祈祷吧。'我们跪在那晃晃荡荡的地板上，与其说是在祈祷，不如说是发着含糊不清的声音，倾诉着无言而极度的悲哀。

就在那一刻，我们在飞速奔驰的火车里跌跌撞撞地站起来时，看到医生来了。我们屏住呼吸，凝视着面无表情的医生，满心焦虑地问：你给我们带来的是希望还是噩耗？就在那一刻，就在那车厢里，他通知我们：领袖即将归天……

"他的话说完了，无情的打击落到了我们头上，悲伤使我麻木了。然而奠基人暂时还和我们在一起，还在指挥着我们。在同行的许多人当中，他只召见了现在坐在你们面前的这一位和肩负圣职的我。但是他主要是召见与他深夜磋商的朋友，多次并肩作战的战友，在漫长的艰苦岁月里，坚定不移地与他同胜利、共患难的同志。

"即使现在我还能看到当时的情景：黑暗的通道上只有几盏昏暗的电灯，布莱索博士摇摇晃晃地走在我的前面。车厢门口站着一个搬运工和一个列车员。一个是黑人，一个是南部白人。俩人都号啕大哭，泪流不止。我们走了进去，奠基人把头抬起来，眼神已经暗淡，可是在洁白的枕头衬托下，眼神里仍闪烁着高尚的气概和无畏的精神。他端详着他的朋友，微笑了。对着他昔日的战友、忠贞的战士、得力的副手、擅长演唱古老歌曲的卓越歌手，他热情地微笑了。在痛苦沮丧的时候，这位歌手振奋了他的精神，用人们熟悉的古老曲调消除了大众的疑虑和恐惧；他团结了无知、胆怯和多疑的人们，团结了仍被奴隶制的破布束缚着的人们；那儿的他，你们的领导，使暴风雨中的孩子们得到了慰藉，奠基人抬头望着他的同伴，脸上露出了笑容。就像我这样把手伸向你们一样，他把手伸向了他的朋友和同伴，并说：'走近一点，近一点。'他朝前挪动了几步，站到了卧铺的旁边。他跪在奠基人的身旁，一束灯光斜照在他的肩上。奠基人伸出了一只手，抚摸着他说：'现在你得挑起这副重担，带领他们继续前进。'哦，那火车的哀鸣，那哭不尽的悲痛！

"当火车到达山顶的时候，他已经不省人事。火车顺坡而下的时候，他已经与世长辞了。

"整列火车完全沉浸在悲痛之中。布莱索博士坐在一边,精神疲乏、心情沉重。他该如何是好?领袖去世了,他一下被推到率领队伍的地位,好像将军在冲锋陷阵中倒下了,一个骑兵一下被扶上将军的马鞍——骑上了他伤心的烈性战马。啊!那匹高大的黑色骏马,在战场的厮杀声中目光昏昏,由于感到失去了主人而周身不停地抽动。他该下达什么命令呢?学校的人们正通过繁忙的电话传递和诉说这令人心碎的噩耗,他该不该挑起这副重担马上回去?他该不该背起这位牺牲战士的遗体,走下这寒冷的异乡大山,回到学校所在的峡谷?他亲切的眼睛呆滞了,坚定的手不动了,洪亮的声音消失了,领袖的身躯冰冷了。难道就这样把他背回去?回到那温暖的峡谷,回到那葱绿的草坪?可是死者的目光再也不能使这一切生辉。虽然奠基人已不在人间,他还能不能按照他的远见卓识继续前进?

"啊!随后的事情你们当然都知道了:他背着遗体进了那座陌生的城市,在安葬之前公众凭吊领袖遗容的时候,他发表了演说。噩耗传出以后,全市宣布致哀一天。哦,不论贫富,不分黑白,不论强弱,不分老少,人们都赶来瞻仰遗容——不少人直到奠基人去世才知道他的伟大,才意识到他们的损失。这件事办完之后,布莱索博士便乘一节朴素的行李车回来,一路上他一直悲伤地守着他已故的朋友。人们都赶到车站表示哀悼……列车徐徐前进,满载着忧愁悲伤。铁路沿线,不论是高山还是峡谷,铁轨通过的地方,人们都同声致哀。人们像那冰冷的铁轨被牢牢地铆在悲伤上面了。啊,这是多么悲凉的告别!

"然而抵达时的情景更为凄切。年轻的朋友们,看吧,听吧:与他共同奋斗过的人们有的低声啜泣,有的放声痛哭。亲爱的领袖回到了他们身边,可是他已人逝骨寒。走时他生气勃勃、精力充沛,给他们以热和光;如今归来,他已冰凉,好似一尊铜像。哦,**令人绝望啊**,我年轻的朋友们。黑人们感到悲哀绝望!此刻这一切又浮现在我眼前：他们茫然地在校园里徘徊，每一块砖、每一只鸟、每一棵草都能唤起珍贵的记忆；而每一份珍贵的记忆又深深地敲打着他们内心的悲痛。哦，是的，当时有些人今天还在，他们已经是白发苍苍的老人了，但是仍然献身于奠基人的理想，仍然在葡萄园里耕作。可是那时他们面前安放着覆盖黑色幔布的灵柩，这不能不使他们记起奴隶制的黑夜，不能不使他们感到那漫漫长夜又将临头。他们闻到了暗无天日的气息，闻到了陈腐的奴隶制的气息，那比枯尸的臭气还要难闻。而他们心爱的光明却已经被钉进了蒙上黑布的棺材，他们光辉的太阳已经被推到了乌云的背后。

"哦，那如泣如诉的喇叭奏出了凄楚的哀调！此刻我仿佛听见守在校园四角的喇叭为阵亡的将军吹起了军队的哀乐；一次又一次宣布这悲痛的消息，一次又一次在那木然沉寂的气氛中彼此诉说着这意想不到的悲哀，仿佛这一切他们无法相信、无法理解、无法接受；喇叭在悲咽，好像是心地善良的妇女在哭她们的亲人。人们来到学校，唱起了古老的歌曲，表达他们不可名状的悲痛。黑，黑，一片漆黑！黑人们陷入了黑沉沉的哀思，黑绉纱好似披在他们赤裸的心上；他们毫不掩饰难受的情绪，高唱着黑人的民间哀歌，怀着悲痛的心情缓步前进，挤满了弯弯曲曲的便道。他们在枝梢低垂的树下啜泣、痛哭。他们轻声低语，好像荒野上的风在呻吟。最后，他们汇聚到了小山的斜坡上，泪水浸湿的眼睛所能见到的地方，到处都伫立着人群，他们低头致哀，轻声吟唱。

"随后是一片肃静。孤零零的棺穴两旁堆满了致哀的鲜花，戴着洁白手套的十二只手肃穆地拉着真丝绞成的挽索。那可怕的沉寂。致完悼词之后，有人投出一朵惜别的野玫瑰。花儿慢慢地散开了，花瓣像雪花一样飘落在缓缓下降的灵柩上。最后，终于入土了；又回到了千古的尘土之中；又归于又冷又黑的大地……我们众人的……母亲。"

巴比停了下来。整个教堂内肃静无声，我都可以听到校园那边发电站的马达像激烈跳动的脉搏，震动着黑夜。不知从什么地方的听众中传出了一个老年妇女凄切的哭声，最初像语不成句的哀歌，最后却完全成了哭泣。

巴比站在台上，头往后仰，胳膊生硬地贴住两侧，拳头攥得紧紧的，好像在竭力控制感情。布莱索博士坐在椅子上，用手捂住了脸。我旁边有人擤鼻涕。巴比摇摇晃晃地向前迈了一步。

"哦，是啊，哦，是啊，"他说，"哦，是这样。这也是光荣事迹的一部分。不过，不要把这当成死，应当看作生。一颗伟大的种子已经种下了，就仿佛造物主复活了一样，这种子一到季节就会结出果实。从某种意义上来说，他即使不是在肉体上，至少在精神上是这样一颗伟大的种子。而且从某种意义上说，他在肉体上也是一颗伟大的种子。你们的现任领导不就成了他的化身吗？不就是他的再现吗？如果你们还有什么怀疑，不妨看看周围的一切吧。我年轻的朋友们，我亲爱的年轻的朋友们！我怎样才能向你们说明你们现在的领导人是怎样一种人呢？我怎样才能向你们表明他是如何恪守对奠基人的誓言，如何认真地履行他的领导职责的呢？"

"首先，你们该记住学校当时的样子。不错，那时它已经是一所重要学府了，可是只有八幢大楼，现在呢，增加到了二十幢；当时教师只有五十人，现在却已有二百人之多；过去学生仅几百人，现在听说已多达三千。从前都是些碎石子路，上面跑的不过是牛车、骡车或是马拉的大车，可是今天你们有了柏油马路，上面来往行驶的是汽车。阔别多年之后重访这所学府，在郁郁葱葱、花香扑鼻的校园里漫步，在物产丰盛的农田里溜达，我内心的喜悦实在非言语所能表达。啊！还有那座了不起的电厂，它供电的范围超过了很多城镇，而且都是黑人在管理操作。因此，我年轻的朋友们，奠基人的光华不是还闪耀着吗？你们的领导人千倍地完成了他的诺言。我这样表彰他，他受之无愧，因为他是开创一项伟大而高尚事业的建筑师之一。他是他伟大的朋友的可靠继承人。他卓越的领导才能使他成为我们的重要的政治家，这绝不是偶然的。他就是一种伟大的化身，值得你们大家仿效。我奉劝诸位以他为楷模造就自己。你们每一个人今后都要追随他的足迹。伟大的事迹还在后头，因为我们的民族虽然蒸蒸日上，但还很年轻。传奇式的事迹尚待创造。要勇于肩负起你们领导人的重担。奠基人的事业将永放光辉，我们民族的历史将是不断取得胜利的英雄传记。"

巴比张开臂膀，笑容可掬地向着听众。站在台上，他的身躯俨然是一尊佛像，却又像一块滚圆的带条纹的大理石。教堂里到处有人抽噎，也有人轻声细语地赞叹。我更加迷惘，不知所措。老巴比的一番话使我一时间看到了那远大的理想，也使我感到离开学校就会像骨肉分离。我看到他垂下了胳膊，往他的椅子走去。他动作迟缓，头微微偏向一边，好似在聆听远方的音乐。我把头埋下来，揩了揩眼睛。这时，我听到抽噎着的人们发出了吃惊的声音。

我抬起头来，只见巴比跟跟跄跄倒在布莱索博士的腿上。这时，两个白人校董急忙从讲台的那边赶了过来。他们刚托住他的胳膊，老人又向前一滑，双手着地，跪倒在地上。他被扶起来之后，一个白人弯腰拣起了落在地板上的什么东西，把它放到了巴比的手上。当老人抬头的那一刻，我才看清白人刚刚拾的是什么东西。就在那一刹那间，他的动作再加上那眼镜暗滞的反光让我看到了他失明的眼睛在眨动，霍默·阿·巴比牧师原来是个盲人。

布莱索博士连声道歉，一面把他领到了座位上。老人靠在椅背上，脸上露出了一丝微笑。布莱索博士直走到讲台的边沿，举起了双手。我一听到他那深沉悲切的声音，赶紧闭上了眼睛。学生们和着他唱了起来。而且越唱越响，这时歌声感人至深，因为它不是为贵宾光临才应景的，而是抒发他们自己的感情，所以充满着希望和喜悦。我想赶紧跑出教堂，可是又没有这个勇气，就直挺挺地坐在那硬邦邦的椅子上，整个身子都靠这椅子支撑着，我把它当作某种希望加以依赖。

此刻，我不敢看布莱索博士，因为老巴比使我感到有罪，而且自认有罪。虽然我不是明知故犯，但任何有损于不断实现理想的行为都是背叛。

随后一个人的讲话，我连听也没听。那是一个高个白人，不停地用手绢擦眼睛，老是感情激动得不太连贯地重复他那几句话。随后乐队奏起了德沃夏克的《新世界交响曲》的片断，整个主体音乐中贯穿了《轻轻的车儿缓缓地摇》——这是我母亲和祖父最爱听的一支圣歌。我实在受不了了，趁下一个人还没有开始讲话，就匆匆走过眼神中流露出不满的教师和女总管，走进了教堂外面的黑夜。

月光洒在奠基人的铜像上，那手上栖息着一只模仿鸟，喈喈哢鸣，在永远下跪的奴隶像的头顶上轻轻摇摆着在月光中显得特别活跃的尾巴。我走上洒满影子的车道，耳边还听到小鸟在我身后唧唧啼叫。在月光朦胧的校园里，路灯十分亮堂，每一盏灯都投下一片影子，显得非常宁静。

我本该等到晚祷完毕，因为我还没有走出多远就听到乐队奏起进行曲，虽不响亮，却很欢快，接着学生们鱼贯走出教堂，喊喊喳喳一阵嘈杂。我怀着恐惧的心情向行政大楼走去。走到以后，我却又在昏暗的门口止了步。飞蛾像一层薄纱环绕着街灯，将一片黑影投在我脚下的草地上。我的心绪就像那些拍打着的飞蛾，不停地翻腾着。我就要见布莱索博士了，对我来说，这是一次事关重大的谈话。我想起了巴比的讲话，心里只感到愤然。他的话布莱索博士都还记在脑子里，对我的请求肯定更不会有恻隐之心。我待在昏暗的门口，心里捉摸着如果被开除，我未来的命运又将如何。我上哪儿去呢？我能干什么呢？我又怎么能回家去呢？

第六章

向下看去，男生正经过缓坡而下的草坪向宿舍走去。此刻他们仿佛离我有千里之遥，显得模糊不清。每一个朦胧的身影似乎都远远在我之上，比我高明。由于某种疏忽，我把自己投进了黑暗，从此与值得倾注心血的一切、与鼓舞人心的一切都毫无缘分了。我听到一伙人从身旁走过，轻轻地和声唱着。面包房飘来一阵新鲜面包的香味。那是早点用的上等白面包，还有涂满黄油的面包卷，我常常塞进口袋，带回寝室，留着蘸上家里带来的野莓酱慢慢享受。

女生宿舍的灯亮了，像是一只无形的手，撒出一排发光的种子，突然绽开了。几辆轿车从旁驶过。城里来的一些老太婆不紧不慢地走了过来，其中有一位像瞎子探路一样不时地用手杖敲击着路面，发出空荡荡的声音。她们热烈地谈论着巴比的讲话，回顾着奠基人的时代，用颤颤巍巍的声音你一言我一语地叙述和描绘着奠基人的生平，只有片言只语传到我的耳朵里。随后，我看到一辆熟悉的卡迪拉克轿车沿着绿树成荫的大道驶近了。我马上走进大楼，惊慌起来。我没有走上两步又急忙掉头匆匆走到大楼外面的夜色之中。要我马上去见布莱索博士，我实在受不了。一堆小伙子沿着车道走去，我跟在他们后面，周身直哆嗦。他们热烈地争论什么事，可是我内心不安，根本没有心绪去听，只是跟在他们身影后面，看着他们锃亮的皮鞋在街灯下面不时地闪光。我一直盘算着该跟布莱索博士说些什么。男生们一定都已进了宿舍大楼，因为我突然发现自己已经独自出了校园，径直上了公路。我急忙回头又向行政大楼奔去。

我进去时，布莱索博士正在用蓝边手绢擦脖子。灯罩透出的灯光照在眼镜的镜片上，被反射了出来，他那大脸膛有一半抹上了阴影,可是两只拳头却笔直地伸在亮处。我站在门口,犹豫不决,忽然间注意到室内古老而笨重的陈设、奠基人时期的遗物、装在镜框里的画像,有权势的人物——总统和工业家们的浮雕,它们都像奖品、纹章似的挂在墙上。

"进来。"他站在半明半暗的地方叫道。随后我看他走了两步,头微微向前倾,眼睛发亮。

他心平气和,打趣似的慢悠悠地开了腔,这倒更使我心慌。

"小伙子,"他说,"据我了解,你不仅把诺顿先生一直带到了黑人居住区,而且最后还领他进了阴沟洞——金日酒家。"

这是一个陈述句,并不是一个疑问句。我没有答话。他还是那样目不转睛地看着我,神情还是那样温和。难道是巴比帮助诺顿先生使他心肠变软了?

"不,"他说,"领他上黑人居住区还不够,你还得到处都跑到,让他饱饱眼福,对不对?"

"不是的,先生……我是说他病了,先生,"我回答说,"他得喝一点威士忌……"

"你只知道这么个地方好去,"他说,"所以你就去了,因为你在照应他……"

"是的,先生……"

"还不止这些哪,"他说道,声音中既含着嘲讽,又带有惊奇,"你还把他领出去,让他坐在那个长廊,那个楼廊,那个游廊上——不管这年头管那东西叫什么吧——把他介绍给了那些宝货。"

"宝货?"我蹙起了眉头,"哦——他一定要叫我停车,先生,我没有法子……"

"当然,"他说,"当然。"

"他对黑人小屋有兴趣,先生。这种小屋至今还有,他感到诧异。"

"当然，你就停了车。"他说着，又点了点头。

"是的，先生。"

"对，我想那小屋自己就打开了话匣子，把它的身世、各种稀奇古怪的流言蜚语都一股脑儿跟他谈了。"

我开始解释。

"小伙子！"他咆哮了起来，"你是不是当真？首先你为什么上那条路？不是你在开车子吗？"

"是的，先生……"

"难道我们靠点头哈腰、四处求援乃至编造谎言搞出来的那些像样的住房和车道还不够你领他观光吗？难道你以为那个白人不远千里从纽约、波士顿、费城来这儿，就是为了让你领他参观贫民窟吗？别站在那儿发愣，说话呀！"

"我只是给他开开车，先生。他命令我停，我才停在那儿的……"

"命令你？"他说，"他命令你？该死的，白人总是爱发号施令，他们习以为常了。可是你为什么不找个借口呢？你为什么不能说他们那儿在流行某种疾病——比如天花——或者到另外一间小屋里去呢？为什么偏偏要上特鲁布拉德的屋子去呢？老天呀，孩子！你是个黑人，又住在南方——难道你忘了怎么说谎吗？"

"说谎，先生？叫我对他说谎，对一个校董说谎？"

他有点儿痛苦地摇了摇头。"我还以为我挑了一个有头脑的孩子，"他说，"你可知道，你的行为已经危及我们学校了？"

"可是我只是想讨好他……"

"**讨好他**？亏你还是个大学三年级的学生！哎呀，就是棉花地里最笨的黑杂种也晓得，讨好白人的唯一办法就是对他撒谎。你在这儿受了些什么教育？究竟是谁叫你带他去那儿的？"他问道。

"是他叫我带他去的，先生。没有别人。"

"别对我撒谎!"

"这是事实,先生。"

"我警告你,说老实话,是谁出的主意?"

"我发誓,先生。没有别人要我去。"

"黑鬼,这可不是你撒谎的时候。我不是白人。给我说实话!"

就好像他打了我一拳。我眼瞪着写字台对面,脑子在想:他居然叫我**这个**……

"答话,小伙子!"

他**这样**叫我,我琢磨着。我看他两眼中间绽出的一根青筋在跳。我在思考:**他竟这样称呼我**。

"我不愿意说谎,先生。"我答道。

"那么跟你交谈过的那个病员是谁?"

"我以前从来没有见过他。先生。"

"他说了些什么?"

"我不能全部回忆起来了,"我低声答道,"他在胡言乱语。"

"说,他说了些什么。"

"他认为他在法国住过,是一个了不起的医生……"

"说下去。"

"他说他相信白人都是对的。"我接着说。

"什么?"他的脸骤然一抽,像一潭污水表面开裂了,"而你相信了,真的相信吗?"布莱索博士说,竭力抑制住一阵狞笑。"那么,你信不信呢?"

我没有回答,心里在想,**你,你**……

"他是什么人,你以前可曾见过他?"

"没有,先生,我没见过。"

"他是南方人还是北方人?"

"我不清楚,先生。"

他把桌子一拍,说:"这是黑人学院!小伙子,难道你就只知道在半个小时里毁掉一所花了半个多世纪才办起来的学院,别的都一无所知吗?他的口音是南方的还是北方的?"

"他说起话来像个白人,"我说,"只是他的口音听起来和我们一样是南方人……"

"我要调查他,"他说,"这样的黑人必须关起来。"

校园里传来逢刻报时的钟声,而我内心的某种情绪使这钟声显得很低沉。我不顾一切地对他说:"布莱索博士,非常抱歉,我并不是有意去那儿,只是后来事情弄得没法收拾了。诺顿先生了解这事的原委……"

"小伙子,听我说,"他高声嚷道,"诺顿是诺顿,我是我。他可能以为自己心满意足了,可是**我**知道他并没有!由于你缺乏判断力,学校将蒙受无法估量的损失。你没有提高我们民族的威望,你给它抹了黑。"

他眼睛盯住我,仿佛我犯下了难以想象的弥天大罪。"你难道不知道这类事情我们是不能容忍的?我给你一个机会服侍我们的一个最好的白人朋友,一个可能给你带来前途的人物,可是你反过来将整个民族拖进了泥坑!"

蓦地,他把手伸到一叠文件下面,拿出一只奴隶制时期的脚镣。他骄傲地管它叫"我们进步的象征"。

"你得受处分,小伙子,"他说,"任何推托和借口都没有用。"

"可是你答应过诺顿先生……"

"我知道的事用不着你在这儿跟我讲。不管我说过些什么,作为这个学校的领导人,我不能对你的行为听之任之。小伙子,我要叫你滚蛋!"

他把脚镣往台子上一扔,一定是在这个时候,他说了这番话,因为突然间我俯身凑近了他,愤怒地喊了起来。

"我要告诉他,"我说,"我要去找诺顿先生,告诉他你对他对我都撒了谎。"

"什么!"他说,"你敢在我的办公室里威胁我?"

"我要告诉他,"我扯着嗓子喊道,"我要告诉所有的人。我要跟你斗。我发誓,我要斗。"

"好啊,"说着他就往椅背上一靠,"万万没有想到!"

他上下打量了我一会儿,头又缩回到暗处。只听得他一声尖笑,像是愤怒中的叫喊;然后他又把头伸到了前面,于是我看到了他的笑容。我目不转睛地看了他一会儿,然后转身就向门口走。这时听他在我背后气急败坏地喊道:"等等,等等。"

我掉转身,只见他上气不接下气,两只手托住他那大脑袋,眼泪顺着面颊往下流。

"好啦,好啦,"他边说,边摘下眼镜,揩了揩眼泪,"好了,孩子。"他的声音说明他既感到好笑又希望和解。我好似在履行什么兄弟会的入会仪式,不知不觉地又往回走了。他注视着我,虽然在笑,可是笑中包含着痛苦。我的眼睛发热了。

"小伙子,你**确实是**个傻瓜,"他说,"你那白人什么也没教给你,而你天生的聪明才智又没能起一点儿作用。你们这些年轻黑人是怎么啦?我本以为你知道在这里该如何处事。哪晓得你连实际如何和该当如何之间的区别也不了解。老天啊,"他气喘吁吁地说,"我们民族会落到什么地步呢?嗨,你爱告诉谁就告诉谁吧——坐下……喂!坐吧,先生。"

我迟迟疑疑地坐下了,既感到气愤又感到迷惑不解,心里怨恨自己这般驯服。

"你爱告诉谁就告诉谁吧,"他说,"我不在乎。我绝不阻止。我不欠任何人的情,孩子。谁?黑人?黑人并不掌管这所学校,对其他事情也无权过问——难道连这一点你也不了解?先生,黑人不掌握这所学校，白人同样也没有控制这所学校。诚然，他们资助这所学校，可是**是我**在控制这所学校。我是个重要黑人，如果情况需要，我可以和任何一头绒绒短发的黑人一样高声叫唤'是，先生'，然而我仍然是这儿的君主。至于在其他方面显得如何我毫不在乎。权力不用炫耀。权力在于信心，在于自信，在于自己决定行止，在于自我鼓励、自我辩解。你有了权力就会了解权力是怎么回事。让黑人窃窃私笑，让穷白人放声嘲笑吧！可那都是事实，孩子。我假惺惺地讨好的也只是些白人里的**大人物**，即使这些人，与其说他们控制了我，倒不如说我控制了他们。这就是权力的格局，孩子。我在操纵一切。你想想这些吧。你反对我，就是反对权力，反对富有白人的权力，反对国家的权力——也就是说反对政权！"

他停了下来，好让我仔细领会他这番话，可是我等他说下去，心里气极了，连感觉也麻木了。

"我要告诉你一点儿你们社会学老师不敢讲的事情，"他接着说，"假如没有像我这样的人办这样的学校，就没有那南部，也没有北部，甚至没有这个国家，没有像今天这样的国家。孩子。你把这点想一想吧。"他又大声笑了，"你擅长演说，善于学习，我本以为你该有点见识。哪知道你……好吧，你干吧，去见诺顿吧。你会发现**他**也要处罚你；这点他可能没有意识到，但他会处理你。因为他清楚我懂得什么对他最有利。你是个受过教育的黑蠢蛋，孩子。这些白人有报纸、杂志、电台、发言人来传播他们的主张。他们要向世界撒谎，他们可以头头是道地把谎言说成真理；我要是告诉他们你在撒谎，他们会这样告诉全世界，即使你能证明你说的是实话也无济于事，因为这是他们爱听的一种谎言……"

我又听他尖声笑了起来。"你是个微不足道的人，孩子。在别人眼睛里你压根儿就不存在——这你可明白？那些白人告诉大家该如何思考，当然像我这样的人是个例外，我还告诉**他们**该如何思考呢；这就是我的生活，我告诉白人该怎样看待我所了解的事情。你感到吃惊吧，是不是？啊，情况就是如此。这是一桩肮脏交易，我自己也并不完全喜欢。可是听我说：这交易并不是在我手上成交的，而且我知道我也不能加以改变。可是在这笔交易中我捞到了地位。为了保全我的地位，我不惜让国内所有的黑人一个早上都在树上吊死。"

此刻他两眼直盯住我，他说话的声音富有感情而又非常真诚，好似在做忏悔，他说出了一桩我既无法相信又难以否认的闻所未闻的怪事，冷汗像冰川解冻似的打我脊梁骨上往下流。

"孩子，我可不是随便讲的，"他说道，"取得今天的地位，我得有坚强的性格，明确的目标。我得耐心等待，精心策划，四处奔波……是啊，我还得像个黑鬼！"他说完又怒气冲冲地加了一个"可不是"！

"我甚至并不以为值得下这一番功夫，但是我毕竟取得了今天的地位，而且我要保持这个地位——比赛中你打赢了，你得了奖，你总想保持它，保住它；这成了你唯一要操心的事了。"他耸了耸肩，"人到晚年才赢得地位，孩子。你干你的吧！把事情的真相去告诉别人吧；拿你的真相和我的真相比比看，要晓得我说的话就是真理，是更为广泛的真理。你检验检验看，你试验试验看……我开始谋事的时候还是个年轻小伙子呢……"

可是我不再听他说了，眼睛里也只看到他那金丝眼镜的边在闪闪发光。那副眼镜仿佛在他令人厌恶的言辞的海上浮动。真相，真相，什么是真相？我要是把真相讲出来，我的熟人，甚至我的母亲都不会相信。我想，也许到明天我自己也不相信了，连我自己也……我无可奈何地瞧着写字台的纹理，然后我的视线越过了他的头，落到了他椅子背后的奖杯架上。架子的上方有一幅奠基人的画像，两眼不置可否地往下看。

"嘻，嘻！"布莱索笑着说，"你的胳膊太短，跟我拳击还不行，孩子。好几年我没有收拾年轻黑人了。确实有好久了，"说着他站起来，"他们已经不像过去那样神气活现了。"

这一次我简直动弹不了了，肠胃像打了结，腰部酸痛，两条腿直发木。三年来我总以为自己是个男子汉，可是现在他只消说这么几句话，就使我软弱无力得像个婴儿。我拼命地站稳……

"等等，等一会儿。"他说，两眼盯着我，像是准备投掷一枚硬币，看一看是正是反。"孩子，我喜欢你这种精神。你是个战士，我挺喜欢；只是你缺乏判断力，而缺乏判断力可能会毁了你。孩子，这就是我要处分你的原因。我也了解你此刻的心情。你不愿意回到家乡受人羞辱。这我能理解，因为对个人尊严你有些模模糊糊的概念。由于那些哗众取宠的教师，以及北部教育出来的理想主义者来校任教，这类概念渗透了进来，连我也无法可想。不仅如此，你还有一些白人的支持，可是你就不敢面对他们，因为对于一个黑人来说，给白人羞辱是最难堪不过的。这一切我也都了解；老博士也受人指责、嘲笑，也是什么味道都尝过了。这种处境我不只是在教堂里唱唱，我确有切身体会。可是我不会耿耿于怀。那样不是太傻、代价太大了吗？而且思想负担也太重了。让那些白人为面子和尊严去烦恼吧——我只要了解自己所处的地位，给自己赢得权力和影响，攀上有权有势的人们——然后就待在暗处使用权力！"

我要在这儿给他奚落多久？要站多久？我双手扶着椅背寻思着。

"你是一个有胆量的小斗士，孩子，"他说，"而我们民族正需要优秀、精明、觉醒的斗士，所以我准备帮你忙——也许你会感到我用右手打了你，又用左手来帮助你——假如你认为我是靠右手领导的那种人的话，其实根本就不是那么回事。不过这也无关紧要，接受不接受由你，我希望你今年夏天上纽约去，这可以保住你的面子——还可以攒几个钱。你上那儿去挣明年的学费，懂不懂？"

我点了点头,一时间说不出话来,心里翻腾得厉害,想设法应付他,想怎么把他刚说的这番话和他以前讲的话联系起来。

"我要给你几封信,让你带给几位学院的朋友,请他们帮你找工作,"他说,"不过这次你得动点脑筋,处处留神,好好干!如果你干得不错,也许……嗯……也许……就看你自己了。"

他不往下说了。他身材高大,皮肤黑黑的,还戴着一副金丝边眼镜,站在那里完全是个庞然大物。

"就这样吧,年轻人,"他语调粗鲁,还带着官腔,"你两天之内办完离校手续。"

"两天?"

"是两天!"他说。

我下了台阶,摸黑上了便道。我刚走出大楼,就撞在从树上倒垂下来的绳索般的紫藤上,痛得我蜷缩了起来,蹲在地上,五脏六腑都快倒出来了。稍停,痛苦减轻了,我抬起头来,只见使人感到凉爽的大树连成拱形。透过这些大树,我看到两轮月亮重叠,不停地打转。我的两眼对不准一样东西了。我往房间走,用手捂住了一只眼睛,生怕撞在路上突然出现的树上或电线杆上。我继续向前走,嘴里发苦,像喝过胆汁。谢天谢地,幸亏是晚上,没有人看到我这副狼狈相。我肚子感到难受。宁静的校园里不知什么地方传来了古老悲凉的黑人吉他民歌,却是用走了调的钢琴弹出来的,好似慢悠悠的粼粼碧波,又似孤零零的一列火车鸣笛之后的回声。我的头又撞了一下,这次撞到了一棵树上,震得树上开花的紫藤哗哗作响。

我能动弹之后,只觉得头昏眼花。白天的事情一一呈现在眼前。特鲁布拉德、诺顿先生、布莱索博士,还有金日酒家,急速地在我脑子里盘旋。我站在路当中捂住一只眼睛,竭力想驱赶掉这些白天的情景,可是每次又总是糊里糊涂地想到了布莱索博士的决定。他的决定还在我脑子里回响,这个决定可是千真万确无可挽回的了。

出了这些事，不论我的责任究竟有多大，我知道我得付出代价。我知道我将被开除。一想到这点，我难过得就像万箭钻心。我站在洒满月光的便道上，揣摩着被开除以后会有什么后果。那些原先嫉妒我的人将如何幸灾乐祸，我的双亲将如何感到羞辱和失望。即便我今后十分检点，我的耻辱也不会被人忘却。我的白人朋友们会厌恶我，这不禁使我想起了那些得不到有影响的白人庇护的人们惶惶不可终日的情景。

我怎么会落到这步田地呢？叫我朝东，我绝不朝西，我规规矩矩做人、兢兢业业办事——然而我非但没有好报，相反，我此刻却在这条路上踉踉跄跄，死命捂住一只眼睛，生怕头昏眼花，突然看到什么熟悉的东西一下闯到了路上，自己撞了上去，碰得头破血流。好像硬是要叫我发疯似的，我蓦然感到祖父在我头顶上盘旋，在黑暗中得意地咧着嘴笑。我简直无法忍受了。因为尽管我极度苦恼和气愤，我不知道还有什么别的生活方式，还有什么别的途径能让我这种人获得成功。这样的生活我已经习以为常了，结果只好心安理得。不这样，那就得承认我祖父的话确有道理，然而这又是办不到的，因为虽然我自信是无辜的，但我看到要避免永远面对特鲁布拉德和金日酒家这种世界，唯一的出路就是对已发生的一切承担责任。不知怎么的，我确实使自己相信我违反了校规，应该心悦诚服地接受处分。我对自己说，布莱索博士是对的，他是对的。学校以及学校所代表的利益应该受到保护。没有其他办法。不管我受多大的罪，我总得尽快付这笔债。然后再回来建立自己的事业……

回到宿舍，我数了数我的积蓄，大概有五十美元。我决定尽快到纽约去，如果布莱索博士没有变卦，还帮我找个工作的话，这些钱在男子寄宿舍支付膳宿也够了。男子寄宿舍的情况，我是从暑假去那儿住过的同学那里了解到的。我天亮就离校。

于是，当我的室友还在睡梦中无意识地龇牙咧嘴、嘟嘟囔囔时，我却已经在整理行装了。

第二天号还没有响我就起床了。布莱索博士来上班的时候我已经坐在他办公室外间的凳子上恭候了。他身穿蓝色哔叽上衣，前襟敞开着，露出了拖在背心口袋之间的一条粗粗的金链。他步履轻盈地向我走来。他打我身边走过，似乎没有见到我。等走到办公室门口时，他才说："对你我没有改变主意，小伙子，而且也不打算改变。"

"噢，我不是为这个来的，先生。"我说，只见他马上转身俯视着我，眼神里流露出疑惑。

"你明了这点就好。进来，有事就说，我还有公务要处理。"

我站在他写字台前等着，看他把礼帽挂在一只古老的铜制衣架上面，随后面对着我坐下，两手十指指尖相碰，好似一只笼子。他点了点头，示意我可以开始讲话了。

我的眼睛发热，声音也不像我自己的了。"我今天早晨就走，先生。"我说。

他的眼睛一愣。"为什么今天早晨？我给你两天时间，限期是明天嘛。为什么这样急？"

"并不是急，先生。既然我得走，我想马上就走。等到明天也无济于事……"

"对，等也无济于事，"他说，"这你就懂道理了。我同意你走。还有什么别的事吗？"

"就这些，先生，不过我还想告诉您，我为自己的行为感到难过，而且我并没有任何埋怨情绪。我虽不是明知故犯，但我情愿接受处分。"

他把两手一合，让指尖相交，粗大的指头似碰非碰，脸上毫无表情。"这是正确的态度，"他说，"换句话说，你并不因此怀恨在心，对吗？"

"对的，先生。"

"是啊，我看得出你开始懂事了。这很好。我们同胞该注意两件事：一是为他们的行动承担责任；二是避免产生怨恨。"他提高了嗓音，像在教堂里讲话一般振振有词，"孩子，记住这一点，如果你不耿耿于怀，什么也阻止不了你获得成功。"

"我会记住的，先生。"我回答说。这时我喉咙发哽，巴不得他先提出为我找工作的事。

不料他不耐烦地看着我，说："怎么样？我还得忙别的事。我批准你离校了。"

"嗯，先生，我想请您帮个忙……"

"帮忙？"他机警地应道，"那是另一回事啦。帮什么样的忙？"

"我要求不高，先生。您曾说过您让我去找一些校董，他们也许能帮我找个工作。我什么都愿意做。"

"哦，对，"他连声说道，"对，当然可以。"

他似乎思考了片刻，眼睛打量着写字台上一样样东西。然后他用食指轻轻碰了碰脚镣，说："很好，你什么时候离校？"

"可能的话，乘第一班汽车走，先生。"

"你行李都打好了吗？"

"打好了，先生。"

"那好，你去拿包，三十分钟以后上这儿来。我的秘书会给你几封写给学校友人的信，他们当中总会有个人帮你的忙。"

"谢谢，先生。非常感谢。"我回答说。此刻他已经站了起来。

"没什么，"他说道，"学校总是想关照自己的学生的。另外还有件事要向你说清楚。这些信都封了口；如果你想要人帮忙，就不要去拆。白人对这类事非常计较。这些信把你介绍给他们，请他们帮你找工作。我会尽力帮忙，你不必去拆这些信，明白吗？"

"噢，我连这个念头都不会有的，先生。"我说。

"很好。你来的时候那位小姐会把信给你准备好的。你的父母那里你准备怎么办？通知他们了吗？"

"没有，先生。我要是告诉他们我被开除了，他们会很难过的，所以我打算到了纽约，找到工作以后再给他们写信……"

"对，也许这样更好。"

"那么，再见，先生。"我边告别，边向他伸出手。

"再见。"他的手大而松软得出奇。我转身离开，他揿了揿蜂鸣器。我出门的时候，他的秘书打我身边擦过，往里走。

我再次到办公室的时候，信已准备好了，一共七封，都是写给大名鼎鼎的人物。我在找诺顿先生的大名，结果没有找到。我小心翼翼地把信放进了里层口袋，拎起行李就去赶车了。

第七章

　　车站空荡荡的，售票的窗口却开着，一个身穿灰色工作服的搬运工挥动着扫帚在扫地。我买好车票，上了车。车子里面漆成了红色和镍色，只有两个乘客坐在后部。突然我感到好似在做梦。原来是那个老兵在向我点头、招呼。他的旁边坐着一个守护员。

　　"欢迎你，年轻人，"他叫道。"想想吧，克伦肖先生，"他对着那位守护员说，"我们路上有个伴了。"

　　"早上好。"我迟迟疑疑地应道。我四下看了一看，想找个离他远远的座位。哪知道虽然几乎是一辆空车，但只有后面的座位是专给我们这些人的。没法子，只好走到后面和他们坐在一起。我并不乐意和他们同坐。在我竭力从意识中抹去的经历里，这个老兵给我的印象太深了。他跟诺顿先生谈话的那种样子就预示着我的厄运——果然应了我当时的预感。现在我已甘心接受处分，所以凡是与特鲁布拉德或金日酒家有联系的事我都要忘它个一干二净。

　　克伦肖身材比休珀卡戈瘦小得多。他一言不发，不像是个护送疯癫病人的守护员。开头我心里还暗暗高兴。可是后来一想这老兵也只有那么一张嘴巴，爱胡说八道，疯疯癫癫，高兴的心绪也就顿然消失了。他这张嘴巴已经给我惹了一身祸。现在我只盼他那张嘴巴不要去对准白人驾驶员，**那样**可能会断送我们的性命。可是他上这汽车干什么呢？天啊，布莱索博士行动竟如此迅速？我目不转睛地看着这个矮胖子。

　　"你的朋友诺顿先生可好啊？"他问道。

　　"他还好。"我答道。

　　"不昏厥了吧？"

"不了。"

"他可曾因为那些事儿训过你？"

"他并没有指责我。"我回答说。

"好。我估计他在金日酒家看到的一切都比不上我那些话使他震惊。但愿我没有给你惹祸。学期不会那么早结束吧，对不？"

"是还没有完全结束，"我若无其事地回答说，"我提前离校，想去找个工作。"

"好极了！是回家去找吗？"

"不，我想去纽约，也许可以多挣些钱。"

"纽约！"他接着应了一句，"那可不是一个现实的地方，而是个梦幻中的城市。我像你那么大的时候，芝加哥也是这个样儿。现在年轻的黑人都往纽约跑。跳出了火炉，又进了煎锅。我能想象你去哈莱姆区待上三个月以后会怎么样。你讲的话就不一样了。你会大谈其'学院'，你会去男子寄宿舍听种种演讲……你甚至还可能结识几个白人。听着，"他说着，身子向我歪了过来，"你甚至还会和白人姑娘跳舞。"

"我去纽约工作，"我说，向周围看了一眼，"我没那个时间。"

"你会有时间的，"他逗弄地说，"你听说北方自由，你内心深处在想，你要试它一次，看看你听说的是不是真的。"

"除了那些垃圾白种老女人外，还有其他自由，"克伦肖说，"他可以去看上一场戏，上大馆子吃上一顿饭。"

老兵龇牙咧嘴地笑了起来。"嗨，当然啦。不过，克伦肖，你得记住他只在纽约待几个月。绝大部分时间他得工作，所以他那些自由只能是象征性的。他也好，或者别的什么男人也好，轻易可得的自由的象征是什么呢？啊，当然是女人。他可以把在其余时间里忙得无法享受的全部自由在二十分钟里统统倾注在这个象征上面。他会认识到这一点的。"

我试图改变话题，便问道："你上哪儿去？"

"到华盛顿特区。"他说。

"这么说你是痊愈了？"

"痊愈？治不了啦……"

"他转院了。"克伦肖说。

"对，我被送往圣伊丽莎白医院，"老兵说，"当局办事实在难以捉摸。我要求转院有一年了，今天早晨突然通知我整理行李。我不能不猜想这会不会跟我同你那位朋友诺顿先生的谈话有点儿关系。"

"他跟你转院怎么会有关系呢？"我一面说，心里却记起了布莱索博士的威胁。

"他同你目前坐上这趟汽车又会有什么关系呢？"他说。

他眨了眨眼睛，一闪一闪的。"好吧，忘掉我这些话。不过，看在上帝的分上，学会透过表面现象观察事物，"他说，"年轻人，从那团迷雾中走出来吧。记住，不一定要傻得一点头脑也没有才能取得成功。你可以跟着起哄，可千万别上当——为你自己着想，你得这样。即使把你当成疯子，给你穿上拘束衣，或者关进四周装上软垫的病房，你心里也别相信那一套。顺应潮流，可是你还得自行其是——至少部分时间里你得如此。去较量吧，孩子，不过你得准备赌注。要掌握其中种种花招，还得掌握**你自己该怎么行事**——我真巴不得有时间能给你讲讲。虽然我们民族迟钝得要死，说不定你能占上风。这实在是一种粗野之极的行径，简直和文艺复兴前一样——对此，已经有人做过分析，还写成了书。不过，这儿人们忘了去留心这类书籍，这倒给了你一个机会。即使在开阔的旷野你也能藏身，就是说，只要你意识到这种机会，你就能办得到。他们不会发现你，因为他们不会料到你还懂什么东西。他们自以为一向是留神的……"

"喂，你唠唠叨叨地讲'**他们**''**他们**'，你是指谁啊？"克伦肖问道。

老兵有点不耐烦。"他们?"他重复说,"他们? **他们**? 不就是我们通常指的那个意思吗? 就是白人、当局、老天、命运、环境——驾驭得我们不甘再受其驾驭的力量。大人物总是捉摸不定、变化无常的。"

克伦肖不以为然地做出副怪相。"你讲得他妈的太多了,"他说,"你讲了半天,啥也没有说出来。"

"哦,我要说的多着啦,克伦肖。有些事大多数人有所感觉,即使略有所感,也总是感觉到了,而我却能用言语明白地表达出来。不错,我这个人有话憋不住,爱唠唠叨叨,可我并不是傻瓜,我实在是个小丑,"他边说边把放在膝上的报纸卷成了个纸筒,"可是,克伦肖,你还不清楚我们讲的是怎么回事。我们的年轻朋友第一次上北方去,这**是**头一遭,对不对?"

"不错。"我应道。

"是吗? 克伦肖,你去过北方没有?"

"我全国都跑遍了,"克伦肖回答说,"不管在什么地方,他们怎么行事我全都了解。而且我也明白该如何应付。再说,你又不上北方去,不是到真正的北方去。你是去华盛顿,那不过是另一个南方城市。"

"这我有数,"老兵说,"不过替这个年轻人想想,这对他有多大的意义啊。他自由自在地走了,而且是光天化日之下独自一人。我记得过去像他这样的年轻人最初被迫犯罪,或者根本没干过什么就被指控有罪之后;哪里敢早晨动身,都是黑夜赶路,再快的汽车也嫌慢——是不是这样,克伦肖?"

克伦肖本来在剥一块棒棒糖的糖纸,此刻住了手,眼睛一眯,狠狠地盯住他。"见鬼,我怎么会知道?"

"对不起,克伦肖,"老兵说,"我想你这样有阅历的人……"

"嗯，那种经历我可没有。我是自己决定上北方去的。"

"难道这种事你**连听**也没有听说过？"

"耳闻不算经历。"克伦肖说。

"这倒不错。不过既然自由里面总包含有一点犯罪的成分……"

"我可没有犯过罪！"

"我并不是说你犯过罪，"老兵忙说，"对不起，请不要放在心上。"

克伦肖狠狠地咬了一口糖，闭着嘴巴在咀嚼。

"但愿你能早点处于抑制状态，那样也许你就不会这么啰啰唆唆。"

"对，医生，"老兵带着嘲讽的口吻说，"我很快就要处于抑制状态了。不过，你这会儿吃着糖就让我嚼嚼舌头吧。话里总有点内容吧。"

"啊，别卖弄你的学问了，"克伦肖说，"你还不是跟我一样坐在汽车后边的黑人专用座上啦。再说，你还是个疯子。"

老兵朝我眨巴眨巴眼睛。车子开动了，他还滔滔不绝地讲个不停。我们终于上了路，汽车在环绕学校的公路上疾驶，我最后一次从后窗长久地凝视着校园。学校慢慢地模糊了；太阳已经爬上了树梢，那些坐落在低处的楼房、布局整齐的场地都沐浴在阳光中。不一会儿，一切都不见了。不到五分钟，我心目中可与任何最好的地方媲美的那片土地便无影无踪，消失在一片荒野之中。公路旁边不知什么一动，我眼睛跟了过去，原来是一条毒蛇沿着灰白水泥路面急速地向前蠕动，爬了一段，钻进了路边的一段铁管里。一块块棉花田，一间间小屋，从眼前一闪而过，我不由得感到我正进入一个未知的天地。

老兵和克伦肖准备在下一站换车。下车之前，老兵把手按在我的肩膀上，和蔼可亲地看着我，与往常一样，仍然笑容可掬。

"现在该给你一点父辈的嘱咐了,"他说着,"不过,还是免掉的好——因为我猜想我不会做谁的父亲,只不过是我自己的父亲而已。这也许可以作为我给你的赠言:做自己的父亲,年轻人。记住,在这个世界上,什么事情都是可能的,只是你要去寻找发现。最后,别去理会诺顿先生那种人吧。你要是不懂我的意思,就好好想想。再见。"

我看着他跟在克伦肖的背后,穿过一群候车的乘客。他那矮小、滑稽的身形掉过头来,挥了挥手,然后穿过到站的红砖大门,消失了。我往椅背上一靠,舒了口气。然而乘客一上车,汽车重新上路之后,我又感到了沮丧和孤独。

车子穿过泽西乡间的时候,我的心绪才开始好转,接着恢复了我从前的信心和乐观精神,心里盘算着怎样安排我将在北方度过的日子。我要努力工作,为我的雇主效劳,这样他就会向布莱索博士说许许多多我的好话。我要积蓄些钱,等到秋天,我就带着纽约的文化修养返回学校。我将成为校园中无可争议的领袖人物。也许我将出席市政会议。这个会议我从无线电广播中听说过。我得学习那些主要发言人登台演讲的诀窍。而且我得充分利用我各方面的关系。带信去见那些大人物的时候,我将举止大方,谈吐文雅,语气随和,面带讨人喜欢的笑容,处处彬彬有礼。我将记住他("他"指任何一位大人物)若谈到我不熟悉的话题(我绝不主动提出话题),我只含笑表示赞同。我的鞋子将擦得锃亮,衣服熨得笔挺,头发梳得服帖(但发油不可太多),在右面分开;指甲干干净净,腋下得用解臭剂——哪怕最细枝末节的小事也得留意,可不能让他们以为我们这些人**都**有一股子臭味。心里一想到自己将跟这些人接触,我不由得产生了一种老于世故、通晓人情的感觉。再摸摸口袋里的七封重要信件,不禁飘飘然、洋洋自得起来。

我陷入了遐想之中，茫然地眺望着窗外的风景，直到我抬头一看，发现一个搬运工瞪着我的时候，才回到现实中来。"伙计，你下车不下车？"他问道，"下车的话，你好准备走了。"

"哦，我当然下车，"说着我就站起身来，"噢，请问上哈莱姆区该怎么走？"

"这可容易，"他答道，"一直往北走。"

我随手取下了行李袋，还有那只作为奖品的公文包（还跟格斗那天晚上一样锃亮），他指点我怎么乘地铁。于是我就挤进了人群。

进入地铁，我就不由自主地被黑压压的人群拥着往前走。一个身穿蓝色制服、身材和休珀卡戈相当的粗壮的服务员一把抓住我的后背，把我连人带物一下给塞进了车。车厢里拥挤不堪，乘客都被挤得仰着头、瞪着眼，活像小鸡听到了大祸临头的响动，吓蒙了似的。车门关上了，我被挤得紧靠在一个穿黑衣服的大块头妇女身上，她摇摇头，笑了笑。她那油光光的白皮肤上长着一粒色痣，像雨水润湿的平原上兀立的一座黑乎乎的小山，我看了感到难受。我全身上下都可以感到她身体软绵绵的，富有弹性。我既不能往边上歪又没法向后退，就连旅行袋也没法放在地上。我就被夹在那儿，跟那妇女贴得那么紧，头一低，嘴唇就会碰着嘴唇。我拼命想举起手来向她表示我这是不得已。我一直以为她会喊起来，幸好车子突然往前一冲，开动了，我这才能把左手往上挪动。我闭着眼，手紧紧地抓住上衣的翻领。列车轰隆隆地往前开，不时地左右晃动，把我紧紧地贴在那女人身上。我偷偷地左右张望了一下，发现人们压根儿没有注意，就连她也只顾想自己的事，没有介意。火车仿佛顺坡而下，猛然一停把我甩到了月台上面，好像是从发狂的鲸鱼肚里被反刍出来了似的。我拖拉着行李袋，随着人群上了阶梯，来到热烘烘的街道上。我也不管到了什么地方，其余的路我宁可步行。

我在一个橱窗前面站了一会儿，凝视着玻璃上反映出来的我的身影。刚才在车上我被挤得靠着一个女人,此刻我想恢复一下。我周身发软,衣服潮湿。我对自己说:"你来到了北方,不错,是北方。"可是假如她叫了起来,那……下次乘地铁,上车我就要双手抓住上衣的翻领,下车之前,手绝不松开。哎呀,老天呀,这种事情肯定会常常惹出乱子来,可我怎么没有在书上读到过?

这里有砖砌大楼、霓虹灯商标、玻璃橱窗和喧哗的交通。我从没见到过这么多黑人,即使随辩论队上新奥尔良、达拉斯或伯明翰去也没有看到过这么多。这里黑人到处都是。他们人数很多,来来往往,匆匆忙忙,声音嘈杂。我真不知道他们是去庆祝什么节日还是去参加一场街战。廉价物品商店里居然有黑人姑娘站柜台。交叉路口,甚至有黑人警察在指挥交通——来往车辆有的是白人驾驶,照样服从黑人警察发出的信号,似乎这是世界上最平常不过的事。这更使我吃惊。不错,过去我曾听说过,这回可是**千真万确**地亲眼所见呀!我又感到充满了勇气。这才真是哈莱姆区,有关这城中之城的种种传说一下在我脑子里活跃了起来。老兵说得不错,对我来说这不是一个现实的城市,而是一个梦幻中的城市;也许这是因为我一向只把自己的生活圈子局限在南方的缘故。此刻我一步步挤过人群,一个充满希望的新世界影影绰绰地呈现在我面前,好像在这闹市的喧嚣之中,隐约可以听到一个微弱声音。我大睁着眼睛向前走,五花八门的印象尽收眼底。后来我止了步。

迎面传来一阵愤怒而刺耳的声音。一听我就感到一阵震惊和恐惧,就像小时候突然听到了爸爸说话的声音,我感到心口突然空荡了许多。原来前面聚集着一伙人,他们几乎把路堵塞了。一个矮墩墩的人高高地站在梯子上,正在愤怒地大声叫喊。梯子上面还挂了许多小的美国国旗。

"我们得把他们撵出去,"那人叫喊道,"叫他们滚!"

"跟他们说个明白。拉斯,伙计。"有人叫道。

我看见周围的人抬头望着那个五短身材的男人，只见他挥舞着拳头，操着西印度群岛的口音，断断续续地说了些什么，人群随之气势汹汹地叫喊了起来。看起来，随时可能会发生骚乱，但是究竟针对谁，我也弄不清楚。他的话对我的感染，人群显而易见的愤怒都使我感到困惑。我从来没有看到过那么多黑人在大庭广众之中发泄他们的怒气，可是别人从他们身边走过，却连看也不看一眼。我走到人群旁边，看到两个白人警察在悄悄地交谈。不知什么趣事使他们大笑了起来，把身子也掉转了过去。即使那帮只穿衬衫不穿外套的听众慷慨激昂地表示赞同演讲人的某句话时，他们也全不在意。我简直给弄糊涂了，站在那儿怔怔地看着那两个警察，行李袋就放在人行道的当中。其中一个偶然看到了我，用肘子轻轻碰了碰懒洋洋地嚼着口香糖的伙伴。

"伙计，有什么可以为你效劳的吗？"那个警察问我。

"我想知道……"我觉得说得不对头，可是话已经出了口。

"想知道什么？"

"我想知道怎样上男子寄宿舍，先生。"我答道。

"就这个事？"

"是的，先生。"我结结巴巴地说。

"真的只有这个事吗？"

"是的，先生。"

"他是个外地人，"另一个警察说，"刚来这儿，伙计，是不是？"

"是的，先生，"我回答说，"我刚下地铁。"

"你刚下车，嗯？那好，可得小心一点。"

"哦，我是要小心的，先生。"

"这个想法对头。别去沾边。"说着他告诉我去男子寄宿舍怎么走。

我道谢之后，赶紧朝前走。演讲人的言辞更加激烈了，而且是针对政府的。街道上平平静静，只有那个演讲人的声音怒气冲天，显得很不协调，格格不入。我小心翼翼，不敢掉头，唯恐见到发生骚动。

我满身大汗地走到了男子寄宿舍，登记之后，立即就去我的房间。对哈莱姆区我得一点一点儿了解。

第八章

我住的房间不大,倒也干净。深橙色的床单,枫木的椅子和镜台,一张小桌上还放了一本《圣经》寄赠协会放在旅馆中的《圣经》。我把行李丢在地上就往床上一坐。下面街道上传来了城市的喧嚣,高的是地铁隆隆轰鸣,低的是各种嘈杂的人声。我只身待在房间里,简直不能相信我已经远离家乡,然而周围的一切我什么都不熟悉。《圣经》可算是例外。我随手把它拿起,又坐回到床上,大拇指往血红的书边上一撒,一页页急速地翻了过去。我记得每到星期天晚上布莱索博士给学生讲话时总要引用《圣经》上的名言。我翻到了《创世记》一卷,但是没有心思去读。我想起了家,想起了父亲竭力维持的家庭祈祷,就餐之前一家老小围着火炉,低头跪在椅子后面。这时,父亲声音颤抖,净用教堂里的那些辞藻,还有讲道时的那种谦卑。这叫我思念起家乡来了,于是我把《圣经》搁到了一边。这可是纽约,我得找个工作来挣钱。

我脱了外套、帽子,拿着一叠介绍信,往床上一躺,看着眼前这些要人的大名,似乎感到自己也有些身份了。信里写了些什么呢?我怎样才能不为别人察觉地把信打开呢?信都密封了。我读过一本书,谈到信封可以用水蒸气烘开,可是我又没有水蒸气,只好作罢。其实我也无意了解信的内容,而且跟布莱索博士耍花招既不正派又不保险。这些信是为我写的,是写给国内最有声望的几个人物的。晓得这些就够了。我突然想把这些信给什么人看看,这样就可以从他的反应中了解到我自己究竟有多么了不起。最后,我走到镜子前面,把信摊在台面上,像是一手大王牌,自我欣赏地笑了起来。

接着我就为随后几天做了具体安排。我先得洗个淋浴,然后吃早饭。这些都得一早完成。我行动要利索。和这样的要人打交道,得准时。如果跟他们中间什么人约定会晤时间,那可不能像有色人种之间交往那样磨磨蹭蹭,耽误他们的时间。对,我得买块表,一切都得按时间表行事。我记得布莱索博士背心的口袋之间挂着的一根沉甸甸的金链子,我还记得他"啪"的一声打开怀表看时间的神情:他噘起嘴巴,下巴往里收缩成几层,额头上堆起皱纹。然后他清清嗓子,哼儿哈儿地下达指示,仿佛每一个音节都有什么了不起的深意。我蓦地想起我已经被开除,不由得怒火中烧,又竭力想克制自己,但并不十分见效,感到愤怒的情绪行将爆发,使我很不愉快。然而我脑子一转,觉得这样也许更好。假如不被赶出学校,我说不定永远也不会有机会去与这些要人面谈。在我的想象里,布莱索博士仍然双目注视着他那块怀表,不过此刻他身边出现了一个人,一个年轻人,那就是我自己。我变得精明强干,温文尔雅,脱掉了灰溜溜的衣服(就像他那种老式衣服),换上了上等材质、款式入时的服装,显得衣冠楚楚,就像杂志广告上的那种男人,就像《绅士》杂志上那种年轻的经理之类的人物。我想象自己在发表演说,每段精彩的演说一结束,就听得闪光照相机咔嚓一声,把我的姿势都拍了下来。我俨然成了年轻的布莱索博士,不再那样粗俗,事实上可以说是很优雅。讲起话来,我要轻声细语,我一定要——对,要**讨人喜欢**,就得用这个调,就像罗纳德·科尔曼①那样。他那声音多棒啊!当然,在南方可不能那样说话,白人才不会喜欢呢,而黑人又会说你"装腔作势"。但是在北方这边,我要抛弃在南方说话的那种腔调。说实在的,在北方我得有北方的谈吐,到南方就得有南方的腔调。在南方他们要我怎么说话我就怎么说,那才对头。布莱索

---

① 罗纳德·科尔曼(1891—1958),美国著名电影演员,以音色浑厚著称。

博士能做到的，我也能做到。上床之前，我用一条干净毛巾把公文包擦了擦，然后把信放在里面。

第二天早晨，我乘早班地铁到了华尔街区。我确定了先去的一个地点，几乎跑到了这个地区的尽头。这里楼房高耸，街道狭窄，显得很阴暗。我沿路寻找门牌号码时，一辆辆装甲车开过，上面还乘着警惕的士兵。街上到处是人，熙熙攘攘，急急匆匆，那匆忙走路的样子活像是上了弦，并在受某种无形的操纵装置指挥。许多人手里提着公文递送包或公文包。我也捏紧了自己手中的公文包，有点洋洋自得，到处都可以看到一些黑人大步流星地赶路，腕上拎着一只皮制小袋。一刹那间我感到他们很像从锁成一串的囚徒中逃跑的犯人，手中提着脚镣的铁链。可是他们似乎还有一点自以为了不起。我真想叫住一个，问问他怎么会被那只袋子拴住。也许他们因此得到不错的报酬，也许他们被拴在金钱上了。走在我前面的这个人，鞋跟都快磨平了，也许他被拴在百万美元的巨款上了！

我留神看了看，是不是有警察或侦探拔出了枪跟在他们后面，可是并没有。要是有的话，他们一定躲在匆忙的人群当中。我想跟着一个黑人走，看他上哪儿。他们怎么会把那么多钱托付给他？万一他带钱逃跑那又会怎么样呢？当然，不会有人傻到这种地步。要晓得这是华尔街。也许跟邮局一样，这条街有人守卫。听说邮局的守卫透过屋顶和墙壁的窥视洞注视着你，密切地监视着你，悄悄地等待着，看你会不会有什么越轨的行径。也许就在这一刻有只眼睛盯着我，观察我的一举一动。也许马路对面那幢灰色大楼上的大钟背后隐藏着一双锐利的眼睛。我赶到了要找的地方，只见那大楼正面用高大的白石块砌成，嵌有铜质雕刻，光是那石块的高度，就已经使我感到惊讶不已了。男男女女都急急忙忙地进了大楼。我凝视了片刻也跟着走了进去。我上了电梯，被挤到最里面。电梯火箭似的上升，使我腿裆里产生了一种特殊的感受，仿佛我这个人的灵魂丢在楼下门厅里了。

电梯到达最后一层我才走出来,沿着大理石的过道走了几步,找到那位校董的办公室,门上写有他的大名。我刚往里面迈步子,就失去了勇气,又退了出来。我往大厅那边一看,远远近近空无一人。白人是难以捉摸的;贝茨先生可能不乐意大清早一来就与一个黑人面谈。我转过身,走到了大厅的另一端,站在窗口往外眺望。我得稍等一会儿。

我的下面是南渡口,一艘轮船和两只驳船正向河中驶去。极目向右望去,自由女神的铜像依稀可辨,只是晨雾淹没了她手中的火炬。附近的岸边,海鸥穿过薄雾在码头上空翱翔。往下俯瞰,才晓得我已登得极高,不禁感到一阵目眩。路上万头攒动。我又往远处看去,只见一只渡船正驶过自由女神的铜像,船尾拖着的水花一直延伸到岸上,划出了一条曲线,三只海鸥在船后飞翔,突然俯冲而下。

我的背后,电梯正在下客。我听到一群妇女叽叽喳喳、嘻嘻哈哈地走过大厅。再过一会儿我总得进去了,我踟蹰了起来。我的外套使我不安。贝茨先生可能不喜欢我这套衣服,可能不喜欢我的发式。那样我找份工作的机会就完了。他的大名工工整整地用打字机打在信封上。我看着看着,脑子不禁琢磨起他是怎么赚的钱。他是个百万富翁,这我清楚。也许他一向是个百万富翁;也许他生来就是百万富翁。我从来没有像此刻对金钱那么好奇,因为我相信自己已经处在金钱圈子之中了。说不定我能在这儿找到工作,几年之后当上受信任的听差,胳膊上挎上几百万在马路上跑来跑去。到那时候,我会被送回南方去领导学院——跟市长的厨师一样。她腿瘸得没法站在炉前做饭,就被送去当了校长。只不过我不愿在北方待那么久,人们等不及,他们需要我……不过眼下我得去与贝茨先生面谈。

一走进办公室,我就见到一个年轻妇女正伏案工作。我扫视了那宽敞明亮的办公室,舒适的靠椅,高达天花板的书架,上面陈放着烫金牛皮封面的书籍,墙上还有一排肖像。等我的视线回到她身上的时候,她抬起了头,正好碰上她询问的目光。办公室里只有她一个人。我想,不管怎么样,我至少没有来得太早……

"早上好。"她先道早安,丝毫没有流露出我预想中的那种不友好的情绪。

"早上好。"我回了礼,向前走了几步。我该怎么开头呢?

"有事儿吗?"

"请问这是贝茨先生的办公室吗?"我问道。

"是啊,是他的办公室,"她答道,"是不是事先约定的?"

"不是的,夫人。"我说,话一出口,就感到懊恼,不该管这样年轻的白人女子叫"夫人",何况又是在北方。我打公文包里取出了信,还没有来得及说明来意,她就问:

"请问我可以看吗?"

我迟疑了一下。我打算亲手把信交给贝茨先生,不愿经别人的手,然而她手往外一伸,就好像是命令。我只好从命,把信递给了她。我以为她会拆信,哪晓得她看了看信封什么话也没说,站起身来就进了嵌板门。

我发现地毯那边,就在我刚刚进来的门口有几张椅子,可是我拿不定主意是不是要走过去坐着等。我手里拿着帽子站在那儿四处张望,有一片墙引起了我的注意。墙上挂着三幅神态威严的老年绅士的画像,那既高又挺的硬领十分惹眼。他们仿佛从镜框里向下俯视,那种狂妄自大、不可一世的神情,我只在白人和少数脸上留着刀痕的黑人坏蛋身上看到过。就说布莱索博士吧,他一言不发,只要四下一看,就能叫教师们发抖,可是连他也没有这股子骄横劲。看来这些人是布莱索博士背后的人物。这帮人怎么会适应南方白人,适应那些给我奖学金的白人的需要呢？我还凝神看着画像，完全给权力和其中的奥秘迷住了。这时秘书打里面出来了。

她怪里怪气地看着我，微笑着说："抱歉得很，贝茨先生今天早晨很忙，没有时间见你。他请你留下姓名和地址。他会写信给你。"

我失望地站着，一声不响。"写在这上面。"她说着递给我一张卡片。

我潦草地写了地址，准备离去时，她再次说："抱歉。"

"什么时候找我，我都在这儿。"我告诉她。

"好极了，"她说，"你一定会很快收到信的。"

她似乎心肠很好，十分关心我，所以我走的时候，情绪倒还不坏。我原来的担心并没有根据，没有什么可以顾虑的。要晓得这儿是纽约啊。

随后几天我见到了几位校董的秘书，她们都很友好，也很鼓励我。有的看我的时候，有点古怪，不过既然不像是敌意，我也不当成一回事。我想也许是因为看到像我这样的人居然也有介绍信引见给这般重要的人物，她们感到诧异吧。不管怎么着吧，反正有几条无形的线联系着南北，诺顿先生还曾把我叫作他的命运呢……我甩动着公文包，充满了信心。

事情办得很顺利，上午我去送信，下午我去观光市容，在马路上溜达，挨着白人乘地铁，和白人在同一个自助餐馆里进餐（虽然我总避免与他们同桌）。这一切给我一种梦幻般的奇特而朦胧的感觉。我感到衣服很不合适；尽管我手上有给要人们的介绍信，可是我却不知道一举一动该怎样注意。逛马路的时候，我平生第一次自觉地回顾了我在家乡时的表现。那时对于白人我并不太发愁。他们有的友好，有的不友好。不管哪一类，不去得罪就是了。可是这儿似乎所有的白人都显得冷漠；然而即使再冷漠，如果他们在人群当中碰了我一下，马上会赔不是，表现得非常礼貌，这实在使我震惊。

我感到即使他们彬彬有礼的时候，他们几乎连看也没有看见我，他们简直会向一只杰克熊赔不是。可是如果这只杰克熊只顾往前走，什么都不理会，他们也不会掉过脸来瞧它一瞧。这一切真把人弄糊涂了，是好是歹我都说不上来……

不过我要紧办的事是见校董们。逛了一周大街，虽然从秘书们那里得到些含糊其词的鼓励，我变得不耐烦了。除了一封给爱默生先生的以外，所有的介绍信我都送到了。我从报上得知爱默生先生不在纽约。几次我想去了解了解，可是都改变了主意。我不愿意表现出性急。可是时间越来越少了。假如我不能很快找到工作，我就没法挣够钱以便秋季入学。我已经给家里写了信，说我在为校董会的一个成员服务。我仅收到一封回信，家里的人认为我能谋上这样一个差事实在是太好了，还嘱我处处提防这罪恶都市的生活方式。现在，如果我写信回去讨钱，那就不能不暴露出我所讲的工作等等都是谎言。

最后我试图通过电话与要人们联系，结果都遭到秘书们的婉言拒绝。幸好，我手里还有一封给爱默生先生的信。我决定利用它一下。这次我不去交给秘书，而是先写封信去，说明我携有布莱索博士的信件，要求约定时间面谈。我想也许我轻信了那些秘书；说不定她们把信毁了。我本该考虑得周到一点的。

我想到了诺顿先生。要是这最后一封信是写给他的有多好！真巴不得他住在纽约，那样我就可以向他本人去求情了！我总感到跟诺顿先生多少亲近一点，而且如果他见到我，他一定会记起他曾把我跟他的命运紧紧地联系在一起。这似乎发生在很久以前，发生在一个不同的季节里，一个非常遥远的地方。事实上，时间还不到一个月。我感到浑身是劲，随即给爱默生先生写了一封信，表示我深信假如我能为他工作，我的前途就会迥然不同；而且他也同样会从中得到好处。我非常小心地让我的能力在信中有所流露。我花了几个小时打字，毁掉不知多少份，最后总算打出一份丝毫无误的信稿。我斟词酌句，措辞十分恭谨。我忙下楼赶在最后一次收信之前寄出了，突然间我隐约产生了一个信念：这封信会有结果。我在旅舍里连续待了三天，等待回音。可是，回信并没有来。就像祈祷得不到上帝的答复一样，我的信甚至也没有被退回。

我的疑虑增加了。也许事情并不妙。第二天我整天待在房间里。我意识到自己害怕了；待在这小屋子里我比在南方还要害怕。在这里我找不到害怕的具体原因，所以就越发害怕。所有的秘书态度都很好嘛。晚上我去看一场电影。那是一部开发印第安人地区生活的影片，描写英勇的印第安人作战和奋勇战胜洪水、风暴和森林大火的事迹；可是外来移民人数众多，屡战屡胜。电影生动地记述了一列不停地向西行驶的货车。我暂时忘却了自己的烦恼（虽然没有像我这样的人参与那些冒险活动），所以离开黑洞洞的电影院的时候我的心绪轻松了不少。但是那天晚上我梦到了祖父，醒来感到十分纳闷。走出旅舍的时候，我产生了奇怪的感觉：我在我一无所知的阴谋中扮演了一个角色，不知怎么的，我感到布莱索和诺顿是幕后策划者。那一整天我说话做事都倍加检点，唯恐言语或行动会中伤他人。我对自己说，我这是胡思乱想，我只是太缺乏耐心了。我该等校董们作出决定。也许我正在经受某种考验。我知道他们并没有把要求明白告诉我，但是我确有这个感觉。也许我远离家乡的生活会突然结束，我会被给予奖学金，又回到学校去读书。可是什么时候呢？还有多久呢？

我得尽快想点办法了。我得找个工作渡过这个难关。我的钱已所剩无几，什么局面都可能出现。我过分自信，连回家买火车票的钱也没有存出来。我感到悲哀，但又不敢跟任何人谈我的困难处境，即使对男子寄宿舍的管理人员我也不敢提一提。他们听说我可能会有一个重要工作，所以对我总有几分敬意；因此我就得当心，掩饰住我不断增长的忧虑。不论怎么说吧,我想我可能要赊欠,那我就得装个样子出来,好叫人家放心。不,最重要的还是要保有信念。明天一早我还得出去跑。明天一定会有分晓。果然如此,我收到爱默生先生的来信了。

第九章

  我走出屋子，外面天气晴朗，阳光把我的双眼晒得暖烘烘的。蔚蓝的晨空中，高悬着几片雪白的云朵。这时一座屋顶上，已经有一个妇女在晾洗好的衣物了。我朝前走去，觉得心情好了一些。我的信心增强了。沿岛远远的地方，一幢幢摩天大楼拔地而起，在淡淡的雾霭中显得神秘莫测。一辆牛奶车从我身边开了过去。我想起了学校。这个时候他们在校园里做什么呢？月亮是不是已经沉到天边，而太阳已经从东方冉冉升起？早餐号吹过了吗？今天早晨，就像我在校时的大多数春天的清晨那样，那头高大的种公牛的吼声是不是把宿舍里的姑娘们吵醒了——那吼声清晰洪亮，盖过了铃声、号角声和工作日清晨的各种声音，情况是不是这样呢？我受到这些回忆的鼓舞，急匆匆地往前走。一种确信无疑的情绪突然支配了我，今天肯定是解决问题的日子了。一定会有什么结果的。我拍拍公文包，想着包里的那封信。最后一封往往是最重要的——这是一个好兆头。

  紧靠前面的边道沿，有一个人推着一辆手推车，车上高高地堆放着一卷卷蓝色的纸张，我听见他那清晰嘹亮的歌声。他唱的是一首伤感的黑人民歌，我跟在他的后面往前走，回忆着我在家乡听到这种歌声时的那段日子。在这儿，仿佛有些回忆悄悄地绕过我在大学里的生活，远远地追溯到那些很久以前已经从我的头脑里排除出去的事情上。任你怎么回避也回避不开这些令人回忆的东西。

  她的脚像猴子的脚

  腿像青蛙的腿——上帝，上帝！

可是她一开始爱我

我就叫喊,嘚嘚嘚,上帝的狗!

因为我爱我的姑娘,

胜过爱我自己……

当我走到和他并肩的时候,他向我打招呼,这使我吃了一惊。

"喂,好朋友……"

"哎。"我应了一声,停下来偷偷观察他那双微红的眼睛。

"早上的天气真好,你得告诉我一件事,就那么一件事——嗨!等一等,老弟,我正好和你同路!"

"什么事?"我问。

"我要打听的是,"他说,"你可抓住那条**狗**了?"

"狗?什么狗?"

"当然啰,"他说着,停下车子,让支架着地,"对啦。**谁**……"他站住,缩起一只脚放在边道牙子上,露出像一个乡村传教士就要开始反反复复讲经传道时的那副神态——"**抓住……那条……狗**"。他吐出一个字,猛地点一下头,活像一只发怒的公鸡。

我忐忑不安地笑着,向后退了一步。他那狡黠的目光注视着我。"哦,上帝的狗,老弟,"他突然怒气冲冲地说,"谁抓住了那条该死的狗?现在我明白你是从南方的老家来的了,可是你怎么会装出好像以前从来没有听说过一样!真见鬼,今早这儿除了我们两个黑人,连鬼也没有——你为什么要拒绝我?"

突然我感到又窘迫又生气。"拒绝你?你是什么意思?"

"回答我的问题吧。你抓到了它,还是没有?"

"一条**狗**?"

"是啊,**那条狗**。"

我非常恼怒。"不,不是今天早晨。"我说着,看见一丝笑容在他的脸上掠过。

"慢点儿,老弟。别恼火。该死,伙计!我以为**你**一定抓到它了。"他装出不相信我的样子说。我开始走路,他在我身边推着车子。我忽然感到有点不自在,不知怎么地我觉得他像金日酒家那儿的一个老兵……

"好吧,也许情形正好相反,"他说,"大概是它跟住你了。"

"说不定。"我回答道。

"如果它跟住你了,算你运气好,它不过是一条狗——因为,伙计,我对你说,我相信跟着我的可是一头熊……"

"一头熊?"

"他妈的,对啊!就是**那头**熊。难道你没看到这些补丁,那就是它在我背后用爪子撕的啊?"

他把身上穿的那条查理·卓别林式裤子的臀部向边上拉了拉,哈哈大笑起来。

"伙计,这个哈莱姆区不是别的,就是一个熊窝。但是我告诉你一件事,"他脸部的表情一下子变得严肃起来了,"对你我来说,这可是世界上最好的地方。要是时世不很快变好的话,我要抓住那头熊,牵着它到处走,就是不放开它!"

"别让熊把你吃掉。"我说。

"放心好了,老弟,我要拣和我个子差不多的先下手!"

我尽量想用有关熊的一些谚语来回答,可想起的只是故事书中的杰克兔子、杰克熊……这两个角色早就被我遗忘了,而这时却引起我的一阵乡愁。我想甩开他,然而在他旁边走着,我又感到某种慰藉,仿佛从过去直到此刻,在别的早晨,在别的地方,我们就曾经这样走过……

"那都是些什么东西?"我指着堆放在车子上的一卷卷蓝色纸张说。

"那是蓝图,伙计。我这儿大约有一百磅重的蓝图,但是我什么也造不出来!"

"这些蓝图有什么用处?"我问道。

"要是我知道它们有什么用处,我就不是人——什么图纸都有,城市啦、市镇啦、郊外俱乐部等等。有些仅仅是房屋和住宅的蓝图。如果我能够像日本人那样住在纸房子里,我就差不多可以给自己造一座房子了。我想有人改变了他们的计划,"他笑着补充说,"我问那个人他们为什么要把所有这些东西丢掉,他说它们碍事,所以每隔一段时间他们就得扔掉这些东西,好腾出地方放新的计划。许许多多这种蓝图从来没有用过,你可晓得?"

"你的蓝图可不少哪。"我说。

"是啊,这还不是全部呢。那可以装两车。车上的这些够我一天干的了。人们总是制订计划,然后加以改变。"

"是的,你说得对,"我一边说,一边想着自己的那些信,"可是那是错误的。人们不该轻易变更计划。"

他看着我,突然严肃起来。"你太年轻了,老弟。"他说。

我没有回答。这时我们来到了一个山头的拐角上。

"好啦,老弟,和一个从老家来的年轻人谈话从来就是叫人高兴的,但是现在我得和你分手了。这是一条令人愉快的下山的老街。我可以让车子往下滑行一阵子,免得收工时弄得筋疲力尽。我才不让他们把我往坟墓里赶呢。以后我会再见到你的——有件事情你明白吗?"

"什么事情?"

"起先我以为你要拒绝我,可是现在我很高兴见到你……"

"我希望是这样,"我说,"你放心好了。"

"哦,我会放心的。在这个勾心斗角、大鱼吃小鱼的城市里混日子,就得有一点儿运气、勇气和娘胎里带来的小才气。伙计,我生来就具备这三点。说实话,我是一个第七个儿子的第七个儿子出世的时候胎膜遮住了两只眼睛靠黑猫的骨头和征服王约翰牌大麻以及油腻的蔬菜养大……"他眼睛闪闪发光,嘴唇急速地牵动,流利而夸张地说。"你懂我的话吗,老弟?"

"你说得太快了。"我说着,笑了起来。

"行,我说慢点儿,我给你说顺口溜好了,但是我不会骂你的——我的名字叫彼得·惠特斯特劳,我是魔王撒旦独一无二的女婿,好,这些词儿得发卷舌音!你这个家伙是南方来的,是不是?"他说着,像熊那样把头歪向一边。

"是的。"我说。

"好啦,你听清楚!我的名字叫布鲁,我要用一把音叉和你比一下。费菲弗芬①。谁想射中撒旦的人?老天爷斯廷杰罗!"

他的话使得我不由自主地嘻嘻笑了出来。我喜欢他的话,尽管我不知道怎么回答。我从小就知道这玩意儿,可是后来忘掉了;我在上学以前就会了……

"你懂我的话吗,老弟?"他笑了,"呃,可是什么时候来看看我,我是一个钢琴演奏人,一个浪荡子,一个喝威士忌的酒徒,一个徘徊街头寻找职业的人。我会教你一些有用的坏习惯。你会需要它们的。祝你顺利,"他说。

"再见。"我回答道,看着他离开。我注视着他推着车子绕过通向山顶的拐角,低低地压在车把上,他的嗓音扬了起来,然后又低下去,这说明他开始下坡了。

> 她的脚像猴子的脚
> 腿

---

① "费菲弗芬……"是从沃尔特·马普所写的关于能打败强大对手的杰克的儿童故事中来的,这个巨人能够闻出人的气味。

腿，腿像一条疯了的

叭喇狗的腿……

　　这是什么意思呢，我想着。我一生都听着这支歌，但是突然之间我觉得它不可思议。这说的是一个女人，还是某一种狮身人面像那样的奇怪的动物呢？肯定是说他的妻子，也许**算不上**妻子，只有她才适合那种描述。而且为什么要用这种相互矛盾的词句来形容随便什么人呢？她是狮身人面像吗？这个穿卓别林式裤子，干巴巴的脏老头儿爱她，还是恨她，或者只是唱唱而已呢？不管怎样，什么样的女人能够爱上一个像他那样肮脏的人呢？如果她像歌词描绘的那么令人厌恶，即使是**他**又怎么会爱上她呢？我边想边走。也许每个人都爱什么人；这我不知道。我不能多想爱情；为了走得远些，你就得离开大家，而且在我面前回到学校去的道路是漫长的。我放开大步向前走去，听到那个拉车人的歌声这时变成一种孤单的、音调重浊的口哨声，它在每个词组的结尾转成颤抖的、调子忧伤的谐音。在那颤振的、突然下降的口哨声中，又传来一列火车在凄凉的夜晚孤独地高速前进的声音。他是撒旦的女婿，看，他是一个能够吹三种音调的谐音的人……该死，我想，他们真是难言的民族啊！我说不上那突然掠过心头的思绪是引以为自豪的，还是令人厌恶的。

　　在拐角处，我走进一家杂货店，在柜台边找了一个位子坐下来。有几个人正在吃东西。一只只盛着咖啡的球形玻璃壶煨在蓝色的火焰上。我看着那个伙计打开烤架的门，把一条条精肉片翻个面，然后把门砰的一声关上，这时一阵在油里煎着的培根的香味深深地钻进我的胃里。柜台对面的墙壁上挂着一幅广告画，画里一个晒得黑黑的金发的女大学生朝下微笑着，邀请所有的人喝一客可口可乐。那伙计走过来了。

　　"我给你送来点好东西，"他说着，在我面前放了一杯水，"要不要一份饭?"

"都有些什么呢?"

"有猪排、麦片、一只鸡蛋、热乎乎的软饼,还有咖啡!"他俯身在柜台上,那脸上的表情好像在说,瞧,那该使你感兴趣了吧,孩子。难道大家都能看出我是南方人吗?

"我要橘汁、烤面包和咖啡。"我冷淡地说。

他摇摇头。"你骗我,"他说着,使劲把两片面包放进烤面包的电炉里去,"我敢发誓,你是一个爱吃猪排的人。橘汁要大杯还是小杯?"

"来大的。"我说。

当他把一个橘子切成薄片的时候,我不作声地看着他的后脑勺,心里想我该要那份饭,然后站起身来走掉。他以为他是什么人呢?

一颗橘子核浮在玻璃杯口边的一层黏稠的果肉中。我用调羹把它舀出来,然后喝下酸溜溜的饮料,心里为没有要猪排和麦片而感到得意。这是一种克制的行为,一种变化的征兆,而这会逐渐支配我,并使我成为一个更加老练的人而回到大学里去。我将会基本上是老样子,我一面想,一面搅着咖啡,可是有些微妙的变化,能够激起那些从来没有到过北方的人的好奇心。在大学里表现出一点与众不同的样子,那往往是有好处的,尤其是你想担任主要角色的话。这会使得别人谈论你,揣测你是怎样一个人。当然我得小心行事,不要像一个北方的黑人那样说得太多;他们是不喜欢那一套的。我想着,微笑了起来,要做的事情就是给他们暗示,这样无论你做什么、说什么,都会增加藏在表面之下的广泛和神秘的意义。他们会喜欢那样的。而且你把事情说得愈含糊,那就愈好。你得使他们不停地猜测——就像他们猜测布莱索博士那样:布莱索博士在纽约逗留做客的时候,是住在一家豪华的白人旅馆里吗?他是不是和校董们一起参加各种酒会?而他又怎样行事呢?

老兄，我敢断定他过得痛快。他们对我说，老博士一到纽约就闯红灯。说他喝上好的红色威士忌酒，抽高级的黑色雪茄烟，把你们这些学校里的愚昧无知的黑人给忘了个一干二净。他们还说他到北方以后，要别人叫他布莱索博士先生。

当这段谈话在我的脑子里重新出现时，我微笑起来，感到心情舒畅。也许我被打发离开学校是件大好事。我已经学到了更多的东西。在这以前，学校里的一切流言蜚语似乎纯粹是恶意的、无礼的；现在我可明白布莱索博士的有利地位了。不管我们喜欢他还是不喜欢，他总是在我们的脑子里转。那是领导人员的一种诀窍。我此刻想起它，这是令人奇怪的；因为尽管我以前从来没有想到过这一点，可是仿佛我是一直知道似的。只是从学校到这里的距离似乎使它变得明确起来了，肯定起来了，而且我可以毫无顾虑地考虑这个问题了。在这里，它就像我此刻放在柜台上付早饭钱的硬币那样容易到手。饭钱一共一角五分，当我在口袋里摸索着寻找一枚五分硬币的时候，我取出了另一枚一角的硬币。这时我心里想，我们中的一个人给他们中的一个人付小费，会不会是一种侮辱呢？

我等着那个伙计，看他给一个留着一撮淡黄色小胡子的男人上一道猪排和麦片。我目不转睛地看着；然后我把硬币使劲往柜台上一丢，拔腿就走，可心里对它没有发出像一枚五角硬币那么大的响声而感到生气。

当我走到爱默生先生办事处门口的时候才想到，也许我应该等当天的营业开始以后再进去，但是我放弃了这个想法，一直往里走。我希望，我那么早去既是我求职心切的表示，又是我会迅速完成交给我的任何工作的证明。此外，有没有那么一种说法，一天中第一个开始谈业务的人会成交？或许那仅仅是指犹太人的买卖吧？我从公文包里取出那封信，心里想，爱默生是一个基督教信徒的教名呢，还是一个犹太人的名字？

门的那边，好像是一个陈列馆。我走进了一间宽大的接待室，四周用给人以阴凉感觉的热带色彩装饰起来。一面墙壁差不多被一幅巨大的彩色地图盖住了，一条条狭窄的红丝带在地图上的各个地区和一整排乌木制的垫座之间绷得紧紧的，垫座上陈列着一只只装有各个国家天然产品标本的广口玻璃瓶。这是一家进口商行。我四下环顾着房间，不由得感到惊奇。一幅幅绘画，一件件青铜制的艺术品，一条条壁毯，都安排得妥帖美观。当听见有人问"你有何贵干？"的时候，我感到眩惑，吃惊得差点把公文包也给掉了。

我面前站着一个和一种衣领广告画上的人像极为相似的人：红润的脸色，金黄色的头发梳理得整整齐齐，一件按照热带式样编织的衣服大方地从他那宽阔的肩膀上垂下来，灰色的眼睛在框架醒目的眼镜后面露出紧张的神色。

我说明我求见的事由。"哦，对，"他说，"我可以看看那封信吗？"

我把信递了过去。当他伸手来接的时候，我看到了那缀在柔滑的白衬衫袖口上的金链扣。他看了看信封，然后以一种古怪的、好奇的目光看着我说："请坐。我马上就回来。"

我目送他悄悄地离开，那副摆动屁股，跨着大步走的模样，使我皱起了眉头。我走过去，在一把铺着艳绿色丝绸垫子的柚木椅子上拘谨地坐下来，把公文包搁在膝盖上。我进来的时候，他一定坐在那里，因为我看到在一张放着一盆美丽的小树的桌子上，香烟的烟从一只碧玉烟灰缸里袅袅升起。一本好像叫作《图腾和戒律》的书打开放在烟灰缸旁边。我的视线落到一只装饰着中国图案的亮着灯的箱子上，里面陈列着一些精致美观的马匹和禽鸟的雕塑，小巧的花瓶和碗盏，每件展品都安放在木雕的底座上。房间寂静得像一座坟墓——突然一阵猛烈的翅膀扑打声打破了沉寂,我抬头向窗子望去,只见眼前是五光十色的一片,上下翻腾,就好像一阵大风卷起了一大堆色彩鲜明的碎布。原来那是一只装在一扇大窗子附近的鸟舍,里面关着几只热带鸟。当鸟儿的翅膀停止扑打的时候,我能够透过窗子看到下方浅绿色的海湾,有两艘大船在远处航行。一只大鸟开始鸣唱,我转过眼去,看着它那长着淡蓝色、红色和黄色羽毛的喉头的颤动,看着那些鸟儿不停地跳动,用翅膀拍击,它们那五彩缤纷的羽毛一时间像一把打开的东方的扇子那样陡然展现开来,真是令人叹为观止。我很想走过去,站在鸟笼旁边好好看看,但是我打消了这个念头。因为那就不像办事的样子了。我还是坐在椅子上观察着这个房间。

这些人简直是人世间的王爷!听到鸟儿发出一阵讨厌的喧闹声,我这样想着。我们大学博物馆里没有这样的东西——在别的地方我也从来没有看见过。我想起我们那儿只有几件蓄奴时期留下来的破碎的遗物:一口铁锅,一只古老的钟,一副脚镣和一节节链条,一台原始的织布机,一架手纺车,一只喝水用的葫芦,一尊怪模怪样的乌木制的非洲神像,它好像在冷笑似的(这是某位旅行的百万富翁赠给学校的礼品),一根装着铜角钉的皮鞭,一只上面有两个M字母的烙铁……虽然我很少看见它们,可是我记得清清楚楚。不过它们并没有给人以愉快的感觉,每当我参观那个房间的时候,我的眼光总是避开陈列着这些东西的玻璃柜,宁愿去看南北战争刚结束时的那些照片,它们接近盲人巴比所描绘的那个时代。可是甚至连这些我也不常看。

我尽量使自己显得随便一些;椅子很漂亮,可是硬了一点。这个人到哪儿去了?他看见我的时候,流露出什么敌意没有?我怪自己为什么没有先看见他。人就得注意这些细枝末节。突然鸟笼那边传来一阵刺耳的叫声,我再一次看到一阵纷乱的闪光,仿佛那些鸟忽然自动燃烧了起来似的，它们对着竹栅栏猛烈地拍击翅膀，接着又突然平静了下来。这时门打开了，那个长着金黄色头发的男人手握着门把，站在那儿向我打招呼。我怀着惴惴不安的心情走过去。到底我被录用了，还是被回绝了？

他的目光里含有疑问的神情。"请进来。"他说。

"谢谢。"我答道，等他先走。

"**请**。"他微笑着说。

我走在他的前面，想从他说话的口气里听出一点苗头来。

"我想问你几个问题。"他说着拿着我的信朝两把椅子挥了挥手。

"问吧，先生。"我说。

"告诉我，你想要达到什么目的？"他问。

"我想找个工作，先生，这样我能够挣足钱，秋天回到大学里去。"

"回到你原来的大学里去？"

"是的，先生。"

"我明白了。"他一声不吭地端详了我一会儿，"你指望什么时候毕业？"

"明年，先生。我已经学完三年级的课程……"

"哦，你已经学完了？那很好嘛。你多大了？"

"快二十了，先生。"

"十九岁读大学三年级？你可**是**个好学生。"

"谢谢您，先生。"我说，开始喜欢这次会见了。

"你当过运动员吗？"他问道。

"没有，先生……"

"你有运动员的体格，"他上下打量着我说，"你很可能会成为一名极好的赛跑运动员，一名短跑选手。"

"可我从来没有尝试过，先生。"

"我甚至想问你一个愚蠢的问题。你对你的母校有什么看法?"他说。

"我以为那是世界上最好的学校之一。"我回答,听得出自己的话音里充满了深切的感情。

"我知道,我知道。"他带着一种突然出现的不高兴的神气说,这使我感到意外。

当他含含糊糊地说些"怀念哈佛校园"的不可理解的话的时候,我又变得警觉起来了。

"但是倘使给你一个机会,让你在别的什么大学完成学业,那又怎么样呢?"他说着,眼镜后面的眼睛睁得大大的。他又微笑了。

"**另外一所**大学?"我问,我的头开始发晕了。

"噢,是的,比方说在新英格兰的什么学校……"

我默默地看着他。他是说的哈佛大学吗?这是好事还是坏事?这会导致什么结果呢?"我不知道,先生,"我小心翼翼地说,"我可从来没有想过这个。我只有一年的课程了,何况,嗯,我对母校的每个人都认识,他们也认识我……"

他朝我看着,无可奈何地叹了口气,看到这个情景,我慌乱地停住了话头。他心里在想些什么呢?也许我把回到母校去的想法说得太坦率了,或许他反对我们黑人接受高等教育……可是,见鬼,他只不过是一个秘书而已……难道他**不是**吗?

"我理解,"他镇静地说,"甚至连我提出换一所学校的意见也是冒昧的。我觉得一个人对自己所念的大学,实际上怀有像对父母亲那样的感情……这是一件庄严的事情。"

"对的,先生。就是这个话。"我急忙表示同意。

他眯起了眼睛。"可是现在我必须向你提一个使你为难的问题。你不在意吗?"

"当然不,先生。"我紧张地说。

"我并不喜欢提这个问题,可是又非问不可……"他痛苦地皱起眉头俯过身子来,"告诉我,你有没有**看过**你带给爱默生先生的信?就是这个。"他从桌上拿起信说。

"嗨,没有,先生!信不是写给我的,因此我根本不会想到拆开它……"

"肯定不会,我知道你不会拆开。"他说着,挥了挥手,把身子坐得直直的。"我很抱歉,你一定要把它忘掉,就像忘掉目前你经常碰到的表面上是客观的、而实际上涉及个人的那些讨厌的问题那样。"

我不相信他说的这些话。"难道信被拆开了吗,先生?可能有人动过我的东西了……"

"哦,不,没有那回事。请忘掉那个问题吧……请告诉我,你毕业以后的打算是什么呢?"

"我没有把握,先生。我希望能留在大学里当教师,或者做一名行政机构的职员。而且……嗯……"

"是吗?还有别的什么吗?"

"噢——我真希望做布莱索博士的助手……"

"哦,我明白了,"他说着身子往后一仰,高高噘起了嘴唇,"你很有抱负。"

"我想是这样,先生。可是我愿意努力工作。"

"抱负是一种奇妙的力量,"他说,"可是有时候它也会把人弄得盲目……在另一方面,它会使得你成功——像我父亲……"他的语气变得尖刻起来了,他皱起眉头,向下看着自己那双颤抖的手。"抱负有时使人看不到现实,这是它唯一的麻烦……告诉我,你一共有几封这种信件?"

"我大约有过七封,先生,"我回答道,被他的新话题弄糊涂了,"它们是……"

"**七封!**"他突然生气了。

"是的,先生,他一共给了我那么多……"

"我可不可以问问你,你一共见到了几位先生呢?"

一种沮丧的情绪突然攫住了我。"要说他们本人,我可一个也没有见到过,先生。"

"这是你的最后一封信了?"

"是的,先生,这是最后的一封,不过我还希望能收到另外那些人的回信……他们说过……"

"当然啰,你会收到回信的,会收到所有七个人的回信的。他们都是忠诚的美国人。"

这时他的话声里显然有一种讥讽的意味,我不知道该说什么才好。

"七封,"他故弄玄虚地重复着,"哦,别让我把你弄得心烦意乱,"他打着一个表示自我厌恶的漂亮手势说,"昨天晚上,我和我的精神分析学家进行了一次困难的会见,哪怕是最细小的事情也会使我发火。就像一只失去控制的闹钟一样——嗨!"说着,他用手掌拍了一下大腿,"那究竟是什么意思呢?"他突然激动起来了。他的半边脸开始抽搐,而且鼓了起来。

我看着他点燃一支香烟,暗自琢磨,这到底是怎么回事呢?

"有些事情真是不公平得难以用语言来表达,"他喷出一缕烟说,"而且不论在言语上还是在思想上,都是模棱两可,非常含糊的。顺便问一句,你去过芦笛俱乐部吗?"

"这个我从来没有听说过,先生。"我说。

"你没有听说过?这是很有名气的呢。我的许多哈莱姆朋友上那儿去。那是作家、艺术家和各种名流聚会的地方。全市再没有第二处,而且由于某种奇妙的新花样,它具有真正的大陆风味。"

"我从来没有上过什么夜总会,先生。在我挣到一点钱以后,我一定得去看看它到底是怎么回事。"我说,巴不得把话题拉回到职业问题上来。

他看着我猛地摇了摇头,他的脸又开始抽搐了。

"我想我又在回避这个问题了——我老是这样。你看,"他突然冲动地叫嚷起来,"两个人,两个从来没有见过面的陌生人,能够十分坦率而且真诚地谈话吗?你信吗?"

"先生?"

"哦,真该死!我是说你是不是相信我们,我们两个人,能够抛掉那些把人们隔离开来的习惯和礼貌的伪装,毫无掩饰地、诚实地、坦率地交谈呢?"

"我不明白您的确切的意思,先生。"我说。

"你真的不明白吗?"

"我……"

"当然啰,当然啰。要是我把话说得简单明了就好了!我把你弄糊涂了。这样的坦率恰恰是不可能的,因为我们的一切动机都是不纯正的。把我刚才说的话忘掉吧。我想这样说来试试看——请记住这个……"

我的头发晕。他亲密地欠过身来和我说话,仿佛他认识我已经好多年了。我回想起很久以前祖父对我说过的一些话:不要让随便什么白人把他的事情告诉你,因为他说了以后,他就会感到这样做是丢脸的,于是他就会恨你。事实上他一直在恨你……

"我想告诉你一部分实际情况,这些对你来说是至关重要的——可是我说在头里,这会给你带来痛苦。不,让我把话说完。"他轻轻地碰碰我的膝盖,而当我挪动了一下位置的时候,他赶忙把手拿开了。

"我想做的是我很少做的事,而且,说实话,要不是我遭受了一连串使人难以忍受的挫折的话,现在我是不会这样做的。你知道——嗯,我遭到了挫折……哦,该死,我又来这一套了,光想着自己……我们两个人都遭到了失败,你懂吗?我们两个都失败了,而我想帮助你……"

"您是说您会让我去见爱默生先生?"

他皱起了眉头。"请别对那个太乐观,也不要匆忙地、武断地下结论。我想帮你的忙,但是这牵涉到一桩伤天害理的事……"

"**一桩伤天害理的事**?"我屏住了呼吸。

"对。那是一种表达方式。因为要帮助你,我就必须打破你的幻想……"

"哦,我想我并不在乎,先生。一旦我见到了爱默生先生,那就是我自己的事儿了。我想做的就是跟他当面谈话。"

"跟他**谈话**,"他一边说,一边迅速地站起来,手指颤悠悠地把香烟在烟灰缸里捻熄,"没有一个人**跟**他说话。是**他**说话……"他突然顿住了,"我进一步考虑了一下,说不定你还是把地址留给我好,我会在上午把爱默生先生的答复写信告诉你的。他实在是个大忙人。"

他的态度全变了。

"可是您说过……"我慌乱不堪地站起来。难道他在和我开玩笑?"请允许我和他就谈那么五分钟好吗?"我恳求着,"我敢肯定,我能使他相信我是能够胜任一项工作的。而且如果有人篡改了我的信,我要证明我的身份……布莱索博士会……"

"身份!天啊!谁还有什么身份呢?事情并不完全是那么简单的。你说,"他做了一个表示苦恼的手势说,"你信得过我吗?"

"呃,是的,先生,我相信您。"

他俯过身来。"听我说,"他说道,他的脸猛烈地抽搐起来,"我想告诉你,我知道很多关于你们的事情——不是关于你一个人的,而是关于像你这样的一些人的。就算不多,可是也不见得少。站在我们一边的仍然是吉姆和哈克·费恩[①]。我有许多朋友是演奏爵士音

[①] 吉姆和哈克·费恩是马克·吐温所著《哈克贝利·费恩历险记》中的人物。吉姆是逃跑的黑奴,哈克是个白人孩子。他们后来成了知心朋友。

乐的乐师，我本人也有些阅历。我知道你们的生活状况——为什么要回去呢，小伙子？在这里你有这么多事情可以做，而且有更多的自由权利。要是你回去，你无论如何也找不到你所期待的东西；因为情况这么复杂，你是无法理解的。请不要误解我的意思，我说这些话不是为了打动你。也不是给自己寻找什么发泄虐待狂精神的机会。我确实不是这样。但是我的确了解这个你正在努力和它打交道的世界——我知道它所有的美德和一切说不出口的丑事——哈，对啦，说不出口的丑事。恐怕在我父亲的眼里，**我就是一个坏不堪言的人物……我就是哈克贝利，你懂吧……"**

我尽量去揣摩他那漫无头绪的话意，而他却干笑着。**哈克贝利？** 为什么他老提那个孩子的故事？他的地位处在我和一个工作之间，也和我重返学校有关，而他竟会那样对我说话，这使我感到困惑不解，而且心里着实恼火……

"但是我只要找个工作，先生，"我说，"我只想赚足钱继续我的学业。"

"当然，可是你肯定猜疑事情并不那么简单。你是不是想知道背后的底细？"

"是的，先生，可是我最关心的是找个工作。"

"那还用说，"他答道，"可是生活并不那么简单……"

"但是我并不想为别的任何事情操心，不管是什么，先生。那些事用不着我去干预，只要我能回到大学去，他们让我留多久我就留多久，这样我就心满意足了。"

"但是我要帮你想个最好的办法，"他说，"你听着，什么才是**最好的办法**。你想要做对你自己来说是最好的事吗？"

"噢，那当然，先生。我想我希望……"

"那就打消回到原来的大学去的念头。到别的什么地方去……"

"您是说离开？"

"是的,忘掉它……"

"可是您说过您愿意帮助我!"

"我说过而且我是……"

"可是会见爱默生先生的事情怎么样呢?"

"啊呀!你不明白你最好还是**不见他吗**?"

我突然感到呼吸困难起来了。接着,我紧紧握住自己的公文包,站起身来。"您凭什么跟我过不去?"我禁不住脱口而出,"我到底做过什么对不起您的事?您从来没有打算让我见他。甚至我呈递了介绍信还是没用。这是为什么?这是为什么?我对**您的**职业绝不会造成什么威胁……"

"不会,不会,不会!当然不会,"他站起来喊道,"你误解我了。你不该那样!天啊,误会真是太多了。请不要以为我出于偏见而想阻止你见我的——阻止你见爱默生先生……"

"对啦,先生,我就是这样想的,"我愤怒地说,"是他的一个朋友打发我到这儿来的。您看了那封信,可是仍然拒绝让我去见他,而现在您又劝我离开母校。您到底是哪种人?您凭什么和我作对?您,一个北方的白人!"

他表现出痛苦的样子。"我做得太笨了,"他说,"但是你应该相信,我在尽力对你提出忠告,帮你做出最好的安排。"他边说边摘下了眼镜。

"但是**我**知道什么对我是最好的,"我说,"或者至少布莱索博士知道。如果我今天不能见到爱默生先生,请告诉我什么时候可以见他,我会到这儿来的……"

他咬咬嘴唇,闭上眼睛,连连摇头,仿佛在尽量抑制自己不叫出声来。"很遗憾,真的遗憾,我把事情弄成这个样子,"他说,突然平静了下来,"我尽量给你提出忠告,这是愚蠢可笑的。但是请你相信,我不是同你作对……或者说,不是同你的种族作对。我是你的朋友。在我所认识的最优秀的人物中，有些就是黑人——喔，你要知道，爱默生先生就是我的父亲。"

"您的父亲！"

"我的父亲，是的，尽管我倒宁愿不是这样。可是他是我的父亲，而且我能够安排你去见他。但是老老实实对你说，我可没有这种玩世不恭的本领。和他见面对你不会有什么好处。"

"可是我倒想碰碰运气，爱默生先生，先生……这对我来说是非常重要的。我的整个事业就全靠它了。"

"但是你**没有**获得工作的希望。"他说。

"可是布莱索博士介绍我到这儿来，"我说，情绪愈来愈激动了，"我**一定**要有个机会……"

"布莱索博士，"他带着厌恶的神情说，"他像我的……得用马鞭子抽他才对！喏。"他说着，一把抓起那封信，窸窸作响地把它塞给我。我看着他那双激动地望着我的眼睛，接过了信。

"看吧，把信看一看，"他激动地喊道，"看吧！"

"可是我并没有要求看信。"我说。

"读一读！"

我亲爱的爱默生先生：

　　持信人是我校从前的一个学生（我说从前，那是因为在任何情况下，他都永远不会被重新招收入学了），由于一起极其严重的违背我校最严格的行为准则的事件，他被开除了。

　　可是由于事情的性质我将趁下次校董会开会之机亲自向您说明；为了学院的最大利益，我们没有让这个青年人知道关于他被开除的最后决定。因而他确实希望秋天回到这里继续他的学业。不管怎样，让他尽可能离得我们远远的，同时让他继续抱着这些徒然的希望而泰然自若，这是符合我们为之献身努力去完成的伟大事业的最大利益的。

　　我亲爱的爱默生先生,此事属于少有的棘手问题之一,一个我们曾寄予极大希望的人已经令人痛心地走上了歧途,他的堕落有破坏某些有关人士和学校之间的某种微妙的关系的危险。因而,尽管持信人已经不是我校的一名成员,但是他和学校关系的断绝尽可能以最小的痛苦来执行,这仍然是至关重要的。我请求您,先生,让他继续不停地向那个诺言所指的方向去追求,那诺言就像地平线,在那满怀希望的旅行者的前方总是明亮地、遥远地退去。

您恭顺的仆人
艾·赫伯特·布莱索

　　我抬起头来。从他把信交给我到我弄懂它的含意,这中间好像经过了二十五年。我实在无法相信,于是重新看了一遍。我不能相信,然而我有一种感觉,好像这些都在以前发生过。我擦着眼睛,眼睛有些发干,仿佛泪液一下子都枯竭了一样。

　　"我很抱歉,"他说,"我非常抱歉。"

　　"我做了什么?我总是尽量照规矩去做的……"

　　"你必须把**那个**告诉我,"他说,"他所指的是什么事?"

　　"我不知道,我不知道……"

　　"可是你一定是做过**什么事情**的。"

　　"我替一个人开车去玩一玩,中途他病了,我送他到金日酒家去想办法……我不知道……"

　　我声音发颤地把事情的始末告诉他:访问特鲁布拉德的家,到金日酒家去了一趟,然后我就被开除了。我一边说,一边观察着他那对每个细节做出反应的表情多变的脸。

　　"尽是些鸡毛蒜皮的事情,"我一说完他就接上来了,"我不了解那个人。他真使人琢磨不透。"

"我只想回去,想法子挽救。"我说。

"你再也回不去了。现在你不能回去,"他说,"这个你难道不明白吗?我非常惭愧,然而使我感到高兴的是我忍不住对你说了。把它忘掉吧;虽然这个忠告连我自己也是向来不能接受的,可是它仍然是一个有益的忠告。无视事实真相是毫无意义的。不要使自己失去判断力……"

我站起身来,茫然地向门口走去。他跟在我后面走进接待室,笼子里的鸟儿拼命地扑打着翅膀,那粗粝的嘎嘎叫声就像做噩梦时的尖叫一样。

他内疚地、结结巴巴地说:"请你,我一定要请你别对任何人提起这次谈话。"

"我什么也不说。"我答应道。

"我一点也不在乎,但是我的父亲会认为我把事情揭露出来是大逆不道的……你现在不受他的约束了。可是我仍然是他的囚徒。你获得了自由,这下你明白了吧?我仍然有自己的斗争。"他看上去差不多要流泪了。

"我不会说的,"我说,"没有人会相信我。连我自己也不相信。一定是出了什么差错,一定是……"

我打开了门。

"喂,朋友,"他打着招呼,"今天晚上,我要在芦笛俱乐部举行一个酒会。你愿意到场同我的客人见见面吗?这可能对你有好处……"

"不,谢谢您,先生,我一切都会好的。"

"也许你愿意充当我的贴身男仆吧?"

我看着。"不,谢谢您了,先生。"我说。

"请你相信,"他说,"我真的想帮你的忙。瞧,我碰巧知道自由油漆厂可能有个空缺。我父亲已经打发几个人到那边去了……你应该试一试……"

我把门关上了。

电梯载着我飞快地下到底层,我从大楼出来沿着街道走去。这时阳光灿烂,路上的行人好像离得远远的。我在一堵灰色的墙壁跟前停下来,在我的上方,一座教堂墓地的墓石像座座屋顶那样高耸着。街对面,在一顶遮篷底下的阴凉地方,一个擦皮鞋的男孩为了几枚小钱跳着舞。我走到拐角处,跳上一辆公共汽车,下意识地向后面走去。一个黝黑的人坐在我前面的座位上,他头戴一顶巴拿马草帽,不停地透过齿缝用口哨吹奏着一支曲子。我的思想飞快地从布莱索转到爱默生,然后又兜了回来。我弄不懂这件事的意思。这是开玩笑。见鬼,这不可能是开玩笑。是的,眼下就是在开玩笑……汽车突然颠簸了一下停了下来,我听见自己也哼起了前面那个人用口哨吹奏的那支曲子,我想起了它的歌词:

> 哎哟哟他们把可怜的知更鸟拔得一毛不剩
> 哎哟哟他们把可怜的知更鸟拔得一毛不剩
> 他们还把可怜的知更鸟在一根树桩上拴定
> 哎哟哟他们把知更鸟尾部的羽毛完全拔尽
> 哎哟哟他们把可怜的知更鸟的毛拔得一干二净

我站起来,匆匆向车门口走去,那微弱的、用绢纸蒙着梳齿的玩意儿[①]吹奏的嘘嘘叫的声音,在我的耳鼓里回荡,直到我在第二个站头下车为止。我站在马路沿上打着哆嗦,看着,巴不得那个人跳下车子跟上来,用口哨吹奏那首古老的、已经被遗忘了的、关于

---

① 美国贫民吹奏的一种乐器。

一只秃尾巴的知更鸟的纯朴幼稚的小诗。我的心被这支曲子充满了。我乘地铁列车,回到男子寄宿舍自己的房间里,在床上横躺下来,直到这时曲子仍然在我心里低沉地、单调地响着。可怜的老知更鸟的来龙去脉和底细是什么?它做了什么事?是谁把它拴了起来?他们为什么要拔它的毛?我们为什么要用诗歌来吟咏它的命运?这是为了逗笑,为了取乐,孩子们都笑个不停,那个古老的大角鹿乐队里那个逗人发笑的低音大喇叭吹奏手,在他那螺旋形喇叭上独奏这支曲子;用滑稽的装饰性乐段和悲哀凄凉的乐句演奏——"布布布布——可怜的知更鸟的毛被拔得一干二净"——一支模拟的挽歌……但是知更鸟是谁?它为什么受到伤害,受到羞辱?

我躺着,突然气得发抖。但是这没有丝毫用处。我想起了小爱默生。倘使他出于某种个人目的撒了谎,那将会怎么样呢?好像每个人都在算计我,而背地里还有一些更秘密的计划。小爱默生的打算是什么呢——为什么一定非得把我卷进去不可呢?不管怎么说,我又算得了什么呢?我在床上翻来覆去。说不定这是对我的善意和忠诚的一种考验——但是我想,这是欺诈。这是不真实的,你知道这是欺诈。我看过那封信,那实际上是下命令把我杀死。只是慢慢地、逐步地杀罢了……

"我亲爱的爱默生先生,"我大声说,"带这封信的罗宾① 是一个从前的学生。请让他盼得要死,让他不停地奔波。您最卑微和恭顺的仆人艾·赫·布莱索……"

对啦,就是这么回事,我想,这是那直接落在后颈上的**致命的一击**的简明扼要的说法。爱默生会复信吗?一定会复信,而且会这样写:"亲爱的布莱索,我见到了罗宾,已经把他弄得走投无路了。爱默生(签字)。"

---

① 英语 Robin(罗宾)系人名,知更鸟的英语词亦为 robin;这里把持信人比做知更鸟,已经被逼得走投无路了。

我坐在床上笑了起来。他们把我送到贫民窟里来了,好啊。我笑着,感到麻木和虚弱,知道那痛苦就会来的,心里明白不管我出什么事,我将不会再是原来的我了。我的感觉迟钝,我继续笑着。当我停下来喘气的时候,我决定回去,把布莱索杀掉。是的,我心里想,这是为了种族,也为了我自己。我要杀掉他。

这个大胆的主意和促使它形成的愤怒,使我下决心采取行动。我得找个职业才行,我选了我认为最迅速的办法。我给小爱默生提到过的那个工厂打电话,事情进行得很顺利。他们要我第二天早晨去报到。事情发生得这样快,来得一点不费力气,以致我一时间感到迷惑不解。难道他们有意这样安排的吗?可是不,他们再也抓不住我了。这一次我已经开始行动了。

我想象着复仇,想得几乎不能入睡。

第十章

工厂坐落在长岛上,我在烟雾弥漫中过桥到达那里,走进川流不息的工人当中。前方,透过飘忽不定的阵阵烟雾,我看到一个巨大的电动广告牌,上面写着:

使用自由牌油漆
可保持美国洁净

广告牌俯视着星罗棋布、错落不齐的建筑群,建筑物上的旗子在微风中飘扬。一时间,我觉得好似在远处遥望某个盛大的爱国典礼。只不过没有放礼炮,没有吹军号而已。我和别人一道穿过烟雾,急急匆匆地向前走去。

我有点担心,因为我未经许可擅自用了爱默生的名义,可是当我找到人事处的时候,它却不可思议得灵验。一个身材矮小、眼光下垂,名叫麦克达菲的先生接见了我,并且派我到一位金布罗先生那里去工作。一个听差领着我去。

"如果金布罗先生要他,"麦克达菲对听差说,"那你回来把他的名字列进装运车间的工资名单中去。"

"工厂真大,"当我们离开那座房子的时候,我说,"它看上去像一座小城市。"

"工厂实在大,"他说,"我们的工厂是这个行业里最大的单位之一。厂里为政府生产大量的油漆。"

这时我们进入一座厂房,开始沿着一间纯白色的大厅走去。

"你还是把东西放在衣帽间里好。"他说着,打开一扇门,我看见里面的房间放着一些低矮的木制长凳，安装着一排排绿色小柜。有几把锁上有钥匙，他选了一个给我。"把你的东西放进去，把钥匙带在身边，"他说。我一面穿衣服，一面感到紧张。他把一只脚搁在长凳上，伸开四肢，懒懒散散地坐着，嘴里咬着一根火柴梗，仔细地打量着我。难道他怀疑爱默生并没有打发我来？

"他们这里又搞了一个新的鬼花样。"他说着，用食指和大拇指捻着火柴梗。他的话里带点影射的口气，我停止系鞋带，抬起头来看他，尽量使呼吸均匀些。

"什么鬼花样？"我问道。

"哦，你知道。那些精明的人正在解雇固定工人，增加像你这样的黑人大学生。太狡猾了，"他说，"这样一来，他们就不用付到工会规定的工资了。"

"你怎么知道我上过大学？"我问。

"嘀，这里已经来了大约六个像你这样的小伙子了。有些人在上头的试验室里。大家都知道这件事。"

"可是我不知道原来是因为这个我才被雇用的。"我说。

"别管它，老弟，"他说，"这不是你的过错。你们这些新来的人不知道真相。正像工会说的那样，是那些坐办公室的精明人想出的主意。就是他们使你们中间有些人成为破坏罢工的人的——嗨！我们还是赶紧点好。"

我们走进一个长长的、像工棚似的房间，一边是一座座高过头顶的门，另一边是一排小办公室。我跟着听差在通道上走过，两旁是没完没了的罐、提桶和圆桶，上面贴着这家公司的商标——一只令人惊愕的鹰。油漆桶在混凝土地面上，整整齐齐地垒成一个个尖塔形。接着，我们加快脚步朝一个办公室走过去，可是听差突然停下来，咧开嘴笑了。

"听！"

办公室里有人对着电话机骂得正凶。

"那是谁?"我问。

他笑了笑。"你的工头,那个可怕的金布罗先生。我们叫他'上校',可别让他抓住你的小辫子啊!"

我不喜欢这个。那个人为了试验室的某些疏忽而破口大骂,一阵不安的感觉突然涌上我的心头。我真不愿意开始替一个脾气这么暴躁的人干活。也许他正在对从学校里来的一个人发脾气吧,而这会使他对我不太友好的。

"我们进去吧,"听差说,"我还要赶回去。"

我们进去的时候,那个人正好把电话听筒"砰"地放下,捡起几张文件。

"麦克达菲先生想了解一下,你要不要用这个新来的人。"听差说。

"你他妈的说对了,我会用他,而且……"他的话音低了下来,那硬邦邦的军人式的小胡子上方的眼光变得严峻起来了。

"嗯,你能用他?"听差说,"我得把他的卡片填好。"

"行,"那个人终于点了头,"我可以用他。我必须用他。他叫什么名字?"

听差照着一张卡片念出我的名字。

"好吧,"他说,"你马上给我去干活。而你呢,"他转向听差,"给我从这里滚开,要不然你就别想在发薪的日子再拿到白花在你身上的冤枉钱了!"

"看你再胡说八道,你这个狠心的监工。"听差一边说,一边从办公室里冲出去。

金布罗涨红了脸向我转过身来。"来吧,我们走吧。"

我跟在他后面走进那个地面上放着一堆堆油漆桶的长房间,货堆的上方是从天花板上挂下来的编号的标志牌。在房间的那头,我看得见两个男人正在把沉重的油漆桶从一辆卡车上一桶一桶地往下卸,并且把它们整整齐齐地堆放在低低的货台上。

"现在听我把话说清楚,"金布罗粗暴地说,"这是个活儿忙的车间,我可没有时间说第二遍。你必须照命令办事,你就要着手做你不懂得的工作,所以你开头就得把给你的命令弄明白,而且要理解得准确!我可没有时间停下来把什么事情都解释一番。你应该不折不扣地照我说的去做,这样你才能理解。你明白了吗?"

我点点头,注意到当那边的两个男人停下手来听的时候,他的嗓音提高了。

"好吧,"他拣起几样工具说,"现在到这边来。"

"他就是金布罗。"一个男人说。

我看着他跪下来,打开一只油漆桶,搅拌着一种浑浊的棕色的物质,它散发出一阵令人作呕的恶臭。我真想站得远些。可是他使劲地搅拌,直到它变得白白亮亮为止;他手里拿着一把油漆刀,就像拿着一件精巧的工具似的,仔细地察看着油漆从刀口流回到桶里去。金布罗皱起了眉头。

"试验室那些蠢货滚他妈的蛋!每只狗娘养的桶里都要搀进添加剂。你就干这个,**而且**只有这样搀料,油漆才能在十一点半以前用车运走。"他递给我一只白色的搪瓷量杯,这东西看上去像一只配套的比重计。

"方法就是把每只油漆桶打开,把这东西滴进十滴,"他说,"然后加以搅拌,直到它看不见了为止。调好以后,用这柄刷子在这些木板上涂出一个货样。"他从上衣口袋里取出许多小块的长方形木板和一把小刷子。"你懂啦?"

"懂啦,先生。"但是我一看到白色量杯里面的东西,就不禁犹豫起来;杯里的液体是暗黑色的。难道他要捉弄我吗?

"有什么不对头吗?"

"我不知道，先生……我是说。唉，我不想刚干活就提许多愚蠢的问题，不过你知道量杯里边是什么东西吗？"

他的眼睛露出了凶光。"我太了解你们这些人了，"他说，"你只要照我说的话去做就是了！"

"我只不过想有把握一点，先生。"我说。

"看着，"他装出过分耐心的神气，吸了一口气说，"拿着这个滴管，把它盛满……来，干吧！"

我把滴管盛满了。

"现在量十滴放进油漆里去……好，就这样，别他妈太快。好了。你要量十滴，既不能多，也不能少。"

我慢慢地计量着闪闪发光的黑色的滴剂，它们先是停留在油漆的表面，颜色变得更黑了，然后突然向四周扩散开去。

"就是这样。你要做的就是这些，"他说，"至于它的样子，根本用不到你管。那是我要操心的事。你只要照我说的去做就好了，用不着多想。弄完五六桶以后，回来看看货样是不是已经干了……你要赶紧，我们要在十一点半以前把这批货送回华盛顿去……"

我干得很快，但是很小心。和金布罗这样的人打交道，哪怕是最最细微的差错也会造成麻烦的。照他这样说来，我是不应该思考的！真是见他妈的鬼。他只不过是一个势利小人，一个北方的乡下人，一个北方佬中的穷白人而已！我把油漆调匀，然后在一块木板上把它刷得光光的，尽量刷得均匀。

我费了好大劲才打开一只特别难开的盖子，我感到纳闷，是不是我们学院也用这种自由牌油漆，还是这种"光学白"油漆仅仅是为政府生产的。也许它是一种质量比较好的、特制的货色。我想象着，在春天的早晨，天空上挂着一片浮云，一只鸟儿展翅高飞，直冲云霄，学院里的那些树木环抱、蔓藤缠绕的建筑物，经过秋季的油漆和冬天的小雪以后，被装点得鲜艳夺目，喜气洋洋。这些房子得天独厚，定期油漆，因而往往显得更加醒目；而附近的房子和小屋通常因为无人修整，任其风吹雨打，木头的纹理变得暗淡、阴沉了。我想起一些木板的破片，如何因为日光暴晒，风雨侵蚀，上面的纹理凸了起来，连护墙板也发出光亮的、银色的、像银汉鱼的那种光泽。就像特鲁布拉德的小屋或者金日酒家那座房子一样……金日酒家曾经一度漆成白色，过了这么多年，眼下油漆也开始剥落了，只消用手指一刮，油漆就会像雨点般地落下来。那该死的金日酒家！正因为我带诺顿先生去了那座年久失修、油漆正在剥落的房子，所以目前我到了这里；生活是多么不可思议地纠缠在一起啊！我想，如果一个人能够放慢心搏和记忆的速度，就像那黑色的滴剂缓慢地落进桶里那样，但反应如此敏捷，那就会像在一场狂热的梦幻中发生的一连串事情一样……我想得那么出神，以致连金布罗走近了我也没有听见。

"情况怎么样？"他两手背在屁股后头站着问。

"一切顺利，先生。"

"让我们来看看。"他说着，挑出一个货样，用大拇指在木板上涂抹着，"就这样，它就像乔治·华盛顿礼拜日做礼拜时带的假发一样白，像全能的美元一样可靠！这就是油漆！"他得意地说，"差不多一切东西将来都要用它来油漆！"

他的神色看上去好像觉得我有点不大相信似的，我急忙说："油漆确实白。"

"白！这是能够得到的最纯净的白色了。没有人能够制造出比这更白的油漆来。这里的一批油漆就是运给一座国家纪念碑的！"

"我明白了。"我说，他的话给我留下了深刻的印象。

他看了看手表。"就这样干下去，"他说，"如果我不抓紧，我就会赶不上那个生产会议了！唷，你的搀料差不多要用光了，你最好到贮料间把量杯重新盛满……一点时间也浪费不得！我该走了。"

他没有告诉我贮料间在哪儿就飞快地走了。贮料间容易找，可是我没料到里边会有这么多油漆罐。一共有七个，每个上面都印着令人费解的代号。我想，这就跟金布罗一样，什么也没有告诉我。你根本吃不准是哪一个。唉，这也不打紧。我可以根据挂在套管上的那些滴壶里的液体找出这个油漆罐的。

可是头五个油漆罐里装的是散发出像松节油那种气味的清净的液体，只有最后两个油漆罐里盛着像那种添加剂的黑乎乎的东西，但是上面的代号是两样的。这样我就得选一种。我选了那个滴壶里气味最像那种添加剂的油罐，把量杯盛满，暗自庆幸在金布罗回来之前用不到再浪费时间了。

这时工作速度加快了，搅拌也轻而易举了。颜料和重油更快地离开桶底。而当金布罗回来的时候，我的工作正在全速进行。"你完成了多少？"他问道。

"我想大约是七十五桶，先生。我记不清数目了。"

"那相当不错，但是还不够快。他们一直在对我施加压力，要我把这批货色送出去。来，我帮你一手。"

他咕哝着在地上跪下来，着手打开桶盖，这时我想，他们一定使他受不了。可是他刚动手，就被叫走了。

他走了以后，我看了看最后一批货样，不禁吓了一跳：它们不像起先一批那样表面光滑、结实，而是蒙着一层黏糊糊的东西，连木头的纹理也可以透出来，看得见了。到底出了什么事？油漆不像先前那么白、那么光滑，而是带点灰白色。我使劲搅拌，接着慌忙拿过一块破布把每块木板揩干净，然后为每桶油漆做一个新的货样。我感到惊慌失措，唯恐金布罗在我做完以前回来。我发狂似的干着，但是由于油漆得几分钟才能干，我于是挑出两个已经弄好的油漆桶，使劲地朝装货台拖过去。我砰的一声把它们放了下来，这时背后响起了金布罗的说话声。

"你究竟在干什么?"他用手指涂抹着一个货样,大声叫嚷起来,"这东西还是湿的!"

我不知道该说什么才好。他抓起后来的几只样品,用手指涂抹着,嘴里哼着说:"这些事情偏偏都落到我头上。他们先把我的好手全都要走,然后派了你来。你到底搞了些什么名堂?"

"什么也没有,先生。我是按照你的命令做的。"我辩解着。

我看着他往量杯里瞧了瞧,再拿起滴管嗅了嗅,他气得满脸通红。

"究竟是谁把这个给你的?"

"没有人……"

"那么,你是从哪里弄来的?"

"是从贮料间里拿的。"

他突然向贮料间奔过去,量杯里的液体晃动着,洒了出来。我心里想,哎哟,这下可糟了,可是我还来不及跟上去,他已经暴跳如雷,冲进门来了。

"你认错了油罐,"他嚷道,"你是不是要把公司搞垮?那东西就是过一百万年也用不成。这是去漆剂,**浓缩的**去漆剂!难道你连这个区别也不晓得?"

"是,先生,我不晓得。在我看来是一样的。我不清楚我用的是什么东西,而你也没有告诉我。我尽量节省时间,把我认为对的东西拿来了。"

"可是为什么偏拿这个?"

"因为它的气味闻起来一样……"我开始说。

"**闻气味!**"他咆哮着,"真该死,你懂不懂得在所有那些浓烈的气味中间,闻不出大粪的臭味这个道理?跟我到办公室来!"

我一方面竭力辩解,一方面恳求公平处理,来来回回地说着。这并不全是我的过错,我接受不了这样的责备,可是我很想干完这一天。我的心气得怦怦直跳,我跟着他,听他打电话给人事处。

"喂,是麦克吗?麦克,我是金布罗。我说的是关于早上你派来的那个人的事。我打发他过去拿工钱……你问他出了什么事?他不能使我满意,就是这么回事。我对他的工作不满意……那么,老板得要一份报告,什么?给他写一份。告诉他这个人真该死,把政府订的一批货色给糟蹋了——嘿!不,不要告诉他了……听着,麦克,你那里还有别的什么人没有?……好,那就算了。"

他砰的一声挂断了电话,摇摇晃晃地向我走过来。"我真弄不懂他们为什么要雇用你们这号人。你就是不适合在油漆厂里干活。跟我来。"

我迷惑不解地跟他走进贮料间,心里很想就此离开并且对他说让他见鬼去吧。可是我需要钱,而且即使这是北方,除非不得已,我也不想和白人斗,在这里,我一个人得对付几个呢?

我看着他把量杯里的东西倒回到油罐里去,走到另一个标着SKA-3-69-T-Y代号的油漆罐前面,仔细看了看,然后重新把量杯灌满。下次我就知道了。

"现在,看在上帝分上,"他把量杯递给我说,"得小心,尽量把活儿干好。如果你不知道该做什么,就问问别人。我就要回办公室去。"

我思绪纷乱地回到油漆桶跟前去。金布罗忘记告诉我,那些糟蹋了的油漆该怎么办。看到它搁在那儿,一种愤怒的冲动突然支配了我,我用新的添加剂把滴管盛满,每桶里搅进十滴,然后把盖子盖得严严的。让政府去操心吧,我思量着,开始在没开封的桶子上干活。我搅着搅着,直搅得两臂酸痛,我尽量把货样涂得光溜溜的,我愈干愈熟练了。

当金布罗在车间里走过来察看的时候,我默默地抬了抬头,继续不停地搅拌着。

"情况怎么样?"他皱起眉头问。

"不知道。"我拣起一个货样,犹豫地说。

"行吗?"

"没有什么……只是有一点点污垢。"我说着,站直身子把货样递了过去,一种紧张的感觉在我的心里增强了。

他把货样凑到眼前,用手指头摸摸它的表面,眯起眼睛看了看它的质地。"好多了,"他说,"应该是这个样子。"

我心里感到疑惑,看着他用大拇指涂抹货样,把它递还给我,没有再说一句话就离开了。

我检查已经涂好漆的木板。看上去还是老样子:在白色中有一点点灰颜色在发光,而金布罗却没有发觉。我目不转睛地看了大约一分钟光景,怀疑自己是不是看清楚了,然后对其他货样逐一作了检查。结果都是一样,在耀眼的白色里透出一点儿灰色。我闭了一下眼睛再看,情况仍然是那样。我想,算了,只要他满意……

但是我有一种感觉,觉得有什么东西不大对头,那是比油漆重要得多的。要么是我捉弄了金布罗,要么是他欺骗了我,就像那些校董们和布莱索愚弄着我一样……

当卡车退到货台跟前的时候,我正在用力给最后一桶油漆加盖——而金布罗就站在上边俯视着我。

"让我们来看看你的货样。"他说。

我伸手去挑最白的货样,这时几个身穿蓝衬衫的卡车司机从装货门里爬了出来。

"货色怎么样,金布罗,"一个司机说道,"我们可以启运了吗?"

"等一下,唔,"他仔细察看着货样说,"等一下……"

我忐忑不安地看着他,准备好他为那一点点灰颜色而大发脾气,而且恨自己为什么感到紧张和胆怯。我该说些什么呢?可是这时他向那些卡车司机转过身去。

"行,伙计们,把它们送走吧。"

"而你呢,"他对我说,"去找麦克达菲,没有你的事了。"

我站在那里,盯着他的后脑,盯着他那布帽子底下的粉红色的脖子和铁灰色的头发。这样看来,他留下我仅仅是为了要把搅拌的活儿做完。我走开了,因为我一点办法也没有。我一路上骂着他到人事处去。我该把发生的事情写信告诉货主吗?也许他们并不知道金布罗和油漆的质量如此密切相关。可是到达办公室的时候,我改变了主意。大概这里的事情就是这么干的吧,我想,也许油漆的真正质量总是由装运的人决定的,而不是由搅拌的人决定的。让所有这些事情见鬼去吧……我要另找一份工作。

但是,我并没有被解雇。麦克达菲派我到二号楼的地下室去做新的活计。

"当你下到那儿的时候,只要告诉布罗克韦,说斯帕兰德先生坚持要他布罗克韦得有一个助手。他叫你做什么,你就做什么。"

"先生,请把那个名字再说一遍好吗?"我说。

"**卢修斯·布罗克韦,**"他说,"他是负责人。"

地下室很深。在地下第三层,我推开一扇标着"危险"字样的沉重的金属门,向下走进一间声音嘈杂、光线暗淡的屋子。空气里充满了一些我所熟悉的浓烈的气味,我刚刚想到**松树**,这时透过机器声传过来一个黑人高嗓门的声音。

"你到这底下来找谁?"

"我找负责人。"我大声说,尽量想弄清楚说话的人在什么地方。

"你要和他谈话。你有什么事?"

一个身材瘦小结实、动作非常麻利、穿着肮脏不堪的工装裤的男人从阴影中走出来,满脸不高兴地看着我。当我走近他的时候,我看清楚他那拉长的脸和那在紧贴的、有条纹的工程师帽子底下露出来的柔软的白发。他的态度使我摸不着头脑。我说不上来究竟是他自己对什么事情感到内疚，还是认为我犯了什么罪。我再走近些，目不转睛地看着他。他仅仅有五英尺高，他的工装裤这时看上去好像曾经在沥青里浸过似的。

"好吧，"他说，"我是个忙人。你有什么事？"

"我找卢修斯。"我说。

他皱起了眉头。"我就是——不要一来就叫我的名字。对你和像你这样的人来说，我是布罗克韦**先生**……"

"你？"我开始说。

"是的，是我！不管怎样是谁派你到下头来的？"

"是人事处，"我说，"他们要我告诉你，斯帕兰德先生叫给你配一个助手。"

"助手！"他叫道，"我根本不需要什么鬼助手！斯帕兰德老板一定以为我像他一样老了。这些年来，我在这里一直是独自干的，而现在他们老是要给我派助手来。你回到上面去，告诉他们当我需要一名助手的时候，我会去要的！"

我发现工头是这样一个人，心里感到非常厌恶，于是连一句话也没说就转身上扶梯。我想真倒霉，先是那个金布罗，现在又是这个老……

"喂！等一下！"

我回过头来，看到他在向我招呼。

"到这儿来一下。"他大声叫嚷，他的话音压倒了熔炉的轰鸣声。

我走回去，看着他从后裤兜里掏出一块白布，揩抹着一只压力计的镜面，然后俯下身来凑过去，眯起眼睛看着指针的位置。

"来，"他说着，挺起身子把布递给我，"在我和老板取得联系以前，你可以留在这儿。车间里的这些仪表必须保持清洁，这样我能够看清楚压力有多大。"

我一声不响地接过布,开始擦表面玻璃。他以挑剔的眼光看着我。

"你叫什么名字?"他问。

在熔炉的轰鸣声中,我大声地告诉了他。

"等一等。"他嚷起来,仔细检查并且转动着错综复杂的管子网道上的一只阀门。我听见声音升得更高了,几乎达到令人发狂的尖利声。可是不知怎么地,这样我们用不到呼喊,却可以听见在高音底下传过来的模糊的话音。

他回过头来精明地看着我,他满脸皱纹,皮肤黝黑,然而面部相当生动,微红的眼睛射出敏锐的目光。

"这是他们头一次派像你这样的人到我这里来,"他仿佛迷惑不解地说,"这是我叫你回来的原因。通常他们派一些年轻的白人到底下来,那些小子以为看我干几天,问上一大堆问题,然后就可以把活儿接过去了。有几个脑子笨得要死,简直没法谈,"他做出一副怪相,狠命地打着不屑再谈的手势说,"你是个工程师?"他目光尖锐地看着我问。

"工程师?"

"是啊,我问你的就是这个。"他挑战似的说。

"哦,不是,先生。我根本不是什么工程师。"

"确实吗?"

"当然确实。为什么我非得是工程师不可呢?"

他的疑虑似乎消除了。"那就好了。我得留心人事处那些家伙。其中有一个以为他将要把我从这里撵出去,可是现在他应该明白了,他在白费劲。卢修斯·布罗克韦不但想要保护自己,他也**知道该怎样保护自己**!谁都晓得工厂一建立,我就在这里了——甚至连挖第一个地基,我也参加了。是老板雇了我,不是别人;那么,老天在上,也只有老板才能解雇我!"

我擦着压力计的镜面,心里觉得纳闷,不知道是什么原因使他发那么大的火,同时因为他对我个人似乎并不怀有敌意而稍微感到些宽慰。

"你在哪里上过学?"他问道。

我告诉了他。

"是这样吗?你在那边学些什么呢?"

"仅仅学一些普通学科,一种正规的大学课程。"我说。

"也学机械学?"

"哦,不,不学那一类课程,只学一门文科课程。不学手艺。"

"是这样吗?"他满腹狐疑地说,接着他突然向我提出一个问题,"那边的一只压力计上标明的压力是多少?"

"哪一只?"

"你看,"他指点着,"就是那边的一只!"

我瞧着,报出数字:"四十三又十分之二磅。"

"嘿,嘿,对了。"他眯起眼睛看了一下压力表,然后把目光转到我身上,"你在哪里学会这种看表的本领的?"

"在高中物理课上学会的。这就好比看钟一样。"

"他们在**高中**里教你们这个吗?"

"是的。"

"好吧,这就是你要做的一件工作。这些压力计每十五分钟必须检查一次。你应该会做这项工作。"

"我想我会做。"我说。

"有些会做,有些不会做。顺便问一句,是谁雇用你的?"

"麦克达菲先生。"我说着,心里不明白他为什么要提这些问题。

"好,那么整个上半天你在哪里来着?"

"我在一号楼那边干活。"

"房子太多了。在谁那里?"

"在金布罗先生那边。"

"我明白了,我明白了。我知道他们不应当这么晚了还雇人。金布罗要你干什么?"

"往一些变质的油漆里加搀料。"我不耐烦地说,对所有这些问题感到恼火。

他鼓起嘴唇,现出一副好斗的神气。"什么油漆变质了?"

"我想是为政府生产的那些……"

他歪着头若有所思地说:"不知道怎么没人跟我提起这事。是桶里的油漆,还是小罐里的?"

"桶里的。"

"哦,那并不太坏,那些小罐子可费劲啦。"他朝我尖声干笑着,"关于这个工作,你听说什么来着?"他突然急促地问,仿佛要打我个措手不及。

"你看,"我慢吞吞地说,"我认识的一个人把厂里需要人的情况告诉了我;麦克达菲先生雇了我;上午我替金布罗先生干活;现在麦克达菲先生派我上你这儿来。"

他的脸板了起来。"那些黑人里边有你的朋友吗?"

"哪些黑人?"

"上头**试验**室里的那些?"

"没有。"我说,"你还想问别的什么问题吗?"

他长久地、猜疑地看着我,朝一条热管子上吐唾沫,使得管子嗤嗤地冒着蒸汽。我看他从胸前的口袋里掏出一块笨重的工程师用的怀表,神气十足地眯起眼睛看着表面,然后转过身来和挂在墙上的一只熠熠发光的电钟对时。"你要不停地擦那些压力计,"他说,"我得看一下我的汤。看这里。"他指了指其中一只压力计,"我要你特别留神这里的一只狗娘养的东西。前几天,它老是走得太快了。给我招来许多麻烦。你一看见它超过七十五,你就喊,放开喉咙喊!"

他重新消失在阴影之中,接着我的眼前露出一道亮光,这表明门被打开了。

我用抹布擦着一只压力计,心里想着为什么一个显然没有受过教育的老头子,居然能够得到这么一个责任重大的工作。听起来他肯定不像一个工程师,可是仍然独自一人值班。你可能永远不会相信,家乡自来水厂雇的一个看门的老人,是唯一的知道所有自来水总管道的位置的人。刚建厂的时候,还没有保存起任何记录,他就被雇用了;虽然他领的是看门人的工资,可是实际上起着工程师的作用。也许这个老布罗克韦为自己提防着什么吧。再说,厂里的工人对雇用我们这些人有一种敌对的情绪。也许他在假装,就像我们大学里一些教师那样,当他们开车通过周围小镇的时候,为了避免麻烦,他们戴上司机的帽子,装出他们的车子是属于白人的样子。可是他为什么要对我假装呢?他的职务又是什么呢?

我环视了一下四周。这不仅仅是个发动机房;我知道这个,因为我曾经在好几个发动机房里待过,而最后一个是在大学里。这是比发动机房更为重要的地方。举个例说,那些炉子就造得不一样,而从火室裂缝里透出来的摇曳的火焰也太强烈、太蓝了。还有那些气味。不,他在这地下室里**制造**什么东西,制造和油漆有关的什么东西,可能这个活儿对白人来说太脏、太危险,甚至多给钱他们也不愿意干。这不是油漆,因为别人告诉我说油漆是在上面几层楼里制造的。我打那里经过的时候,曾经看见工人们系着溅满油漆的围裙,俯身在盛满急速旋转着的颜料的大桶上工作。有一点是肯定的:我应该小心对待这个古怪的布罗克韦:他并不欢迎我在他身边……说到他,他就来了,他正从楼梯走进屋里来。

"情况怎么样?"他问道。

"没什么,"我说,"只是声音好像高起来了。"

"哦，在这地下室里，声音是相当高的，没关系；这是个噪声大的车间，我是负责人……那只压力计的指针超过标准了吗？"

"没有，它一直保持稳定。"我说。

"那好。最近，它给我添了不少麻烦。只要我把这罐东西一出清，我就得把它敲下来，仔仔细细地检查一下。"

我看他先是检查那些压力计，然后走到屋子另一头调整一系列的阀门；我心里想，大概他是工程师吧。接着他走过去对着装在墙上的电话机讲了几句话，指着那些阀门对我大声叫喊。

"我打算把东西尽快地送给上面的那些人，"他一本正经地说，"当我给你打信号的时候，你要把阀门尽量开大。而当我给你发第二个信号的时候，你要把它们重新关上。从这里的这只红色的压力计开始，就这样一直轮过去……"

我站好位置，等待着，而他就站在那只压力计的旁边。

"把它们打开。"他喊道。我打开那些阀门，听见液体在大管子里冲过的声音。一听到蜂音器的声音，我立即抬起头来……

"开始闭阀，"他大声叫喊，"你在看什么？把那些阀门关上！"

"你怎么啦？"等最后一只阀门关上的时候，他问道。

"我刚才在等你叫呢。"

"我说过，我会给你发信号的。难道你分不清什么是打信号，什么是叫喊吗？见鬼，我用蜂音器给你信号了。你不该再那样做了。当我用蜂音器给你信号的时候，我要你做些事情，而且动作要来得快！"

"你是头儿。"我挖苦了他一句。

"你可能是对的，我是头儿，不要忘记这一点。现在回到这儿来，我们有事干。"

我们来到一台奇形怪状的机器跟前，这台机器有一套巨大的传动装置，连接着一组形状像鼓一般的滚筒。布罗克韦拿起一把铁锹，从放在地板上的一堆东西里铲出一锹棕色的结晶体，熟练地把它抛进机器顶上的进料孔中去。

"快拿一只铲子来，让我们开始吧，"他神气十足地下着命令，"你以前可曾干过这个活儿？"当我从料堆铲料的时候，他问道。

"很久以前我干过，"我说，"这是什么原料？"

他停下手里的活计，恶狠狠地瞪了我好一会儿，然后继续铲料，让铲子在地板上碰得叮当作响。你可得记住别向这个多疑的老家伙提什么问题，我一面在棕色的料堆里铲料，一面想着。

没多久，我就大汗淋漓，两臂酸痛，开始感到疲倦了。布罗克韦斜着眼睛看我，无声地窃笑着。

"你用不着把自己弄得过度劳累，小伙子。"他毫无表情地说。

"我会习惯的。"我铲起满满的一锹原料说。

"哦，那一定，那一定，"他说，"那是一定的。不过，你要是累了，最好还是休息一下。"

我没有住手。我不停地铲料，直到他说："那是我们一直在找的一把铲子。那正是我们所需要的东西。你最好稍微往后站一站，因为我要开动机器了。"

我往后退了退，看着他走过去打开一只电闸。机器震颤着运转起来了，突然发出一种像开动圆锯时发出的那种尖利刺耳的声音，坚硬的结晶体随着噗噗声纷纷飞溅到我的脸上。我笨手笨脚地走开，看到布罗克韦像一只干猴子那样咧开嘴笑了。然后随着滚筒的飞速转动的嗡嗡声逐渐消逝，我听到晶粒在突然出现的寂静之中缓慢地移动，像砂子那样沿着滑运道落进底下的锅子里去。

我瞧着他走过去打开一只阀门。一阵刺鼻的、新的油味传了过来。

"现在机器已经准备好了，就等着我们去点火。"说着，他在一只看上去像是油炉的喷燃器上揿了揿电钮。机器先发出一阵狂暴的嘈杂声，接着是轻微的爆炸声，它使得什么机件格格响了起来，我听见一阵低沉的轰鸣声开始了。

"你知道它经过烧煮会成为什么东西吗?"

"不知道,先生。"我说。

"喔,那就会是最要紧的东西,他们把它叫作油漆的**载色剂**。我只消把其他原料加进去就成了。"

"但是,我原来还以为油漆是在楼上制造的哩……"

"不是,他们只不过是把颜料搀进去,使得它看起来漂亮就是了。真正的油漆恰恰是在这个地下室里制造的。没有我干的这套,他们就什么事也办不成,他们就会做无米之炊。还有,不但配制原漆的是我,而且调制清漆和许多种油类的也是我……"

"原来是这样,"我说,"我原来不晓得你在这个地下室里究竟做什么。"

"许许多多人对这点感到奇怪,一点也不明白。可是我说过,如果不经过我卢修斯·布罗克韦的手,哪怕是一滴该死的油漆也出不了厂。"

"你做这个工作有多久了?"

"长得足以使我精通自己的业务,"他说,"我是在没有受过一点那种教育的情况下,学会它的;而那种教育程度是他们派到这里来的那些人所应该具备的。我是在干活中学会的。人事处的那些人不想正视现实,要是没有我在这儿保证给自由牌油漆打下良好的、坚实的基础,那它就连一个屁钱也不值。不过斯帕兰德老板是知道的。有一次我得了点肺炎病倒了,他们派了一个所谓的工程师到这底下来东张西望、磨磨蹭蹭,我对那个时候的情况笑得止不住。嗨,一开始他们就把那么多油漆搞坏了,不知道怎么办。油漆渗开了,面上起了皱纹,往什么东西上也涂抹不上去——你也知道,如果一个人发现是什么原因使得油漆渗开的话,他就能够为自己赚一大笔钱。不管怎样,样样事情都出毛病。然后有话传到我的耳朵里,说他们已经把那个人安插在我的位置上了,并且说就是我病好了也不必回到那儿去。我在这里跟他们一起这么久了,我是尽心尽力的。哼!我就给他们捎口信去,说卢修斯·布罗克韦要退休了!

"接着,你要知道,是老板来了。他自己这么老了,得由司机搀着走上陡峭的扶梯到我那里。他进了屋子,直喘气,他说:'卢修斯,我听说你要退休,这到底是怎么回事?'

"'唉,先生,斯帕兰德先生,先生,'我说,'你完全了解,我病得很厉害。我上了年纪了,这点你是一清二楚的。听说你派去接替我的那个意大利人干得很好,所以我想我最好还是在家里安心地休息。'

"什么,你总会想到我已经狠狠地骂过那个人了吧。'你说的是什么话呀,卢修斯·布罗克韦,'老板说,'我们需要你回到厂里去,而你却说要在家里安心地休息?你晓不晓得退休可是通向死亡最快的途径呢?哎呀,厂里那个人对那些锅炉可是一窍不通。我对他打算要做的事情真的担心极了,我怕他会把工厂炸掉,或者出别的什么事故,因此我保了额外的险。他干不了你的工作,他根本没有那一手。打你离开以后,我们连一批头等的油漆也没有生产出来。'老板自己就是这么说的!"卢修斯·布罗克韦说。

"那么后来怎么啦?"我问。

"你说后来怎么啦是什么意思?"他说,似乎这是世界上最不合理的一个问题了,"哼,几天以后,老板要我回到这个地下室来全面负责。那个工程师发现他得听我的指挥,可气坏了,第二天就辞职不干了。"

他往地板上吐了口痰,笑了起来。"嗨,嗨,嗨,他是个傻瓜,就是这么回事。一个傻瓜!他想指挥我,而我对这地下室、对锅炉等的情况知道得比谁都多。我参加了埋管子等一切工作,我的意思是说,我知道每条管道、每只电门、每根电缆、电线以及别的一切设备的位置——不管它们是装在地板底下、是嵌在墙壁里边，**还是埋在院子当中。这是真的，先生！**而且我对这些记得那么牢，我甚至能够把最后一只螺帽和螺栓的位置在纸上画出来；我从来没有进过那种没有出息的人才进的工程学校，甚至都没从学校的旁边走过，这个我自己清清楚楚。现在你对这个怎么想？"

"我以为这是了不起的。"我说。可是心里不喜欢这个老头子。

"哦，我不想这样说，"他说，"那只是因为我在这里那么久了。我研究这套机器已经二十五年多了。的确，那个人以为他上过什么学校，学会了看蓝图，懂得怎样点炉子，因此他对这个工厂的情况就要比卢修斯·布罗克韦了解得多了。那个傻瓜根本不配做一个工程师，因为他看不见就在眼面前的东西……喂，你忘记看那些压力计了。"

我赶紧跑过去，发现所有指针都是稳定的。

"一切正常。"我喊道。

"好，可是我警告你对它们可要特别留神。你在这地下室里可不能忘记，不然的话，你可能会把什么东西炸掉的。他们买了所有这些机器，可是机器并不是万能的；**我们才是机器的机器。**"

"你知道我们生产的最畅销的油漆吗？知道那种使得厂里生意兴隆的油漆吗？"我帮他往一只大桶里盛满一种臭烘烘的物质的时候，他问我。

"不，我不知道。"

"就是我们制造的白漆，'光学白'油漆。"

"为什么是白漆，而不是别的油漆呢？"

"那是因为我们从一开始起就特别重视它的缘故。我们制造世界上最好的白漆，别人怎么说的我一点不在乎。我们的白漆白到这么一种程度，就是你可以用它来漆一块煤，而且你得用大锤把它砸碎，才能证实煤块并不是里外都是白的！"

他的眼睛闪现着一本正经的、深信无疑的神色,这使我不得不低下头来掩饰脸上的笑意。

"你看见房顶上的那个广告牌了吗?"

"哦,那是人人都看得见的。"我说。

"那么,你看见那条标语了?"

"我记不得它说些什么,因为当时我很匆忙。"

"噢,也许你不会相信,可那是我帮老板编出了这条标语。'如果这是"光学白"油漆,那么这就是您要的白漆,'"他竖起一只手指头引用这条标语,就像一位牧师引用基督教《圣经》中的句子时所做的那样,"因为我帮他想出那条标语,我得到三百美元的奖金。那些喜欢新花样的做广告生意的人,一直想为别的颜色的油漆编点什么标语,谈到彩虹什么的,可是见鬼,他们都是白费力气。"

"如果这是'光学白'油漆,那么这就是您要的白漆。"我重复着这句话,不得不赶紧忍住笑,这时幼年时代学会的一行押韵的顺口溜在我耳边回响:

"如果你是白种人,那么你就对得很。"我说。

"说得对,"他说,"至于为什么老板不打算让别人到这个地下室来妨碍我,那还有另外一个理由。他知道许多新来的人所不知道的事情;他知道我们的油漆质量这么好的原因,就是因为卢修斯·布罗克韦甚至在油类和树脂离开容器以前就对它们加压的这种方法。"他不怀好意地笑着。"他们以为既然这里的一切都是机器操作的,那么一切都归结于机器。他们疯了!他们以为这地下室做的工作一点也不重要,就好像我没有把这两只手插进去似的!那些机器只不过是用来烧煮,却全靠这双手才最后出产品。是的,先生!卢修斯·布罗克韦说到了点子上!我把手指头浸在里面,使它的质量变好!来,让我们吃饭……"

"可是那些压力计怎么办呢?"我说,看着他走过去在一只炉子旁边的隔板上拿下一只热水瓶。

"哦，我们在这儿可以照看得到的。那用不着你担心。"

"可是我把午饭放在一号楼那边的衣帽间里了。"

"去拿到这里来吃。在这地下室里，我们一刻也不能离开工作岗位。一个男子汉吃饭根本用不了十五分钟；然后我就说让他接着干活吧。"

门一推开的时候，我就觉得犯了一个错误。穿戴着溅满油漆的漆工帽和工装裤的男人们坐在周围的长凳上，听一个身材瘦弱、像得了肺病似的男人用浓重的鼻音讲话。大家都看着我，当我正要退出来的时候，瘦个子招呼我说："有许多座位留给迟来的人，兄弟……"

兄弟？这样的称呼，甚至连我在北方住了几个星期之后，听上去都是出人意外的。"我在找衣帽间。"我急速地说。

"你来参加会议了，兄弟。难道没有通知你开会吗？"

"开会？哦，不，先生，我没有接到通知。"

那位主席皱起了眉头。"你们看，工头们没有跟我们合作，"他对其余的人说，"兄弟，谁是你的工头？"

"是布罗克韦先生，先生。"我说。

那些人突然开始焦躁不安地用脚擦地，咒骂着。我察看着周围的情况。有什么不对头吗？难道他们对我叫布罗克韦作**先生**很反感吗？

"静一静，兄弟们，"主席在桌子上探过身来，用手罩在耳背上说，"你说什么，兄弟，谁是你的工头？"

"是卢修斯·布罗克韦。"我说，把**先生**这个词省略了。

这下子可是火上加油了。"把他妈的撵出去！"他们喊道。我回过头来，看见坐在房间那一头的一群人把一条长凳踢翻，叫嚷着，"把他撵出去！把他撵出去！"

我慢慢地往后退了退，听见那小个子敲着桌子，要大家遵守秩序。"喂，兄弟们！让这位兄弟说话……"

"我看他像一个卑鄙的工贼。一个装扮得十分巧妙的工贼！"

这句声音嘶哑的话，对我来说就像听出自一个愤怒的南方人之口的"黑鬼"那个词一样刺耳……

"兄弟们，**请安静一点**！"主席挥着手说。当我向后伸手去开门的时候，碰在一只手臂上，它猛地抽开了。我放开了手。

"主席兄弟，是谁派这个工贼闯到会场里来的？叫他回答这个问题！"有人要求说。

"不，等一等，"主席说，"别老是抓住那个词不放……"

"叫他说，主席兄弟！"这是另外一个人的声音。

"行，可是在你们确确实实弄清楚以前，不要随便把一个人叫作工贼。"主席向我回过头来，"兄弟，你怎么会到这里来的？"

人们安静下来，仔细听着。

"我把午饭放在衣帽间里了。"我说，感到嘴巴发干。

"没有人**派**你到会场里来吗？"

"没有，先生，我一点也不知道开会的事。"

"他不说实话。这些工贼从来没有一个说真话的！"

"把这个下贱的杂种撵出去！"

"不，等一等。"我说。

他们恫吓着，话声愈来愈高。

"你们要尊重主席的意见！"主席喊道，"我们这里是民主的工会，遵循民主的……"

"别管它，把这个工贼赶出去！"

"注意秩序。我们的任务是要和所有的工人交朋友。我是说**所有的**工人。只有这样，我们才能把工会办得坚强有力。现在让我们来听听这位兄弟有什么话要说。不要再那样吵吵闹闹的，不要老是打断别人的话头!"

我突然出了一身冷汗,目光好像变得特别敏锐,一张张流露出敌意的脸清晰地展现在眼前。

我听见主席问:"朋友,你是什么时候被雇用的?"

"今天早晨。"我回答。

"瞧,兄弟们,他是新来的人。我们不要根据一个人的工头来错误地对他作出判断。你们当中有些人也为畜生们干活,难道忘记啦?"

人群中突然爆发出一阵大笑和咒骂。"这里就有一个。"他们当中有人嚷起来。

"我那个领班要和老板的女儿结婚——一桩该死的百年不遇的新鲜事儿!"

这个突然的变化使我感到困惑和愤怒,好像他们是在拿我寻开心。

"注意秩序,兄弟们!也许这位兄弟愿意参加工会。你觉得怎么样,兄弟?"

"先生……"我不知道说什么才好。我对工会几乎一无所知——而这些人大多数看上去怀有敌意……我还来不及回答,一个长着一头蓬松的又粗又密灰白头发的胖子猛地跳了起来,怒气冲冲地喊道:

"我反对要他参加工会!兄弟们,这个人可能是工贼,即使他是刚刚受雇用的!这并不是说我存心对别人不公平。也许他不是工贼,"他情绪激昂地喊道,"可是兄弟们,我要提醒你们注意,你们谁都不知道;在我看来,不论什么人,只要他在那个狗娘养的、骗人的布罗克韦手下干十五分钟以上的活,他就很可能**自然而然地**产生工贼的思想!请相信我的话,兄弟们!"他一边喊,一边挥手要大家静下来。"如同有些兄弟知道的那样,使得你们的妻子和儿女感到悲伤的是,一个工贼不需要知道工贼主义就可以做工贼!工贼主义?他妈的,我已经对工贼主义作过一番研究!一些家伙**生来**就有工贼主义的思想。他们生来就有工贼主义的思想,就像别的人生来就有善于辨别颜色的眼力一样。这是对的,这是忠实的、科学的真理!一个工贼甚至不一定在以前听说过工会这回事,"他措辞激烈,大喊大叫,"你只要带他在一个工会组织的附近走走,底下的事,嗨,你立刻知道!他刷地就溜走,拼着老命当工贼去了!"

他的话淹没在一片赞许的喊声中。人们转过头来凶暴地看着我。我感到有点透不过气来。我想低下头来,但是要面向他们,这个动作本身就好像表示拒绝接受他的话。另一个人恶狠狠的声音压倒了赞许的喊声,那是一个身材矮小的、戴眼镜的人带着一副异常急切的神情在说话;他说话时竖起一只手的食指,而另一只手的拇指则钩着工装裤的吊带。

"我想把这位兄弟的话作为一项动议提出来:我提议先经过彻底的调查,然后再来决定这个新工人到底是不是工贼;如果他是工贼,那么我们要查清他向谁告密!会员兄弟们,这样一来,如果他**不是**工贼,那他就会有时间逐渐了解工会的工作和它的宗旨。毕竟,兄弟们,我们不要忘记这一点,像他这样的工人并不像我们当中有些长期参加工人运动的人那样具有高度的水平。所以,**我**说,我们给他时间,让他看看我们为了改善工人的状况已经做了些什么,那个时候,如果他**不是**工贼,我们可以用民主的方式来决定是不是要吸收这位兄弟加入工会。工会会员兄弟们,我谢谢你们!"他嘭的一声坐了下来。

会场里闹成一片。我不禁怒火中烧。这么说我竟不如他们的水平高!他这话是什么意思?难道他们都是博士?我不能离开,这些情况使我受不了。好像一进屋子,我就自动申请入会了似的——况且我根本不知道工会的存在,上楼来仅仅是为了拿一份冷的猪排三明治。我站着发抖,一方面怕他们会邀请我加入工会,另一方面也为这么多人一看见我就表示拒绝而感到愤怒。而最糟糕的是,我明白他们在强迫我根据他们的条件办事,因此我不能离开。

"好,兄弟们,我们马上表决,"主席喊道,"赞成这个提议的人,说一声'是'……"

一片"是"的话声盖住了他的话声。

"提案获得通过。"主席宣布说,这时有几个人转过头来盯着我。我终于可以离开了。我拔脚就走,忘记自己是来干什么的了。

"进来,兄弟,"主席叫道,"现在你可以拿午饭了。坐在门边的兄弟们,让他过去!"

我的脸好像挨了耳光一样感到刺痛。他们没有给我为自己辩护的机会,就这样作出了决定。我觉得在场的每个人都对我投来敌视的目光;虽然我的一生是在充满敌意的气氛中度过的,可是现在好像第一次受到了影响,仿佛我对他们比对别人曾经寄予过更大的希望似的——尽管我从来没有听说过有关他们的情况。在这里,在这个房间里,我的辩护遭到否定,权利受到剥夺,人身在门口受到检查,就像星期六晚上在金日酒家检查乡下孩子身上带的小刀、剃刀和猫头鹰式手枪等武器那样。我垂下眼睛,咕哝着"劳驾,劳驾",一直向单调乏味的、绿色的衣帽间走去。在那里我取出三明治,可是再也没有胃口吃了;我站着在包里摸这摸那,害怕出去的时候和那些人照面。我心里还在恨自己走过来的时候连连抱歉的那副窝囊相,我一声不响地、飞快地往回走。

当我走到门口的时候,主席喊道:"等一等,兄弟,我们希望你能理解这绝不是针对你个人的。你在这里看到的情形,是这个厂里某些条件所造成的结果。我们想要你知道,我们只是要设法保护自己而已。我们希望有一天能接受你做一名好会员。"

四下响起了一些不太热烈的掌声,很快就消失了。我抑制住自己的感情,茫然地凝视着,这些话从红色的、朦胧不清的远处传进我的耳鼓。

"好，兄弟们，"那个话声又响起来了，"让他过去。"

我在阳光普照的院子里踉跄地走着，从那些在草地上聊天的职员们身旁经过，进入二号楼，回到地下室去。我站在扶梯上，觉得肠子里好像充满了酸性物质。我苦恼地想，我当时为什么没有干脆走掉呢。而既然我留在那边了，我为什么又不**说话**、不为自己辩护呢？我猛地打开三明治的包装纸，用牙齿使劲地撕咬着，哽塞的喉咙勉强吞咽着干面包块，它的味道我简直尝不出来。我把剩下的三明治放回包里，抓住楼梯的扶手，两腿打战，就好像刚刚逃脱了一场大祸似的。颤抖终于停止了，我推开了金属门。

"什么事情使你耽搁了这么久？"布罗克韦坐在一辆手推车上，怒气冲冲地问。他肮脏的两手捧着一只白色的大杯子，他喝着杯里的东西。

我心不在焉地瞧着他，看见光线落在他那布满皱纹的前额和雪白的头发上的样子。

"我问你，什么事情使你耽搁了这么久！"

这和他有什么相干呢？我想着，透过一层薄雾似的东西打量着他，心里明白自己讨厌他，而且我疲倦极了。

"喂……"他又开腔了。我看了一下钟，知道自己只不过离开了二十分钟，这时我听见从自己的紧绷的喉咙里发出轻轻的话声。

"我偶然闯到一个工会的会议中去了……"

"工会！"当他放开叠着的腿站起来的时候，我听见他的白杯子在地板上摔碎的声音。"我知道你属于那伙惹是生非的外地人！我晓得！滚出去！"他大叫大嚷，"从我的地下室里滚出去！"

他用手指着楼梯，发出尖声的狂叫，身子像一只压力计的指针那样打着哆嗦，仿佛梦游似的朝我走过来。我盯着他，觉得好像有什么事不对头，我一时无法作出反应。

"到底出了什么事？"我小声地、结结巴巴地说，心里有点明白，然而还拿不大准，"有什么不对吗？"

"你听见我的话啦？滚出去！"

"可是我不明白……"

"住口，滚开！"

"可是，布罗克韦先生。"我喊着，尽量把快要失控的心绪按下去。

"你这个不值钱的、专门捣乱的工会寄生虫！"

"喂，听我说，"这时我急切地喊起来，"我根本不是什么工会会员。"

"如果你不从这里滚开，你这个下作的坏蛋，"他眼睛狂暴地环顾着四下的地板，说，"我会杀死你。上帝给我作证，我要宰了你！"

情况急转直下，简直令人难以置信。"你要干什么？"我结巴着问。

"我要宰了你，就是这么回事！"

他又重说了一遍，有什么东西在我身上消失了，我仿佛在急促地对自己说：你被训练成容忍像他这种老头子的人的愚昧无知，甚至当你认定他们是小丑和白痴时也是一样；你被训练成装作尊敬他们，并且承认在你的世界中，在他们身上具有和白人同样的权威和势力，具有同样的品质，而在白人面前，他们卑躬屈膝，提心吊胆，爱慕倾倒，亦步亦趋；你甚至被训练成接受这种愚昧无知的事情：当他们由于发怒、怀恨或是陶醉在权力之中，就用手杖、皮带或者棍棒打你的时候，你一点也不想还手，而只是悄悄地避开。但是这太过分了……他不是爷爷，不是叔叔或者爸爸，也不是传教士或者教师。有什么东西在我的肚子里扩展开来，我叫喊着朝他走过去，与其说是对着一张轮廓分明的人脸叫喊，还不如说是对着使我的眼睛难受的黑乎乎的一片叫喊:"你要杀谁?"

"你,就是你!"

"听着,你这个老傻瓜,不要再说杀我了!给我一个解释的机会。我不属于任何一个组织——你捡好了,看你把它捡起来!你捡捡看!"我看见他的眼睛盯着一根弯曲的铁棍,因而大声叫嚷起来,"你已够得上我祖父的年龄,可如果你敢动一动那根铁棍,我发誓我要让你自食其果!"

"我已经对你说过了,从我的地下室里滚出去!**你这个不要脸的畜生。**"他尖叫着。

我一见他弯下身来伸手去捡旁边的那根铁棍,就向他逼近;我猛扑过去,他哼了一声重重地跌倒在地板上,让我撞得在地上翻滚着。我好像压在一只硬邦邦的老鼠上面一样。他在我身子底下拼命挣扎,发出愤怒的声音,打我的脸,还想用那根铁棍。我从他手里使劲夺铁棍,这时觉得肩膀上有刀刺般的剧痛。我的脑子里闪过一个念头,他动刀了,我用肘部狠命地捅他的脸,结结实实地捅,他的头飞快地向后仰,接着又抬起来,当我再揍他的时候,他的头又往后仰过去,我听见有什么东西飞开了,在地板上滑过去,我想匕首已经脱手了,匕首已经脱手了……当他企图掐我脖子的时候,我又举手用拳头猛击他那上下翻动的头部,他手中的铁棍松动了,我夺了过来,朝他的头上打去,没有打中,铁棍当的一声碰在地面上,当我举起铁棍准备来第二下的时候,他大声呼叫:"别打了,别打了!我认输,我认输!"

"我要把你打得脑袋开花!"我说,感到喉咙发干,"你用刀刺我……"

"别打,"他气喘吁吁地说,"我让你打够了。你没听见我说,我认输了吗?"

"这么说,你赢不了就想住手!该死的,要是你把我刺重了,我就要把你的脑袋拧下来!"

我警惕地看着他，站起身来。一阵激怒掠过我的心头，我把手里的铁棍丢掉。他脸上是投降的表情。

"你怎么啦，老头子？"我激动地叫着，"你是不是明白了不该去袭击一个年龄只有你的三分之一的人？"

一听到我说他老，他的脸色立即变得苍白起来，我又说了一遍，还加上我从祖父那里听来的一些骂人的话。"怎么，你这个背时的、蓄奴时代的、婆娘腔的、披头巾的杂种，现在你该明白点了吧！是什么使得你以为你可以用死来威胁**我**？我根本不把你放在眼里，因为人事处派我来我才来的。我一点也不了解你，对工会也一无所知。为什么我一进来，你就欺侮我？难道你们这些人都疯了吗？是不是你满脑子都是这种油漆？你在喝油漆吗？"

他瞪着眼，疲乏地喘着气。他的工装裤上出现了一些大的褶缝，这些褶缝是被油漆黏在一起的，他浑身上下都是油漆，我心里想，简直是一个柏油孩子①，恨不得把他干掉。但是，这时我的愤怒已经急遽地由行动降为语言了。

"我去取午饭，他们问我为谁干活，我告诉了他们，他们就叫我工贼。**一个工贼**！你们这些人一定是神经不正常了。我一回到这里，你就大叫大嚷要杀死我！究竟出了什么事？你为什么要跟我过不去？我到底做了什么错事？"

他恶狠狠地瞪着我，一言不发，然后垂下眼睛，盯着地面。

"把手举起来，往后退一点。"我发出了警告。

"难道一个人连自己的牙齿都不能捡吗？"他咕哝着，声音有点古怪。

"**牙齿？**"

他羞惭地皱起眉头张开了嘴。我看到他那显眼的、萎缩的、发

---

① 柏油孩子是美国作家乔尔·钱德拉·哈里斯（1848—1908）所著的黑人民间故事《兔子兄弟》中的一个角色，用自身的柏油黏住了野兔。

灰的齿龈。原来在地面上滑开去的那东西不是一把匕首,而是一副假牙。一时间我痛苦透了,感到我要杀死他的某些正当的理由悄悄地消失了。我赶忙用手摸摸肩膀,发现衣服湿了,但是没有血。哦,这个老浑蛋曾经**咬**过我。我在愤怒之中几乎忍不住要发出一阵狂笑。他咬过我!我瞧着地面,看到那只杯子的碎片和那副假牙在屋子那头隐隐约约地发出微光。

"把假牙捡起来。"我有点不好意思地说。丢掉了假牙,他身上的一些令人厌恶的东西仿佛也随之消失了。我在旁边站着,他捡起了那副假牙,走到自来水龙头跟前,把它放在一股细流底下冲洗着。有一只假牙在他的大拇指的挤压下掉了下来,他一面嘟囔着,一面把假牙托装回嘴里去。然后,他摆动摆动下巴,又恢复了老样子。

"你真的要杀死我。"他说,好像有点不大相信。

"是你引起这场格斗的。我不是那种到处寻衅、惹是生非的人,"我说,"为什么你不允许我解释?参加工会犯法还是怎么的?"

"那个该死的工会,"他嚷起来,差不多要哭了,"那个**该死的**工**会**!他们要抢我的饭碗!我知道他们要抢我的饭碗!因为只要我们中间有一个人加入了他们那些该死的工会中的一个,那就好比我们要咬教我们在浴缸里洗澡的那个人的手一样!我讨厌工会,我要继续尽我的可能把它从厂里撵出去。他们要抢我的饭碗,那些胆小鬼、狗杂种!"

他的嘴角上冒出了一层唾沫;他看上去怒气冲冲,简直恨到了极点。

"但是我和那些又有什么关系呢?"我说,突然原谅起老头子来了。

"因为上头试验室里的那些年轻黑人要参加那个组织,就是这个缘故!这里的白人已经给他们派了工作,"他喘着气说,就好像为一件案子辩护似的,"而且他给他们派了**挺不错的**工作,而他们却忘恩负义,去参加那个背后说人坏话的工会!我可从来没有见过一钱不值、没有良心的这么一帮子。他们的所作所为只会把我们另外的这些人的事情搅坏!"

"好吧,我很抱歉,"我说,"你说的这一切,我都不知道。我到这里来干一点临时的活,我确实一点也不打算卷到任何纠纷里面去。至于你我,我愿意把我们的争执忘记掉——如果你……"我伸出手去,这使我的肩膀感到疼痛。

他态度生硬地看了我一眼。"你应当有更大的自尊心,而不应和一个老人打架,"他说,"我长大成人的孩子,年龄都比你大了。"

"我以为你要杀死我,"我仍然伸着手说,"我以为你把我刺伤了。"

"好吧,我自己并不喜欢常和别人争吵,不喜欢惹是生非。"他避开我的眼光说。他那湿热的手终于放到我的手上,好像这就是和解的一种表示。我听到背后的那些锅炉里发出一种刺耳的嘶嘶声,急忙转过身去,这时布罗克韦叫道:"我告诉过你要注意那些压力计。到那些大阀门前边去,快!"

我向装在轧碎机旁边墙上凸出来的一组阀门的转向轮冲过去,看到布罗克韦急忙朝另一个方向奔跑,我心里想,他到哪里去?当我跑到那些阀门跟前的时候,听见他嚷着:"把它转过来!把它转过来!"

"哪一只?"我伸着手叫道。

"白的那一只,笨蛋,白的那一只!"

我跳起来,抓住那只阀门的转向轮,用我的体重往下坠,我觉得它下来了。但是这样一来,声音反而更大了,这时我好像听见布罗克韦在笑,我掉过头来,看见他匆忙朝楼梯跑去,两手紧紧抱住后脑勺,缩紧脖子,就像一个把砖块抛到空中去的小男孩通常做的那样。

"嘿,你!嘿,你!"我叫着。"嘿!"但是已经太晚了。我的一切动作都显得太慢了,都搞混了。我感到那只转向轮扳不动,我没有办法把它扳过来,打算放手了,可是我的手掌被轮子粘住了,手指僵硬而且有些黏黏的,这时我看见有只压力计上的指针像一只失去控制的指向标那样狂乱地摆动,我转身就跑,尽量保持清醒的头脑,眼睛急速地在这摆满油罐和机器的房间里和离得那么遥远的扶梯上四处张望,我听见一种清晰的新的声音响起来了,而我仿佛飞速地奔上了一个斜坡,突然的加速度使得我向前冲进一个潮湿的、有着强烈的气流的黑暗的去处,一种不知是什么的液体把我淋得浑身透湿。

我掉进一个空的地方,那又好像不是往下坠落,而是在空中悬着。接着有什么沉重的东西落到我身上,我似乎是在一堆破机器底下的透光的空隙间笨拙地爬行着,我的头顶着一只大轮子,身体溅泼着一种发臭的黏糊糊的东西。不知什么地方一只发动机起劲地打着空转,摩擦得嘎嘎作响,声音十分刺耳,接着我的头顶感到一阵剧痛,我被弹到黑暗的地方,被弹得老远,我又一次被撞得疼痛不堪,这使得我慢慢地清醒过来了。在神志清醒的那一瞬间,我睁开了眼睛,看到一片炫目的闪光。

我拼命坚持着,一点也不放松,我听见有人在附近哗哗地蹚着水,一个老头子喋喋不休的声音说着:"我告诉过他们,说这里的这些二十世纪出生的毛孩子根本不适合干这个活儿。他们没有这份胆量。没有,先生,他们就是没有这份胆量。"

我想说话,想回答,可是什么沉重的东西又在移动了,我逐渐明白了事情的真相,我又试着回答,可是我像沉到一池重水的中心去了,然后停了下来,意识到自己已经无可挽回地丧失了一个重要的取胜的机会,我周身麻木,失去了感觉。

第十一章

我坐在一把冰冷坚硬的白椅子上，一个男人看着我，他的脑门当中有闪闪发光的、明亮的第三只眼窥视着我。他伸出手，小心地摸摸我的脑壳，说些鼓励的话，就好像我是一个小孩似的。他的手指移开了。

"把这个吃下去，"他说，"这对你有好处。"我吞了下去，突然感到浑身皮肤发痒。我穿着新的工装裤，一条奇怪的白色工装裤。我觉得满口都是苦味。我的手指直打哆嗦。

一个额角上戴着反射镜的人轻轻地问："他怎么样？"

"我认为没有什么严重的问题。仅仅是晕过去了。"

"现在要送他回家吗？"

"不，只是为了有把握起见，我们要留他在这里待几天。要对他进行观察。然后他可以离开。"

这时我躺在一张帆布床上，虽然那个人已经走了，可是那面明亮的镜子仍然深深地印在我的脑子里。屋子里静悄悄的，我身上有些发麻。我闭上了眼睛，结果又给叫醒了。

"你叫什么名字？"一个人问。

"我的头……"我说。

"唔，可是你的名字呢？你的地址呢？"

"我的头——那面灼人的镜子……"我说。

"镜子？"

"肚子。"我说。

"立刻给他升高，进行 X 光检查。"这是另一个人的声音。

"我的头……"

"当心!"

不知什么地方有一架机器开始发出嗡嗡的声音,一对男女向我俯下身来,我信不过他们。

他们紧紧地抓住我,这使我感到热烘烘的,而在这一切之外,我老是听见贝多芬的《第五交响曲》开场的基调——三短一长的嗡嗡声,以不同的响度再三地重复着,我挣扎着,想挣脱他们的控制,要起来,结果却发现自己仰天躺着,两个脸色红润的男人朝着我笑。

"现在需要安静,"其中一个坚决地说,"你就会好的。"我抬起眼睛,看见两个模糊不清的穿白衣服的年轻女人向下看着我。第三个女人坐在一张装着成排的线圈和标度盘的控制台旁边,一阵火烫的热浪从那边送过来。我在什么地方呢?在我的身子底下,远远地传过来理发椅转动的声音,我感到自己的身体在从地板上传来的声音中向上升起。这时有一张脸和我的脸处在同样的高度,这个人仔细地看着我,说一些没有意义的话。什么东西呼呼地转动起来,静电干扰发出噼啪噼啪的响声,突然间我好像被地板和天花板压碎了。两股力量猛烈地撕扯着我的腹部和脊背。一阵灼人的辐射热烤着我。我被电的毁灭性的压力接连不断地敲打着,在通电的两个电极之间,我被拨弄得像演奏者手中的手风琴那样剧烈地喘着气。我的肺部被压缩得像一只风箱,每当我恢复呼吸的时候,我就大叫大嚷,喊声不时地把那有节奏的电流波节的作用打断。

"别响,该死的,"其中一张面孔命令道,"我们正要给你重做。现在闭嘴!"

这颤动的话音带有冷冰冰的说话算话的口吻,我沉默了,尽量忍住疼痛。这时我发觉自己的头部被一块冰冷的金属箍着,那东西就像坐电椅的人头上所戴的铁帽一样。我要挣扎,要大声喊叫,可是都办不到。那些人态度如此冷漠,根本不管我身上的痛楚。一张脸在灯光照到的范围内进进出出,隐隐约约地出现了一会儿,然后又消失了。一个戴着金边夹鼻眼镜、满脸雀斑、长着红头发的女人出现了；接着又来了一个前额上装着一面圆镜的男人——他是医生。是的，他是医生，而那些女人是护士；这点愈来愈清楚了。我是在一家医院里。他们会照顾我。他们所做的这一切，都是为了减轻我的痛苦。我心里感到宽慰。

我尽量想回忆我是怎样被弄到这儿来的，可是什么也记不起来。我的脑子空空的，就像刚开始生活似的。当第二张脸出现的时候，我看见那双眼睛在深度近视眼镜后面眨着，好像他是第一次注意到我那样。

"你好了，孩子。没问题了。你只要忍耐就行了。"那个人说，由于意味深长的超然口气，显得虚伪空洞。

看来我可以走了。灯光像一盏在黑暗的乡间道路上奔驰的汽车的尾灯那样暗淡下来了。我看不清楚，只觉得肩膀上有一阵刺心的剧痛。我朝天躺着扭过来扭过去，和那看不见的什么东西争斗着。隔了一会儿，我的视力恢复了。

这时一个男人背朝我坐着，熟练地操纵着控制台上的标度盘。我想叫他，可是那《第五交响曲》的节奏折磨着我，而他看上去似乎过于安详、过于冷淡了。我们中间隔着一道光亮的金属栅栏，而当我使劲转动脖子的时候，我发现自己并不是躺在手术台上，而是躺在一只用玻璃和镍制造的那种箱子里，箱盖是撑开着的。为什么我在这里面？

"医生！医生！"我叫着。

没有回答。我想，也许他没有听见，于是再喊，我觉得那台机器使人感到刺痛的脉冲又开始了，觉得自己在向下沉没，我挣扎着，然后又升上来，这时我听见脑后有几个人在谈话。静电干扰的声音，轻微地、单调地、嗡嗡地响着。音乐的旋律，一种星期天的曲调，从远处飘过来。我闭上眼睛，尽量少呼吸，用这个办法来抑制疼痛。

话声单调、低沉而且和谐。我听到的音乐是无线电播的,还是留声机放的?还是一架藏在什么地方的管式风琴的拟人声响?如果是这样,那么那是什么样的风琴,而且又在哪里呢?我感到暖和起来了。我的脑海里出现了这么一幅图画:青葱的树篱,上面点缀着炫目的红艳艳的野玫瑰,树篱柔和的曲线无限地向前伸展开去,向清澈、湛蓝的空间伸展开去。一幅幅夏日浓荫覆盖的草地的景色,在眼前缓缓地移过;我好像看见一队穿着制服的军乐队彬彬有礼地排列在一起,每个乐师的头发梳得油光光的,我听见好像从远处飘过来的小号吹奏《圣城》的悦耳的曲调,配上一组加了弱音器的小号的和声;而高过它的,是模拟一只模仿鸟的伴奏。我感到头晕目眩。空气似乎由于许多白色的小虫子而变得浑浊不堪,这些小虫子充塞我的视野,密密麻麻地上下飞舞,以致那黑皮肤的号手把它们吸进金煌煌的小号管里去,然后又把它们排出来,一大群活的白虫子随着调子的变化而在呆滞的空气上面浮动。

我的记忆恢复了。单调、沉闷的说话声仍然从我的上方传来,这使我感到厌恶。他们为什么不走开?这些自命不凡的家伙。哦,医生,我昏昏沉沉地想着,你曾经在早饭前在一条小河里蹚过水吗?你可曾嚼过甘蔗?你可知道,医生,在同样的一个秋天的日子里,我第一次看到一群猎狗追赶着一队身穿囚衣、戴着镣铐的黑人,祖母和我坐在一起,眨着眼睛唱道:

> 万能的上帝创造了猴子
> 万能的上帝创造了鲸鱼
> 万能的上帝又创造了鳄鱼
> 鳄鱼的尾巴长满了肉疙瘩……

或者说你,护士,你知不知道,当你穿上粉红色蝉翼纱制的衣服，戴着宽边的花式帽，在成行的海角茉莉之间溜达，对你的情人喁喁私语，说得慢吞吞、甜腻腻的，我们这些黑男孩子正好舒适地隐藏在灌木丛中，我们大声呼喊，声音响得你连听都不敢听：

> 你可曾见过玛格丽特小姐烧水？
> 嗨，茶炊嘶嘶作响喷出一股奇妙的蒸汽，
> 蒸汽升高十七又四分之一英里，
> 嗨，你只看得见蒸汽而看不见茶炊……

但是此刻音乐变成了隐隐约约的女性的痛苦的呜咽。我睁开眼睛，只见玻璃和金属在我上面浮动着。

"你现在觉得怎么样，孩子？"一个人说。

一双眼睛透过像可口可乐瓶底那么厚的镜片向下凝视着我，眼睛凸出，炯炯发光，脉络显露，就像保存在酒精里的一只年代久远的生物标本一样。

"我挤得慌。"我愤怒地说。

"哦，这是治疗的不可缺少的一部分。"

"但是我要宽敞一点，"我坚持着，"我被束缚住了。"

"别担心，孩子。等一会你会习惯的。你的肚子和头部怎么样？"

"肚子？"

"是的，还有你的头部呢？"

"我不知道。"我说。心里明白除了在头部周围和一触即痛的身体表面上的压力以外，我什么感觉也没有。可是我的各种感觉似乎突然集中起来了。

"我没有什么感觉。"我惊恐地喊道。

"啊哈！你们看！我的小小的新发明能够解决一切问题！"他突

然喊起来。

"我不知道,"另一个声音说,"我认为还是做外科手术好。特别是这个病例,这样的,唔……背景,我不敢那么肯定,我不相信单纯的祈祷的效力。"

"胡说八道,从现在起,为我的小小的机器祈祷吧。我要发布这个疗法了。"

"我不知道,但是我认为,在更先进的条件还在讨论的情况下,假设适用于,唔……早期病例的各种解决办法——就是各种疗法——是,唔……是有同等效力的,如果这样,那就是错误的。假如这是一个有哈佛背景的新英格兰人,那么情况又会怎样呢?"

"现在你是在谈论政治问题了。"第一个人开玩笑地说。

"哦,不,但这确实**是**个问题。"

听着谈话声逐渐模糊起来,终于成为窃窃耳语,我心里愈来愈不安了。他们所谈的那些简单不过的话,和在我的头脑中出现的许多概念一样,指的似乎是别的什么事情。我不太清楚,他们是在谈论我还是在谈论别人。有些话听上去好像是在讨论历史问题……

"这台机器会产生前额脑叶切除手术的效果,而没有开刀的消极的影响,"那个人说,"你看,我们没有切除前额脑叶,一叶也没有切除,那就是说,我们对神经控制的主要中枢施加适度的压力——我们的概念是完形心理学——而结果是个性的完满的改变,把罪犯改造成为和蔼可亲的人,就像你会在你那些著名的神话故事般的病例中经过一次血淋淋的脑手术所发现的那样。更重要的是,"那个人继续得意洋洋地说,"病人无论是在肉体方面,还是在神经系统方面都是完整无缺的。"

"可是对他的心理又有什么影响呢?"

"完全无关紧要!"那个人说,"病人因为必须活着而将要活下去,而且是绝对完整地活下去。谁还会要求别的呢?他将遭受不到动机的严重的冲突,而更妙的是,社会不致由于他的缘故而遭受损失。"

谈话停了一下。只听见笔在纸上涂写的沙沙声。接着话声又起来了:"为什么不阉割,医生?"有人打趣地问,这使得我蓦地一惊,周身感到一阵剧痛。

"你又来爱动刀的那一套了,"第一个人笑着说,"外科医生的那个定义叫什么来着?是不是'心怀鬼胎的屠夫'?"

他们笑了。

"这不是那么好笑的事。设法给这个病例作出解释,那就更符合科学规律了。三百来年中,外科一直在发展……"

"解释?让它见鬼去吧,老兄,那个我们全知道。"

"那么,你为什么不试着多加些电流?"

"你建议试试?"

"我建议试试,为什么不呢?"

"可是那是不是有危险……"话声逐渐低下去了。

我听着他们走开;听到他们碰撞椅子的声音。机器嗡嗡地响着,我敢肯定他们是在谈论我,我壮起胆子准备经受电击,但是我还是被电击倒了。电脉冲迅速地、断续地传过来,逐渐增强,直到我简直在电流波节之间摇晃为止。我的牙齿咔嗒咔嗒地打战。我闭上眼睛,咬着嘴唇忍住不叫喊。我满嘴都是热血。我透过眼缝,看见围成一圈的手和脸,在灯光下令人眼花缭乱。有人在图表上潦草地做着记录。

"看,他在摇晃。"有人叫道。

"不会吧,难道这是真的?"

一张油滑的脸凑了上来。"摇晃得真有节奏呢,你看是不是?使劲儿,孩子!使出劲儿来!"他笑着说。

突然我惶惑不安的心情暂时消失了,我要的是愤怒,极度的狂怒。但是不知怎么地,那猛击着我全身的电脉冲使得我不能那样做。有什么东西被弄得支离破碎了。尽管我过去很少运用发怒和愤慨的能力,但是毫无疑问我是具备这种能力的;而且像一个被人骂作畜生的男子汉那样知道必须去搏斗,不管他有没有发怒,我试着**想象**自己发怒了——结果却发现了一种更加深刻的冷漠的意识。我已经不感到愤怒了。我只是手足无措而已。上头那些人似乎觉察到了这一点。要避开电击是根本不可能的,我随着那颤抖的电流翻滚着,然后失去了知觉。

当我苏醒过来的时候,那些灯仍然亮着。我在玻璃板的下方躺着,感到有些泄气。我的四肢好像都被截掉了。天气很暖和。朦胧的白色天花板,在我上头向远处延伸开去。我两眼噙着泪水。原因呢,我可不知道。这使我发愁。我想敲玻璃板引起他们的注意,但是我动弹不了。甚至连最轻微的尝试,差不多仅仅是一种希望,就使我累坏了。我躺着,感到自己的身体正处在一种模糊的变化过程中。我好像已经丧失了有关比例的一切感觉。我的身体究竟伸展到哪里为止,而那清澈的、白色的世界又从哪里开始?思想回避着我,隐藏在洁白的、茫茫的病房的空间里,我似乎仅仅由于正在暗淡下来的光线才和空间保持着一点联系。除了缓慢的脉搏的跳动以外,什么声音也没有。我睁不开眼睛。我好像孑然一身,生活在别的什么世界里;过了一会儿,一个护士俯下身来,把一种暖热的流质灌进我的嘴里。我作呕,然后咽了下去,感到液体缓慢地流进身体里面模模糊糊的部位。我好像被一只彩虹色的大气球裹了起来。几只手轻轻地在我身上移动着,给我带来模糊的回忆。他们用暖和的液体给我洗澡,几只手在我那感觉模糊的肉体上轻柔地四处触摸着,然后用一条消过毒的质地轻软的被单把我给裹住了。我觉得自己跳了起来,像一只被掷过屋顶进入薄雾之中的球那样弹开去,撞到一堆破机器旁边的一堵不显露的墙上,又弹了回来。这得要多少时间,我不知道。但是此刻,我听见从活动着的手的上方传过来一个人亲切的说话声,说着一些我所熟悉、但是意义不清的话。我热切地倾听着,知道句子的结构和韵律,领会得到这时相继进行的提问和说明的声音之间细微的节奏上的区别。可是它们的意义仍然湮没在茫茫的白色之中,而我自己也在这里面消失了。

别的说话声响起来了。好几张脸在我上方张望着,就像那不可理解的鱼瞪着缺乏辨别力的眼睛,朝着养鱼缸的玻璃壁往外凝视一样。我看见他们一动不动地停留在我的上方,接着有两个动起来了,先是他们的头部,然后是他们那鳍形的手指尖恍惚地从箱顶上移开去。他们像缓慢的潮汐的波涛那样来来去去,完全令人不可思议。我看那两个人起劲地动着嘴巴。可是我不懂。他们再说一遍,我仍然不理解他们的意思。我担心起来了。我看见一张笔迹潦草的卡片挂在我的上头,全是一堆乱糟糟的字母。他们热烈地商量着。不知怎么地,我心里有点明白了。一阵孤独的恐怖感攫住了我;他们好像在演一幕神秘的哑剧。而从这个角度看他们是受到妨碍的。他们看上去像十足的傻瓜,我不喜欢这个。这不合适。我看见一个医生的鼻子上有污点;一个护士长着松软的双下巴。另外的几张脸凑上来了,他们的嘴巴由于无声的愤怒而抽搐着。可是我们都是通人情的,我想着,不知道我指的是什么。

一个穿黑衣服、留长头发的男人出现了,他的表情亲切友好,那双敏锐的眼睛俯视着我。他时而盯着我看,时而查阅图表,而其余的人则在他的四周徘徊,他们的眼睛流露出焦虑的神色。然后,他在一张大卡片上潦草地写上几个字,接着猛地把卡片送到我的眼前:

你叫什么名字?

一阵恐怖的感觉使得我心绪不宁；这就好像他突然给了那在我的头脑中游移不定、模糊不清的思想一个名称，并且把它组织起来了似的，我被突然涌上的羞耻心所压倒了。我明白我连自己的名字也忘掉了。我闭上了眼睛，悲伤地摇了摇头。这是他们第一次热情地尝试和我谈话，可是我回答不出来。我搜索枯肠再作了一次努力，可是一点用处也没有；除了疼痛以外，什么也想不起来。我又看见了那张卡片，他慢慢地逐个字逐个字地指点着：

你……叫……什么……名字？

我在思想深处拼命地回忆，直弄得浑身发软、疲惫不堪为止。这就好比一根血管被切开了，我的精力也随之消耗殆尽；我只能默默无言地瞪着眼。但是他突然以一种恼人的敏捷的动作，做手势要了第二张卡片，写上：

你……是……谁？

我的肚子里有一种缓缓的刺激，这使得我感到恶心。这个问题的提法，好像使得一连串微弱的、隐约的、遥远的灯光变得显眼起来了，而使那儿曾经放射出一些电花的另一个问题，随之熄灭了。我是谁？我问自己。但是，这就好比想在我身体内那没有感觉的血管里找出循环着的某一个特殊的细胞那样困难。可能我就是这个阴郁、慌张和痛苦本身，但是这种回答似乎比我曾经在什么地方读到过的更不像样。

那张卡片又出现了：

你的母亲叫什么名字？

母亲,谁是我的母亲?母亲,那个当你受苦时她哀叫的人——但她是谁呢?这样问是愚蠢的,你总是记牢你母亲的名字的。是谁在哀叫?是母亲吗?但是叫声来自那台机器。难道我的母亲是一台机器?……显然,我是神志不清了。

他向我提出一连串的问题:你是哪里出生的?想想你叫什么名字。

我试着,白白地想起许多名字,可是看来一个也不对头,然而不知怎么地,仿佛我和所有这些名字多少都有点关系,而且已经被它们所淹没,终于消失了。

你必须回忆,小牌子上写着。但是这一点用处也没有。每次我发觉自己在凝聚不散的白雾中恢复过来,我的名字就在嘴边,但是说不上来。我摇摇头,看着他离开了一会儿,然后领着一个五短身材、一副学者派头的同伴回来,这个人带着茫然若失的神情盯着我看。我见他拿出一块孩子用的石板和一支粉笔,在上面写着:

你的母亲是谁?

我看着他,一种厌恶的情绪蓦地涌上心头,我有点逗笑地想着,我不说你父母的坏话。可是**你的**妻子今天怎么样?

想

我瞪着眼,看见他皱起眉头,写了好久。石板上写满了毫无意义的名字。

看见他的眼睛流露出厌烦的神色,我微笑了起来。那张熟悉的友好的脸说了些什么。那个新来的人写了一个问题,我眼神狂暴,诧异地盯着它看：

> 谁是胆小鬼俄亥俄州人①？

我的思绪异常纷乱。为什么他竟然会想到**那个**上去？他一字一字地指点着那个问题。我在内心深处、在心底里笑着，而且由于自我发现的喜悦和想把它掩盖起来的欲望而感到眩晕。不晓得什么缘故**我**成了胆小鬼俄亥俄州人……或者过去曾经是胆小鬼俄亥俄州人，小时候我们打着赤脚，在满是尘土的街上又是跳又是唱：

> 俄亥俄州人胆小鬼
> 摇摇它，摇摇它
> 俄亥俄州人胆小鬼
> 打破它，打破它……

然而，我不能使自己承认它，这太可笑了——而且不知怎么也太危险。他偶然说中了过去的某种身份，这是令人烦恼的。我摇了摇头，见他噘起嘴巴，目光敏锐地端详着我。

> 孩子，谁是胆小鬼兄弟？

他是你母亲的情夫，我想着。人人都知道他们是同一个人：当你年纪轻轻的，把自己藏在天真无邪的大眼睛后面的时候，你是"俄亥俄州人"；而等你上了年纪，你就成为"兄弟"了。但是为什么他拿这些孩子气的名字开玩笑呢？难道他们把我当成小孩子不

---

① 这是一本儿童读物中的角色。

成？他们为什么不放开我呢？如果他们让我从机器里出来，我很快就会回忆起许多事情来的……一只手掌啪啪地敲打着玻璃，但是我对那些人已经厌倦了。当我的目光集中到原先那张亲切的脸上的时候，他似乎露出高兴的样子来。我弄不懂这个，可是他就在那里，微笑着和新的助手离开了。

我独自一个人躺着，为自己的身份发愁。我怀疑我真的在和自己开玩笑，而且他们也参与了。这有点儿像一场格斗。事实上他们和我一样知道，我由于某种原因不愿意正视它。这是气人的，而且使我感到有些躲躲闪闪，小心提防。停一会儿我就要解开这个谜。我想象自己像一个企图抓住一个调皮捣蛋的小男孩的老人那样，在自己的脑子里急速地回旋着，心里想着，我是谁？这是没有用的。我觉得自己像一个乡下佬。我总不可能既是罪犯又是密探——虽然连为什么是罪犯，我也不知道。

我开始考虑起把机器弄成短路的方法来。如果我把身子转过来，让两个电流波节并在一起，说不定就成了——可是不行，不仅是因为没有地方，转不过身来，而且那样可能会把我电死。我不寒而栗了。不管我是另外的什么人，反正我不是什么大力士。我不想毁灭自己，即使这样做能把机器毁掉；我需要的是自由，而不是破坏。可是不管我想出什么主意，总有一个弱点存在着——那就是我自己，这把我弄得筋疲力尽了。任你怎么回避，也回避不了这一点。我想不起自己的身份，我也逃脱不了这一点。我想，也许这两件事是互相关联的吧。当我发现自己是谁的时候，我就会获得自由了。

我要逃脱的念头，好像引起了他们的注意。我往上看，看见两个神态不安的医生和一个护士，心想现在已经太晚了，我躺在一身汗水之中看着他们操纵控制器。我打起精神准备承受惯常的电击，可是什么事也没有发生。相反，我倒看见他们那放在箱盖上的手正在开着插销，而在我能够作出反应之前，他们已经打开了箱盖，把我拉了起来。

"出了什么事?"看见护士停下来看着我,我开始问道。

"怎么啦?"她说。

我的嘴巴抽动着,可是没有说出话来。

"得啦,快说吧。"她说。

"这是什么医院?"我问。

"这是工厂的医院,"她说,"现在别出声。"

这时他们围在我的身边,检查着我的身体,我看着,脑子愈来愈糊涂了,心里想,**工厂**的医院是怎么回事?

我觉得肚子上被猛地拉了一下,低头一看,原来是一个医生拉着缚在腹结上的电线,这使得我猛不防向前一冲。

"这是什么?"我问。

"拿大剪刀来。"他说。

"好,"另外一个说,"别浪费时间。"

我心里感到害怕,好像这根电线是我身体的一部分似的。接着他们把电线解下,护士把腹带剪开,再把沉甸甸的结节拿下。我张口说话,但是一个医生朝我摇摇头。他们干得很快。那些结节脱掉了,护士用擦身酒精仔细地替我擦洗。这个完了以后,他们叫我从箱子里爬出来。我一张脸一张脸地看过去,满腹狐疑,拿不定主意。看来他们好像要放我,可是我不敢相信。倘使他们要我转移到另一台使人更加痛苦的机器上去,那可怎么办呢?我坐在那里,不肯动。我得和他们斗吗?

"拉他一把。"其中一个人说。

"我自己来。"我说着,战战兢兢地爬了出来。

他们叫我站着,用听诊器仔细地检查我的身体。

"关节怎么样?"当一个医生检查我的肩膀的时候,另一个拿着图表的医生问道。

"完全正常。"他说。

我感觉到肩膀上紧绷绷的，可是并不痛。

"考虑到具体情况，可以说他的身体结实得惊人。"他说。

"要叫德雷克塞尔来吗？他这么强壮，好像相当少见。"

"用不着叫他，只要在图表上记下就行了。"

"好啦，护士，拿衣服给他。"

"你们打算拿我怎么办？"我说。她递给我干净的内衣裤和一条白色的工装裤。

"别问，"她说，"赶快穿好就是了。"

机器外边的空气似乎非常稀薄。当我弯下身来系鞋带时，我感到好像会昏过去，可是我熬了过来。我摇摇晃晃地站着，他们上下打量着我。

"好啦，孩子，看来你好像痊愈了，"其中一个人说，"你恢复健康了。你完全脱险了。跟我们来。"

我们慢慢地走出房间，经过一条长长的白色的走廊进入电梯，然后飞快地下了三层楼，到达一个摆着一排排椅子的接待室。这儿正对面有几间装着毛玻璃的门和隔墙板的私人办公室。

"坐在那里，"他们说，"主任马上要接见你。"

我坐着，看着他们走进一个办公室去，隔了一会儿又出来，一声不响地从我面前走过。我像树叶子那样打着哆嗦。他们真的会放我吗？我的头晕了。我看着身上的白色工装裤。那个护士说这里是工厂医院……为什么我想不起来这是什么样的工厂？为什么又是工厂医院？是了……我倒模模糊糊地想起什么工厂来了；也许他们正要把我送回那边去。对啦，他曾经说起过主任，而没有提到主任医生；他们可能是同一个人吗？也许我已经在厂里了。我留神听了听，但是根本没有机器运转的声音。

在房间那一头的一把椅子上有一张报纸，可是我没敢去拿它。附近有一只风扇在嗡嗡嗡地响着。接着，有扇装着毛玻璃的门开了，我看到一个身穿白色外套、神色严肃的高个子，他手里拿着一张图表，在向我招手。

"来。"他说。

我站起身来，经过他面前，走进一间陈设简单的大办公室里，心里想着，现在，我就要知道了。现在。

"坐下。"他说。

我在靠近他的写字台的一把椅子里慢慢地坐下。他用一种沉着的、严谨的眼光注视着我。

"你叫什么名字？哦，这里，有了。"他仔细地看着图表说。这时我心里好像有个人想告诉他别作声，但是他已经叫出我的名字了，我听见自己"哦！"了一声，头部痛得像被刺穿了一样，我立刻跳起来，胡乱地看着四周，急急忙忙地坐下去，站起来，又坐下去，回忆着。我不知道为什么要这样做，但是突然我发现他目不转睛地注视着我，所以这一次我就坐着，没有再站起来。

他开始问问题，我能够听见自己流利地回答着，虽然我的内心由于迅速变化的感情映象而感到震惊，这些映象像高速倒回的磁带那样，在我的心头发出尖锐刺耳的、咔嗒咔嗒的声音。

"好啦，我的孩子，"他说，"你的病治好了。我们就要让你回去。你觉得怎么样？"

突然我又不懂了。我看到在一只听诊器旁边，有一本公司的日历和一把微型的银漆刷。他的意思是让我离开医院呢，还是离开工作？

"先生？"我说。

"我说让你出院，你觉得怎么样？"

"好，先生，"我用一种不真实的声音说，"我乐意回去工作。"

他看着图表,皱起了眉头。"你马上可以离开,但是关于工作,恐怕你会感到失望的。"他说。

"您这是什么意思,先生?"

"你经历了极为严峻的遭遇,"他说,"你不适合干工业的艰苦工作了。现在我要你休息,要有一个恢复期。你需要调理,恢复体力。"

"可是,先生……"

"你不必太心急。你对让你出院感到高兴,对不对?"

"哦,是的。但是我往后怎么过活呢?"

"过活?"他扬了扬眉毛。"另找一个工作,"他说,"找一种比较不费力的、安静一点的工作。一种你准备比较充分的工作。"

"准备?"我看着他,思考着,他也熟悉内情吗?"随便什么工作我都愿意做,先生。"我说。

"问题不在这里,我的孩子。在我们的工业条件下干活,你恰恰准备不足。以后,你也许能适应得了,但是现在不行。记住,你的遭遇会得到适当的赔偿的。"

"赔偿,先生?"

"嗬,是的,"他说,"我们采取一种开明的人道主义政策;我们所雇用的一切人都是自动保了险的。你只消在几份文件上签字就行了。"

"什么样的文件,先生?"

"我们需要一份免除公司责任的宣誓书,"他说,"你患的是一种疑难病症,我们不得不请来许多专家。可是,毕竟随便干哪种新的工作,都会碰到意想不到的事故的。可以说,它们是发展的一部分,是正在调整的一部分。一个人冒险了,有些人提防着,而别的人却没有。"

我看着他那起了皱纹的脸。他是医生?是工厂的高级职员?或者两者兼而有之？我吃不准；而这时他好像在我的视野中来回移动着，尽管事实上他异常沉着地坐在椅子里。

一句话不禁从我嘴里冲了出来："先生，您认识诺顿先生吗？"我说。

"诺顿？"他的眉头皱了起来，"这个诺顿是干什么的？"

那么就算我没有问过他吧；这个名字听上去陌生。我匆匆地用手揉了揉眼睛。

"对不起，"我说，"刚才我想您也许认识他。他只是我往常所认识的一个人。"

"我明白了。好，"他拣起几份文件，"那么，情况就是这样，孩子。稍迟些时候，也许我们能做点什么。要是你愿意的话，你可以把这些文件带走。把它们寄来就是了。它们一寄回来，你的支票就会寄出去的。你喜欢什么时候寄来都可以。你会发现我们非常公平合理。"

我拿了叠好的文件，盯着他看，看的时间似乎太长了。他看上去好像在摇晃。然后我听见自己开腔了："您认识他吗？"我的声音高起来了。

"谁？"

"诺顿先生，"我说，"诺顿先生！"

"哦，什么，我不认识。"

"是的，"我说，"谁也不认识谁，而且时间也隔得太久了。"

他皱起眉头，而我却笑了。"他们把可怜的知更鸟拔得一毛不剩，"我说，"你可认得布莱索？"

他看着我，把头歪向一边。"这些人都是你的朋友吗？"

"朋友？哦，是的，"我说，"我们都是要好的朋友。老朋友了。但是，我想我们并不属于同一个群体。"

他的眼睛张得大大的。"是的，"他说，"我以为我们不属于同一个群体。不管怎样，好朋友总是难得的。"

我感到头昏眼花，开始笑起来，而他好像又在摇晃了，我想问问他关于爱默生的情形，可是这时他清着喉咙，暗示他的接见已经结束了。

我把叠好的文件放进工装裤的口袋里，拔腿就往外走。在一排排椅子对过的那扇门，好像离得远远的。

"保重身体。"他说。

"祝你健康。"我回答道，心里想着，该离开了，已经超过时间了。

我突然转过身来，步履维艰地回到写字台跟前去，他以沉着的、严谨的目光向上注视着我。我情不自禁地被礼仪上的情感控制住了，可是想不起恰当的客套话。所以当我不慌不忙地伸出手来的时候，我咳了一声把笑意压了下去。

"我们的小小的交涉办得相当圆满，先生。"我说。我仔细听着自己的话，听着他的回答。

"是的，真的相当圆满。"他说。

他庄重地和我握手，既不惊奇，也不厌恶。我朝下看，他就在那起了皱纹的脸和伸出的手的后面的什么地方。

"现在我们的事儿办完了，"我说，"再见。"

他抬了抬手，声音含糊地说："再见。"

我离开他，走到充满油漆气味的外边来，我有一种感觉，就是我谈得和往常不同，用的词汇、采取的态度都不是我自己的，觉得我被某种深藏在我的体内的异样的个性所支配了。这就像我在心理学课上所读到过的那个仆人一样，她曾经恍恍惚惚地背诵出希腊哲学书里的好几页内容，这些内容是有一天她干活的时候偶然听到的。好像我在演出从某个古怪的电影里看来的一个场面。或者可能我正在把握住自己，把到那时为止我一直抑制着的感情用语言表达了出来。还是——我心里一边想着，一边上了路——我不再害怕了？我停了下来，看着沿着明亮的街道伸展开去的建筑物，它们在太阳底下和阴影里似乎歪歪扭扭的。我**是**不再害怕了。不怕大人物，不怕校董，也不怕那类人；因为既然我知道不能指望从他们那里得到什么东西，这样就没有任何理由要害怕了。是那样吗？我头脑昏沉，耳朵嗡嗡直叫。我继续向前走去。

  一幢幢外形相同的大楼，沿着人行道，紧挨在一起耸立着。这时一天快完了，每座大楼的顶上都有一些旗帜飘扬着，它们突然降下来，在屋顶上收拢了。我觉得自己会跌倒，好像已经跌倒过，这时就像迎着向我冲来的激流那样朝前走着。走出工厂场地，上了街头，我看到来时经过的那座桥，但通到顶部过河的汽车道上的梯级陡得使人发晕，根本爬不上去，这条河我游不过去，也飞不过去，可我发现了一条可以过河的地下铁道。

  我周围的东西飞速地旋转着。我的头脑在徐缓的滚滚的波涛中一会儿清醒，一会儿糊涂，不断地交替着。我们，他，他——我的头脑和我——不再在同一个领域里活动了。我的身体也是一样。在过道的那一边，一个长着浅黄色头发的青年女子，啃着一只红苹果，车站信号灯的光束从她身后掠过去。一列火车飞驰而过。在火车的轰鸣声中，我下去，感到头晕目眩，脑子空空。我穿过地道，进入哈莱姆区，那已经是时近黄昏了。

第十二章

当我从地道出来的时候,莱诺克斯大街好像一个醉汉所看到的那样,歪歪斜斜地从我身边向远方急速地延伸开去,我用失去控制的、幼稚的眼睛,注视着那摇摆不定的景象,头一阵阵地抽痛着。两个肤色像变质的奶油的大块头女人,步履艰难地挪动着巨大的身躯,从旁边走过去,她们那裹在花裤子里的屁股,像吓人的火焰那样摆动着。她们走在我前面的人行道上。夕阳西下,投射出一片黄灿灿的光芒,就像沸水一样在翻腾,我看见自己倒下去,下面的两条腿软弱无力,但是头脑是清醒的,很清醒,看得见在我周围打转的人群:他们的腿、脚、眼、手、弯曲着的膝盖、磨损了的鞋子,以及张口露齿的激动神色;而有些人却只管自己赶路。

那个大块头黑女人用沙哑的女低音说,孩子,你怎么啦,哪儿不舒服?于是我说,我很好,只是有点儿虚弱,说着我想站起来,她说,你们大家为什么不往后站站,让这个人透口气呢?你们都往后站开些,这时一个带点官腔的声音应声说,往前走,散开。于是她在一边,一个男人在另一边,扶着我站起来,警察说,你行吗?我回答说,行,我只是感到虚弱,一定是晕过去了,但是现在好了,他指挥人群往前走,别人都往前走了,只剩下那个男人和那个女人,他说,你当真好了?兄弟,我点点头表示肯定,她说,孩子,你住在哪儿?这附近吗?我告诉她我住在男子寄宿舍,她看着我,摇摇头说,男子寄宿舍,男子寄宿舍,什么!你这个样子,根本不能住在那种地方,你身体弱,需要一个女人照顾一阵子。我说,我现在就会好的,她说,也许你就会好,也许你不行。我就住在街那头拐角的地方,你最好还是跟我到那里去,休息一阵子,等你壮实点再说。我会给男子寄宿舍打电话，告诉他们你在什么地方。我太疲倦了，无法拒绝，而她却已经搀着我的一只臂膀，吩咐那个人搀着另一只，把我夹在中间一起走了，我心里老大不愿意，可是只好听凭她摆布。只听见她说，你放心好了，我会像照顾别的许多人那样地照顾你的，我的名字叫玛丽·蓝博，在哈莱姆区这一带大家都知道我，你听说过我，是不是？另一个人说，真的，我是詹妮·杰克逊的孩子，你知道我认识你，玛丽小姐。她说，詹妮·杰克逊，噢，我要说，你一定认识我，我也认识你，你，罗尔斯顿，你妈妈又养了两个孩子，男孩子叫作弗林特，女孩子叫作劳拉琼，我要说我认识你——我，你的妈妈和你的爸爸过去常常——我说，我这会儿好了，真的好了。而她说，看上去是好了，你一定比看上去的样子更糟糕，这时她拉拉我说，这儿就是我的家，帮我扶他上台阶，到里边去，孩子，你用不着担心，以前我从来没有看见过你，那也没关系，我也不在乎你对我会有什么想法，但是你身体虚弱，差不多不能走路，也不能做别的，特别是你看上去好像饿了，所以跟我走吧，让我替你做一点事，就像我希望以后当老玛丽需要帮忙的时候，你会为她做点事一样，这用不着花费你一分钱，我也不想管你的事，我只要你躺下来，等你休息好了，然后你就可以走了。那个人接过话头说，你碰到好人了，兄弟，玛丽小姐总是帮助别人，你需要一些帮助，因为在这里你和我一样是黑人，你的脸色苍白如纸，就像常说的那样——留神台阶。走上了几级台阶，又走上几级，我感到愈来愈虚弱了，我被两个暖烘烘的身体夹在中间，进入一个凉快而黑暗的房间，听到她说，到了，这儿是床，让他躺在那里，好啦，你看，就这样，罗尔斯顿，现在把他的腿搁上去——别管床单——好啦，就这样，现在从那边出去到厨房里给他倒一杯水来，你会在冰箱里找到一瓶的。他走了，她在我的头下面加了一只枕头，说，现在你就会好些的，等你好了，你就会知道你原来的情况多么糟糕，喏，现在呷一点水，我喝着，看着她那粗糙的褐色的手指拿着那只亮晶晶的玻璃杯，一种旧时的、差不多已经被遗忘了的宽慰的心情支配了我，心里反复想着这些话，如果我认为自己并没有悲观失望的话，可是目前的处境却是多么困难啊，然后在恍恍惚惚之中，我安稳地、凉快地睡着了。

当我醒来的时候，看见她在房间的另一头看报，她看得很专心，眼镜低低地架在鼻梁上。接着我明白了，虽然眼镜仍然向下斜架着，但是她的视线不再集中在报纸上，而是注视着我的脸，她的脸流露出舒缓的微笑，因而变得容光焕发了。

"你现在感觉怎么样？"她说。

"好多了。"

"我想你会好些的。我到厨房去拿一杯汤来，你喝了以后还会更好些的。你睡了很长很长时间。"

"是吗？"我说，"现在什么时候啦？"

"大约十点了，从你睡觉的样子来看，我猜想你所需要的就是一点儿休息……不，不要起床。你得喝汤，喝过以后你就可以去了。"说着，她走了开去。

她端着一只盘子回来，里面放着一只碗。"这东西会把你的病治好，"她说，"你在男子寄宿舍那边是得不到这种照顾的，是吧？现在，你只消坐在那里，不要急。我没有什么事做，只是看看报。我喜欢有人做伴。早晨你得多做工作来弥补失去的时间吗？"

"不，我病了，"我说，"但是我得找个工作才行。"

"我知道你身体不好。为什么你要瞒着我呢？"

"我不想给别人添麻烦。"我说。

"每个人都得麻烦**别**人。你还是刚从医院里出来的呢。"

我抬头看着。她坐在摇椅里，上身往前倾斜，双臂随便地在围着围裙的膝上交叉着。难道她搜过我的口袋了?

"你是怎么知道这个的?"我说。

"你倒起疑心了,"她严肃地说,"这就是如今这世道不对头的地方,人们谁也不相信谁。孩子,我能够从你身上闻到医院里的那种气味。你这身衣服沾上了很多乙醚,足够使一条狗睡觉的了!"

"我记不起告诉过你我曾经在医院里住过。"

"没有,而且也用不着你告诉。我是闻出来的。市里有你的亲属吗?"

"没有,夫人,"我说,"他们在南方。我上这儿来做工为的是能够上学,可是我病了。"

"那真是太糟糕了!但是你会干得好的。你打算把自己培养成什么样的人呢?"

"现在我不知道;我来这里时是想做个教育工作者。可是现在我不知道。"

"那么做一个教育工作者有什么不好呢?"

我一边一点一点地喝着好吃的热汤,一边想着这个问题。"我以为没有什么不好,我只是想做点别的什么事。"

"行,不管你做什么事,我都希望那是为我们的种族增光的。"

"我希望是这样。"我说。

"不是希望,而是照那样去做到。"

我注视着她,看着在我面前的她那笨重的、镇静自若的形象,心里想着我曾一心做过些什么,想着自己已经落到了什么地步。

"只有得靠你们这些年轻人去改变这个世道了,"她说,"你们都是这样的人。你们得带头,得斗争,使我们大家多少提高一点。我要告诉你一些别的事情,这是那些从南方来的人必须做的,他们知道什么是苦难,不会忘记它是怎么煎熬人的。这里把这个忘掉的人太多了。他们为自己找到了一个位置,于是就不管那些在底层的人了。嘀，许多人说要出点力，但是他们实际上已经忘了。不能那样，你们这些年轻人应该记住，而且要带头。"

"是。"我说。

"你还要注意自己的身体，孩子。不要让哈莱姆区这个地方把你弄坏了。我身在纽约，可纽约并不在我心里，懂我的意思吗？不能腐化堕落。"

"我不会的。我一定会很忙的。"

"现在好了。我总觉得你自己会做出什么事来的，因此你得注意。"

我站起身来要走了，她也从椅子里起来陪我一起向门口走去。

"随便什么时候，如果你要在男子寄宿舍之外找个地方住，那就找我好了，"她说，"房租公道。"

"我会记住的。"我说。

我一下子就记起了她的话，比我想象的还要快。我一走进男子寄宿舍那灯火辉煌、人声嘈杂的门厅，就被一种疏远的、敌视的感觉攫住了。我的工装裤引人注目，我知道我在那里住不下去了，我那一阶段的生活算是结束了。门厅是各种各样的人们聚会的地方，他们仍然抱着各种幻想，而这些幻想却刚刚从我的脑海里被排除出去：为了回到南方继续上学而做工的男大学生；身怀建立黑人实业的一纸空文的上了年纪的种族进步的鼓吹者；既没有教堂也没有会众，既没有面包也没有酒，既没有肉体也没有鲜血，除了他们自己没有任何权威任命的传教士；没有人追随的社会"领袖"；仍然迷恋着战后关于实现在隔离范围之内的自由的梦想的六十或六十多岁的老头子；那些除了梦想成为上等人以外一无所有的可怜虫，他们担任着小小的职务或者领取微不足道的年金，可是都装出一副从事某种规模巨大然而不引人注目的企业的样子，他们老是喜欢模仿某些南方国会议员的那种矫揉造作、貌似优雅的风度，点头哈腰地走过去，就像仓库前面空场上的老公鸡的那副模样。对那些比较年轻的一群人，这时我产生了轻蔑的心理，就像一个幻想破灭了的空想家对那些仍然没有觉察到自己在幻想的人所具有的那种感觉一样——从南方的大学来的学实业的学生，对他们来说，实业是一种模糊的、抽象的、规则像挪亚方舟那样陈腐的职业，但是他们仍然陶醉在财政学中。是的，那有类似的抱负的比较年老的一群人，那些"原教旨主义者"，那些指望仅仅凭空想而获得经纪人的重要地位的"演员们"，一群看门人和信差，他们把大部分工钱花在像华尔街经纪人所穿戴的那样时髦的服装上，比如布克兄弟公司出品的成套衣服和圆顶硬礼帽、英国雨伞、黑色的小牛皮鞋和黄色的手套；他们进行传统的、热烈的争论，争论什么领带配什么衬衣才合适，哪种灰色的鞋罩好，以及威尔士亲王在某个季节性的活动中会穿什么衣服等诸如此类的问题；双筒望远镜应该挂在右肩还是挂在左肩；他们从来不看财政金融专页，可是他们虔诚地买《华尔街日报》，左手紧紧地拿着，放在左肘下面，牢牢地紧贴在身体上——不论天气好坏，指甲总是修剪得整整齐齐，而且戴着手套——他们从容不迫，举止大方，动作精确（哦，他们有风度），而另一只手拿着一把卷得紧紧的雨伞，以适当的角度前后来回摆动着；他们一丝不苟地按照时式的要求，换上汉堡帽和软领单排纽扣长大衣，或者换上马球外套和蒂罗尔式的帽子。

我能够感觉到他们眼睛的表情，我什么都看出来了，而且我也看出了日后他们知道我的前途已经完结了的那个时候会是副什么样子，我还已经看出了他们对我、对一个丧失了前途和自尊心的大学生所表示的轻蔑的态度。我看到了这一切，我知道甚至连那些公务员和年纪较老的人，也会莫名其妙地看不起我，仿佛这是因为我在布莱索的上流社会里失去了地位，我背叛了他们……他们看着我的工装裤时，我心里就明白了。

我向电梯走去，这时我听见有人放声大笑，我回过头来看见他对坐在门厅椅子上的一群人喋喋不休地讲话，他那高高的额头起了皱纹，头发剪得短短的，脑后胖得圆滚滚的，我肯定就是他，于是不假思索地弯下腰来，把那闪闪发光、又臭又满的痰盂拿起，跨上两大步，把里边那大量的、棕色的、半透明的污水，哗的一声淋在他的头上。屋子那头有人发出警告，可是已经来不及了。等我弄清楚这不是布莱索，而是一个传教士，一个著名的浸礼会的传教士的时候，已经太晚了，他睁大了眼睛，射出怀疑和愤恨的目光，我箭一般飞快地跑开，在人们还没有想到要抓住我之前，我已经冲出了门厅。

没有人追赶我，我在街上彷徨，对自己的行为感到惊愕。后来天开始下雨了，我偷偷地回到男子寄宿舍附近，央求一个对这件事感兴趣的搬运工把我的东西悄悄地拿出来。他告诉我说，我已经被禁止进入这座大楼"九十九年零一天"。

"你恐怕不可能回来了，老兄，"搬运工说，"但是我敢发誓，你做了这件事以后，他们会一直谈论你的。你真的给老牧师施了洗礼！"

就这样，那天晚上我回到了玛丽的家，我住在一间舒适的小房间里直到结冰为止。

这一段生活是安定的。我用赔偿金支付生活费用，而且觉得和她住在一起除了她经常谈论的领导和责任问题之外，是令人愉快的。甚至连这个也不太坏，只要我付得起生活费。可是赔偿金只是一笔小款子，几个月以后钱花光了，我又在找工作了，这时，我觉得听她说话特别使人不愉快。但是她从来不向我催讨，用餐的时候，仍然像往常一样慷慨地给我上饭菜。"你现在的日子很不好过，"她总是说,"每个能干的人都有艰难的日子,当你成为大人物的时候,你会知道正是这里的这些艰难的日子帮了你很多忙。"

我可不那样看问题。我已经不晓得何去何从了。不找工作的时候,我在房间里消磨时间,阅读从图书馆借来的多得不计其数的书籍。有时当我还有点钱,或者靠伺候进餐挣来几块钱,我就在外面吃饭,在街上徘徊到深更半夜才回去。除了玛丽以外,我没有别的朋友,也不指望有。我也不把玛丽当作"朋友"看待;她不仅仅是朋友——她是一种力量,一种坚定的、熟悉的力量,这力量像来自我的过去的某些东西,使我不致卷进我不敢正视的某种未知的境地中去。这是一个最伤脑筋的处境,因为同时玛丽经常提醒我,指望我做些什么,带头做些事,取得有新闻价值的成就;我一面对她这点感到不愉快,一面又因为她牢记这个朦胧的希望而热爱她,我被这两种思想弄得精神不安。

毫无疑问,我能够做些事,但是做什么而且怎么做呢?我和别人没有什么交往,我也没有什么信念。那在工厂医院里发展起来的、摆脱不了的关于我的身份的思想,又猛烈地在脑子里翻腾起来了。我是谁?我是怎样成为这个样子的?当然,我不由自主地和离开大学时不一样了;但是,这时一个新的、伤脑筋的、对立的声音已经在我的内心逐渐形成,在它采取报复行动的要求和玛丽的无声压力之间,我的心由于内疚和为难而悸动着。我需要和睦和平静,需要安宁,但是我的内心翻腾得太厉害了。在不知什么地方,在由我的生活所造成的我的头脑中所产生的那种冰冷情感的思想负担底下,一星阴郁的怒火燃烧起来,发出那么强烈的红光,要是凯尔文勋爵[1]当时知道它的存在的话,那他就会修改他的量度了。不知哪里曾经发生过一阵细微的感情的爆发,这可能要追溯到爱默生那儿,

---

[1] 凯尔文勋爵(1824—1907),英国数学家和物理学家。

或者追溯到在布莱索的办公室里的那个晚上,它使得冰帽开始融化,并动摇了最微小的那一点。但是那一点,那一小部分当时并没有改变。上纽约来,也许是想保持那过去的、凝固的部分的一种不自觉的尝试,但是这无济于事;热水已经进到蛇管里去了。也许只有一滴,但是这一滴是大洪水的第一个浪头。在一段时间里,我相信我是尽力而为的,甚至连躺在烧得旺旺的煤块上也心甘情愿,为了能在母校谋得一个职位什么都干——可是突然一下子垮了!彻底完蛋了,一切都结束了。目前唯一的问题是忘掉它。只要所有那些在我的脑子里呼喊的相互矛盾的声音能够平静下来,和谐地唱一支歌,不管唱什么我都不在乎,只要它们不是各唱各的调就成;是的,要避免那些不确切的、过分极端的音阶。可是一点也没有办法解救。我恨得发狂,但是"自我克制"得过头了,那是已经凝固的美德,那是使人僵化的缺点。而且我越是愤懑,我那要说话的旧时的冲动就越强烈。当我在街上走着的时候,话语情不自禁地从嘴里涌出来,咕哝着。我对我可能会做的事感到害怕。一切事情都在我的头脑里当真受到了冲击。我渴望回家。

一个下午,当我感到冰块正在融化,形成一场洪水,自己面临着灭顶的危险的时候,我发觉我在北方的第一个隆冬已经到来了。

第十三章

起初，我从窗户转过脸去，试着看书，但是那些老问题总是萦绕在心头，摆脱不了，使人再也无法忍受，我焦急万分地从房子里奔出去，打定主意要在寒冷的空气中摆脱我烦躁的思想。

在门口，我和一个女人撞了个满怀，她用下流话骂我，但这只能使我走得更快。几分钟之后，我已经通过了几个街区，向下一条大街和商业区走去。微弱的阳光透过烟雾照射下来，街道上满是冰，还有被煤烟弄得斑斑点点的雪。我低下头走着，只感到寒气袭人；可心里极度焦躁，火烧火燎的。后来，近处一辆汽车的防滑链条撞得砰砰作响，车子简直是在冰上打转，然后小心地转过弯来，再砰砰砰地开走，直到这时我才抬头看了一眼。

我慢慢地走着，在冷飕飕的空气中眨着眼睛，思想由于内心继续着的激烈的争论而变得模糊起来。整个哈莱姆区好像在纷纷扬扬的雪花中土崩瓦解了。我想自己迷了路，一时间感到四周是一片可怕的、令人不安的寂静。我觉得我听见了雪花落在秋雪上的声音。这意味着什么呢？我走着，眼睛注视着那看不到头的、鳞次栉比的理发店、美容院、糖果店、小餐馆、鱼库和出售猪肉猪肚的小酒店，我走到窗子跟前，雪花在我面前急速地飘落着，形成一道帘幕、一幅帐幔，同时这雪花的帘幕又飘向一边。一道红色和金黄色的闪光，从一扇窗户里照射出来，橱窗里摆满了宗教商品，这引起了我的注意。透过凝结在玻璃上的一层薄霜，我看见两尊着色很粗糙的马利亚和耶稣的石膏像，周围是那些详梦的书、春药、"上帝是爱"的徽章、招财进宝的油料和塑料制的骰子。一座努比亚奴隶的黑色裸体塑像，在金色的缠头巾底下，朝我咧开嘴笑着。我走过一扇橱窗，里面陈列着金属丝般的女人的假发，和保证能使黑色的皮肤变白的效果奇异的油膏。"你也会变得真正美丽的，"一块招牌这样写着，"如果你的皮肤变白了，那你就能得到更大的幸福。这会使你在同伴中显得突出。"

我按捺住要伸手砸掉橱窗玻璃的强烈冲动，匆匆往前走去。这时起风了，雪小了下来。我能到哪里去呢？上电影院？能在那边睡觉吗？我顾不上那些橱窗，径直向前走，因为我意识到自己又在喃喃自语了。在远远的拐角上，我看见一个老头把手放在一辆奇形怪状的小型手推车的边上取暖，车上的火炉烟囱管里袅袅地飘出一缕淡淡的炊烟，缓缓地送过来烤红薯的香味，一阵深切的乡愁突然涌上了我的心头。我好像被子弹击中似的停了下来，深深地吸着气，回忆着，我的思绪往后翻腾，往后翻腾。在家里，我们总是在壁炉里烧红的煤块中烤红薯的，把冷的烤红薯带到学校里去做中饭，用《世界地理》那本最大的课本挡住老师的视线，从软软的外皮里挤出甜美可口的瓤子，偷偷地用力咀嚼着。是的，我们那时喜欢加糖煮了吃，或者放在馅饼里烘，放在小块的生面团里油炸，或者和猪肉一起烤，加上烘得焦黄的肥肉；我们也生吃红薯，这些都是几年以前的事了。红薯比那时更多了，不过时间好像无止境地伸展开去，像那缭绕上升的淡淡的炉烟那样，记不起来了。

我继续往前走。"趁热吃，烘烤的卡罗来纳红薯。"他喊道。老头子站在街角上，身上裹着一件军大衣，脚上包着黄麻布，头上戴着一顶编织的帽子，两手不经意地理着一堆纸袋子。我走到车子前面，感到一阵由装在底下的煤炉里散发出来的暖气，我看见车子边上有一块粗糙的招牌，写着红薯的字样。

"你的红薯怎么卖？"我问道，突然觉得饿了。

"一角一块，味道甜，"他说，由于年老，声音有些颤抖，"这不是那种会引起便秘的货色。这是真的、甜的黄红薯。要多少？"

"一块,"我说,"如果红薯真的那么好,一块就该够了。"

他向我投过来锐利的一瞥,眼角里含着一滴泪珠。他抿着嘴轻声地笑着,打开临时凑合用的炉子的门,小心谨慎地伸出戴上手套的手。红薯放在灼热的煤块上头的金属丝架上,有些在噗噗地冒着糖汁,煤块一接触到穿堂风,就蹿起低矮的、蓝色的火焰。这一阵暖气把我的脸烘红了。他取出一块红薯,把门关上。

"这就是,先生。"他一面说,一面往纸袋里装红薯。

"用不着装袋子了,我这就吃。这是……"

"谢谢。"他接过那枚一角的硬币,"如果不甜,我情愿再奉送一块,不要钱。"

掰开以前,我就知道红薯是甜的;棕色的糖汁泡泡已经把红薯皮胀破了。

"吃吧,掰开它,"老头子说,"掰开它,既然你就在这里吃,我要给你加点黄油。许多人带回家里吃。他们家里有黄油。"

我掰开红薯,看着糖汁在冷空气里冒着热气。

"拿到这边来,"他说着从车边的架子上拿下一只瓦罐,"就搁在这儿。"

我拿着红薯,看他在上面倒上一茶匙融开的黄油,油渗了进去。

"谢谢。"

"不用谢。我有件事情要告诉你。"

"什么事?"我说。

"如果这不是长久以来你所吃到的最好的东西,我就把钱还给你。"

"你不用说服我,"我说,"我看得出来,知道这是好的。"

"你说对啦,但是看上去好的东西并不一定就是好的,"他说,"这个可是既好看又好吃。"

我咬了一口,觉得红薯和我以前吃过的一样甜,一样热,我不由自主地被一阵强烈的思乡病压倒了,这使我不得不转过脸去控制自己的感情。我朝前走,用力咀嚼着红薯,正当这个时候,我不禁突然产生了一种强烈的自由的感觉——这仅仅是因为我一边在街上走着,一边吃东西。这是使人高兴的。我再也不用担心谁会看见我,也用不着考虑怎样做才得体。让所有这一切见鬼去吧,虽然红薯实际上还是原来的那样甜,可是一有了这种想法,它的味道就变得像花蜜一样甘美了。要是有在学校里或在家里认识我的人这会儿走过来,看到我当时的那个样子就好了。他们准会吓一大跳!我会把他们拉到一条小巷里去,用红薯皮把他们的脸涂起来。我们是一群什么样的人呢?我想着。噢,你可以仅仅用使我们面对我们喜欢的东西的办法,就能使我们遭受莫大的羞辱。这并不是指我们**所有的人**,但是很多人是这样的。只要在大白天走到他们面前,对他们抖动一副猪小肠或者一只煮好的猪肚就够了!这会引起多大的惊恐!我想象自己在男子寄宿舍那拥挤的门厅里,向布莱索逼近,他站在那儿,丝毫没有那虚假的、谦恭的态度,我看见他在那里,他也看见了我,可是不理睬我,我光火了,猛地抽出一段一两英尺长的肮脏的生的猪小肠,在他面前抖动着,黏黏的脏水在地板上滴成了一圈圈,我冲着他喊道:

"布莱索,你是个不要脸的吃猪小肠的人!我指责你喜欢吃肥肠!哈!你不但吃,你还在你以为没有人注意的时候,**私下里偷偷地吃**!你是一个喜欢偷偷地吃猪小肠的人!我揭发你染上了一种丑恶的习惯,布莱索!把它们从这里拿走,布莱索!把它们拿出去,好让大家看看!我在大庭广众面前告发你!"他把好几码长的肠子拖出去,还有芥菜叶、一挂挂的猪耳朵、猪排和黑眼豆,他的目光是呆滞的、非难的。

当这个镜头在我面前摇过的时候,我发出一阵狂笑,几乎让红薯给噎住了。唔,当着别人的面,这会比控告他强奸一个瞎了一只眼、屁股残废、体重九十磅的九十九岁的老太婆还要厉害！这样一来，布莱索会垮台，会垂头丧气！他会长叹一声，羞惭地低下头来。他的社会地位会丢掉。那些周报也会随之抨击他。他的照片上方的解说词是：杰出的教育家重操黑鬼的行径！他的对手会谴责他是青年人的坏样子。社论会提出要求，他要么宣布放弃信仰，要么从公共生活中引退。在南方，原来支持他的白人这时会抛弃他，到处都会谈论他，校董们的全部金钱都无法维持他那日益下降的声誉。到头来他会离乡背井，在自助食堂里洗碗碟。因为在南方，他连在垃圾车上找点事做也不可能。

我认为，这些想法都是十分狂热的、幼稚的，但是让那种对你所喜爱的东西表示羞耻的装模作样见鬼去吧。我再不会那样假装了。我就是我！我狼吞虎咽地吃完了红薯，跑回到老头子那儿去，递给他二角钱："再来两块。"

"好，一弄好就如数给你。我看得出来你非常喜欢红薯，小伙子，你马上吃吗？"

"你一给我就吃。"我说。

"要涂黄油吗？"

"要。"

"好，这样你才能真正尝出味道来。是不是？先生，"说着，他把红薯递给了我，"我看得出来你是一个守旧的吃红薯的人。"

"这是我的胎记，"我说，"我生来就喜欢吃红薯！"

"那么，你一定是从南卡罗来纳来的啰。"他高兴地咧开嘴笑着说。

"根本不是南卡罗来纳，我来的那个地方人们可喜欢红薯了。"

"要是你能多吃的话，今儿晚上或者明天再来，"他在我后面招呼道，"我的老婆子会带些刚出锅的油炸红薯馅饼来。"

刚出锅的油炸馅饼，我悲哀地想着走开了。要是我吃一只，也许会消化不良的——既然我不再为我素来喜欢的东西感到羞耻,我大概不再能消化得了许多了。以前我尽量去做那些仅仅是别人指望我去做的事情,而不去做我自己希望做的事情,这样做的结果,我已经丧失了什么,又丧失了多少呢?这是多大的浪费,多么愚蠢的浪费啊!可是你实际上并不喜欢的那些东西又怎么样呢?你不喜欢它们,并不是因为你不应该喜欢它们,也不是因为不喜欢它们会被认为是文雅和教养的标志——而是因为你实际上觉得它们不合口味。只要想到这点,我就感到烦恼。你怎么能知道呢?这涉及一个选择问题。我将不得不在作出决定之前,仔细权衡许多事物的得失,而且很有可能会惹出不少麻烦的事情,这仅仅是由于我对那么多事物还没有形成个人的看法。我接受了公认的看法,而这使得生活似乎简单化了……

但是这和红薯没有关系,关于红薯我没有什么难处,无论在什么时候,不管在什么地方,只要我想吃,就可以吃。继续保持吃红薯的习惯,生活将会是愉快的——虽然有点儿简陋、小气。然而在大街上吃红薯的自由,同我到纽约来期望得到的东西相比,那未免太少了。当我咬到红薯头的时候,满嘴是不舒服的味道,我把它丢到街上;红薯受冻变苦了。

风把我赶进一条小街里去,一群男孩子在那里点火烧一只装货箱。灰暗的烟低低地悬着,好像愈来愈浓了,我低下头,闭起眼睛走着,尽量想法避开那股烟味。我的肺部开始感到难受,于是抬起头来,揩干眼泪,咳嗽着,差一点在一堆东西上绊了一跤:那些东西沿着人行道,越过便道牙子伸到街上,乱七八糟地堆在一起,就像许多等待拖走的废弃的旧物。然后,我看见一群人面有愠色地朝一座房子看着,那儿有两个白人男子正在往外搬一张单人扶手椅,椅子里坐着一位老太太,她正在用无力的拳头打他们。这是一位面容慈祥的老太太,头上包着一块手帕,穿着一双男鞋和一件男式的蓝色厚绒衣。那场面真是令人吃惊：人们静悄悄地望着，两个白人男子用力地拖着椅子，尽量躲开拳头，而那位老太太气得泪流满面，用拳头狠命地打他们。我真有点不相信自己的眼睛。一种什么东西，一种预感，一种含糊不清的、短暂的感觉充塞我的心头。

那两个男人把头偏到老太太够不到的位置，出其不意地把她放在便道牙子上，急忙回到房子里去，这时她连声喊道："别碰我们的东西！别碰我们的东西！"

我四下里环顾了一下，心里揣测着，究竟是怎么回事？到底怎么啦？老太太指着沿街堆垒的那些东西呜咽着说："只要看看他们是怎样对待我们的就够了，看一看就够了。"她的眼睛径直朝着我看。这时我才明白，我原来误认为是废弃的旧物的那堆东西，实际上是破旧的家具。

"只要看一看他们在干什么就够了。"她眼睛泪汪汪地看着我说。

我窘迫地把视线移开，凝视着越围越多的人群。上头的窗户里探出一张张愁眉不展的脸。这时那两个男人搬着一只破旧的衣柜在台阶的上端重新露面了，我看见第三个男人走出来站在他们背后，他朝外看着底下的人群，使劲拉着自己的耳朵。

"赶快，伙计们，"他说，"赶快。我们可没有一整天的时间。"

接着他们抬着衣柜走下来，我看见人们绷着脸，不高兴地让开一条路，他们步履艰难地走过，咕哝着把衣柜靠便道放下，然后目不斜视地又回到房子里去了。

"看看那个，"我身边的一个细高个子男人说，"我们该把那些警察狠狠地揍一顿！"

我默不作声地看着他那张表情紧张、冻得灰白的脸，他的眼光尾随着那几个往台阶上走的人。

"的确，我们应该阻止他们，"另外一个男人说，"但是这一大群人可没有那份胆量。"

"胆量有的是,"细高个子说,"他们所缺的就是没有人开个头,他们所需要的就是一个带头人。你的意思是说**你**没有这份胆量。"

"我没有胆量?"那个人说,"我没有胆量?"

"对,就是你。"

"看一看吧,"老太太说,"看一看吧。"她的脸仍然朝着我。我转过脸去,侧着身子向说话的那两个人靠拢。

"那是些什么人?"我再靠近一点说。

"马歇尔兄弟或者叫别的什么。我根本不在乎他们是谁。"

"马歇尔兄弟,他妈的,"另外一个男人说,"那几个把东西一件件往外搬的家伙,只不过是听话的囚犯罢了。等会儿搬完了,他们会被重新关起来的。"

"他们是谁我不管,可是他们没有权利把这些老人赶到外面的人行道上来。"

"你是说他们在把老两口从他们住的公寓房间里撵出来吗?"我说,"他们能在**这儿**,在市里这样干吗?"

"老兄,你是哪里人?"他朝我转过身来说,"难道这不像把老两口从一辆卧铺车厢里撵出来吗?他们正在被撵走!"

别的人转过头来看我,这使我感到忸怩不安。我从来没有见过驱逐房客的情形。有人吃吃地笑了。

"**他**是从哪里来的?"

我突然感到一阵激怒,我转过身来。"瞧,朋友们,"我说,听得出声音激动起来了,"我提了一个有礼貌的问题。如果你们不想回答,那就不必回答,但是不要让我显得可笑。"

"可笑?见鬼,所有的黑人都是可笑的。你他妈的是什么人?"

"这你别管,我就是我。只要不和我唠叨就好了。"我说,向他抛过去一个新近学到的习语。

就在这个时候,三个人中的一个抱着什么东西从台阶上下来,我看见那位老太太伸出手来叫嚷着："别碰我的《圣经》！"人群向前拥了过去。

那个白人用激怒的目光环视着人群。"在哪里？太太，"他说，"我根本没有看见什么《圣经》。"

只见她从他的臂弯里把《圣经》一把抢了过来，捏得紧紧的，同时发出一声尖叫。"他们可以到你家里来，爱做什么就做什么，"她说，"就那样踩着脚进来，把你的生活从根上毁掉！可这是最后一根救命稻草了。他们不该在我的《圣经》上头找麻烦！"

那个白人看着人群，与其说是对着她，倒不如说是对着我们这些围观的人说："瞧，太太，我不想干这个，可是我**不得不**这样做。是他们派我到这里来干这个的。要是把这件事情交给我作决定的话，你们就可以在这里住到地狱封冻为止……"

这时一个老头子从我面前挤过，向她走去。她眼光转向天空，呜咽着："这些白人，上帝。这些白人。"

"亲爱的，亲爱的，"他把手放在她的肩膀上说，"这是代理人的事，和这些先生无关。他就是代理人。他说这是银行的意思，可是你知道他就是一个代理人。我们和他打交道已经有二十多年了。"

"甭跟我说这个，"她说，"问题是所有的白人，不止是一个。他们都和我们对着干。他们个个都坏透了，都是些下贱货。"

"她说得对！"一个嗓门嘶哑的人说，"她说得对！他们**统统**这样！"

有什么东西一直在我内心深处猛烈地翻腾着，一时之间我竟然忘掉了其余的人们。这时我看出他们都意识到了，仿佛他们，我们，对亲眼看见这幕驱逐房客的情景感到害臊，好像我们都不愿意介入到某种丢脸的事情中去；因此，我们小心谨慎地不去触碰沿路边摆着的那些家具，也不紧紧地盯着它们看；因为虽然我们感到好奇，被强烈地吸引住了，而且有点不顾羞辱，但我们毕竟是我们不愿看到的事情的目击者。而在整个过程中，那位年老的女性一直发出刺心的叫喊。

我看着两位老人，觉得自己的眼睛在辣乎乎地发烧，喉头也绷得紧紧的。那位老妇人的啜泣对我有着不可思议的影响——就像一个小孩子看见爸爸妈妈流泪的时候自己既害怕又同情地哭了起来那样。我转过脸去，感到自己正在被一种我所担心的热烈的、模糊的、不断增长的感情漩涡所吸引，向这一对老夫妇身边靠拢。我小心提防着由于看到他们在人行道上哭叫的情景而开始在我身上产生的同情心。我想离开，可是离开又太丢人了，我很快变得和这件事息息相关，而不能一走了之。

我转过脸去看那一堆乱七八糟的家用器具，那两个男人还继续往人行道上堆放新搬出来的东西。当人群推我的时候，我朝下看，看见老两口年轻时的一幅照片，他们的眼睛从椭圆形的镜框里往外瞧着周围那些流露出悲哀的、不自然的庄严的神情的脸；我觉得奇妙的记忆被唤醒了，它开始在我的头脑里回荡，就像一种歇斯底里的声音在一条黑暗的街道上断断续续地发出回声一样。望着照片里的他们看我的那个样子，我觉得甚至在那个时候，在那个十九世纪的日子里，他们就很少有过什么指望，而且怀着一种坚强的、不作任何非分之想的自尊心，我突然觉得，它对我来说不但是一种责备，而且是一个警告。我的眼光落在一副雕工粗糙、琢磨马虎的骨制品上，这是一副"敲打用的骨析"，在乡村的舞会上用它来伴奏，在黑人剧团的演出中它也用得上；那是些母牛、小公牛或羊的扁平的肋骨，一敲打就会发出一种像敲打上等响板那样的声音（他曾经做过黑人剧团的演员吗？）或者像敲打一套木鼓的声音。还有一盆盆绿色植物排列在肮脏的雪地里，它们肯定会被冻死；那是常青藤、美人蕉，还有一棵番茄。而在一只篮子里，我看见一把头发梳子，几副女人的假发，一只烫发钳，一张用深红色的天鹅绒作底、上面有着银色字样的卡片,卡片上写着"愿上帝保佑我们的家";散落在一只五斗橱顶上的是神圣的征服者约翰的矿块,那吉祥的石头;那几个白人又放下一只筐子,我看见里面有一只装满冰糖和樟脑的威士忌酒瓶,一面埃塞俄比亚的小旗子,一幅褪了色的亚伯拉罕·林肯的铁板肖像,还有一张从杂志上撕下来的一个好莱坞明星的笑容可掬的照片。而在一只枕头上的是几件裂痕满布的精致的瓷器,一块庆祝圣路易斯世界博览会的金属制的纪念牌……我有点儿茫然地站着,看着一把用黑玉和珍珠母装饰的带花边的旧折扇。

那几个白人返了回来,打翻了一只抽屉,里面的东西纷纷散落在我跟前的雪地里,这时人们激动起来了。我弯下腰来开始把东西一件件地放回原处;那是一枚弯曲的共济会的徽章,一副色泽晦暗的袖扣,三只铜戒指,一枚上面打了钉眼用绳子拴在脚脖子上用来表示吉利的一角硬币,一张装饰华丽的问候卡片,上面是小孩子潦草的笔迹,写着"奶奶,我爱你";另外的一张卡片上画着一幅图画,看上去好像是一个白人化装成黑人的角色,弹奏着班卓琴,他坐在一座小屋的门里边,头上的墙壁悬着一节乐曲和民歌《回到老家的小屋去》;一服失效的吸入剂,一串颜色鲜明的玻璃念珠,上面的别针已经没有光泽了,一只作为好运的象征而保存的兔子后腿,一块样子像棒球手套的赛璐珞的棒球记分卡,那是多年以前用来登记比赛的胜负的;一只橡皮球已经旧得发黄的吸奶器,一只穿坏了的童鞋和一绺落满尘土的幼儿的头发,上面系着一条褪了色的、弄皱了的蓝色缎带。我感到有点恶心。我手里拿着三张打上穿孔的印记、盖着"作废"的字样、已经失效的人寿保险单;一幅从报纸上剪下来的一个身材高大的黑人男子的发黄的相片,说明词是:马库斯·加维,驱逐出境。

我转过脸去,俯身在肮脏的雪地里寻找有没有遗漏掉什么,在一个结了冰的足迹中,我拣起一样东西,手指紧紧地捏住了它,这是一份证件，由于年代久远，纸张已经发脆破裂，用黑墨水写的字已经变黄了。我默读着：自由身份证。我的黑人普里芒斯·普罗沃已于一八五九年八月六日由我赐予自由，希各周知。署名：约翰·塞缪尔·麦肯……我揩去在黄色的纸片上闪闪发光的一滴融雪的水珠，急忙把它折起来，然后放回到抽屉里去。我的手在发抖，呼吸变得急促起来，就好像跑了一大段路，或者在热闹的街道上突然发现一条盘绕着的蛇一样。我对自己说，时间要比那个长久，年月要比那个早，然而我知道事实并不是这样。我把抽屉装回柜子里，摇摇摆摆地把它推到街边上。

但是事情还不会发生，只不过我的嘴里充满了一种突然迸发出来的辛酸的苦味，而老人们的财产被扔得遍地都是。我转过身来，重新盯着那堆乱七八糟的东西，不再着眼于眼面前的情况，而是从它的内部和外表加以考虑，看到远处的黑暗，想起遥远的地方和往昔的岁月，这与其说是我自己的回忆，还不如说是想起来的一些话，是在家里甚至无意之间陆续听到的一些口头传诵的诗句和形象。这就好像我自己正在被剥夺掉某种令人痛苦然而宝贵的东西，我不甘心失去它；有种什么东西使人惊惶失措，好比一只蛀牙，一个人宁可无限期地熬着，也不愿忍受拔牙那阵短暂的剧痛。这种被剥夺的感觉，引起了一阵令人极度痛苦的模糊的记忆：这一堆破烂的东西，这几把破旧的椅子，这几只笨重的老式熨斗，还有这些底部出现凹痕的白铁洗衣盆——都以更为丰富的意义引起我内心的悸动；为什么我站在人群之中，像在梦中一样，似乎看见母亲在一个寒风凛冽的日子晾晒洗好的衣服，天冷得使暖热的衣服在蒸气消散之前就在绳子上冻得硬邦邦的了，她的两手在吹得裙子打卷的风中显得苍白和湿冷，她那白发苍苍的头在阴沉的天空底下没有戴帽子——为什么它们超出固有的物体的意义的范围，使我感到那么不自在呢？又为什么我此刻好像站在一层幕布后面看见它们，而那张被小街上穿堂的冷风乱卷的幕布就要给刮起来了呢?

一阵"我要进去"的尖叫使得我转过身来。那对老夫妻这时已经在台阶上了,老头子搀着她的胳臂,那些白人在上面向前探过身来,而人群把我往台阶跟前挤。

"你不能进去,太太。"那个白人说。

"我要祈祷!"她说。

"我没有办法,太太。你只好在外面,在这儿做祈祷了。"

"我要进去!"

"不许进去!"

"我们只想进去做祷告,"她紧紧抓住《圣经》说,"像这个样子,在街上祈祷是不好的。"

"我很抱歉。"他说。

"喂,让这个女人进去做祷告,"人群里谁开腔了,"你们把他们所有的东西都弄到人行道上来了——你们还想干什么,要杀人吗?"

"对,让他们两个老人做祷告。"

"都是这该死的祷告,这就是我们现在不对头的地方。"另外一个人喊道。

"你们不能回去,懂吗,"那个白人说,"你们租的房子已经被合法地收回了。"

"可是我们所要做的只是进去跪在地板上,"老头子说,"我们在这里已经住了二十多年了。我不明白你为什么不让我们进去,只消那么几分钟……"

"瞧,我已经告诉过你了,"那个人说,"我是奉命而来的。你们在浪费我的时间。"

"我们要进去!"那个老太太说。

事情发生得这么突然,我的思想几乎跟不上它:只见那位老妇人抓牢《圣经》往台阶上奔,她的丈夫跟在后面,而那个白人在他们面前站定，伸出手臂嚷道："我要把你们关起来，老天作证，我要把你们关起来！"

"不许碰那个女人！"人群里有人说。

在台阶的顶端，老两口推着那个男人，接着我看见老妇人往后跌倒，群众被激怒了。

"抓住那个狗娘养的警察！"

"他打她！"一个西印度群岛的妇女对着我的耳朵尖声喊叫道。"那个缺德的畜生打了她！"

"往后站开，不然的话，我可要开枪了，"那个人喊道，他拔出一支手枪，眼睛射出疯狂的光芒，退进门口去，那两个因为表现规矩而享有特殊待遇的犯人，臂弯里抱满东西站在那儿不知道该怎么办，"我发誓我要开枪了！你们不明白自己在干什么，可是我要开枪了！"

他们踌躇了。"那家伙里面只有六颗子弹，"一个身材矮小的人喊道，"子弹打完以后看你怎么办？"

"是啊，你他妈的肯定跑不了。"

"我看你还是别管好。"那个法警高声说。

"你以为你可以上这儿来打我们的女人，你这个蠢货。"

"别他妈的扯淡了，让我们把那个杂种撵走！"

"你们还是再想一想的好。"那个白人叫道。

我看到他们开始往台阶上走，突然觉得脑袋好像要裂开了似的。我知道他们就要对那个人发起攻击，我既害怕又愤怒，既觉得反感又被强烈地吸引住了。我愿意这件事发生，可是又害怕由此而造成的后果，我被眼前的情景激起了义愤和怒火，然而我心里又感到恐惧；不是为那个男人担忧，也不是害怕一场进攻所带来的后果，而是对目睹暴力行为可能从我自身释放出来的东西感到担心。而在所有这一切的底下，我一生所学到的所有那些用来缓冲的措辞都在翻腾着。我好像在一个大黑洞的边沿上摇摇欲坠地走着一样。

"不,不,"我听见自己叫嚷的声音,"黑人们!兄弟们!黑人兄弟们,这不是办法。我们是守法的。我们的民族是守法的,是不轻易发怒的。"

我急忙挤过人群,站到台阶上,面对眼前的人不加思索地、然而出自矛盾的心理急速地说着。"我们的民族是守法的,是不轻易发怒的……"他们停下来留神听着,甚至连那个白人也吃了一惊。

"是的,可是现在我们发狂了。"一个人大声喊道。

"对,你说得对,"我回答道,"我们感到愤怒,但是我们要考虑得周到一点。让我们,我是说我们不要……我们要向那位伟大的领袖学习,他那明智的行动在前几天的报纸上登载着……"

"什么人?谁啊?"一个人操着西印度群岛口音喊道。

"跟我来,让这个警察见鬼去吧,我们要在他们的人到达之前把他抓住……"

"不,等一等,"我嚷着,"让我们跟着一个领头的,让我们组织起来。**组织起来**。我们需要像那个明智的领袖一样的人,你们看过关于他的报道了,事情发生在亚拉巴马州。他意志坚强,能够选择聪明的事去做,不管他自己是怎么想的……"

"是谁?老兄,是谁?"

这就是了,我想,他们在留心听,他们很想听。没有人笑。如果他们笑,那我就没命了!我提了提气。

"那个聪明人,"我说,"你们看过关于他的报道了,当那个从匪群里逃出来的亡命之徒跑到他的学校要求庇护的时候,那个意志坚强、足以做合法的事情、做守法的事情的聪明人,把他交给维护法律和秩序的部队了……"

"哦,"传过来一个响亮的声音,"哦,那么他们就可以对他施加私刑,打屁股了。"

哎哟，天啊，根本不是这么回事。我的技巧太蹩脚了，完全没达到预期的结果。

"他是一个有见识的领袖，"我嚷着，"他不超越法律的范围。那到底算不算该做的聪明事？"

"对，他确实聪明，"那个人愤怒地嘲笑着，"现在让开路，我们要揍这个警察。"

人们叫着嚷着，而我却以大笑来作答，好像中了魔似的。

"但是那样做不是合乎人情吗？毕竟他要保护自己，因为……"

"他是一个胆小如鼠的告密者！"一个女人尖叫起来，她的声音里充满了轻蔑的意味。

"对，你们说得对。他是聪明人，也是个胆小鬼，但是我们怎么样呢？我们要做什么呢？"我嚷着，突然被这个回答弄得激动起来了。"瞧他。"我喊道。

"是，只要看一看他！"一个戴着常礼帽的老头子，好像在教堂里应答传教士那样大声叫出来。

"看一看那一对老夫妻……"

"嗳，普罗沃大嫂和大哥怎么样？"他说，"这真是奇耻大辱！"

"看看，他们的财产都被撒在人行道上。看一看雪地里他们的财产吧。先生，您多大年纪了？"我叫着说。

"我八十七岁了。"那位老人说，他的声音低低的，并且带着迷惑不解的神气。

"怎么会那样呢？大声说，好让我们不轻易发怒的兄弟们听见。"

"我八十七岁啦！"

"你们听见他说的话了吧？他八十七岁了。八十七岁，看一看八十七年里他积攒起来的所有财产吧，它们像鸡肠那样撒在雪地里，而我们是一群安分守己的、不轻易发怒的人，在工作日里每天都是逆来顺受地过日子。我们打算做什么？你、我、他会做些什么？**该**

怎么办？我提议做聪明的事情，做守法的事情。看一看这堆废弃的东西吧！难道这两位老人应该生活在这么一堆破烂货当中，难道他们应该被关在一个污秽的房间里？房子很危险，容易失火！那些碟子年代久远，有了裂缝，几把椅子也快要坍塌了。是的，是的，是的！看一看那个老太太，她是某人的母亲，也许是某人的祖母。我们叫她'大妈'，他们对我们进行掠夺，而且——**你们**知道，**你们**记得……看看她的被褥和穿坏了的鞋子。我晓得她是某人的母亲，因为我看见了掉在雪地里的一只旧的吸奶器，我也晓得她是某人的祖母，因为我看见一张上面写着'亲爱的奶奶'的祝贺卡片……但是我们是守法的……我仔细地看了一只篮子，发现里边有一些骨制品，不是颈骨做的，而是肋骨做的，那是敲打用的骨柝……可见这对老夫妻以前常常跳舞……我明白了——您干什么活儿，大爷？"我问道。

"我是做散工的……"

"一个做散工的，你们听见他的话了，可是看看他的东西像猪小肠一样在雪地里给撒得到处都是……他所有的劳动到哪里去了？难道他在撒谎吗？"

"浑蛋，没有，他没有撒谎。"

"没有，肯定没有！"

"那么他的劳动到哪里去了呢？瞧一瞧他那些伤感的黑人民歌的旧唱片和她那些盆栽植物，就知道他们是南方人，他们的每样东西像八十七年来在旋风中回旋的废物那样给扔到外面来了。八十七年，**噗**！就像一阵风暴那样吹个精光了！看看他们，他们看上去像我的妈妈和爸爸，像我的奶奶和爷爷，我看来像你们，你们看来像我。看看他们，但是记住我们是一群聪明守法的人。当你朝上看着那个站在门口、带着零点四五口径的手枪的警察的时候，要记住这一点。看他佩着烤蓝的手枪，穿着蓝哔叽制服站在那儿。看着他！你们看到的不仅仅是一个穿蓝哔叽制服的男人,也不仅仅是一支零点四五口径的手枪,你们看到的是十个警察对我们一个,你们看到的是十支枪、十套暖和的衣服、十只肥大的肚子和一千万名警察。**警察**,在美国东南部,我们就这样叫!警察!而我们是聪明的,守法的。看看这个手里捧着本翻旧了的《圣经》的老太太。她想要在这里圆满地了结什么呢?她所信仰的宗教已经在她的头脑里扎根了,可是我们都知道宗教适合于心,而不适合于脑袋。'心地纯洁的人们是有福的,'《圣经》里这样写着。脑袋里可没有关于穷人的东西。她要做什么呢?头脑清楚的人怎么样呢?眼睛明亮,眼光像冰水那么清澈,看得一清二楚,连一句谎话也滑不过去的人又怎么样呢?注意搁在那边的她那口珍品橱,它的抽屉都有裂缝了。得八十七年工夫才能装满这些抽屉,而且装的都是老古董,都是些小摆设,而她却要犯法……他们发生了什么事情?他们是我们的人,是你们的也是我的,是你们的父母,也是我的父母。他们出了什么事?"

"我来告诉你!"一个大块头嚷道,他满脸怒容,推开人群走出来,"浑蛋,他们被赶出来了,你这个发了疯的王八蛋,让开路!"

"被赶出来了?"我举起手喊着,让这个词从我的喉咙里尖叫出来,"那是一个好字眼,'被赶出来了!''被剥夺了!'八十七年了,剥夺什么呢?他们没有**得到**什么东西,他们不会**得到**什么东西,他们从来是一无所有。那么是谁被剥夺了呢?"我咆哮着说,"我们是守法的。那么是谁正在受到剥夺?这能是我们吗?这两个老人在外面的雪地里,可是我们和他们在一起。瞧他们的东西,他们没有地方可以解手,也没有一扇窗户可以探出头去和熟人打招呼、传消息,而我们恰恰和他们在一起。瞧,他们没有一个小房间可以祈祷,也没有一条小巷可以唱伤感的黑人民歌!他们正面对着一支枪,我们和他们一起面对着它。他们不需要现世的生活,只需要耶稣。他们只需要耶稣,仅仅是在光秃秃的地板上的十五分钟的祈祷……警察先生，你认为怎么样？我们得到我们的十五分钟的耶稣了吗？你们得到了世界，我们可以有我们的耶稣吗？"

"我是奉命而来的，老弟，"那个人轻蔑地挥了挥手枪嚷道，"你做得不错，告诉他们别管这个闲事。我这样做是合法的，如果需要的话，我会开枪的……"

"可是他们的祈祷呢？"

"他们不能回去！"

"你说的话当真吗？"

"你可以拿你的性命打赌。"他说。

"看这个人，"我对愤怒的人群大声说，"看他拿着烤蓝的枪，看他穿着蓝色的哔叽制服。你们听到他说的话了，他就是警察。他说他要把我们打死，因为我们是一群守法的人。所以我们受到了剥夺，而且他认为他是上帝。看他在上面背靠柱子站着，两边各有一个犯人。你们能不能感觉到一股冷风，你们能不能听见它在问：'你们过去怎样忍受那繁重的劳动？你们做过什么？'当你们看着在八十七年中你没有得到的一切时，你们感到羞辱……"

"把这个告诉他们，兄弟，"一个老头子插嘴说，"这会使人觉得自己不是一个男子汉。"

"是的，这两位老人有过一本详梦的书，但是书页是空白的，连页码也没有。这叫作导盲狗。这是《美妙的保健幻想书》《非洲的秘密》《埃及的贤人》——但是它的眼睛瞎了，失去了光泽。它像一个长着斗鸡眼的木匠的眼睛那样，布满了白内障，一点也看不清楚。我们所有的一切，就是《圣经》，而这里的这个警察却排斥《圣经》。那么我们往哪儿去呢？没有一大笔钱，我们能离开这里往别的地方去吗……"

"抓住那个警察。"那个大块头嚷着往台阶上冲。

有人推我。"不，等一等。"我叫道。

"现在把路让开。"

人群突然向我拥过来,我往后跌倒了,这时传来一声枪响,许多人腿和套鞋在四周急速地乱转着,我满手是那被踩烂了的冰冷的雪。上面又响了一枪,声音听上去就像一只啤酒壶爆裂了。我挣扎着站了起来,看到在台阶的顶上那只拿枪的手,正被迫举向浮动的人头的上方,紧接着,他们把他往下拖到雪地里去;用拳头对准他左右开弓,同时发出一种极度用力的、逐渐增强的、紧张的、低沉的哼声;哼声突然变成无数低低的口角声,变成充满愤怒和怨恨的咒骂。我看见一个女人用她那突出的鞋后跟揍他,当她对准了揍一下、对准了再揍的时候,她的脸像一张有着凹陷的黑眼睛的、毫无表情的面具一样,她把警察直揍得血流如注,淌遍身旁。他这时被拉了起来,好让大家夹道鞭打。忽然我看见一副手铐在空中闪着光,落到街道对面去了。一个男孩子头上戴着法警那顶漂亮的帽子,挤出人群,跑了开去。法警被转到这一边又被转到那一边,然后一阵急速的、雨点般的拳头打得他往街上跑。我激动得发狂了。人群拥过去追他,就像一个巨人要在一个小房间里转身那样打转——有的人笑着,有的人骂娘,有的人则存心保持沉默。

"那个畜生打那位善良的女士,可怜的人!"那个西印度群岛的妇女重复着说,"黑人们,你们可曾见过这样的畜生?你们说说看,他是有身份的人吗?他是畜生!黑人们,我们也这样回报他!成千倍地回报这个畜生!我们这样报复他一直到第三代和第四代!揍他,我的好黑人们。保护你们的黑人妇女!对这个目中无人的家伙报复到第三代和第四代!"

"我们被剥夺了,"我尽量放开喉咙说,"被剥夺了,我们要祈祷。让我们进去祈祷。我们来举行一个巨大的祷告会。可是我们需要一些椅子来坐……当我们跪下来的时候用来靠一靠。我们需要一些椅子!"

"这儿有几把椅子,"人行道上有个女人叫道,"拿几把椅子进去怎么样?"

"当然,"我大声说,"把每样东西都拿进去。统统都拿走,把那堆破烂东西藏起来!把它们放回原处去。这堆东西挡了路和人行道,那是违犯法律的。我们是守法的,所以要把这堆破烂货从街道上清除掉。把它弄到看不见的地方去!把它藏起来,为他们遮丑!为**我们遮丑**!"

"跟我来,兄弟们!"我一面大声叫嚷,一面冲下台阶抓起一把椅子又回上来,不再克制自己,也不再考虑我行动的性质了。别人照着做,拿起一件件家具,吃力地搬回屋子里去。

"我们早该这样做了。"一个男人说。

"我们的确该这么做。"

"我觉得真带劲,"一个女人说,"我觉得多么**带劲**啊!"

"黑人兄弟,我为你感到骄傲,"那个西印度群岛的妇女激动地说,"骄傲!"

我们奔进充满陈腐的卷心菜气味的阴暗的小房间,放下东西回来再拿。男人、女人和孩子们抓过东西,叫着、笑着往里面冲。我寻找那两个受优待的囚犯,但是他们似乎已经溜掉了。后来,当我往街上走的时候,我觉得我看见了其中的一个。他正在把一把椅子搬回里边去。

"这样看来,你也变得守法了。"我说,结果却发觉这是另外一个人。是一个白人,可完全是另外一个人。

那个人对我笑了笑,继续朝里走。当我走到街上的时候,看见几个人,有男的也有女的,在旁边站着,他们为每件搬回去的家具喝彩。这情形就像一个节日。我不想让这个势头停下来。

"那是些什么人?"我在台阶上问。

"哪些?"有人反问说。

"**那些**。"我用手指了指说。

"你是说那些白人吗？"

"是的，他们要干什么？"

"我们是人民的朋友。"其中一个白人说。

"什么人民的朋友？"我一面说，一面准备跳过去扑到他身上，要是他说"**你们这些人民**"的话。

"我们是**所有**普通人的朋友，"他喊道，"我们过来帮忙。"

"我们相信四海之内皆兄弟这个信念。"另外一个说。

"好吧，把那张沙发抬起来跟我走。"我说。我对他们的到场感到不安，当他们都加入群众的行列，开始把被扔出来的东西吃力地搬回屋里去的时候，我感到失望。我在哪里听说过他们呢？

"我们为什么不举行一次游行呢？"一个从我身边走过的白人叫道。

"为什么我们不游行呢！"我还来不及考虑就对着人行道叫嚷起来。

他们马上接受了这个意见。

"让我们来游行……"

"这是个好主意。"

"我们来举行示威……"

"让我们排队游行！"

我听见警报器的叫声，同时看见侦察车拐进这个街区里来了。是警察！我向人群里看去，尽量把视力集中在他们的脸上，我听见有人喊道："警察来了！"另外的人回答说："让他们来好了！"

我看见警察从车上跳下跑过来了，这时一个白人男子跑进屋子里去，我心里想着：这一切会引起什么样的结果呢？

"这里发生什么事啦？"一个佩着金色盾徽的警官朝台阶上问。

周围静了下来。没有人回答。

"我说,这里发生什么事啦?"他重复了一遍,"你。"他直指着我说。

"我们在……我们在清除人行道上一大堆破烂货。"我内心紧张地回答。

"那是什么?"他问。

"那是一个清洁运动,"我说,心里想笑,"这几位老人把他们的所有东西乱七八糟地堆在人行道上,而我们把街道清理了一番……"

"你的意思是说,你们在干涉收回租屋的行动。"他叫喊着,开始从人群中挤过来。

"他什么也没有做。"一个站在我背后的女人说道。

我掉头看了看,后面的台阶上挤满了从里边出来的人。

"我们都是一起的。"有人叫道,于是人群靠紧了。

"清理街道。"那个警官发命令了。

"我们刚才就在做这个。"人群后边有人说。

"马奥尼!"他对另外一个警察大声吼叫着,"紧急召集警察,防止暴乱!"

"什么暴乱?"一个白人对他说,"根本没有什么暴乱。"

"如果我说有暴乱,那就是有暴乱,"那个警官说,"而你们这些白人在哈莱姆区这个地方干什么?"

"我们是公民。我们爱到哪儿就到哪儿。"

"听!又有几个警察来了!"有人叫喊着。

"让他们来好了!"

"让警察局长来好啦!"

形势发展得使我应付不了,整个局面已经变得不可收拾了。我说了些什么话而引起了这一切后果?我慢慢地走到台阶上的人群的后边,退进道。我上哪儿去呢?我赶紧跑到老两口的房间去。但是我在这儿藏不住,我心里想,于是又回过头来向楼梯奔过去。

"不行,你不能往那边走。"有人说。

我转过身来。说话的是站在门里边的一个白人女孩子。

"你在这里面干什么?"我喊道,我的恐惧变成了狂怒。

"我不是有意吓你的,"她说,"兄弟,你说得真好。我只听到结尾的那一段,可是毫无疑问,你感动了他们,使得他们行动起来了……"

"行动,"我说,"行动……"

"不必客气了,兄弟,"她说,"我听见你的话了。"

"当心,小姐,我们还是离开这里好,"我终于抑制住喉咙里的颤动说,"楼下有许多警察,还有更多的警察会来。"

"哦,是的。你最好从屋顶上翻过去,"她说,"否则,一定会有人把你给指出来的。"

"从屋顶翻过去?"

"这是容易办到的。只要攀上屋顶,不停地往前穿过去,直到你到达这个街区的最后一座房子为止。然后打开门,往下走,好像你在探望朋友一样。你最好赶快走。你不被警察发现的时间愈长,那你的实际效用就愈大。"

实际效用?我想着。她是什么意思?这个"兄弟"是干什么的?

"谢谢。"我说着,慌忙向楼梯走去。

"再见。"背后传来她那流畅的声音。我回过头来,看了一眼在阴暗的门口的朦胧的光线中她那张白白的面孔。

我跳上一段楼梯,小心地把门打开,突然映入眼帘的是阳光熠熠的屋顶,上面刮着大风,寒气逼人。在我眼前,那分隔建筑物的、低矮的、凝结着积雪的一堵堵墙壁,像跳栏那样,向远远的街角那边排列过去;在我眼前,空的晒衣绳子在风中晃动。我穿过被风横扫过的积雪,越过一个又一个屋顶,迅速又小心地走着。一架架飞机从远远的东南方的一个机场上起飞,这时我奔跑起来,看见那所有高高低低的教堂的尖顶,冒烟的烟囱群在天空的衬托下显得格外清晰,警报器的鸣声和呼喊声从下面的街上传来。我急急忙忙地走着。我翻过一堵墙,回过头来张望,发现一个男人跌跌撞撞地在我后面追赶,他气喘吁吁,急急忙忙地、费力地翻过屋顶上低矮的隔墙。我回过头来又跑,想让一排排烟囱把我们隔开。我心里感到纳闷,他为什么不叫"站住"!为什么不叫嚷,为什么不开枪。我跑着,躲到一个电梯间的后面,然后冲向隔壁的屋顶,我跌倒了,雪使我的手冻僵了,我的膝盖相互碰撞,脚趾蜷曲在一起,我爬起来,一面跑一面回头看看,只见那个穿黑衣服的矮个子仍然在后面追赶着。街角好像远在一英里开外。我试着计算出现在面前需要越过的屋顶的数目。我跑着,数到七个,听见叫喊声,更多的警报器的鸣叫声,回头一看,他仍然跟在后面,迈着两条短腿拼命追赶着,当我试着打开一座房子的门以便下去的时候,他还是在后面跟着,我发现门被钉住了,于是拔腿再跑,尽量在雪地里弯弯曲曲地跑,砾石在雪底下嘎吱嘎吱地响,那个人仍然在后面跟着,我翻过一道隔墙,从一只巨大的鸟笼旁边擦过,把白鸽惊起,使得它们狂乱地飞翔,当它们在我眼前猛烈地扑打翅膀的时候,突然变得像鹈鹕那么大,当它们振翼上升,飞开去,在附近喧闹地滑翔的时候,它们在阳光中使人看得眼花缭乱,我继续跑,往后看,起初我以为他已经走开了,可是又看见他好像从什么地方钻出来似的在后面追赶。为什么他不开枪?为什么?要是像在家里那样就好了,在那里我认识**所有**家庭里的某个人,我一看就认识他们是谁,知道他们的名字,我了解他们的血统,了解他们的背景,我也了解他们的荣辱,了解他们的宗教信仰。

这是一条铺着地毯的走廊,顶层的公寓房间里传来可怕的、刺耳的狗吠声,我往下走,心怦怦地跳个不停。然后,我加快脚步,当我踩着梯级的边缘往下跳的时候,我的身上像揣着玻璃一样,都紧张得发麻了。从楼梯井望下去,我看见远远的下头透过门玻璃的暗淡的光线。可是那个女孩子出了什么事?难道是她叫那个人跟踪我的吗?她在那儿干什么?我跳了下去,没有人查问,我在门厅里站住,深深地吸着气,留神等着听他在上头开门的声音,同时整一整衣服。接着,我模仿在电影里看到过的角色,装出若无其事的样子走到街上。上头没有一点声音,甚至连那有敌意的狗叫声也听不见了。

这条街区很长,我下来通过的房子,不朝东西向的街道,而是朝南北向的马路。一队骑警在拐角处策马奔驰而过,马蹄铁落在雪地上发出沉闷的声音,马鞍上坐的人挺得高高的,呼喊着。我加快速度走开,但注意着不要奔跑。情形是可怕的。我究竟说了些什么而引起了这一切呢?事情会怎样了结?可能会有人为此丧命。警察会用手枪柄打人的头部。我站在拐角上等候那个追赶的人,等候侦探,等候公共汽车。那长长的、积雪的一段街道上阒无一人,那些受惊的鸽子仍然在头顶上盘旋。我仔细看了看那一排屋顶,料想会看见他往下面张望。喊声越来越高,接着又一辆绿白两色的巡逻车在拐角上呜呜地鸣着汽笛,从我面前飞驰而过,朝那个街区开去。我抄近路穿过一个街区,那儿差不多有一打殡仪馆,每个都装着霓虹灯广告牌,这些殡仪馆都开在古老的用褐色砂石建造的房子里。精心装饰的出殡汽车沿街排列着,其中一辆的车身是阴郁的黑色,车窗像哥特式的拱门,透过窗子我看见送葬的花束堆放在一口棺材上。我加快了脚步。

我仍然能够想象得出在那段短短的楼梯下面的那个女孩子的脸。但是那个刚才在屋顶上追赶我的又是什么人呢?谁在追赶我呢?为什么他一直一声不响?为什么只有他一个人?对啦,为什么他们不派一辆巡逻车来把我逮住?我匆匆走过殡仪馆这个街区,来到灿烂的阳光底下,街道上的雪已经融化光了,这时我放慢了脚步,从容不迫地走着,想给人家一个完全是不慌不忙的印象。我极想使自己显得愚蠢,看上去毫无思维和表达能力,试着在人行道上拖着脚步走,我偷偷往背后看了一眼,心里感到这样做没意思就又扭回了头。一辆小汽车在我前面停下,一个拿着内科医生的手提皮包的男人从车里跳了出来。

"快,医师,"一个男人在门廊里叫道,"她已经在分娩了!"

"好,"医生说,"我们一直在等着这个,是不是?"

"是,可是没有在我们预计的时间开始。"

我看着他们消失在门厅里边。在这个时候出生真是糟透了,我想。在拐角上,我和几个人一道等候绿灯。我差不多以为自己已经成功地逃脱了,就在这个时候,我的身旁响起一个轻轻的、深沉的声音:"那种说服方法真是巧妙极了,兄弟。"

我突然紧张得像一根绷紧的弹簧那样,几乎是带着冷漠的神情回过头来。一个个子矮小、看上去一点都不显眼、眉毛浓浓的男人站在我的身边,他的脸上露出安详的笑容,看起来根本不像一个警察。

"你这是什么意思?"我问道,声音是懒洋洋的、冷淡的。

"不要怕,"他说,"我是一个朋友。"

"我没有什么好害怕的,而且你也不是我的朋友。"

"那么就说我是一个赞赏者吧。"他愉快地说。

"赞赏什么?"

"赞赏你的演说,"他说,"我当时在听。"

"什么演说?我根本没有发表过什么演说。"我说。

他会意地微笑着。"我看得出来你曾经受过良好的训练。来,让别人看到你在街上和我一起,对你来说不合适。让我们找个地方喝杯咖啡。"

我想拒绝，但是好奇心却阻止我这样做，而在这一切底下的很可能是得意的感觉。还有，如果我拒绝去，会被认为是承认有罪。而且他看上去也不像警察或者密探。我在他身边一言不发地走向靠近街区尽头的一间自助食堂，在我们进去之前，我注意到他透过窗户朝里边仔细看了看。

"你去占位置，兄弟。就是那边靠墙的桌子，我们可以在那儿安静地谈一谈。我去端咖啡。"

我目送他跨着富有弹性的、摇摆的步子走向柜台，然后我找了一张桌子坐下来看着他。自助食堂里比较暖和。这是将近黄昏的时候，只有少数几个顾客零零散散地坐在桌子旁。我注视着那个人随便地走向食品柜台点了东西。他往灯光明亮的糕点架子上张望的动作，就像一只充满生气的小动物，比方说一只小狗，一心只想找出预定给它的那份糕饼时的那种动作。这样说来，他听过我的演说了；好吧，我倒要听听他说些什么，我想着，看他迈着麻利的、摇摆的、富有弹性的、竞走似的步伐向我走过来。好像他曾经训练自己那样走路似的，不知怎么地，我觉得他在装模作样；觉得他身上有什么不那么真实的东西——这个念头立即被我打消了，因为那整个下午有许许多多东西是不真实的。他用不着四处找我，径直来到桌子跟前，仿佛他预料到我会选张特别的桌子，而不会选别的桌子——尽管许多桌子都空着。他平衡地端着两只杯子，每只杯子上面放着一盘蛋糕，然后灵巧地把杯子放下，一面坐在椅子上，一面把一份食品推给我。

"我想你也许会喜欢一块乳酪饼。"他说。

"乳酪饼？"我说，"我从来没有听说过。"

"这东西不错，要加糖吗？"

"你加吧。"我说。

"不，你先来，兄弟。"

我望了他一眼，然后舀了三调羹糖，再把糖瓶推到他面前。我又紧张起来了。

"多谢。"我抑制住想就那个"兄弟"的事情责骂他的一种冲动说。

他微笑着，用叉插进乳酪饼，把老大的一块送进嘴里。我觉得他的举止非常粗鲁，心里盘算着要出他的洋相，我有意识地叉起一小块乳酪饼，利索地放到嘴里去。

"你知道，"他喝下一大口咖啡说，"自从我参加以来——哦，长时间以来，我没有听到过这么雄辩的、打动听众的演说了。你那么快就把他们发动起来投入行动。我不明白你是怎么做到这一点的。要是**我们的**发言人中有几个能够听到这个演说，那该多好啊！只消几句话，你就使得他们投入了行动！换了别人，一定会说许多空话，在那儿浪费时间的。为了这最有教益的经验，我要感谢你！"

我默不作声地喝着咖啡。我不但信不过他，而且也不知道该怎么说才稳当。

"这儿的乳酪饼不错，"他抢在我回答之前说，"的确太好了。顺便问一句，你是在哪儿学会演说的？"

"什么地方也没有。"我说得太快了。

"那么，你是很有天才的。你是天生的演说家。这难以相信。"

"我只不过发怒了。"我说，决定承认到这个程度，以便看看他会说些什么。

"那么，你巧妙地把愤怒的情绪控制住了。演说很有说服力。那是什么缘故？"

"什么缘故？我想我当时感到难过——我不清楚。也许我只是想做一次演说。有一群人等着，所以我说了几句话。你也许不会相信，可是当时我真的不知道自己要说些什么……"

"真是。"他会意地微笑着说。

"你是什么意思?"我说。

"你尽量把话说得冷嘲热讽的,可是我识破了你的意图。我知道,我非常仔细地听着你要说的话。你深深地被打动了。你动了感情。"

"我想是这样,"我说,"也许看到他们使得我想起了一些事情。"

这时他向前斜过身子,热切地看着我,嘴边仍然挂着一丝微笑。

"这使你想起你的熟人了吗?"

"我想是这样。"我说。

"我理解。你那时是在观看一种死亡……"

我放下叉子。"没有人被杀,"我紧张地说,"你要干什么?"

"《一场在城市人行道上的死亡》——这是我在什么地方看过的一本侦探小说或者别的什么书的书名……"他笑着说,"我的意思仅仅是用——比——喻来说。他们活着,但是已经死了。虽生犹死……这是矛盾的统一。"

"哦。"我说。这是一种什么样的模棱两可的话呢?

"老的那些人,你知道,他们属于农民那一类的。他们被工业环境碾得粉碎,被扔到垃圾堆上,被抛弃了。你很好地指出了这一点。'干了八十七年,到头来两手空空,一无所有。'你这样说。你说得完全正确。"

"看到他们那个样子,我感到非常不愉快。"我说。

"是的,那当然。你做了一次打动听众的演说。但是你不必把情感浪费在个别人身上,他们可不值得考虑。"

"**谁**不值得考虑?"我说。

"那些老年人,"他冷酷无情地说,"是的,这是令人悲痛的。但是他们已经死了,不再存在了。历史已经从他们身边消逝。这是不幸的,但是对于他们已经没有什么办法了。他们好比枯死的树枝,必须修剪掉,这样这棵树才会结出幼小的果实,否则历史的风暴横竖也会把他们刮倒。还是让风暴袭击他们好……"

"可是你瞧……"

"不,让我说下去。这些人上了年纪。人老了,各种各样的人都老了。这些人很老了。宗教信仰就是他们所剩下的一切。他们能想到的也就是这个。所以他们是会被抛弃的。他们好像死了一般,你看,因为他们没有能力来应付历史形势的需要。"

"但是我**喜欢**他们,"我说,"我喜欢他们,他们使我回想起我在南方的一些熟人。经过了很长时间,我才感觉到这一点,可是他们恰恰是像我这样的人,只不过我上过几年学而已。"

他摇了摇他那滚圆的、长着红头发的脑袋。"嗬,不,兄弟;你弄错了,你感情用事了。你并不像他们。也许你过去像他们,可是现在一点也不像了。否则你绝不会做那个演说的。可能你以前是那样的,但是那一切都过去了,死亡了。现在你可能不会承认这个,但是你的那一部分已经死亡了!你还没有完全摆脱那个自我,那个过时的农民的自我,但是它死了,你会把它彻底抛弃的,而且新的东西就会出现。**历史**已经生长在你的脑子里了。"

"哎唷,"我说,"我不明白你在说些什么。我从来没有在农场里住过,我也没研究过农业,但是我的确知道我为什么发表那通演说。"

"那么是为了什么呢?"

"因为看到那两个老人被赶到街上,我感到十分难过,这就是我讲那些话的原因。你把它叫作什么,我不在意。当时我发怒了。"

他耸了耸肩膀。"我们不要争论这个了,"他说,"我有一个想法,那就是你可以再做一次演说。说不定你会有兴趣为我们工作的。"

"为谁?"我问,一下子激动起来了。他想干什么呢?

"和我们的组织在一起。我们需要为这个区域找一个合适的发言人。一个能够清楚、有力地表达人民的苦情的人。"他说。

"但是没有人关心他们的苦情，"我说，"即使把他们的苦情清楚有力地表达出来了，可是又有谁会听，又有谁会关心呢？"

"有这样的人，"他露出会意的微笑说，"有这样的人，当抗议的呼声传播开来的时候，有人会听见，有人会采取行动的。"

在他说话的方式中有某种神秘的、自命不凡的东西，仿佛他把每件事情都想到了——无论他谈什么都是一样。我心里想，瞧一瞧这个极端自信的白人吧。他甚至不知道我心里害怕，而他却说得那么大胆。我站起来说："对不起，我有一个职业，而且除了我自己的以外，我对任何人的苦情都不感兴趣……"

"但是你关心那一对老夫妻，"他眯起眼睛说，"他们是你的亲戚吗？"

"当然啰，我们都是黑人。"我说，开始发笑了。

他微笑着，热切的眼光盯着我的脸。

"说真的，他们是你的亲戚吗？"

"真的，我们在同样的困境里受到煎熬。"我说。

这句话产生了惊人的效果。"为什么你们这些人总是从种族角度来考虑问题！"他眼睛闪闪发光，语气急促起来了。

"你知道什么别的说法吗？"我困惑不解地说，"你以为如果他们是白人，我也会在那儿吗？"

他举起双手笑了起来。"我们现在不去争论那个问题，"他说，"你十分有效地帮助了他们。我不能相信你是像你自称的那么一个利己主义者。你看来好像是一个知道自己对人民所负的责任，并且令人满意地履行这个责任的人。无论你自己对这个是怎么想的，你会是一个为你的人民说话的代言人，而且你有义务为他们的利益工作。"

我觉得他这个人真有点捉摸不透。"喂，我的朋友，谢谢你的咖啡和糕点。我对那些老年人并没有比对你的职业有更多的兴趣。我当时想发表演说。我喜欢讲话。那之后发生的事对我来说是不可思议的。你找错了人。你本来就该拦住那些带头对警察大叫大嚷的人中的一个……"说着，我站了起来。

"等一下，"他一边说，一边拿出一只信封，在上面写了点什么，"你也许会改变主意的。至于另外的那些人，我已经认识了。"

我看着在他那伸出的手中的白纸。

"你不信任我是谨慎的做法，"他说，"你不知道我是谁，你信不过我。这是人之常情。可是我仍然抱着希望，因为总有一天你会主动来找我，那情形就不同了，那个时候你已经有了思想准备了。只要拨这个电话号码，找杰克兄弟就是了。你用不着把名字告诉我，只要提一提我们的谈话就行了。万一你今天晚上作出了决定，那就在八点钟光景给我打个电话。"

"行，"我接过纸头说，"我拿不准我会不会需要它，但是谁知道呢？"

"好，你考虑考虑吧，兄弟。时势是艰难的，你看起来很愤慨。"

"我当时只不过是想演说罢了。"我重复了一遍。

"可是你那时是愤怒的。有时候个人发泄的愤怒和通过有组织的活动所表达的愤怒之间的区别，是犯罪行为和政治行动之间的区别。"他说。

我笑着回答道："那又怎么样呢？我既不是罪犯，也不是政治家，兄弟。所以你挑错人了。但是还是要多谢你的咖啡和乳酪饼——兄弟。"

我离开了，而他却坐着，脸上挂着一丝平静的笑容。我穿过大街，透过玻璃窗看去，只见他仍然在那儿，这时我想起他就是那个跟在我后面越过屋顶的人。他根本没有追赶我，只不过是朝同一个方向走而已。我对他所说的话并没懂多少，只是觉得他怀着极大的信心说话。不管怎样，我比他跑得快。也许这是一种什么诡计。他给人一种印象,就是他懂得很多,说出了某种比他的表面字句显露出来的深刻得多的道理。也许这仅仅是指他和我是从同一条路脱身的这一事实。但是他有什么要害怕的呢?是我发表了演说,而不是他。公寓里的那个姑娘说过我不被发现的时间愈长,我的实际效用就愈大,这句话看来也没有多大意思。但是可能那就是他之所以奔跑的原因。他需要继续隐蔽自己,需要保持实际效用。对什么的效用?毫无疑问他在嘲笑我。我冲过屋顶的时候,看上去想必傻乎乎的,当那些白鸽子在我四周掠过的时候,我一定是一个黑脸的小丑怕鬼的那副模样。让他见鬼去吧!他用不着那么沾沾自喜,我懂得某些他不懂得的东西。让他去找别人吧。他仅仅是想利用我做什么事情。人人都想为了某种目的而利用你。他为什么竟然会要**我**当一个发言人呢?让他去发表自己的演说吧。我朝住处走去,一种感到满足的心情在增长着,因为我那么圆满地把他打发走了。

天色暗了下来,气温更低了。我从来没有碰到过这么冷的天气。我迎着风低头默默沉思,到底是什么东西使得我们离开气候温暖的家乡,到这么冷的地方来,永远不回去,要不是有什么东西值得指望,值得为它受冻,甚至连被驱逐出屋也在所不惜,那怎么可能呢?我感到悲伤。一个老妇人带着两只购物袋,弯着身子走过去,她的眼睛看着泥泞的人行道,这使我想起了被驱逐出屋的那对老伴。事情究竟怎样了结,他们此刻又在哪里?多么可怕的一种感情啊!他把这个叫作什么来着——一种在城市人行道上的死亡?这种事情多少时间发生一次?他对玛丽会发表什么意见呢?她离死亡还远着,也远远没有被纽约碾碎。浑蛋,她完全懂得怎么在这儿生活,比受过大学教育的我要好得多——教育!**布莱索式的教育**,就是这么说。正在被碾成粉末的是我,而不是玛丽。想到她使我感到好受一些。我不能想象玛丽会和那个老妇人一样在被驱逐出屋时那样无依无靠,而当我回到屋里的时候,我已经开始摆脱了沮丧的情绪。

第十四章

　　玛丽煮卷心菜的气味改变了我的主意。我站在过道里，四周尽是弥漫的烟雾，心里不由得想起，现实当前，这个工作我是不能拒不接受的。卷心菜往往使我沮丧地回忆起我孩提时代那些缺吃少穿的年头，因而，每当玛丽端菜到我面前时，我总是默默地忍受着，而且，这已经是本周的第三次了，我这才恍然大悟，玛丽准是钱不够用了。

　　而我呢，心想连拖欠了她多少钱都说不上来，就一个劲儿为自己拒绝了一份工作而感到庆幸。一阵厌恶的感觉在我心里迅速升起。我有什么脸去见她呢？我悄悄地走进房间，躺到床上便沉思起来。公寓里还有别的房客，他们全有工作，而且我知道，玛丽从亲戚那儿得到接济；再说，她平时总爱吃花色多样的饭菜，而这一回她却把卷心菜老吃个没完，这就不是偶然的了。我过去为什么没有留心一下呢？她一向和蔼可亲，从未催我还债。我往往在那儿躺着，听到她说："你别拿这么一点小麻烦来打扰我，小伙子，慢慢地你会找到工作的。"——每当这种时候，我总想为了付不出膳宿费而向她道歉赔不是。说不定又有一个房客搬走了，要不就是失业了。玛丽的问题究竟是什么；如同那红头发人说过的那样，有谁来"替她诉说苦衷呢"。几个月来，玛丽一直维持着我的生活，可我对她的困境却一无所知。我都快变成什么样的人了？我对她过于不当回事，甚至在我拒绝那份工作的时候连我身负的债务都没想到过。我又何尝考虑到，如果警察由于我发表了那次放肆的演说而走进她的家门把我逮捕，由此而给她引起的那种困窘的处境呢？想到这里，我忽然感到非去看看她不可，也许我从未真正地见过她。我的一举一动始终像个小孩似的,一点没有男子汉的气概。

我掏出一张揉皱的纸条,看了看上面的电话号码。他提起过一个组织。那叫什么名称呢?当时我没有询问,多么傻呀!我至少应该了解我拒绝考虑的是什么工作,虽然我并不信任那个红头发的人。我拒绝他难道除了由于愤愤不满之外还由于我胆小怕事?他为什么不干脆告诉我那组织的全部情况,而偏要唠唠叨叨地用他的学识来说服我呢?

这时,从附近的过道里传来了玛丽唱歌的声音,她的嗓音清晰而平静,虽然她唱的是一首忧伤的歌子。那歌名是《小河之歌》。歌声飘向我的耳边,荡漾在我的周围,我躺在床上倾听着,一阵平和以及对她感恩戴德的心情油然而生。歌声消逝了,我起床穿上了外衣。也许时间还不算太晚。我要找个电话,找他问问情况;好让他确确实实地告诉我他要我做些什么,这样我也可以作出明智的决定。

这一回,玛丽听到我的声响了。她从厨房里探出头来说道:"小伙子,你是什么时候回来的?我连声响都没听见。"

"我才回来了一会儿,"我说,"你正忙着,因此没有来打扰你。"

"那你又忙着上哪儿去呀?晚饭也不吃了吗?"

"要吃的,玛丽,"我说,"不过,我现在得出去一下,有点儿事我忘了办了。"

"什么!今晚上这么冷,你还有什么事要办呀?"她说道。

"唔,我说不上来,可能会给你捎回一个意想不到的消息。"

"没什么可叫我意想不到的,"她说,"那你赶快回来,吃点儿东西暖暖肚子。"

在寒冷的天气里一路走去寻找电话间的当儿,我意识到,我已许诺在先,答应给玛丽捎回个消息,让她吃上一惊,于是,我一边走一边感到乐融融、热乎乎的。这毕竟是个有奔头的工作,可望给自己练就一套对公众发表演说的本领;再说,如果工资还可以的话,那会比我现有的要多。我至少可以稍稍支付一下拖欠了玛丽的膳宿费了。而对她来说,也会领略几分心满意足的心情——她的预言被证明是正确的。

我好像被卷心菜的气味纠缠得脱不开身似的;找到有电话的那个小餐馆也在冒着雾气。

杰克兄弟接到我电话的时候,话音里丝毫没有惊奇的表示。

"我很想了解一下关于……"

"赶快到这儿来,我们马上就要动身了。"说罢便给了我莱诺克斯大街的地址,没等我说完要求就把电话挂上了。

从小餐馆走到外面寒冷的空气里,我心里一阵子烦恼,一方面由于他接电话时毫无惊奇的表示,另一方面也由于他说话的方式既简略又草率;不过,我还是迈动了脚步,不紧不慢地走去。路程不远,我刚走到莱诺克斯大街拐角的地方,一辆汽车开了过来,只见里面坐着几个人,杰克兄弟也在中间,脸上笑眯眯的。

"进来吧,"他说,"我们可以在路上谈。我们去参加一个晚会,你可能会喜欢的。"

"可我没换衣服,"我说,"明天再打电话给你吧……"

"换衣服?"他哈哈地笑了起来,"这样行啦,进来吧。"

我爬进汽车,坐在他和司机的身旁,同时注意到,在后座上有三个人。接着,车子便开走了。

谁也没有吭声。杰克兄弟似乎很快就陷入了沉思。其他几个人向着窗外的夜色中望去。我们好像只是在地铁的车厢里偶然碰到的乘客。我感到很不自在,不知车子往哪儿驶去,心里纳闷,但是拿定主意不吱一声。汽车在泥泞的融雪中疾驰。

我一面望着掠过的夜景,一面在心里思忖,他们都是些什么人物?可以肯定地说,看他们的模样,不像是前去参加一次社交色彩很浓的晚会。我已经饥肠辘辘,来不及按时回去吃晚饭了。那也好,也许这是值得的,不论对玛丽还是对我,都是值得的。我至少不用再去领受那卷心菜的味道了!

汽车停了片刻,等待交通灯变换信号;然后,绕着圈子飞速穿过一长段一长段覆盖着积雪的风景区,这地带给街灯和来往车辆摇曳不定的刺眼的一道道光柱照得通明:我们正飞速穿过中央公园,这里的一切都因为积雪而完全改观了。我们仿佛突然投身到了乡间的宁静环境之中,然而我知道,在这儿,就在这夜色笼罩下的附近什么地方,有个动物园,里面养着凶猛的动物。狮子和老虎躺在温暖的笼子里,熊在熟睡,形形色色的蛇紧紧地盘缠着身子,躲在隐蔽的地方。还有蓄水池,池水黑沉沉的。也在这儿,一切都被白雪和夜色,被茫茫的积雪和昏暗的暮霭所笼罩,一切都淹没在这黑白连片的世界之中,在一片灰蒙蒙的雾霭中显得阴沉沉、静悄悄的。这时,我的目光越过司机的头部,看见一排鳞次栉比的建筑物朦朦胧胧地出现在挡风玻璃的那一边。汽车缓慢地驶进交通繁忙的街道,接着又顺着斜坡飞驰而下。

我们来到了这个城市中一个陌生的地区,在一幢华丽的大楼前停了车。我随着同车的几个人跨出汽车,迎面看见一个防风遮篷伸展在人行道的上方,上面写着"冥神大楼"几个字。我们迅即向着透过毛玻璃灯罩闪着暗淡灯光的门厅走去,在经过穿着制服的守门人跟前时,我心里不由得生起一种奇特的熟悉感;随后,我们进入隔音电梯,以每分钟一英里的速度飞速开动,这时候我感到,这一切全是我以前经历过的场面。接着,电梯轻轻一顿,缓缓地停住了。一时间,我竟弄不清楚,我们是开到了上面,还是开到了下面。杰克兄弟引着我走入过道,来到一扇门前,铜质的门环呈大眼猫头鹰的形状。这当口,他犹豫了片刻,向前探着脑袋,仿佛在倾听什么;然后,他一手捂住猫头鹰门环,我还以为他想叩门呢,哪知响起的却是一阵子冷冰冰的清脆的门铃声。不一会儿,门打开了一部分,里面露出一个穿着时髦的女人,她那冷漠而俊美的脸上顿时堆起了笑容。

"进来吧,兄弟们。"她说道,一股浓郁的香气充溢在门廊里。

我试图站向一旁,让路给其他几个人,可是杰克兄弟却一手把我推向头里。这当儿,我注意到,在那女人的衣襟上别着一枚闪闪发光的菱形钻石胸针。

"劳驾。"我说道,但她站着一动不动,于是我冲着她扑鼻的温柔的香气神情紧张地挨了过去,一面瞧着她微笑,仿佛当时当地只有我跟她俩人似的。接着,我走了过去,内心不禁一阵惊悸,这种心理与其说是我同她劈面擦过所造成,倒不如说是我对此一切似曾经历过的熟悉感所引起。我说不准,这种经历是打哪儿来的,是看了情景相似的电影呢,还是阅读了什么书籍?抑或是遇见了屡屡出现但又隐藏得很深、难以回忆起来的梦境呢?这情况就好像是走进了一种场景,这种场景由于某种偏远环境的阻碍,我至今只能老远地站着观望。他们怎么会弄到这么豪华的地方?我心里不觉纳闷。

"把东西都放在书房里吧,"那女人说道,"我去照料一下喝的。"

我们走进一间屋子,四壁摆满了书籍,墙上缀着几件古老的乐器,包括一把爱尔兰竖琴、一支猎号、一支单簧管和一支黑管。乐器上都系着红蓝缎带,用来挂在墙上。还有一张皮面长沙发和几把扶手椅。

"把大衣扔到沙发上吧。"杰克兄弟说道。

我顺溜溜地脱下大衣,就便把屋子打量了一番。红木书架的一格放着一台收音机,度盘里亮着灯光,但听不到一点音响;宽阔的书桌上放着银质和水晶制的文具。一个同行者走了过来,停住脚步,两眼直盯盯地瞧着书架,室内华丽的陈设与同行者们寒碜的衣着所形成的对照不禁使我心里一怔。

"现在我们到另一间屋子里去吧。"杰克兄弟说着便挽起我的手臂。

我们走进一间大屋子,只见整整一面墙上挂着富有意大利特色的红帷幕,从天花板径直下垂到地面,皱褶层层,富丽堂皇。不少穿着讲究的男男女女一群群地聚拢在一起。有的傍着三角钢琴,有的懒洋洋地躺在金黄色木椅的暗色斜纹布的坐垫上。人群中可见几个年轻美貌的女子,我瞥了她们一眼便小心翼翼地收敛起目光。虽说在短短一瞥之后,谁也没有对我多加注意,可我还是感到老大不自在。他们好像本来就没有看见我,仿佛我又在场、又不在场似的。这时,同来的几个人陆续走开到各个人群中凑热闹去了,杰克兄弟又挽起我的手臂。

"来吧,我们去喝一杯。"说着他便引我向着屋子的尽头走去。

刚才给我们开门的那个女人正在堂堂皇皇的自由式餐柜后面调制饮料,那餐柜宽大得足以给一个夜总会锦上添花。

"给我们俩喝一杯,怎么样,埃玛?"杰克兄弟说道。

"唔,我得考虑考虑再说。"她一面说,一面侧转着绷得紧紧的头部,微微含笑。

"别考虑啦,干吧,"杰克兄弟说,"我们渴得要命呢。这位年轻人今天把历史一下子向前推进了二十年。"

"喔唷,"她目不转睛地说道,"你一定得把他好好给我讲讲。"

"只要看看今天的日报就知道啦,埃玛。事情已经开始有了进展。是呀,向前跃进了。"他深深地笑了。

"你想喝什么,兄弟?"她说道,目光慢吞吞地从我脸上扫过。

由于我想起了南方生产的一种优质美酒,便过于响亮地说道:"波旁威士忌。"我感到面颊热乎乎的,但还是壮着胆子,用同样的目光沉着地回视了她。她瞧起人来倒不是那种冷酷无情、把人不当作人看待的瞪眼,这在南方是司空见惯了的——人们见了黑人犹如见了畜生、虫豸一般,瞪着两眼,目光从他们身上一扫而过;她的目光要有人情得多,似乎穿透了我的皮肤,那是一种直截了当地打量人的目光,好像在说,我们这儿哪来这么一个不速之客……我腿上的一处肌肉剧烈地抽搐起来。

"埃玛,波旁威士忌!两杯波旁威士忌。"杰克兄弟说道。

"你知道,"她说着便拿起玻璃酒瓶,"我很感兴趣。"

"那很自然。事情总是这样,"他说,"人家对你感兴趣,你也对人家感兴趣。可你瞧,我们快渴死了。"

"就是没耐心,"她说罢便往杯里斟酒,"我说的是**你**。告诉我,你是打哪儿找到这位年轻的人民英雄的?"

"我没有去找,"杰克兄弟说道,"他不过是从一群群众中出现的。要知道,人民往往推举出他们的领导人……"

"**推举**出他们的领导人,"她说,"胡说,是人们把他们嚼烂了再吐出来的。他们的领袖是创造出来的,不是天生的。然后,他们就给毁了。你不是老那么说的吗?请喝吧,兄弟。"

他镇静地瞅着她。我端起沉重的晶亮的玻璃杯往嘴边送去,借以避开她的目光,心里为此感到高兴。一缕卷烟的烟雾飘过屋子。我听到身后的钢琴弹出一组节奏急速、音调铿锵而圆润的旋律,转身一看,只听见埃玛那女人不十分轻柔地说:"不过,难道你不认为他的肤色还应该再黑一些吗?"

"嘘——嘘,别那么傻,"杰克兄弟厉声说道,"我们感兴趣的不是他的相貌,而是他的声音。埃玛,我认为,**你的**兴趣也该放在这里……"

突然间,我闷热得透不过气来,幸好看见屋子对面有个窗户,于是走了过去,站着向外望去。我们高高在上;底下的街灯和来往的车灯相互交辉,在夜色中分割成一块块图案。这么说来,她嫌我的肤色还不够黑呢。那她指望的是什么呢,是黑脸小丑吗?她究竟是谁,是杰克兄弟的妻子呢,还是他的女友?也许,她想看到我汗水淋淋，如同黑炭、油墨、鞋油、石墨之类一样黑里透亮吧。那我算是什么呢，是人呢，还是什么自然资源？

窗户很高，下面车辆的声响几乎听不见……这是个很糟糕的开端，见鬼，我反正不是受雇于埃玛这女人的，我是受雇于杰克兄弟的，如果他仍然需要我的话。我倒巴不得让她看看我全身到底有多黑，我一面在心里想着，一面喝了一大口威士忌。酒调得很匀，喝起来冰凉。对待这种东西我将不得不小心谨慎。如果喝过了量，什么祸都会闯出来的。今后，同这些人打交道，也得小心谨慎，得永远小心谨慎。今后，同任何人打交道都得小心谨慎才是……

"景色宜人，是吗？"一个声音说道。我连忙转过身来，一看原来是个黝黑的高个儿。他接着说，"现在你愿意到图书室里去和我们待一会儿吗？"

杰克兄弟和一起乘车同来的人，还有我先前没见过的两个人，都在等着。

"进来吧，兄弟，"杰克说道，"'先工作后娱乐'，这一向是条适用的常规，不管你是谁，都是这样。总有一天，这条常规会变成'工作之中**包含有**乐趣'，因为劳动与其中的欢乐势将重新统一起来。坐下吧。"

我在他对面的椅子上坐下，心里感到费解，他这一席话究竟是什么意思。

"你知道，兄弟，"他说，"平时，我们的公事不会妨碍社交集会，不过，有你在这儿，这样做是必要的。"

"真对不起，"我说，"我本该早一点打电话给你的。"

"对不起？瞧你说的，我们是非常乐意这样做的。我们已经等了你好几个月了。也可以说是一直在等待能胜任你已经做过的那种工作的人。"

"可是，那是什么……"我说。

"我们在做些什么吗？我们的使命是什么吗？那很简单：我们在为全体人民的美好未来工作。就是那么简单。许多许多人已经被剥夺了应得的权利，而我们聚集在一起，组成了兄弟会，以便对这种状况做些工作。你认为怎么样？"

"噢，我认为很好，"我一面说，一面试图领会他说话的全部含义，"我认为好极了。可是，怎么干呢？"

"就像你今天上午做过的那样，鼓动他们行动起来……兄弟们，当时我在那儿，"他对其他人说，"他可是个了不起的人。几句话就激起一场有影响的反驱逐示威了！"

"我也在场，"另一个说道，"真叫人感到惊奇。"

"给我们说一说你的经历吧。"杰克兄弟说道，他的话音和态度要求做出如实的回答。我于是简略地解释：我是上这儿来找工作的，攒些钱来支付读大学的费用，但是没有找到。

"你还打算回去吗？"

"现在不打算回去，"我说，"这事我算是全了结啦。"

"这样也好，"杰克兄弟说道，"你在南方学不到什么东西。不过话得说回来，大学教育并不是坏事——虽然你今后得把学过的东西忘掉大半。你学过经济学吗？"

"学过一些。"

"社会学呢？"

"学过。"

"唔，我劝你把它忘了吧。我们会给你书看，还有一些详细阐明我们纲领的资料。不过，我们步子迈得太大了点。也许，你对为兄弟会工作并不感兴趣吧。"

"可是你还没告诉我该做些什么工作呢。"我说。

他两眼凝视着我，一面慢吞吞地举杯长长地吸了一口。

"我们这样说吧，"他说，"成为新的布克·T.华盛顿，你觉得怎么样?"

"什么!"我直盯着他温和可亲的两眼,等着他失声大笑起来,他那红头发的脑袋微微侧向一边,"请谈正经的吧。"我说道。

"哦,当然,我是在说正经的。"

"那我就不明白你的意思了。"难道**我**喝醉了吗?我望着他,他**看来**是清醒的。

"你觉得这个意见怎么样?或者说得明白些,你觉得布克·T.华盛顿这个人怎么样?"

"哦,当然,我认为他是个了不起的人物。至少多数人是这么说的。"

"还有呢?"

"嗯。"我不知怎么说才好。他又急不可待地问开了。这种想法是完全不切实际的,可是,其余的人却都静静地瞧着我,其中一个人正在往一只底大口小的烟斗里点火。火柴嚓的一声,划亮了。

"是什么呢?"杰克兄弟坚持问道。

"这个,我想我觉得他没有奠基人那么伟大。"

"哦?那为什么呢?"

"喏,首先,奠基人是他的前辈,实际上,他已做过布克·T.华盛顿所做的一切,而且做得远比他多,所以信任他的人就更多。关于布克·T.华盛顿的议论,人们听得很多,但对奠基人有争议的人却极少……"

"是这样,不过,那也许是因为奠基人已置身于历史之外,而华盛顿仍然是一个活生生的力量。然而,**新的**华盛顿一定得为穷人工作……"

我往盛着波旁威士忌的晶亮亮的玻璃杯里窥视。事情难以置信,但又令人无比兴奋,我感觉到自己正置身于开创什么大业的环境里,仿佛一道帷幕已经掀开,使我有机会看上一眼这个国家究竟是怎样运转的。然而,这些人中间却没有一个是负有名望的,至少我从未见过他们在报纸上露过面。

"在这一动荡不定的时代里,当所有旧时的答案都被证明是谬误的时候,人民就求助于已经死去的人们,指望从他们那儿得到启示,"杰克兄弟继续说道,"他们请教了一个,然后又请教另一个,因为那些人在过去都干过一番大事业。"

"如果你愿意,兄弟,"拿烟斗的那个人插嘴说道,"我觉得你应该说得具体一些。"

"请你别打断我的话。"杰克兄弟冷冰冰地说道。

"我只是想指出,我们有现存的科学术语,"那个人把烟斗一字一顿地强调说,"毕竟我们这儿的人都管自己叫作科学家。那就让我们像科学家那样说话吧。"

"到适当的时候,"杰克兄弟说道,"到适当的时候……要知道,兄弟,"他向我转过头说道,"问题在于这些死去的人也无能为力,要不然他们就不是死人了。问题就是这样!但是,在另一方面,如果认为那些死人是完全无能为力的,那就大错特错了。说他们无能为力,只是说他们无力圆满回答历史向活着的人们提出的种种新问题。可是,他们是尽力而为的!每当这些死者听到处在危机中的人们发出紧急呼救的时候,他们总是闻声而起的。就在当前,在这个民族主义团体众多的国家里,所有的老英雄都在被人招尸还魂——杰斐逊、杰克逊、普拉斯基①、加里波弟、布克·T.华盛顿、孙逸仙、丹尼·奥康尼尔②、亚伯拉罕·林肯以及无数其他的人都在应邀再次登上历史的舞台。我们是站在历史发展的终点站,处于世界危机最高峰的时刻。这一点怎么强调都不过分。如果情况不改变,那么,毁灭就在前面。而情况是**必然**会改变的。而且必然由人民来改

---

① 普拉斯基(1748—1779),美国独立战争中一位将军。
② 奥康尼尔(1775—1847),爱尔兰民族主义领袖。

变。因为人类的敌人正在掠夺这个世界！你明白吗，兄弟？"

"我有点明白了。"我说道，内心深受感动。

"所有这些话，还可以用别的措辞来说，用更加精确的方式来表达，不过眼前我们没时间谈那些。我们现在说话的措辞浅显易懂，就像你今天上午向群众说过的那样。"

"我知道。"我说，在他目光的凝视下感到很不自在。

"可见，这不是个你**想不想**成为布克·T. 华盛顿的问题，我的朋友。布克·T. 华盛顿今天在哈莱姆区的一次反驱逐集会上复活了。他从默默无闻的人群中走了出来，向人民发表了演说。因此你瞧，我不是跟你开玩笑，也不是玩弄词句。这种现象是有科学解释的——承蒙我们那博学多才的兄弟已经提醒过我的那样——到时候你会学会的，不过，不管你把它叫什么，世界危机的现实总是事实。我们在座的都是现实主义者，也是唯物主义者。这是个终究由谁来决定事态进程的问题。就是这个原因，我们才把你带进了这间屋子。今天上午，你响应了人民的呼吁，我们也希望你成为真正的人民的代言人。你必将成为新的布克·T. 华盛顿，而且甚至比他更伟大。"

一片寂静。我听得见潮湿的烟丝在烟斗里哔剥作响。

"也许，我们应该让这位兄弟自己谈谈他对这一切的看法。"抽烟斗的人说道。

"怎么样，兄弟？"杰克兄弟说道。

我直盯盯地望着他们脸上期待的神色。

"这一切对我来说全是新鲜的，我简直说不清楚自己到底是怎么想的，"我说道，"你们真的认为我是你们要找的合适人选吗？"

"这一点你不必担心，"杰克兄弟说道，"你能应付这个任务；对你来说，按照指示努力工作，这才是必要的。"

这时，他们都站起身来。我望着他们，一面竭力说服自己，这一切都是真实的。他们目不转睛地盯着我瞧，一如我当初被介绍参加大学生联谊会时伙伴们盯着我瞧一样。只不过这一回是现实的。现在我该答应他们了，要不然就说，我认为他们在发疯，然后就回到玛丽的公寓去。可是，我心里在想，我有什么可损失的呢？至少他们在这大事开端之际就把我，一个黑人，请了进来；再说，如果拒绝参加他们的行列，那我上哪儿去呢——到火车站当搬运工去吗？在这儿至少有个说话的机会嘛。

"我什么时候开始工作呢？"我说道。

"明天就开始，我们不能耽搁时间。顺便问一下，你现在住在哪儿？"

"我在哈莱姆区的一个妇女那儿租了一间房间。"我说道。

"是家庭主妇吗？"

"她是寡妇，出租房间。"我说。

"她受教育的情况怎么样？"

"只受过很少一点教育。"

"多少有些像给撵出住房的那对老夫妇吗？"

"有些像，不过比较起来，她更能照应自己。她很倔强。"我大声笑着说道。

"她问很多问题吗？你跟她相处得和睦吗？"

"她一向待我很好，"我说，"在我付不起房租之后，她还是让我住下去。"

他摇摇头。"不行。"

"怎么？"我说道。

"你最好搬走，"他说，"我们给你在较远的市南区找个地方，这样跟你联系起来方便些……"

"可是我没有钱，再说，她是完全信得过的。"

"钱我们会解决，"他摆了摆手说，"你必须此刻就理解，我们的工作多半是对抗性的。所以，我们的纪律要求我们不能跟任何人谈论内情，而且要避免任何可能在无意中泄漏情况的场合。因此，你得把你过去的一切撇在一边。你有亲属吗？"

"有。"

"你跟他们有联系吗？"

"当然有。我经常写信回去。"我说道，对他问话的方式渐渐感到讨厌。他的话音早已变得冷漠和盘问式的了。

"那你最好暂时不跟他们通信，"他说，"你无论如何会忙得不可开交的。这里。"他一手伸进背心口袋摸索着什么，接着，霍地站起身来。

"什么事？"有人问道。

"没什么，对不起。"说罢，蹒跚走到门口招手示意。不一会，我便看见那女人出现在门口。

"埃玛，我给你的那张纸条，交给这位新来的兄弟吧。"她跨进屋子关上门的当儿，他这么说。

"哦，是你呀。"她意味深长地微笑着说。

我瞧着她一手伸进塔夫绸主妇长裙的怀里，掏出一只白信封。

"这是你的新身份，"杰克兄弟说道，"拆开看看吧。"

我发现里面的一张纸片上写着一个名字。

"这是你的新名字，"杰克兄弟说道，"从这一刻起，你就开始以这个名字来考虑你的一切吧。把它记熟，以后就是在深更半夜来敲门叫你，你也要应声不误。凭这个名字，你很快就会闻名全国。别的名字你可不能应声，明白吗？"

"我争取做到。"我说道。

"别忘了安顿他的住所。"那高个儿说道。

"不会忘的，"杰克兄弟皱了皱眉头说，"埃玛，请拿些款子来。"

"多少，杰克？"她说。

他向我转过身。"你欠了很多房租吗?"

"可多着呢。"我说。

"给足三百,埃玛。"他说道。

他见我听到这笔数目不禁露出了惊讶的神色,便说道:"没关系。这笔钱你可以付清债务,再给自己买些衣服。明天早晨打电话给我,那时我一定会选好你的住所的。在开始阶段,你的工资是每周六十美元。"

每周六十美元!我没有什么可说的了。这当儿,那女人已穿过屋子,走向书桌,拿了钱又走回来搁在我手里。

"你最好放得稳妥些。"她豪爽地说。

"好吧,兄弟们,我看就这样吧,"他说,"埃玛,喝一杯,怎么样?"

"当然,当然。"说着,她走向橱柜,拿出一只酒瓶和一套玻璃杯,接着往每个杯子里斟上小半杯子清澈的液体。

"请喝吧,兄弟们。"她说道。

杰克兄弟端起一杯,举向鼻边,深深吸了口气。"为兄弟会……为历史,为变革而干杯。"他说着同我碰了碰杯。

"为历史而干杯。"我们齐声说。

酒火辣辣的,不由得使我低下了头,借以掩饰眼里迸出的泪水。

"哎呀!"有个人心满意足地说道。

"快来吧,"埃玛说,"我们跟大伙儿一起热闹一下吧。"

"现在去娱乐一下,"杰克兄弟说,"可要记住你的新身份呵。"

我想思考一下,但他们不给我时间,一个劲地把我推进了大屋子,并当即用我的新名字将我向大家做了介绍。人人面露笑容,好像都渴望同我见见面,仿佛他们全知道我行将担任的角色似的。大家一个个热情地同我紧紧握手。

"兄弟,你对于妇女权利的现状有什么看法?"一个相貌平常、头戴一顶宽大的黑丝绒圆顶便帽的妇女问道。可是,我还没有开口回答,杰克兄弟就已把我向前推到了一群男人中间,其中有个人似乎对驱逐事件洞悉一切。近旁有一群人围着钢琴在唱着民歌,嗓音洪亮,但并不优美。我们从一群人走向另一群人。杰克兄弟很有权威,大家总是对他彬彬有礼。我心里思忖,他准是个很有能耐的人,绝不是大老粗。让布克·T. 华盛顿的那一套见鬼去吧。工作我会做,但是,我还是我,不是别的什么人——不管我是何等样人,我决心以奠基人为榜样去处世立业。他们可能以为我在跟着布克·T. 华盛顿亦步亦趋呢;那就随他们的便。反正我自己的想法一定秘而不宣。再则,记得我发表演说的那一回,心里实在着了慌,这个事实我非得掩盖一下不可。忽然间,我心里感到乐滋滋的,差点儿失声大笑起来。今后,我得迎头赶上,学会历史科学这个行当。

这时,我们不觉来到了钢琴的近旁,站住了脚步。一个热情认真的年轻人向我询问有关哈莱姆居民区各个领导人的情况。其实,我只知道他们的姓名,但装作全认识他们。

"很好,"他说,"很好,在未来的这段时间里,我们得和所有这些人共事合作。"

"是的,你说得很对。"我说道,一面转动着手里的玻璃杯,杯子叮当作响。一个宽肩膀的矮个儿一见到我便向其他人挥了挥手,示意他们停止弹唱。"喂,兄弟,"他嚷道,"别弹唱了,伙计们,停一停!"

"哦,呃……兄弟。"我说。

"你正是我们所需要的人。我们一直在找你呀。"

"唔。"我说。

"唱个圣歌怎么样,兄弟?要不就来个地地道道、顶呱呱的黑人号子歌吧?像这样:啊,上亚特兰大去吧——以前从没有到过那里,"他唱着,一手握着玻璃杯,一手夹着雪茄,那两只胳膊活像企鹅的翅膀似的从身躯的两侧伸展开来,"白人睡着羽绒床,黑人睡在地板上……哈,哈!怎么样,兄弟?"

"这位兄弟**不唱歌**!"杰克兄弟不连贯地吼道。

"无稽之谈,黑人**全会**唱歌。"

"这是不自觉的种族沙文主义的一个不可容忍的例证!"杰克说道。

"胡扯,我就是**爱听**他们唱歌。"宽肩膀的人固执地坚持道。

"这个兄弟**不唱**!"杰克兄弟嚷道,脸变成了紫青色。

宽肩膀人固执地瞅着他。"你干吗不让**他**自己说一说他会不会唱歌呢……来吧,兄弟,使劲唱吧!《下山啦,摩西》,"他扯起他那沙哑的男中音嗓门,高声地唱了起来,一面放下雪茄,噼噼啪啪地打起响指,"一路来到埃及的土地上。告诉那年长的法老,让我的黑人乡亲歌唱吧!我维护这位黑人兄弟唱歌的权利!"他挑战般地大声说道。

杰克兄弟看来好像气得快说不出话了,他举起一只手示意叫人。只见两个汉子从屋子对面迅疾地走过来,粗暴地将那矮个儿带走了。当他们在门外消失的时候,杰克兄弟随后跟着,这时屋内鸦雀无声。

有一会儿,我站在那儿,两眼紧盯着那扇门,然后,转过身子,觉得玻璃杯在手里发热,脸孔仿佛要爆炸似的。为什么大家都在眼睁睁地瞧着我,好像我要对此负责似的?他们到底为什么都盯着我瞧个不停呢?我霍地大声嚷起来:"你们怎么啦?连个酒鬼都没见过……"这当儿,过厅里传来一阵宽肩膀人磕磕巴巴的醉话声,"圣路易斯少妇——手指上戴满了金刚钻戒指……"接着,门砰的一声关上,隔断了歌声,弄得一屋子人个个表情尴尬。突然间,我歇斯底里地放声大笑起来。

"他对准我脸上揍了一下,"我上气不接下气地说道,"他用一码长的猪肠子对准我脸上揍！"——人们弯腰屈背地狂笑着，整个屋子好像也随着接连爆发出来的阵阵笑声而上下晃动起来。

"他扔出一只猪肚。"我大声地说，但好像谁也听不懂我的话。我泪水盈眶，眼前一片模糊。"他跟佐治亚的松树一样高大，"我笑着说，一面转向身边的一群人，"他可真是酩酊大醉了……别弹唱了！"

"可不是，那还用说，"一个人紧张而激动地说道，"哈，哈……"

"喝得烂醉如泥了。"我笑着说。这时，我渐渐恢复了平静，同时发觉，人们沉默、紧张的气氛正在消退，一阵阵响遍屋子的轻快的欢笑声继之而起，又迅即变成一阵哄堂大笑，那一阵杂七杂八的音调，十分强烈，向四外散去。每个人都凑了进来。屋子着着实实地震动起来。

"你们可曾看见杰克兄弟的脸色。"一个人摇晃着脑袋嚷道。

"满脸杀气！"

"下山啦，摩西！"

"一点不假，是满脸杀气！"

屋子对面有个人呛得哽住了喉咙，大伙儿在给他捶背。手绢掏了出来，到处在擤鼻子，拭眼泪。一只玻璃杯啪的一声掉落在地，一把椅子翻倒了。我笑得够呛，死命在控制自己。等我平静下来时，只见他们神色困窘，感激地望着我。欢闹声渐息，然而他们好像一心装作没有什么不寻常的事发生过似的。他们微笑着。有几个人好像就要走过来捶我的背，握我的手。仿佛我给他们讲了他们早盼着要听的什么，又仿佛我帮了他们一次大忙，而我对此却一无所知。可不是嘛，只消瞧一瞧他们脸上的那副神气就得了。我的肚子正在痛，我想走开去，躲避开他们的目光。这时候，一个瘦小的女人走了过来，紧握住我的手。

"想不到会发生这种事，真对不起，"她操着北方口音慢吞吞地说，"真太对不起你了。不瞒你说，我们有些兄弟修养不高，但是他们的心地是善良的。你务必允许我代他向你道歉……"

"哦，他不过是喝醉了。"我一面说一面直视着她那新英格兰人的消瘦脸庞。

"不错，我知道，情况显然是这样。即使我爱听我们的黑人兄弟唱歌，我也从来不会请他们唱的。因为我明白，这样做是很不合时宜的。你到这儿来是同我们并肩战斗，不是供人娱乐。我想你明白我的意思，是吗，兄弟？"

我默默地朝她笑了笑。

"当然，你明白。现在我得走了，再见。"说着，伸出一只戴着白手套的小手随即离开了。

我感到迷惑不解。她究竟是什么意思？是不是她懂得我们讨厌人们把我们看作供人取乐的角色和天生的歌手呢？不过，在这一阵子相互大笑之余，有件事倒使我不安起来：难道说人们就不能以某种方式邀请我们唱歌吗？那矮个儿的动机是善是恶，是蓄意还是无心，这里姑且不论，那么，难道他连犯错误的权利都不能有吗？他毕竟是在唱了，或者想唱些什么。如果我请*他*唱个歌子，那会怎么样呢？我瞧着那小女人，她一身黑服，活像修女打扮，正在人群中绕道走去。她到底在这里干什么来着？她扮的是什么角色？好吧，不管她用意何在，她待人友好，我喜欢她。

正在这时，埃玛走过来挑战般地邀我跳舞，于是我随着钢琴的弹奏声引着她走向舞池，一面想起了那个老兵的预言，一面将她搂向怀里，仿佛我每天晚上都跟她那样的女人一起跳舞似的。我觉得，自己既已身兼新任，凡事就绝不能在人们面前显露出半点惊讶烦乱的神色——即便是面临着从未经历过的场面。要不然，人们准会把我看作是毫不可靠、不屑一顾的小人物了。我觉得，他们总是指望我去执行那些我毫无经验、也许只是在想象中才碰得上的任务。

不过，这也不足为奇，看来，白人一面费尽心机不让你知道某些事，一面又总是要求你了解这些事。眼下要紧的是要作好准备——如同我的祖父经历过的那样。当时，根据要求，他必须复述美国宪法的全文，作为衡量他是否适合参加选举的一次测验。结果，他通过了那次测验，这反倒弄得那些白人惊惶失措，摸不着头脑，尽管他们还是把他拒之于门外不让投票……无论如何，这些白人是不一样的。

我又跳了许多次舞，后来又喝了许多杯波旁威士忌，差不多早晨五点钟了，才算回到了玛丽的寓所。不知怎的，使我感到惊讶的是：房间里依然如故——只是床上的被单，玛丽给换了一条。好心肠的玛丽呀！我的神志清醒了，感到一阵伤心。我解衣上床的当儿，顺便看了看穿旧了的衣服，心里明白我非得丢弃它们不可。当然，是丢弃的时候了。甚至我那顶帽子也得处理掉；帽子本来是绿的，给阳光曝晒成了褐色，宛如一片绿叶几经冬雪而变黄一样。我需要买一顶新帽，以便同我的新名字相配。买一顶黑色的宽檐帽吧；也许还是窄凹边的霍姆堡帽……胡扯①吗？想到这里我不禁笑了起来。好吧，打包整装的事儿可以留待明天去做——我的行装很少，这也许是有利无弊的。轻装启程，既走得远，又走得快。不错，他们全是行动迅捷的人。玛丽和他们之间的差异该有多大！为了这些人我即将离开她了。有了这种职业本可以使我做些她指望我去做的事儿，却又偏偏要求我离她而去，情况为什么非如此不可呢？杰克兄弟会给我挑选怎样的房间？他为什么不放手让我自己去挑选？为了成为哈莱姆区的一名领导人，我就得住到别处，这似乎并不合理。然而，在我看来好像没有一件事情是合理的，我只得依赖他们的判断行事。看来在应付这一类的事情方面他们是很内行的。

---

① homburg（霍姆堡帽）与 humbug（胡扯）二词发音有相似之处。

不过，我能在多大程度上信赖他们，再说，他们跟那些校董在哪些方面不同？无论如何我已作出承诺；我要在与他们共同工作的过程中学习，想到这里，我记起了身边的那笔钱。钞票簇新硬挺，我试图想象当我把拖欠的膳宿费如数付给玛丽的时候，她该有多么惊讶，还以为我是在哄她呢。不过，钱永远也报答不了她对我的慷慨大方。她说什么也不会明白，在我找到工作以后，竟会这样急速地搬走。我今后果真取得了什么成就的话，我忘恩负义之心看来简直要到无可复加的地步了。那我还有什么脸去见她呢？她从来不向我索取任何报酬。或者说，她只是希望我有所作为，成为她所谓的"种族领袖"，除此以外，简直无所要求。寒气袭人，我直打哆嗦。要是告诉她我就要迁居了，那未免难以启齿。我不愿想到这件事，但话又得说回来，一个人不能总感情用事。一如杰克兄弟说过的那样，历史向我们每一个人都提出了严峻的要求。可是，这些要求是要人们去迎头满足的，如果他们想成为时代的主人而不是时代的牺牲品的话。这一点我相信了吗？也许我早已开始为此付出代价了。此外，我想不妨就在现在坦然承认，像玛丽这样的人，在许多事情方面使我生厌。举例说，他们很少知道他们的为人和你的为人有哪些不同；他们习惯于从"我们"这个角度来思考问题，而我呢，总是倾向于把一切问题归结于"我"这个角度——这就引起了一些摩擦，甚至同我家里人也这样。杰克兄弟和其他人也是用"我们"这个字眼谈问题的，不过，那是迥然不同的，是范围更大的"我们"。

嗯，我换上了新名字，也同时面临了一些新问题。我最好把过去的一切抛在脑后。至于玛丽，也许压根儿不去见她为上策，只是把钱装在信封内，搁在那厨房的桌子上，她是一定会看到的。这样做会好些，我睡意蒙眬地想着；这么一来，我就不用站在她面前，由于动了感情而吞吞吐吐，充其量也只能把话说得前言不搭后语，意思含混不清……再说一说冥神大楼里的人们。看来他们都能怎么想就怎么说，措辞激烈而清晰。这一点我也得要学习……我在被窝里舒展开身子，只听得床垫里的弹簧在身底下嘎吱作响。房间里很冷。我静听着屋子里夜晚的声响。时钟急促地发出空荡荡的嘀嗒声，仿佛想赶上时间的步伐。街上一阵警车的嘶叫声呼啸而过。

第十五章

这时候,我似醒非醒,直挺挺地坐在床上,一面寻思那扰得我神经紧张、烦躁不宁的刺耳声来自何方,一面透过暗淡的灰白色晨光四下窥视。我将毯子掀向一旁,两手紧紧捂住耳朵。原来,有人在敲打暖气管。我无可奈何地直瞪着两眼,看着管子足有几分钟。我的耳朵一下下跳着疼。身子的两侧也跟着痒得煞是难熬,我于是拉开睡衣便搔;忽然间,疼痛的部位好像从两耳急速地转移到了身子的一侧,我看见在旧痂给手指抠掉的地方显露出一些灰白色的斑痕。再细细一看,只见抓痕处涌出几道纤细的血丝,同时引起一阵疼痛,这一回又是痛在同一时间同一部位。我待在玛丽家的最后一天,房间里偏又中断了暖气,想到这里,一阵苦闷在心底里倏地升起。

闹钟的响铃声淹没在满屋子的敲打声中,时针指着七点三十分,我随即起了床。我得抓紧时间,在给杰克兄弟打电话听取指示之前我得先上街购买东西,还得把钱拿给玛丽——他们为什么不停住这响声呢?在我伸手取鞋的时候,暖气管的爆震声就好像紧挨着我的头顶响着,不由得使我退缩了一下,心想,他们为什么不住手呢?而我又为什么感到如此烦躁呢?是喝了波旁威士忌吗?还是神经出了毛病?

忽然,我一步跨到房间对面,抢起皮鞋就用后跟在管子上狠命敲击。

"住手,你这个无知的傻瓜!"

我头痛欲裂,发狂似的将一片片银色的涂层从管子上敲落下来,上面袒露出黑黑的锈铁。这时候,他使用起一块金属来了,一阵阵的敲击震得那管子砰砰直响,声音时高时低,刺耳极了。

要是我知道是谁在这么干就好了,我边想边寻找着什么笨重的家伙好进行还击。我要是知道是谁就好了!

接着,在靠近门的地方,我发现一样我过去从未注意到的东西:一尊红嘴唇、宽嘴巴、黑漆漆的铁铸黑人像,他咧开着嘴满面堆笑,两只白眼从地面向上直瞪着我瞧,那唯一的一只大黑手,掌心向上搁在胸前。这是一种储币器,一件早年的美国古董:你如果把一枚硬币放在他的手里,再把杠杆往他背上一压,他便举起手臂,将硬币弹进嬉笑着的嘴巴。我愣了片刻,一阵憎恨在我心中激荡,于是猛冲过去将它一把抓住,猛然间,如同暖气管的爆击声使我怒不可遏那样,想起玛丽竟然能忍受这种东西,竟然如此不分好歹,居然让这么一个自我嘲弄的形象放在家里——真让我勃然大怒!

这东西一到我的手里,其表情看来与其说是在咧嘴嬉笑,倒不如说是在窒息挣扎。硬币一股脑儿灌到了它的喉咙口,憋得它透不过气来了。

这东西到底是怎么给弄到这儿来的,我一边心里纳闷,一面猛冲过去,抡起毛发卷曲的铁人头,朝着管子便是一击。"不许出声!"我尖声喝道,这一声吆喝反倒触怒了那隐藏的敲击者。骚扰声震耳欲聋。公寓里上上下下一串房客全都敲起来。我拿着鬈毛铁头使劲还击,只见银屑飞舞,风沙般的直往我脸上扑。暖气管随着接连不断的敲击一个劲地嗡嗡直响。窗户陆陆续续打开了,人们大声嚷嚷,咒娘骂街声沿着通风道传了上来。

我倒想了解一下这一切是谁挑起的?现在该由谁来承担责任?

"你干吗不像生活在二十世纪的负责任的人呢?"我大声嚷道,对准管子又是猛地一击,"抛开你那套穷酸相吧!讲点儿文明嘛!"

接着,只听得哗啦一声,顿觉铁人的头在我手里裂成碎片。那里面的硬币像一群蟋蟀飞落一地,满屋子里震响着,格格地撞击着地板，滚动着。我见状猛然住了手。

"听听他们这种声音！听听他们这种声音！"玛丽从过道里叫道，"响得连死人都会闹醒了！他们知道这暖气上不来，是因为守门人喝醉了，要不就是他丢下工作走开去找他的女人什么的啦。大家全知道，干吗不都顺着点儿理呢？"

这时候，她来到了我的房门跟前，那暖气管每受到一次敲击便跟着发出一次爆震，你一敲，它一震，响声连续不断。"孩子！这响声不也是打你房间里传出来的吗？"她叫道。

我不知所措地转来转去，一面瞧着破碎的铁头碎片和散落一地、币值不等的大小硬币。

"你听见我说话了吗，小伙子？"她叫喊道。

"你说什么？"我大声说道，一面扑倒在地发狂似的伸出手去收拢碎铁片，心想，万一她打开了门，我就无望了……

"我是说这闹声是不是打你那儿传出来的？"

"是啊，就是，玛丽，"我大声说道，"不过，我没什么……我已醒了。"

我看见门上的把手转动了一下便突然停住，一面又听得她说："这一连串的闹声听起来像是打你那儿传出来的。你穿上衣服了吗？"

"还没有呢，"我大声说道，"我正穿着呢。一会儿就穿好了。"

"快到外面厨房里来吧，"她说道，"那儿可暖和啦。炉子上烧着热水，先洗个脸……再喝点儿咖啡。天哪，听听这种闹声，怎么得了！"

我纹丝不动地站着，仿佛浑身都僵住了，就这样一直等到她从房门跟前走了开去。我不得不赶紧了。于是，我跪倒在地，一手捡起那储币器的一个碎片——红衬衣胸膛的一个部分，顺眼看了看刻铸在那上面的一行弯溜溜的白色字母：喂饱我，那字样倒像运动员衬衣上的队名。人像好似手榴弹般粉身碎骨了,那些锯齿状的彩色碎片散落到了硬币中间。我又看了看我的一只手;一点细小的血滴渗了出来。我抹去血滴,心想,我一定得把这些乱糟糟的东西藏起来才行!可不能把这件事和我就要迁居的消息同时让玛丽知道。想着便从椅子上拿起一张报纸,将它硬绷绷地折叠起来,又把硬币和砸碎的碎铁片扫成一堆。把它藏到哪儿去呢,我心里想着,同时瞧着那一片片鬈发铁头,又看看那露齿而笑的一片暗红色的嘴唇,心中十分厌恶。我万分苦闷地寻思,玛丽为什么要把这么一样东西留在手头不放?这究竟是为了什么?我往床底下张望。那儿一尘不染,不是隐藏东西的地方。玛丽可真是个好管家。还有,这些硬币打哪儿来的呢?真是活见鬼!也许是前一个房客留下的吧。不管这些东西是谁的,说什么也得把它们隐藏起来不可。房间里有个壁橱,可是东西藏在里面她准会发现。等我走了几天,她自然会来清理我的东西,一打开橱门,就看见了。这时候,暖气管的爆震声已经不只是对没暖气所表示的抗议声,而开始变成一支节奏不协调的伦巴舞旋律了:

砰!
砰砰
砰 砰!

砰!
砰砰
砰砰!

甚至连地板也在震动着。

"你这杂种,只消再过几分钟,我就不在这儿了!"我大声说道,"一点儿也不关心关心别人,说不定有些人想睡呢,你干吗不为他们着想着想?要是有人神经受不住可怎么办……"

可是,还有这包东西呢。只有在前往闹市区的路上才能处理掉,除此以外别无他法。我紧紧包好,顺手放进大衣口袋。多付给玛丽一些钱足以抵偿这些硬币的价值就是了。我愿能给多少就给多少,如果必要,与她平分秋色。那总可以补偿几成损失了,而玛丽也会感激的。想到这里我惴惴不安地意识到,我**只好**与她面对面地告别了。没有别的路子。我为什么不能干干脆脆告诉她说我即将离开,然后付了钱就告别而去呢?她是房东,我是房客——不,我们之间的交情不止于此,我心肠还没那么硬,手段也没那么高,就那么一句话干脆告诉她说我就要离开了。我可要对她说我找到了工作,姑且不说是什么工作,但该是告诉她的时候了。

我走进厨房时,她正坐在桌旁喝着咖啡,水壶在炉子上咝咝地响个不停,喷射出一股股蒸汽。

"嘿,你今儿早上起得迟了,"她说,"倒些壶里的热水去洗洗脸。你好像没睡醒,恐怕还是该用冷水洗的好。"

"这就行了。"我没精打采地说,一面感到水蒸气迎面冲来,转眼间就变得潮湿而冰凉。炉子上方的时钟走得比我的表慢。

我在盥洗室的脸盆里堵上活塞,倒进一些热水,又旋开水龙头兑了些冷水,我把暖洋洋的水久久敷在脸上,然后擦干脸便回到厨房。

"再把壶灌满,"我回转时她这么说,"你觉得怎么样?"

"还可以。"我说道。

她坐在桌旁,两肘撑着光滑的桌面,双手捧着杯子,一只饱经操劳的小手指灵巧地弯曲着。我走向水槽,旋开水龙头,顿感一阵子冷水哗哗地冲在我手上,一面在心里思考我该办的事情……

"够了,小伙子,"玛丽说道,话音把我惊了一下,"醒一醒吧!"

"我想我有点儿心不在焉,"我说道,"我的心思漂泊到别处去了。"

"好啦,把心思收回来喝点儿咖啡吧。我马上就喝完了,看看能给你弄些什么早饭。我想,过了一个晚上,你今儿早上总能吃了吧。昨天你没有回来吃晚饭。"

"难为你了,"我说道,"喝些咖啡就够了。"

"小伙子,东西你还是要吃。"她告诫我说,一面给我满满地倒了一杯咖啡。

我端起杯子就呷了一口,味道又浓又苦。她瞧瞧我,又瞧瞧糖罐,接着目光又落到我身上,但是没有吭声,随后便转动起手里的杯子,直视着里面的咖啡。

"看来我得买几个好一些的过滤器,"她若有所思地说道,"我先前买的这个尽把渣滓连同咖啡一起好好歹歹地全漏出来。可我不明白,就是用上最好的过滤器,杯底里也常常会见到一两点渣滓的。"

我吹着热气腾腾的咖啡,借以回避玛丽的目光。这时,暖气管的爆震声又变得忍无可忍了。我不得不离开了。我瞧着热咖啡,只见那透着金属光泽的表面在打着油腻腻的乳白色漩涡。

"我说,玛丽,"我突然挑起了话头说道,"我有件事要跟你说一说。"

"听我说,小伙子,"她粗着嗓子说道,"今儿早上我不要你为了房租的事来替我操心。我不着急,等你弄到了钱自然会付给我的。眼下别提了。这屋子里没有人会挨饿。你在排队等工作时碰上好运气了吗?"

"不——我是说不完全是这样,"我抓住机会结结巴巴地说,"不过,今天早上我有个约会,去了解了解是什么工作……"

她面露喜色。"哦,那可好啦。你迟早会找到工作的。这我知道。"

"可是,至于我欠的债。"我又重提话题。

"别把这老惦在心上。吃几个热饼怎么样？"她问道，一面站起身，走到碗橱跟前向里面张望，"这么冷的天吃上几个热饼到哪儿都暖和。"

"我没有时间了，"我说，"不过，我有些东西要给你……"

"什么东西？"她说道，声音沉闷了下去，一面探身往碗橱内张望着。

"喏。"说着我连忙伸手进口袋取钱。

"什么？我看看有没有什么糖浆……"

"可你瞧……"我急切地说，一面掏出一张百元大钞。

"准是放在上面一格了。"她仍然背着身子说道。

她从碗橱旁边拖过一把梯子，爬上梯子便两手抓住橱门向上面一格窥望。我见此情景不禁吁了一口气。我再没机会把话说完了……

"可是我想把东西给你呢。"我说。

"你干吗老缠着我不放，小伙子？你想给我**什么**呀？"她说道，一面转过头朝我张望。

我举起百元大钞，说道："这个。"

她伸着脖子掉过头，说道："小伙子，你手里拿的什么？"

"是钱。"

"钱？我的天哪，小伙子！"说着她一个大转身，差点儿失足摔了下来，"你从哪儿弄来这么多钱？你在赌彩票吗？"

"对啦。我中彩了。"我谢天谢地地说——心里却想着，如果她问起我中彩的号码我可怎么说呢？我一无所知，从来没有赌过这玩意儿。

"可你怎么没跟我说呢？我起码也会押上五分硬币呀。"

"我当时觉得这玩意儿不会有什么名堂。"我说道。

"哎哟，我可真没想到！我断定你这也是头一次吧。"

"是头一次。"

"你看，我就知道你有福气。我赌注押了好几年还没得中，可你才出马，头一回就中了彩，钱也到手了。我真为你高兴，孩子，说真的。不过，这一回我不要你的钱。等你找到了工作再给吧。"

"可我不是全都给你，"我急忙说，"只是给你一部分。"

"可这是**一百**美元的钞票呢。我要是拿着去换零钱，白人看了就要了解我这一辈子的历史了，"她鼻子哼了一声说道，"他们就要了解我是在哪儿出生的，在哪儿工作的，这最近六个月又是待在哪儿的，我就是告诉了他们，他们也不会相信，还以为这钱是我偷来的呢。你没有数目小点儿的吗？"

"这是最小的了。拿着吧，"我恳求道，"我留着的钱足够了。"

她机敏地瞧着我，说道："是这样吗？"

"这是实话。"我说。

"哎哟，真有这种事——让我从这上面走下来，省得跌下来摔断了脖子！孩子，"她说着从梯子上爬了下来，"我真太感谢你了。不过，你听我说，我自己只准备留一部分，其余的我给你存起来。往后你要是没钱花尽管到玛丽这儿来。"

"我想我这一回没问题了。"我说道，一面看着她仔仔细细地折起那张钞票，放进老挂在她椅背上的皮兜里。

"我可真高兴，这回我有钱还账了，他们老缠着我不放。这一回我可要走进去，拿些钱往桌上一拍，告诉他们这些人别再来打扰我了，这么一来对我可真有好处呢。孩子，我相信你已经转运了。你做梦也见到那号码吗？"

我朝她热切的脸上瞥了一眼。"是啊，不过那是杂乱无章的梦。"

"那号码是多少——天哪！这是什么呀！"她站起身，指着暖气管旁边的亚麻地毯大声叫道。

只见一小群蟑螂正从上面的天花板顺着暖气管成群结队地拼命

往下爬,随着那暖气管的不断震动,这些东西便一股脑儿给震抖开去,栽落在地。

"拿扫帚来!"玛丽大声嚷道,"在壁橱外面!"

我绕过椅子,抓起扫帚就跟她一起朝着爬开去的蟑螂又是用扫帚扑打,又是用脚碾踏,在这一阵子猛烈拍打的当儿,只听得这些东西连连发出哔哔剥剥、噼噼啪啪的声响。

"这些乌七八糟的臭东西,"玛丽大声说道,"抓住桌子底下那一个!爬到那边去了,别让它溜掉!讨厌的家伙!"

我挥动着扫帚,一面猛打,一面随手将稀巴烂的蟑螂扫成堆堆。玛丽兴奋地呼着气,拿了畚箕递给我。

"有些人就爱邋里邋遢过日子,"她厌恶地说,"只要暖气管稍微一震动,这种东西就爬出来了。你只要把东西稍微抖动抖动就行。"

我望着地毯上湿乎乎的斑斑渍渍,然后将畚箕和扫帚抖动了一下放回原处后便向着屋外走去。

"你不想吃早饭了吗?"她说,"等我把这些脏东西扫干净了就马上给你弄早饭。"

"我没有时间了,"我说道,一只手握着门上的球形把手,"我的约会很早,而且事先还得办几件事。"

"这么说你先别忙,赶紧吃点儿热东西再走。这么冷的天,空着肚子到处跑可不行呀。别以为你弄到了一些钱就想到外面去吃了!"

"不会的,我会保管好的。"她背过身子洗手时我这么说。

"好啦,祝你走运,孩子,"她大声道,"今儿早上你可真叫我喜出望外。**这话**我要是胡诌,就让什么大家伙咬我一口!"

她开心地笑了起来,我也就顺着过道走向自己的房间,关上房门。穿上大衣便从壁橱内取下那只公文包,这是当年那场夜晚格斗中获得的奖品,至今依然簇新如故。当我把砸碎的储币器和硬币装进里面,锁上盖口,提起来就沉甸甸的了。随后,我关上橱门就离开了。

这时候,暖气管的爆震声不再像先前那样使我烦躁不安了。我顺着过道走去,只听见玛丽在唱着什么歌儿,声调忧伤而平静;歌声伴随着我打开门步入外厅。这时,我想起了那张微微散发着香气的纸条,于是凑着外厅里昏暗的光线从皮夹里掏了出来,小心翼翼地将它展开。外厅里寒气袭人,我不禁打了个冷战。接着,寒意消失,我眯缝着眼睛,向着我的兄弟会的新名字目不转睛地看了好大一会儿工夫。

夜晚的积雪早被来往的车辆搅动成污糟糟的泥浆,天气也暖和些了。我随着行人沿着人行道往前走去,不时感到沉甸甸的公文包在我腿上磕碰着。我决定把这些硬币和碎铁片丢在前面最近的垃圾箱里。我无须留着这样的东西借以回忆我待在玛丽寓所内的最后一个早晨。

我径直向着一排旧住宅前面的一排坍塌的垃圾箱走去,一到跟前便将那纸包对着其中的一只漫不经心地扔了进去,接着又往前走去——不料听得身后一阵开门声,紧接着一个响亮的声音开了腔。

"哎呀,不行,你不能丢在里面,哦,不行,你不能丢在里面!马上走回来,把东西捡起来!"

我转过身,看见一个瘦小的女人,正站在台阶上连头带肩蒙着一件绿外衣,那两只袖口活像两只发育特别不全的手臂,软弱无力地垂挂下来。

"我是说你,"她大声道,"快回来,把你的破烂拣出来。**休想**再把你的破烂扔进我的垃圾箱!"

这女人身材矮小,脸色发黄,鼻梁上戴着一副拖着链条的夹鼻眼镜,头发挽起,打着发髻。

"我们这地方收拾得干干净净、体体面面的,用不着你们这些黑鬼从南方乡下上这儿来把什么都给糟蹋得乱七八糟的!"她怀着深仇大恨似的叫嚷着。

人们陆陆续续停步观看。一个守门人从邻街的一幢大楼里走了出来。站在人行道的中间,握着拳头猛击掌心,发出一阵空荡荡的噼啪声。我犹豫地停住了脚步,既狼狈又恼火。这女人发疯了吗?

"我说话是算数的!没错,说的是你!我就是在对你说!这就把你的破烂拣出来!罗莎莉,"她向着屋里的什么人喊叫道,"叫警察,罗莎莉!"

叫警察我可受不了,想着便走回到垃圾箱。"这有什么关系呢,小姐?"我朝着台阶大声道,"倒垃圾的人来了,垃圾总归是垃圾嘛。我只要不丢在街上就是了。我还没听说过某些垃圾要比另一些高明。"

"不懂礼的东西,别来这一套,"她说,"我讨厌透了你们这些南方黑人,尽到我们这儿来把什么东西都搞得乌七八糟!"

"好吧,"我说,"我就拣出来。"

垃圾堆满了半个垃圾箱,在我伸进手去摸索那纸包的当儿,一股股腐烂着的残羹剩饭的臭气直往我鼻孔里钻。我弄得满手脏臭,可真给害苦了,而那个沉重的纸包却一股脑儿陷进了箱底。我一边诅咒一边用另一只干净的手将袖口直往上拽,接着又是一阵子摸呀捞的,最后总算把它找了出来。随后,我掏出手绢,抹掉了手臂上的污垢就迈步离开,一面意识到那些停步观看的人们都咧着嘴朝我嬉笑。

"真活该。"小女人从台阶上大声叫道。

我转身向市区走去。"够了,你这个黄皮破烂货。瞧你还想不想叫警察。"我的声音越来越高,早已变成了尖叫声,"你要我做的,我已经做了;你敢再说一句,我就要做我想做的了——"

她瞪大了眼睛瞅着我。"我相信你会干得出来,"她一边说一边打开门,"我相信你会干得出来的。"

"我不光干得出来,而且还喜欢这么干呢。"我说道。

"我明白你根本不是有教养的人!"她叫道,随即砰的一声把门关上。

我在又一排垃圾箱的跟前撕下一截报纸,抹了抹手腕,又擦了擦两手,然后将余下的部分包在那纸包的外面。下回我可要把它丢到街上了。

往前走了两条横街,我的怒气才算消散,但心里感到异乎寻常的孤寂。甚至在十字街口站在我周围的过路人好像也都孤身无依,个个陷入沉思。正当交通灯变换信号的一瞬间,我手里一松,那纸包便掉落在被踩融的雪地里,接着我匆匆穿过街道,心想这一回总算干得干净利落。

我又走过了两条横街,忽然听见身后有人叫我:"喂,朋友!嗨,你瞧!你这位先生……等一会儿!"紧接着只听得一阵嘎吱嘎吱踩着雪地的急促的脚步声。不一会儿,那个人便来到我的身旁。他矮胖个头,衣着破旧,气喘吁吁地向我微笑,呼出的缕缕水汽在寒冷的空气中现出一片白色。

"你走得这么快,我以为叫不住你了呢,"他说道,"你从那边走过来的时候有没有丢了什么东西?"

天晓得,可真是碰上了患难之交,我边想边拿定主意一口否认。"丢了东西?"我说道,"呃,没有呀。"

"你肯定没丢吗?"他皱着眉头说道。

"肯定没丢。"说罢,只见他在查看我脸色的同时,满面狐疑,前额上堆起一道道皱纹,眼光里猛然闪现出一阵恐惧的神色。

"可我**看见**你丢的——嗨,朋友,"说着他迅捷地掉转头朝来路上看了一眼,"你想干什么来着?"

"干什么?你这是什么意思?"

"我是说你刚才不承认丢了什么东西。你这是在耍鬼把戏还是怎么的？"说着他一面后退一面急匆匆地朝他来的路上的行人瞥了一眼。

"喂，你到底在说些什么呀？"我说，"我可以肯定我没丢任何东西。"

"嘿，不见得吧！**我看见**的嘛。你到底在耍什么花样？"说罢，他就鬼头鬼脑地从衣袋里掏出那个纸包，"瞧这东西，摸上去又像是钱又像是枪什么的，我心里一清二楚，就是看见你丢下的。"

"噢，**这个**，"我说，"这不算什么……我还以为你……"

"'噢。'这就对啦，这回你想起来了吧，对不对？我想我是在帮你忙呢，可你反倒把我当傻瓜来捉弄了。你是什么诈钱骗子呢还是毒品贩子什么的？你想拿些个走私麻醉药来叫我上当吗？"

"**走私麻醉药**？"我说，"你根本不了解情况……"

"不了解情况，见鬼！把这混账东西拿去，"说着把纸包塞到我手里，仿佛这东西是即将引爆的炸弹，"我有家有室呢。我倒想帮帮你的忙的，可你呢，反倒想给我找麻烦——你是从侦探这号人那儿逃跑的吧？"

"慢着，"我说，"你真是异想天开，不知说到哪儿去了；这里面不就是垃圾嘛……"

"别想把这破烂交给我了，哄不了我的，"他喘着气说道，"我知道这到底算是什么样的垃圾。你这个纽约黑人，年纪轻轻的，肯定是警察跟踪的对象！我敢赌咒你就是这种人！我巴望他们把你这蠢货抓起来关进牢房！"

他飞快地走了开去，仿佛我得了天花似的，给吓跑了。我瞧着纸包，在他看来，这里面不是枪支就是偷来的赃物，我边想边望着他走去。我往前走了几步，正要冒冒失失地把纸包扔到街上，不料回头一看，只见他跟另一个人在一起朝着我在比比画画，显出一副愤愤不平的样子。我急忙走了开去。这傻瓜要是有机可乘，就会去叫警察了。我把纸包投进公文包，准备到了闹市区再作处理。

我乘上地铁，周围的人们都低着郁郁不欢的面孔在阅读日报。列车在行驶，我合上眼睛，尽力把对玛丽的思念排遣出去。随后，正当一个人把报纸往下一放走出折叠门的当儿，我恰巧转过头去看见一则新闻标题：《暴力抗议哈莱姆区驱赶房客》。我简直按捺不住一读为快的迫切心情，最后终于来到了四十二街，我在那里看到一份小报的头版上刊登着这条消息，于是便急切地读了起来。我虽则仅仅被称作是个不知名的"肇事者"，在当时的一片骚动声中溜之大吉，但是对我的这部分报道倒是准确无误。报道说，骚动持续了两小时，群众拒不离场。我于是怀着一种自尊自重的新奇心情跨进了一家服装商店。

我挑选了一套衣服，售价比我原来想买的昂贵。为了更适合我的身材，衣服ได做一些改动，这时，我又选购了一顶帽子、一条短裤、一双皮鞋，外加一双袜子和内衣，然后我便赶忙给杰克兄弟打了电话。他好像一个将军似的大声发出命令，根据这个命令我得到东北面去找到我住处的门牌，而且还得通读一下他们事先就给我留在那儿的兄弟会的文件，为的是让我准备在那天晚上举行的哈莱姆区集会上发言。

我的住址是一幢不知名的大楼，坐落在西班牙人和爱尔兰人杂居的地区。当我按铃叫守门人的当儿，街道的对面有许多男孩在抛掷雪球。前来应门的是个矮小的女人，她和颜悦色，面露笑容。

"早上好，兄弟，"她说道，"套房全给你准备好了。他说你大约这个时候来，我也正好刚从楼上下来。哎呀，瞧那雪积得多厚。"

我跟着她走上三层扶梯，一面心里在想，我究竟该拿这一整套房间做什么用？

"这就是。"说着，她从衣袋里掏出一串钥匙，打开过道前面部分的一扇门。我走了进去，房间虽小，却布置得舒舒服服，冬天的阳光照得满室亮亮堂堂。"这是起居室,"她得意地说,"这一头是卧室。"

房间比我实际需要的大得多,里面有一只衣柜、两把扶手椅、两只壁橱、一只书架和一张书桌,桌上堆放着杰克兄弟曾经提起过的文件。卫生间就在卧室的一角,此外,还有一间小厨房。

"我希望你喜欢这套房间,兄弟,"她离开时说道,"要是你需要什么,尽管按铃叫我。"

套间既干净又整洁,我当然喜欢——尤其喜欢那备有浴缸和淋浴装置的卫生间。一到里面我便迫不及待地放满了一浴缸水,把整个身子浸泡在里面。洗完澡,顿觉精神振奋,身心为之一爽,我随即走出卫生间就苦心研读起兄弟会的书籍和小册子来。这时,装着铁人碎片的公文包在桌上放着。我打算在晚些时候把那纸包处理掉,此时此刻我得思考今天晚上的集会。

第十六章

七点半钟杰克兄弟和另外几个人前来接我,我们乘一辆出租汽车向哈莱姆区飞驰而去。如同先前那样,谁也没有吭声。车厢里唯一的动静便是坐在角落里的那个人呼哧呼哧吸着烟斗的声响,那散发出朗姆酒香味的烟丝不时地一亮一灭,在黑暗中闪着圆盘似的红色光斑。汽车向前飞驰,我的心情也愈益紧张;车内好像暖和得近乎闷热。我们在一条小街上走出了汽车,在黑暗中顺着一条狭窄的胡同径直向一幢谷仓模样的巨大建筑物的后面走去。其他会员早已到达。

"啊,我们到了。"说着,杰克兄弟便带头穿过一扇黑洞洞的后门进入一间亮着灯光的化妆室,室内低垂的灯泡全无灯罩——这是一间小屋子,里面有几条木头长椅和一排钢制衣帽柜,柜门上潦潦草草地涂写着横七竖八的名字。屋子里散发出一股就像足球运动员的更衣室里的那种汗酸气夹杂着碘酒、血污和松节油的霉腥气,我顿觉往事历历起伏,一时都涌上了心头。

"我们先待在这儿,等会场里坐满了人,在他们等得急不可耐的时候我们再露面,"说罢,杰克兄弟朝我咧嘴一笑,"在这个时间内你考虑一下要说的话。你看过材料了吗?"

"看了一整天。"我说。

"很好。不过我建议你先仔细听一听我们其他人的发言。我们都在你前面讲,好让你为自己的发言得到一些启示。你排在最后一个。"

我一面点头一面望着他挽起同伙中其他俩人的手臂,退到屋子的一角。我孑然旁立,其余的人全在研究着发言稿,交谈着。我穿过屋子，来到一张钉在褪了色的墙壁上的照片跟前，照片已经破损，上面是一个前职业拳赛冠军正在出拳的画面。他是个颇有名气的拳击手，在拳击场上丧失了视力。我想，那次拳赛肯定就是在这个竞技场举行的。那已经是多年以前的事了。照片上的这个人肤色那么黝黑，面部又给打得模糊不清，你说他是哪一个国籍的人都可以。他身材高大，肌肉松弛，看来是个心地善良的人。我记得我的父亲曾经讲过这个拳击手的经历，说他是怎样在一次不正派的拳赛中被揍得双目失明，这件丑闻是怎样遭到压制而没能外扬，临了他又是怎样在盲人院里死去的。有谁料想得到我竟会走到这个地方来呢？人世上的一切混乱到了什么程度啊！我心里难受得不可名状，于是从照片跟前走了开去，没精打采地坐到一条长椅上。其余的人还是一个劲儿地交谈着，声音放得很低。我怀着一种愤愤不平的心情望着他们。我为什么一定要轮到最后一个发言呢？如果没等我走上讲台他们就把听众搞得腻烦了，那可如何是好呀！很可能没等我开口发言我就会给轰下台吧……不过，也许情况不至于这样，我一面思忖，一面努力排除心中的顾虑。也许我能够通过与他们截然不同的讲话方法作为对比来取得效果。说不定策略就在这里呢……无论怎么样，我一定得信赖他们。我是非这样不可的。

紧张的心情依然纠缠着我，使我感到老大不自在。我听见门外传来一阵隐隐约约的椅子碰擦地面的响声和嘁嘁喳喳的低语声。一些微不足道的忧虑在我心中升腾，比方说，我可能到时候忘了我的新名字呀；听众中间的什么人可能把我认出来呀，如此等等。我俯身向前，忽然意识到了我那穿着蓝色新裤的两条腿的存在。可是，你怎么知道这两条腿就是你的呢？你叫什么名字？我心里想道，跟自己开着伤心的玩笑。这种想法虽然荒诞无稽，倒是解除了我的紧张心理，其原因就在于我好像生平第一次瞧着自己的两条腿——两个独立自主的实体，它们会凭着自己的意志，把我引向安全的境地或者危险的边缘。我目不转睛地瞧着积满灰尘的地面发愣。然后，我仿佛在失去了知觉好长一阵子之后渐渐地苏醒过来，又仿佛我一身两地，同时站立在一个地道的两端。我好似从遥远的母校在观察自己，而同时却又坐在当年的竞技场的长椅上，身穿一套蓝色的新衣，独坐在屋子的一边。对面一群热烈认真的人们只顾压低了嗓门急躁地交谈着，而与此同时我却又听见从远处传来的一阵椅子的碰撞声、嘈杂的谈话声，其中夹着咳嗽声。我似乎从内心深处意识到所有这一切，然而我对所看到的这一切感到既模糊又纷乱，那是一种乱哄哄的尚未定型的特性，如同你青春时期在照片里看到你自己那样：傻里傻气的表情，没有性格特征的嬉笑，过大的耳朵，一粒粒的丘疹，"勇敢的肿块"，如此等等，不一而足，轮廓再清晰不过了。我领悟到，这是一个新的阶段，一个新的开端，我决意保持带着冷漠的眼光观望着的那一部分的我，并从此远离那大学的校园，医院的医疗器械，那天夜晚的格斗——如今这一切都已被远远地抛在后面了。这一部分的我观察起事物来虽然没精打采，但对所观察到的一切却尽收眼底，无一疏漏，这个我也许依然是那心怀恶意、善争好辩的那一部分；是爱唱反调、我祖父传下来的那一部分；是愤世嫉俗、怀疑一切的那部分——总之，这是一种叛逆的本性，它时时刻刻都会挑起内心的摩擦。我明白，不管这是什么部分，我将不得不把它压下去使它不能抬头才行。我不得不这样做。要知道，如果今天晚上旗开得胜，我就将走上成就一番大业的大道，今后就再也不必过那种捉襟见肘的苦日子了，再也不用回忆起那已经被遗忘了的痛苦了……不，且慢，我挪动了一下身子，心里想道，我正是靠着这两条腿从老远老远的家乡一路走来的，然而不知怎的，它们又像是新的。原来，这一套新衣给我增添了一种新意。新就新在衣服、名字和环境。这种新意太过于微妙了，实在难以理出个头绪来，可是这确有其事，并不虚假。我正在变成别的什么人了。

一阵惊慌失措的感觉在我心里闪过,我模模糊糊地意识到,一旦走出去上了讲台并开口发言,我就是别的什么人了。就不仅是那种随便起个名字的小人物了——那种名字任何人都可以用,也可以不用。而是另一种身份了。现在很少有人知道我,可是过了今天晚上……情况会怎样呢?也许只不过是那么多人认识了我,注视着我,使我成为众目睽睽的焦点而已,也许这就足以把一个人变得与众不同了;就足以使他转变成别的什么名堂,别的什么人了;正好像一个小孩与日俱长,逐渐变成大孩子那样,总有一天他会变成成年人,一个嗓音深沉的成年人——虽然我的嗓音从十二岁那年起就一直是深沉的了。不过,如果有个原来大学的什么人闲步溜达进听众中间,那可如何是好?或者,如果是玛丽的公寓里来了什么人——甚至于玛丽本人呢?"不要紧,这无碍大局,"我听自己轻声地自言自语道,"那全是过去的事了。"一则我已改名换姓,二则我得服从命令。即使在街上碰到玛丽,我也只得掉头而过,不予理睬。想到这里,不觉令人沮丧——我霍地站起身,走出化妆室,来到了胡同里。

我没穿大衣,感到寒气袭人。入口处的上方亮着微弱的灯光,将积雪映照得亮晶晶的。我穿过胡同,走向黑洞洞的一边,在一堵散发着石碳酸气味的围墙附近停住脚步。在我掉头向胡同那一头眺望的时候,这种气味使我记起了一个被遗弃的大坑,那地方原来是个体育场,在我出生以前就已被焚毁一空。坐落在那被晒得七高八低的人行道下面约四十英尺的体育场,只剩下了房屋的混凝土外壁,那些用作地基的钢筋全都生了锈,奇形怪状地弯曲着。大坑成了倾倒垃圾的场地,每当下雨之后,那里面污浊的积水便散发出一阵阵恶臭。这时候,我想象自己站立在体育场上方的人行道上,目光越过大坑,穿过胡佛维尔堆放货箱的棚屋和弯弯曲曲的铁皮招牌向那后面的铁路调车场眺望。大坑里深不可测的积水黑沉沉的,纹丝不动。胡佛维尔那一头,一辆调头机车停在亮晃晃的铁轨上,一缕白蒙蒙的水汽从烟囱里袅袅上升，这时候，我看见一个人从棚屋里走了出来，抬步走上一条通向上面人行道的小径。他黑黝黝的肤色，佝偻着身子，不时地从鞋子、帽子和衣袖上扯摘着碎布片，拖着脚步朝着我的方向缓慢地走来，身上扬起一阵吓人的苯酚尘雾。这是个梅毒病人，他孑然一身住在那大坑和调车场之间的棚屋里，只是为了出外乞钱购买食物和浸蘸破布用的消毒药水才走上街头。然后，我在想象中看见他伸出一只手来，五个指头已烂得一个不剩，于是我拔腿就逃——一直逃回到了黑暗的胡同里，回到了寒冷的空气里和现实的环境中。

我浑身哆嗦，朝着街道望去，只见在地道一般黑洞洞的胡同外有三个骑警赫然出现在闪耀着雪光的圆形街灯光柱的下面，他们紧拉缰绳，人头和马头紧挨到一起，仿佛在阴谋策划着什么；马鞍子和护胫的皮革闪着亮光。三个白人骑着三匹黑马。不一会儿，一辆汽车驶过，人和马的轮廓给照得分外鲜明，三个影子像梦幻似的飞掠过闪亮的白雪，消失在黑暗中。我正要转身离开，只见其中的一匹马突然狂暴地仰起了头，那戴着长臂手套的骑马人旋即紧握缰绳使着猛劲将马头往下拉。紧接着一声狂烈的嘶叫，那马便一头朝着黑地里猛冲而去，一阵清脆而狂乱的金属当啷声和马蹄的嘚嘚声伴随着我走回到门口。也许，这个情况该让杰克兄弟知道。

我走进屋内，看见他们仍然围作一团，便又走回到长椅上坐了下来。

我望着他们，觉得自己年轻无知，少不更事，但同时又感到出奇地老练，这种老态的气质在我的心底里悄声屏息地注视着、等待着。外面，听众中间已经开始响起一片嗡嗡声；声音隐隐约约地翻腾搅动着，不禁使人回想起可怕的驱逐房客的情景。我的思绪飘荡开去。有个穿着连裤外衣的小孩站在铁丝栅栏的外面，向里看着用锁链拴在一棵苹果树上的一条黑白花大狗。那是条哈巴狗，名叫马斯塔；那小孩就是我，看着这条大狗不敢碰上一碰，其实它倒像个心地温厚的胖子，一面热得气喘吁吁，一面龇牙咧嘴地朝我笑，那嘴角边的垂涎如银丝一般顺着下巴直往下淌。人声沸腾着，声音越来越高，终于变成急不可耐的一片鼓掌声，这时候我想起了马斯塔低沉、嘶哑的嗥叫声。不论在发怒，还是给它喂食的时候，不论在懒洋洋地捕捉苍蝇，还是把不速之客的衣服撕成碎片的时候，它总是用同一种声调嗥叫着。我喜欢老马斯塔但并不信任它；我想取悦于群众，但并不轻信他们。想到这里，我瞧着杰克兄弟，咧嘴朝他笑了笑：情况正是这样，他在某些方面倒像一只凶猛的玩具大头狸犬呢。

这当儿，听众的喧闹声和鼓掌声变成了歌唱声，我看见杰克兄弟忽然中止了谈话，一步跃到门口，说道："行了，兄弟们，那就是我们的讯号。"

我们列队走出化妆室，进入一条昏暗的过道，远处的声音隆隆地回响着。不一会儿，过道里亮了起来，只见一只明晃晃的聚光灯下烟雾蒙蒙。我们默默地向前移动，两个肤色极黑的黑人和两个白人走在头里领队，杰克兄弟跟在他们后面，这时候，人群中的喧闹声好像在我们的上方骤然爆发。我留意到其余的人已开始四人一排列成纵队，唯独我一人落在后面，犹如一个操练队伍的基准兵殿后一般。前方，一道倾斜的光柱照亮了竞技场一个通道的入口处，在我们穿过时，人群中顿时响起一片喧嚷声。接着，我们又迅速地隐没在黑暗中，随后再往前走上过道，那一片喧嚷声就好像在我们的下面低沉了下去；我们走进了一道明亮的蓝色光区，继而又顺着坡道往前走去；只见一排排朦朦胧胧的脸孔向着坡道两边呈曲线形伸展开去——然后，我忽然觉得一阵眼花缭乱，便一个踉跄碰撞在前面那个人身上。

"初次经历往往会这样，"他大声说道，一面站住脚步帮我站稳，在这一片喧嚷声中，他的声音显得很微弱，"这是聚光灯的关系！"

这时候，聚光灯早已把我们照亮，它的光柱直射向正前方，将我们引进到竞技场地，严严实实地把我们包围在它的光圈之中，人群中顿时掌声雷动。歌唱声随着整齐而有节奏的鼓掌声如火箭般地猛然爆发出来。歌词是这样的：

> 约翰·布朗的躯体躺在墓地
>> 已腐烂
> 约翰·布朗的躯体躺在墓地
>> 已腐烂
> 约翰·布朗的躯体躺在墓地
>> 已腐烂
> ——他的灵魂在前进！

想不到他们把一首旧歌唱得颇有一番新意。起初，我仿佛远离听众，站在最高一层的楼厅上观看着，随后便一个劲地走进震撼着的喧嚷声中，一时觉得脊背上下通电般地颤动起来。我们向着设在竞技场前边、装饰着旗帜的讲台行进，一路走过通道，两边是坐满了人的一排排折椅，有几个妇女起立迎候，然后我们径直走上讲台。杰克兄弟点了点头，示意我们走向各自的座位，我们于是面对着鼓掌的听众站着。

我们的上上下下全都坐满了听众，无数张脸庞一排接着一排，竞技场形成了一个碗状的人流的集合体。这时，我看见一些警察，不由得心慌意乱起来。如果他们把我认了出来，那可怎么办？他们全沿着墙根站着呢。我碰了碰前面那个人的手臂，只见他扭转头来张着嘴巴，中断了歌声。

"干吗来了那么多警察？"我靠在他的椅背上说道。

"警察？别担心。今晚上他们是奉命来保护我们的。这次集会的政治影响可大着呢！"说罢，便转过身去。

是谁命令他们来保护我们的呢？我心里思忖——这时候，歌声渐息，场子里继而响起一阵鼓掌声和喊叫声，最后从后座上又突然爆发出一阵叠句歌，于是歌声四起，响成一片：

不许剥夺被剥夺的人！
不许剥夺被剥夺的人！

听众好像变成了一个人似的，他们的呼吸和声音处处一致。我望着杰克兄弟。他站在讲台前沿的话筒旁边，两脚坚定不移地踏在铺着灰蒙蒙的帆布地毯的讲台上，不时地向左右环顾；他的仪表既庄严又仁慈，宛如一个发愣的父亲在倾听他心爱的孩子们演唱一般。我见他举起一只手致意，听众随即报以雷鸣般的掌声。我好像在向前移近，犹如照相机的镜头聚焦于前面的场景，感到了听众热烈而激动的情绪，他们的喧嚷声和鼓掌声也好像在捶击着我的心坎，我的眼光掠过一张又一张脸庞，搜寻着我可能认识的什么人，什么老相识，接着，只见一张张脸庞远离讲台而去，越去越远，以致模模糊糊，越来越模糊。

发言开始了。首先，一个黑人牧师做了祈祷；接下来一个妇女发言，她读了儿童正面临的境况。其后，发言的人一个接着一个，讲话内容涉及政治、经济形势的各个方面。我仔仔细细地倾听着，试图从这一大堆精确、难懂的词语中攫取片言只语。会开得愈来愈激昂。每逢发言中间的间隙，歌声势必骤起，叠句歌自发地爆发出来，这种场面我只在南方的宗教集会上见过。不知怎的，我同这个场面完全协调了起来，我感觉连身体都融了进去。我坐在那里，两脚搁在肮脏的帆布地毯上，却觉得自己仿佛已经溜进了一个交响乐队的打击乐部了。场面之热烈使我感动得身不由己,我只得很快就放弃了记取词句的努力而听凭那激动人心的场面的摆布。

有人拉了拉我的衣袖——原来是轮到我发言了。杰克兄弟亲自在话筒旁等候着,我走向话筒,进入聚光灯的光圈,它好像一只密不透风的不锈钢笼子将我团团围住。我站住脚步。灯光太强烈了,我无法再看清那碗状的会场里人群的脸庞,仿佛有一道半透明的帷幔降落在我们之间,可是他们能够透过这道帷幔看得清我——因为他们正在鼓掌呢——而我却看不清他们。我又感觉到了医院的医疗器械笼罩着我身躯时所引起的那种难以忍受的死板的孤独感,我很讨厌这种感觉。我站立着,勉勉强强听到了杰克兄弟所做的介绍。他的介绍一完,场子里顿时爆发出一阵掌声对我表示鼓励。我心想:他们记得我,有些人在那次驱逐房客事件中在场。

话筒很怪,令人气馁。由于我挨近这东西的方式不得法,我的声音听起来粗声粗气的,很是刺耳,于是我只说了几句话就停顿下来,心里感到一阵子局促不安。我刚起步就这么糟,非得想些办法补救补救不可。我俯身向前对着离讲台最近的模模糊糊的听众说道:"对不起,伙伴们。长期以来,他们一直不让我接近这些闪亮的电器玩意儿,以至于这种技术我到现在还没有学会……说句老实话,在我看来,这玩意儿好像会咬人的!只消瞧一瞧吧,这东西就像是个钢打的人头骷髅!你们是不是认为,他是被剥夺而死去的呢?"

这话说得奏了效,逗得大家哄堂大笑,这时有个人走过来调整了一下话筒。"别站得太近。"他指点道。

"这回怎么样?"我说道,一面听到自己的声音深沉沉的,在竞技场子里隆隆地振荡着,"好一些了吗?"

一阵轻快的鼓掌声。

"你们知道,我需要的只是一次机会。这种机会,你们已经答应了我,现在就得看我的了!"

掌声越来越响,台下前排一个响亮的声音叫喊道:"我们跟你在一起,兄弟。你把球掷出来,我们把球接住!"

这正是求之不得的。我同听众取得了联系,他的声音就好像代表了全体听众。我感到振奋、紧张,差点儿变成了别的什么人在一个劲儿讲外语。由于小册子里那些含意恰当的词句我已无法记清,我不得不求助于传统,又因为这是一次政治集会,我便选用了我在家乡常听到的一个政治技巧;这种技巧虽然古老,却可靠,归结起来,就是一句话:"我对他们总是这样对待我们腻透了。"我无法看清听众,因而只能对着话筒向台前那个抱着合作态度的声音讲话。

"你们知道,有些人认为,我们聚集在这里的人全是笨蛋,"我大声说道,"你们说,我这句话说得对不对。"

"好球,兄弟,"那声音嚷道,"你投了个好球。"

"是啊,他们认为我们是笨蛋。他们管我们叫什么'平常的人'。可是,我一直在这儿坐着,看看,想弄个明白我们到底**平常**在哪里。我认为,他们犯了一个歪曲事实真相的大罪——我们是不平常的人……"

"又是个好球。"那个声音在一片雷鸣般的喧闹声中叫道,我停了停,举起一只手,要求大家安静。

"是啊,我们是不平常的人——我会告诉你们为什么这样说。他们叫我们笨蛋,而且把我们当作笨蛋来对待。那么,他们是怎样对付这些笨蛋的呢?请大家想一想,留心看一看吧!他们搞了一个口号和一项政策,就是杰克兄弟叫作'理论加实践'的这么一个东西。它的内容就是'永远不让一个傻瓜有个不胜不负的结局'!就是说夺掉他的财产!把他撵出去!把他那愚蠢的脑袋当作痰盂来使,把他的脊背当作门口的鞋擦来践踏!那就是要把他弄得倾家荡产!剥夺掉他的工资!就是要用他的抗议声当作响亮的铜号来吹奏,把他吓得一语不发!就是要把他的意见、他的希望和他朴实的愿望统统都拼凑成锵锵作响的铙钹!让那响着破裂声音的小钹在七月四日国庆那一天表演吧!只是等它一响起来就把它蒙住!别让它声音太响亮!一停下来就狠狠地揍,给那些愚蠢的小兔子穿起软底鞋跳踢踏舞!唱起'蛀空的大苹果''去你的,芝加哥''滚开吧,苍蝇,别来打扰我!'"

"再说,你们知道是什么东西使我们变得这样不平常的吗?"我压低了嗓音嘶哑地说道,"是我们让他们这么干的!"

一片死寂。烟雾在聚光灯的光柱里翻腾。

"又是个好球,"我听见那个声音伤心地叫道,"光对决议提出抗议没什么用!"我一听,心里思忖着,他算是在支持我呢,还是反对我?

"剥夺!一个词,就是剥——夺!"我接着说道,"他们一直想剥夺我们的男男女女做人的权利!一直想剥夺我们的儿童和青少年成长的权利——你们刚才听到那位姐妹谈到婴儿死亡率的统计数字了吧。你们难道不知道你们出生得不平常是幸运的吗?嗨,他们甚至妄想夺走**我们对自己遭受剥夺感到厌恶的权利**呢!我打算再跟你们讲一些别的事情——如果我们不起来反抗,那么要不了多久,他们就会得逞了!现在是强占强夺的日子,是无家可归的季节,是被撵出家门的时候。到头来,连我们头脑里的脑髓都要被抢夺一空了。而我们呢,竟然如此不平常,对他们的这种企图甚至还没有看见呢!也许,我们太过于彬彬有礼了。也许,我们不愿看一看令人不愉快的事情。可他们认为我们是瞎的——瞎得非同寻常。这一点我并不感到奇怪。大家想一想吧,从我们出生的那一天起,我们每个人的一只眼睛就给他们夺走了。所以,我们现在只能用一只眼睛'吊线'。我们的民族是个独眼耗子的民族——你们这一生中有没有见过这种景象?可真是一种非同寻常的妙景啊!"

"这屋里可没有一个农民的老婆[1]，"那声音叫道，一面嗤嗤地苦笑，"又是个好球！"

我探身向前，说道："你们知道，如果我们不留点神，他们就会偷偷摸摸溜到我们瞎眼的一边，然后——噗的一声，我们仅有的那一只好眼睛也就跟着完了，我们这就瞎得像蝙蝠一样什么也看不见了！有些人担心，我们今后会碰上麻烦。也许正因为是这样，我们这么多的好朋友才来参加今晚的集会——那些带着烤蓝手枪、穿着蓝色斜纹制服的以及其他的人也都来了！——不过，我相信，如果我们不加抵抗，我们这一只好眼睛是包管会丢掉的，我想这也是你们的想法。因此，让我们团结起来吧。独眼的笨蛋兄弟们，你们可曾注意到，双目完全失明的两个盲人是怎样团结起来，相互帮助、共同前进的吗？虽然他们走起路来跟跟跄跄，跌跌撞撞，但是他们也能绕过种种险阻；他们前进了。让我们团结起来，不平常的人们。我们有了两只眼睛就能看清是什么使得我们如此不平常，我们就会看清是**谁**使得我们如此不平常！到现在为止，我们始终是像各自沿着大街的一边向前走着的一对独眼龙似的人。这时候，有人开始向我们投掷砖块，于是我们开始相互指责，进而相互殴打起来。其实，我们是误会了！因为我们之间出现了一个第三者。有个油腔滑调、油头滑脑的坏蛋正沿着这条宽阔的灰色大街的**中间**奔跑着投掷石块——就是这个家伙！就是他在捣蛋！他声称他需要地盘——他管这叫作他的**自由**。他明白，他在我们瞎眼的一边钻了我们的空子，于是就一个劲地向我们袭击开了，直到把我们捉弄得像傻瓜一样闹了起来——真是**非同寻常**得傻啊！实际上，实际上，是**他**的自由才害得我们瞎成这个样子的！现在别做声了，别漫骂了！"我举起手掌叫道，"嗨，让这小子见鬼去吧！喂，快来吧，走过来吧！让我们

---

[1] 有一首儿歌，讲一个农妇抓瞎眼老鼠。

结成联盟！我会照应你们的，你们也来照应我！我擅长接球，我有一只投得一手好球的手臂呢！"

"你不会投球，兄弟！一个球也不会投！"

"让我们来创造奇迹吧，"我大声嚷道，"让我们夺回被抢走的眼睛！让我们恢复我们的视力；联合起来，放眼四方。请向拐角那儿看一下吧，暴风雨即将来临了。往大路上看一看吧，敌人只有一个，难道你们看不清他的脸吗？"

话到这里，我自然而然地停了下来，跟着响起一阵鼓掌声。可是，就在掌声骤起时，我发觉我滚滚向前的思路也戛然而止了。要是他们再想听下去，那我可怎么办呢？我向前探着身子，透过灯光的屏障极目张望。他们是属于我的，听众席里的人们，我可不能轻易失去他们。可是，忽然间我有一种一览无遗的感觉，意识到中断了的话题又开始源源返回，甚至有些不该披露的事情也忍不住想脱口而出了。

"看着我！"这句话从我的太阳神经丛里迸裂了出来，"我待在这儿的时间还不长。世道是艰苦的，我饱尝过绝望的痛苦。我是从南方来的，自从来到这儿以后，才知道驱逐房客这种事。本来嘛，我是不相信这个世道了……可是现在你们瞧我，有件不可思议的事情却发生了。我在你们面前站着。我必须坦白说一说……"

突然间，杰克兄弟来到我的身旁，佯装调整话筒，低声说道："现在可要小心了。你的事业刚开始，别毁了你自己。"

"没问题。"说着，我俯身对着话筒。

"我可以坦白说一说吗？"我大声说道，"你们是我的朋友。我们患难与共，我们的传统同样遭到剥夺。据说，袒舒胸怀对身心有好处。你们允许我坦白说一说吗？"

"你的命中率不好不坏，兄弟。"那声音叫道。

我身后有人在动。等到他安静下来我就连忙往下说。

"沉默意味着同意,"我说,"因此我要讲个明白,我要坦白地讲出来!"我挺起胸膛,突出下巴,两眼直盯着前方的灯光,"就在这一刻,在我站立在你们面前的这一刻,有一件不可思议的、改变着我命运的奇迹般的妙事正在我身上发生……"

我感到话出肺腑,字字清晰,从容不迫,恰如其分。灯光好像在翻滚着,呈现出乳白色,犹如瓶中轻轻摇晃着的肥皂水。

"让我来描述一下吧。这是件奇特的事情。我肯定地告诉你们,在任何其他地方我还从来没经历过这种事情。我感觉到你们的眼睛盯着我,我听得到你们呼吸的脉搏。此时此刻,由于你们黑白分明的眼睛盯着我,我感到……我感到……"

我结结巴巴打着顿,会场里死一般的寂静,我甚至听得见安装在楼厅上的大钟转动着齿轮消磨着时光的声响。

"是什么呢,孩子?你感到什么了?"一个尖厉的声音叫道。

我的声音变成了沙哑的低语声:"我感到,我突然感到我现在变得**更加像个人**了。你们明白我的意思吗?更加像个人了,我不是说我现在已经变成一个人了,因为我生来就是人。我是说我更加像个人了。我感到强壮有力,我觉得有能力办成各种事情!我觉得我既能看得敏锐,又能看得清楚,我能一直看到历史的朦朦胧胧的走廊深处,而且听得见那里面战斗的友谊的脚步声!不,等一等,让我坦白地说……我迫切希望证实一下我的感受……我觉得,在经历了一次又漫长又令人绝望又是非同寻常的盲目旅途之后,我终于回到了自己的家园……家啊!由于你们的眼睛盯着我,我感到我找到了我真正的家庭!我真正的人民!我真正的国家!我是你们这个理想之国的一个新公民,是你们友好的国土的同胞。我觉得,今天晚上在这个旧竞技场里,新东西正在诞生,有活力的旧东西也在复活。在你们每一个人身上,在我身上,在我们所有的人身上,都在发生这种变化。"

姐妹们！兄弟们！

我们是真正的爱国者！我们是未来世界的公民！

我们将永远不许再遭受剥夺！

欢呼声如雷鸣一般。我站立着，呆若木鸡，眼前一片模糊，身子也随着这阵子轰鸣声颤动着。我做了个含糊不清的动作。该怎么办呢——向他们挥手吗？我面对着一阵阵呼喊声、喝彩声、尖厉的口哨声，两只眼睛给灯光照得热辣辣的。不觉一大颗泪珠顺着面颊滚了下来，我随即困窘不安地将它抹去。接着，泪水便接连往下淌。为什么不来个人帮助我从这个困境脱身而非要等到我把什么都搞糟了才算了事呢？可是，随着这一串串泪水却又响起了一阵势头更猛的欢呼声，我抬起头，眼睛里噙着泪水，不免感到意外。声音好似浪涛般轰鸣起来。听众早已在跺脚了，这时我也大大方方地笑着向他们频频点头。声势愈来愈大，后座上传来一阵木椅塌裂的声响。我渐渐感到疲倦，可是听众依然一个劲地欢呼着，直至最后我只得转身离开，走回座位。点点红星在我眼前飞舞。有人拉着我的手，俯身凑近我的耳朵。

"你说得好，真他妈的！你说得好！"我一面向他道谢并从他紧攥的手掌中挣脱出手来，一面对他话语间迸发出来的那种既憎恨又钦佩的激烈的混杂口气感到迷惑不解。

"谢谢，"我说，"可是，前面一些演说人已经把气氛鼓了起来，才使场面这样热烈。"

听他说话的口气，他好像巴不得把我掐死似的；我不寒而栗。我什么也看不清楚，眼前一片混乱。突然间，有人将我猛地扭转身子，使我一个踉跄差点儿摔倒，接着，只觉得一个暖洋洋、软绵绵的女性身子压在我的身上，持续不放。

"哦，兄弟，兄弟！"一个女人的声音对着我的耳朵大声叫道，"小兄弟呀！"接着我只觉得她那热乎乎的湿润的嘴唇在我面颊上压了一压。

模模糊糊的人影在我四周碰撞着。我如同做着捉迷藏游戏似的步履蹒跚。人们握我的手，捶我的背。我的脸上溅满了热情的人们的唾沫，我决定，下一回再站在聚光灯光下时要戴上一副墨镜才是明智的做法。

这是一次震耳欲聋的示威集会。我们就让听众欢呼着，打翻了椅子，跺脚。杰克兄弟引着我离开讲台。"我们该走了，"他大声叫道，"形势确实已经开始向前发展。所有表现出来的力量都必须组织起来！"

他引着我穿过呼喊的人群，我跟跟跄跄地向前走着，人们的手还在不时地触碰着我。不多时，我们走进了黑洞洞的过道，等我们一走到过道的尽头，我眼前的星星点点就消失了，我于是又恢复了视力。杰克兄弟在门口停下了脚步。

"你们听，"他说道，"他们只等着我们告诉他们以后该怎么办呢！"这时，我仍然听得到听众的欢呼声在我们身后隆隆地响着。接着，门慢慢地关上，欢呼声随之低沉了下去，其余的人也都停止了谈话，面对着我们。

"好吧，你们觉得怎么样？"杰克兄弟热情地说道。

"对一个初次登台的人来说，怎么样？"

一阵气氛紧张的沉默。我从一张脸转向另一张脸，看着那一张张黑脸和一张张白脸，一阵惊慌失措的感觉迅速在心里升起。他们的表情冷酷无情。

"怎么样？"杰克兄弟说道，他的声音忽然严厉起来。

我听见有个人的鞋子在吱吱作响。

"怎么样啊？"他追问道。

这时,那个拿烟斗的人开了腔,他的话刚出口,紧张的气氛迅即变得更紧张了。

"这是个非常不能令人满意的开端。"他平心静气地说,同时将烟斗用力一顿,借以强调"不能令人满意"这几个字眼。他直盯盯地瞅着我,使我不知如何是好。我瞧了瞧别的人,只见他们表情暧昧,不动声色。

"不能令人满意!"杰克兄弟冲口喝道,"那你是根据什么思想逻辑得出这么高明的见解呢?"

"现在不是搞廉价的讽刺挖苦的时候,兄弟。"拿烟斗的兄弟说道。

"讽刺挖苦?是你在讽刺挖苦吧。现在当然不是讽刺挖苦的时候,也不是说蠢话、干蠢事的时候。当然也不是一个劲儿地胡乱闹闹的时候。这是斗争中的一个关键时刻,形势刚开始发展——而你们却突然发起愁来了。难道你们害怕成功吗?问题在哪里?这难道不正是我们一直在奋斗的目标吗?"

"这还得问你自己。你是个了不起的领导人。朝你的水晶球里面瞧一瞧,占卜一下未来吧。"

杰克兄弟咒了一句。

"兄弟们!"有人说道。

杰克兄弟又咒了一句,接着猛地转向另一个兄弟。"你说说看,"他对那大个儿说道,"你有没有胆量告诉我,这儿在发生着什么吗?我们变成了一伙街头歹徒了吗?"

一片寂静。有个人挪动了一下脚步。拿烟斗的人这时正瞧着我。

"我做错事情了吗?"我说。

"你干得再糟也没有了。"他冷冷地说。

我不禁大惊失色,默默无言地望着他。

"没关系,"杰克兄弟忽然平静了下来,"那到底是什么问题呢,兄弟？我们就在这儿把话说个清楚吧。你到底抱怨什么呢？"

"不是抱怨，是意见。如果我们仍然允许发表自己意见的话。"拿烟斗的兄弟说道。

"那就把你的意见说一说吧。"杰克兄弟说道。

"在我看来，这个讲话是放任不羁的、歇斯底里的，在政治上也是不负责任的、危险的，"他厉声说，"而更糟的是，这个讲话是**不正确的！**"他说起"不正确的"这几个字来就仿佛这个措辞是用来描写最阴险不过的罪恶似的，我张着嘴巴，直愣愣地望着他，心里感到一种含混的内疚。

"这么说来……"杰克兄弟说道，目光从一张脸移向另一张脸，"你们已经开了秘密会议，而且已经作出了一些决议，你们做过记录了吗，主席兄弟？有没有把你的英明论断记录下来呢？"

"不存在什么秘密会议，但是意见还是意见。"拿烟斗的兄弟说道。

"就算没有正式开过会，但是跟秘密会议差不多，而且甚至在这次大会还没有结束的时候就已作出了决议。"

"可是，兄弟。"有人想插话。

"是一次妙不可言的行动。"杰克兄弟接着说，这时脸上露出了笑容，"是技巧高超、理论性强的尼津斯基①想跳到历史前头去的一个完美无缺的例子。不过，还是下来吧，兄弟们，下来吧，要不然你们就会陷在你们的辩证法里面；历史的舞台还没有建造得那么远，也许是下下个月吧，不过现在还没有。你的看法怎么样，雷斯特拉姆兄弟？"他指向一个身量和体形都像休珀卡戈的大个儿兄弟问道。

"我觉得这个兄弟的讲话既落后又反动！"

我想答话，但又不能。难怪他向我祝贺时的语气是那么含混不清。我只得眼睁睁地直盯着他的宽脸盘，他的眼睛里闪露出仇恨的

---

① 尼津斯基（1890—1950），俄国芭蕾舞演员。

火焰。

"那么,你呢?"杰克兄弟说道。

"我喜欢这个讲话,"那个人说,"我认为这个讲话挺有效果。"

"那你呢?"杰克兄弟对下一个人说。

"照我看,这个讲话是个错误。"

"那到底为什么呢?"

"因为我们必须努力让他们通过自己的思考来接受我们……"

"正是这样,"拿烟斗的兄弟说,"这个讲话走到科学态度的反面去了。我们的观点是合情合理的。我们对待社会采取科学的态度,我们是这一主张的维护者,而今天晚上,对我们大家都有利害关系的这个讲话却把以前说过的一切全糟蹋了。听众不是在思考,他们一个劲地大声叫嚷,像是发了狂。"

"可不是,就像一群乌合之众一样吵吵闹闹。"那个高个儿黑人兄弟说道。

杰克兄弟笑了起来。"说到这群乌合之众,"他说,"那是一群**反对**我们的乌合之众呢,还是**拥护**我们的乌合之众——对这个问题,我们这些死心眼儿的科学家该怎么回答呢?"

不过,杰克兄弟没等他们回答便又往下说道:"也许你们说得对,也许他们是乌合之众;不过,就算他们是那么一伙人,那恐怕也是一批只是由于感情沸腾才跟我们走到一块来的乌合之众吧。科学的判断是基于**实验**的!这一点本来用不着由我来告诉你们这些理论家。可是,在实验的进程尚未完成的时候,你们就急于得出结论了。实际上,今天晚上在这儿所发生的仅仅体现了实验的第一步。是**开头**的一步,就是把精力解放出来。我明白,解放精力可能使你们胆怯——你们不敢把那种力量进而引向下一步——因为那是要由你们去组织的。好吧,力量是要组织起来的,但不能由一批只会在真空里空发议论的胆小的兼职理论家去组织,而是要从真空里走出来去领导人民!"

杰克兄弟发狂似的进行着舌战,他的目光从一张脸看到另一张脸,一头红发倒竖了起来,可是谁也没有应战。

"说来令人作呕,"他指着我说道,"我们的新兄弟凭着自己的本能一举成功,而两年来你们的'科学'却无能为力,可现在你们却偏偏只提否定性的批评。"

"我要求发表一些不同意见,"拿烟斗的兄弟说道,"指出他这个讲话的危险实质并不是否定性的批评。远远不是这样。如同我们其余的人一样,这位新兄弟必须学会科学的讲话。他必须经受训练!"

"这么说,你终于想到了,"杰克兄弟撇了撇嘴角说道,"**训练**,机会有的是。还是有希望把我们这位放任不羁却卓有成效的演说家训练得驯服的。在场的科学家们看到了这种可能性!很好,训练已经安排好了;也许不很科学,但是已经安排了。在以后的几个月里,我们的新兄弟将在汉布罗兄弟的指导下经历一段时间的紧张学习和灌输。是这样,"我正要开口说话,他这么说道,"我本来打算晚些时候再告诉你。"

"可那是很长一段时间呀,"我说,"我今后怎么生活呢?"

"你照拿薪水,"他说,"在这段时间内,你不会再犯讲话不科学的错误来扰乱我们那位讲究科学的兄弟的宁静了。实际上,你将完全置身于哈莱姆区之外。也许,到那时候,我们就会明白,你们这些兄弟在组织工作方面是否也像批评别人那样迅速利落。下一步棋你们走,兄弟们。"

"我觉得杰克兄弟说得很对,"一个秃头矮个儿说道,"我认为,所有的人,尤其是我们,都不应该害怕人民的热情。我们该做的工作就是要引导这种热情走上轨道,使它发挥最大的作用。"

其余的人都沉默不语,拿烟斗的兄弟死瞅着我不放。

"得了,"杰克兄弟说道,"我们出去吧。如果我们全神贯注于我们的现实目标，我们的机遇就会比以往任何时候都好。让我们记住，科学不是棋赛，尽管下棋也要讲究科学。还有一件事要记住，如果我们把群众组织起来，那我们首先得把自己组织起来。由于我们这位新兄弟的努力，形势已经起了变化，我们决不能坐失良机。从现在起就得看你们的了。"

"我们会看情况的，"拿烟斗的兄弟说，"至于这位新兄弟，跟汉布罗兄弟交谈几次对谁都不会有什么害处。"

我一面向外面走去，一面心想：汉布罗到底是何许人？我想他们没有解雇我，倒算是我的运气呢。这么说，我这回又得上学去了。

走到室外的黑夜里，这群人便相继分手，杰克兄弟把我拉向一旁。"别担心，"他说，"你会发现汉布罗兄弟是个饶有风趣的人，一段时间的学习是不可避免的。你今晚上的讲话是一次测验，你出色地通过了，所以现在你要准备应付一些实际工作。这儿是汉布罗兄弟的地址；明天早晨的第一件事就是去见他。他早已得到通知了。"

我回到寓所，已经疲惫不堪。甚至在淋了热水浴爬上床以后，神经仍感紧张。我情绪消沉，只想睡觉，可是集会的情景不断地闯进我的脑海。事情果真发生了。我算是好运气，在适当的时候说了适当的话，因而听众都喜欢我。要不然也许我在适当的地方说了错话——无论如何，听众不顾那些兄弟的意见，还是喜欢我这个讲话的。从今以后，我的生活将是另一个样子了。我的生活早已不一样了。因为我现在理解到，我向听众说的一切都是我想说的事情，纵使我事先并不知道我将说出那样的内容来。我原来只打算好生露露头角，说的话要使兄弟会对我有所好感。谁知说出来的这一席话竟完全出乎意料，仿佛在我的心灵中另有一个自我把话头接了过去，发起议论来了。幸好还是发了这么一通议论，要不然，我可能已被解雇了。

甚至我说话的技巧也与前不同了；就是在大学里认识我的人也

不见得会听出这是我的讲话。不过，事情本来就该如此，要知道，我现在是个某某新人了——纵使我讲话的方式已经完全过时。我已经转变了，而此刻，在黑暗中心神不宁地躺在床上，对那些朦朦胧胧的听众有了一种喜爱的感觉，虽然他们的脸孔我始终没有看清。他们从我讲第一个字起就跟我站在一起。他们希望我取得成功，而值得庆幸的是，我讲了他们的心里话，他们也赏识我的讲话。我是属于他们的。想到这里，我深为感动，禁不住坐起来，在黑暗中紧紧搂住双膝。也许，这就是人们所说的"献身和牺牲"吧。好吧，如果是这样的话，我就接受。我的前景在瞬息之间变得开阔起来。作为兄弟会的发言人，我将不仅代表我自己的种族，而且要代表比这广泛得多的群众。听众里面各种各样的人都有，他们的要求比起他们的种族来更要广泛。我愿做任何需要做的工作，以便很好地为他们服务。如果他们让我好歹试一试，那我一定竭尽全力，把工作做好。除此以外，我能有什么别的办法使自己免于崩溃呢？

我坐在黑暗中，尽力回忆我讲话的前言后语。这个讲话好像早已是别人的谈吐和措辞了。然而，我明白这个讲话是我的，而且只能是我的。如果有个速记员已经将它记录下来的话，我明天倒要看它一看呢。

字字句句一个接着一个地从我脑际闪过；我又看到那蓝色的烟雾了。当时我说我变得"更像个人"了，这话究竟是什么意思？这是从前面那个发言人那里听来的一种说法呢，还是一时说溜了嘴？片刻之间，我想起了我的祖父，但很快就把他打发掉了。一个老奴隶跟人性有什么相干呢？说不定这是我过去念大学时伍德里奇在文学课上说过的一个用语吧。我似乎看到他在写着乔伊斯、叶芝和肖恩·奥凯西的引语的黑板跟前活灵活现地踱来踱去，满脸傲视一切、洋洋自得的神色，微微陶醉于自己的言辞之中；他面容瘦削，衣着整洁，神情激动，不断地来回踱步，仿佛在走着用词义拧成的高架钢丝，而我们中间谁也不敢上去一试。我听得他说："史蒂芬的问题，如同我们的问题一样，实际上不是去创造他那个尚未被创造的民族良心问题，而是去创造**他自己脸上尚未被创造的个性特征**。我们的任务就是要把我们自己变成一个个的个体。一个种族的良心就是，那个种族的个体有才能观察一切、评价一切、记录一切……我们在创造我们自己的过程中创造我们的种族，到后来，使我们大为吃惊的是，我们竟然已经创造出了远为重要得多的东西：我们已经造就了一种文化。为什么要浪费时间去为实际上并不存在的东西创造良心呢？因为你们知道，血和皮肉是不会思想的！"

可是不，这不是伍德里奇说的。"更像个人"……我是说我已经变得不大像我过去那样的人了，不大像黑人了吗？要不，就是跟别的人不大有区别了；不大像是从家乡、从南方来的流亡者了吗？……但是，所有这些都不是我的含意所在。变得不大像——为的是变得更像吗？也许就是这个意思了，可是，在哪一方面**更像个人**呢？就连伍德里奇也没有谈到诸如此类的事情。这又成了个不解之谜，如同在驱逐房客的那个场合，我竟着了魔，说出了那一番话。

我想起了布莱索和诺顿，以及他们的所作所为。他们将我踢进黑洞里，让我自己摸索前进，反而使我看到了有可能实现我从未梦想过的伟大而重要的事业。这里有一条路，不是穿过后门的小路，也不是受黑白肤色限制的窄路；这条路，只要你没有过早夭折，而且又肯埋头苦干，就会引导你得到至高无上的回报。这是一条可望参与重大决策、并能看透这个国家以及这个世界究竟是怎样在运转的这一奥秘的道路。我在黑暗中躺在那儿，生平第一次瞥见了我有可能出人头地的前景。这不是梦想，可能性是存在的。为了登上佼佼者的地位，我只管工作、学习、生存下去。当然，我决心跟汉布罗学习。他教我什么，我就学习什么，而且要多学一些。让明天来临吧。我跟汉布罗学习的期限结束得愈早，我就愈能及早开始工作。

第十七章

　　四个月以后的一个午夜，杰克兄弟打电话到公寓里来，要我准备好乘车夜行。我很兴奋。幸好我醒着，只是和衣躺在床上。几分钟以后，他驾车到来时，我已站在人行道的边上急切地等候着。我见他穿了一件轻便大衣伛身坐在驾驶盘的后面，不禁心中一动：难道这就是我一直在等待的机会？

　　"近来可好，兄弟？"我上车时说道。

　　"有点疲乏，"他说，"睡眠不足，问题太多。"

　　说罢，他驱车上路，这时他沉默不语，而我也决意不问一个问题。在这一点上，我可是学得很到家。我一面看他凝视着前面的路，仿佛沉思得出了神，一面寻思：冥神大楼里肯定有事。说不定，兄弟们正等着掂量一下我的才能，果真是这样，那好嘛；我早就在准备考试了……

　　可是我向外一张望，发现我们没有驶往冥神大楼；他把我带到了哈莱姆区，此刻正停下车。

　　"我们去喝一杯吧。"他下车后径直向一块亮着哈巴狗大头的霓虹灯招牌走去，上面写着"埃尔·托洛酒吧间"。

　　我大失所望。我无心饮酒，只想接受任务，跟任务无关的活动我不感兴趣。我火往上冒，憋着一肚子气跟他走了进去。

　　酒吧间里既暖和又安静。架上照例排列着一排排标着外国名字的酒瓶；店堂尽头，四个人边喝啤酒，边操着西班牙语争论不休；一架自动唱机闪着红灯绿灯在播放一首西班牙歌曲。在我们等候兑酒侍者的当儿，我试图揣测此行的目的究竟何在。

　　我跟汉布罗学习以后就很少见到杰克兄弟了。我的生活安排得十分紧凑。不过我明白，要是有什么事，汉布罗早就会通知我的。但是，第二天早晨，我总是根据安排照常去和他见面。我寻思：那个汉布罗啊，他可真是个狂热的教师！他身材高大，为人和善，既是律师又是兄弟会的主要理论家，许多事实说明他是个不讲情面的监工式的人物。我每天既要忙于和他讨论问题，而看书学习的时间又排得严严实实，过去我在读大学的时候，从没有像现在这样艰苦努力过。甚至晚上的时间我也不放过；每天晚上我还得去一个区里参加大会或集会（不过打那次发表演说以后，我今天还是第一次来哈莱姆区），我常跟发言者一起坐在主席台上，一边记着笔记以便第二天跟汉布罗一起讨论。每个场合都成了我学习的机会，就连在会议以后有时跟着举行的酒会上我也得用心学习。在酒会上，我得把宾客在谈话中流露出来的思想倾向一一牢记在心。不过我很快掌握了其中的道理：这种种场合不仅让我摸清了兄弟会政策的各个方面以及它对形形色色社会集团的态度，而且也让全市的会员渐渐与我熟悉起来了。在驱逐房客事件中，我所起的作用依然为人津津乐道；尽管我奉命不再发表演说，别人介绍我时还常常把我当作英雄一类的人物，而我对此也慢慢地习以为常了。

尽管如此，在这段时间里，我的主要任务是聆听别人的言论，可是我生来就喜欢说话，这种生活使我越来越不耐烦起来。现在我对兄弟会的大多数论点都已了如指掌——不论是我相信的那些还是怀疑的——我简直可以在睡梦中倒背如流，但是他们对我今后的任务却只字不提。因此我原指望这次半夜的电话意味着某次行动即将开始……

我身旁的杰克依然在沉思默想。他看来并不急于上哪儿，也不急于交谈，因此当侍者慢条斯理地调制饮料的时候，我虽然在猜测他把我带到这儿来的目的，却也实在是白费心机。我抬头一看，在一般酒店中放镜子的护壁板里看见一幅斗牛的场景：一头公牛猛冲到斗牛士的近旁，而斗牛士则挥舞着红披风逗弄公牛，那突出的层层皱褶的红披风紧贴着他的身躯，一眼望去觉得人兽之间姿势平静而纯美，仿佛在共同的旋转中交融成了一体。至高无上的优美，我想；接着我向酒柜的上方望去，看到一张消暑啤酒的广告画，上面画着一位雪白粉嫩的女郎，比真人还要大，居高临下地对着人们微笑，广告上还附有日历，刚翻到四月一日。随后，酒送来了，杰克跟着也活跃了起来，他的情绪变了，仿佛在这一瞬间，他解决了一直使他烦恼的问题，从而突然感到无牵无挂。

"好了，别发呆了，"他打趣似的用胳膊捅了我一下，"她倒可以代表这个冷冰冰、硬邦邦的社会，可惜是个硬纸板做的形象。"

听着他这样开玩笑，我乐得笑了起来。"那么那幅画呢？"我指着斗牛的场景说。

"十足的野蛮行径。"他说。接着他边注视着那侍者，边悄声地对我说："告诉我，你跟着汉布罗干得怎么样？"

"噢，很好，"我说，"他很严格。要是在大学里有他那样的教师，那我现在就不会一无所知了。他教了我不少东西，但是不足以使那些不喜欢我在竞技场讲话的兄弟们满意，我可说不上。我们要不要以科学的方式交谈？"

他笑了起来，一只眼睛比另一只亮。"别担心那些兄弟，"他说，"你会干得很好的。汉布罗一直汇报说你的情况非常好。"

"噢，我听了很高兴。"我说。这时我发觉酒柜的另一头还有一幅斗牛的场景，上面的斗牛士被一头黑公牛的犄角撞后向天上抛去。"我学得挺努力，一心想掌握这种思想体系。"

"应该掌握，"杰克兄弟说，"但是不要做过了头，别让思想体系把你掌握住了。再也没有什么比枯燥无味的说教更令人昏昏欲睡的了，我的理想是在思想意识和灵感鼓动之间找到一个折中。要说人们想听的话，但是要说得他们按照我们的意图办事，"说着，他笑了起来,"还要记住,理论总是随着实践而来,要先行动,以后再使之理论化;这也是一条公式,是一条有奇妙效果的公式!"

他瞅着我,又仿佛没看见我,我说不上他是在取笑我呢,还是跟我一起笑。我所能肯定的只是他在笑。

"是的,"我说,"我将努力掌握要求我掌握的一切。"

"你行,"他说,"还有,你不用担心兄弟们的批评。只要用一些理论来回敬他们一番,他们就不敢惹你的——当然,这要看你是否有得力的后盾并能产生预期的效果。再来一杯?"

"谢谢,我够了。"

"真的够了吗?"

"真的。"

"好。现在为你的任务干杯:明天你就将成为哈莱姆区的主要发言人……"

"什么?"

"是这样,这是委员会昨天决定的。"

"可我一点思想准备也没有。"

"你会干得挺不错的,你听我说。你要把那次驱逐房客事件中开始的工作继续下去,要把他们的情绪保持在激昂的状态,要促使他们积极主动。要动员大家参加组织,越多越好。你会得到几个老会员的指点的,不过在目前,一切都得靠你自己去看着办。你有行动的自由——**不过要严守纪律,对委员会负责。**"

"我明白了。"我说。

"不,你还不太明白,"他说,"不过你会明白的。可别低估了纪律啊,兄弟。纪律要求你的所作所为都要对整个组织负责。别低估纪律的重要性。它可严呢! 但是在它允许的范围内你将有充分的自由干你的工作。而你的工作极其重要。懂了吧?"在我点头表示领会的时候,他两眼盯着我的脸,"我们还是走吧,这样你可以睡一会儿，"说罢，他把杯中的酒一饮而尽，"你现在是个战士了，你的健康组织上得操心。"

"我随时作好准备。"我说。

"我知道你会的。那就明天见。上午九点，你将和哈莱姆区的执委会会晤。你当然知道地点的了？"

"不，兄弟，我不知道。"

"哦？对啦——那你还得跟我上那儿去一下。我要上那儿找一个人，你也可以看看你以后工作的地方，回去的路上我可以送你回家。"他说。

区办公室设在一座改建过的教堂建筑里，底层是一家当铺，橱窗里塞满了脏物，这些东西在黑沉沉的街道上闪着暗淡的微光。我们踏上楼梯走上三楼，进了一间高耸着哥特式天花板的大房间。

"就在这儿，"杰克兄弟说着便向大屋子的尽头走去，我看见那儿有一排小房间，其中只有一间亮着灯光。这时，我看见房门口出现了一个人，他一瘸一拐地走了过来。

"晚上好，杰克兄弟。"他说。

"啊，是塔普兄弟，我想找托比特兄弟。"

"我知道。他刚才在这儿，后来有事走了，"这个人说，"他给你留了封信，还说今晚晚些时候会打电话给你的。"

"好，好，"杰克兄弟说，"来，见见这位新兄弟……"

"见到你很高兴，"这位兄弟微笑说，"我听过你在竞技场发表的演说。你讲得真好。"

"谢谢。"我说。

"这么说，你喜欢那个演说，是吗，塔普兄弟？"杰克兄弟说。

"我看这位兄弟挺不错。"这人说。

"那好，往后你会经常见到他，他是你们的新发言人。"

"好啊,"这人说,"看样子我们这儿会发生些变化了。"

"对,"杰克兄弟说,"现在让我们看一看他的办公室吧,看了就可以走了。"

"当然,兄弟,"塔普说着便一瘸一拐地领我走进一间黑洞洞的房间,啪的一声开亮了灯,"这间就是。"

我向小办公室里张望,只见里面有一张办公桌,上面放着一部电话机,在另一张小桌上放着一架打字机。一只书橱,架子上放满了书籍和小册子,墙壁上挂着一幅世界地图,上面印有古代的航海标记,地图的旁边是一幅英姿勃勃的哥伦布肖像。

"如果你需要什么,找塔普兄弟就行了,"杰克兄弟说,"他一直都在这儿。"

"谢谢,我会找他的,"我说,"早晨我就开始熟悉这儿的情况。"

"好,我们还是走吧,好让你有时间睡一会儿。晚安,塔普兄弟,务必要在早上把一切都替他准备好。"

"他什么都不用担心,兄弟。晚安。"

"正因为我们吸收了像塔普这样的人,我们必将取得胜利,"我们爬进汽车时他说道,"体力上他是老了,但是在思想上他像年轻人一样朝气蓬勃,就是在最险恶的情况下,他也是信得过的。"

"从他的谈吐听来,有这样一个人在一起工作,可真好。"我说。

"你以后就清楚了。"说罢他就不作声了,在抵达我家门口前,他一直没开过口。

我到办公室时,委员们已聚集在那间有高高的哥特式天花板的大厅里了。两张小桌子拼在一起,大伙儿就围坐在桌子周围的折叠椅上。

"好,"杰克兄弟说,"你准时到了。很好,我们赞成领导人一丝不苟的作风。"

"兄弟,我将永远努力做到准时。"我说。

"他来了,兄弟们,姐妹们,"他说,"这是你们的新发言人。好,开始吧。都到齐了吗?"

"全到了,只有托德·克利夫顿兄弟没来。"有人说。

由于惊奇,他的一头红发不由得抖动了一下。"是吗?"

"他会来的,"一个年轻兄弟说,"我们一直工作到清晨三点钟呢。"

"不过,他还是应该准时——好吧,"杰克兄弟说着掏出一块表,"开始吧。我在这儿的时间不能长,不过有一点时间也够了。你们全知道这段时间里发生的事,也知道我们这位新兄弟在这些事件中所起的作用。简单地说,你们的责任是不要前功尽弃。我们必须完成两项任务:首先,我们必须研究加强我们鼓动工作效果的方法;其次,我们必须把已经解放出来的力量组织起来。这就要求大量吸收新会员。人民已充分发动起来了,如果我们不能及时领导他们采取行动,他们就会消极,甚至会玩世不恭。因此我们有必要马上进攻,而且要攻得猛!"

"为了这个目的,"他向我点了点头说,"我们这位兄弟已被任命为区发言人。你们要一心支持他,把他看作委员会权威的新工具……"

我听到一阵轻轻的鼓掌声噼噼啪啪地响了起来——不料这时大厅的门打开了,掌声也随之停息。我越过一排排的椅子望去,只见一个年龄与我相仿的年轻人走了进来,他没戴帽子,身穿一件厚实的毛衣,一条宽松的裤子。当大伙儿抬头看他的时候,我听到一个妇女迅速地倒抽了一口气,轻松地叹了一口气。接着那年轻人迈着黑人特有的从容不迫的大步从阴影处走到亮处。我发觉他肤色很黑,长得很漂亮;等他走到屋子当中,我看清他生就一副黑色大理石般的容貌,轮廓清晰,这种容貌,在北方只能有时在博物馆的雕像上可以看到,在南方的城镇上则可以经常遇到这样的人,那儿白人少爷小姐的子孙和在农场上干活的黑人童工的后裔都具有同样的姓氏、容貌和性格特征,宛如同一根枪管里出膛的子弹似的。这时,他离我很近,高高地靠在椅背上,神态轻松自若,双臂直挺挺地伸展在桌子上。我见他摊开手指平放在有黑色纹理的木制桌面上,指关节之间的距离宽阔而均匀,穿着毛衣的双臂刚健有力,胸脯上的曲线连到宽阔、光滑的下颌,随着喉部从容的搏动而起伏着;我还看到他的面颊上贴了一小块十字形的橡皮膏,在他面颊的轮廓里,非洲人的柔中有刚和盎格鲁-撒克逊人的坚韧强悍微妙地交融无间。

他靠在椅背上,带着冷漠而清高的神色打量着每一个人,不由得使我意识到在友谊的魅力后面隐藏着一种莫名的狐疑。我意识到他的水平很可能与我不相上下,于是便警惕地望着他,一面心里纳闷,不知道他是谁。

"啊,这么说托德·克利夫顿兄弟迟到了,"杰克兄弟说,"我们的青年领袖迟到了,这是怎么回事?"

年轻人指了指面颊,微笑了。"我不得不去找医生看了看。"他说。

"怎么啦?"杰克兄弟看着他黑皮肤上的十字形橡皮膏说道。

"不过是跟那批民族主义分子小小地交了一次锋。跟'规劝者'拉斯手下的人。"克利夫顿说道。接着我听到一个妇女抽了一口冷气,她那闪亮的眼睛带着爱怜的神色凝视着他。

杰克兄弟迅速地瞥了我一眼。"兄弟,你听到过拉斯这个名字吗?他是个狂人,他管自己叫黑人民族主义者。"

"我记不起来了。"我说。

"不久你就会听到他的情况。坐吧,克利夫顿兄弟;坐下。你可得小心啊。你对组织来说是很宝贵的,可不能冒险啊。"

"这没法避免。"年轻人说。

个性类型加以区分。那位身材高大的女人像个南方的大啤酒桶,她负责妇女工作,发起言来满口抽象的、涉及意识形态的名词。那个脖子上生着褐色斑点、模样羞羞答答的男人说话大胆直爽,热切希望行动。而这位青年领导人托德·克利夫顿兄弟,要不是那一头永远也直不起来的波斯羔羊毛般的鬈发,看上去总有点像个嬉皮士、爵士乐迷,甚至像个骗子。他们属于什么类型呢——我一个也说不清。虽说看起来面熟,他们总有点异乎寻常,正如杰克兄弟和另外几个白人跟所有我认识的白人大不相同一样,他们全都变了样,就像在梦中见到的熟人一样。嗯,我想,我也不同了,等到发完议论,开始行动以后,他们就会看清这一点的。我只管谨慎行事,不与任何人闹对立。就拿目前来说,可能有人会对我处于负责地位这一点愤愤不平呢。

　　但是,当托德·克利夫顿走进我的办公室来讨论街头集会细节时,我看不出他有任何不满迹象,而是全神贯注地同我研究集会的战略问题。他非常仔细地向我提供情况,教我怎样对付在会议中途站起来大声诘问的人,如果遭到攻击该怎么办,怎样在人群中辨认自己人等。尽管在外表上他活像个爵士乐迷,但是他言语精确,我可以肯定,他对自己的工作是很在行的。

　　"你看我们会取得怎么样的成绩?"他说完后我接口说道。

　　"会大获成功的,伙计,"他说,"加维以后还从来不曾有过这样规模的集会,肯定是这样。"

　　"我要是像你这样肯定就好了,"我说,"我可从来没有见过加维。"

　　"我也没见过,"他说,"不过我知道在哈莱姆区他是很有名望的。"

　　"得了,我们可不是加维,况且那是过去的事了。"

　　"对,不过他一定有一套办法,"他的热情突然迸发,"要鼓动那么多人,他**肯定**有一套办法!要鼓动我们的人可真**伤脑筋**。他的办法肯定层出不穷!"

我瞅了瞅他。他的眼睛向里转了转,接着脸上露出了微笑。"别担心,"他说,"我们的计划是科学的,你只要着手执行就行。生活这么糟糕,他们会听我们的,只要他们**听了**,他们就会跟我们走。"

"希望如此。"我说。

"会的。你不像我,我在这个运动里已经有三年了,我能感受到形势在变。他们愿意前进。"

"希望你的感受是正确的。"我说。

"没错,肯定没错,"他说,"眼下的工作就是要把他们聚集到我们这一边。"

夜寒料峭,简直跟冬天相差无几。街角上灯火通明,人群里是清一色的黑人,人相当多,都紧紧挤在一起。我站在梯子上,四周围着克利夫顿的青年分队的队员,他们全都翻起了衣领;在他们身后的人群中,我看到一张张表情各不相同的脸:有的怀疑,有的好奇,有的自信。时间并不晚,街上车水马龙,我提高嗓门大声讲话,以便压倒这一片来往车辆的嘈杂声。讲话间我的嗓音随着激动的情绪也越来越激昂,同时只感到一股潮湿的冷空气掠过我的脸颊和双手。我渐渐感到我与周围群众气息与共,而群众也以一阵阵掌声表示同意;正在这时我突然看到托德·克利夫顿出现在我面前,只见他指着外面向我示意。我的目光越过人头攒动的人群、黑魆魆的店面和闪烁的霓虹灯招牌,看见约莫二十来人的一帮家伙正恶狠狠地急步走来,我往下看了一眼。

"要出事了,继续讲下去,"克利夫顿说,"给自己人打个招呼。"

"兄弟们,行动的时刻到了!"我嚷道。这时我看见一些青年会员和一些较年长的会员绕道向人群背面走去,准备对付这批进犯的人。接着一样东西从黑暗中飘飘忽忽地飞来,重重地打在我的前额上，一时间我觉得人群潮水般涌在四周，梯子被裹着直向后挪动，我就好像一个踩高跷的人在人流之上摇晃不定了一会儿，随即一个仰身倒在街上，只听得咔嗒一响梯子倒下的声音。人群惊慌失措，乱哄哄地直打转，忽然我看见克利夫顿在我身旁。"是'规劝者'拉斯这家伙，"他吼道，"你的手能使吗？"

"我能使拳头！"我火了。

"那好极了。你的机会到了。快，露一手！"

他向前冲去，仿佛跃进了人群的漩涡之中。我跟在他旁边，只见有人躲进了门道，有人在黑暗中砰砰砰地逃走了。

"拉斯在那儿，就在那儿！"克利夫顿叫道。跟着，我听到一阵玻璃砸碎的声响，街上顿时黑了下来——有人把电灯砸了。在一片昏暗中，我看见克利夫顿径直向闪烁着红色霓虹灯的黑魆魆的橱窗走去；就在这时，忽然一样东西掠过我的头部。接着一个人手持一截铁管奔上前来，只见克利夫顿抢到他跟前，身子倏地往下一闪，与他交起手来：他一把抓住他的手腕，一个猛劲扭转身子，就像一个执行口令的士兵做了个向后转的动作，这样他就面对着我了，而那个人的胳膊被扭过来直挺挺地搁在他肩上，这时克利夫顿利索地挺直身体，把那只胳膊用力往下揿压，压得那人踮着脚尖发出一阵阵尖叫声。

我听到了噗的一声，便见那人瘫倒在地，铁管子也跟着哐啷一声甩在人行道上；这时有人拦腰将我的腹部紧紧箍住，我这才猛地清醒过来，原来自己并不是在旁观。我双膝着地，就势一滚，然后直起身子与他劈面相视。"起来，汤姆大叔。"他话音刚落，我便猛揍一拳，紧跟着我一拳他一拳地打开了，结果不分胜负，不过，他还是有些吃亏，因为我给了他两记实实在在的，他准备换个地方打。当他刚想转身离开，我一脚把他绊倒，然后拔脚就走。

这时，格斗在黑暗处最是激烈，沿路的街灯，直到拐弯，全被砸了；四下里只听得咕哝声、用力时发出的哼哼声和拳打脚踢的声响，除此以外一片寂静。黑暗中一片混乱，我无法辨认自己人和拉斯方面的人，只得小心翼翼地挪动脚步，一边仔细张望。街道另一头漆黑的地方，有人大声嚷嚷："散开！别打了！"我想准是警察来了，便四下寻找克利夫顿。霓虹灯招牌神秘莫测地闪着光，满街上人们一面奔跑一面骂起街来；蓦地，在一家商店的门道里，在亮着"支票兑换处"霓虹灯招牌的前面，我发现克利夫顿正在开打，动作灵巧利索，我急忙赶了过去，耳边只听得什么东西接连在我头顶上飞过，接着就是玻璃砸碎的哗啦声。只见克利夫顿双臂左右开弓，往"规劝者"拉斯的头部和肚子猛击，动作短促、准确，他揍得又快又恰到好处：他留意既不把对手打得撞到橱窗里，也不让拳头打到玻璃上，只是一个劲儿地左一拳右一拳朝拉斯身上猛揍，揍得他活像一头醉酒的公牛左右摇晃不停。正当我跑近时，拉斯想夺路逃跑了。我看见克利夫顿把他一推，推得他伏在地上，两手趴在黑漆漆门道的地面上，脚跟支在门板上，就像一个径赛运动员起跑时把脚支在起跑器上一般。克利夫顿向他冲去，只见拉斯一个箭步，接着便一头顶过去把克利夫顿仰面撞翻，同时我听到呼噜呼噜的粗声喘气。忽然拉斯手里一件东西一闪，亮出了一把刀子，又见他拖着他那矮胖、臃肿的身躯缓缓向前逼近；由于手持刀子，他的身体简直像门道那么宽胖。我见状便一个转身寻找那截铁管，找到后像跳水一般向那根铁管扑去，爬啊爬啊——就在这儿，在这儿——我站起身子，忽然看见拉斯已俯下身去，一手抓住克利夫顿的衣领，一手握着刀子，两眼直瞪着克利夫顿，气呼呼地像只狂怒的公牛。我一看不禁身体发了僵，看他举起刀子，一到半空就停住，接着又举起刀子，又停住，动作反反复复，迅捷异常，一边还不住地咒骂；然后他又是叫嚷，又是像连珠炮似的说个不停；我这时慢慢地向前靠近。

"老弟,"拉斯冲口而出,"我真该宰了你。妈的,我宰了你可为这世界除了一害。可是你也是黑人啊,老弟。你干吗是个黑人呢?我发誓我要杀了你。谁敢打我拉斯,妈的,谁敢!"

我见他又一次举起刀子,然而还是没用它,只是再一次放下,接着把克利夫顿一手往街上一推,站在他身边呜呜咽咽地哭起鼻子来了。

"你干吗要跟这些白人混在一起?干吗?我一直在注意你。我对自己说,'不消多久,他会聪明起来,会感到厌烦的。那时,他就会撒手不干的'。像你这样一个好样的干吗还在跟他们混在一起?"

我仍然向前移动,只见拉斯手里拿着尚未见红的刀子,站在克利夫顿一旁,眼眶里噙着的泪水,被橱窗里的霓虹灯映成了红色。

"你是**我的**兄弟啊,伙计。兄弟的肤色应该是一个样;你怎么会跟这些白人**称兄道弟**呢?乱扯淡,伙计,就是乱扯淡!兄弟们的肤色该是一样的,我们都是非洲妈妈的儿子,难道你忘了?你是黑人,黑人!你呀——**真该死**!"他边说边挥动刀子加强语气,"你的头发不行!你的**嘴唇**太厚!他们说你身上发臭!他们可恨你呢,伙计。你是非洲人。非洲人!干吗跟他们在一起?离开那个混账组织,伙计。他们把你出卖了。那个混账组织老掉牙了。他们奴役我们——你难道忘了?他们怎么会好心好意对待黑人呢?他们怎么可能成为你的**兄弟**呢?"

这时我已走到他跟前,将铁管使劲往下打去,只见刀子往暗处飞去,而他紧紧捏住手腕;顿时恐惧和愤恨使我火冒三丈,我又一次举起管子,而他却毫不退缩,他那窄小的眼睛直盯住我。

"还有你,伙计,""规劝者"说道,"是个十足的小黑魔鬼!一个该死的、狡猾的獴!你跟着白人鬼混,不想想**你**是打哪儿来的?我他妈的可知道,别以为我不知道!你是从南方来的!从特立尼达!巴巴多斯!牙买加,南非,屁股上全是白人踹的脚印。你背叛了黑人，一心想抵赖什么？**你们干吗要跟我们打？**你们这批**年轻人**啊。你们这些黑人年纪轻轻，念了不少书；我听过你的煽动。干吗要投靠奴隶主那一边呢？那算什么教育呢？背叛了自己的妈妈还算什么样的黑人呢？"

"住口，"克利夫顿跳起来说，"住口！"

"妈的，不行，"拉斯叫道，一边用拳头擦擦眼睛，"我得说！你可以用铁管打我，可是上帝在上，你就听听'规劝者'的话吧！到我们这边来，老弟。我们要创建一个光荣的黑人运动。**黑人！**他们怎么啦，给了你们钱了？谁要那个臭钱？他们的钱沾满了黑人的鲜血，伙计。脏得很！王八蛋才拿他们的钱，伙计。没有骨气的钱——臭狗屎！"

克利夫顿向他猛冲过去。我摇摇头，连忙拦住了他。"快走，这人疯了！"说着，我拉拉他的手臂。

拉斯紧握双拳连连捶击大腿。"**我疯了**，伙计？你说**我疯了**吗？瞧瞧你们俩，再瞧瞧我——难道这算**神志清醒**？三个黑人站在三个黑影里！三个黑人由于白人奴隶主的挑拨竟在街头打斗起来？这也算神志清醒？这叫做有觉悟，有科学理智？这就是二十世纪的现代黑人？见鬼去吧，伙计！黑人打黑人——这叫作有自尊心？他们给了你们什么甜头才使你们背叛——他们的老婆？你们会上这个当？"

"我们走吧。"我说。我边听边回想过去，突然间，在这一片黑沉沉的街头当年格斗的恐怖气氛又历历在目，而克利夫顿神色严峻，盯着拉斯有些出了神；他从我手中挣脱手臂。

"我们走吧。"我重说一遍。而他却站在那儿瞅着拉斯。

"你走就行了，"拉斯说，"他不走嘛。你变质了，可他是个真正的黑人。要是在非洲，这个人就是个酋长，一个黑人国王！可是在这儿，他们说他强奸他们的半死不活的女人。我断定这个人用棒球棒是打不过他们的——真他妈的！这是彻头彻尾的愚蠢！从摇篮到坟墓，用脚踢他屁股，踢了一辈子，反倒叫起他**兄弟**来了？这算数学？算逻辑？看看他，伙计，睁开你的眼睛，"这时他对我说，"我生相威严，我会摇晃这个混账世界的！在日本、印度他们都知道我——实际上所有有色人种的国家都知道。年轻！聪明！这个人是个天生的王子！你眼睛到哪儿去了？你的自尊心到哪儿去了？为他们这批王八蛋效劳？他们的日子屈指可数了，不消多久就要完蛋，而你还在他们跟前鬼混，还以为这是十九世纪。我真不明白你。我是无知吗？回答我，伙计！"

"是无知，"克利夫顿冲口说道，"见鬼，是这样！"

"你以为我疯了，是不是因为我英语说得差？见鬼，英语不是我的母语，伙计，我是非洲人！你真的以为我疯了？"

"是疯了，疯了！"

"你相信吗？"拉斯说，"他们给了你什么？黑兄弟？把他们的臭女人给了你了？"

克利夫顿又冲了过去，我又一次把他拉住；而拉斯仍然没有退缩，他的头发闪着红光。

"女人吗？真**他妈的**，伙计！难道那是平等？是黑人的自由？拍拍肩膀，再来点冷冰冰的甜言蜜语？想入非非！就那么便宜让他们把你收买了，伙计？他们对我们的人民都干了些什么？你的脑子到哪儿去了？这些女人都是些骚货，伙计！是祸水！要知道那些上层白人恨黑人，这是明摆着的。所以他用了这批骚货，要你们这些年轻黑人为他干肮脏的勾当。他们害了你们，也害了黑人。他们是在耍弄你们，伙计。让他们自己打自己，让他们自相残杀。我们要组织起来——组织是件好事——不过我们要组织的是黑人。黑人！让那些狗娘养的见鬼去吧！他带了个妓女来，告诉黑人他的自由就在她的皮包骨的大腿裆里——而那个王八，他却夺走了一切权力和资产，什么东西也没有黑人的份。那些好心的白人妇女呢，他告诉她们说，黑人都是强奸犯，得把他们关起来，得让他们永远愚昧无知，而这时他就趁机把黑人搞成一窝私生子。

"黑人什么时候才会对这种幼稚的叛卖行径感到无法忍受呢？他们笼络了你，结果你连你自己的黑人智慧都不相信了？你还年轻，别小看自己，伙计。可别自暴自弃！要把你创造出来得耗费多少亿加仑的鲜血啊。要是你看清了自己的内在力量，你就会成为人中王侯！一个人，当他一无所有，赤条条一丝不挂，他就很清楚他是一个人，不用别人来指点他。伙计，你堂堂六英尺之躯，既年轻又聪明。你是黑人，生来漂亮——别人如果说你不是这样，可别依他！你如果不是这么一个人你早死了，伙计。死了！我早就把你杀了，伙计。'规劝者'拉斯举起了刀子准备干了，可是他下不了手。我问自己，你干吗不干呢？我说，现在就干；可是另一个念头对我说：'不行，不行！说不定你是在杀你的黑人之王！'我就应声说，对，对！所以我才对你的侮辱行为不去计较。伙计，拉斯看得出你作为一个黑人是有远大前程的。拉斯不会牺牲他的黑人兄弟来为白人奴隶主效劳。相反，他**哭**了，拉斯是人——这不用白人开导——拉斯**哭**了。所以老弟，你干吗不认清你作为黑人的责任，干吗不到我们这一边来？"

他的胸脯在一上一下地起伏，刺耳的嗓音里夹着哀告的音调。真是个名副其实的"规劝者"，虽说他言语粗鲁，颠三倒四，但辩解起来连我也被吸引住了。他站在那儿等我们回答。不料一架大型运输机从一排建筑物的上空低飞过来，我抬起头看到引擎处火一般的红光，这时我们三人都沉默不语地望着。

蓦地，那"规劝者"对着飞机挥动起拳头，大声嚷道："去他妈的，总有一天我们自己也会有的。见鬼去吧！"

飞机以巨大的威力轰隆隆地震得建筑物格格作响，而拉斯仍站在原地挥舞拳头。一会儿飞机过去了，我向梦幻似的街道四下张望。

这时，别人已远离我们在街道的另一头摸黑格斗，只有我们三人留在这儿，我看了看"规劝者"，一时竟说不上我是在发怒还是惊愕。

"喂，"我摇摇头说，"我们谈正经的。从今以后我们每天晚上都要在街头聚会，我们不怕闹事，可我们不想找麻烦，尤其不愿意跟你们干，不过我们也不会溜掉……"

"妈的，伙计，"他往前一跃道，"这儿是**哈莱姆**。这是**我**的地盘，**黑人**的地盘。你以为我们会让白人进来放毒吗？他们愿意进来就进来，连我们的彩票赌都接管过去？那些店铺不是都属于他们所有吗？谈正经的，伙计，要是想跟拉斯谈话，得谈正经的！"

"这是正经话，"我说，"我们刚才听你说了，现在你听我们说。我们每天晚上都要到这儿来，懂吗？我们会到这儿来的，下一回要是你再拿着刀子追我们的兄弟——我是说不管是白人还是黑人——哼，我们是不会忘了的。"

他摇摇头说："我也不会忘记你的，伙计。"

"别忘。我也不希望你忘了；因为如果你忘了，那就麻烦了。你判断错了，你没看见我们的人比你的多？要赢啊，你需要同盟军……"

"这倒是正经话。黑人同盟军。黄种人、棕种人的同盟军！"

"只要是希望建立大同世界的人都是我们的同盟军。"我说。

"别说傻话，伙计。他们是**白人**，他们不需要跟黑人建立同盟。只要他们达到了自己的目的，他们就会翻脸不认人。你那黑人的智慧到哪儿去了？"

"你这样思考问题只能被卷进历史的逆流中去，"我说，"还是用用你的头脑吧，别感情用事了。"

他死命摇头，一面用眼瞟着克利夫顿。

"这个黑人跟我谈什么脑子啊，思考啊。我倒要问问你们俩，你们是醒着，还是在睡大觉？你们的过去是怎样的，现在往哪儿走？

算了吧,你们尽可以把这种腐朽思想当作宝贝,让它像一只阴险的鬣狗一样,把自己的五脏六腑都啃光。你们像吊在半空中,伙计。半空中!拉斯不蠢,拉斯也不怕。不!现在白人抢到了他们想抢的东西,临走时还当着你们的面把你们嘲笑了一番,而你们这些臭货,满嘴白蛆把你们憋得要命,就在这个节骨眼上,拉斯照旧是个黑人,而且在为黑人的自由而战斗。"

他恶狠狠地往黑洞洞的街上啐了一口唾沫,它在霓虹灯下闪现出粉红色。

"你这话对我算不了什么,"我说,"不过要记住我刚才说的话。跟我来,克利夫顿兄弟。这个人浑身都是脓液,黑色的脓液。"

我们起步走去,一块碎玻璃在我脚下嘎吱作响。

"随你怎么说吧,"拉斯说,"可是我不是傻瓜!我不是那种受过教育的黑人傻瓜,他们竟然以为黑人和白人之间的一切都可以根据几本血淋淋的书里写的混账谎言来解决,不说别的,首先那些书就是白人写的。我们黑人流血牺牲三百年才创造了这个白人文明,一下子是抹不掉这个文明的。血债要用血来还!你们好好记住吧。记住我不像你们。拉斯对问题的实质看得清清楚楚,他对自己是黑人这一点并不感到抬不起头。他也不会为了讨好白人而去叛卖黑人。你们记住:我绝对不会为了讨好白人而叛卖黑人。"

我还来不及回答,克利夫顿在黑暗中蓦地转过身来,只听得砰的一声猛击,拉斯便倒了下去;克利夫顿喘着粗气,而拉斯则躺在街头——一个粗壮的黑人,脸上的泪水在"支票兑换处"的霓虹灯招牌下闪烁着红光。

克利夫顿又一次目光严峻地朝地上望着,仿佛在默默地发问。
"我们走吧,"我说,"走吧!"
警车的汽笛声响起来,我们起步走开时,克利夫顿轻声诅咒。
不一会儿,我们走出了黑沉沉的地段来到了一条繁华的街道,他向我转过身来。眼眶里还噙着泪水。

"那个可怜的狗娘养的,他走错了路。"他说。

"他倒挺看重你呢。"我说。由于离开了暗处,耳旁不再听到那种规劝的声音,我心里感到欣慰。

"这个人疯了,"克利夫顿说,"如果你一直听他的疯话,你也会变疯的。"

"他怎么有这个绰号?"我说。

"他自己取的,不过这是我猜的。**拉斯**在东方是种尊称。奇怪的是他刚才没说什么'埃塞俄比亚伸展出它的翅膀'这类怪话,"他模仿拉斯的口音说,"他说这句话时听起来就像眼镜蛇鼓胀起脖子在飒飒作响……我说不上来……我说不上来……"

"根据目前的情况来看,我们对他得留点神。"我说。

"不错,应该留神,"他说,"他不会就此罢休的……谢谢你,多亏你把那把刀子敲掉了。"

"其实你不用担心,"我说,"他不会杀害他的大王的。"

他头一侧,看了看我,仿佛他以为我是在说正经话,接着他微微一笑。

"当时我还真以为自己完了呢。"他说。

我们向区办公室走去,我边走边猜:不知道杰克兄弟对这场斗殴会讲些什么。

"我们必须扩大组织,用组织压倒他们。"我说。

"当然这是应该做的。不过拉斯的力量是藏在里面的,"克利夫顿说,"拉斯的危险是在里面。"

"他不会钻到里面来的,"我说,"要不,他就会把自己看作叛徒了。"

"是不会钻,"克利夫顿说,"他不会钻进来。你听到他刚才是怎么说的吗?你听到他说了些什么?"

"当然我听到了。"我说。

"我说不上来,"他说,"我想有时候一个人**难免**会栽到历史的外面……"

"你说什么?"

"栽到外面,溜之大吉……要不然,他会杀人,会发疯的。"

我没作声。说不定他是对的,我想;突然我感到非常高兴:因为我找到了兄弟会。

翌晨,天下着雨,我到区办公室的时候别人还没有来。我凭窗伫立眺望,窗外高耸的山墙上由砖块和泥灰交织成单调划一的图案,我的目光越过山墙,只见一排树木在雨中高高挺立,婀娜多姿。有一棵树就在近处,一串串雨水顺着树皮和黏糊的树芽向下流淌。我前面有一条长长的街道,沿街树木成行,高耸的树枝湿漉漉地伸展在一排堆满杂物的后院之上。我不由得想到,要是把东倒西歪的栅栏拆除,再栽上花卉草木,这地方倒满可以开辟成一座赏心悦目的公园呢。就在这时,一只纸袋从我左面的窗子飘了出来,像只无声的手榴弹一样爆裂了,里面装的垃圾全散落到了树上,而那只破纸袋湿漉漉地平落在地上,噗的一声便泄了气!我心里一动,闪过一阵嫌恶,接着思忖着:总有一天阳光会照进这些后院。这么说来,在不景气的日子搞一次居民区的大扫除倒是值得一试的。不可能样样事情都像昨儿晚上那样激动人心啊。

我回到书桌旁,面对着墙上的地图坐下,这时塔普兄弟走了进来。

"早上好,孩子,你已经在工作了。"他说。

"早上好。有很多工作要做,因此我想还是早点开始。"我说。

"你尽管做你的工作,"他说,"我进来可不想打扰你,我想把一件东西挂到墙上。"

"那就请挂吧。要我帮忙吗?"

"不用了,我一个人能行。"他一瘸一拐地爬上了放在地图下的一把椅子上,把一只镜框挂在天花板壁下,又仔仔细细地将镜框摆弄得端端正正,这才爬下椅子,向我桌边走来。

"孩子,你知道那是谁吗?"

"啊,知道,"我说,"是弗雷德里克·道格拉斯[①]。"

"是啊,就是他。你很了解他吗?"

"不很了解,不过我爷爷常给我说起他的故事。"

"那就行了。他是个伟大的人。你不妨常常看他几眼。你需要的东西像纸啊一类的全有了吗?"

"全有了,塔普兄弟。还得谢谢你给我挂上道格拉斯的肖像。"

"别谢我,孩子,"他站在门口说,"他属于我们大家。"

我面对弗雷德里克·道格拉斯的肖像默坐,不觉心里陡然生起一股敬意,祖父嗓音的回声在我脑中响起,尽管我不愿听到他的声音;我随即拿起话筒,开始给居民区领导人打电话。

他们像俘虏似的一个挨一个排成行列:牧师、政客、各种自由职业者一个个都证实了克利夫顿的看法。反驱逐斗争非常引人瞩目,大多数头头担心他们的支持者会甩掉他们而拥到我们这边来。不管对方地位如何微不足道,我都以礼相待:大亨、医生、房地产商人、街头传教士,等等,都一视同仁。我的工作进展迅速、顺利,仿佛这一切不是发生在我的身上,而是发生在一个使用我的新名字的别的什么人身上。当我在电话里听到男子寄宿舍主任对我说话时那股毕恭毕敬的调子,简直要失声大笑。我的新名字不胫而走。真是不可思议,我想,不过对他们来说,事物往往是虚无缥缈的,他们认为只要给样东西起了个名字,名实就相符了。至于我,他们认为我

[①] 弗雷德里克·道格拉斯(1817—1895),奴隶出身的作家,著名的黑人领袖。曾以自身经历为废奴协会做宣传,后任林肯的黑人问题顾问,晚年出任驻海地公使。

是一个什么样的人,我就是一个什么样的人……

我们的工作进行得很有成绩,几个星期以后,我们把游行队伍拉上了街头,这一行动使我们在居民中的影响扎下了根。我们狂热地工作着,在玛丽家寄居的最后几天里,我经历过思想上的冲突,此刻看来已经向外扩展从而与居民区的种种斗争交融在一起,而我的内心却很平静,头脑也很冷静。就连游行时设置纠察线的喧嚷声和发表演说时的熙熙攘攘的场面,仿佛都成了刺激我更好工作的动力;我的一些狂热不羁的想法得到了实现,并且效果不错。

一听到有个失业兄弟原来是堪萨斯州威契塔地方的队列教练,我就组织了一个操练队,队员个个身高六英尺,他们的任务是穿着钉靴,踏着铿锵的步伐在街上行进,以便长长自己的威风。在游行那天,队伍很快就吸引了一拨又一拨的人群参加到游行中来,其速度比乡村道路上群狗打架时吸引别的狗来参加还要快。我们管他们叫"人民飞毛腿支队",当他们在春天的薄暮时分沿着七马路一路操练花里胡哨的队列时,整条街道都轰动了。居民区里的群众又是欢笑又是喝彩,而警察则在一旁瞠目结舌。不过,那地道的音乐使他们着了迷,那些飞毛腿只管沙沙地急速前进。接踵而来的是大小旗帜、横幅和标语牌;随后便是女子鼓乐队,队员都是我们所能物色来的漂亮姑娘,她们一会儿转身,一会儿蹦跳;为了兄弟会的利益,她们热情洋溢地甘愿与姿色平庸的女孩子画等号。我们把一万五千个哈莱姆区居民拉到了街头,他们跟在标语口号后面,沿着百老汇大街浩浩荡荡地向市政府进发。当时我们确实成了街谈巷议的中心话题。

这次行动大功告成,我也跟着平步青云。我的名字犹如密不通风的房间里的烟雾,一下子就传遍了各个角落。一时间,我走遍了居民区的各个地方发表演说。今天这儿,明天那儿,走了住宅区,又到商业区。此外，我为报纸撰稿，带领游行队伍，率领代表团为救济请愿，等等。兄弟会也不遗余力把我的名字大事渲染。许多文章、电报和邮件上都有我的署名——有些是我自己写的，但多数不是。报纸上宣传我，在文章和绘画里都把我跟组织等同起来。记得一个暮春的早晨，我在上班的路上做了个统计：足足有五十个素不相识的人跟我打招呼，这件事不由得使我意识到我有两个自我：一个是旧我，这个我每天晚上只睡几个小时，有时梦见我的祖父、布莱索、布罗克韦和玛丽，这个旧我不长翅膀就想远走高飞，结果从高空一头栽到了地上；另一个是公共场所出现的新我，这个新我代表兄弟会发言，而且正在变得比那个旧我显要得多，以至于觉得自己在跟自己赛跑。

但是话得说回来，那些日子里我工作起来信心百倍，我喜欢这样工作。我眼观六路，耳听八方。兄弟会是别有天地，国中之国，我决心探索它的一切奥秘，并尽我所能地往上爬。我看不到前途上会有什么局限，我会扶摇直上。在全国范围内，兄弟会是我唯一可能攀登到顶峰的组织，而且我也决心要攀登，哪怕这意味着要攀登词语的高峰，因为尽管在我周围人们大谈科学，我已经渐渐相信讲话里有一种魔力。有时我坐着，凝视水波一般的光在道格拉斯的肖像上追逐嬉戏，不禁想起他原先是个奴隶，凭了他的三寸不烂之舌竟然爬上了政府部长的职位，而且爬得这么快，这说明讲话里面真是有魔力。说不定同样的事也发生在我的身上了。道格拉斯逃到北方后在船厂里找到了活；一个穿水手服的大汉，跟我一样也取了个新名字。他的真名叫什么来着？不管他叫什么真名吧，他后来叫了**道格拉斯**，从而为自己定下了一生并以这个名字出名。他原来希望成为一个造船工，可是却成了一位演说家。说不定魔力之谜就在这出人意料的变化之中。"你开始叫扫罗，后来却成了保罗，"祖父常这样说，"小时候你可以是扫罗，等到生活在你头上稍稍挥了几鞭子，你就想做保罗——可是你还是个地地道道的扫罗①。"

是啊，你永远也说不上你在走向何方，这一点是肯定的。是唯一可以肯定的事。你也说不上你是怎么到那儿的——不过你一旦到了，这就行了。我当初一开始就是以一次演说迈出了第一步，而那次演说给了我进学院的奖学金；在学院里我曾指望演说能为我在布莱索手里邀宠，能帮我步步高升，直至成为一个全国性的领袖人物。是啊，我做了一次演说，也因此成了个领袖人物，只是与我原来想当的领袖有差异罢了。世道就是如此。何必埋怨呢？我望着地图思忖着：你起初想找红种人，也找到了他们，尽管种族不同，而且是在光辉灿烂的新世界里找到的。如果你有空停下来想想，世界确实很奇妙；不过科学还是能控制世界，而兄弟会不仅控制了科学，而且还控制了历史。

这样，相当长一段时间里，我的情绪颇为紧张，就像那些上了瘾的彩票赌客，他们为了发财，在最微不足道的现象里找暗示：例如云彩、面前驰过的卡车或地铁火车等，有人从梦、滑稽连环画、人行道上狗粪的形状里找。我呢，则被兄弟会无所不包的理论迷住了。这个组织给了世界一个新解释，给了我一个有生命力的新角色。我们不承认有例外，件件事物都可以由我们的科学控制住。生活完全是由模式和纪律构成的；纪律的妙处可以在它起作用的时候看出来，而且是很起作用的。

---

① 扫罗起初不敬耶稣，迫害基督门徒，后来受到神启，成为虔诚的使徒，遂称圣徒保罗。(参看《圣经·新约·使徒行传》)

第十八章

凡是到我手中的文件信函,我都有一种非读不可的渴望,这也是对布莱索和校董们的仇恨驱使我这样做;否则,我早就把这封信丢在一边了。信封上没贴邮票,在上午的邮件里很不起眼。

兄弟:

这是一位朋友给你的忠告,他一直密切注视着你。**别跑得太快**。要继续为人民工作;不过你得记住你是我们中间的一员。别忘了,如果你爬得太高,**他们会拉你下来的**。你是从南方来的。你也知道,**这世界是白人的**。因此,听听朋友的忠告吧:慢慢地来,这样你才能继续为有色人种谋利益。**他们**不要你跑得太快。你如果不听,他们就会拉你下马。放聪明点……

我猛地跳了起来,手中的纸像响尾蛇那样簌簌作响。什么意思?谁会寄这种东西给我?

"塔普兄弟!"我叫道。这封信的笔迹波浪起伏,似乎在哪儿见过。我又看了一遍信,"塔普兄弟!"

"怎么啦,孩子?"

我抬起头来,又一次愣住了。门开处,灰蒙蒙的晨光透了进来,我祖父似乎正在那门框里面朝我看。我骤然倒抽了一口气。接着,我们俩人默对无言,听到的只是他呼哧呼哧的喘气声。他泰然自若地望着我。

"出了什么事?"他一瘸一拐地进了屋子。

我伸手拿起信封。"这封信哪儿送来的?"我问。

"怎么了?"他不慌不忙地从我手中接了这封信。

"信上没贴邮票。"

"嗯,不错,我早发觉了,"他说,"我猜是有人昨天晚上把信塞到邮箱里了。我把它跟邮件一起取了出来。这封信难道不是给你的?"

"不是给我的,"我避开了他的目光,"可是,信上也没写日期。我在纳闷,这封信什么时候到的——你干吗盯着我看?"

"因为我还以为你见到了鬼呢。你不舒服吗?"

"没什么,"我说,"只是有些不痛快。"

接着我们都没出声,都感到有点尴尬。他站着。我鼓起勇气再次朝他的眼睛看,这次已看不到我祖父的影子,只看到他神色自若但目光敏锐。我说:"坐会儿吧,塔普兄弟。你既然来了,我倒想问你一个问题。"

"好的,"他倒在一把椅子上,"说吧。"

"塔普兄弟,你常在外面来往,对会员很熟悉——他们究竟对我有什么看法?"

他把头一歪。"嗯,对了——他们认为你会成为一位真正的领袖……"

"可是……"

"没什么'可是'的。这是他们的看法。我想不妨告诉你。"

"可是别人会怎么样看呢?"

"哪一些别人啊?"

"那些不太瞧得起我的人。"

"我没听说有这种人,孩子。"

"可是肯定**有人**对我不怀好意。"我说。

"对了,我想一个人总免不了有人反对。不过我从没听说兄弟会里有人不喜欢你。至于说到这儿的黑人,他们认为你干**那个**很合适。

你听到有什么不同看法?"

"没什么。只是我在琢磨,长期以来,我总认为他们不成问题,现在我看,我还是弄弄清楚比较好,这样才能继续得到他们的支持。"

"这个,你不用着急。到目前为止,与你有关的事,几乎件件都使黑人高兴,即使有些事他们起初不赞成。就拿那个说吧。"他指着我办公桌边的墙说。

这是一张富有象征意味的宣传画,上面出现一群英雄人物:一对美国印第安人夫妇,代表被剥夺了的过去;一位金发碧眼的兄弟(穿着工装裤),还有一位领头的爱尔兰姐妹,代表被剥夺了的现在;还有托德·克利夫顿兄弟和一对白人夫妇(光有克利夫顿和一位姑娘大家认为不妥),周围有一群不同种族的孩子,代表未来。这张彩色照片上的人物皮肤肌理光洁,对比悦目。

"真的?"我直愣愣地望着这幅神话般的图画。它的标题是:

《斗争过去以后:美国未来的彩虹》

"你第一次提议搞这张宣传画的时候,不是有些会员反对你?"
"确实是这样。"
"对。当那些年轻会员走下地铁,把画贴在便秘药广告之类的东西边上的时候,他们嚷翻了天——可是你知道他们现在怎么样了?"
"我想他们找到反对我的碴儿了,因为有些小伙子被抓了。"我说。
"反对你?见鬼,他们到处吹牛说反对你,可是我得说,他们拿了这张彩虹宣传画,把它贴在自己家的墙上,尽管两旁贴的是什么'愿主保佑吾家'和'祷告辞'。他们简直喜欢得着了迷。那批激进派的人也是这样。孩子,别着急,他们可能不赞成你的一些想法，可是当我们不走运的时候，他们可是站稳了脚跟，和你站在一起。外面有些人反对你，我琢磨，唯一的原因可能是他们妒忌你一步登天，而且你开始真正在干一些事——其实这些事在好多年以前**早该**做了。如果有人找你的碴，你又何必在意？这不正说明你做出了成绩？"

"我也想这样看问题，塔普兄弟，"我说，"只要人民和我在一起，我就坚信我的工作是正确的。"

"对，"他说，"情况困难的时候，你这样想就会使你感到有人民在支持你……"他停了下来。虽然实际上他只是在办公桌前面平视着我，我感到他仿佛居高临下地俯视我。

"怎么啦，塔普兄弟？"

"你从南方来，对不对，孩子？"

"对。"

他在椅子里转了转身子，一只手插进了口袋，另一只手撑着下巴。"我真不知道怎样才能把我刚才想到的表达出来，孩子。你瞧，我来这儿以前，曾经在南方住了好长时间。我来的时候，他们还在追捕我。我的意思是说，我是逃出来的。我不得不逃。"

"在一定程度上，我也是逃出来的。"

"你是说，他们也在追你？"

"塔普兄弟，不是真的有人追；我只是有这种感觉。"

"嗯，这可不一样，"他说，"你注意到我是个瘸子了吗？"

"是的。"

"嗯，我以前可不瘸，而且现在也不是真瘸，因为医生找不出那条腿有什么病。他们说，那条腿结结实实，像根钢棍。我的意思是说：我走路一瘸一拐的，因为我过去一直带了脚镣！"

无论从他的脸上，或者从他的声音里，都没法知道他曾经长期戴过脚镣，可是我心里明白他一没胡编，二不想惊吓我。我摇了摇头。

"当然啰，"他说，"没人知道这件事。他们还以为我得了风湿病，实际上是那脚镣在作怪。我戴了十九个年头，闹得现在我走起路来还是拖着脚。"

"十九年！"

"十九年六个月零两天。实际上我干了什么事呢？就是说，当初是一件微不足道的小事，可是过了那么多年就变了样了，仿佛真的如他们所说是一件严重罪行。全是**时间**使这件事成为罪行。为了这件事，除了我还没死以外，什么都丢了。我的妻子、几个儿子，还有那块地都没了。所以一开始只是俩人之间的争论，后来却变成了罪，关了我十九年的牢。"

"你到底干了些什么，塔普兄弟？"

"有人要从我这儿夺走一样东西，我说不行。说一声'不'就得付出这样的代价。即使到了今天，我还没有还清这笔债。按照他们的条件，我**永远**也还不清。"

我感到咽喉阵阵抽痛，一种麻木的绝望感涌上心头，十九个年头！而此刻他却在安详地叙述着。肯定这是他第一次把这件事告诉别人，可是，为什么告诉我？我想，为什么挑中了我？

"我说了声'不'，"他说，"我说，**见鬼**，不行！在我挣断脚镣逃走以前，我一直在说'不行'！"

"怎么逃的？"

"他们有时让我和狗在一起，这就给了我机会。我和狗交上了朋友，我等待时机。在南方，你确实能学会等待时机。我等了十九年。一天早晨，河水上涨，我就逃走了。他们还以为大堤垮了以后，我和别人一样淹死了，实际上我敲断了脚镣逃了。我站在泥里，手里拿着一把长柄铲，我问自己：塔普，你行吗？我心里说行，我四周的河水、泥土还有雨水都说行，于是我就逃了。"

突然他高兴地大笑一声，使我吃了一惊。

"我还以为这件事我说不好呢。"他说着，在口袋里一摸，掏出一个包，像是只油布烟袋，又从里面取出一件用手帕包着的东西。

"孩子，打那以后，我一直在追求自由。有时我干得还可以。在这儿我的日子并不好过，而以前我干得挺不错，要知道我这个人身体不那么好。可是即使在走运的时候，我还记得牢牢的，因为我忘不了那十九年。我把这个留着当作纪念品，它可以时刻提醒我。"

这时他把手帕打开，我则盯着他那双老人的手。

"我想把这件东西传给你，孩子。喏，"他说着把东西递给我，"作为礼物，这东西有些怪；可是我认为它意味深长，能帮助你记得我们在跟什么作斗争。我并不认为用两个词'是'或者'不是'就能说明它的含义。它含义还挺深……"

我看到他把手搁在办公桌上。"兄弟，"他第一次叫我"兄弟"，"我要你收下。这东西可能会带来好运。不管怎么说，我把它锉断了以后就逃了。"

我把它拿起来。这是一段粗重的钢制脚镣，又黑又油；已经用锉刀锉过，扭开后又被使劲扭回到原来的大体形状。我看到表面有一些砍痕，好像用斧头砍过。我在布莱索的办公桌上看到过同样的脚镣，不过那只外表光滑，而这只上面有暴力和匆忙的痕迹，仿佛它在勉强屈服以前承受过的百般攻打。

我瞅着他；当他费解地盯住我时，我摇了摇头。由于一时找不到话再问下去，我把脚镣往腕上一套，使劲敲了一下办公桌。

塔普兄弟格格笑了一声。"我倒从来没想到这玩意儿可以派这个用场，"他说，"好得很，好得很。"

"可是为什么你把它送给我，塔普兄弟？"

"因为我想我**就得**送给你。好了，别想要我说我没法说的话。你能说会道，我可不行，"他说着站了起来，一瘸一拐地向门口走去。

"这玩意儿曾经给我带来好运,我想它也许也能给你带来好运。留着吧,常常拿出来看看。当然啰,如果你腻了,就把它还给我。"

"哦,不会的,"我在他背后喊道,"我需要它。我想我能理解。谢谢你送给我。"

我朝腕上这副黑钢圈看了一眼,随即把它丢在那封匿名信上。我并不需要它,也不知道拿它怎么办;当然我得好好保存,即使不是为了别的,至少因为我感觉到塔普兄弟把它送给我这件事本身就意味深长,我不得不对此表示敬意。也许就像一个人把祖父的表传给儿子,而儿子接受这块表并不是因为这只老式表本身有什么用,而是因为父亲的行为里含有未言明的严肃庄重的色彩,这行为能把他和他的祖先联系在一起,这是他人生旅程中的此刻所能达到的最高点,也为他那模模糊糊、混沌一片的未来增添了几分具体的色彩。现在我记起来了,如果我当时不到北方来而回了老家,父亲就会把祖父那块老式的汉密尔顿牌怀表传给我,我还记得,表上的那根长长的上弦转柄的顶端挺粗糙的。好吧,现在我弟弟将会得到它,不过我从来也没想要过。他们现在在做什么?我陷入了沉思,一股怀乡之情油然而生。

我感到有一阵热浪从窗口扑向颈部。早晨咖啡的香气里夹杂了一个低沉的嗓音在唱歌,歌声亦庄亦谐:

> 别在大清早来
> 白天太热也别来
> 为了洗清我罪孽
> 晚上凉爽请你来

这时各种回忆纷至沓来,可是我都丢置脑后。没时间回忆,因为回忆勾起的形象都是属于过去岁月的。

从我把塔普兄弟叫进来询问有关那封信的情况到他离开为止只有几分钟时间,可是我似乎已掉进一口时间的深井,已经过去了好多年。我平静地注视着那封信,它曾一时动摇了我整个信念。令人高兴的是,我叫进来的是正在附近的塔普,而不是克利夫顿或其他人,否则我的惊慌会使我在他们面前不好意思。塔普就不同,他走的时候,我既头脑清醒又信心十足。他恢复了我观察问题的能力,这也许是因为我当时在他眼睛里看到祖父的形象时发了愣怔,也许仅仅是因为他的声音是那样泰然自若,也许是因为他提起了他的过去和那段脚镣的来历。

他是正确的,我想;不管那个写信的人是谁,反正他想迷惑我。我一向有南方黑人所固有的不信任感:怕被白人出卖;有的敌人就想挑动这一点以破坏我的信念,以为这么一来就可以阻止我们前进。他似乎知道布莱索的信带给我的遭遇,并想利用这一点,不但想把我毁了,也想把整个兄弟会毁了。可是那不可能,现在认识我的人中间没有一个知道我的那段经历。那只是一段可憎可恨的巧合而已。如果我能紧紧卡住那个笨蛋的咽喉就好了。在国内,只有在兄弟会里,我们才感到有自由;在这儿,我们得到一切鼓励可以充分发挥自己的才能,而他却想破坏这个组织!不,他担心的不是我怎么样,而是怕兄弟会有一个大发展,而兄弟会需要的正是大发展。我不是刚接到命令要我拿出主意来,以便能把**更多**的人组织起来吗?"白人世界"恰恰是兄弟会所反对的。我们的理想是要建设一个人人皆兄弟的世界。

可是谁寄来了这封信——"规劝者"拉斯?不,不像他。他更直截了当,绝对反对黑人与白人之间的任何合作。是别人,一个比拉斯更阴险的人。不过是谁呢?我琢磨着。随即我强迫自己停止猜想,因为我还得处理手头的工作。

早晨工作开始后,就有人问我怎样申请救济金;有些会员进来问我分散在大厅各个角落里开的小型委员会会议应当怎样进行；有个妇女，丈夫由于打她而被关进监狱，这时却来问我有没有办法使她的丈夫恢复自由。我刚把她打发走了，雷斯特拉姆兄弟走进了房间。互相打过招呼以后，我不安地注视他慢腾腾地在一把椅子里坐了下来，眼睛扫过我的办公桌。在兄弟会里他似乎有些权威，可是他的确实作用不很清楚。我感到他像一个爱管闲事的人。

他刚坐定就盯住我的办公桌看，又指着一堆文件问道："兄弟，你那儿放的是什么东西？"

我慢慢往椅背上靠，同时正视他的眼睛。"那是我的工作。"我冷静地答道，暗暗决定一开始就不能让他横加干预。

"我是说**那个**，"他的手还在那儿指着，眼睛开始冒火了，"那边那个东西。"

"工作，"我说，"这都是我的工作。"

"那个也是吗？"他指着塔普兄弟的脚镣说道。

"那只是件私人礼物，兄弟，"我说道，"我能为你做些什么？"

"我问的不是这个，兄弟。那是什么？"

我拿起脚镣递了过去。从窗口斜射进来的阳光使这块油滋滋的金属奇怪地发出像皮肤一样的颜色。"你愿意仔细看看吗？我们有一位会员拖了十九年脚镣。"

"见鬼，我不看，"他身子一缩，"我是说，谢谢，我不看。不过，兄弟，我想我们不应该把这种东西放在这儿。"

"**你**这样看吗？"我说道，"那是为什么呢？"

"因为我认为我们不应该强调我们之间的差异。"

"我并不强调任何东西。这是我的个人物品，它只是偶然搁在这张桌子上。"

"可是别人看得见！"

"不错，"我说道，"可是它能提醒我们，我们的斗争对象是什么。"

"不，先生！"他摇摇头说，"不，先生！对兄弟会说来，那玩意儿最糟不过了——因为我们要使老百姓想起我们之间的共同点，那才对兄弟会有利。我们应该改一改这种老是强调我们之间差异的说法。兄弟会里人人都是兄弟嘛。"

我暗自感到好笑。很明显，他之所以感到不安并不是因为他认为需要忘掉差异，而是由于别的更深刻的原因。恐惧就在他的眼神里面。"我从来没有想到过这一点，兄弟。"我说道，一边用拇指和食指摇晃那段脚镣。

"可是你会感到有必要那样想的，"他说道，"我们得约束自己。凡是对兄弟会没有利的都应该坚决根除。要知道，我们有敌人。我对自己的一举一动都很注意，因为我绝对不愿意使兄弟会难堪——这是个顶呱呱的运动，可我们得使运动好上加好啊。我们得**检点些**，兄弟！你明白我的意思吗？我们太容易忘记我们能加入这个组织是很荣幸的。我们常常会说一些毫无好处、只会引起误解的话来。"

我在想，他怎么会这样唠叨？这一切跟我有什么关系？会不会那封信是他送来的？我把脚镣放下，从文件堆下取出那封匿名信，手持一角信纸，把信举在斜射阳光下面。那阳光照透了纸背，使那歪歪斜斜的字母显得轮廓分明。我聚精会神地瞅着他，这时，他正趴在桌上望着那张纸，可是从他的眼神里看不出他见过那封信。我把信纸往脚镣上一放，与其说松了口气，不如说感到失望。

"兄弟，说句知心话，"他说，"我们中间有人并不真的信奉兄弟会的主张。"

"真的？"

"他妈的当然！他们参加进来只是为了利用组织来达到他们个人的目的。有人当面叫你兄弟，等你一转身，你就成为黑狗养的！你可得注意他们。"

"兄弟，我还没有遇到这种人。"我说。

"你会遇到的。到处有毒蛇啊。有些人不愿意和你握手，有些人不喜欢和你常见面；可是，妈的，进了兄弟会，不愿意也得愿意！"

我瞅着他。我从没想到兄弟会会强迫任何人跟我握手。他竟然以为这是可能的，并露出洋洋得意的神色，这真是既可憎，又令人震惊。

他蓦地笑了。"是啊，妈的，他们不愿意也得愿意！我，我可不会轻易放过他们。如果他们想做兄弟会员，那就得像个兄弟的样子。哼，我可是铁面无私的，"他说着，脸上突然变得一本正经，"我是铁面无私的。我每天都要问问自己：'你做过不利于兄弟会的事吗？'一发现有，我就坚决根除。一个人被疯狗咬过，就会用火灼那伤口，就得那样烧。做一个兄弟会员得全心全意，得心地纯洁，在身心两方面都得守纪律。兄弟，你懂了我的意思吗？"

"懂，我想我懂，"我说，"有些人信奉宗教就是那样的。"

"宗教？"他眨了眨眼，"你我这样的人老是信不过别人，"他说，"我们已经堕落了，因此有些人很难相信兄弟会的主张了。有些人还想报仇！这就是我想说的。我们得根除这种想法！我们得学会信任兄弟会其他成员。不管怎么样，不正是**他们**创办兄弟会的吗？不就是**他们**走过来向我们黑人伸出手说，'我们希望你们成为我们的兄弟'？不正是他们这样做的吗？你说，是不是他们？不正是他们挺身而出，把我们组织起来，支援我们的斗争？当然是他们。一天二十四小时都得记住这一点啊。**兄弟会**。这个词得时时刻刻在我们眼前出现。好，我这次来正要和你谈一个有关的问题。"

他往后一坐，两只大手抱住膝盖。"我有个计划想跟你谈谈。"

"什么计划，兄弟？"我说。

"唔，是这样的。我认为我们应该有某种形式显示我们是些什么样的人。我们应该有旗帜之类的东西。专门归我们黑人兄弟使用。"

"喔，我明白了，"我对他的话发生了兴趣，"那么你为什么认为这很重要？"

"因为这对兄弟会有利，原因就在此。首先，你总记得吧，我们的人在游行、出殡、跳舞，或者诸如此类的活动中，你总能看到他们带着旗子啊、横幅啊的，即使这些旗帜并没有什么意义，但是能壮声势。别人会停下来看看、听听、打听一下'这儿在干什么'。可是你我都知道他们根本不曾有过真正的旗帜——'规劝者'拉斯倒可能有几幅，可是他自称是埃塞俄比亚人或者非洲人。所以他的旗子不属于我们，我们从来没有什么真正的大旗。他们需要一面真正的大旗，一面不但能代表他，也能代表一切人的大旗。你懂得我的意思吗？"

"我想我懂。"我记得过去有人举旗打我身边走过的时候，我有一种与己无关的感觉。它使我想到，**我**和他们无缘。一直在我找到了兄弟会以后，这种想法才有了改变……

"当然你是理解的，"雷斯特拉姆兄弟说，"人人需要旗子。我们需要的是一面代表兄弟会的大旗，我们还要有能佩戴的标志。"

"标志？"

"别针或者像纽扣一类的东西。"

"你是说徽章？"

"对了！一件能佩戴的东西，别针之类的东西。这样一个会员遇到另一个会员，他们就能互相认识。那样，托德·克利夫顿兄弟遇到的事就不会发生……"

"什么事不会发生？"

他往后一靠。"你不知道吗？"

"我不知道你指的是什么。"

"这件事最好忘掉，"他把身子靠过来，两只大手一抓一放，"不过你瞧，在一次群众大会上有几个流氓想破坏这个会。打架的时候,托德·克利夫顿兄弟错把一个白人兄弟当作流氓,抓住就打。那种事太糟了,兄弟,**太**糟了。可是如果有了徽章,那种事就不会发生。"

"这么说,真的出了事了。"我说。

"是啊。那个克利夫顿兄弟发作起来简直不得了……那么,我的意见你觉得怎么样?"

"我认为应该向委员会汇报,"我小心翼翼地说。这时电话铃响了,"对不起,兄弟,我接一下电话。"我说。

电话是一份新创刊的画报的编辑打来的,他希望能对"我们最有成就的青年人之一"进行一次访问。

"你过奖了,"我说,"不过我怕我太忙,没时间接待你。不过,我建议你访问我们的青年组织领袖托德·克利夫顿兄弟;你会发现他比我更有吸引力。"

正当雷斯特拉姆在一旁使劲摇头说"不行,不行"的时候,那位编辑说:"可是我们想会见你,你已经……"

"你知道,"我打断了他,"对我们的工作有很多不同的看法,肯定一些人是有的。"

"正因为这样,我们想访问你。你已经成为有争议的代表人物,我们的任务就是想把这类问题介绍给读者知道。"

"克利夫顿兄弟和我处于同样境地。"我说。

"不,先生,只有你才行。你应该让我们把你的经历介绍给青年读者,这对你是责无旁贷的。"他说,这时我注视着雷斯特拉姆兄弟把身体凑了过来,"我们感到我们应该鼓励他们坚持斗争直到胜利。不管怎么说,你经历了斗争的道路,新近成了一位领导人。所有的英雄人物,只要我们有办法,我们都要访问。"

"可是,"我拿着听筒笑了起来,"我不是英雄,我也不是什么领导人;我是机器里的一个齿轮。在兄弟会里,我们是作为一个整体行动的。"我说。这时我看到雷斯特拉姆兄弟点头赞许。

"可是你得承认,我们黑人中有了你,我们的人民才注意到了兄弟会,是这样吧?"

"在我之前,克利夫顿兄弟至少已积极活动了三年。况且事情并不那么简单,个人起不了多大作用;主要是靠集体的意志,集体的行动。在我们这儿,为了集体的成就,人人都放弃了他们个人的雄心壮志。"

"好,那太好了。人民希望听到这种话。我们的人民需要有人把这些话讲给他们听。你为什么不同意我派个记者来呢?我叫她二十分钟以后就到。"

"你可真有点固执,我很忙啊。"我说。

要不是雷斯特拉姆兄弟一直不停地打暗号指点我怎么说,我真会拒绝的。可是我还是答应了。我想有一点友好宣传也无碍大事。在我们的声音不能到达的地方,许多胆小怕事的人会读到这本杂志。我只要记住少谈些我的经历就行。

"兄弟,我很抱歉中断了我们的谈话。"我放下话筒说,一面盯住他那双好奇的眼睛,"我将尽快把你的想法汇报给委员会。"

我站起来表示这场谈话已告结束,他也站了起来,样子很激动,仿佛还想谈下去。

"好吧,我自己也得去看看别的兄弟,"他说,"我会马上再见你。"

"任何时间都行。"我说。为了避免和他握手,我伸手取了几张纸。

他刚要走出去,又回过头来,手扶门框,蹙着眉头说:"兄弟,别忘了我说的关于桌子上那件东西的那些话。那种东西没有什么好处,只会引起思想混乱。应该把它收起来,不让别人看见。"

他走了我很高兴。他怎么竟然想到要指点我说这说那的,而这场对话他只能听到一部分！很明显，他不喜欢克利夫顿。而我不喜欢的却是他。瞧他看到脚镣时的那副蠢相，是那么害怕！塔普戴了十九年还能笑呵呵的，而这个大个子……

后来我就把雷斯特拉姆兄弟忘了，直到两星期后，在市区机关里召开的一次讨论战略问题的会上，我才又注意到他。

我到之前别人都已在场。房间里烟雾弥漫，热气腾腾，一头摆着几张长凳。通常在这种会议上人声喧闹，仿佛是在拳击场上或者在吸烟室里；可是这次，人人静默不语。白人兄弟们似乎不大自在，而哈莱姆区来的兄弟却看上去斗志旺盛。他们并没有给我时间考虑。我一说"对不起，我来晚了"，杰克兄弟就用木槌敲了一下桌子，冲着我开了腔：

"兄弟，对于你的工作和最近的作为，有几个兄弟似乎产生了严重的误解。"

我茫然地瞪着眼瞧他，心里琢磨着他这句话指的是什么。"对不起，杰克兄弟，"我说，"不过我不理解。你是说我工作中出了差错？"

"差不离，"他说，脸上毫无表情，"有人提出了指责……"

"指责？是不是我没有贯彻指示？"

"对于这一点是有些怀疑。不过最好让雷斯特拉姆兄弟谈谈这一点。"他说。

"雷斯特拉姆兄弟！"

我感到震惊。那次谈话以后，他可一次也没来过。他坐在桌子对面，有意躲开我的目光，可是我盯住他的脸看。我看到他懒洋洋地站了起来，口袋里露出一卷纸。

"是的，兄弟们，"他说，"我提出了指责，尽管我非常不愿意这样做。不过我一直在注意工作的情况，我得出这样一个结论，如果再不**立即**止住，这位兄弟将要把兄弟会变成一个笑柄！"

我听到了三三两两的抗议声。

"是的，我是这么说的，我就是这个意思！坐在这儿的这位兄弟是我们运动开展以来从未遇到的一个最大危险。"

我瞅着杰克兄弟；这时他正在一本拍纸簿上涂写，他的眼睛炯炯有神，脸上仿佛挂着一丝微笑。我感到越来越激动。

"兄弟，讲具体些，"一位叫加纳特的白人兄弟说，"这些指责很严厉，而我们都知道这位兄弟的工作很出色，讲具体些。"

"当然我会讲具体的事，"雷斯特拉姆瓮声瓮气地说，他突然从口袋里掏出一卷纸，打开后向桌上一扔，"这就是我要说的！"

我走上一步。这是一本杂志上的一张我的照片。

"这从哪儿搞到的？"我说。

"就是这玩意儿，"他的声音低沉，"还装作从没见到过！"

"可是我是没见到过，"我说，"真的没见到过。"

"别对这些白人兄弟撒谎，不许撒谎！"

"我没撒谎。我生平从没有见到过。不过即使我见到过，那又有什么过错呢？"

"你知道错在什么地方！"雷斯特拉姆说。

"请注意，我什么都不知道。你在打什么主意？是你让我们大家都到这儿来，所以如果你有什么话要讲，请你快讲出来。"

"兄弟们，这个人是一个——一个——机会主义者！你们只要读一下这篇文章就明白了。我指控这个人想利用兄弟会运动来追求他个人的私利。"

"文章？"这时我想起那次访问来了，原来我早就忘了。其他人的目光在我和雷斯特拉姆之间来回打量，我望着他们的眼睛。

"它说我们什么来着？"杰克兄弟指着杂志说。

"说？"雷斯特拉姆说，"什么也没说。全是关于他的事。**他想**

些什么,**他**干些什么,**他**准备干什么。我们创建了这个运动,为运动的事业奋斗,可当初谁也没有听说过这个人;现在他却一个字也不提我们。如果你们以为我在撒谎,那么你们念一念就知道了。请看吧。"

杰克兄弟转向我说:"是真的吗?"

"我没看过,"我说,"我已经忘了我被记者访问过。"

"可是现在总记得了吧?"杰克兄弟说。

"是的,现在记得了。来约我的时候,他刚好在办公室。"

他们默不作声。

"糟透了,杰克兄弟,"雷斯特拉姆说,"白纸黑字写得明明白白。他想给人一个印象,仿佛他就是整个兄弟会运动。"

"根本不是这么回事。我当时要编辑访问托德·克利夫顿兄弟,这一点你是知道的。既然你对我的工作一无所知,为什么不讲讲**你究竟想干什么**?"

"我在揭发一个两面派,这就是我在干的。我在揭发你。兄弟们,这个人是**十足**的机会主义分子!"

"好吧,"我说,"你要揭发尽管揭发,可是不准诬蔑。"

"我就是要揭发你,"他一挺下巴颏儿,"我会揭发的。兄弟们,我说的件件属实。我还有件事要告诉大家——他想一手遮天,让大家都原地不动,除非**他**下命令。大家想想,几星期前他去了菲利。我们想组织一次群众大会,可是怎么样?只有两百来人参加。他想把他们训练得只听他的话。"

"可是,兄弟,我们不是得出了结论,认为那次号召措辞不当吗?"一个兄弟插嘴道。

"是的,我知道,可是那不是……"

"但是委员会分析了号召并且……"

"我知道,兄弟们,我不是想跟委员会争论。可是,兄弟们,因为你们不**了解**这个人,所以表面上看来似乎是那样。其实,他在暗中行动,他有某种阴谋……"

"什么阴谋?"一个兄弟凑过身去,隔着桌子问道。

"就是阴谋呗,"雷斯特拉姆说,"他的目的是想控制市北区的运动。他想做一个**独裁者**!"

房间里,除了电扇在嗡嗡作响外,一片寂静,在他们望着他的目光里有一种新的关切。

"这些指控很严重啊,兄弟。"两个兄弟异口同声地说。

"严重?我知道是严重的,所以才把它提出来。这个机会主义分子以为他比别人多受了点教育,就比任何人都强。他就是杰克兄弟所说的那种渺小——渺小的个人主义者!"

他用拳一击会议桌,绷得紧紧的脸上,两只眼睛又小又圆。我真想朝他脸上猛击一拳。这已经不是一张真脸,而是一副面具,可能真脸躲在后面暗笑,笑我也笑别人。因为他不可能相信自己说过的话。他才是个阴谋家,而从委员们脸上一本正经的神情看来,他的诡计会得逞。这时几个兄弟不约而同地开了腔,杰克兄弟不得不敲木槌要大家遵守秩序。

"兄弟们,请安静!"杰克兄弟说,"一个一个来。关于这篇文章你了解什么情况?"他对我说。

"不是很多,"我说,"杂志编辑打来个电话,说他想派一位记者来采访。记者问了几个问题,用一架小照相机拍了几张照片。我就知道这些。"

"你有没有给记者一份事先准备好的材料?"

"我只给了她几份我们的正式文件。我既没有告诉她该问什么问题,也没说她该怎么写。当然,我采取了合作的态度。如果一篇文章,虽然写的是我,却能起到为运动争取朋友的作用,我认为那样做是我的职责。"

"兄弟们，这件事是有**预谋**的，"雷斯特拉姆说，"让我告诉你们，那个女记者对他的访问是这个机会主义分子自己**安排**好的。他安排了这次访问，又对她说该写些什么。"

"这是无耻的撒谎，"我说，"你当时在场，你明明知道我要他们去访问克利夫顿兄弟！"

"谁撒谎？"

"你撒谎，你这个蠢无赖。撒谎的人不配做我的兄弟。"

"他骂人啦。兄弟们，你们都听见了。"

"大家别动肝火，"杰克兄弟平静地说，"雷斯特拉姆兄弟，你提出了严厉指控，你有证据吗？"

"有，你们只要看一看这本杂志，就能看到我的证据。"

"我们会看的。还有什么？"

"你们只要听听哈莱姆区里的人说些什么话。他们谈来谈去尽是他，从来不谈我们这些人干了些什么。兄弟们，让我告诉你们吧，这个人已经构成对哈莱姆区人民的威胁。应该把他赶出去！"

"那得由委员会决定。"杰克兄弟说。然后他对我说："兄弟，你能说些什么为自己辩护？"

"为自己辩护？"我说，"没什么可说的。我不用辩护什么。我一直想把工作做好，如果兄弟们不了解，那现在说也太迟了。我不明白这背后究竟是什么花招；不过我还没有这么大的能耐可以控制杂志的记者。我也没想到我是来受审的。"

"这不是什么审查，"杰克兄弟说，"我希望你永远也不会受审，不过万一你受审，我们会通知你的。同时，既然这件事紧急，委员会要求：在我们阅读和讨论这篇访问的时候你退场。"

我离开屋子，走进一间空荡荡的办公室里，愤怒和厌恶在内心沸腾。在兄弟会的一个高级委员会里，雷斯特拉姆一下子把我拉回南方，我感到自己赤裸裸的。在众人面前，他逼我参加一场幼稚的争论——我真想掐死他。可是我不得不全力还击,以他能理解的语言还击,虽然我们争起来就像歌舞滑稽戏中两个角色在动真刀真枪。也许我应该提起那封匿名信,不过转念一想,会不会有人以为这说明我没有得到我的地区人民的全力支持呢?如果克利夫顿在这儿,他就会知道怎样来对付这个小丑。是不是因为他是黑人,他们就当真相信他?他们究竟怎么啦,难道他们看不出在他们面前的是一个小丑?不过我想,如果他们当时笑了起来,哪怕是微笑一下,我也会受不住垮下来的,因为他们在讪笑他的同时,不可能不同样在讪笑我……不过如果当时他们**真的**笑了,反而会使这场戏显得更真实些——我到底在哪儿?

"你现在可以进来了。"一个兄弟叫我。我走进去聆听他们的决定。

"哦,"杰克兄弟说,"兄弟,我们都看了这篇文章,我们高兴地告诉你,我们没发现它有什么害处。当然啰,如果能更多地提到哈莱姆区的其他会员,那就更好。不过我们没有证据说明你与此有关。雷斯特拉姆兄弟搞错了。"

我看到他那和蔼的神态,又想起他们花时间搞清了问题,我心中的怒火全消了。

"我得说他搞错是有罪的。"

"不是什么罪,而是热心过了头引起的。"他说。

"依我看来,既是热心过了头,也是犯罪。"我说。

"不,兄弟,不是犯罪。"

"可是他败坏了我的名誉……"

杰克兄弟微微一笑。"那可是出于他真诚的动机,兄弟,他考虑的是兄弟会的利益。"

"那为什么诽谤我呢?我不能理解你的意思,杰克兄弟。我不是敌人,这一点他明明知道。我也是一个兄弟嘛。"我又看到他微笑。

"兄弟会有很多敌人,对兄弟们犯的善意的错误不能太严厉。"

这时我看到雷斯特拉姆脸上愚蠢而腼腆的表情,态度缓和下来了。

"很好,杰克兄弟,"我说,"我想我应该高兴你们认为我无罪……"

"就那篇**杂志文章**而言……"他用手指向空中一戳。

我后脑勺什么东西在抽紧,我站了起来。

"就文章而言!你的意思是说你还相信别的想入非非的胡说臆测?是不是大家今天在看'迪克·特雷西'[①]?"

"这跟迪克·特雷西毫无关系,"他厉声说道,"运动有许多敌人。"

"这么说我成了敌人了,"我说,"大家怎么啦?你们的态度仿佛是谁也没有和我有过丝毫的接触。"

杰克把眼睛盯着桌子上说道:"兄弟,你对我们的决定感兴趣吗?"

"嗯,不错,"我说,"我感兴趣。我对各式各样的古怪行为都感兴趣。这并不难理解。我曾经认为这间屋子里的人是全国的俊杰,可是一个狂人竟然能使他们郑重其事地相信他的话!我当然感兴趣,否则我早就当个聪明人,跑出会场了!"

我听到有些人抗议,这时脸色绯红的杰克敲敲桌子要大家安静。

"也许我应该对这位兄弟说几句话。"麦克阿菲兄弟说。

"讲吧。"杰克兄弟的声音有点沙哑。

"兄弟,我们理解你的感情,"麦克阿菲兄弟说,"不过你得懂得运动有很多敌人。这是千真万确的。我们不得不为了组织的利益而牺牲个人的感情,兄弟会高于我们任何个人。当组织的安全成了问

---

① 迪克·特雷西是美国风行的滑稽连环画中一个侦探的名字。

题，个人就微不足道了。同时请你相信我们所有的人对你本人完全出于善意，你的工作一直很出色。这件事有关组织安全，而且我们有责任对所有这类指控进行彻底调查。"

我突然感到空虚；他的话有一定的逻辑性，我不得不接受。他们是错了，但是他们有义务发现这个错误，让他们调查吧。他们将会发现所有指控都是无稽之谈，而我是无辜的。究竟为什么老是想到四面受敌呢？我凝视着一张张烟雾缭绕的脸；我进兄弟会以后从来没有这样严肃认真地疑虑过。在此之前，我感到我的工作和方向有一种前所未有的完整感；甚至在那受骗的大学生活阶段也不曾有过这种感觉。兄弟会是一个值得人们为之献身的组织，那是它的力量所在，也是我的力量所在；而这种完整感保证了这个组织将改变历史的进程。对这一点我是全心全意地坚信不疑的，可是现在，虽然我内心仍然认为我的信仰是正确的，但感觉受到了摧残性的打击，因此我不想进一步为自己辩护了。我静静地站在那儿等候他们念决定。有人用手指在敲鼓似的连击桌面。我听到薄纸发出的枯叶一般的沙沙声。

"请确信委员会是公正明智的。"托比特兄弟的声音从桌子那头飘了过来，可是烟把我们隔开了，我看不清楚他的脸。

"委员会决定，"杰克兄弟的声音很清脆，"在所有指控尚未澄清以前，你可作如下抉择：或留在哈莱姆区，但不得进行活动；或去市南区工作。如果你愿去市南区，你必须立刻结束你目前的工作。"

我感到两腿发软。"你是说我得停止工作？"

"除非你愿意去别的地方为运动服务。"

"可是你们难道没看到……"我望着他们一张张脸，看到的是他们眼睛里木然而又无商量余地的神色。

"你如果决定继续工作，你的任务是，"杰克兄弟说，一面伸手去取木槌，"在市南区就妇女问题发表演说。"

突然我感到我像一只被人转动的陀螺。

"什么问题?"

"妇女问题。我那本小册子《论美国妇女问题》将是你工作的指南。兄弟们,现在,"他两眼向屋子里一扫,"休会。"

我站在那儿,他敲木槌的声音依然在我耳中回荡,**妇女问题**这个词也依然在脑中萦绕。他们鱼贯从房间走向过道的时候,我仔细察看他们的脸,看看有没有得意讪笑的神色;我倾听他们的话音,听听有没有哪怕是很轻的掩嘴而笑的声音。我站在那儿,不愿想到我刚才成为一场无耻玩笑的笑柄,我尽力把这种想法压下去。当我看到他们脸上丝毫没有显示出已经觉察到这是一场玩笑,便更不愿这样想了。

我内心拼命强使自己顺从。已经无法挽回了。他们将调动我的工作,将进行调查,而我却不得不接受他们的决定,因为我仍然是个信徒,仍然得屈从于纪律。现在肯定不是停止活动的时候,因为我刚开始接触到这个组织中某些我毫无所知的方面(例如一些上级委员会,一些从不露面的领导人,以及和我们的事业毫不相关的团体中的一些同情者和盟友)。因为这个组织的权力机构里有很多隐情,一直对我保密,仿佛诡秘异常,现在则似乎渐渐透露了点消息,这个时候不能停止活动。不,虽然我愤怒、我厌恶,但是我的雄心壮志不让我轻易投降。况且我何必限制自己、孤立自己呢?我是一个**演讲人**——我为什么不能就妇女问题,或任何其他问题发言呢?我们的意识形态范围包罗万象,对一切问题都有一定的政策,而我主要关心的是在这个运动中一步一步上升。

离开大楼的时候,我虽然依然感到被别人粗暴地摆弄了一番,但是渐渐乐观起来了。调离哈莱姆区对我是一场震动,不过虽然我受了委屈,对他们也同样不利;因为我已经弄清楚了一点:哈莱姆区所需要的也正是**我**所需要的,我对兄弟会的价值丝毫不小于那些最有用的联系人对我的价值：这是因为我在表达区里黑人的希望和憎恨、恐惧和意愿时十分坦率和诚实，而这一点对兄弟会很有好处。有话和委员会讲，同和黑人区讲是一样的。在市南区，无疑我也能做到这一点。新任务是场挑战，也是一次机会，它能测试出哈莱姆区工作的进展在多大程度上是由于我的努力，在多大程度上依靠了人民自己的一片热忱。不管怎么样，我对自己说，这个工作任务证明了委员会的善意。把我挑出来充当委员会在这个问题上的全权发言人，在社会上其他一些场所，本来是个忌讳的题目，现在他们这样做，难道不是在重申他们对我的信任，重申对兄弟会原则的坚信，从而证明即使在妇女问题上他们也没有种族界限吗？他们当然要调查对我的指控，但是这次委派说明他们并不感情用事，他们想申明对我的信任。在热烘烘的街上我不寒而栗。我原来并没有让自己的想法在脑中清晰成形；我原以为在我身上已不复存在南方古老的落后意识，可是有一阵子几乎让它毁了我的事业。

然而，要我离开哈莱姆区仍然是件遗憾的事。我不忍心对任何人告别，即使对塔普兄弟或克利夫顿兄弟都没法说声再见——更别提那些向我提供有关区内底层人民情况的人。我只是把文件往公文包里一塞就走了，就好像我是去市南区开一次会一样。

第十九章

我首次演讲时心情激动。题目肯定能吸引听众，别的就要看我的了。只要我身材再高一英尺，体重再重一百磅，我就能干脆往她们面前一站，胸前挂块牌子，上写那些问题我全清楚，她们就会目瞪口呆，仿佛我本来是个原始的怪物——现在有些改良、驯化了。那么，我用不着再开口了，就像保尔·罗伯逊唱歌时不用做动作一样，她们只要一见到我就会心里直扑腾。

演说经过顺利；成功的原因是她们很热情，后来的一大串问题使我完全打消了疑虑。我虽然常常疑心重重，但是没有料到会议散场后事情会这样发展。我正在和听众打招呼时，她出现了，这类女人光彩照人，仿佛很愿意扮演生活方面以及女性生育方面象征性的角色。她说，她的问题和我们意识形态中的某些方面有关系。

"说实话，问题相当复杂，"她关切地说，"虽然我不愿意占用你的时间，我有个感觉，你……"

"哦，没关系，"我领她离开人群，走到进口处旁站定，那儿挂有一根一半已散开的消防皮带，"没关系。"

"可是，兄弟，"她说，"时间确实很晚了，你一定累了。我的问题可以等到别的什么时间再谈……"

"我并**不那么累**，"我说，"如果有什么问题使你烦神，我有责任尽力帮你弄清楚。"

"可是已经很晚了，"她说，"也许别的晚上当你不忙的时候再来看我们吧。那时我们就能细谈了。当然，除非……"

"除非？"

"除非，"她莞尔一笑道，"我能请得动你**今天**晚上来坐坐。我还可以加一句：我能请你喝杯好咖啡。"

"那么我就听从吩咐。"我推开门说道。

她的公寓房间位于比较富裕的地区。我走进宽敞的起居室时肯定流露出了惊讶的神色。

"你可以看到，兄弟，"——她说这个词时，容光焕发，够撩人的——"我感兴趣的是兄弟会的精神价值。托别人的福，我生活安定，时间富裕，可是世界上不对头的事这么多，我即使生活舒适，那**到底**算得了什么？我的意思是说世界上找不到精神上或感情上的安全感，找不到公正。"

她这时正在脱大衣，一面热切地注视着我的脸。我想，她是不是一个**救世军成员**？还是一个冒牌的英国清教徒？——我这时想起了杰克兄弟曾私下对我介绍富裕会员的情况；他说，他们捐款给兄弟会以寻求政治上的拯救。我感到她讲得太快了，我神色庄重地望着她。

"我看得出，你曾经深入思考过这个问题。"我说。

"我想过，"她说，"可是想不清楚——哦，我放一放东西，请随便些，不要客气。"

她长得小巧玲珑，体态丰满，乌黑的头发中很不显眼地开始长出细细一绺银丝。当她换了件红艳艳的主妇长裙再次出现在我面前时，她是如此光鲜夺目，我不禁打了个愣怔，连忙把眼睛转向别处。

"你这儿的房间真美。"我说。樱桃色的家具光泽富丽，再望过去就能看到一幅与真人一样大小的粉红色的裸体画，是雷诺阿的作品。墙上到处挂着一幅幅油画。温暖而纯洁的色彩使宽敞的四壁生意盎然。一个人面对这一切能说些什么？我想着，一面望着放在一块乌檀木上的一条雪亮的铜鱼，这是抽象派的作品。

"你觉得这地方不错，我很高兴，兄弟，"她说，"我们自己也喜欢这儿，虽然我得说休伯特很少有时间欣赏这个房间。他忙得够呛。"

"休伯特?"我说。

"我丈夫。很遗憾,他出门了。他要是见到你,会很高兴的。可是他老是东奔西跑。公事嘛,就是这么回事。"

"我想这是不可避免的。"我突然感到一阵不舒服。

"是啊,"她说,"不过我们要谈的是兄弟会和意识形态,是不是?"

她的声音和微笑不知为什么都能给我一种既舒坦又激动的感觉,这不仅仅由于我对这种富丽堂皇的环境布置和优裕的生活感到陌生,主要是因为和她在一起使我感到这次交谈可能水平很高,仿佛在不协调的、别人看不见的事物和引人注目的哑谜两者之间达到了微妙的平衡与和谐。看到她两只手的动作是那样轻松自然,我在想,她虽然是个富人,但是有人情味。

"运动牵涉的方面很多,"我说,"我们打哪儿谈起?有些问题可能我掌握不了。"

"喔,没**那么**深奥,"她说,"肯定你能帮我理一理我思想上的一些小疙瘩。不过请先坐在这张长沙发上。这儿舒服,兄弟。"

我坐了下来,看她向一扇门走去,长袍的裙裾在东方色彩的地毯上拖了过去,这勾起了我的美感。接着她转身微微一笑。

"也许你不想喝咖啡,愿意喝酒或牛奶?"

"我愿意喝酒,谢谢。"奇怪,我会讨厌起喝牛奶来了。原先我压根儿没想到这些。她拿来一只盘子,上面放着两只玻璃杯和一只细颈玻璃瓶。她把盘子放在一张低矮的鸡尾酒桌上,接着我听到酒滴沥沥注到玻璃杯里悦耳动听的声音。她把一杯酒放在我面前。

"为运动干杯。"她举杯说,两眼含着笑。

"为运动干杯。"我说。

"为兄弟会干杯。"

"为兄弟会干杯。"

"好极了!"我说。她双眼微闭,下巴颏儿对着我微微翘起。"不过我们要讨论我们的意识形态中哪个方面呢?"

"全部,"她说,"我希望全面掌握。要是没有它,生活会颠三倒四的,而且空虚得可怕。我真诚相信,只有兄弟会才使我们有可能看到生活的价值——哦,我知道那么宏大的哲学是不可能一下子掌握的。不过,这种哲学生气勃勃,因此人们会感到,至少应该试上一试。你同意吗?"

"嗯,对,"我说,"就*我*所知,这种思想最富有意义。"

"啊,我很高兴你同意我的看法。我想这就是我听你演说时总感到入迷的原因。不知怎么的,你表达了运动的蓬蓬勃勃的伟大生气。这真是太好了。你给了我一种安全感——虽然,"她神秘地一笑,中断了自己的话,"我得承认你也使我害怕。"

"害怕?你不是这个意思吧。"我说。

"真的,"她又说了一遍,我不禁笑了起来,"这样有力量,这样——这样**原始**!"

我感到有一部分空气从房间里逃了出去,使继之而来的寂静很不自然。"你真的是说原始?"

"是啊,**原始**;难道没有人告诉你,兄弟,有时候你的声音里有击鼓那样的声音?"

"老天爷,"我笑道,"我认为那是深奥思想的节奏。"

"当然,你说得对,"她说,"我不是真的在说原始。我想我的意思是:**有力**,强大。它不但掌握住人的理性,也掌握人的感情。你叫它什么都行。赤裸裸的力量贯穿人体。这样无比的威力叫我一想起就直哆嗦。"

我注视着她,她离我这样近,我甚至看到了一绺乌黑的散发。"是啊,"我说,"感情有了,但是实际上激发感情要靠我们的科学方法。正如杰克兄弟所说,我们如果不会搞组织工作,那就一无长处了。光激发感情还不够,感情需要指导、约束——这才是我们力量的真正源泉。这样的好酒能激发感情,可是我怀疑它能不能起组织作用。"

她身体前倾,姿势优雅,手臂横在长沙发背上,说道:"对,你的演说中两方面都有了。即使人家不大懂你的意思,可是听众会有强烈的感受这一点是**肯定无疑**的。何况我理解你在说什么,这就更激动人心了。"

"说实在的,听众对我的影响并不亚于我对他们的影响。观众的反响激励我全力以赴。"

"还有另一个重要方面,"她说,"与我息息相关的方面。它使妇女有充分表达自己的机会,这一点太重要了,兄弟。仿佛每天都在过节——是应该这样生活嘛。妇女应该像男人那样有绝对的自由。"

如果我真的是自由的,我举起玻璃杯时思忖着,我就他妈的离开这儿啦。

"我想你今儿晚上实在太棒了——是时候了,妇女在运动里是该有个带头人。过去我听你一直讲的是少数民族问题啊。"

"这是个新任务,"我说,"从现在起妇女问题也是我们要关心的一个主要问题。"

"好极了,时机也差不多成熟了。妇女是该有个机会同生活正面搏斗。请说下去,对我谈谈你的想法。"她身体更往前倾,手轻轻地放在我的胳膊上。

我一直在谈,谈话使我感到轻松些。我的一股子热情和暖酒的酒力都不禁使我忘乎所以,一直到我扭过头去问她一个问题时,我才意识到我们俩人的脸几乎要贴在一起了,她的双眼盯着我的脸。

"讲吧,请继续讲,"我听到她说,"你讲得真清楚——请吧。"

我们俩靠得这样近,以致我看到她那像蛾翅一般快速扇动的睫毛忽然变成了柔软的嘴唇,吐出的是纯粹的温暖,而不是什么思想与观念;这时铃响了,我振作了一下,准备站起来;等到铃响第二遍时，她和我同时站了起来，红长袍的裙裾在地毯上垂成层层褶裥。她说："你把一切都讲活了，太妙了。"这时铃又响了。我想走，我要离开这里；我一面找帽子，一面气愤地想：她疯了？她难道没听见？她却迷惑不解地站在我面前，仿佛我丢了理智。她突然来了劲，一把攥住我的胳膊，说道："这儿走，进这间屋。"她不顾铃声又在作响，把我拖进短短的过道里的另一扇门，我一看，是间陈设优雅、床上铺着软缎床单的卧室，她站在里面，脸上笑眯眯地把我打量了一番，说道："这是我的房间。"我望着她，心里很气恼，简直不能相信这一切。

"你的，是**你的**？可是铃在响你怎么不理呢？"

"不理。"她盯住我的眼睛柔声细语地说。

"可是请你理智一些，"我推开她说，"门怎么啦？"

"哦，当然你是说电话啰，对不对，宝贝儿？"

"可是你的老头子，你的丈夫呢？"

"他在芝加哥。"

"可是他会不会……"

"不会，不会，宝贝儿，他不会……"

"也许会的！"

"可是好兄弟，我的宝贝儿，我跟他谈过，我知道。"

"你说什么？这是什么把戏？"

"你这个可怜的小宝贝儿！这不是什么把戏，你真的没有什么可担心的，我们是自由的。他在芝加哥，无疑在寻找他那失去的青年时代，"她猛地大笑起来，连她自己也感到惊奇，"他对那些崇高的东西丝毫不感兴趣——什么自由啦、必然啦、妇女权利啦，等等。你知道，这是我们这个阶级的通病——兄弟，我的宝贝儿。"

我左边还有一扇门，门开处我看见镀铬和瓷砖的闪光，我向那边跨过一步。

"兄弟会，宝贝儿，"她说，小手抓住我的上臂肱二头肌，"开导我，跟我谈吧。把兄弟会美妙的思想教给我。"我真想砸了她，可是又想和她待在一起，不过我知道两者都不行。她是不是想毁了我？还是运动的暗敌设下了圈套，而他们带着照相机和铁棍在门口等着？

"你应该接电话。"我强作镇静地说，同时我设法挣脱出我的手，不能碰到她，因为一碰到她……

"你还讲下去吗？"她说。

我点点头，她一言不发，转身向嵌有椭圆形镜子的梳妆台走去，拿起象牙色听筒。一瞬间，我在镜子里看到我自己站在她那急切难熬的身体和一张白色的大床之间，看到了我内疚的姿态：脸绷得紧紧的，领带晃荡着；床后面又有一面镜子，它就像汹涌的大海，把我们的人影前前后后地抛来抛去，时间、地点、环境都像发了狂似的一分为二，二又分成四……这样连续分割下去。一只狂热的风箱不停地煽动我的视像，使它一会儿清楚，一会儿模糊。这时她的两唇微动，朝我说了句无声的"**对不起**"，接着不耐烦地冲着电话听筒说："是啊，是我。"然后她用手遮住话筒，向我微笑说："是我的妹妹，一秒钟就够了。"这时我脑海里转动起那些已经忘却了的故事：男用人被女主人召去替她擦背，汽车司机分享了主人的妻子，开往里诺的头等卧铺车里，搬运工被邀至阔太太的会客间——我思忖着，但是这是兄弟会，是我们的运动啊。现在我看到她笑了，说道："是啊，亲爱的格温，是的。"同时那只没拿听筒的手举起来似乎想摸一下头发，接着一个急遽的动作，红袍像面纱一样拉开了，镜子里露出了她的裸体娇小而丰满的曲线，又柔软又结实，我看到时不禁屏住了气。在这如梦的一瞬间后，长袍又合拢了，而我看到的只是鲜红长袍上面一双神秘的、含笑的眼睛。

我向门口走去，愤怒和强烈的激动在心内交锋。我在她身边走过时，只听得喀的一声，电话挂上了，她猛地一转身碰到了我，我不知所措了，因为思想观念和生物本能之间，责任和欲望之间的冲突是既微妙又混乱的。我朝她走去，心想，让他们把门砸了吧，谁愿意，谁就来吧。

我不知道是醒着，还是在做梦。四周静极了，但我肯定曾经有过响声，而且肯定是从房间那一头传来的。这时她在我身旁发出一声轻叹。奇怪。我的思潮翻腾。一头公牛把我从矮栗树林里追逐出来。我跑上一座小山，整座山在上下起伏。我听到了声响，抬头一看，一个男人在过道的昏暗灯光下站着，眼睛直瞪瞪地望着我，既不感兴趣，也不显出惊异。脸上毫无表情，只是瞪着双眼，呼吸也平平稳稳。接着我听到她在我身边挪了一下。

"哦，哈啰，亲爱的，"她的声音仿佛从远处传来，"这么快就回来了？"

"是啊，"他说，"早点叫醒我，我还有很多事要干呢。"

"我会记住的，亲爱的，"她睡眼惺忪地说，"好好休息……"

"明儿见，你也好好休息吧。"他说道，发出一声短促的干笑声。

门关了。我在黑暗里躺了一会儿，呼吸很急促。奇怪，我伸出手去碰了碰她，没有回答。我俯在她身上，感到她的气息喷在我脸上，既温暖又清香。我本想流连不去：一件宝物冒险到手，可惜为时已晚，而此刻将永远失去——我想细细体验一下这种辛酸味。可是她仿佛一直没有醒来过，仿佛如果此刻醒来，她将尖声大叫大嚷。我匆匆从床上溜下寻找衣服，虽然四周一片黑魆魆的，我的眼睛却始终盯着那曾经出现过亮光的地方。我瞎摸一阵，找到一把椅子，一把空椅子。我的衣服到哪儿去了？真傻！我怎么会让自己陷入这样的境地？我赤裸着身体在暗中摸去，找到了放衣服的椅子，急急忙忙穿好后就溜了出去，仅在门口停了停，借着过道里微弱的光线往后看了一眼。她睡在那儿，没有叹息声，也没有笑容，一个正在做梦的美人，一只象牙色手臂伸在墨黑的头发上面。我关上了门，心怦怦乱跳，经过过道时，生怕遇见那个男人来拦住我，可能是几个男人，也可能一大群人。接着我就下了楼。

大楼静悄悄的，门厅里守门人在打盹，上浆的外套领口由于一呼一吸在脸颊下面被压弯了，满头的白发上没戴帽子。我走到街上时，身上出了汗，走路摇摇晃晃，心中仍然拿不准那个人是真遇见了，还是在梦中的幻觉？有没有可能我见到了他，而他却没见到我？还有，如果他见到了我，他一声不吭是什么原因？是由于见多识广，还是因为生活放荡或教养过深？我匆匆在街上行走，每走一步，焦虑就增加一分。他为什么一句话也不说？为什么没认出我，没咒我？为什么不动手打我？或者至少应该对她发火吧？如果他想考验我是如何对这种压力作出反应的，那又怎么办？不管怎样，我们的敌人会就此大做文章，对我们猛烈攻击的。我一面走，一面痛苦得直流汗。干吗他们非得在每件事里面都搅上女人不可呢？在我们和世界上我们要变革的一切事物之间他们放上一个女人：不管在社会方面、政治方面、经济方面都是如此。干吗，他妈的，干吗他们打定主意要把阶级斗争和屁股斗争搅在一起，这么一来，我们，他们——一切人类的动机，不都被辱没了？

第二天整天我疲劳不堪，忐忑不安地等待事情败露，现在我拿准是有一个人站在门口，此人手持公文包往门里张望过，但是并没有露出他看见我的神色。这个人的口气像是个满不在乎的丈夫，听起来像是兄弟会某个重要成员——我太熟悉他了，我怎么会想不起他是谁呢，简直把我急疯了。我一碰也没碰堆在我面前的工作。电话铃每响一次，我就害怕一次。我拿起塔普的脚镣拨弄着。

如果他们四点钟前不打电话来，我就得救了，我对自己说。可是仍然没有迹象，甚至没有电话来叫我开会，终于我拨了她的电话号码。她的声音听上去很高兴，乐呵呵的，但是很谨慎；她没提昨晚的事，也没提那男人。听到她平静而高兴的声音，我感到尴尬，也不好意思提了。也许那些阅历深广、有教养的人物就是这样的？也许那个人在，但是他们之间有个默契：这女人享有充分的权利。

我愿意回去继续讨论吗？她想知道。

"当然愿意。"我说。

"哦，兄弟。"她说。

我挂上了电话，松了一口气，但仍然有些忧虑，因为我没法摆脱我在一场考验中失败了这个想法。在下一周里，我一直捉摸不透这件事，甚至感到更加迷惑，因为我拿不准我的处境究竟如何。我设法寻找杰克兄弟以及别人和我的关系中有没有任何变化，可是看不出什么。而且即使有什么变化，我也无法知道它的确切含义，因为可能那是与我主管的事情有关的。我还处于有罪和无罪之间，因此他们的态度仍是一模一样。我的神经经常处于紧张状态，我脸上表情生硬、含糊，慢慢有点像杰克兄弟和其他领袖脸上的那种表情了。后来我让自己放松点；工作总得干起来，我得采取等待策略。同时虽然我做了错事，心中七上八下的，我却学会了忘记自己是个孤独的、有罪过的黑人兄弟，反而信心十足地大步跨进一间满是白人的屋子。昂着头，脸上微笑并不过分，伸出手去紧紧地、热情地和别人握手。同时将高傲和实事求是的谦逊调配得恰到好处，使得人人都很满意。我投身到演讲活动中去，到处维护和伸张妇女的权利；虽然周围都是女人在嗡嗡作响，我小心翼翼地把生物方面和思想方面区分开——这并不总是那么容易，因为仿佛许多姐妹之间有个默契（她们以为我也接受这种看法）：意识形态只是一块多余的面纱，它把生活中她们真正关注的问题遮掩了。

我发现，每当我出席演说，这地区大部分听众似乎都在期待某种不可名状的东西。我一站在她们面前，这种想法便油然而生，而这跟我将要**演说**的内容毫不相干。因为我只要和她们一照面，她们的眼睛一扫到我身上，她们就好像得到一种莫名其妙的解脱——这不是说放声大笑，或是纵情痛哭，也不是说从任何稳定的、不掺杂的感情中解脱出来。我弄不懂。我犯了过失的心情又回来了。有一次，我正讲了一半，我凝视着满满一屋子的脸庞，心想：她们知道了吗？是不是那个关系？——差一点把我的演说毁了。但是有一点我是肯定的：有些黑人兄弟常常讲故事给她们消遣，次数一多，这些人还没开口，她们就笑了起来；她们对我肯定不是这种态度。不是，是另一种态度。是某种形式的期望，某种等待的情绪，一种希望我能争气的心情；仿佛她们希望我不能只是一个像别人一样的演说者，不是一个只会逗笑的人。有时，似乎出现了某种我的意识还无法理解的事。我扮演的哑剧比我最富表现力的语言还要意味深长。我演了戏，可是又不能理解它，正如我不能解开那个站在门口的人之谜一样。我对自己说，说到底，秘密可能就在你的声音里。在你的声音里，也在她们的愿望里——她们希望在你身上看到的是她们信仰兄弟会的活证明。为了宽慰自己的心情，我不再想下去了。

一天夜里，我在为一系列新的演说写稿的时候睡着了，这时电话铃响了，召我去总部开个紧急会议。我离开屋子的时候疑惧不安。我想，这下来了，要么是谈指控，要么是谈那个女人。被女人绊了一跤！我可说什么好呢？说她多么迷人，而我只是一个凡夫俗子？那跟责任，跟兄弟会建设又有什么关系呢？

我只得强迫自己去，我迟到了。房间里闷热异常。三架小风扇搅动着重浊的空气。穿衬衫的兄弟们围着一张满是疤痕的桌子坐着，桌上放着一壶冰水，一颗颗水珠在闪烁。

"兄弟们，对不起，我来晚了，"我道歉说，"明天的演讲里有几个重要细节还得最后斟酌一下，我给耽搁了。"

"其实你不必再费这个神了，这样，委员会也就不会浪费时间了。"杰克兄弟说。

"我不理解你的话。"我突然感到热血沸腾。

"他的意思是你不必再为妇女问题操心了。那事算完了。"托比特兄弟说。我振作一下精神，准备应付进攻。可是还没等我开口，杰克兄弟向我提了一个令人吃惊的问题。

"托德·克利夫顿兄弟怎么样了？"

"克利夫顿兄弟——唉哟，我好几个星期没见到他了。在市南区我忙得不可开交。出了什么事？"

"他失踪了，"杰克兄弟说，"**失踪了**！好吧，不必要的问题就别问了，以免浪费时间。不是为了这事把你找来的。"

"发现失踪有多久了？"

杰克兄弟敲了一下桌子。"我们光知道他不见了，我们言归正传。兄弟，你得立即回哈莱姆区。那儿我们正面临一场危机。托德·克利夫顿不仅仅失踪了，而且也没有完成任务。另一方面，'规劝者'拉斯和他那帮种族主义者匪徒正在利用这一点大肆煽风点火。你得回到那儿去，采取一切措施重整旗鼓。我们会把你所需要的各种力量交给你。你将在一次战略会议上向我们汇报。有关那次会议的事项将在明天通知你。同时请你，"为了加强语气，他敲了一下木槌，"准时到！"

因为没有讨论我的问题，我感到倍加宽慰，我甚至没留下来打听一下有没有去警察局查问关于失踪的事。这事从头到尾都不对头，因为克利夫顿非常负责，他有很多目标要争取，他不会随随便便就失踪的。这跟"规劝者"拉斯有没有牵连？可是不像有；在哈莱姆区我们力量很强大，仅仅一个月以前我刚调出的时候，如果拉斯妄想攻击我们，他将被群众奚落得无地自容。当初要不是我怕冒犯委员会而过分谨慎，我就能和克利夫顿以及哈莱姆区全体会员群众保持更密切的关系。现在我好像突然间大梦初醒。

第二十章

我离开太久了,街道都有点陌生了。在纽约北部生活节奏要慢一些,可是不知怎么又有快的感觉;夜晚的热浪里有一种与市南区不同的紧张情绪。我穿过夏天常见的三五人群,不是去区办公室,而是往巴雷尔豪斯的快乐美元酒店,一家在第八大道北部的兼营烤肉的酒吧,店堂黑魆魆的像个暗洞。约莫在这个时间,我的一个最优秀的联络人马西欧兄弟常常在那儿喝夜啤酒。

从橱窗里望进去,我看见穿工作服的男人和几个贪杯的女人斜倚在酒柜上,在酒柜和另外一个柜台之间有一个过道,那儿有几个穿蓝黑格子运动衫的男人在吃烤肉。店堂最里头有一台自动电唱机,一群男女正在旁边转悠。可是我走进酒店没找到马西欧兄弟。我推推搡搡地挤到酒柜前,决定边喝啤酒边等他。

"晚上好,兄弟们。"我说。旁边两个人我过去在这儿都见到过,想不到他们只是古里古怪地望着我。那个高个子的两道眉尖上挑,只有喝多了的人才能挑到这个角度;他看了看他的伙伴。

"屁。"高个子说。

"这可是你说的,伙计;他是你的亲戚吗?"

"屁,妈的根本不跟我沾亲!"

我转身瞅他们,屋子里突然云气腾腾。

"他一定是喝醉了,"高个子的伙伴说,"也许他以为跟你是亲戚。"

"那是他威士忌喝够了,在那儿胡说八道。我要是他亲戚啊,我是——嗨,巴雷尔豪斯!"

我沿着柜台边挪开了身子,一边不安地望着他们。他们听起来不像喝得酩酊大醉,而且我又没有讲什么得罪他们的话,可是十拿九稳他们知道我是谁。怎么回事?兄弟会的招呼不是跟"咱们握握手"或者"和平,妙极了"之类的话一样耳熟吗?

我看见巴雷尔豪斯从柜台另一头像一只圆桶似的滚了过来。白围裙上面的带子绷得很紧,看上去就像那种齐腰处有条槽的金属啤酒桶;他一看到我,便笑了笑。

"啊,这要不是那位好兄弟,就算我瞎了眼,"他伸出手说道,"兄弟,这一阵子在哪儿啊?"

"我在市南区工作。"我回答说,一阵感激的心情涌上心头。

"好,好!"巴雷尔豪斯说。

"买卖不错吧?"

"别提了,兄弟。买卖不行,糟透了。"

"那太遗憾了。还是给我来杯啤酒吧,"我说,"不过你可以先招待这两位先生。"我注视着镜子里这两个人的影子。

"行,"巴雷尔豪斯说着,伸手拿只杯子灌满啤酒,"老兄,你哪儿不高兴啊?"他对那高个子说。

"嗨,巴雷尔,我们正要问你一个问题,"高个子说,"我们正要问你,你能不能告诉我们,这儿这个家伙是谁的兄弟?他走了进来对人人都称兄道弟。"

"他是**我的**兄弟,"巴雷尔说,他长长的手指握着那杯满是泡沫的酒杯,"那有什么不是呢?"

"瞧,老兄,"我朝吧台说,"那是我们的称呼方式。我叫你兄弟并没有恶意。我遗憾的是你误会了。"

"兄弟,这是你的啤酒。"巴雷尔豪斯说。

"这么说,他是**你的**兄弟啰,嗯,巴雷尔?"

巴雷尔豪斯眯起眼睛,巨大的胸部贴紧柜台,突然一副垂头丧气的样子。"你快活吗,麦克亚当斯?"他神色阴暗地说,"你喜欢这杯啤酒吗?"

"那还用说。"麦克亚当斯说。

"够冰吧?"

"当然,可是巴雷尔……"

"你喜欢那电唱机唱的流行音乐吗?"

"见鬼,喜欢!可是……"

"我们这儿大伙儿够热乎的,店堂又干净,这你喜欢不喜欢?"

"当然喜欢,可是我又不是谈那个。"那个人说。

"可**我是在**谈那个问题,"巴雷尔豪斯悲伤地说,"如果你喜欢,就好好**喜欢喜欢**,别去惹别的主顾。这个人为我们的居民区做了不少好事,你可比不上。"

"**什么居民区**?"麦克亚当斯说,他刷地转过眼睛望着我,"我听说他得了亲白病,离开……"

"你怎么乌七八糟的话都**听得进**?"巴雷尔豪斯说,"后面男厕所里有些卫生纸,你可以拿来擦擦耳朵。"

"别管我的耳朵。"

"啊,算了,麦克,"他的朋友说,"别提了,这个人不是道歉了吗?"

"我是说别管我的耳朵,"麦克亚当斯说,"你告诉你的兄弟,得留点神,别见了人就称兄道弟的。我们的人并不把他的那种政治放在眼里。"

我把两个人轮番看了一眼。我认为我早已不屑打架斗殴了,我一回哈莱姆区就跟别人争吵,那是最糟不过的。我瞅了瞅麦克亚当斯,看到他的朋友把他推到柜台另一头时,不禁有点高兴。

"那个麦克亚当斯还自以为是,"巴雷尔豪斯说,"他这种人没人喜欢。不过老实说,现在很多人感到憋得慌。"

我困惑不解地摇了摇头。过去我可从来没有遇到过这种敌对情绪。"马西欧兄弟出了什么事？"我说。

"不知道，兄弟。这些天他不常来。这儿的情况好像在变。大伙儿手里没钱花。"

"这年头到处都不妙啊。话说回来，这儿到底出了什么事，巴雷尔？"

"哦，你知道的吧，兄弟；大伙儿处境困难，不少人以前亏了你们帮忙找到了工作，现在又丢了。你知道是怎么回事吧。"

"你是说我们组织里的人？"

"不少人是你们组织里的，像马西欧兄弟这样的人。"

"可是为什么呢？不是干得好好的？"

"原来是不错——那要靠你们为他们斗争。你们一停下来，老板就把大伙儿踢出大门了。"

我注视着面前这个魁梧、真诚的人。简直不能相信兄弟会竟然停止了工作，可他没撒谎。"再给我来杯啤酒。"我说。这时有人从店堂后面叫他，他灌了啤酒就走了。

我慢慢喝着，希望马西欧兄弟在我喝完以前出现。他没来，我就挥手向巴雷尔豪斯告别，朝区办公室走去。可能塔普兄弟能够作出解释，至少能告诉我一些克利夫顿的情况。

我走过一条黑洞洞的街道，到第七大道，就转向南走；情况看来是严重的。路上我没有看见任何兄弟会活动的迹象。在一条闷热的侧街里，我遇到一男一女跪在人行道沿划火柴，似乎在找一块丢了的硬币。火柴暗淡的光突然照亮了他们的脸。这时我发觉我走到了一个熟悉得奇怪的街区，不禁出了身冷汗：我差点儿走到了玛丽的家门口；我急忙转身走开。

我看到区办公室里那些黑洞洞的窗户还不觉得怎么样，因为巴雷尔豪斯的话使我心里有了底；可我万万没有想到，我走进区办公室后，在黑暗中高喊塔普兄弟的时候，竟无人应声。我走到他的寝室，可是他不在；于是我穿过漆黑的过道走进我的办公室，筋疲力尽地倒在办公椅里。一切事物都好像从我身边悄悄溜走了，而我却找不到迅速有力的办法吸引住它们、控制住它们。我思索着：区委员会里我可以给谁打个电话，问一问有关克利夫顿的消息，可是此路又不通。因为如果我选中的这个人认为我是由于憎恨我自己的种族而要求调动工作的，那只会使事情复杂化。肯定有人会讨厌我回来，因此最好的办法是和大伙儿一起见面，不让他们中间任何人有机会挑动反对我的情绪。最好我能和我信任的塔普兄弟谈一谈。他来了就能使我了解目前的处境，说不定还能告诉我克利夫顿到底出了什么事。

可是塔普兄弟没有来。我出去买了一罐咖啡回来。一晚上我都在翻阅区里的各种记录。到凌晨三点他还没有回来，我就到他房间里看了一看，里面空空的，连床也没有了。我想，只剩下我孤身一个人了。肯定发生了许多事，可是没人告诉我；看来这些事不仅把会员的积极性扼杀了，而且根据记录来看，也把他们成批成批地赶跑了。巴雷尔豪斯说组织已经停止了战斗，这是我所找到的能解释塔普离开的唯一理由。当然，除非是他和克利夫顿或者别的一位领导人有了意见分歧。我回到办公桌边上的时候发现他送给我的道格拉斯像已经不见了。我摸了摸口袋，那段脚镣还在，至少我没忘了把那个带来。我把记录堆在一边：这些记录根本说明不了为什么情况变成这样了。我拿起电话听筒，拨了克利夫顿的号码，只听到铃声不停地响着。最后我只得挂上电话，在椅子里睡着了。战略会议之前，无事可做。回到区里就像回到了一座死亡的城市。

我醒来时，看见过道里站着一大批会员，不禁有点惊讶。既然我从委员会那儿得不到如何行动的指示，我就组织他们一组一组地分头去找克利夫顿兄弟。没有人能给我任何确实消息。克利夫顿兄弟在失踪前一直正常地在区里露面。他没跟委员会成员争吵过，一直很得人心；也从没跟"规劝者"拉斯发生过冲突——虽然在过去一周里拉斯日益活跃。至于会员减少和影响削弱的问题，那是因为提出了一个新纲领，要求我们放弃过去的一套鼓动群众的办法。使我惊异的是，重点竟然从地方性的问题转到属于全国或全世界的问题，这样一来，大家就感到在目前哈莱姆区的利益并不占首要地位了。我真不知道怎样理解这一点，因为市南区并没有改变纲领啊。克利夫顿不再被提起。我现在无论打算做什么都首先要看委员会是如何解释这一切的，我越来越烦躁不安地等待那个战略会议。

这种会议一般在一点钟左右开，而我们总是早就接到通知。可是到了十一点半我还没有收到通知，不禁有些焦急。到十二点，一种不安的孤独感攫住了我。肯定有事情在酝酿，可是什么事呢？怎么酝酿的？为什么？最后我只得打电话给总部，可是找不到一个领导人。我琢磨着是怎么回事；接着我打电话找其他区的领导，也同样找不到。于是我肯定会议正在进行。可是为什么不让我参加？难道他们调查了雷斯特拉姆的指控，而且决定那是真实的？看来我去市南区以后，会员人数**确实**减少了。难道跟那个女人有关？不管怎样，目前不是不让我参加会议的时候；区里的情况太紧急了。我急忙赶到总部去。

我到了那儿，会议正在进行，这果然给我料到了。他们预先就给守门的留了话：会议不准任何人干扰。显然，他们不是因为把我忘了才没有通知我。我怒冲冲地离开楼房。好吧，我想，如果他们真的决定要叫我，那他们得花些时间找找我。首先，原先就不该调动我的工作，现在把我派回来收拾残局，他们理应尽快帮助我。我可不愿意再在市南区东跑西转；如果他们不跟哈莱姆区委商量就下达什么纲领，那我是不能接受的。我这时想到，别的事可以搁一搁，得先买双鞋子，于是我就朝第五大道走去。

天气炎热，不过人行道上仍然熙熙攘攘，中午时分人们回去上班总带着几分勉强。我紧贴人行道沿走,这样可以少磕头碰脑的,尤其可以避免和那些叽叽喳喳、身穿夏装的妇女相撞,同时也不必为了经常变换行走速度而烦恼。最后,我走进了一家鞋店,虽然店里散发出皮革气,却很凉爽,我心里稍稍觉得宽慰些。

当我回到了酷暑里以后,因为穿了双新凉鞋,脚上感到很松快。我回忆起童年时代刚脱掉冬鞋、换上夏天的帆布轻便鞋时的那股高兴劲,也想起只要一换鞋,不久就有一场邻里竞走赛;比赛时我穿上轻便鞋时那种轻快、敏捷和飘飘然的感受又浮上了心头。好了,我想,你刚经历的也是场竞走比赛,你还是回到区办公室去,说不定他们会叫你的。于是我急急忙忙地走着,一张张阳光直晒的脸迎面拥来,我在他们中间走着,步伐轻快整齐。为了躲开四十二街上的人群,我到了四十三街就转弯,可是就在这儿,情况开始突变,到了白热化的程度。

一辆放着一排排亮晶晶的桃子和梨子的手推货车停在人行道边。摊主红光满面,鼻子像个小球,一双眼睛像意大利人的那样乌黑闪亮,头上撑了顶白橙两色相间的大阳伞;他从阳伞底下会心地朝我瞟了一眼;然后他的目光往街对面楼房边聚集着的一群人扫去。怎么回事?我想。于是我穿过街道,走过那些背对着我的人。我听到一个怪声怪气、向人讨好的声音,正在油嘴滑舌地招徕顾客,可是什么字眼我听不清楚。我刚要往前走,忽然看见这个半大小子。他身材瘦长,皮肤棕黑,我一看就认出是克利夫顿的一个好朋友。他正在聚精会神地向街对面另一头望去,原来越过许多汽车的顶部可以看见沿街那一头对面有家邮局,一个高个子警察正在从那儿走过来。也许这孩子会知道一些消息,我思忖着;这时他眼光转了过来看到了我,不知所措地停在那儿不动了。

"喂,你!"我喊道,就在这时他忽然转向人群打了个呼哨,我不知道他是要我照样吹呢,还是在跟别人打暗号。我猛一转头,看见他往楼房墙根边踏上一步，那儿放着一只纸板箱，他把箱上的帆布背带往肩上一甩，再一次朝那警察望去，却依然不理睬我。我心里纳闷，就走进人群往前面挤。在我脚头平放着一块方纸板，上面有一样东西在疯狂地动着。原来是一样玩具，我向围观人群着迷的眼神扫了一眼后，又往下看去，这下可看清楚了。我从未见过这种东西：一只咧嘴大笑的娃娃，用橙黑两色的皱纹纸做成，头和脚是马粪纸剪成的小圆盘。不知道用什么方法使它上上下下地活动，动的时候关节活络，双肩摇动，如痴如狂；那种舞踏跳起来使身体跟那面具一般的黑脸完全脱了节。这不是我看到过的那种跳娃娃玩具，但是这又是什么呢？我思索着，一面看那纸娃娃乱跳乱动，好像一个在公众面前跳下流舞的人那样肆无忌惮，毫不在乎，仿佛从它自己的动作中能得到一种反常的乐趣。在人群的格格笑声中我听得见皱纹纸的窸窸窣窣声，同时那方才听到的、从嘴角里挤出来的声音继续在招徕生意：

> 动一动来摇一摇！
> 女士们，先生们，这个跳舞的娃娃叫桑博。
> 摇一摇，拽拽脖子再放好，
> ——别的你就等着瞧。好啊！
> 让你笑来让你恼，恼——
> 让你跳了舞以后还想跳——
> 女士们，先生们，这就是桑博，
> 这是个会跳舞的小娃娃。
> 买个给你的小宝宝，买个给你的女朋友，
> 　她就会爱你爱得更牢靠。
> 让你高兴让你笑，
> 让你笑得把眼泪掉。

摇一摇,摇一摇,它可碎不了,
它是桑博,既会跳舞又会跑,
迷人的桑博,这个会跳布基伍基①的纸娃娃,
一个只要两毛五,四个才收你一元钞。
女士们,先生们,它会使你快乐,走过
来见见面,桑博……

我知道我该回区办公室,可是这个咧嘴傻笑的纸娃娃,以及它跳起来像浑身没有骨头的木偶那副模样把我吸引住了。我心中直闹矛盾:又想和大伙儿一起笑,又想两脚跳上去把它踩了。这时它忽然翻倒了,只见那吆喝的人的大脚趾踏在当作脚的马粪纸圆盘上,一只大黑手伸下来灵巧地抓住纸娃娃的头往上拉扯,一直拉到两只头的高度,然后放掉,于是那纸娃娃又跳了起来。突然间那吆喝声跟手的动作脱了节。我呢,好比涉水走进一个浅池,只觉得池底陷了下去,水淹没了我的头部。我抬起头。

"难道是你……"我说。可是他故意装作没看见我,眼光朝我的身后望过去。我浑身仿佛瘫了一般,两眼盯住他,明白这不是在做梦;同时耳朵里又听到:

它为啥高兴,为啥跳,
这个桑博,这个跳舞大王,这个无忧无虑的少年郎,
女士们,先生们,这不是一般的玩具,
　它是桑博,跳舞的娃娃,二十世纪的奇迹。
看一看这个桑博,它会跳伦巴,会跳苏齐-丘,会跳布基,
这个桑博,不用喂,一倒就睡着,还能帮你解忧愁,

---

① 布基伍基,一种黑人舞蹈。

帮你赶穷鬼。你大模大样笑一笑，它就高兴得不得了。
只要两毛五，一元钱还不到一小半，因为它要我吃饭，
我没饭吃它心烦。
手拿娃娃摇一摇，以后你就等着瞧。

谢谢，太太……

这是克利夫顿，他曲着双腿，两膝轻松地来回摇摆，可是脚底并不移动；右肩高耸成一定角度，手臂僵硬地指着那跳动的纸娃娃，一面从嘴角边哼出吆喝声来。

又一声呼哨，我看到他向那个为他望风的背纸板箱的少年急遽地投了一瞥。

"我们收场前谁还要小桑博？大声说吧，女士们，先生们，谁要买小……"

这时又听到一声呼哨。"谁要买小桑博，这个会跳舞的小淘气？快买，快买，女士们，先生们。小桑博能让你开心，可是它没执照。不能为开心纳税吧，要买的快说，女士们，先生们……"

一刹那间我们的目光相遇，他轻蔑地笑了一笑，接着又吆喝开了。我感到被出卖了。我望着纸娃娃，只觉得咽喉被堵住。一口痰底下就是上蹿的怒火。我脚后跟没动，身体往后一摆，然后往前一弯腰。一样白色的东西一闪，啪嗒一声，就像大雨打在报纸上，只见那娃娃往后一倒，萎缩成一团零零落落的皱纹纸，拉长的脖子上那只可恨的头仍然对着天空咧嘴傻笑。大伙儿发了火，转身对着我。又一声呼哨。我看到一个身材矮小、肚皮滚圆的人朝地上看看，又抬起头惊讶地望着我，突然哈哈大笑，笑得前仰后合，一面用手指指我，又指指纸娃娃。这时围观的人群从我身旁往后退。我又看到克利夫顿往楼房墙根边跨步走去，那个背纸板箱的少年正在那儿站

着，在他身旁我看到了有一整行纸娃娃以一种反常的劲头在乱蹦乱跳，人群在歇斯底里地狂笑。

"你，你!"我还只说了个头，只见他拿起两个纸娃娃，向前走了一步。不过这时那个望风的走了过来。"他来了。"他向正在过来的警察那边点了点头。克利夫顿把纸娃娃一下子集拢，丢在纸板箱里就走开了。

"女士们，先生们，跟着小桑博转个弯，"克利夫顿叫道，"接下来还有场好戏看……"

事情发生得好快，仅仅一秒钟之后，只有我和一位穿圆点花纹蓝衣裙的老太太还没走。她含笑望了我一眼，又朝人行道上瞟。我这才看到还有一只纸娃娃。我望了望她。她还是笑眯眯的。我抬脚准备踩，只听到她叫了一声，"哦，别踩!"警察就在街对面，我低身把纸娃娃捡了起来，随即走去。我仔细端详这个纸娃娃，这玩意儿拿在手里分量轻得简直有点怪，因为原先我还以为它是有生命的呢，现在却成了一团静止不动的皱纹纸。我把它放进藏有塔普兄弟脚镣的口袋，忙去追那已消失得无影无踪的人群。可是我再也不能与克利夫顿面对面了。我不愿见他。我也许会控制不住自己而动手打他。我回身走过警察身旁，朝另一方向走去，那头是第六大道。怎么会在这种场合下找到他的! 我想。克利夫顿出了什么事? 这太不对头了，根本没想到会这样。他怎么一离开兄弟会竟会在这么短的时间内堕落成这副样子? 如果他要退缩，为什么他要让整个组织都跟着他退? 那些认识他的非会员会怎么说呢? 好像他心甘情愿——他跟拉斯斗的那天晚上说什么来着——退出**历史**。想到这里，我不禁在人行道上停了下来。"一头栽下去。"他是这么说的。可是他原来很清楚：只有加入了兄弟会，我们才不再是默默无闻，我们才不会成为那空头空脑的桑博纸娃娃。那个人样的玩意儿跳跳蹦蹦多下流! 天哪! 我竟然为了不让我参加一次会议而发愁! 即使一千次不参加我也不在乎，我也不管以什么理由不让我参加。我得忘掉这一切，用全部精力拼命抓住兄弟会组织。因为一放手就会栽下去……栽下去！这些纸娃娃，他们打哪儿找到的？为什么为了赚两毛五去卖那个玩意儿？干吗不卖苹果、歌单，甚至擦皮鞋？

我漫无目的地走过了地铁入口，拐了弯就向四十二街走去，脑子里拼命想找到一个答案。我刚拐了弯，走上阳光照射下拥挤的人行道，就看到他们手搭在额前，沿着人行道边站着看。我看到换了绿灯后车辆在动，街对面有几个行人回过头望着，过半条街那儿有两个人站着，布赖恩特公园里的树木在他们头上伸展着。我看到一群鸽子从树木中旋风似的飞出，这件事就在它们盘旋的短短几秒钟内发生。发生得很突然，而且当时街上来往车辆噪声很闹——可是在我脑中，这一切就像一连串没录音的电影慢动作镜头。

起初我以为是一个警察和一个擦皮鞋小孩；这时车流中出现一个空隙，从迎着阳光闪烁的有轨电车轨道上望过去，我认出原来是克利夫顿。这时他的同伴不见了，克利夫顿左肩挎着纸板箱在走，那警察在他旁边偏后一点慢慢跟着。他们经过一个报摊，向我这边走来。我看到了柏油路上的电车轨道，人行道上的消防龙头和正在飞的鸽子，心想：你只好跟他去付罚款……警察推推搡搡，克利夫顿抓住了纸板箱，不让它在臀部荡来荡去；接着他回身说了几句话，又往前走去。这时，一只鸽子往下俯冲到街心后立即升起，身上掉了一根羽毛，在炫目的阳光反射下，羽毛亮晃晃地在空中飘荡。我看到警察又推了克利夫顿一下：穿黑色衬衫的警察，迈着沉甸甸的步子，挥出直挺挺的胳膊，把克利夫顿一推好几步远，他急匆匆打了几步踉跄才勉强站住。他回过头又对后面说了几句话。这种两个人的走路方式我已经见过好几回了，不过两个人中间可从来没有像克利夫顿的。我又看到警察厉声吆喝，冲了上去，猛挥胳膊，可是扑了个空，因为这时克利夫顿犹如跳舞一般蓦地用脚趾转了一圈，同时挥动左臂，画上一个短促而跳动的弧形，他的躯体则往前一伸，往左一撤，就把纸板箱卸了下来，接着他伸出右脚，左臂随即跟上，飘忽忽地曲臂往上一击，那警察的帽子就向街心飞去，脚也腾了空，重重地跌倒在地，在人行道上左右翻滚。克利夫顿把箱子砰的一声踢在一旁，猫着腰，左脚向前，高举双拳等着。在疾驰的汽车间隙里，我看到那警察用胳膊肘撑起身子，就像个醉汉挣扎着想抬起头来，左右摇了几下头，又往前一冲——在来往车辆的沉闷的轰隆声和地铁在地下的震动声之间，我听到了急促的爆炸声，看到了一只只鸽子，仿佛被那响声震慑住，疯狂地向下俯冲；这时那警察坐直了身体，接着跪在地上，两眼死死地瞪着克利夫顿。鸽子疾迅地笔直冲进树林，克利夫顿仍然面对那警察，突然他瘫倒在地。

他向前一冲，两膝一屈，就跪了下来，好像在做祷告。这时恰好有一个头戴下垂帽檐帽子的胖子从报摊那边走出来，一边大声抗议。我的身体好像被钉住了。太阳好像就在我头顶上一寸的地方尖叫。有人喊了起来。有几个人冲到了街上。警察已站了起来，手持手枪，望着克利夫顿的尸体似乎在发愣。我走上几步，什么也看不见，什么也没想，只是把一切都铭记在心头。穿过马路，一只脚刚抬在人行道上面，我看到克利夫顿就躺在面前——他还是斜躺着，衬衣上一大块湿痕越渗越大——这一只脚我却放不下去。汽车就在我身后缓缓擦过，可是我没法踩下去，本来只要一踩就踏在人行道上了。我站在那儿，一只脚在街上，另一只脚悬在人行道沿上，耳边警笛尖声惨鸣。我朝图书馆那儿望去，看见两个腆着大肚子的警察蹒跚跑了过来。我回头看看克利夫顿，那警察挥舞着手枪要我走开，他的嗓音也走了样，活像个在变声期的少年。

"回到那边去。"他说。他就是几分钟前我在四十三街上遇到的警察。我的嘴巴发干。

"他是我的朋友，我想帮下忙……"我说，终于把另一只脚踏上了人行道。

"他不用帮忙，年轻人，到街那头去！"

警察的头发散落在脸颊上，制服也弄脏了。我木然地望着他，心中在犹豫，耳旁只听得脚步声越来越近。一切动作都放慢了。人行道上慢慢出现了一汪血。我的眼睛模糊了。我抬起头。警察好奇地瞧我。我听到在公园上空有鸟翼的猛烈拍击声；在我的脖子上我感到目光的压力。我转过身。一个男孩趴在公园墙上的铁栅上，圆圆的脑袋，苹果色的腮帮子，一鼻子雀斑，一双斯拉夫民族的眼睛。他一看到我转身就对身后的一个人尖叫起来，脸上闪现出狂喜的神色……我心中嘀咕：这是什么意思？接着转身去面对我不愿意面对的景象。

在场的警察已经有三个：一个瞪着围观的人群，两个在端详克利夫顿。那个开枪的警察又戴上了帽子。

"嗨，年轻人，"他一字一句地说，"今天我已经够倒霉的了——你究竟去不去街对面？"

我张开嘴，可是说不出话来。一个警察跪下来一面检查克利夫顿的尸体，一面在拍纸簿上记下几行字。

"我是他的朋友。"我说，那个写字的警察抬头望我。

"这个人完蛋了，麦克，"他说，"你再没有任何朋友啦。"

我看着他。

"嗨，米基，"爬在上面的男孩叫道，"那家伙冰冷了。"

我低头看。"不错，"跪着的警察说，"你叫什么？"

我告诉了他。在警车来之前，我尽我所知回答了他提的有关克利夫顿的问题。这次，警车总算来得很快。我呆若木鸡地望着他们把他抬进车子，又把那一箱纸娃娃也放进去。街对面人群的情绪仍然很激动。警车开走了，我转身朝地铁入口处走去。

"嗨，先生，"男孩的尖叫声从身后传来，"你朋友肯定会几手。

哗，嘣！一、二，那警察就屁股落地了！"

这几句赞词使我低下了头；阳光下我低着头走开去，总想把刚才发生的一切从我心头抹去。

我缓步走下地铁入口处的梯道，什么也没有看见，心直往下坠。下面很凉爽，我倚在一根柱子旁，听到火车在月台另一头隆隆驶过，也感到空气冲击的啸叫。一个人怎么会自愿退出历史而去卖那种不三不四的东西？我想出了神。他为什么心甘情愿地放下武器，放弃讲话的机会，从而脱离唯一能使他有机会"确定"自己的组织？月台颤动着，我俯视下面，看见片片碎纸在气流中飞舞，列车驶过后就很快往下沉。他为什么走了？他为什么心甘情愿跳下月台，扑到火车下面去？他为什么心甘情愿投身于虚无之中，那没有脸的脸，没有声音的声音所构成的空虚，结果置身于历史之外了？我设法后退一步，用我所依稀记得的书中读过的词句来构成一段距离，而我则在这段距离之外观察这个问题。因为他们说过历史记录了人们一生的模式：谁跟谁睡了觉，结果如何；谁打过仗，谁胜了，谁活下来了并且得以对这场战争信口雌黄。据说，什么事都恰如其分地记载了下来——当然指的是大事。可是并不完全是这样，因为实际上只是了解到的、看到的、听到的事，只是那些记载者认为是大事的事被记载下来了，还有记载者的后台们赖以维持权力的谎言被记载下来了。那警察就将是记载克利夫顿情况的历史学家、法官、证人和刽子手；而我则是围观人群中他唯一的兄弟。我是能为他辩护的唯一证人；可是我既不知道他的罪行的轻重，也不知道他罪行的性质。今天，那些历史学家上哪儿去了？他们将如何记载这件事？

我站在那儿，看着火车进站出站时蓝色火花四下飞溅。他们究竟怎样对待我们这些匆匆而去的过客？在我没找到兄弟会之前，我就是这种过客——像一掠而过的鸟，因为看不清它们的模样而无法在学科上加以分类；它们没有鸣叫，因此最灵敏的录音机也无法录到声音；属性模糊不清，因此连最含糊的词句也不恰当；离开决定历史命运的中心太远，因此轮不上签署历史性文件，甚至连为那些签署文件的人喝彩都不配。我们这些不写小说，不写历史，什么书也不写的人。我们这些人怎么样呢？我思考着；就在这时，克利夫顿又在脑海中出现，地道里有一阵凉风滚滚而过，我走到长凳旁坐了下来。

一群人走上了月台，其中有些是黑人。是啊，我想，我们这些从南方乍来的人怎么样了？我们来到这繁华的城市，就像玩偶盒里的弹簧断了的玩偶——变化太突然，我们就像一个深海潜水员，由于上岸之后，压力突然降低，步子踉跄，行走困难。那几个在月台上静静候车的人又怎么样呢？他们一动不动，一声不吭，可是正因为他们不动，在人群中他们被冲来撞去；正因为他们不吭声，他们显得闹嚷嚷的；正因为他们文文静静，他们的叫喊才像恐怖惨叫那样刺耳。那三个沿着月台走过来的青年又怎么样呢？他们都是细长个儿，走路的时候双肩摇晃，可是手脚僵直；那身西装熨得笔挺，可是夏天穿嫌太热；高高的衬衫领子紧扣在脖子上，头顶上一色的廉价黑呢帽压在硬鬃般的头发上，显得太一本正经而带有几分严峻。我简直以为还是第一次见到这种人：走路慢腾腾的，双肩一摇一摆，腿则从臀部起就开始摇动，裤脚在脚踝处倒还舒适合式，可是往上就肥大得像气球似的。外衣长长的，下摆稍紧，可是肩部做得太宽，不像个土生土长的西方人。这些人的身体像是——我的一位教师对我怎么说来着？——"你就像一件为了迎合设计而被歪曲了的非洲雕塑。"可是什么设计？谁设计的？

我瞪着眼睛端详着，他们走起路来就像某种葬礼上跳舞的人那样摇来晃去，黑脸上神秘莫测，沿着地铁月台慢腾腾地移动，走的时候，沉重的、后跟打上铁片的皮鞋发出有节奏的嘚嘟嘚嘟声。别人肯定都看到他们了，或者听到他们轻轻的笑声，或者闻到了他们头发上强烈的发油气——也可能根本没看到他们。因为他们是超于历史时间之外的人，他们没跟外界接触，他们不信仰兄弟会，可以肯定他们连听都没听说过；他们也可能像克利夫顿一样，已经令人不解地排斥了这个组织的费解之处；处于转变时期之中的人，脸上都是莫衷一是的。

我站起来跟在他们后面。他们走过手里拿着大包小包的上街购物的妇女，走过等得心焦的、头戴草帽、身穿薄纱西装的男人——这些人都沿月台站着。突然间我发觉自己在思考：他们为了埋葬别人而来，还是为了让自己被埋葬掉？是献身，还是接生？别人，甚至那些近在咫尺、可以和他们交谈的人，看得见他们吗？思索有关他们的问题吗？如果他们答话了，那些穿普通服装的、等得心焦的商人和手里拿着战利品的、神色疲倦的家庭主妇听得懂吗？他们会说些什么？别看那些青年讲的话花里胡哨，充满了乡间的魅力，可是让人听了就忘；思想也转瞬即逝，尽管他们做的梦可能还是那些古老的梦。他们是些时间以外的人——除非他们能找到兄弟会。时间以外的人，马上消失，被遗忘……但是谁知道呢（想到这儿，我浑身颤抖得好厉害，只好倚在一只垃圾桶边）——谁知道呢，他们也许是救世主，是真正的领袖，某种珍贵的东西可能就体现在他们身上？他们手中掌握的东西会令人不舒服，感到是个累赘，对这一点他们很恼怒，因为他们置身于历史领域之外，既没有人赞赏他们的价值，而他们自己也看不到那价值。如果杰克兄弟错了怎么办？如果历史不是实验室实验中的一种力量，而是一个赌徒，那些青年只是他得了负点的一张爱司牌，那又怎么办？如果历史不是一位通情达理的公民，而是一个满脑子狂妄诡计的疯子，而这些青年是他的下手，是他的法宝，是他用来为自己报仇的工具，那又该怎么办？因为他们是局外人，他们跟跳舞的纸娃娃桑博一起躲在黑暗里；

跟我倒下的兄弟托德·克利夫顿（托德，托德）一起失踪，东奔西跑，想躲避历史的力量，却不知道应该站稳脚跟，巍然挺立。

一列火车到站。我跟着他们上了车。座位很多，这三个人就坐在一起。我抓住中间扶手站着，向车里看去。在一边，我看见一位身穿黑衣服的白人修女在数念珠，过道那边的车门前站着另一位修女，她全身素衣，外表跟前一个修女一模一样，只是她是黑人，黑脚上没穿鞋。两个修女，谁也不瞧谁一眼，只顾盯着自己的十字架。突然间我笑了起来，许久前我在金日酒家听到的一首歪诗在我脑海中出现：

面包和酒

面包和酒

你的十字架

根本没有我的重……

在前进的火车上，两位修女一直把头低着。

我注视那三个青年。他们坐的姿势也像走路那样端端正正。其中一个过一阵子就看看车窗里自己的影子，用手指弹弹帽檐，另外两个不声不响地瞧着他，互相交换一下含讥带讽的眼神，然后又正视着前方。我随着火车的震动而前仰后合，只觉得头上的风扇把热空气直向我吹过来。我琢磨，我和这几个青年处于什么样的关系？可能跟道格拉斯在历史上出现一样，只是一种偶然。可能每过一百来年，就有像他们，或者像我这样的人在社会上出现，四处飘零，了此一生；然而根据一切历史的逻辑，我们，我，在十九世纪前叶就应从历史上消失，这才合情合理。可能跟他们一样，我也是个返祖现象，是一块几百年前早已死去的、从远方来的小陨石，现在之所以活着只是因为光穿越空间的速度太快，我还来不及意识到我的根源就早已变成了铅……这种想法太蠢了。我又注视这几个青年；一个青年拍了拍另一个的膝盖，只见他从里口袋掏出三本卷起的杂志，递出两本，一本留给自己看。那两个拿起杂志一言不发，接着就全神贯注地读了起来。一个人把杂志举得高高的，笔直对着自己的脸。一刹那间我看到一幅栩栩如生的景象：发亮的栅栏、火警龙头、倒在地上的警察、俯冲的鸽群，而在中间的地面上，克利夫顿正朝地上瘫了下来。接着我又看到一本滑稽书的封面，心想，如果克利夫顿还活着，他对他们的了解比起我来要深得多。他一直了解他们。在他们下车前，我仔细地打量了他们一番。下车时，他们双肩摇动，皮鞋后跟上的铁片在车站的短暂寂静中格囊格囊地发出遥远而神秘的信息。

我从地铁里走了出来，因为感到身体虚弱，在大热天里走动好像身背重石，肩上压了一座大山，现在，我感到新鞋子夹脚。在一百二十五街上穿越人群的时候，我难受地注意到有些人也穿得像那几个青年一样，女孩子们脚上套着异国色彩的深色长袜，衣服是各种超现实风格的时髦式样。他们一直就是那样打扮的，可是不知为什么我从没注意到他们。甚至当我工作最顺利的时候，我也没有注意他们。他们置身于历史的轨道之外，我的任务是把他们吸引进来，统统吸引进来。我仔细端详他们的脸型，几乎没有一个人不跟我在南方认识的这个人或那个人相似，犹如遗忘了的梦中景象，这些遗忘了的名字又拨动了我的心弦。我随着人群移动，身上汗水淋淋；一面倾听街上车辆的刺耳轰隆声；一家唱片店的喇叭正在播放一首缠绵忧悒的黑人民歌，音量越放越大。我停了步。唱片里难道尽是这种调子？难道这是我们时代的唯一真实写照？一种用小号、长号、萨克斯管、鼓所演奏的忧伤的情调，而这首歌的歌词既含混不清又不确切。我心潮起伏，仿佛过去我所认识的每一个人都在这条短短的马路上出现了，我被迫走过他们，可是谁也不愿意对我笑一笑或者叫一声我的名字。没有人盯住我看。我孤孤单单地走着，感到身上在发烧。快到拐角，两个孩子从一家廉价杂货店里奔出来，手里抓着大把糖果，一个人在后面追。那两个孩子一面逃，一面把糖撒落在人行道上。他们朝我奔来，气喘吁吁地过去了。我忽然起了个念头，想把那个人绊倒，可是忍住了。过去不远，一个站在那儿的老太太蓦地一伸腿，一挥她那沉甸甸的提包，那个人脚底一滑，在人行道上滑了几步就倒下了。她得意扬扬地摇了摇头，却把我搞得更糊涂了。我感到身上有一种内疚的压力。我站在人行道沿上，看到一群人正跃跃欲试地想揍那个人一顿，刚好一个警察出现，把那群人驱散了。虽然我知道一个人对此是无能为力的，可是，我仍然觉得我是有责任的。我们做的工作太少了，没有出现大变化。这都是我的过错。这件事使我看出了神，我忘了应该估量一下它的后果。我一直沉睡未醒，一直在做梦。

第二十一章

我回到区办公室，一些青年会员停止了说笑，跟我打招呼，可是我没法把那噩耗告诉他们，我点了点头，径自走进办公室关上了门，就把他们的声音挡住了。接着，我坐了下来，直瞪瞪地向窗外树丛里望去。曾是一片新绿的树木现在变成了暗绿色，显得干巴巴的。街上，一个卖晒衣绳的小贩摇一阵铃，吆喝一阵。就在这时，不管我怎样尽力不去想，那个场景又回到了心头——不是那死了人的场景，而是那纸娃娃跳舞的模样。我寻思，我干吗不能控制住自己，反而去向那个纸娃娃啐唾沫呢？克利夫顿看到我时，他是怎么想的？在他吆喝声的背后肯定有对我的恼恨，可是他又不理我，就是没理我，而且他对我在政治上的愚蠢感到好笑，我一下子脾气发作，跟他过不去，可是我没有指出这些纸娃娃是毫无意义的，是下流的把戏，没有谴责他，没有抓住这个机会教育群众。我们从不放过教育群众的机会，可是这次我错过了。我所做的只是使他们笑得更响了……我帮助并纵容了社会上的落后现象……场景变了——他躺在阳光下，这次我看到一架在天空喷写广告的飞机在空中盘旋，后面留下一道烟迹，一个身穿豆绿色衣服的大块头女人站在我身旁说："哦，哦……"

我转过身，面对墙上的地图，从口袋里掏出纸娃娃就往桌上一扔。我的胃在翻滚。为这玩意儿去死！我心里怀着不干不净的想法把这娃娃捡了起来，把这堆皱纹纸端详了一番。用马粪纸做的脚牵拉着，我把纸腿拉了下来，那纸腿实际上是折成一层层的可伸缩的皱纹纸，一个由皱纹纸和马粪纸用胶水粘起来的玩意儿。可是我对它的恨就仿佛在恨一个活的东西。它是怎么跳起来的？马粪纸的手一折成了拳形，涂上一条条橘红色就成为手指，我还发现它有两张脸，马粪纸圆盘两面各画了一张脸，都咧着嘴在傻笑。我又回想起克利夫顿唱起让娃娃跳舞的那种吆喝声，我于是抓住娃娃的脚，拉长它的头颈，只见它往下一瘫，随即往前滑倒。我把它另一张脸转过来，又试了一次。它有气无力地一跳，哆嗦了几下就倒成一堆纸。

"来吧，让我开开心，"我说着又拉了一下纸娃娃的脖子，"你不是能让大伙儿开开心吗？"我又把它的脸一转。这一面跟那一面一样，笑容都堆满了整张脸。当时它一张脸对着人群笑，反面就对着克利夫顿笑。他们开了心，而他却因此丧了命。当时我像一个傻瓜，对着它啐唾沫，可是它仍然咧着嘴笑；克利夫顿不理我的时候，它也还在笑。突然我看到一根细细的黑线，于是就把线从皱纹纸里抽了出来。线的一端有一个小圈圈。我把手指穿进去，再站起来把线拉紧。这一下纸娃娃就跳了起来。克利夫顿一直使它跳个不停，原来这根线别人是看不见的。

你为什么不揍他？我问自己。为什么不把他的下巴颏儿打碎？为什么不把他打伤，这样不是能救了他吗？你可以挑动起一场斗殴，那样一来，两个人都会被逮捕，可是也不会有开枪的事了……可是他为什么打警察呢？他过去也被逮捕过，他应该知道对付警察的分寸。那警察讲了些什么使他勃然大怒以致失去自我控制？我突然想到，是不是可能他在与警察对抗*之前*，甚至在他看到警察之前，心中就已经郁积着怒火？我的呼吸变得急促起来，我感到身体发软。假使他认为*我*是叛徒那怎么办？这念头太恶心了。我坐在那儿动也不敢动，连大气也不敢出，生怕一动我就会垮下来。有一阵子，我掂量这个念头，感到这问题太大，我没法判断。我只能接受对生者的责任，不能为死者负责。我从这念头前缩了回来。这个事件是政治性事件。我看着纸娃娃，不禁沉思起来：这种逗人乐的玩具的政治后果就是死亡。可是那样说太不着边际。它的经济意义呢？是一个人的生命只值一只两角五的纸娃娃……可是那仍然使我摆脱不了是我发了火才促使他死亡这个想法。只是我的内心接受不了这种想法。使他在政治上堕落的这场危机跟我有什么关系呢?首先,我跟他卖纸娃娃又有什么关系呢?到后来,这条思路我也放弃了。我又不是警察局的侦探,况且在政治上个人是无足轻重的。他现在留给我们的就是这次开枪事件,克利夫顿已心甘情愿从历史边缘一头栽下去,除了在我心头留下对那个场景的记忆之外,唯一重要的就是栽下去这一事实本身。

我直挺挺地坐着,仿佛在等待枪声再起;内心在挣扎,不让心头的重担把我压垮。我听见卖晒衣绳小贩的铃声……报纸上消息出来以后,我怎么对委员会说呢?这个委员会真见鬼!我怎么去解释纸娃娃呢?可是我何必说什么呢?我们怎样反击——这才是我应该发愁的呢。下面空地上铃声又响了。我瞅着纸娃娃。我想不出理由来为克利夫顿卖纸娃娃开脱,可是完全有理由为他举行一次公开葬礼。我一有了这个想法就紧紧抓住不放,好像它能救我的命。虽然我不喜欢这个想法,正如当时我很不愿意面对人行道上克利夫顿蜷曲的尸体那样。可是我们处于很大的劣势地位,顾不得喜欢不喜欢了。我们得运用一切政治上有效的武器来反对他们,克利夫顿懂得这一点。总得把他葬了,而我又不知道他有没有亲戚;总得有人负责把他安葬。不错,纸娃娃是下流,他的行为是背叛,可是他毕竟只是贩卖,不是发明人,我们有必要使大家知道他死亡的意义大于这次惨案,也大于引起这次惨案的那个玩具。这样既能为他报仇雪恨,又能防止类似事件……对,还能把脱会的会员重新吸引回来。这可能算是不择手段,不过是为了兄弟会的利益而不择手段,要知道我们有的只是心智和肉体,而对手却有庞大的权力。我们必须尽量利用我们的长处。因为他们的权势浩大,他们可以利用一只纸娃娃,先是毁了他的人格,然后又以此为借口杀了他。好吧,我们就利用这次葬礼把他的人格重新树起来……他过去身无别物，仅有一身人格；他的要求恐怕也就是这一点。此刻那纸娃娃在我眼前变得模糊不清，湿漉漉的几滴泪水嗒嗒嗒地滴在那能吸水的纸上……

我弯下了腰，瞪着双眼，忽听得有人敲门，我刷地跳起来，把纸娃娃一把塞进口袋，同时连忙拭干眼泪。

"进来。"我说。

门慢慢地开了。一群青年会员前拥后挤地走了进来，每张脸都是一个问号，姑娘们哭了。

"是真的？"他们说。

"是说他死了？是真的，"我瞅着大家，"真的。"

"可是为什么……"

"这是挑衅和谋杀！"我的激情慢慢转成了愤怒。

他们站在那儿，一张张脸在提出问题。

"他死了，"一个姑娘不相信地说，"死了。"

"可是他们说他在卖纸娃娃，这是什么意思？"一个高个子青年说。

"我不知道，"我说，"我只知道他被枪杀了。他可没带武器。我理解你们的感情，我看到他倒下的。"

"带我回家吧，"一个姑娘尖叫道，"带我回家！"

我走上一步抓住她。这是一个棕色皮肤的小个子，穿了双短袜，挺可爱的。我把她搂在我身上。"不行，我们不能回家，"我说，"谁也不能去。我们得战斗。我很想朝外面一走，把这件事忘了，可是办不到啊。我们要的不是眼泪，而是愤怒。我们现在必须记住我们是战士，我们必须从这类惨案中看到我们斗争的意义。我们必须反击。我要求你们每一个人都尽自己的力量把会员集合起来。我们一定要拿出我们的回答来。"

他们离开时，除一个姑娘还在伤心流泪外，大伙儿的动作都很利索。

"来吧，雪莉。"他们说着，把她从我肩头拉开。

我设法跟总部接头，可是又一次无法找到任何人。我打电话给冥神大楼，可是没人接。因此我就召集区委领导成员开会，会后我们就慢腾腾地自己行动起来，我想把那个跟克利夫顿在一起的少年找到，可是他不见了。会员们带着空罐子上街为他的葬礼募捐。由三个老年妇女组成的小组去陈尸所认领尸体。我们散发谴责警察局长的传单，并且在上面镶上了黑边。我们通知了牧师，希望他们的教友写抗议信给市长。事情传开了。各黑人报纸收到了并刊载了我们送去的克利夫顿的照片。人们受到了鼓动，感到愤慨，街头大会也组织了。这次行动打掉了我的举棋不定，我全力以赴组织这次葬礼，不过我的活动总伴随着一种迟钝的期待心情。我两天两夜没睡觉，只是在办公桌上打个盹而已。我吃得很少。

葬礼的安排是从吸引尽可能多的人参加这点出发的。我们没有在教堂里举行仪式，而是挑选了莫里斯山公园。我们发出了邀请，希望加入过兄弟会的人都来参加出殡游行。

葬礼在一个炎热的星期六下午举行。天上薄薄一层云彩，几百名群众集合准备游行。我跑前跑后，狂热得昏昏然，这儿发一个命令，那儿讲几句话鼓鼓劲儿，可同时似乎我又能冷眼旁观。打我回到哈莱姆区以后就一直没有见到的兄弟和姐妹来了。还有从市南区和郊区来的会员。当他们逐渐聚集在一起时，我以惊异的目光注视他们；当队伍开始成形时，他们的悲伤的深切程度使我惊叹不已。

我看到了半卷的旗帜和黑色的横幅。还有镶黑边的牌子，上写：

托德·克利夫顿兄弟

我们的希望

被杀害了

我们雇了个鼓队，鼓上都披着黑纱。还有一个拥有三十件乐器的乐队。没有汽车，鲜花也很少。

队伍走得很慢，乐队奏着悲伤和带有浪漫色彩的军乐。当乐队停奏时，鼓队就用头上裹着黑纱的鼓槌在鼓上击拍子。气氛热得简直具有爆炸性。送货车不愿开进我们的区，警察小队的数目增加了。在各条街的上上下下，人们从自己的房间窗口向外观看；在薄薄云彩遮掩的太阳光下，有些男人和小孩站在屋顶上。我和黑人居民中一些年长的领袖人物走在队伍的前面。游行速度缓慢；我不时地回头张望，只见不少人自愿参加了队伍，其中有穿西印度群岛式样服装的人，有阿飞和赌厅的赌徒，也有穿工装的人。有几个男人从理发店里跑出来，只见他们理发用的罩衣还没脱下，脸上还有刮胡子用的皂液。他们一面看，一面压低了嗓音说长道短。而我则在琢磨：他们是不是都是克利夫顿的朋友，还是听到节奏缓慢的音乐跑出来看热闹的？一阵热风从我身后吹来，带来恶心的、略带甜味的气味，就好像是那些发情的母狗发出来的。

我朝后看去，只见太阳照在一群尚未脱帽的人的头上；在大小旗帜、亮光闪闪的喇叭后面，我看到了那具廉价的灰色棺材由克利夫顿的几个个子最高的伙伴扛着，隔一阵子他们就把棺材平稳地换一次肩。他们扛得高高的，表现出自豪，目光悲伤又伴着几分愤怒。棺材就像是航道里一艘满载的船，慢慢地弯弯曲曲地在低着的头上悠悠驶过。我听到小鼓（鼓面上绷着的皮弦都蒙上了黑纱）发出的平稳的咚咚声，所有别的声音都悬浮在一片静寂之中。后面，沙沙的脚步声；前方，人群排列在人行道边，足有好几条马路长。有人流泪，有人掩声低泣，很多人眼睛红了，但是目光坚毅。我们在前进。

起初，我们在最贫苦的人家住的街道上穿行，那地方真是悲哀的暗淡写照；转入七马路后往南就到了莱诺克斯街。到了那儿，我和领队的几个兄弟乘了一辆出租汽车急急忙忙赶到公园。在公园部门工作的一个兄弟已经把瞭望塔的门开了，在黑漆漆的大铁钟下面用木板和排列起来的锯木架搭了一个简陋的讲台。当游行队伍进入公园时，我们已经站在高处等候了。我们一示意，他就敲起钟来，古老的、深沉的当当钟声使我感到耳膜和内脏都在一起颤动。

  朝下望去，我看见他们随着沉闷的鼓点子的节拍大群大群地向上走来。在草地上的孩子们停下了游戏，张大眼睛望着；附近医院的护士跑到屋顶阳台上观看，由于薄云消失，白制服在阳光下耀眼得像白百合花。人群从各个方向朝公园拥来。蒙着黑纱的鼓一会儿咚咚敲着鼓点儿，一会儿嗒啦啦地连击，仿佛在空气上面覆上一层沉默，也像是为无名战士做的一次祈祷。我在朝下看时却感到怅然若失。他们干吗来这儿？他们找到我们为了什么？因为他们认识克利夫顿？或者因为他的死给了他们一个机会发泄他们心中的不平，给了他们聚在一起的时间、地点，这样就可以你碰碰我，我碰碰你，可以一起流汗、一起呼吸、一起注视同一个方向？这两个解释是不是各自都很恰当？是不是象征了爱，或者象征了政治性质的恨？还有，政治能不能是爱的表达？

  缓慢的、沉闷的隆隆鼓声和山道上脚步的嚓嚓声把静寂传播到公园的每个角落。这时，从队伍的某个角落里响起了一个苍老的、如泣如诉的男子歌声。在沉静中，这歌声起初孤零零地飘忽颤抖，不多一会儿乐队里的一个铜号摸索到了调子以后，就把曲子奏了起来。歌声和铜号声互相追逐激越，犹如两只黑鸽在一座白如尸骨的谷仓上空升起后在静谧的蓝天上翻腾和升高。有一阵子，在炎热而沉重的寂静中，铜号的纯净、甜蜜的音色和老人的嘶哑的男中音形成了二重唱。《千万人逝去了》。我站在高处俯视公园，只觉得嗓子里有个什么东西在搏动。这是从过去传下来的歌曲：来自过去的校园生活,还有远在那以前的家庭生活。此刻,人群里一些年长的人也唱了起来。原来我并没想到这是首进行曲,可是他们现在正随着它舒缓的节奏向山上前进。我四下张望寻找那位铜号手,结果看见一位细长的黑人,脸朝着阳光,正在吹奏一个朝上翻起的铜号。就在他后面的几码距离之外,在高高扛着棺材悠悠前进的青年人旁边,我看到这位带头唱歌的老人;我注视着他的脸,不禁感到一阵钦羡。这是一张又老又瘦的黄脸,双眼合闭,当歌声从他的喉头飞出时,我可以在他向上翻的颈部看到一处刀疤。他整个身体在歌唱,每一行的吐字就像他走路那样自然,他的歌声腾越于所有其他人的歌声之上,和清澈的铜号声糅合在一起。我看到他的双眼湿润了,这时骄阳直晒头上,面对引吭高歌的人群,我感到惊叹和敬佩。仿佛这歌声原来一直潜伏在那儿,他知道这一点,就把它激发出来了;至于我,我心里明白我原来也知道这一点,可是就没有能把这潜伏的歌声激发出来,因为我感到一种模模糊糊的、不可名状的羞耻或恐惧。但是他是知道的,他激发了这歌声。甚至白人兄弟和白人姐妹也加入了合唱。我凝视那张脸庞,希望能探索到什么奥秘,可是什么也找不到。我望着棺材和向前迈进的游行者,谛听他们的歌声,发觉实际上我是在谛听我内心的歌声,就在这一眨眼间,我听到了我心扉内令人肝肠欲裂的敲打声。一种深沉的感情震撼了人群,这多亏那老人和那位铜号手,他们所触及的感情比起抗议或宗教来都要深沉。顿时我过去参加过的所有教堂集会的情景涌上了心头,与此同时,已经忘记了的愤怒又在心中复萌,虽然这种感情在很大程度上受到了抑制。但是那已成为过去,在那些到了山顶后正在一群群聚拢来的人们中间,大部分人都没有体会过这种感情,况且有些人还是在异国出生的。然而,所有的人都很受感动,歌声把我们大家都唤醒了。这不是歌词的缘故,因为歌词还是当年黑人奴隶的词儿;这是由于虽然那缅怀过去、超脱人间、逆来顺受的古老感情还在歌词的表层抒发，但那埋在歌词下面的感情却好像已由它脱了胎，换了骨，而此刻这种感情更进一步由兄弟会的理论中我无法说明的东西深化了。我站在上面，尽力控制这种感情，一面看着他们把托德·克利夫顿的棺材扛进了瞭望塔，然后沿着螺旋状台阶慢慢走上来。他们把棺材放到了平台上。我看着那廉价的灰色棺材的外形，心头所能记起的只是他的名字。

歌声停了，小山的山顶是密密匝匝的一片旗帜，还有铜乐队的喇叭和向上抬起的脸庞。我在山上眺望，能从第五大道一直望到一百二十五街，在那儿，警察列队站在一排卖热狗和"好脾气"雪糕的手推车后面；在手推车中间我看见一个卖花生小贩站在一座街灯下，灯上聚集着一些鸽子，现在我看见他掌心向上，伸展两臂，突然间他的头部、两肩以及向外伸出的胳膊都站满了鸽子，它们扑打着翅膀，正在饱餐一顿。

有人碰了我一下，我一惊。到时候了，该最后说几句了。可是我无话可说，况且我从来没有参加过兄弟会的葬礼，也不知道仪式该如何进行。可是他们在等着。我独自站着，连扩音器都没有，我面前只有那具躺在摇摇晃晃的锯木架上的棺材。

我俯视被阳光晒射的脸，竭力挖掘词句，可是只感到无能为力和怒火中烧。几千个人聚集在下面就是为了我的讲话。他们等在那儿想听我讲什么？他们来干什么？有什么理由说这是不同于那个脸色红润的小孩看到克利夫顿倒下时发出的尖叫声？他们要的是什么？他们能做什么？其实他们当时能阻止惨案发生，可是他们那时候为什么不来呢？

"你们等在那儿要我讲什么？"我蓦地大声喊道，在无风的天空里，我的声音清脆得有点刺耳。"有什么用？如果我说这不是葬礼，这是假日的庆祝活动，如果你们待到最后，乐队会奏起《见他妈的鬼，欢乐完了》的曲子，那又怎么样呢？你们难道还指望看到奇迹，死者难道会爬起来重新走路？回去吧，他死了，确确实实死了。戏一开始就收了场，没法叫'再来一遍'。不会有奇迹，这儿也没有人在布道。回家吧，把他忘了吧。他就在这个盒子里，才死了不久。回家去，别再想他了。他死了，你们也尽了心，以后想念他的时候也可以感到宽慰了。"我停了停。他们脸孔朝上扬起，一边悄声说着话。

"我已经说了，让大家回家去，"我大声说，"可是你们还站在那儿。难道你们不知道站在太阳下面火辣辣的？你们等我说那么短短的几句话又有什么意思呢？二十一年成长起来的生命在二十秒钟之内就结束了，我能在二十分钟之内说清楚吗？我只能告诉你们他的名字，你们还在等什么？你们要听你们不知道的事，可是我能讲给你们听的，你们已经都知道了，除了他的名字以外，我还能讲什么？"

他们全神贯注地倾听着，他们眼睛里看到的仿佛不是我，而是我的声音在空气中传播的样式。

"好吧，既然你们愿意在太阳底下听，那我就在太阳底下讲吧。然后你们就回家。忘掉吧。把这事忘掉！他名字叫克利夫顿，他们把他杀害了。他名字叫克利夫顿，高高的个子，有人认为他长得漂亮。虽然他并不同意，我却认为他确实漂亮。他名字叫克利夫顿，黑脸，头上满是紧紧的鬈发——或者换个词儿，叫茸毛，要么叫发卷。他死了，没人觉得怎么样，除了对几个年轻姑娘以外，算不了一回事……你们明白我的意思了吗？你们看见他了吗？只要想一想你那叫约翰的兄弟或表弟就行了。厚厚的嘴唇，微微上翘的嘴角，脸上常常笑眯眯的。他的眼睛雪亮，双手勤快，而且他有一颗良心。他爱思考，感情丰富。我不想用'高贵'这个词儿来形容他，因为这个词儿跟我们又有什么关系呢？他的名字叫克利夫顿，托德·克利夫顿，他跟别人一样，是女人生的，活了一段时间，就倒下死了。

这就是他的详细历史。他名字叫克利夫顿,他在我们中间活了一段时间,在年轻的男子汉中间唤起了一点儿希望,我们认识他,爱他,而他死了。所以你们还在等什么?你们全都听到了。还想再听些什么?要知道我能做的只是再说一遍而已。"

他们站着,他们听着,他们没作任何表示。

"好吧,让我告诉你们吧。他的名字叫克利夫顿,他年轻,他是一位领导人,他倒下的时候,短袜后跟上有个洞。他倒在地上向前一伸,那时候可不像站着那么高。他就这样死了;于是我们这些爱他的人聚集在这儿为他哀悼。就那么简单,就那么简短。他名字叫克利夫顿,是黑人,他们枪杀了他。这几点还不够?这不就是你们想要知道的一切?难道还不足以满足你们对戏剧场面的渴望,还不足以让你们回家去美美地睡上一觉,然后就把什么都忘掉?去喝一杯,把这忘了吧。要么读一读《每日新闻》对这件事的报道。他的名字叫克利夫顿,他们把他枪杀了,我当时在场看见他倒下去了。因此我知道得清清楚楚。

"事实就是这样。他站在那儿,后来他倒下了。他倒下了,他跪着。他跪着,他流血。他流血,他死了。他像别的人一样缩成一团倒下了,他的血也像别人的血一样四处飞溅;像别人的血一样那么红,像别人的血一样那么湿淋淋的,一样能反映出天空、房屋、飞鸟、树木,还能反映出你的脸蛋,只要你愿意朝这面暗淡的镜子里望去——他的血在太阳下干了,和别人的血一样地干了。就这么些。他们洒他的血,他就流血了。他们一刀砍去,他就死了;血在人行道上汇成一小汪,闪了一会儿光,过不多久,就暗淡了,变成了灰蒙蒙的,最后就干了。经过就是这样,结局就是这样。这是司空见惯的了,血也流得太多,你们也不会激动了。况且,血只有在活人的血管里流的时候才有价值。你们难道还没听腻这类故事?你们看到血不难受?那么为什么还要听呢?为什么还不走?这儿好热啊。

那儿有香喷喷的饮料。酒店里有冰镇啤酒，萨伏依饭店里萨克斯管音色醇厚；理发店和美容院里可以听到不少精彩的笑话；乘晚上凉快，有两百家教堂在布道，电影院里笑声不绝。去听听广播里《阿莫斯和安迪》滑稽节目，再把这事忘了吧，这儿你只能听到老一套。在这儿他甚至没有一个穿红衣服的年轻寡妇来哀悼他。这儿没有什么需要你同情的，没有人会支持不住而放声大嚷。没有人会讲那种怕得要命、可是使你心里舒服的故事。这故事短得荒唐，简单得荒唐。他的名字叫克利夫顿，托德·克利夫顿，他手无寸铁，他虚度了一生，死也毫无意义。他曾经在街头巷尾为兄弟会斗争，他本来以为这样他会成为一个真正的人，可是结果他像随便一条狗一样在街上死去了。

"行了，行了！"我喊道，感到一阵绝望。我没料到我竟然讲了这么一些话，这不像政治演说。很可能，杰克兄弟根本不会赞成我这么说，可是我只能尽力而为，继续讲下去。

"你们站在这座可怜巴巴的山上，继续听我讲吧！"我嚷道，"我来把事实真相说一说。他的名字叫托德·克利夫顿，他是一个充满各种幻想的人。他以为他是人，实际上他仅仅是托德·克利夫顿。为了一个小小的判断错误，他被枪杀了；他流了血，血一干，过路人就把血迹踩掉了。他的错误很多人都会犯，是个正常的错误。他以为他是人，而人生下来不是为了被别人推来搡去的。可是那天市南区很热，他把他的历史忘了，他忘了时间和地点。他对现实失去了把握。当时有一个警察，还有很多愿意听他讲话的人。但是他仅仅是托德·克利夫顿，而警察到处都有。警察，他又怎么样？一个警察，一个好公民。可是这个警察手指发痒，耳朵乐意听到跟'把枪栓一扣'押韵的词[①]，他一找到这个词儿，克利夫顿就倒下了。警

---

① 白人种族主义者称黑人为 nigger（黑鬼），和 trigger（枪栓）同韵。

察特别小队写诗,他押韵。四周瞧瞧吧。瞧他做了些什么,再往自己肚子里瞧,你就能感到他的权势可怕。这是完全自然的。流的血就跟滑稽连环画里杀人的血一模一样,在一个滑稽画式的世界上,一个滑稽画式的日子里,这件事就发生在一个滑稽画式的城市里的一条滑稽画式的街道上。

"托德·克利夫顿是跟时代融合在一起了。可是在这阳光时隐时现的大热天里,这一点跟你们又有什么关系?现在他已经是历史的一部分,他已经获得了自由。他们不是在一本有一定格式的拍纸簿里把他的名字涂写下来了吗?种族:有色!宗教:未知,可能出生时为浸礼会教徒。出生地:美国,南方某城镇。亲属:未知。地址:未知。职业:失业。死亡原因(详细):抗拒现实,而现实就是逮捕他的警察手中一把点三八口径的手枪,地点是在四十二街上图书馆和地铁入口处之间,时间是某炎热的下午。该人死于三处枪伤,三发子弹在三步以外射击:一发射进心脏右心室后就滞留在心脏里,另一发击断中枢神经节后一直穿进骨盆,第三发击穿背部,飞到只有上帝才知道的地方。

"这就是托德·克利夫顿兄弟简短而痛苦的一生。现在他躺在已经上紧螺丝的盒子里。不仅是他一个人在这只盒子里,我们也在那里跟他在一起。等我把这一点讲完了,你们就可以去了。盒子里又暗又挤。天花板有裂缝,过道里的厕所已经堵塞。老鼠、蟑螂成灾;房租贵得不像话。空气混浊,今年冬天会冷得够呛,托德·克利夫顿感到太挤了,他需要空间。'告诉他们离开这个盒子,'如果你们听得见他说话,他肯定是在说这句话,'告诉他们离开盒子去教训教训那帮警察,要他们忘了那首歪诗,告诉他们去教训那帮警察,如果他们为了要跟**把枪栓一扣**押韵再骂你们是**黑狗**,那支枪会走火打到他们自己身上的!'

"好吧,这就是你们想听的话吧。几小时以后,托德·克利夫顿就要成为埋在土中的几根寒骨了。可是别上当，这几根骨头不会再复活。你我都还在盒子里。我不知道托德·克利夫顿有没有灵魂。我只知道我感到心口揪痛，我感到失去了什么。我不知道你们有没有灵魂，我只知道你们是有血有肉的人，而血会流，肉会腐烂。我不知道警察是不是都是诗人，不过我知道警察个个带枪，枪上都有枪栓。我也知道他们怎么骂我们。因此我以托德·克利夫顿兄弟的名义对你们说，小心扣枪栓；回家吧，冷静下来，为了安全，别在太阳底下晒。忘了他吧。活着的时候，他是我们的希望，现在希望已经死去，何必为此烦恼呢？因此我只有这么几句话可说，而我已经说了。他名字叫托德·克利夫顿，他信仰兄弟会，他曾经激起我们的希望，现在他死了。"

我再也说不下去了。他们在下面等着；用手或手帕在眼睛上遮着。一位牧师走上来，念了几句《圣经》。我站在那儿望着人群，感到失败了。我让机会白白溜走，没有把政治问题扯进来。他们头顶着骄阳，身上汗水淋漓，却听我念叨几句大家都知道的话。牧师祈祷完毕后，棺材就开始沿着螺旋状台阶扛下来，这时有人向乐队指挥做了个手势，乐队奏起庄严的乐曲。我们慢慢通过人群的时候，他们都静静地站着。我感到这时刻庄严肃穆，但其中含有我不能理解的成分，又感到弥漫着压抑的紧张情绪——说不上是悲哀还是愤怒。但是当我们走出人群，下了山向灵车走去时，我是能感受到这种情绪的。人群在流汗、在搏动，虽然一言不发，却向我投来了许多含义深长的目光。在人行道边上停了一辆灵车和几辆小汽车。几分钟内它们都坐满了人。人群依然伫立着，目送我们把托德·克利夫顿的遗体运走。当我朝他们望了告别的一眼时，我看到的不是人群，而是男男女女一张张肌肉绷紧的脸。

我们驱车离去，汽车停下来就是墓地。我们把他放了进去。掘墓人掘得满身大汗，他们讲爱尔兰话，干起活来都挺在行。他们很利索地把墓穴填平，接着我们就离开了。托德·克利夫顿被埋到了地下。

我沿着街道走回来，身子困倦不堪，仿佛我一个人单独挖了墓穴似的。我发了呆，没精打采地在人群里走动。人群似乎处于沸腾状态，在一片雾气中移动，仿佛那薄薄的、湿润的云片变厚了，就在我们的头上停止不动。我很想到某一个地方去，到一个阴凉的所在，什么都不想就马上坐下休息，可是还有很多事等着我做；计划得订，群众的情绪有待组织起来。我缓步行走，在南方式的天气里像南方人那样漫步。面前一片廉价的红、黄、绿等颜色的运动衫和夏装，由于看得我眼花缭乱，我不时地把眼睛闭了起来。流着汗的人群沸腾起伏；妇女带着购物便包，男人皮鞋擦得锃亮。即使在南方，他们也总是把皮鞋擦得锃亮锃亮的。"锃亮的皮鞋，皮鞋锃亮"在我脑中嗡嗡响着。在第八大道，小贩的手推车一辆挨一辆沿人行道停着，临时搭的帐篷遮蔽着干瘪的水果和蔬菜。我能闻到腐烂卷心菜的臭气。一个西瓜摊贩站在他的手推车边的阴影里，手里举着一长片橘黄色瓤的西瓜，嘶哑着嗓子在叫卖，令人不禁怀念起童年时代以及绿色树荫和夏天里的凉爽时分。小桌上整整齐齐地排放着柑橘、椰子和鳄梨。我东转西弯，穿过慢慢移动的人群，走过这些摊贩。陈旧萎谢的花束，在市南区绝对无人问津，在这儿却像一块块五色斑斓的破布，在一辆手推车上回光返照一般光彩夺目。卖花的用一只打了洞的果子汁罐头当水壶浇了一遍水，可是有什么用？花正在烂掉。人群犹如从洗衣机热气腾腾的玻璃下面望出去的正在蒸腾的人形；在街上，骑警分队监视着人群，短而发亮的帽舌下的目光并不十分认真，身体前倾，缰绳似松非松，有血有肉的人和马却像一尊尊石人石马。就像死去的托德·克利夫顿一样，我思忖着。小贩的吆喝盖住了来往车辆的喧嚣声。我似乎在远处就能听到他们的叫喊，可是分辨不出他们叫些什么。在一条侧街上，孩子们沿着人行道推了几辆小三轮车学大人游行,车上一块牌子上写着:托德·克利夫顿兄弟,我们的希望被杀害了。

在热雾中我重新感受到那种紧张情绪。这是无法否认的;它就在那儿,必须采取措施,使它不至于在炎热中耗尽消失。

第二十二章

他们都只穿了件衬衫坐在那儿,上身前倾,架起了二郎腿,双手紧紧抱住膝盖。我并不感到惊奇,我想:原来是你们,那好嘛,这么说来我们要讨论硬碰硬的正经事了。仿佛我已经料到会在那儿和他们见面,正如我在几次梦中遇见祖父那样:当我看到他的目光从幻梦般的房间里扫过无边无缘的空间投到我身上时,我有一种早已料到的感觉。我回视他们时,既不惊奇,也不激动,虽然即使在梦里我也知道,惊奇是正常的反应,如果不感到惊奇,那就得提防一二,因为这就是一个预兆。

我站在房门口,一面脱上衣,一面注视着他们。他们团团围坐在一张小桌旁,小桌上面放着一瓶水、一只玻璃杯,还有两只烟灰缸。房间里倒有一半黑沉沉的,因为只有一只直挂在桌子上方的灯亮着。他们打量我一番,却一声也不吭。杰克兄弟的微笑只限于他的嘴唇,他歪着头,用他那锋利的目光仔细端详我;其他人的脸上木然没有表情,眼神里故意不露出任何感情,但是故意想看得你忐忑不安。他们完全控制了任何感情,坐在那儿干等着,香烟的烟雾袅袅上升。你们终于来了,我想;我走过去后一屁股坐在一张椅子上。我把一只胳膊搁在桌子上,桌面凉丝丝的。

"我说,情况怎么样?"杰克兄弟说,他把攥紧的双手远远地伸在桌上,歪着头瞅着我。

"你看到群众队伍了,"我说,"我们终于把他们动员起来了。"

"不,我们没见到什么群众队伍,怎么回事?"

"我们鼓动他们上街了,"我说,"有许许多多人呢。我所知道的仅限于此。他们跟着我们走,可是我不知道能走多远……"在这间静悄悄的高大敞亮的大厅里,我一下子听到了自己的声音。

"呵呵!难道这位伟大的战略家就只能告诉我们这么一点情况?"托比特兄弟说,"鼓动他们朝哪个方向跑呢?"

我瞅着他,同时意识到自己的情感僵住了。这些情感在某个渠道里流得过久,也过深了。

"那要由委员会决定。他们被唤醒了,我们已经尽力而为。为了得到委员会的指示,我们一次又一次地想跟委员会接头,可是没接上。"

"于是?"

"于是我们就行动了,这是由我个人负责的。"

杰克兄弟眯起了眼睛。"什么词儿?"他说,"由你什么?"

"由我个人负责。"我说。

"由他个人负责,"杰克兄弟说,"兄弟们,你们都听到了吗?我有没有听错?你从哪里学到的这个词儿,兄弟?这可真是令人大吃一惊。"

"从你们的材……"我刚开始就止住了自己,"从委员会。"我说。

片刻间大家都不吱声了。我注视着他,只见他的脸越来越红。我这时掂量了一下我的处境。我的肚子正中有一根神经颤动着。

"人人都上了街,"我说,心想不能冷场,"我们看准了机会,区委员会的头头也赞成。可惜你们没来……"

"瞧,我们没来他感到可惜。"杰克兄弟说。他举起了手。我能看到手掌上深深的纹路。"**个人负责的伟大战略家**惋惜我们未能到会……"

他怎么没体会到我的感情,我在想,难道他看不到我这样做的原因?他想干什么?托比特是个傻瓜,可是**他**何必接上去说呢?

"你们可以接下去采取下一个步骤,"我咬着牙一字一字地说,

"我们已经尽力而为了……"

"由你个人负——责。"杰克兄弟说,每讲一个词儿就点一点头。

这时我目不转睛地盯着他。"我得到指示,要我必须把群众争取回来,于是我尽力去做。这是我所知道的唯一方法。你们批评我什么?我哪儿错了?"

"这么说来,"他用拳头轻巧地在空中画了个弧形,然后放在眼睛上揉揉,"这位伟大的战略家问他哪儿错了。难道还可能出什么差错?兄弟们,大家都听到了吧。"

有人咳了一声。一个人在倒一杯水,我听得见水倒得挺快,最后,从冷水瓶的瓶嘴里,一注水的末了几滴淅沥沥很快落在玻璃杯里。我望着他,心里竭力想把事情理出个头绪。

"你是说,他承认有不正确的**可能性**?"托比特说。

"仅仅是谦虚,兄弟。最最彻底的谦虚。我们这儿有一位伟大的战略家,他的战略思想和负责精神很有些拿破仑的风度。他的格言是'趁热打铁'。还有'见机行事''打蛇要打七寸''斧头,斧头,给他们斧头'①,如此等等。"

我站了起来。"兄弟,我不懂你说的是什么?说这些是什么意思?"

"兄弟们,这倒是个好问题。请坐下嘛,天气好热,何必站着?他想知道我们讲的是什么。我们这一位不仅仅是位杰出的战略家,而且能欣赏各种微妙的语言表达方法。"

"对,也能欣赏挖苦,只要还有点水平。"我说。

"那么纪律呢?请坐下,天很热……"

"纪律也一样。如果当时我能得到指示,有机会和别人商量,我也会对此感到欣赏。"我说。

---

① 英语里这句成语是"开除、解雇"某人的意思。

杰克咧嘴笑了。"坐下,坐下——也能耐得住性子?"

"只要我不困,不累得筋疲力尽,"我说,"也没有像我现在这样热得上火。"

"你会学会耐住性子的,"他说,"你会学会的。甚至在你说的种种情况下,你也能学会不得不耐住性子。**特别是**在这些情况下;忍耐的价值就在于此,忍耐之所以为忍耐也在于此。"

"对啊,我估摸我现在是在学呢,"我说,"**此时此刻**。"

"兄弟,"他冷冰冰地说,"你不知道你正在学到的东西可真不少呢——请坐下。"

"好吧,"我又坐了下来,"不过我个人受教育的事可以暂时不提,我想提醒你们的是,这些日子老百姓对我们的耐心可越来越少了。我们如果能利用目前的时机,这对我们是很有利的。"

"我本来可以告诉你,政治家不是什么个人,"杰克兄弟说,"不过我想还是算了。请问,我们怎样利用目前的时机才对我们有利?"

"通过组织他们的愤怒情绪。"

"这么说来,我们伟大的战略家总算松了一口气了。今天他可真是位忙人。首先在勃鲁托斯①尸体旁发表演说,现在又在做有关黑人老百姓的忍耐性的演讲。"

托比特在一旁怡然自得。不过我看见当他划了根火柴去点烟的时候,那支烟在唇边颤抖。

"我提议把他的话编成本小册子,"他用手指划了划下巴颏儿,"这些话可以与自然奇观相媲美……"

这一切可以到此为止了吧,我想。头越来越轻飘飘的,胸中憋得慌。

"瞧,"我说,"一个手无寸铁的人被杀害了。一个兄弟,一个领

---

① 勃鲁托斯(前85年?—前42年),罗马政治家,曾谋刺恺撒。此处疑为恺撒之误。在莎士比亚剧本《裘力斯·恺撒》中,恺撒遇刺后,勃鲁托斯和安东尼都曾发表演说,后勃鲁托斯为安东尼战败自杀。

导成员被警察杀害了。在社区我们的威信丢了。我看到了把老百姓团结起来的机会,因此我采取了行动。如果说这是错误,那我错了,就请你们直说,用不着废话连篇。光靠讽刺挖苦是动员不了外面的群众的。"

杰克兄弟的脸涨红了,别人在交换眼色。

"他还没有看到报纸。"有人说。

"你忘了,"杰克兄弟说,"这不必要,他在场。"

"是的,我在场,"我说,"如果你们说的是那次杀害。"

"对了,你瞧,"杰克兄弟说,"他在现场。"

托比特兄弟用掌心推着桌沿。"那么你还组织什么大出殡这样一场过场戏!"

我的鼻子抽搐了一下。我故意转过身体对着他,同时强颜一笑。

"没有你这位大明星上场,怎么能演过场戏呢?你一上场,准得收二毛五,二百五①兄弟。那次葬礼有什么不对?"

"现在我们有了些进展了,"杰克兄弟说,他叉开双腿骑在椅子上,"战略家提了个很有趣的问题。他问,有什么不对?好吧,我来回答。一个商人,他贩卖反黑人和反少数民族的种族主义偏执狂的邪恶工具,这个商人是个叛徒,而在你的领导下,你们为他举行了英雄的葬礼。你还用问什么地方不对吗?"

"可是没有对叛徒采取过任何措施。"我说。

他抓住椅背,半站起身子。"我们都听到你承认他是叛徒。"

"我们全力强调的是一名手无寸铁的黑人遭到了杀害。"

他双手往空中一伸。去你的,我在想,你去见鬼吧。他首先是个人!

"那个黑人,就像你叫他的,是个叛徒,"杰克兄弟说,"一个

---

① 原文"二毛五"为"two bits"(美俚语),与托比特"Tobitt"名字读音相仿,这里,主人公挖苦他,称他为"Brother Twobbits"。

叛徒！"

"兄弟，什么叫叛徒？"我问道。我边扳着手指，边感到又好气又好笑。"他不仅是个黑人，也是个人；不仅是个兄弟，也是个人；即使像你们所说是个叛徒，他也首先是个人；这个人死了，不管他在世，还是死去，他满身都是矛盾。正因为如此，他能把半个哈莱姆区的人都吸引过来；为了响应我们的号召，他们心甘情愿地站在太阳底下。那么，什么叫叛徒？"

"所以现在他退却了，"杰克兄弟说，"兄弟们，观察他吧。他利用运动，硬把一个叛徒塞到黑人的嘴里，要他们接受；而现在他却在问，什么叫叛徒？"

"是的，"我说，"是的，你说得对，这问题问得好，兄弟。有人把我叫作叛徒，因为我去市南区工作过；如果我成了一名公务员，也有人称我叛徒；即使我坐在角落里一声不吭，也会有人叫我叛徒。当然，我认为克利夫顿的行为……"

"你还要为他辩护！"

"不是辩护那个。跟你们一样，我也很恼火。不过，老天爷，从政治上来说，把一个手无寸铁的人枪杀这件事难道不是比他卖过下流玩具这点更为重要？"

"因此你就负起个人责任来了。"杰克说。

"我只能个人负责。别忘了，我没有被邀请参加战略会议。"

"你还没有认识到你在玩弄什么吗？"托比特说，"你是不是尊重你自己的人民？"

"让你这样有机可乘是一个危险的错误。"另外一个人说。

我向他扫了一眼。"如果委员会愿意，它可以使我'无机可乘'，不让我干下去嘛。不过同时，我倒想问问，为什么大家这样垂头丧气呢？即使只有十分之一的老百姓对纸娃娃的认识跟我们的相同，那我们的工作也将会容易得多。这些纸娃娃算得了什么？"

"算得了什么？"杰克说，"这个'什么'会在我们眼前爆炸。"

我叹了口气。"兄弟，你们的眼前不会出事的，"我说，"你们难道没看见他们不会用那些抽象的词儿思考？如果他们会的话，新纲领可能就不会失败了。兄弟会不等于黑人人民；没有一个组织能代表黑人人民。你们在克利夫顿的死亡里看到的只是它可能会有损于兄弟会的威信。你们只把他看成叛徒，可是哈莱姆区却不那样想。"

"现在他在对我们讲演有关黑人的条件反射问题了。"托比特说。

我瞧了他一眼。我很累了。"兄弟，你对运动所做的伟大贡献究竟根源何在？是你曾经演过滑稽剧？或者由于你对黑人有深刻的认识？你是不是出身于古老的种植园主家庭？你的黑保姆有没有每天晚上拖着脚步闯进你的好梦里来？"

他像条鱼一样把嘴一张一合。"我要让你知道，我娶了个很不错的、很聪明的黑人姑娘。"他说。

所以你就那么神气活现啦，我想；这时我看到灯光侧射在他的脸上，在他的鼻子底下形成一个楔形的阴影。原来如此……我怎么会猜到这里还牵涉到女人？

"兄弟，我道歉，"我说，"我错认了你。原来你家中有我们的动人姑娘。说真格的，你简直就是个黑人。是浸泡的还是注射的结果呢？"

"你……"他把椅子往后一推。

来吧，我想，只要敢动一动。只要稍微这么一动。

"兄弟们，"杰克说，同时把眼睛盯着我，"大家别离题。我感到很有意思。你是在说……"

我注视着托比特。他怒容满面。我则咧嘴笑了。

"我是在说，在这儿哈莱姆区，大伙儿都知道警察并不关心克利夫顿的思想状况。他们把他杀了是因为他是黑人，因为他抵抗。而主要是因为他是黑人。"

杰克兄弟皱了皱眉头。"你又在弹'种族'这个老调。可是他们对纸娃娃怎么想？"

"我是在弹'种族'这个老调，可我是被迫才弹的，"我说，"至于那些纸娃娃，他们知道对警察说来，克利夫顿不管卖什么都一样，不管他是卖歌篇，卖《圣经》，还是卖犹太式面包。如果他是个白人，他就不会死。当然，除非他愿意让别人在他背后推推搡搡的……"

"黑人和白人，白人和黑人，"托比特说，"我们干吗要听这些种族主义的废话？"

"你不用听，黑兄弟，"我说，"你有直接的信息来源。兄弟，这来源是不是杂种的？不用回答我——唯一不对头的地方就是你的来源太狭窄了。你难道真的认为群众今天出来是因为克利夫顿是兄弟会的会员？"

"那么他们**为什么**出来呢？"杰克神经紧张地问，仿佛随时要扑过来。

"因为我们给了他们一个机会表达自己的感情，他们可以借此挺一挺腰杆。"

杰克兄弟揉了揉眼睛。"你知道你已经成了一个了不起的理论家了吗？"他说，"你使我大吃一惊。"

"我可不敢当，兄弟，可是促使一个人思考的最好方法是把他孤立起来。"我说。

"对啊，不错；我们的一些杰出思想就是在监狱里产生的。不过，兄弟，你并没有进过监狱，我们雇用你不是要你思考问题。你难道忘了这一点？如果忘了，那么听着：我们雇用你不是要你思考问题。"他慢条斯理地说着，这时我想，喔……喔，是这样，赤裸裸的老一套陈词滥调。终于公开说出来了……

"现在我总算明白我的处境了，"我说，"也知道跟谁……"

"别歪曲我的意思。对于我们每个人来说,委员会负责思考。这对**所有人**都一样。雇你是让你讲话。"

"对,我是受**雇**的,这儿一切都是兄弟式的,倒让我忘了自己的地位了。但是如果我希望要表达一个思想,那怎么办?"

"我们提供一切思想。我们有些思想很尖锐。要知道,思想是我们机构的组成部分。只不过要把正确的思想用于正确的场合。"

"假如你们错误地估计了场合呢?"

"万一那样,你就保持沉默。"

"即使我有正确的意见?"

"除了委员会通过的以外,你什么也别说。要么这样:我建议你重复委员会要你说的权威结论。"

"如果我的人民要求我讲话呢?"

"委员会会答复的!"

我瞅了瞅他。烟雾弥漫的房间虽然很热,却静悄悄的。别人都望着我,模样挺怪。我听到有人在往玻璃烟缸里揿烟头,发出的嗤嗤声中似乎有几分紧张。我把椅子往后一推,深深吸了口气,以便克制住自己。我是走在一条险径上,这使我想起了克利夫顿,同时设法排除这一想法。我什么也没说。

突然杰克微微一笑,又摆起了慈父的姿态。

"让**我们**来处理理论和战略问题,"他说,"我们有经验。我们已经毕了业,你只是一个聪明的刚入学的小学生,不过你已经跳好几级了。可是这几级还是挺重要的,对取得战略知识来说尤其重要。为了取得战略知识,就必须看到全局。眼睛看到的还只是一部分。如果你掌握了长远观点、目前观点和全局观点,可能你就不会低估哈莱姆人民的政治觉悟了。"

我想,难道他看不到我是在告诉他们一些真实情况吗?难道我一成为会员,就体会不到哈莱姆区人民的感情了?

"好吧,"我说,"你想怎么办就怎么办吧,兄弟;不过正是在哈莱姆区的政治觉悟这个问题上,我感到我不是一无所知的,那堂课他们可不曾让我跳过不上。我正在说明的这一部分现实是我所了解的。"

"而这恰恰是最成问题的一句话。"托比特说。

"我知道,"我说,一边把大拇指在桌边蹭来蹭去,"你的私人消息来源看法不一样。我说兄弟,历史是在夜里创造的吗?"

"我早就警告过你。"托比特说。

"兄弟,既然我们是兄弟,"我说,"那就实说吧。以后还是多到下面走走。不妨告诉你,今天他们是几星期来第一次听了我们发出的呼吁。我还可以告诉你另一件事:如果我们不在今天打下的基础上继续往前推进,这可能是最后一次……"

"好啊,他终于找到机会预见未来了。"杰克兄弟说。

"有这个可能……虽然我希望不是这样。"

"他与上帝脉脉相通,"托比特说,"黑上帝。"

我盯着他,不禁咧嘴笑了。他的灰眼睛里虹膜宽宽的,下巴颏儿的肌肉一层叠一层。我打中了他的要害,此刻他乱了手脚,正在乱挥乱舞。

"兄弟,我既不跟上帝也不跟你的老婆脉脉相通,"我对他说,"他们俩我谁都没见过。不过我在这儿的老百姓中间工作过。兄弟,让你的老婆把你带到外面转转,例如轧棉厂啊,理发店啊,小酒馆啊,还有教堂啊,都可以去。对了,星期六可以到美容院去看她们烫头发。那时你听到的将是一个完整的没有记录下来的历史。你不会相信的,可是确实如此。让她在晚上把你带到廉价公寓去,你可以站在地下室外面听听里面在讲些什么。把她往角落里一放,再让她告诉你她记录了些什么话。你会了解到很多人怒火中烧,因为我们没能领导他们行动起来。我坚信这一点,因为我所依据的是我的亲身体会,我自己看到听到的以及我确实了解的情况。"

"不行,"杰克站起来说,"你所依据的应该是委员会的决定。够了,别再说下去了。委员会会替你作决定的,它从不对群众的错误想法推波助澜,它一贯如此。你的纪律性到哪儿去了?"

"我并不反对要遵守纪律。我只是想尽我的力量而已。委员会似乎没有注意到某些方面的现实,而我只是想提起委员会的注意而已。只要来一次示威游行,我们就能……"

"委员会决定反对举行这种示威游行,"杰克兄弟说,"这种方式不再有效了。"

地面仿佛在我脚底下滑走,在大厅暗处的人或物突然都通过我的眼梢被摄进我的知觉。"可是难道没有人看到今天的实况?"我说,"这一切难道是梦?今天出来的群众在什么地方显出是软弱无能的?"

"这些群众只是我们的原料而已,是为了适应我们的纲领而需要加工的各种原料中的**一种**。"

我环顾桌子四周,摇了摇头。"难怪他们跟我过不去,指责我们背叛了他们……"

蓦地有人动了一下。

"再说一遍。"杰克兄弟踏上一步嚷道。

"是有人说过,我再说一遍:一直到今天下午,他们还翻来覆去地说兄弟会背叛了他们。我只是重复他们讲的话,而这正是克利夫顿为什么会失踪的原因。"

"这是漏洞百出的谎言。"杰克兄弟说。

这时我沉住气瞅着他,心想:如果是这样,是这样……"别说我怎么样怎么样,"我轻声说,"别再说我怎么了,谁也别说了。我只是把我所听到的转告你们。"我把手伸进兜里,把塔普兄弟的那段脚镣套在手腕上。我一个一个地巡视他们,竭力控制住自己,可是又感到难以忍住。我的脑袋在打转,仿佛骑在游乐场的木马上,正在以超音速的速度旋转。杰克望了望我,眼珠子后面表现出一种我从未见到过的兴趣;他探身向前。

"这么说来你听人说了,"他说,"很好,你现在听我说:我们制订政策可并不考虑平民百姓的那些既错误又幼稚的想法。我们的工作并不要求我们去**问**他们在想什么,而是去**告诉**他们该想些什么!"

"这是你说的,"我说,"这句话你亲自去对他们说吧。说到底,你是谁,是伟大的白人父亲?"

"不是他们的父亲,是他们的领袖,也是你的领袖。这点别忘了。"

"你是**我的**领袖这点不假,可是你和他们究竟是什么关系?"

他的红头发竖了起来。"领袖。我,作为兄弟会的领袖,也就是他们的领袖。"

"可是你能肯定你不是他们的伟大白人父亲吗?"我聚精会神地注视着他;房间里火烧火燎的,可是一片静寂;当我把两脚往后迅速一收时,我觉得有一种紧张感从脚趾飞快地传到大腿。"干吗不让他们称你为'先知杰克'呢?"

"你听着!"他一跳站了起来,把身子俯过桌面,叫嚷起来;我则把椅子后腿当作支点,一下转了小半圈,这样他就刚好夹在我和灯光中间。他抓住桌沿,唾沫四溅地说起外国话来了,一会儿打嗝,一会儿咳嗽,要不就是摇头晃脑。这时我全身前倾,靠脚趾平衡,我抬头一看,他正俯视着我,而其他人都在他背后。突然间,一件东西仿佛从他脸上弹了出来。真是大开眼界,我想;这时我听到这玩意儿哒的一响重重地落到桌面上,接着马上滚了起来,只见他飞快伸出胳膊,把一颗大号弹子一般的东西泼拉一声丢到玻璃杯里。接着我看见水参差不齐地射出杯面,把灯光搅碎,然后化成颗颗水滴,在油滋滋的桌面上迅速滚动。立体的房间似乎变成了扁平形。

我蹿到他们头上，马上掉了下来；当椅子四脚撞到地板上时，我感到脊梁骨末梢震了一下。旋转木马转得更快了。我听到的只是他的声音，可是没有听到他在讲什么。我盯着杯子，只见光射过杯子，在暗色的桌面上投下一个透明的、有明显凹槽的影子；杯底躺着一颗眼球，一颗玻璃眼球，一颗被光线扭曲了的乳黄色眼球，这颗眼球好像从井底暗黑的水里朝我盯视。接着我抬头看他，只见他俯视着我，黑洞洞的半个大厅里到处都是被光线投射出的他的身影。

"你必须遵守纪律。要么你遵守决议，要么你退出……"

我盯住他的脸庞，心中一阵气愤。他的左眼珠掉了下来，无法闭住的眼眶露出一条赤裸的红线，他爱盯人的眼神如今失去了控制。我的目光从他的脸上移开，向玻璃杯扫去，心想，他的肺腑之言只是想蒙住我……别人则早就知道这一招了。他们甚至毫不惊奇。我瞪着眼看这颗眼球，心底里知道杰克在那儿踱来踱去，一边直嚷嚷。

"兄弟，你听见我的话了吗？"他止了步，也斜着眼瞟着我，活像一个独眼巨人在发脾气，"怎么回事？"

我答不上来，只是瞪着眼看他。

这下他明白过来了。他走近桌子，恶狠狠地笑了一笑。"原来是这样。是这个让你不舒服，对吗？你倒很会动感情。"他一把拿起玻璃杯，这么一来，眼球在水中翻了个身，仿佛它正透过有圈圈的玻璃杯底往下向我凝视。他笑着把杯子举在他的空眼眶前面，一边转动着杯子。"你不知道这件事？"

"不知道，我也不想知道。"

有人大声笑了。

"瞧，这证明你跟我们在一起的时间还不长。"他垂下杯子，"我执行任务时把一只眼睛丢了。你觉得怎么样？"他说话时那种得意洋洋的神态更加触怒了我。

"只要你自己不说，我管你怎么把一只眼睛给丢了。"

"那是由于你看不到牺牲的意义。我被指定执行一项任务，我完成了，懂吗？尽管我为了完成任务不得不牺牲一只眼睛……"

他自我陶醉地把杯子里的眼球夹在手里举起，仿佛这是一枚奖章。

"这可不怎么像那个叛徒克利夫顿，是吗？"托比特说。

别人都乐了。

"行了，"我说，"行了！这是英雄行为。它拯救了世界，现在可以把流血的伤口藏起来了！"

"别评价过高了，"杰克说道，这时平静了点，"死去的才是英雄。这没什么了不起——反正眼睛已经丢了。只是纪律方面一篇小小的活教材。你懂得什么是纪律了吧？我的'个人负责'兄弟！那是牺牲，**牺牲**，牺牲！"

他把玻璃杯往桌上砰地一放，水溅到了我的手背上。我像一片树叶那样颤动了起来。我想：噢，这就是纪律的含义——牺牲……对了，还有盲目；他看不见我。他甚至没看见我。我会不会掐死他？我说不上来，他也不可能知道。我依然说不上来。瞧，纪律就是牺牲，对啰，还有盲目。对。还有让我坐在这儿，任他肆意恫吓。是这样，凭他妈的那颗瞎了的玻璃眼球……该不该让他知道你已经明白了这意思？难道你不应该？难道不应该让他知道？快！难道你不应该？瞧那边那个玩意儿，真不赖，简直是完美无缺的仿制品，和真的差不离……你该，还是不应该？他刚才不知不觉讲起外国话来，兴许他就是从他学这门外语的地方搞到这颗眼球的。难道你不应该？逼他讲讲这门别人听不懂的外语，一门属于未来的语言。跟你有什么相干？纪律。他不是说过，是学习？是吗？我站着？我是不是坐在这儿？我是不是在死死拉住不放手？他说你会学习到一点东西的，这么说你是在学习？这么说他早就看得清清楚楚。他是个出谜让人猜不透的人，我们难道不应该让他知道这一点？所以就得规规矩矩地坐着好好学习，别操心那眼睛，那是死的……那好吧，瞧他，看他转身，左，右，伸出短腿走了过来。瞧，一！二！一只眼的灯塔。行了，行了……一！二！那个短腿的教堂执事？行！抓住他！这个骗人的、讲辩证关系的教堂执事……好吧，这就是说你是在学习……控制住……忍耐……是啊……

我仿佛初次见面那样又望了他一眼，只见一个人活像一只矮脚小公鸡，高高的前额，眼眶裸露，就是不愿合上眼皮。我细细观察他，同时感到火气在逐渐下降，仿佛正在从梦中醒来。我把武器投了出去，可是它又飞了回来。

"我理解你的感情。"他说道。这个演员刚扮演过某一角色，此刻又在用本嗓讲话了。"我记得我第一次看到自己这样也感到难受，别以为我不怜惜我原来的那只眼睛。"这时他在水中摸了摸眼球，只见一个光滑的流动的半球形从他的两指间滑了出来，滴溜溜沿着玻璃杯底的四周转来转去，仿佛在找一条脱身的出路。他一把捏住，甩了甩水，然后向房间暗处走去，一面朝眼球吹气。

"可是谁知道呢，兄弟们，"他背朝着大伙儿说，"说不定我们的工作会有成就，那时候新社会就能给我装一只活眼睛。这类事完全不是异想天开，别看我丢掉眼睛已经有好长时间了……顺便问一下，现在几点了？"

我听到托比特回答道："六点十五分。"这时我心想，有哪一种社会能使他看到我？

"那么我们得马上动身了，还有好长一段路要走呢。"他说着穿过大厅。这时他已把眼球安好，满脸堆着笑。"怎么样？"他问我。

我点了点头，我已经很疲倦了，我只是点点头。

"好，"他说，"我真诚地希望你不会有这种遭遇。真诚希望。"

"如果我遇到了，你最好能把你的眼科医师推荐给我，"我说，"那样，别人看不见我的时候，我也就看不见自己了。"

他怪模怪样地瞟了我一眼,接着笑了。"瞧,兄弟们,他在开玩笑呢。他的兄弟感情又回来了。不过,我还是得说,我希望你不会需要这种东西。还有,你可以去看看汉布罗。他会把纲要纲挈领地给你讲一遍,再给你一些指示。至于今天的游行,随它自生自灭吧。一个新情况只有当我们重视它时,它才能算得上是个重要的新情况。否则,只会被人遗忘,"他边穿上装边说道,"你会明白这点最好不过了。兄弟会行动时必须协调一致。"

我瞅着他。我慢慢又闻到了汗水臭,我得洗个澡。别人都站了起来,朝门口走去。我也站了起来,衬衫直黏在背上。

"最后一点,"杰克把手搁在我的肩上,轻轻地说,"注意你那脾气,这也是纪律问题。跟兄弟会里的人辩论时要学会用思想,用辩论技巧去制服对方。脾气是用来对付敌人的。留着向他们发去吧。去休息一会儿吧。"

我全身打起哆嗦来了,他的脸似乎逼近,退后,退后又逼近。他摇了摇头,狞笑了一下。

"我了解你的感情,"他说,"前功尽弃,那不是太可惜了。可是这里就会有一个纪律问题。我把我的亲身体会讲给你听,而我的年龄比你大多了。晚安。"

我注视着他的眼睛。这么说他了解我的感情啰。那一只眼睛真的瞎了?"晚安。"我说。

"兄弟,晚安。"除了托比特,别人都在说。

晚上倒是晚上,可是并不安宁,我心想,一面说了最后一声晚安。

他们走了,我拿起上衣走了出来,在我的办公桌旁一坐。我听到他们走下楼梯,把下面的门关上。我感到好像看了一场蹩脚的喜剧,只不过这是真的,对我是亲身经历,而这是我有可能经历的唯一有历史意义的生活。如果我脱离了它,我将无所依傍。就会像克利夫顿一样,既是死路一条又毫无意义。我在黑洞洞的房间里摸索到了那个纸娃娃,就往桌上一扔。他实实在在地死了,现在他的死再也起不了任何作用了。他已一无所用,连捡垃圾的都不要。他等得太久了,就在他工作期间,上面的指令变了。他总算还有一次葬礼,别的什么也没有了。仅仅几天工夫,可是他错过了,我此刻也无能为力。不过他总算死了,至少退出了舞台。

我坐了一会儿,思绪万千,越来越控制不住自己,可是又拼命想控制住。我不能离开,为了战斗我一定得和他们保持联系。可是我再也不是以前的我了。决不会了。从今天晚上起,我的外表变样了,感情也两样了。究竟怎么变,我也不清楚;我不可能再回到过去的我了——过去的我算不了什么——可是为了过去的那个我,我付的代价太大了。我身上一部分也随着托德·克利夫顿死去了。不管值得不值得,我还是去见汉布罗吧。我站起来朝大厅走去。玻璃杯还在桌上,我用手一挥把它扫得远远的,只听到它在黑暗中骨碌骨碌滚了起来。我下了楼。

第二十三章

楼下的酒吧间又热又挤,有些人在起劲地就克利夫顿的惨剧进行争论。我站在门口要了杯葡萄酒。这时有人注意到我,想把我拉进去。

"对不起,今天不行,"我说,"他是我的好朋友。"

"哦,当然啰。"他们说。我又要了杯葡萄酒,喝完就走了。

我走到一百二十五街,看见一群争取公民自由的社会工作者在散发请愿书,请愿书上要求把开枪的警察开除。他们一见到我就向我走过来。再过去一条街口,甚至那位经常见面的街头布道女人也在大声宣讲,说无辜者遭到了杀害。这起惨剧鼓动起来的团体比我先前想象的广泛得多。好啊,我想,说不定不管怎么样,这件事不会就此平息的。也许最好今天晚上就去找汉布罗。

沿街都是一小群一小群的人。我越走越快,忽然发现已经到了第七大道。在一座街灯下面,我看到聚在"规劝者"拉斯周围的人最多——这个人可以说是我最不愿意见的了。我刚想转过身去,忽然见他在他那排旗子中间弯下身体嚷道:"瞧,瞧,黑色人种的女士们,先生们!那个人就是兄弟会的代表。拉斯有没有看错?那位先生是不是打算悄悄溜过去,想不让我们发觉?去问问他吧。先生,你们的人还在等什么?就是因为你们这个骗人的组织,我们的黑人青年才会被枪杀,你打算怎么办?"

他们转身向我逼近,眼睛直盯着我。有几个跑到我背后,想把我推到人群里去。"规劝者"站在绿色交通灯下探身前倾,一只手指着我。

"女士们,先生们,问他,他们现在在干什么?他们是不是害怕了——还是那批白人跟他们的黑人爪牙勾结在一起,想把我们出卖?"

"放手!"我嚷道,因为这时有人伸手从我背后抓住我的手。

我听到一个声音在低声咒我。

"给这位兄弟一个回答问题的机会!"有人说。

一张张脸逼近我。我真想放声大笑,因为突然间我意识到我也说不准自己是否参加了一场叛卖阴谋。不过他们可没有笑的兴致。

"女士们,先生们,兄弟姐妹们,"我说,"我讨厌对这种攻击进行回答。你们都认识我,也了解我的工作,我想没必要回答。可是我认为,如果你们想利用我们一个最有前途的青年不幸的死亡作为借口来攻击一个为了结束这类暴行而工作的组织,那么这种行为并不光彩。是哪个组织首先对这场惨杀进行反击?是兄弟会!谁首先发动群众?是兄弟会!谁总是挺身而出为促进人民事业而斗争?还是兄弟会!

"我们采取了行动,而且我向大家保证,我们将永远行动。不过我们行动起来是有纪律约束的。而且行动要有积极意义。我们拒绝把我们的、还有你们的精力,浪费在不成熟的、考虑不周的行动上。我们是美国人,大伙儿都是,不管白人、黑人,都是美国人,任凭那个站在梯子上的人对你们扯了些什么,这点他没法否定。我们让那位站在上面的先生自己去侮辱死者的名字吧。兄弟会为损失了一位兄弟而深深感到伤心。我们决心使他的死成为一场深刻而持久的变化的开端。而你等那个人一安然落葬就站在梯子上肆口诬蔑他的信仰,这当然容易得很。可是要把他的死化为永久性的力量需要时间和周密计划——"

"先生,"拉斯嚷道,"别离题。你刚才不是在回答我的问题。对于那场惨剧,你们正在采取什么行动?"

我朝人群圈子外面挪动脚步。再这样继续下去,会发生不幸的。

"别为了你自私的目的侮辱死者了,"我说道,"让死者安息吧。不许你鞭尸!"

只听有人嚷着"告诉他!""偷墓的强盗!"我推推搡搡走开了,他勃然大怒。

"规劝者"挥舞双臂指着我喊道:"那个人是白人奴隶主收买的走狗!上几个月他到哪儿去了,而我们的黑人小孩和妇女却在那儿受苦……"

"让死者安息吧!"我喊道。这时只听见有人在嚷:"喂,伙计,回非洲去吧。这儿人人认得你这位兄弟。"

好,我心想,好吧。这时身后一阵急促的脚步声,我猛一转身,只见两个人突然收住了脚步。他们是拉斯的人。

"听着,先生,"我冲着他那儿说道,"如果你知道好歹,就把你的打手叫回去。看样子有两个人想跟踪我。"

"那是他妈的撒谎!"他嚷道。

"如果我出了什么事,这儿有的是证人。一个想把刚下葬的死者挖起来的人什么事都干得出,可是我得警告你……"

人群里有些人气得直嚷,只见一些人不断从我身旁走过,眼睛里饱含仇恨,他们离开了人群在街拐角处消失了。这时拉斯又在攻击兄弟会,听众里有人在附和他。我往前边的莱诺克斯街走去。走过一家电影院时,他们一把抓住我就打。可是这次他们挑错了地点,电影院门卫进行了干预,他们又跑回拉斯的街头集会那儿去了。我谢了门卫,又朝前走去。我很走运,他们没打伤我,可是拉斯又狂妄起来了。如果在一条人少点的街上,他们可能会闹出乱子的。

回到第七大道,我站在人行道沿上向一辆出租汽车做了个手势,却不见它停下来。一辆救护车开过,又一辆出租汽车过来了,可是里面有了主顾。我朝后看去,我觉得他们正在街的另一处注视着我,可是我看不见他们。怎么一辆出租汽车也不来!这时有三个男人穿着齐整的、乳黄色的夏装走了过来,他们在我身旁的人行道沿上站定。他们的穿着使我感到仿佛当头挨了一棒。他们都戴着墨镜。这种墨镜我已经看到过成千上万次,原以为是一种对好莱坞时尚的空洞仿效,此时却一下子充满了与我个人有关的含义。干吗不呢?我想,干吗不呢?我刷地穿过街道,走进一家装了空调设备的杂货店,店堂里凉丝丝的。

我看到,在一只柜子里墨镜和遮阳帽舌、发网、橡皮手套、假睫毛卡等放在一起。我挑了一副镜片最黑的墨镜,绿玻璃的颜色深得发黑,我抓起立即把它戴上,一下子就栽进了黑暗深渊,接着我就往外走去。

我简直什么也看不见,几乎一片黑咕隆咚,街上则是闹哄哄的一片模糊的绿色。我慢吞吞地走到街对面的地铁入口处旁边,就站在那儿等眼睛适应起来。我凝视着周围诡异的光线,心中蒸腾起一阵莫名的激动。人们从地铁口一阵阵热风中走了出来,我能够感受到火车对人行道的震动。一辆出租汽车驶过来停下,一位乘客迈步出来,我刚想坐上去,忽然一个从地铁口楼梯走上来的女人笑容满面地在我面前停下了脚步。只见她脸上笑嘻嘻地站在那儿,身穿一身紧身的夏装;我心想,怎么回事?这个女人身材高大,年纪轻轻,走近我时,身上散发出一股圣诞之夜牌香水的气味。

"赖因哈特,是你吗,小乖乖?"她说。

赖因哈特,我想。这么说灵得很哪。她把手搁在我的胳膊上,我连想也没想就听见自己答道:"是你啊,乖乖?"说罢,我屏住气等对方回话。

"嗯,这次你总算准时,"她说,"不过你怎么不戴帽子,我给你新买的帽子到哪儿去了?"

我真想大笑一场。我身前身后都是圣诞之夜牌香水味,这时只见她凑过脸来,眼睛得大大的。

"嗨,你不是赖因哈特,伙计。你想干什么?你口音就不像赖因。怎么回事?"

我笑着往后退。"我想我们俩都搞错了。"我说。

她紧紧抓住包也往后退了一步,迷惑不解地望着我。

"我实在没有恶意,"我说,"对不起。你把我错当了谁?"

"赖因哈特,想冒充他?小心别让他抓住你!"

"我没想冒充,"我说,"不过看你见到他的那副高兴样子,我就不好拒绝了。他这人真走运。"

"我简直可以起誓你就是——嗨,快走吧,别让我倒霉。"她说着闪过一旁,我就走了。

我寻思,这事很怪,可是那顶帽子倒是个好主意,我急匆匆走去,一面提防拉斯的手下人。我在磨时间。我一看到一家帽店就走进去买了店里帽檐最宽大的帽子。我随即戴上,心想,戴了这顶帽子,甚至在暴风雪中人们也能看得见我——只不过他们会错认我罢了。

于是我回到街上,向地铁口走去。我的眼睛很快适应了环境;周围看上去染上了强烈的深绿色。汽车灯像星星那样耀眼,人的脸庞成了带有神秘气息的模糊一片,电影院花花绿绿的霓虹灯招牌的色彩暗淡了下来,发出一片柔和的光,只是给人一种不祥感。我大摇大摆地又朝拉斯集会处走去,这是一场真正的考验,如果奏效了,我就去汉布罗那儿,路上再也不会发生什么麻烦了。在即将到来的怒火上升的日子里,我将可以随意走动。

两个人跨着灵巧的大步在人行道上走来,步伐使他们穿的笨拙的丝质运动衬衫一起一伏地在身上跳动,他们把整个街道都堵住了。他们也戴着墨镜,帽子高踞在头上,帽檐下翻,我刚一转念:这是两个阿飞,他们就开了口。

"你说说看,大叔。"他们说。

"赖因哈特大叔,告诉我们你押了多少?"他们说。

啊哟,该死,他们可能是他的朋友,我想;我挥了挥手,继续向前走去。

"我们可知道你在干什么,赖因哈特,"其中一个喊道,"赌的时候冷静点,老兄,冷静点!"

我又挥了挥手,仿佛对这种玩笑很熟悉。他们在我背后笑了起来。我现在正走近街口,浑身汗淋淋的。这个赖因哈特是谁,他押的**是什么宝**?我得打听一下这个人,以免再让人认错。

一辆汽车驶过,车里的收音机叽里呱啦响着。我听到那个"规劝者"就在前面恶声恶气地向听众乱叫。我渐渐走近。人群中原来就留有一段空地好让行人通过,我走到那儿惹人注目地停了下来。在我后面,他们两个两个地沿着商店橱窗排成一大串,在我面前,听众溶化成带绿色的、昏沉沉的一片。"规劝者"手舞足蹈地向兄弟会开炮。

"行动的时刻到了,我们一定要把他们赶出哈莱姆,"他嚷道,有一瞬间工夫,我还以为他在扫视人群时认出了我,我感到紧张。

"拉斯说把他们赶走!是'规劝者'拉斯变成'煞星'拉斯的时候啦!"

一片表示赞同的嚷嚷声,我朝后一望,看到那两个想跟踪我的人,一面心中在嘀咕:**煞星**,什么意思?

"我再说一遍,黑人女士们,先生们,行动的时刻到了!我,'煞星'拉斯,重申:**是时候了!**"

我兴奋得直打战;他们没有认出我,这办法还真灵,我想。他们看到的是帽子,而不是我这个人。这里面有魔法,这么一来,我即使站在他们鼻子跟前,他们也认不出来我……但是突然我又不那么有把握了……拉斯号召把哈莱姆区一切与白人有关的东西都加以毁灭,在这个节骨眼上,谁又会注意到我?我需要一个更严峻的考验。如果我能实现我的计划……什么计划？真该死，我不知道啊，走吧……

我东拐西弯地走出了人群，向汉布罗家走去。

一群身穿爵士迷式衣服的人走过我时跟我打了个招呼。"嗨，大叔，"他们喊，"嗨，嗨！"

"嗨，嗨！"我也跟着说。

仿佛我只要身穿某种款式的衣服，用某种姿势走路，我就加入了一个团体，在那儿人家只要眼光一瞥就认识我了——不是靠五官相貌，而是靠衣着打扮，靠走路步法。不过这产生了另一种不确定性。我又不是什么爵士乐迷，我是搞政治的。真的是搞政治的？在一场真正的考验中会怎么样？那天在快乐美元酒店里，那两个人那样无礼，又怎么样？想到这里，我发觉已经走到第八大道的中段，便急忙转身向一辆朝北开的公共汽车跑去。

很多老主顾围在酒吧柜台旁边。店堂里人满满的，巴雷尔豪斯正在照应着。我把帽子一歪，死命挤到柜台边，只感到墨镜框老是往我鼻梁骨里戳。巴雷尔豪斯漫不经心地瞥了我一眼，噘起了嘴唇。

"'拦路'大叔，今儿晚上来什么牌子的？"他说。

"就喝拜拉金牌吧。"我用原来的声音说。

我盯住他的眼睛，他则把啤酒往我面前一放，硕大的手一拍柜台就要我付钱。我的心怦怦直跳，付钱时还是用我习惯用的老办法：把硬币在柜台上一转转了起来，然后我等着。硬币在他的掌心消失了。

"大叔，谢谢。"他走了过去，我却摸不着头脑。他话音里的确有认出人的表示，可是认出的却不是我。他从不叫我"大叔"或"'拦路'大叔"啊。这办法行，我寻思，可能灵得很。

肯定我起了某种变化，而且是种深刻的变化。不过我还是感到如释重负。天很热。可能那就是原因。我喝着冰镇啤酒，扭过头往店堂尽里边的一排排座位上望去。一群男女像梦魇中见到的鬼形在绿色的烟雾中喧闹。自动唱机在不停地吵吵嚷嚷，我仿佛在朝阴沉沉的山洞深处窥视。这时有人往旁边挪动，我的视线沿着弧形的柜台，越过时起时落的人头和肩膀，落在自动唱机上，这玩意儿上下发光，使人想起炼狱里的噩梦；它哗啦哗啦地唱着：

  肉冻，肉冻
  肉冻，
  整夜如此

  可是当我看到一个卖彩票的人付钱给一个赌客的时候，我想，这个地方以前兄弟会倒是确确实实挤进来过。让汉布罗对这一点也解释一番吧；其他的问题他同样得解释解释。

  我喝完转身要走，忽然看到那边卖午餐的柜台边坐着马西欧兄弟。我忘了身上的伪装，情不自禁就赶了过去，差点撞在他身上，但是我克制住了自己，准备再一次试验一下伪装灵不灵。我粗鲁地打他肩上伸过手去，从糖罐和辣酱油瓶中间拿起一张油腻腻的菜单，连墨镜也不脱就假装念了起来。

  "大叔，排骨怎么样？"我说。

  "不错，至少我这块还不赖。"

  "真的吗？你对排骨懂个啥？"

  他不慌不忙地抬起头来，目光落在对面在烤炉上转动的鸡上，烤炉里蓝色的火苗低低的。"我想，对排骨我懂得不会比你少一丁点儿，"他说，"也许懂得还多些，因为我可能比你多吃了几年排骨，吃的店也比你多几家。你怎么会想到这儿来跟我找碴儿？"

  他转过身，这下他的眼睛直瞪瞪地盯住我的脸不放，这是在向我挑战。他一本正经，我简直想笑。

"嗨,别发火,"我吼道,"一个人总可以提问题吧?"

"不是回答了你的问题了吗?"他在凳子上一转,全身转了过来,"现在你是不是准备动刀子啦?"

"刀子?"我又想笑,"谁说过刀子来着?"

"你是在这么想嘛。只要有人说句你们不中意的话,你们这帮人就拔刀子。好吧,拔出刀子来吧。我不怕死,我从来不怕死。来啊,看你敢动一动!"

这时他伸手去拿糖罐,我站在那儿突然觉得我面前的老人根本不是马西欧兄弟,而是另外一个人化了装以后想蒙我。这副墨镜真灵,这位兄弟会老会员倒真是宁折不弯,可是我不能就此罢休。

我指指他的盘子。"我问你吃的排骨,"我说,"可不是你身上的排骨。谁说过动刀子来着?"

"别来那一套,来吧,拔刀子啊,"他说,"让大伙儿瞧瞧你。你是不是等我转过身去。行,这儿就是,这儿是我的背。"他坐在凳子上敏捷地先转过去,又转过来,胳膊做出准备掷糖罐的姿势。

顾客有的转身观望,有的躲开我们。

"出了什么事,马西欧?"有人问。

"没什么大不了的事,这个狗娘养的骗子跑到这儿来胡搅蛮缠。"

"别大惊小怪的,老头儿,"我说,"嘴不要不干不净,那样会连累你的脑袋。"我心里却在想,我怎么会说这种话?

"不用你操心,狗崽子,拔刀子吧!"

"揍他一顿,马西欧,让这个下流畜生清醒清醒!"

这时我只能靠耳朵确定说这句话的人的位置,我转过身来,只见马西欧和那个煽风点火的人,还有许多顾客挡住了门口。甚至自动唱机也停了。我感到危险迅速上升;凭着本能,我很快往旁边一跳,抓起一只啤酒瓶,全身不住地哆嗦。

"好吧,"我说,"如果你们硬要这样,那就来吧!谁再插嘴,那就给他来这个!"

马西欧动了一动,我手持酒瓶佯作要砸的样子,只见他一闪;他的胳膊原来摆好要扔糖罐的架势,可是因为我不住地逼他,没扔成;从我的绿色的墨镜片后面看出去,只见一个穿工装裤的黑老汉,头戴长舌灰布帽,有些虚无缥缈的样子。

"你扔,"我说,"扔啊。"我被这次争吵引起的疯狂劲压倒了。我原想在朋友身上试验一下我的乔装,而现在却发狠要把他打倒在地——不是因为我想要这样做,而是因为地点和环境在逼我。好吧,好吧,是荒谬,但是这是事实,而且危险四伏。只要他一动,我就会狠心拼命打他。为了自卫,我不得不这样,否则那批醉鬼会合伙揍我一顿。马西欧冷冷地盯着我,仍然保持准备打斗的架势,蓦地我听到一个低沉的嗓音:"不许在我的酒店里打架!"是巴雷尔豪斯。"把东西都放下,这些都是花钱买来的!"

"见鬼,巴雷尔豪斯,让他们打嘛!"

"要打到街上去打,别在这儿打——嗨,你们大伙儿,"他嚷道,"朝这儿看……"

这时只见他伛身向前,大手里的手枪稳稳当当地靠在柜台上。
"把东西全放下,"他哀声说,"我要求大家把我的财产**放下**。"
马西欧兄弟的眼光从我这儿扫到巴雷尔豪斯身上。

"老头儿,放下吧。"我想,这既然不是真的我,为什么我还要赌这口气?

"把你自己手里的放下。"他说。

"**两个人都放下**;还有你,赖因哈特,"巴雷尔豪斯用手中的枪指指我,"从我酒店里出去,不许再来。我们这儿不稀罕你的钱。"

我张口抗议,可是他把手掌一扬。

"赖因哈特,我跟你没啥,别误会。我就是受不了麻烦事。"巴雷尔豪斯说。

这时马西欧兄弟把糖罐放了回去，我也把啤酒瓶搁下，向门口退去。

"赖因，"巴雷尔豪斯说，"别打主意拔枪，我这支枪可上了子弹，而且我是有持枪执照的。"

我边注视着他们俩，边往门口后退，头皮麻辣辣的。

"你这个人又要问问题，又不愿听别人回答，下次可要小心些，"马西欧叫道，"如果你还想争个水落石出，你可以到这儿来找我。"

我感到外面的空气在我四周爆炸；我站在门口回头望去，只见那位戴长舌便帽的倔强老头气呼呼地站在那儿，大伙儿的眼神露出迷惑不解的样子，我不禁大笑起来：玩笑终归是玩笑嘛，我突然感到一阵轻松。赖因哈特，赖因哈特，我寻思，赖因哈特是怎么样一个人呢？

我走到下一条街口时，还忍不住暗暗轻笑；我正在等绿灯，忽然看见就在旁边的街拐角处有一群人在轮流呷饮一瓶廉价酒，一边议论着克利夫顿的惨死。

"我们要的是枪，"其中一个说道，"以牙还牙。"

"妈的，可不是。机关枪。把酒瓶给我，马克尔洛伊。"

"要不是苏利文法案①，纽约这儿早就成屠宰场了。"另一个人说。

"酒瓶拿去，可别以为酒瓶就是家。"

"酒瓶就是我唯一的家，马克尔洛伊。你想把它从我这儿夺走？"

"伙计，喝够了把该死的瓶子传过来。"

我在边上吃了一惊，因为只听得他们中间一个人说："你们的黑话怎么说的，赖因哈特先生，你的锤子挂得怎么样？"

---

① 苏利文，美参议员，曾提议持枪者必须有执照。

甚至在这儿也遇到这种事,我想,于是赶忙拔腿就跑。"重,伙计,"我知道黑话该怎么回答,"很重。"

他们笑了。

"到早上就轻了。"

"嗨,我说赖因哈特先生,给我一份活干怎么样?"他们中间一个边说边朝我走来,而我却挥了挥手就穿过街道,沿着第八大道朝公共汽车下一站走去。

店铺,还有副食店,此刻都黑沉沉的。孩子们沿着人行道边跑边喊,在大人群里闪进闪出。我走着,一面透过镜片往外看,只见各种形状消失、流动又混合,不禁感到愕然。赖因哈特眼中的世界难道就是这个样子的?对所有那些戴墨镜的青年来说也是这样?"因为我们仿佛在从墨黑的镜片后面往外看,可是后来——可是后来……"以下的歌词我就记不清了。

她手提购物袋,小心翼翼地挪动着脚步。我还以为她在自言自语呢,不料她碰了下我的胳膊。

"嗨,对不起,孩子,今儿晚上你好像故意冷落我,见面都不认人了。最后那数字是多少?"

"数字?什么数字?"

"你算懂我的意思了,"她的话音高了起来,同时双手搁在臀部,两眼望着前面,"我是说今天最后的数字。你是不是那个卖彩票的赖因?"

"卖彩票的赖因?"

"是啊,彩票掮客赖因哈特。你还想唬谁?"

"可是,太太,那不是我的名字,"我说话时尽量把字音咬准,一面从她身边走开,"你搞错了。"

她的嘴张得大大的。"你不是?啊呀,你怎么这样像他?"她话音里流露出明显的怀疑。"嗯,这真有些怪,我还是早点回家;如果我的梦没错，我还得去找那个浑蛋。我这儿还等着那笔钱。"

"我希望你中彩，"我瞪大眼睛，想看清楚她的模样，"我还希望他把钱付清。"

"谢谢，孩子，他会付清的。我现在看出来了，你不是赖因哈特，对不起，耽搁了你。"

"没什么。"我说。

"如果我早看看你的鞋，我就不会……"

"为什么？"

"因为大家都知道卖彩票的赖因穿的是方头鞋。"

我望着她蹒跚离去，一摇一摆地活像一艘"古老的以色列人之舟"①。怪不得人人都认识他，我想，你做那种骗人的买卖，你就得四处活动。这时我才注意到自己脚上穿了一双黑白双色皮鞋，打克利夫顿被害后我一直没注意穿的什么鞋。

一辆警车开到人行道旁，缓缓与我齐行。那警察还没张口，我就知道他要说什么。

"是你老兄啊，赖因哈特？"那个没开车的警察说，他是白人。我可以看到他帽子上的盾徽闪闪发亮，可是看不清号码。

"长官，这次你认错了。"我说。

"该死的你说什么；你在耍什么把戏？你故意不认人？"

"你弄错了，"我说，"我不是赖因哈特。"

车停了，手电筒的光射到我戴绿镜片的眼睛上。他向街上啐了口唾沫。"哼，到了早晨你是啊，"他说，"你还是把我们那一份送到老地方。你他妈的不想想你是谁？"车子加速后开走了，他却还在车里嚷。

我还没转过身来，忽见一群人从街角的弹子房里跑出来。一个

---

① 似指《圣经》故事中的"挪亚方舟"。

人手里握了杆自动步枪。

"老爹,那几个狗娘养的想对你怎么样?"这个人说。

"没什么,他们认错了人。"

"他们把你当作谁?"

我朝他们瞟了几眼——他们是伙犯罪分子还是一些被那惨剧鼓动得激昂万分的普通人?

"一个叫赖因哈特的人。"

"**赖因哈特**——嗨,你们都听见了吧?"那个持枪的人哼着鼻子说,"赖因哈特!那些家伙肯定是瞎了眼了。你不是赖因哈特,这不是明摆的嘛。"

"可是他确实像赖因。"另一个人说,他两手插在裤兜里,眼睛盯着我。

"见鬼,他是像。"

"别见鬼了,伙计,赖因哈特在晚上这个时候出来坐的是凯迪拉克牌的豪华轿车。你们在说些什么?见鬼!"

"听我说,老弟,"持枪的人说,"别被人牵着鼻子走。想学赖因哈特那号人,你要学他你得嘴甜心狠,天不怕地不怕,什么事都干得出。可是如果那帮小子再找你麻烦,告诉我们一声就行。绝不能让他们像过去那样随便抬手动脚。"

"当然啰。"

"赖因哈特,"他又说了声,"不就是**那**只狗吗?"

他们转身回弹子房去,边走边争论不休,我急急忙忙离开这一地段。这一阵子我把汉布罗忘了,我没向西走,反而向东走了。我想把眼镜摘下,可是后来改变了主意。拉斯的人可能还在四处游荡。

此刻四周安静了一些。没有人对我特别注意,只是街上人来人往,川流不息,走动时都附上一层神秘的绿色。我寻思:可能我终于走出了赖因哈特的活动范围;我试着把他和别的人或事联系起来思考。他一直在这儿活动，可是我的目光却始终投向别处。他走来走去，人缘挺好，我却视而不见，还是克利夫顿惨剧（也许是拉斯？）才使我有机会知道这样一个人。在事物表面之下究竟隐藏了什么？如果一副墨镜、一顶白草帽就能一下子藏起我的真面目，那么谁究竟是谁呢？

一股外国香水味在我身后的人行道上袅袅袭来，我意识到有一个女人在我后面跟着。

"老爹，我一直在等你招呼我，"一个声音说道，"我等了你好久了。"

那声音略带沙哑，却悦耳动听，仿佛含有说不尽的惺忪睡意。

"没听到我吗，老爹？"她说。我刚要回头，只听到："不，老爹，别往后看；说不定我那老头子还在死命盯着我。就走在我旁边，让我告诉你在哪儿见面。我发誓，我以为你绝对不会来的。今儿晚上你能来看我吗？"

她已经紧挨着我身边走，冷不防我感到有一只手在摸我的上衣口袋。

"行了，老爹，可别咒我了，我给了你了；你现在愿意见我了吧？"

我蓦地停步，一把抓住她的手朝她瞪眼，甚至从绿镜片里望去，她也像个异国女郎，原先她笑嘻嘻地瞅着我，这时突然收起了笑容。"赖因哈特，**老爹**，怎么回事？"

又来了，我想。我紧紧攥住她的手。

"小姐，我不是赖因哈特，"我说，"今儿晚上我还是头一次真心诚意地抱歉。"

"可是乖乖，老爹——赖因哈特！你不是要把你的小宝贝甩了吧——老爹，我干了些什么？"

她抓住我的胳膊，我们在人行道中央面对着面。突然间她尖叫了起来："喔喔喔……你真的不是！可是我还想把他的钱交给你！

滚,你这个傻瓜。滚开!"

我往后退。她的脸气歪了,跺着高跟鞋直叫。我听到身后有人说"嗨,怎么了?"在一阵奔跑的脚步声中,我撒腿就跑,拐过街角后才逐渐甩掉她的尖叫声。可爱的姑娘,我想,那个可爱的姑娘。

我一口气跑过几个街口,停下来时上气不接下气,心里既高兴又气愤。人怎么会愚蠢到这个地步?是不是人人都疯了?我向四周张望。街上灯火明亮,人行道上熙熙攘攘,我站在人行道沿想缓口气。前面的街头上方挂了一张招牌,上面一个十字架在人行道上熠熠发光:

圣路之站
看啊,上帝显灵

字母射出深绿色的光芒,我琢磨不出这绿光来自我的墨镜片呢,还是因为霓虹灯管就是绿色的。三两个醉汉踉踉跄跄地走过,我朝汉布罗家走去,只见一个人坐在人行道沿上,头埋在膝上。汽车来来往往。我继续往前走。两个脸色一本正经的小孩走过来,他们在分发传单,起先我不要,后来又转回去拿了一份。不管怎么样,我得知道黑人居民里的动态。我手持传单,走近街灯就读了起来。

> 看吧,那是你原来看不见的
> 哦,上帝,你的意志将实现!
> 我无所不见,无所不知,无所不说,
> 　　无病不治。
> 你们将看到神异奥秘!
> 　　——布·普·赖因哈特牧师,
> 　　灵魂工程学家

万古长青

新奥尔良的圣路之站，神秘之乡，

伯明翰，纽约，芝加哥，底特律和洛杉矶

上帝无所不能

请到圣路之站。

看吧，那是你原来看不见的！

和我们一起礼拜，一起祷告吧，每星期三次，

和我们一起接受古老宗教的

崭新启示！

看吧，看不见的如今显了灵

看吧，那是你原来看不见的

汝等已厌倦，何不回家转！

我能实现你的梦想！别等了！

我把传单往阴沟里一扔又朝前走去。我缓缓而行，呼吸还是有些喘急。**这可能吗？**不一会儿我走到招牌前面。招牌下是一座由货栈改装的教堂。我踏进短浅的门廊，用手帕擦了擦脸。我听到有人在我身后做老式的祈祷，声音时起时伏；打我离开学院后，我就再没有听到过这种祈祷；而且即使在那时，只有当我们邀请访问学院的乡村牧师来作祈祷时才听得到。声音起伏抑扬有致，恍恍惚惚——既是教徒们列举经受的人间苦难的倾诉，又是声乐高超艺术的如痴如狂般的表演，也是对上帝的吁求。我一面擦脸，一面斜着

眼看画在窗上的粗陋的《圣经》故事画,正在这时有两位老太太向我走来。

"晚上好,赖因哈特牧师,"一位老太太说,"晚上暖洋洋的,我们亲爱的牧师好吗?"

啊哟,我想,糟糕;不过还是承认好,如果否认,麻烦会更多。我用手帕捂住嘴,瓮声瓮气地说:"姐妹们,晚上好。"同时我闻到了手上一股那位姑娘的香水味。

"这是哈里斯大姐,牧师先生,她来参加我们这个小小的团体。"

"愿主降福于你,哈里斯大姐。"我握住她伸出的手说。

"牧师先生,我好多年前就听过你布道。那是在弗吉尼亚州,那年你还是刚满十二岁的孩子。现在我来了北方,看到你还在宣扬福音,为主效劳,真得赞美上帝啊。在这邪恶的城市里,你还在传布古老的宗教……"

"呃,哈里斯大姐,"另一位大姐说,"我们还是进去吧,好早一点找到座位。况且牧师好像还有别的事呢。不过牧师先生,你今天来得早了一点,是吗?"

"是的。"我用手帕轻轻往嘴上一拍。她们是南方型的老妈妈一类人,这使我突然感到一阵莫名的绝望。我真想告诉她们赖因哈特是个骗子,不料从教堂内传出一声呼喊,接着乐声大作。

"听,哈里斯大姐。这就是新型的吉他乐曲,我告诉过你这是赖因哈特牧师给我们搞来的。真是太奇妙了!像是天堂里的音乐!"

"赞美上帝,"哈里斯大姐说,"赞美上帝!"

"对不起,牧师先生,我得去见贾德金丝大姐,和她谈谈她为建筑基金募捐的事。还有,牧师先生,昨晚上我卖出了十份你的布道记录,那些布道演说真是激动人心!我还卖了一份给我那位白人女东家。"

"愿主降福于你,"我发现自己的声音由于绝望而变得沉重,"降福于你,降福于你。"

这时门开了,我越过她们的头部往里看,只见一间挤满了人的小屋子,男男女女都坐在折叠椅上,最前面一位身穿泛黄的黑长袍的瘦长女人正在一架竖式钢琴上弹奏狂热的"布基-伍基",一位头戴便帽的年轻男子在电吉他上一本正经地弹即兴重复乐段。在闪闪发光的白、金两色相间的布道坛上方,从天花板那里垂下一只扩音器,电吉他就接在扩音器上。一位男人,身穿缝制精致的、高高衣领上绣着花边的红色主教服,靠在一部硕大无比的《圣经》上,开始领着大家唱一首激发宗教狂热的赞美诗,而教徒们不知用什么语言在大声唱和。在他的身后的墙壁高处,用金字排成一个弧形:

要有光[1]!

整个景象在绿光中抖动,模模糊糊的,给人一种神秘感。门关了,声音低了下来。

我真受不了。我摘下眼镜,把白草帽小心翼翼地往腋下一塞,就走开了。这可能吗?我想,这真的可能吗?而我明知道这确确实实存在。我过去就听说过这类事,不过从来没有靠得这样近。还有,他难道无所不是?既是彩票掮客赖因,又是赌棍赖因、行贿人赖因、情夫赖因、牧师先生赖因?难道他的名字可以拆成两半,既是赖因,又是哈特,既是皮,又是心[2]?究竟哪一半是真?可是我有什么可怀疑的?他是个多面人,神通广大,吃得开。浪子赖因哈特。这事完全真实,就像我是个真人一样毫无疑问。他在可能性这个世界内漫游,而他对这一点很清楚。他比我老练得多,而我只是个傻瓜。

---

[1] 引自《圣经·旧约·创世记》:"上帝说,要有光,就有了光。"
[2] 赖因哈特(Rinehart)拆成两半后,成 rine- 和 -hart,前者和 rind(树皮、果皮)音近,后者和 heart(心)同音。

我真是既是瞎子，又是疯子。在我们所居住的世界上无界线可言。它是无边无际的一片炽热而动荡的液体，于是坏蛋赖因就浑水摸鱼了。也许**只有**赖因这个坏蛋才能在这个世界混得开。这没法令人相信，可是也许只有无法相信的事才是可信的。可能真理一向就等于谎言。

也许，我想，这一切想法会从我身上淌落，消失，就像一滴滴水从杰克的玻璃眼球上淌走一样。我应该寻觅一个适当的政治分类法，给赖因哈特和他的存在条件贴个标签，然后丢之脑后。我匆匆忙忙离开教堂，神不守舍地回到办公室，这时我才想起自己原来是打算去汉布罗家的。

我虽然心情沮丧，但是被这件事迷住了。我很想结识一下赖因哈特，可是心里乱糟糟的，因为我知道没有必要去结识他，既然我已知道此人存在于世界上，我又曾被张冠李戴，这就足够使我确信赖因哈特是真实的。这事不可能，可又是真的。之所以可能，仅仅是因为这事不为人所知。杰克做梦也不会想到有这种可能性，托比特自认为接近现实，实际上是无知，他也不会想到的。知道的东西太少了，而不知道的太多了。我想起克利夫顿和杰克，对他们又真正了解了多少？别人了解了我多少？在我过去的生活里，谁曾是我真正的对手？而过了这么久，我才发现杰克丢了只眼睛。

我整个身体都痒了起来，仿佛我刚卸了石膏绷带，还没有适应新的行动自由。在南方，人人都认识你，可是到了北方就等于跃进了未知世界。多少个白天，多少个夜晚，你可以在这个大城市的街上逛荡，可是遇不上一个你熟识的人？你真的可以重新做人。这个想法真吓人，因为世界仿佛在我眼前流动起来。一切界线都消失了，自由不仅仅是对必然的认识，也是对可能的认识。我坐在那儿直发抖，因为这简短的一瞥使我看到了赖因哈特的多面人格所引起的形形色色的可能性，我想不下去了。这么无边无垠，纷纷乱乱，实在令人无法静下心来思考。我看了看磨制的墨镜、镜片笑了起来,我原来只是想利用它乔装一番,可是它成了一件政治工具;因为既然赖因哈特能利用它干他的勾当,当然我也能利用它干我的工作。说起来再简单不过了,可是这副镜片却为我打开了一个现实的新天地。委员会会怎么说?他们的理论该怎样为他们解释这样一个天地?我回忆起有一条新闻说什么一个擦皮鞋的男孩在南方受到隆重接待,因为他没戴他常戴的多布斯牌帽或斯泰生牌帽,而是在头上盘了条白色头巾。想到这儿我不禁哈哈大笑起来,别人即使只是暗示有这类事存在,杰克听了也会勃然大怒。可是这里有真理,这是确确实实的混乱状态,他还自以为能对这种混沌世界加以描述——现在看来那是很久以前的事了……脱离了兄弟会,我们就等于脱离了历史;而在兄弟会内部,他们又看不见我们。我们一事无成,情况糟透了。我很想避而不谈现实,可又想讨论讨论,向别人请教,希望有人能告诉我这只是短暂的感情上的幻觉,我希望世界下面的支柱都放回原处。因此,我此刻确实感到需要见汉布罗。

我刚站起身来准备走,眼光忽然落在墙上的地图上,我不禁讪笑起哥伦布来。他发现了一个什么样的印度!我快走到过道顶头时蓦地想起了一件事,马上折回来把帽子和眼镜戴上。这两件东西挺有用,能让我在街上安全行走。

我要了辆出租汽车,汉布罗住在西八十街上。我一进门廊就把帽子塞在胳膊下,墨镜放在口袋里,和塔普兄弟的脚镣、克利夫顿的纸娃娃放在一起。口袋里东西塞得满满的,快要装不下了。

汉布罗亲自把我领到一间摆满一排排书籍的小书房。从套间里另一处传来了一个小孩唱《矮胖墩》的歌声,它唤醒了我首次在复活节演出的回忆,那次我站在教堂观众前面把词给忘了,至今想起还有些惭愧……

"我的孩子,"汉布罗说,"说起不肯睡觉的理由来头头是道,真是个油嘴。"

那孩子又唱起《钟声叮当》来，速度飞快；汉布罗把门关了，一边嘟囔了几句关于那小孩的话。我瞅着他，突然一阵恼怒。我满脑子想的是赖因哈特，我何必上这儿来呢？

汉布罗个子很高，他架起二郎腿时，两只脚都能碰到地上。他是我的启蒙老师，但是我现在后悔上这儿来。汉布罗思考问题完全是律师那一套，逻辑性强，但思路非常狭隘。在他的眼里，赖因哈特只不过个罪犯，而我如此着迷说明我被拖进了纯粹的神秘主义……我想：别指望他会谈什么新看法。于是我决定请他谈谈我那个区的情况，然后再告辞……

"嗯，汉布罗兄弟，"我说，"我那个区怎么办？"

他瞅着我，干巴巴地笑了一笑。"我是不是惹你厌烦了，因为我没完没了地谈我的小孩？"

"喔，不是，不是这样，"我说，"今天这一天真够我受的。我神经紧张。克利夫顿死了，区里的情况又这样糟，我想……"

"当然，"他没有收起笑容，"可是你为什么为区里的事发愁呢？"

"因为局势正在变得越来越无法控制。拉斯那伙人今儿晚上曾经想袭击我，而我们的力量确确实实越来越弱了。"

"那真遗憾，"他说，"可是无论采取什么行动，都会打乱我们的宏大计划。很不幸，兄弟，你们那儿的会员只好做些牺牲了。"

套间另一处的小孩不再唱歌了，四周阒无声息。我注视着他那棱角分明但安详平静的脸庞，想从中揣摩他的话是否真诚。我能够感受到某种深刻的变化，仿佛赖因哈特的出现在我们之间造成一条鸿沟，虽然我们促膝而坐，但是我们的声音却无法越过这条鸿沟，只是跌入深渊，连个回声也没有。我想否认它的存在，可是俩人之间距离太远，谁也把握不住对方讲话中的感情色彩。

"牺牲?"我的声音说道,"你说得倒轻松。"

"轻松不轻松还不是一样。谁脱离了组织,谁就应该被认为是可有可无的。必须严格遵守新的指示。"

真像在表演轮唱,就是听起来有一种虚假感。"可是为什么?"我说,"为什么对我们区要改变指示呢?那儿需要的是老办法——特别是在当前。"不知怎么的,我的话里表达不出应该表达的紧迫感;况且在我内心里赖因哈特还在作祟,就在我的内心表层以下翻来滚去;这件事与我有切身关系。

"兄弟,这很简单,"汉布罗说,"我们正在和其他政治团体组成临时联盟,一部分兄弟的利益必须牺牲于整体利益。"

"为什么过去没人告诉我?"我说。

"到时候委员会会通知你的——目前,牺牲是必要的……"

"为什么不能让那些知道自己在干什么的人自觉自愿地作出牺牲呢?我的群众不理解他们为什么成为牺牲品。他们甚至不**知道**他们已经成为牺牲品——至少想不到被我们牺牲了……"不过这时我心里却在想:他们不是甘心情愿受赖因哈特的骗吗?如果他们同样甘心情愿地受兄弟会的骗呢?

想到这儿我不禁猛地坐正,我脸上的表情必然很奇特,因为汉布罗(他两肘搁在椅子扶手上,两手指尖对着指尖)扬起眉毛,仿佛在等我接着往下讲。然后他说:"纪律性强的会员会理解的。"

我从口袋里取出塔普的脚镣,手一伸就套在了指关节上。他却没有留意。"你难道没有看到纪律性强的会员已经为数不多了?今天的葬礼吸引了成百上千的群众,而他们只要看到我们没有下一步的行动就会脱离我们的。现在在街头巷尾人家到处攻击我们。这一点你难道不明白?有些团体在散发请愿书,拉斯在鼓吹暴力。如果委员会认为这件事会就此平息下来,那就错了。"

他耸了耸肩。"我们必须冒这个风险啊。我们大家都必须为整体利益作出牺牲，通过牺牲才能取得变革。我们遵循现实的规律，因而我们作出牺牲。"

"可是黑人社区要求牺牲应该是平等的，"我说，"我们从不要求特殊照顾。"

"没那么简单，兄弟，"他说，"我们得保护成果。一些人比另外一些人作出的牺牲要大些，这是不可避免的……"

"你说的'一些人'是我的人民……"

"这一次确实如此。"

"这么说，弱者必须为强者作出牺牲？是不是这样，兄弟？"

"不，牺牲的只是整体的一个部分——这种情况将一再发生，直到建立了新社会。"

"我理解不了，"我说，"我就是理解不了。我们呕心沥血地工作，是为了争取群众跟我们走，而一旦他们跟上了我们，他们看到了自己和整个形势的关系，我们却把他们抛弃了。我不懂。"

汉布罗淡淡一笑。"对黑人的斗争精神我们大可不必担心。无论在新时期或其他任何时期，我们都不必担心。事实上，我们目前必须使他们缓和下来，这对他们有好处。这是科学的必然。"

我瞅着他，瞅着他那张颇像林肯的脸庞，长长的脸棱角外露。我本来会喜欢他的，我寻思，他这个人看来确实是既和蔼又诚恳，可是他竟然对我说这些……

"这么说来你真的相信啰？"我轻轻地说。

"以我的人格——相信。"他说。

一瞬间我以为自己会笑出来。差点儿把塔普的脚镣甩出去。**人格！**他对我说什么**人格**！我在空气中画了一个圈圈。我曾经企图把我的人格建立在兄弟会的历史作用之上，可是如今这已经化为水，化为空气。人格是什么？在这个世界上，赖因哈特得以存在和发迹，人格和这样的世界又有什么关系？

"可是在哪些方面有了变化?"我说,"派我来不就是为了要我激发他们的斗争性吗?"我的声音低沉、绝望。

"那是为了那个特定阶段,"汉布罗稍稍探着身子说,"仅仅为了那一阶段。"

"那么现在怎么办?"我说。

他喷了一个烟圈,那蓝灰色的圆圈向上飘浮,尽管烟圈内部翻滚沸腾,它在空中只停了一刹那,然后就化成一缕袅丝。

"振作起来!"他说,"我们将前进。只是目前必须带领群众走得慢些……"

如果我戴上绿眼镜,他会变成什么模样?我心想;不过我说的却是:"你是不是说我们必须拖住他们,这点你能否定吗?"

他格格笑了起来。"听着,"他说,"别用辩证法来折磨我,什么肯定否定的,我也是个兄弟会会员。"

"你是说历史的古老轮子上面必须安上车闸,"我说,"也许你是指大轮子**里面**的小轮子?"

他敛起脸上笑容。"我只是说带领他们走得慢些,不能让他们打乱了宏大计划的步伐。掌握时机是无比重要的。况且,你还是有工作可做的嘛,不过是在教育群众方面。"

"那么那次惨剧就这样了吗?"

"有意见的人可以走嘛,留下来的人就由你去教育他们……"

"我想我教育不了。"我说。

"为什么?这同样重要嘛。"

"因为他们反对我们;况且我觉得我像赖因哈特……"我无意中把名字漏了出来,他望了望我。

"像谁?"

"像江湖骗子。"我说。

汉布罗笑了起来。"我还以为你已经领悟到了呢,兄弟。"

我立即瞥了他一眼。"领悟到了什么?"

"就是说**不**利用群众是不可能的。"

"那是赖因哈特主义——犬儒主义……"

"什么?"

"犬儒主义。"我说。

"不是犬儒主义——是现实主义。诀窍就在于为了他们最根本的利益去利用他们。"

我突然感到这场谈话是个幻觉,于是我向前挪了挪身体。"可是谁能做出这个判断?杰克?还是委员会?"

"我们通过自己科学的客观态度的素养来做出判断。"他的话音中有笑声,冷不防我眼前出现了医院的那架器械,感到仿佛又被锁在里面了。

"别跟自己开玩笑了,"我说,"只有机器才具备科学的客观性。"

"纪律,而不是机器,"他说,"我们是科学家。我们的科学确实给了我们一些风险,但是我们必须冒这个风险,依靠我们的意志去争取胜利。你要不要复活一个上帝来担负起这个责任呢?"他摇摇头,"不,兄弟,我们必须自己做出决定,即使有时候我们像一些江湖骗子。"

"你们随时会遇到一些意外的情况。"我说。

"也许会那样,也许不会,"他说,"不论怎么说,由于我们的先锋队地位,我们的言行都必须有利于动员最大多数的群众为了他们自己的利益而前进。"

突然我受不了了。

"看看我!看看**我**吧!"我说,"无论我到哪里,总有人要牺牲我,说是为了我的利益——不过得到好处的却是**他们**!现在我们又坐上了名叫牺牲的古老旋转木马,转啊转,究竟转到哪儿才停下来?这是不是一个新的但是真实的定义?兄弟会是不是就是牺牲弱者？如果是这样的话，我们到哪儿才能算一站？"

汉布罗的目光似乎没看见我。"在适当的时候科学会让我们停下的。当然啰，作为个人，我们即使受到一些委屈，也必须毫无怨言，虽然这样好处并不大。可是，"他耸了耸肩，"如果你在那方面想得太多，你就无法领导，你将会失去信心。你如果不相信自己正确，就无法领导别人。同样，你必须信任那些领导你的人——信任兄弟会的集体智慧。"

我离开时心情比来的时候更坏。走过几幢大楼，我听见他在背后叫我，接着我见他从黑暗中走来。

"你把帽子忘了。"跟帽子一起，他递给了我几张油印的概括了新纲领的指示。我瞅了瞅帽子，又瞅了瞅他，想起赖因哈特和隐身遁形术来了——不是很多人没看到我，看到的只是赖因哈特吗？转眼一想，这对他说来不是现实的。我道了声晚安，走过热烘烘的街道到了中央公园西区，然后朝哈莱姆区走去。

牺牲和领导，我思索着。对他说来，简单得很，对于**他们**说来，简单得很。可是真该死，我两面都有份，既牺牲别人，又牺牲自己。我无法摆脱开，而汉布罗却不必置身于这种窘境。那也是现实，是我的现实。他却不用把刀搁在自己的脖子上。假定**他**成为牺牲品，那他会说些什么？

我顺着公园里黑魆魆的地段走去。汽车开来开去，不时从树深处和灌木丛后传来一阵阵人语笑声，空气中有青草受到烈日灼照后的气味。为飞机指向的探照灯在阴暗多云的天空中照来照去，我想到了杰克、参加葬礼的群众和赖因哈特。他们向我们要的是面包，而我能给他们的最多不过是一颗玻璃眼球——连电吉他都拿不出来。

我停步倒在长椅上。我该离开了，我心里思忖着。这样做才问心无愧。不然，我只能哄他们，说什么要满怀希望啊，同时设法拉住那些听话的群众。赖因哈特不就是这样的吗？谁乐意付钱，他就给谁以希望,这是一项原则。不这样做,剩下的一条路就是背叛,那就意味着回去侍奉布莱索、爱默生,跳出荒谬的油锅又跃入荒唐的火海,而两者都是自我背叛。可是我不能离开;我必须跟杰克以及托比特把是非分辨清楚。这是我对克利夫顿、塔普,还有其他一些人应负的义务。我得坚持下去……这时我起了一个念头,顿时使我内心簌簌直抖:你何必为群众担忧呢。既然他们能容忍赖因哈特,就会忘掉这一切,即使跟他们在一起,他们也看不见你。这念头只持续了几分之一秒,我马上就把它摒弃了,不过它还是在我心灵的阴暗天幕上闪了闪,就是那么回事罢了。没什么大不了,因为他们并不能意识到出了什么事,我有过希望,我栽了跟头,这些他们都意识不到。我的雄心壮志,我的人格完整对他们说来都是无足轻重的,因此我的失败也和克利夫顿的失败一样,是毫无意义的。其实一直就是这样的。只有在参加了兄弟会以后,我们这些人才有了转机,有了一线希望,可是杰克的眼球虽然外表光滑,富有人性,眼窝却粗糙得发红,形状捉摸不定。即使这一点也只有对我有意义,对别人却毫无意义。

我确实存在,可又是看不见的,这就是基本矛盾。我存在,可是别人看不见我。这念头可怕得很;坐了一会儿,我又想到具有各种可能性的世界也是可怕的。因为我这时看到,我能够既同意杰克又不同意他。我能够在并无希望的情况下要哈莱姆区不要失去希望。也许我可以告诉他们:还是要满怀希望,只要等我找到了行动的真实而牢靠的基础,到那时他们的行动就能带领他们登上历史舞台。不过在那以前我连自己也不相信,却要鼓动他们相信……我得先成为一个赖因哈特。

我倚在公园的一堵石墙上,回想起杰克、汉布罗以及这一天的经过,不禁气得发抖。这全是骗局,一个肮脏的骗局!他们为自己涂脂抹粉,说是能解释世界,可是他们只知道我们有多少多少人,在干这个或那个活，能提供多少选票，在他们举行游行示威时能出多少人参加，除此之外，他们还了解我们什么呢？我靠在墙上，恨不得马上羞辱他们一番，驳斥他们的言论。此刻所有以往的屈辱都化为我经历的宝贵部分。在那个酷热的夜晚，我斜倚在石墙上，生平第一遭开始与我的过去妥协。由于我默认了过去，只觉得往事纷纷涌上心头，仿佛我突然学会了在僻静的角落里东找西寻。过去蒙受屈辱的形象在我脑中闪现，我明白这不仅仅是一桩桩彼此隔绝的往事。这些往事就是我；没有这些往事就没有我。我就是我的经历，我的经历就是我。那些瞎子，任凭他们如何强大，即使他们征服了全世界，也休想从我的经历中拿走或改变其中的一丝一毫企求、奚落、欢笑、哭喊、创伤、疼痛、愤怒以及痛苦。这批瞎了眼的，就像蝙蝠一样，走动靠的是自己声音的回声。正因为他们瞎了眼，他们终将毁灭自己，而我却要去帮助他们。我哈哈笑了，我原以为他们接纳我是因为他们不分肤色，而事实上他们之所以不分是因为他们既看不见肤色又看不见人……因为他们所关心的只是我们这些名字可以涂在假选票上，在他们方便的时候就能用上，用不着了就往哪儿一塞。这是个玩笑，十足荒唐的玩笑。此时我向心灵中某个角落窥视，只见杰克、诺顿和爱默生都溶成一个单一的白人形象。他们大致一样，个个企图把自己对现实的理解强加于我，却屁也不管我是如何看这周围世界的。我只不过是一块材料，可以利用的一种自然资源。诺顿、爱默生之流目空一切，荒唐透顶，我离开了他们，转而投奔杰克和兄弟会，可是他们也是同样的高傲、同样的荒唐，结局毫无二致——只不过我现在认清了我是看不见的人罢了。

因此我要默认这一切，探索这一切，连皮带心，统统在内。我只要两腿一并，全身跳进去，他们就会噎住。啊，只要他们噎住就行了。我不知道祖父的话究竟是什么意思，不过我打算把他的忠告试上一试。我要用"是，是"来征服他们，用微笑来挖他们的墙脚，我的"同意,同意"将把他们引向死亡和毁灭。对,让他们把我一口吞下,然后恶心呕吐——甚至肚子胀裂。有些事实他们硬着头皮不承认,就让这些事实把他们憋死,让他们憋得透不过气来。这个危险他们可没有估算到。他们的哲学可没有使他们梦想到有这种危险。此外,他们也没想到,他们老是纪律纪律的,到头来纪律会毁了他们,说"是,是"会毁了他们。哦,我会对他们说"是,是"的,只要我会说"是,是"就行了!我将连声说"是,是",直到他们在"是,是"声中呕吐、打滚。他们要我做的不过是把这个肯定词猛地一声吐出来,那我就把它嚷得震天响。是!是!是!任何人对我们的要求就是这个词,要求能听得见我们就行,用不着看见我们,我们在应声时应该像齐唱那样洪亮、欢快:"是,先生;是,先生;是,先生!"好吧,我就"嗯,嗯;噢,噢;是,是①;并且用眼睛视着②"他们;我将穿着钉头皮靴在他们的五脏六腑里走来走去,甚至那些超级大人物也不能例外,虽然我从不曾在委员会的会议上见到过他们。他们需要一架机器?很好,我就变成一台高度灵敏的机器,专门证实他们的各种谬论;为了继续赢得他们的信任,我有时要装得一本正经。哦,我要好好为他们服务,我将使他们感受到却看不到我的隐蔽的身份,他们迟早会明白,这可像一具腐臭的尸体一样污染空气,又像肉汤里的一块臭肉。如果我遭害呢?那也很好嘛。何况他们不是相信牺牲吗?这批思想家考虑起问题来很玄乎——这算不算背叛?这个词在一个看不见的人身上用得着吗?别人看不见——这意味着可以随心所欲,这一点他们能理解吗……

我左思右想,不禁对这种可能性愈来愈产生一种病态的迷恋。我为什么没有早一点发觉呢?否则我的一生将会完全不同!不同到

---

① 原文分别为英、法、西班牙文。
② 西班牙语的"是"(si)和英语的"视"(see)同音。

可怕的程度！我为什么没看到各种各样的可能性？假定一个佃农上大学靠的是在夏天当侍者、当临时工、当乐师，毕业后他当上了医生，那么为什么他不能同时具有这些身份呢？那个老农奴不是一位科学家吗——至少别人称他是，认为他是——尽管他老态龙钟地站在那儿，一手攥着帽子，一脚蹭着地面，奴相十足地打躬作揖？上帝啊，真是无奇不有！还有什么螺旋形的上升，那个狗屁的进步！谁能知道一切奥秘？我改了名字，不是谁也没有就这一点向我提问过？还有什么成功就是**向上**的运动这种谎言。真是无耻谰言，还不是为了使我们俯首帖耳！其实你可以向上走向胜利，也可以下降嘛；上升**以及**下降，前进和退却，横走、斜行、绕着圈子走都可以，这么一来你可以遇见你过去的各式各样的自我化身在那儿来来去去，说不定在同一时间来个大团聚。我怎么这么久一直没有想到这一点呢？我不是从小就熟悉那些既是赌棍又是政客、既当牧师又做法官、当面是警长背后是强盗之类的人物吗？对啦，有一些三K党徒干的是牧师行当，还参加了慈善团体呢！真见鬼，过去布莱索不就想把这其中的奥妙告诉给我听吗？我感到自己气息奄奄，不像个活人。这一天真够我受的；即使有一天我发觉那个我一直喊爹的人原来和我毫不沾亲带故，我受到的震撼跟今天的比起来也只是小巫见大巫罢了。

我回到住处，和衣往床上一倒。天热，电扇能起的作用只是把热空气搅成迟钝的、铅一般的热浪。我躺在电扇下转动着墨镜，望着镜片上令人昏昏欲睡的、忽隐忽现的光，一面考虑我的计划。我要把怒火深藏，引他们昏沉沉地进入梦乡；假意对他们说，黑人社会完全同意他们的纲领，好使他们放心。同时我将编造证据：我将在出席记录上弄虚作假，用伪造的名字填写会员证——当然都是些失业者，这样就不会产生交纳会费问题。对了，晚上我要去区里走动，在有危险的时候戴上白草帽、绿眼镜。景象确实暗淡，但不失为一种摧毁他们的方法,至少在哈莱姆区里是如此。我看也不可能另外组织起一个分裂派运动,因为下一步怎么办?我们往何处去?我们无法以平等身份和别的组织结盟;我们既无时间,也无理论家来制订一个我们自己的全面纲领——虽然我感到在赖因哈特和看不见的状态之间有巨大的潜在可能性。可是我们一无金钱,二无情报——不论在政府机关、企业界,还是工会里都没有情报来源;也没有和自己人民沟通的工具,除了靠几份并不同情我们的报纸;此外有几个普尔门豪华卧车上的搬运工,他们能从遥远的城市里为我们带来一些外省消息;还有一群仆役,他们只能扯些东家的相当乏味的私生活轶事。要是我们有一些真诚的朋友就好了!只要他们不把我们看作实现他愿望的方便工具就好了!不过,去他妈的!我想,我还是做恪守纪律的乐天派,帮助他们高高兴兴地下地狱。如果我无法帮助他们看到我们生活的真实,那我一定要帮助他们把它丢在脑后,总有一天现实会当着他们的面爆炸的。

　　只有一件事使我烦恼:由于我现在已经发现他们从不在委员会会议上透露他们的真正目标,我需要某种情报渠道,以便了解究竟是什么在指导他们的行动。可是怎么搞到呢?当初如果我拒绝调去市南区,那么现在在黑人居民里我就会拥有坚强的后盾,这样我就可以**坚决要求**他们交底。对,不过话得说回来,如果我没有调动过工作,我会依然生活在幻觉世界之中。如今我既然已找到了现实的线索,怎样才能抓住不放呢?他们似乎在每个关口都挡住了我的路,逼我在暗中和他们较量。想到这儿,我把眼镜往床头一扔,倒头睡着了。我睡得时断时续,梦中把过去几天的经历又重温了一遍,只是失踪的不是克利夫顿,而是我。醒来时我疲惫不堪,浑身汗淋淋的,但是闻到一股香味。

　　我趴在床上,头搁在手背上,心里琢磨,这香味从哪儿来的?当墨镜映入眼帘时,我顿时想起我曾经握过赖因哈特情人的手。我纹丝不动地躺在那儿,她像一只小鸟一般栖在床上,两眼明亮,头上闪着光泽,胸部挺丰满,而我藏在树林里,生怕把鸟儿吓走。随后,我就完全醒了,小鸟飞了,只在我脑海中留下那女郎的形象。假如我勾引她一下,会出什么事?我会走多远?像她这样一个挺动人的女子和赖因哈特搞在一起了。这时我突然坐在那儿气也不敢透,我问自己:如果赖因哈特遇到了情报问题,他会如何着手解决?答案是显而易见的:需要一个女人。那些领导人的妻子、女朋友或者女秘书,只要她愿意不受拘束地和我交谈就行。我突然想起初进兄弟会时的一些经历。许多琐碎小事跳入了记忆之中,随之而来的是在群众大会后或社交场合中遇到的某些女人的微笑和娇态:在冥神大楼和埃玛跳舞;柔软的身体紧贴在我身上,我突然欲火旺盛,而当我瞥见杰克正在角落里高谈阔论时,我不禁发了窘。埃玛则紧紧搂住我,束紧的胸部抵在我身上,两眼射出逗人的秋波,说道:"啊,诱惑。"我搜索枯肠,想报以一句俏皮话,可是能想到的只是:"嗯,诱惑嘛,无时不有。"这句话我自己听了也不相信自己的耳朵,这时只听得她笑道:"中了!中了!如果哪天下午有空,可以来跟我玩击剑①。"这段往事还是在我加入兄弟会后不久发生的,当时我循规蹈矩,我厌恶埃玛的轻狂,也讨厌她说什么我要做哈莱姆区的领袖,我还得长得更黑一点。好啦,现在可没有任何约束了,这得多谢委员会。她是挺不错的野味,说不定她后来发现我肤色已经够黑的了。明天上午将举行委员会会议,由于明天是杰克的生日,会议后将在冥神大楼举行招待会。因此我将在最有利的条件下开始我的两面攻势,他们逼着我采取赖因哈特的方法,好吧,让那些科学家上场吧!

---

① Touché(中了)原为击剑用语,这里系双关语,有"上钩"义。

第二十四章

第二天起我就对他们说"是，是"，开始得挺顺利。另一方面，黑人居民区依然处于分崩离析的状态，即使芝麻大的事，也会有一群人聚拢来。几家商店橱窗被打碎，上午，发生了好几起公共汽车司机和乘客之间的冲突。报纸列举了夜里爆发的类似事件。一百二十五街上一家商店门面上装的镜子被砸了，我走过时看见一群男孩在参差不齐的镜玻璃碎片前跳着舞，一边望着自己歪歪扭扭的影子。一群成年人在路边观看，警察赶也赶不开他们，口中还嘀咕克利夫顿的名字。我并不喜欢这种种征兆，尽管我很希望看到委员会狼狈不堪。

我一到办公室，就有会员向我报告区里一些地方冲突的情况，我一点也不高兴；这种暴力行动毫无意义，况且，由于拉斯在那儿顺水推舟，矛头实际上对准的是黑人居民区本身。不过虽然感到自己违背了职责，我还是对情况发展感到满意，因此继续进行我的计划。我派会员出去混在人群中，要他们想方设法拖后腿，不让暴力行动进一步发展。我又写了封公开信给各报，指责他们"歪曲报道"并夸大了一些小冲突。

下午后半晌，我在总部汇报说，局势已逐渐平静，我们正在动员居民区里一大批人参加一场大扫除活动。这次大扫除的目的是把所有的后院、楼房之间的通道以及空地上的垃圾、废物清除掉，同时也将从哈莱姆区老百姓的心坎里把克利夫顿清除掉。这个策略太露骨了，以至于我站在他们面前时几乎把我是个看不见的人这一信念给丢了；可是他们却倍加赞赏。然后我交给他们一份新会员的假名单，这时，他们愈发兴高采烈。这么一来，事实证明他们是正确的啰,纲领是正确的,事情正在沿着他们预定的方向前进,历史在他们这一边,哈莱姆区人民热爱他们。我坐着听他们就此高谈阔论,心中只觉得好笑。我把我将要扮演的角色看得一清二楚,正如我看到杰克的一头红发那样。我的生平往事,有的记得比较清楚,有的早已忽略,这时一起在我心头涌起,这种意识的跳跃犹如窥视一个角落那样具有讽刺意味。他们要我成为一个辩解人,任务是否认在哈莱姆全区有变化莫测的人的因素存在,这样,如果这个因素以任何方式阻碍他们的计划,他们就可以置之不理。我准备在他们面前把群众描绘成一群乐天派,温顺善良,任人摆布,一向乐意接受他们的每一步策略。在某种形势下,别人的反应是义愤填膺,而我则说,我们这儿风平浪静(如果说我们黑人愤怒了对他们有利,那很简单,只要在他们的宣传机器里编造一番,说我们很愤怒就行了;是否属实是无关紧要的);如果有人为他们的策略感到迷惑不解,我就向这些人保证:**我们**能以爱克斯光一般的洞察力直窥真理。如果说有些群众团体对发财致富感兴趣,我就应该向兄弟会成员和其他区的一些怀疑分子保证,**我们**鄙弃钱财,因为金钱能腐蚀人,使人在本质上堕落。如果其他少数民族置怨恨于脑后,仍然爱这个国家,我就应该对委员会说,我们黑人丝毫不受其影响,并且绝对痛恨这种荒谬的人性和不纯的反应。这儿一个最大的矛盾是:他们可以谴责美国社会腐化堕落,而我却得说我们黑人奇迹般的健康,尽管我们与美国社会血肉相连,息息相关。"是,先生,是,先生!"我虽然是个看不见的人,但是我将向他们报告种种假象,让他们听了放心;我将比托比特走得更远,至于那个臭茅坑雷斯特拉姆——哼!我坐在那儿时,他们中间有一个人把我发展了假会员一事乱吹了一通,说是有全国意义。一个幻觉正在创造出一个反幻觉。走到哪里才能了结?难道他们会相信自己的宣传?

后来在冥神大楼,往日情景又回到眼前。杰克的生日正是喝香槟的大好时机；大热的三伏天晚上，人们比往日更易于借酒撒疯。我感到信心十足，可是后来我的计划稍稍脱了榫。埃玛兴致勃勃，也很体贴，但是她那硬邦邦的漂亮脸蛋上有一股神气在警告我：不要轻举妄动。我估摸她虽然可能愿意顺遂我的欲念（为了满足她自己），她太精明、老练，对阴谋诡计很有一套，作为杰克的情妇，她不见得肯以这个地位为代价把重大机密透露给我。因此我一面和埃玛跳舞、争论，一面把目光在招待会上扫来扫去，希望能另外找到对象。

我们在酒吧间相遇了。她名字叫西比尔，她跟某些妇女一样，同样认为我做的有关妇女问题的讲演不是只看到问题的政治方面就能讲得出来的，而是由于我对问题有深入的了解。她曾几次暗示愿意和我结交。我一直佯装不懂，一方面因为我在这方面的初次经验告诉我要回避这种局面，另一方面因为她在冥神大楼常常喝得醉醺醺的，仿佛另有企求。这种类型的已婚妇女，很容易被人误解，即使我对她有意，我也会像逃避瘟疫似的远远避开。不过此刻她显得郁郁不乐，况且她是一个大头头的妻子，这两点又使她成为我理想的目标。她很孤独，因此事情进展得很顺利。在喧嚣的生日招待会上——次日晚上还有一次公共集会庆祝——没人会注意到我们，她没多久就走了，我送她回家。她感到丈夫老是忙忙碌碌，把她怠慢了。我告别的时候约定了第二天晚上在我的住所会面，她丈夫乔治将参加生日庆祝会，不会想到她的。

一个燥热的八月之夜。东方天空中电光闪闪，潮湿空气中有一股紧张气氛，简直叫人透不过气来。我借口不舒服离开了办公室，以免不得不去参加庆祝会，花了整个下午做准备。我既无欲念，也没有什么收藏的名画来诱惑对方，只是在起居室里摆了一瓶中国百合花，在床头桌上放了一花瓶美洲红蔷薇。我准备了相当数量的葡萄酒、威士忌和烈性甜酒,绰绰有余的冰块,从凡杜姆食品店里买来了各式水果、奶酪,还有胡桃、糖果以及各种精制零食等。总之,我认为赖因哈特会怎么准备我就怎么准备。

可是我一上来就显得笨手笨脚。酒太凶——她就是喜欢烈酒;我过早地谈起政治——她讨厌极了。虽说她经常和意识形态接触,但对政治并不感兴趣,也不了解她的丈夫昼夜筹划的计谋究竟是些什么玩意儿。她可对酒深感兴趣,我只得一杯一杯地陪她饮酒;她喜欢凭空编造一些与乔·路易①、保尔·罗伯逊有关的戏剧性小场面。我性情和这俩人不同,地位又远远不及,因此无法扮演这两个角色,而她竟然以为我能连续不断地哼唱《老人河》,或者凭借肌肉的力量,显示几手绝招。我被弄得莫名其妙,又暗自好笑,结果我们俩人之间仿佛在进行一场竞赛,我这一方竭力想使我们不脱离实际,而她这一方却想入非非,以为我是什么无所不能的兄弟。

这时天色已晚,我再次取酒端到卧室里。她坐在床上,散开了头发,牙缝里咬了个金发夹向我晃上晃下,算是招呼我过去,一面说:"小宝贝儿,到妈妈这儿来。"

"请喝酒,夫人。"我说着,递上一杯酒,希望这杯酒能打消掉她的什么新主意。

"来吧,亲爱的,"她忸怩作态地说,"我想问你一件事。"

"什么事?"我说。

"我得悄没声儿地说,宝贝儿。"

我坐了下来,她随即把嘴唇凑近我的耳朵。她的话顿时把我吓软了,我挪开身子,她坐的姿势端庄、拘谨,可是她提的小小的建议却是希望我和她一起参加一项恶心的仪式。

"什么!"我说,她又说了一遍。难道生活突然变成一幅瑟伯②

---

① 乔·路易,美国黑人拳王。
② 詹姆士·瑟伯(1894—1961),美国著名作家、幽默家和漫画家。

画的疯疯癫癫的漫画了吗?

"为了我,你会答应的,是不是,宝贝儿?"

"你是在说真的?"

"对,"她说,"当然是真的!"

她脸庞上有一股纯朴的、不受腐蚀的正气,这更使我心烦意乱,因为这说明她既不是在捉弄我,也不是想侮辱我;我不知道跟我在说话的是出于天真的恐怖呢,还是当晚暧昧的预谋尚未扼杀掉的天真。我唯一知道的是这件事从头到尾就是个错误。她既然不能提供任何情报,我决定及早把她打发走,免得在不知道她是恐怖的化身还是天真的化身的情况下被迫跟她切切实实地打交道,而在目前我至少还可以一笑置之。我寻思:赖因哈特遇到**这种局面**会怎么办,这么一想,我暗下决心不让她挑逗我干暴力性的行为。

"可是,西比尔,你看得出我不是那号人。我一见了你就忍不住想保护你,体贴你——你看,这儿热得像蒸笼,我们穿好衣服上中央公园散步去怎么样?"

"可是我需要,"她说着,把叠着的大腿放下,急忙坐正身体,"你能行,这对**你**很简单嘛,宝贝儿。我如果不依你,你就威胁要把我杀了。瞧,对我讲话要狠,宝贝儿。我有一个朋友说过,有个家伙说:'把内裤脱下来'……就……"

"他说这个!"我说。

"他真的说了。"她说。

我望了望她。她脸绯红,两个腮帮子,甚至那长满雀斑的胸脯,都红得发亮。

"说下去,"我说,这时她又往后一躺,"后来怎么样?"

"嗯……他骂了她一句脏话。"她忸怩地支支吾吾。由于年岁不小,她的皮肤已经发皱,天然细浪形的一头栗色头发成扇形披在枕头上。她脸通红。这是为了挑逗我,还是一种不自觉的欲火突旺的表现?

"那话真脏,"她说,"哦,他是个野人,高大个子,白牙齿,人家叫他'牛'。他说,'母狗,把内裤脱下来',然后他就干上了。那女人挺可爱,皮肤细嫩得就像奶油和草莓。你不可能想象竟然**有人**这样称呼她。"

她又坐了起来,两肘支在枕头上,眼睛盯住我的脸。

"后来怎么了,他们把他抓住了吗?"我说。

"喔,当然没有,宝贝儿,她只告诉了我们两个小姐妹。她可不能让她丈夫知道这件事。他……唉,说来话长。"

"真糟,"我说,"你看我们是不是去……"

"糟透了,不是吗?一连几个月她的情绪一直乱糟糟的……"她脸部表情蓦地闪了闪,变得迟疑起来了。

"怎么啦?"我怕她会哭起来。

"喔,我只是在想她当时的真实感受是怎么样的。真的。"突然间,她神秘地瞥了我一眼,"我把内心的秘密告诉你,我能相信你吗?"

我坐直身子。"那女人不会就是你吧。"

她微微一笑。"喔,不是,那是我的一位好朋友。不过,宝贝儿,你知道吗?"她上身前倾仿佛在吐露机密,"我看我是个色情狂。"

"你?不不不……"

"嗯。有时我会胡思乱想做起春梦来。不过我从来没依过他们,可我确实这样看自己。像我这样的女人得有坚强的自我克制力。"

我暗自感到好笑,她身材粗壮,有一个小小的双下巴,腰腹部得勒上三层紧身褡。发粗的脚踝上套了根细细的金链。但是我同时越来越发觉她身上有一种女性美,暖洋洋的,但是又撩人发怒。我伸出手去抚摩她的手。"你为什么这样看自己呢?"我说。这时她抬起身子,扯拉枕头的一角,接着从里面抽出一根带麻点的羽毛,顺手把绒毛从羽杆上拉下来。

"压抑,"她用饱经沧桑的口吻说,"男人把我们压得太厉害啦。他们以为我们应该放弃种种做人的乐趣。可是你知道还有一个秘密吗?"

我垂下头。

"我说下去你不会腻烦吧,宝贝儿?"

"不,西比尔。"

"好吧,我知道那件事的时候还是个小姑娘。打那时起,我就希望我也能遇上这类事。"

"你是说你朋友遇上的那类事?"

"嗯。"

"老天爷,西比尔,你把这事告诉过别人没有?"

"当然没有。我怎么敢呢?你吓了一跳?"

"有一点儿。可是,西比尔,你为什么告诉我呢?"

"哦,那是因为我知道我可以信赖你,我知道你会理解的;你不像别的男人。我们有点儿相似。"

这时她莞尔一笑,伸手轻轻推了推我,而我想,这下又来了。

"躺下来,让我看看你躺在白床单上的模样。我一直认为你很美。就像纯洁的白雪上一根温暖的乌木,瞧你这人,迷得我做起诗来了。'纯洁的白雪上一根温暖的乌木',这像不像诗?"

"我这人很敏感,别开我的玩笑。"

"可是你确实像嘛。而且我跟你在一起感到很自在,这你可能还不知道呢。"

我望着胸罩在她皮肤上留下的红色印痕,心想,谁在向谁报仇?不过何必大惊小怪呢?他们一生就听到这类话;别人教诲他们说,要崇拜各种力量,那么当这类事也成为一种伟大的力量,又有什么可惊奇的呢?尽管有种种警告,有些人总是跃跃欲试。征服者永远在征服别人。说不定有许多人偷偷摸摸地需要它；说不定这就是为什么既然这类事最没有可能性，于是他们就叫喊得最起劲……

"这就对啦，"她绷紧着嘴说，"就这样瞧着我，就像要把我撕了似的。我就爱你这样瞧着我！"

我哈哈一笑，碰了碰她的下巴颏儿。犹如在一场拳击赛中她把我制服了，我已经被打得晕头转向，既无法挥拳出击，也不感到怒火中烧。我考虑要不要教训她一顿，让她注意在我们这个社会里对一起睡觉的人应有一定的礼貌，可是转念一想，我再也不能欺骗自己，以为我了解这个社会，以为我知道自己在这个社会中的位置。况且，我想，在她眼里你只不过是个供人消遣的人罢了。这也是他们受到的一条教诲。

我举起酒杯，她凑了过来和我一起一饮而尽。

"宝贝儿，你肯吧，是吗？"她像小孩子一样噘起嘴唇；由于没涂唇膏，嘴唇显得粗糙。干吗不让她消遣消遣呢，作一个她眼中的所谓绅士，或者任何别的什么人物——她以为你是什么样的人？一个驯养的强奸犯，当然啰，也是一位妇女问题的专家。也许这就是你的身份，驯养得俯首帖耳，只要一喊，就像按了下键，你就跳出来供太太们消遣。好啊，我真是在作茧自缚。

"拿着，"我说着，又把一杯酒往她手里一塞，"再喝一杯就会舒服些了，也会更现实些。"

"哦，对，好极了。"她喝了一口，若有所思地举目而视，"我对我的生活方式感到腻透了，宝贝儿。我就要人老珠黄了，不会遇见什么新鲜事儿了，你知道那是什么意思吗？乔治唠唠叨叨谈什么妇女权利，可是他对女人的需要又懂得多少呢？他讲起话来无非是四十分钟的大吹大擂加上十分钟的吵吵嚷嚷。哦，你不知道，你真是替我做了好事。"

"你同样不知道你帮了我多少忙，我的好西比尔。"我又把酒杯斟满。我的酒意终于上来了。

她一抖长发,让它披落在肩上,同时脑袋开始晃荡起来;交叉起双膝,眼睛直朝我盯着。

"别喝得太多,宝贝儿,"她说,"乔治一喝多就没有劲儿了。"

"没关系,"我说,"我喝醉了强奸起来可厉害呢。"

她脸色一惊。"哦哦哦……那再给我来一杯。"她蹦了一蹦,急忙伸出酒杯,高兴得像个孩子。

"这儿发生了什么大事?"我说,"新民族诞生了?"

"那你说呢,宝贝儿?"

"没什么,一句蹩脚的笑话。别提了。"

"我就是喜欢你这一点,宝贝儿。你还没说过一句下流笑话呢。来,宝贝儿,"她说,"斟吧。"

我给她斟了一杯又一杯;实际上,我为我们俩人都斟了不少酒。我仿佛身在异地;这一切与我,与她都不相干,我感到一种模糊不清的怜悯,而我并不希望产生这种感情。这时她又举目看我,眯细的眼缝里一双眼睛亮晶晶的,目光所到之处正是使我感到痛楚的地方。

"来吧,老爹,打我几下——你——你这个黑大个。怎么这样磨磨蹭蹭的?"她说,"快,把我打翻,你难道不要我啦?"

我气得真想扇她几下。她躺在床上,一副恶狠狠的挑逗相,可同时又是那么柔顺;全身绯红,肚脐与其说像一只高脚酒杯,不如说像地震区里一个凹凸不平的大坑,坑面绷得紧紧的。她说道:"来吧,来吧!"我则应声说:"就来,就来。"我一面疯狂地四面张望,一面把酒往她身上泼,随即住了手,因为这时我的性欲已被锁住;刚好我看到她的唇膏放在桌上,就一把抓起,嘴里应声说"好,好",同时像醉汉得了灵感似的弯下腰在她肚子上疯疯癫癫地涂抹上:

西比尔，你被强奸了

　　圣诞老人

　　　　干的

　　　　　　惊奇

　　涂完后我全身哆嗦，双膝跪在床沿上，俯身在她上方，而她却紧张地期待着。唇膏带锈紫色；紧张的等待使她不住地喘气，这样一来，肚子上的字母好像沿着山坡上下伸展、抖动，而她全身就像一面发光的广告招牌。

　　"快，小宝贝，快！"她说。

　　我望着她，一面思索着。等吧，等到乔治看到这些字母——但愿他有机会看到。到那时他就可以在妇女问题某一他从未想到的方面找到演讲题目了。她就像一个陌生妇女躺在我的眼皮下面，直到我看到她的脸才认出是她，只见她脸庞受到欲火的摆布，而我却不能满足她。我寻思：可怜的西比尔，她找到一个儿童来干成人的活，结果大大出她意料之外，就是黑大个子也干不了。她已醉得无法控制自己，突然我俯下身体吻了吻她的嘴唇。

　　"嘘嘘，别出声，"我说，"你不能这样，你是在被……"她鼓起嘴唇等着，我又吻了她，这样她才安静下来，打起盹来了。我决定结束这场闹剧。这种把戏不是我该干的，赖因哈特才这样干呢。我跌跌撞撞地走出房间，取了块湿毛巾回来把我的罪证抹掉。那些字母像罪孽那样死死咬住皮肤不放，我花了不少时间才抹掉。水没有用，威士忌酒味重，最后我只得去找汽油。幸亏她已昏昏睡去，一直到我差不多已经结束了才醒了过来。

　　"你干过了吗，宝贝儿？"她说。

　　"当然啰，"我说，"你不是就需要这个吗？"

"是啊,可是我记不起来了……"

我瞅了瞅她,忍不住要笑。她很想定睛看我,可是收不拢眼神,她的脑袋不停地往一边摆动,不过她倒是一心要定睛看我。突然,我心情变得挺轻松。

"顺便问问,"我说着摆弄起她的头发,"你叫什么名字,太太?"

"西比尔,"她气恼地说,简直要哭出来了,"宝贝儿,你知道我叫西比尔。"

"我一把抱住你的时候可记不得了。"

她眼睛张得大大的,一丝笑容掠过她的脸庞。

"对啦,你记不住啊,是不是?你过去从来没见过我嘛。"她高兴了,我几乎能目睹她脑中这个想法形成的过程。

"对啦,"我说,"我是直接从墙里跳出来的。在空无一人的门厅里我把你制服了——你记得吗?你吓得直叫,可是给我压住了。"

"嗯,我有没有拼命反抗?"

"就像母狮保卫幼狮一样。"

"可是你这个野人,个子大,又有一身蛮力,你逼我屈服了。我不愿意,是吗?我的宝贝儿。是你逼我的。"

"对啦,"我捡起一件绸衣服,"你引得我野性发作,我把你制服了。可是我又有什么办法呢?"

她思索了一会儿,顿时脸抽动起来,仿佛要哭,不料展现的却是微笑。

"我这个色情狂不错吧?"她在仔细注视我,"确实不错吧?"

"好得没法再好了,"我说,"乔治应该对你特别留心。"

她生气了,不停地扭摆着身子。"呸!那个乔治老王八,即使一个色情狂睡到他床上,他也像根木头!"

"你妙极了,"我说,"说说乔治的事吧。谈谈那位伟大的社会变革家,怎么样?"

她定了定眼神,皱起了眉头。"谁,**乔治**?"她的目光从一只迷迷糊糊的眼睛里斜射到我身上,"乔治瞎得像洞里的鼹鼠一样,什么也不知道。你有没有听说过这件事,十五年了!嗨,你在笑什么,宝贝儿?"

"笑我自己,"我哈哈大笑起来,"只是笑我自己……"

"我从没见过别人像你这样笑法,宝贝儿。真太妙了!"

我把她的衣服往她头上一套,发闷的声音从绸料衣服里传了出来。我随即把衣服拉到她的臀部,她涨红了的脸摇摇晃晃地从领子里露了出来,头发又乱糟糟地披了下来。

"宝贝儿,"她吹着气说,"你什么时候再干一次?"

我走开几步,一面瞅着她。"什么?"

"求你了,漂亮的小宝贝儿,求你了。"她尴尬地笑道。

我笑了起来。"一定,"我说,"一定……"

"什么时候呢?宝贝儿,什么时候?"

"随便什么时候,"我说,"每星期四晚上九点钟怎么样?"

"喔喔……宝贝儿,"她说着,用一种古板的方式搂住我,"我从没看见过像你这样的人。"

"真的吗?"我说。

"真的,没看见过,宝贝儿……我起誓……该信了吧?"

"是啊,能给人看见倒是不错,不过我们得走了,"我看她又想软绵绵地往床上一倒。

她把嘴一噘。"宝贝儿,临睡前我还想喝点酒。"她说。

"你已经喝了不少了。"我说。

"啊,宝贝儿,就一杯……"

"好吧,就一杯。"

我们又喝了一杯。我端详着她,一面感到怜悯和对自己的厌恶感又涌了上来,不禁沮丧起来。

她板起脸看我,头侧向一边。

"宝贝儿,"她说,"你知道小西比尔在想什么吗?她在想你正设法甩掉她呢。"

一种深沉的空虚感笼罩着我,我向她看了看,接着又把她和我的酒杯都斟满。我对她干了些什么?我又让她干了些什么?这一切我都理解了吗?我的行动……我的——这个痛苦的字眼就像她那尴尬的微笑一样时断时续地在脑中出现——我的**责任**?这一切?我是个无形人嘛。"喂,"我说,"喝吧。"

"你也喝,宝贝儿。"她说。

"我也喝。"我说。她钻进了我的怀抱。

我刚才一定打了个盹,忽然听见冰块在玻璃杯内喀嘟嘟响,接着铃声大作。我深深感到悲伤,好像冬天在这个时刻突然降临人间。她躺着,栗色头发下垂,一双眼皮沉重、眼圈蓝黑的眼睛注视着我。这时从远处又听到一个新声音。

"别理它,宝贝儿。"她说,突然响起的声音和她的口形动作并不合拍。

"什么?"我说。

"别理它,让它响去吧。"她说着,伸出涂红指甲的手指。

我明白了过来,马上从她手中夺了过来。

"别理,宝贝儿。"她说。

它又在我手中响起,这时,不知什么原因,童年时代的几句祷告词像急流一般在我心头淌过。于是,"喂!"我说道。

是区里打来的,声音急躁,听不出是谁。"兄弟,你最好马上到这里来……"那个声音说道。

"我病了,"我说,"出了什么事?"

"出了乱子了,兄弟,你是唯一能……"那声音说道。

"什么乱子?"

"很糟,兄弟,他们想……"

这时听筒里传来远方的玻璃砸碎声,尖脆、纤细,接着哗啦一响电话就断了。

"喂,"我说道,看见西比尔在我面前摇晃,嘴唇的口形是在说:"宝贝儿。"

我马上拨起号来,只听见忙音在我耳边跳动:阿门,阿门,阿门,啊——人①;我呆坐了一阵子。这是不是圈套?他们知道她跟我在一起吗?我放下听筒。她的目光从蓝色的眼圈里落在我身上。"宝——"

我这时站了起来,拽起她的胳膊。"我们走吧,西比尔。城北需要我。"——我终于明白我得走了。

"不。"她说。

"得走啦。起来。"

她为了表示不愿意,偏偏往床上一倒。我放开她的胳膊,四周张望,不禁糊涂起来了。这个时辰会出什么乱子?我何必去呢?她瞟着我,眼睛在蓝色阴影中闪闪发光。我心一沉,深深感到悲伤。

"回来,宝贝儿。"她说。

"不行,我们去吸点新鲜空气吧。"我说。

为了躲开那红光油亮的指甲,我一把抓住她的手腕,拉她起来朝门口走去。我们步履蹒跚,在门口俩人还在摇摇晃晃,她的嘴唇擦了擦我的嘴唇。她偎依着我,一刹那间,我也把她搂紧,同时心中感到无比伤感。这时她打起嗝来,我则回头木然地端详着这间屋子。玻璃杯中的琥珀色酒液在灯光下闪烁。

"宝贝儿,"她说,"生活可以变得这样不同……"

---

① 作者用基督教祈祷结束时的"阿门"声比拟电话忙音。最后一声"啊——人",因为英语中 man(人)与 Amen(阿门)的后一个音节相近。

"可是永远是老样子。"我说。

她说:"宝贝儿。"

电扇呜呜响着。在一个角落里,我的公文包蒙上了点点灰尘,仿佛是当年那晚上格斗的记录。我感到她热乎乎的气息喷在我的身上,于是轻轻把她推开,让她在门框上靠定,然后急匆匆地走过去拿起公文包,仿佛刚才突然想起的儿时祈祷一般;我把公文包在腿上蹭了蹭,灰尘蹭掉后就把它往腋下一夹;公文包出乎意料得重。有件东西在里面叮当一响。

她还在瞅着我,我一搀她的胳膊,她的眼睛就又发亮了。

"西比尔,你怎么样?"我说。

"别走了,宝贝儿,"她说,"让乔治去处理吧。今天晚上没演说。"

"来吧。"我紧攥她的胳膊,不顾她在叹着气就把她拽走,她用感到不满足的渴望的脸向着我。

我们顺顺当当地走到街上。由于酒力,头还是昏得厉害,当我眺望空空荡荡的夜色时,不禁要流下泪来……城北出了什么事?我何必为那批官僚主义者、那批瞎子担忧呢?**我是看不见的啊**。我向寂静的街上望去,同时又感觉到她在我身旁跌跌撞撞地走着,口里还哼着小曲,曲调既新鲜活泼又无忧无虑。西比尔,我的过早而又过迟的情人……啊!我的咽喉在抽搐。街上的热浪紧贴在我们的身上,我四下寻找出租汽车,可是一辆也没有驶过。她还在我身旁哼哼唧唧,身上的香气在夜空中像是幻觉一般。我们走过一个街口,还是没有出租汽车。她的高跟鞋在人行道上东磕西碰地橐橐响着,我让她停下步子。

"可怜的宝贝儿,"她说,"不知道他的名字……"

我像触了电似的转过头去。"什么?"

"无名的野人,漂亮的公牛。"她的嘴上露出了隐隐约约的笑容。

我瞧着她,只听得她的高跟鞋橐橐地在人行道上掠过。

"西比尔,"我好像不是在叫她,而是在自言自语,"这事什么时候能了结?"我心中一动:得走了。

"啊啊……"她笑了,"在床上。别起来,宝贝儿,西比尔会替你铺好被子的。"

我摇摇头。星星高高地悬在那儿,在旋转。我随即闭上眼睛,星星变成火红的光点在我眼皮后滑行;当我感到稍稍定了神以后,我抓住她的胳膊。

"喂,西比尔,在这儿等一分钟,我到第五大道去找一辆车来。就在这儿站着,亲爱的,别走开。"

我们踉跄地走到一座看起来很古老的建筑物跟前,所有的窗户全是黑洞洞的。正面,许多巨大的希腊式圆雕饰被一圈圈光照耀着,底下是黑沉沉的石雕迷宫图像。我让她倚在一根饰有石雕怪物的门柱上。她披头散发地靠在那儿,注视着站在街灯下的我,一面笑着。她的脸庞不住地摆向一边,同时拼命用力闭起右眼。

"好,宝贝儿,好。"她说。

"我马上回来。"我边说边后退着。

"宝贝儿,"她叫了起来,"**我的**宝贝儿。"

我在想,听听这种真情实意、这种对大狗熊五体投地的声音吧,我越走越远了。她叫我宝宝、乖乖还是心肝……这又有什么关系呢?我反正是别人看不见的嘛……

我在深夜里万籁俱寂的街道上行走,希望在走到第五大道前就能看到一辆出租汽车。前面第五大道那儿灯火通明,有几辆车箭一般地穿过十字路口张开的大嘴,头上和远处的树木——巨大、阴暗、高耸。我琢磨着:出了什么事?为什么这么晚还叫我——又是谁叫的呢?

我脚步踉跄地匆匆走去。

"宝贝儿，"她在我背后叫道，"宝宝宝贝儿！"

我头也不回地摇了摇手。再也不干了，决不，决不。我向前走去。

第五大道上有一辆出租汽车驶过，我想喊停，只听得人声忽起，又兴高采烈地飘忽而过。我向通亮的马路上望去，冷不防一阵刹车的尖叫声，转身一看，一辆车停了下来，一只雪白的手臂伸出车窗向我打招呼。车倒驶过来，滚到近旁停下时还窜了一下。我笑了，是西比尔。我跌跌撞撞走到车门口。她从车窗里伸出头来向我微笑，脑袋仍然向一边摆，波浪形的头发披了下来。

"进来，宝贝儿，带我去哈莱姆……"

我摇摇头，感到头沉甸甸的，心中一阵难受。"不，"我说，"我还有工作，西比尔。你还是回家吧。"

"不，宝贝儿，带我去吧。"

我转身面朝司机，把手搭在车门上。司机个子不大，一头黑发，脸上露出不高兴的神色，交通灯的红光染红了他的鼻尖。

"喂，"我说，"送她回家吧。"

我把地址和最后一张五美元钞票给了他。他拿的时候还是一副不高兴的样子。

"不，宝贝儿，"她说，"我想去哈莱姆，我要和你在一起！"

"再见。"我从人行道沿往后退一步。

我们的位置是在两个街口的中间地带，我望着车子起动。

"不行，"她说，"不，宝贝儿。别走开……"车窗口露出她那煞白的脸庞和慌乱的眼睛。我站在那儿，望着司机带着鄙夷的神情迅速把车开走，车尾的红灯就像他的鼻尖一样红。

我闭起双眼晃晃悠悠地向前走去，仿佛腾云驾雾一般，同时又竭力想把头脑清醒一下。接着我张开眼睛，穿过马路到公园这一侧，然后沿着铺着鹅卵石的便道前进。在前面上坡的地方，一辆辆汽车沿着车道绕圈子，车前灯亮得刺眼。所有出租汽车都满载乘客驶往市南区。重心是在那儿。我不顾头晕，步履维艰地往前走着。

在一百一十街附近我又见到了她。她等在一座街灯下向我招手。我丝毫不感到奇怪；我相信这是命中注定的。我慢慢走近时听到她在笑。她在我前面跑了起来，光着双脚，悠悠然仿佛在梦中一般。跑得东倒西歪，但是很敏捷；我感到惊奇而且无法赶上她，两腿重得像铅，看她在前面直跑，我便喊道："西比尔，西比尔！"在公园这一侧我拖着铅一样重的双腿奔跑着。

"来吧，宝贝儿，"她尽管跌跌撞撞还是不停地回头喊道，"来追西比尔……西比尔。"她赤脚沿公园墙脚跑着，腰带也没系上。

我也在跑，胁下的公文包沉甸甸的。某种感觉告诉我：一定得去办公室……"西比尔，等一等！"我喊道。

她跑着，衣裙的颜色在夜间的灯光下像火焰一般闪耀着。动作发出沙沙声，两腿笨拙地在身体下踢来踢去，白后跟一闪一闪，裙子扬得高高的。让她去，我想。可是这时她已在发狂地穿过马路，跑到人行道沿后就马上摔在地上，她站了起来，又啪的一声一屁股坐在地上。现在她一股冲劲已经消失，人不住地摇来晃去。

"宝贝儿，"我追到她身旁时她说，"他妈的，宝贝儿，是你推的吗？"

"起来，"我并没有发怒，"起来。"我抓住她柔软的手臂。她站了起来，两臂大开，想要抱住我。

"不行，"我说，"这不是星期四。我非去不可……西比尔，他们打算怎样对付我？"

"谁啊，宝贝儿？"

"杰克和乔治……托比特，等等？"

"宝贝儿，是你追得我摔倒了，"她说，"别管他们……一群光吃饭不干活的废物……你知道吗？早就不起劲了。不是我们造成这个腐败的世界的,宝贝儿。忘了吧——"

我这时刚好看到一辆出租汽车从街角疾驶过来,后面一辆双层公共汽车在两条街口外行驶,车身隐约可见。出租汽车司机头伸出车窗看了看,只看他高高坐在驾驶盘后,迅速调转了头后驶到我们身旁。他一脸狐疑和惊讶的神情。

"来吧,西比尔,"我说,"别耍花招了。"

"对不起,老伙计,"司机以关切的口吻问道,"你是不是打算把她带到哈莱姆去?"

"不,这位太太去市南区,"我说,"西比尔,进去。"

"宝贝儿真像个霸王。"她对司机说,司机则默默瞅着我,仿佛我是个疯子。

"一匹种马,"他喃喃地说,"真是匹种马!"

可是她还是上了车。

"真是个霸王,宝贝儿。"

"喂,"我对司机说,"把她一直送到家,别让她中途下车。我可不想让她在哈莱姆里东跑西蹿的。她是个了不起的太太,很高贵……"

"行,伙计,我不怪你,"他说,"那儿出事啦。"

车子已经开动了我才喊道:"出了什么事?"

"他们闹翻了天。"他在换挡时高声喊道。我目送他们驶去,接着朝公共汽车站走去。这次可不能再生枝节了,我想;我走到街心向一辆公共汽车打招呼叫停,随即上了车。她即使回来也找不到我了。我强烈地意识到我得抓紧,可是心头层层迷雾,还是定不下神来。

我闭起双眼坐在车上,手里紧紧抓住公文包,只感到车在我脚下疾驶。不一会儿就要到第七大道了。西比尔,原谅我。汽车向前滚滚开去。

可是当我睁眼一看，车正在拐进河滨大道。我对此并没有感到吃惊，整个晚上都乱了套了。我酒喝得太多。时光流动，无影无形，只是令人暗淡神伤。向车外望去，我看见一条船向上游驶去，移动的灯火在夜间点点发亮。停泊的船只、昏黑的河水和奔涌而过的灯火迅速地形成混沌一片；在这里我闻到了凉飕飕的大海气息，浓重而又连绵不断。江对岸就是泽西，我回忆起初进哈莱姆区的情景。那是很久以前了，我想起，很久以前了。我仿佛已经沉到河底。

在我的右面和前方，教堂尖顶高高耸起，顶端闪着红色的警告灯。这时我们驶过英雄墓，我想起了曾来此瞻仰过。你走上阶梯进入墓内，向下远远望去就能看到英雄身披旗帜长眠于内……

一百二十五街很快就到了。我跌跌撞撞地下了车，面对河水，耳边听见车开走的声音。微风徐来，可是由于我这时伫立不动，炎热又回到身上，仿佛死缠不放似的。在远方的黑暗中我看到宏伟的大桥上一串串灯火横渡水面，稍近些，我看到高耸在江岸线上的大峭壁，它所象征的独立战争的革命阵痛已消失在游览滑行铁道的喧闹灯火之中了。横渡江面的标语开头几个词是"是时候了……"我笑了一笑，想：历史的钉靴正在我身上践踏，还考虑什么时间呢？我穿过街心走到饮水池边，感到水下肚的时候一阵清凉；我把手帕浸湿，拍拍脸和眼睛。汩汩的流水闪着光向外飞溅，我把脸凑近，只觉得凉湿宜人，耳中听着泉水正发出婴儿般的欢笑声。接着我听见了另一种声音：既不是河水声，也不是在黑暗中闪烁的曲线行驶的汽车发出的声音，这是远方的人群发出的声音，或者是奔腾的河水涨潮声。

我向前挪动脚步，找到台阶就朝下走去。在引桥下有条石河——一条用鹅卵石铺成的街道，我看着波浪起伏的鹅卵石道仿佛以为这儿真的是条河，仿佛顶上的泉水是从这儿汲取的。不过我还是得穿过这里上哈莱姆去。在台阶下，电车轨道闪着金属的色泽。

我急急忙忙走着，这声音越来越近；当我向坡道下走去时，驳杂的声音嗡嗡作响地包围着我，使空气也麻木了。吱喳声、咕咕声、低沉的吼声，似乎想告诉我什么，又好像要传话给我。我停下脚步往四周眺望；桁架有节奏地向黑暗中行进，鹅卵石上红灯盏盏。这时我已走到引桥下面，仿佛这些红灯等待着我，再也没有旁人了——一心一意地专门在等我——为了走向永恒。我抬起头向声音传来的地方眺望，忽然间我心头升起鸟翼的形象——什么东西击中我的脸部后顺着脸往下流，与此同时我既闻到了臭气，看到了硬结的鸟粪倾泻而下，又感觉到鸟粪打在我的上衣后正在向下流淌；我连忙举起公文包盖在头上，撒腿就跑，只听得鸟粪像大雨点一般在四周噼噼啪啪。我这是在受夹道鞭打刑啊。我想，甚至鸟，甚至那些鸽子、麻雀和他妈的海鸥！我茫无方向地奔跑，怒火、绝望和惨笑在心中翻腾。躲掉了鸟的袭击后向哪儿逃呢？我不知道。我奔跑。天哪，我怎么会在这儿的呢？

我穿过夜色奔跑，在内心中奔跑。跑。

第二十五章

我一跑到晨边街,只听见枪声大作,仿佛远处正在庆祝七月四日独立纪念日。我急忙往前赶去。在圣·尼古拉斯街口,街灯已经灭了。轰隆一声巨响,接着我看见四个人朝我跑来,手里推着一样东西,碾得人行道轧轧直响——那是一只保险柜。

"喂!"我开口说。

"滚开!"

我朝旁边街面上纵身一跃,突然,时间奇妙地悬在半空中停步不前,犹如那最后一斧已经砍下,而大树尚未倒地这一刹那之间的间歇:一声巨响以后接着是一片寂静,可是这寂静是充满喧哗的寂静。就在这时我意识到在门道里和人行道沿上不少人匍匐着;接着时间爆炸了,我终于跌倒在街面上,虽然还有知觉,可是爬不起来;正当我挣扎欲起的时候,我看到后面马路拐角处枪击的火光,我又意识到,就在我左边那几个人在人行道上嘎啦啦加速推保险柜的当儿,在我身后有两个警察沿街跑来,他们身穿别人几乎看不见的黑衬衣迎头就举枪开火。一个推保险柜的人向前一倒,而同时在拐角过去的远处,一颗子弹打中了一只汽车轮胎,逃逸的空气就像一只巨兽在呻吟。我在地上啪啪翻滚,死命用劲爬近人行道,可是说什么也不行;突然间感到脸上湿漉漉、热烘烘的,又只见那只保险柜发狂似的飞到十字路口,而那几个人却嘭嘭嘭转过拐角在黑暗中消失了;这时那只进入十字路口的保险柜一跳一跳地脱离了原来的路线,蹦到第三条电车轨道后就嵌在那儿,在这当儿发出的火花形成了一道帷幕,像一个蓝色的梦把整个街区照亮;这实在是我正在做的一个梦,在梦中我仿佛看到警察们正站在靶场上,个个打起精神,两腿向前叉开,一手叉腰,瞄准后就马上开火。

"叫救护车!"一个警察叫道,只见他们在十字路口拐了个弯就不见了,而附近电车轨道上的暗红色火花也慢慢消失在黑夜之中。

顿时,整个街区一跃而起:复活了。从人行道上爬起的人们冲进我附近的店铺里,激动的人声越来越响。我发觉我脸上有血,而且我能动了,于是我从地上撑起跪着,就在这时,人群中有人帮助我站了起来。

"老爹,受伤了吗?"

"受了点伤……我不知道……"我看不清他们。

"糟透了!他头上有个洞!"一个声音说道。

一道光照到我脸上,走近了。我感到一只硬邦邦的手触了触我的颅骨后又移开了。

"妈的,不过擦破了点皮,"一个声音说道,"如果用点四五口径的枪打,即使打中你的小指头,也会把你撂倒!"

"咳,这儿有一个被撂倒的,再也爬不起来了,"有人在人行道上叫道,"他们一下子就把他打死了。"

我擦了擦脸,头嗡嗡直响,什么东西不见了。

"谢谢。"我凝视着他们模糊不清又略带蓝色的脸。我瞅了瞅死者。他脸冲前趴着,周围的人群正在拨弄他的身体,想抢救他。我忽然想到,蜷缩在那儿的本来可能是我;又感到过去我在这儿曾看到过他,就在大白昼中午,很久以前了……多久?我想,我知道他的名字,冷不防我的双膝向前瘫了下来。我坐倒在地上,头垂在胸前,拿公文包的手被地面擦破了。他们在我周围走动。

"咳,伙计,别挡住我的脚,"我听见有人说,"别推,这里足够每个人的了。"

有些事我非做不可,而我知道我的遗忘只是虚假现象,正如人们知道的那样,某些梦境的细节虽然被遗忘了,但不是真的忘了,只是暂时想不起而已。我也知道这一点，我的心灵正想方设法透过那挂在我眼球后面的灰色的帷幕，它就跟那挂在保险箱后面的街道上的蓝幕一样地不透明。晕眩已经过去了，我勉强站了起来，一手紧紧攥住公文包，一手用手帕捂住头部。从街那一头传来大片玻璃被砸碎的哗啷啷声。透过带有神秘的蓝色的黑暗，人行道像砸碎的镜子一般闪烁不定。街上所有的招牌全昏黑无光，白天的声音早已丧失了原有的意义。不知什么地方报警器响了起来，其实只是一串毫无意义的喀嘟声，顿时抢劫者发出一阵欢呼。

"跟上来。"有人在附近叫道。

"我们去吧，伙计。"那个帮助我站起来的人说道。他搀住我的臂膀，这人个子瘦小，一只大布袋甩在肩上。

"你这副模样可不能留在这儿，"他说，"你是不是喝醉了？"

"上哪儿？"我说。

"哪儿？下地狱，伙计。哪儿都成。我们得马上走，也说不准上哪儿——嗨，都伯雷！"他叫道。

"嗨，伙计——妈的！别把我的名字叫得震天响，"一个声音答道，"我在这儿搞几件工作衬衫。"

"替我也搞几件，老都。"他说。

"行，可是别以为我是你爹。"另一人答道。

我瞅了瞅这个瘦小个儿，友谊之情陡然涌起。他不认识我，他的帮助是无私的……

"嗨，老都，"他叫道，"我们准备干吗？"

"见鬼，哦，不过等我先搞到衬衫再说。"

人群在各家商店里里外外地忙碌着，就像蚂蚁麇集在撒在地上的糖粒周围一般。过一阵子就传来哗啦啦的砸碎玻璃声、枪声，以及远处的消防车声。

"你觉得怎么样？"瘦小个子问道。

"还是昏沉沉的,"我说,"感到虚弱。"

"让我看看血止了没有。啊,行,没什么问题。"

他声音虽然清清楚楚,可是我看不清他的模样。

"太好了!"我说。

"伙计,你没死真是走运。这些狗娘养的现在真的开枪了,"他说,"在莱诺克斯街,他们只是向空中瞄着。只要我搞到一杆步枪,我就给他们颜色瞧瞧。喂,来一口苏格兰威士忌,这酒真棒,"他说着,从臀部裤兜里拿出一只一夸脱装的酒瓶,"我从那儿酒店里搞到一整箱酒,让我给藏起来了。在那儿你只要吸几口气,你就会醉醺醺的,老弟。醉醺醺!百分之百、货真价实的威士忌在阴沟里到处流。"

我喝了一口;威士忌下肚时我全身一抖,可是我还是得感谢这种刺激。我周围的人群突然四下散开,黑乎乎的人影发出蓝光。

"看,他们跑了。"他边说边凝视着在行动的黑压压的人群,"我,我可是累了。你刚才在莱诺克斯街吗?"

"没有。"我说。这时我看见一个女人慢吞吞地走过,她肩上扛着一把新笤帚,柄上约莫有一打去了毛的鸡吊着脖子挂在那儿……

"真见鬼,伙计,你要是看见了就好了。什么都砸了,现在轮到那些女人来扫尾了。我看见一个老太婆扛了半条牛。啊哟,为了能背回家,她被压成了个罗圈腿——啊,都伯雷来了。"他打断了自己的话头。

我看见从人群中走出一个强悍的小个子,手里提着几只纸箱,头上戴了三顶帽子,肩膀四周翻动着好几副吊裤带,在他朝我们走来时,我还看到他脚蹬一双乌亮的新橡皮高筒靴。身上口袋都鼓得满满的,肩上还扛了一个布口袋,鼓鼓囊囊地在背后晃荡着。

"妈的,都伯雷,"我的朋友指指他的头,"你给我搞到一顶了吗?什么牌的?"

都伯雷停步瞅了瞅他。"那边这么多帽子,我难道只戴一顶**多布斯牌帽子**出来?伙计,你难道**疯**了?全是簇新的**多布斯牌**,颜色可漂亮呢!来吧,我们快走,得赶在警察前面。妈的,瞧那边着的火!"

我朝他指的方向望去,只见蓝火形成一道帷幕,模糊不清的人影在蓝幕旁穿进穿出,干得挺辛苦。都伯雷喊了一声后,就有几个人离开那儿的人群加入我们这一伙。我们出发了,我的朋友(别人管他叫斯科菲尔德)领着我。我的头怦怦直响,血还没有止住。

"看来你也发了点横财。"他指指我的公文包说。

"不多。"我说,心中暗想:横财?**横财**?我蓦地想起了玛丽的打破的钱罐和硬币,马上就明白公文包为什么这么沉;这时我不知不觉地打开公文包,把我口袋里的所有东西——我的兄弟会会员证、匿名信,还有克利夫顿的纸娃娃——都塞了进去。

"装满它,伙计。别不好意思。你等着吧,等我们砸当铺。那个老都把那只装棉花的口袋都装满了。**他**这一下可以做起买卖来了。"

"哎哟,真该死,"我另一边有个人说,"我**还以为**是个挺不错的棉布口袋呢?他从哪儿搞到这玩意儿的?"

"他来北方的时候就带了那口袋,"斯科菲尔德说,"老都发过誓,他回南方时定要装满一口袋十元大钞。今儿晚上这么一来,他妈的,他得找一个仓库才装得下他抢来的这些东西。老弟,你把那只公文包装满吧,能拿就拿吧!"

"不必了,"我说,"我已经装满了。"这时我才非常清楚地想起我原来准备去的地方,可是我无法跟他们分手。

"也许你才是聪明人,"斯科菲尔德说,"我怎么知道呢,说不定里面装满了钻石或者别的宝贝。人可不能太贪啊。不过是到了爆发这类行动的时候了。"

我们向前走去。我该不该离开这里上区办公室去?他们在哪儿？在开生日庆祝会？

"这一切是怎么开始的？"我说。

斯科菲尔德一副吃惊的样子。"我要知道才怪呢，伙计。一个警察开枪打死了一个妇女，也可能别的什么原因。"

正当附近一块沉重的钢材掉了下来的时候，另一个人向我们走近。

"见鬼，那不是爆发的起因，"他说，"是那个人，叫什么来着……"

"谁？"我说，"他叫什么名字？"

"那个小伙子！"

"你可知道，人人都气炸了……"

克利夫顿，我想道。为了克利夫顿，克利夫顿之夜。

"啊，伙计，不用你说了，"斯科菲尔德说，"难道我不是亲眼看见？八点钟在莱诺克斯街和一百二十三街十字路口，一个爱尔兰鬼①打了一个小孩一记耳光，说他偷露丝囡囡牌糖块吃，那孩子的妈就嚷了起来，接着那个爱尔兰鬼又打了她一记耳光，这么一来这场大乱就开了场了。"

"你在场？"我说。

"一点不假。有人说这个小孩偷了一块糖，而糖的商标是一个白女人的名字。这就让那爱尔兰鬼发疯了。"

"妈的，真怪，我听到的可完全不一样，"另外一个人说，"我来的时候，有人说这全是因为一个白女人想抢一个黑姑娘的男人而引起的。"

"管他妈的**谁**引起的，"都伯雷说，"我只求乱个痛快。"

"是一个白人姑娘，没错，不过实际情况不是这样，她喝醉

---

① 这里指警察。

了……"又一个声音说道。

但是不可能是西比尔啊,我想;乱子早就开始了。

"你们想知道谁发动的吗?"一个人手持望远镜从一家当铺的窗台上叫道,"你们真的想知道?"

"真的。"我说。

"嗯,那你用不着追根刨底了。是那位伟大领袖'煞星'拉斯。"

"那个耍猴的?"有人问。

"好好听着,杂种!"

"谁也不知道怎么干起来的。"都伯雷说。

"总有人知道吧。"我说。

斯科菲尔德手执威士忌向我面前一伸。我拒绝了。

"妈的,伙计,就这么爆炸的嘛。这几天像火烧似的。"他说。

"火烧?"

"对啦,天气真热。"

"我告诉你们,他们就是为了那个小伙子的事情而积的怨恨,他叫什么来着……"

此刻我们正走过一座楼房,只听见有个声音拼命地喊道:"有色人种商店!有色人种商店!"

"狗娘养的,干吗不挂个标记?"一个声音说道,"说不定你跟他们一路货。"

"你们听那个杂种。一生中就这么一回他为自己是有色人而高兴。"斯科菲尔德说道。

"有色人种商店。"那声音机械地重复着。

"嗨,你能保证你没有白人血统?"

"没有,**先生**!"那声音说。

"要不要揍他一顿,伙计?"

"为什么呢?他又没有什么值钱的玩意儿。放过这狗娘养的吧。"

过了几座房子我们到了一家五金店。"兄弟们，这是第一站。"都伯雷说。

"现在要干什么？"我说。

"你是谁？"他歪着戴三重帽子的头说。

"小百姓，跟大伙儿一样……"我开始说。

"你真的不是我认识的一个人物吗？"

"真的。"我说。

"他没问题，老都，"斯科菲尔德说，"那帮警察朝他开过枪。"

都伯雷把我打量了一下，随即一脚把什么东西踢开来——原来是一磅牛油，在火烫的街面上涂得到处都是。"我们来合计一下该做哪些事，"他说，"第一，得给每一个人搞一只手电筒……还有，我们得组织一下，你们这几个都在内。省得行动起来互相碍事。跟我来！"

"跟着进来吧，伙计。"斯科菲尔德说。

我感到既不必带头干，也不必走开；我很乐意跟在后面，急于想看到他们要去哪些地方，结果会怎么样。尽管如此，我一直没有放弃我要去区办公室这一想法。我们走进商店，里面黑洞洞的，但不时闪烁着金属的微弱光泽。他们小心翼翼地走动着，我能听到他们在搜索，还不时挥手把物品扫到地上。现金柜咣啷一响。

"这儿有手电筒。"有人叫道。

"多少？"都伯雷问。

"很多，伙计。"

"行，递给每人一支。有没有装电池？"

"没有装，不过这儿也有很多电池，有十几箱呢。"

"好，给我一支手电筒，把电池装好，那样我就可能找到桶了。再给每人一支手电筒。"

"这儿有一些白铁桶。"斯科菲尔德说。

"那么我们只要找到他藏油的地方就行。"

"油?"我说。

"**煤**油,老兄。嗨,你们大伙儿,"他叫道,"别在这儿抽烟。"

我站在斯科菲尔德身旁只听得店堂里闹哄哄的;这时他手拿一摞白铁桶正在发给大家每人一只。手电筒一闪一闪的光和晃动的人影使店堂显得活跃起来。

"手电筒往地上照!"都伯雷叫道,"没必要让别人看到我们是谁。好,桶拿到以后就排好队,我来装。"

"你们听听老都怎么指手画脚的吧——一个杂种,对不对,老兄?他就爱指挥,还老是把我指挥得到处倒霉。"

"我们准备干什么?"我说。

"你会明白的,"都伯雷说,"嗨,那边那个伙计从柜台后边过来把这个桶领去。你难道还没看见钱柜里没钱?要是有钱,我还不自己拿?"

突然间白铁桶的咣啷声停了。我们走进了后屋,手电光一闪,我看见货架上摆着一排油桶。都伯雷足蹬一双新的高筒靴正在往一个个桶里装油。我们挨着个儿移动着,等桶装满后,我们鱼贯走到街上。我站在暗处,四周此起彼伏的人声使我的情绪越来越兴奋。这一切意义何在?我应该怎样看待这次行动?我能**做**些什么?

"带着这玩意儿,"都伯雷说,"我们得走街中心。那地方就在拐弯那一头。"

于是我们出发了。这时一群男孩在我们中间乱跑。大伙儿打起手电筒,照出了那些东奔西窜的小家伙,他们一个个戴着金色假发,身穿偷来的燕尾服,开衩的后襟不住地在空中飞扬。另一伙孩子手持从一家军用物品商店抢来的假枪紧紧追在后面。我和大家都哈哈笑了,心想:这真是纪念克利夫顿的一个神圣的日子。

"把手电筒灭了!"都伯雷命令道。

我们后面传来了尖叫声和笑声；前面是正在奔跑的男孩子的脚步声、远方的消防车声、枪声，以及只有在静默的间歇里才能听到的一刻未停的砸碎玻璃声。煤油在桶里晃荡着，有时啪的一声泼到街上，鼻子里就尽是煤油味。

冷不防斯科菲尔德抓住我的胳膊。"老天，看那边！"

我看见一群男人拖着一辆宝登公司的牛奶车，车上四周围着一圈铁路上用的照明灯，车中央一个身穿方格围裙的高大妇女正坐着从面前的啤酒桶里舀啤酒喝。那些男人发狂似的跑几步，然后在车辙中间歇一歇；接着又跑几步，又歇一歇，一面嚷啊、笑啊，不时还举起大酒杯痛饮；只见那车顶上的女人头往后一仰，放开嗓子，热情奔放地唱了起来，音色酷似一个民歌手：

要不是那裁判，
乔·路易早就杀了
吉姆·杰弗里
啤酒免费！

一面把勺子里的啤酒往四处泼洒。

我们吃了一惊，连忙往边上一闪，她却仪态大方地向两旁连连鞠躬，宛如马戏团大游行里一位醉醺醺的胖大娘，那只大勺子在她的巨手里就像一把普通的汤匙。这时她哈哈一笑，接着又尽情喝了一大口，一边伸出另一只手，毫不在乎地把一夸脱一夸脱的瓶装牛奶哗啦啦地扔到街面上。而与此同时，那些拉车的男人就在碎玻璃和泼出的牛奶上奔跑。我四周一阵阵笑声掺杂着不满声。

"应该有人出来制止这些蠢货，"斯科菲尔德气愤地说，"这就是我所说的过了头。真该死，等到她灌满啤酒以后，看他们有什么鬼办法把她从车顶上弄下来？有人回答一下这个问题嘛。他们用什么办法弄她下来?还在这儿把那些好好的牛奶都糟蹋了!"

那个大个子女人这副模样使我觉得很不是滋味。牛奶和啤酒——我目送牛奶车危险地倾斜着转过拐角,心中不禁感到忧伤。我们继续前进,脚下留神避开那些破瓶子,同时手中泼出的煤油不时溅在洒了一地的、惨白色的牛奶上。出了多少乱子?我为什么头痛得要裂开了?我们转过拐角。我的头还在痛。

斯科菲尔德碰了碰我的胳膊。"到了。"他说。

我们到了一座巨大的公寓楼房跟前。

"这是什么地方?"我问。

"我们中间大多数人都住在这儿,"他说,"跟我来。"

喔,是啦,这就是为什么需要煤油了。我无法相信,简直无法相信他们有这个胆量。窗口都空无一人。他们自己把灯灭了。只是依靠手电筒光和火光我才看清四周的情形。

"你们搬到哪儿去住呢?"我说,一面抬头向上,再向上望去。

"你说这是人住的地方?"斯科菲尔德说,"老兄,这是唯一甩掉这个地方的办法……"

我想在他们模糊不清的人形里寻找迟疑的迹象。他们一个个微弯着腰,两肩前耸,站在那儿注视着面前拔地而起的楼房;当偶尔闪过的斑驳光点洒在铅桶里的时候,只见那乌亮的煤油上出现滞重的圆泡泡。没有人说声"不"字,也没有任何表示"不"的姿势。这时我看到在黑洞洞的窗口和楼顶上出现妇女和儿童的身影。

都伯雷向楼房走去。

"喂,大伙儿注意了。"他说。他那戴着三顶帽子的头在佝偻着的身影上显得怪里怪气。"我要求把所有的妇女、儿童,还有老弱病残全部撤出来。拎桶上楼的时候,我要求你们直接先上顶层。我是说**顶层**!到了那儿以后,我要求你们照着手电筒到每间屋里去检查,看看有没有人还没走,你们把他们撤走后就开始泼煤油。你们泼好了,我就喊,喊了三声以后,我要求你们划火柴。火一点着,大伙儿就各顾各吧!"

我一点没想到去干预,甚至提出疑问……他们早就安排好了。我已经看到妇女、儿童从台阶上下来,一个孩子在哭。突然间,人人都停了下来,转身向黑暗中凝视。附近什么地方一个刺耳的声音在摇撼着黑夜,一个气锤砰砰连击,就像机关枪在射击。他们停步不前的时候,犹如一只只正在吃草的鹿那么警觉,过了一阵子,妇女和儿童又开始移动了。

"嗨,这就对了。女人们,你们沿街走啊,去找你们的亲人去,"都伯雷说道。"别让孩子们乱跑!"

有人敲了敲我的背,我猛地一转身,只见一个女人推开了我,慢吞吞地趋近都伯雷,到了跟前一把攥住他的胳膊,这时两个人的身影简直要合在一起了;那女人开了口,声音逐渐高了起来,既单薄又不停地颤动,露出绝望的口气。

"求求你,都伯雷,"她说道,"**求求你**,你知道我几乎全住在这儿……**你知道**这一点。你现在烧了它,我上哪儿住呢?"

都伯雷挣脱了她的手,走上一级台阶。他俯视着她,摇了摇他那戴三顶帽子的头。"好了,洛蒂,别碍事,"他耐心地说,"你现在干吗还来这一套?我们都筹划好了,而你也知道我是不会改变主意的。嗨,大伙儿听着,"他把手伸进高筒靴顶部,从中取出一把镀镍的手枪,向四周挥舞着,"别以为我们会改变**主意**。还有,我可不想跟别人争论。"

"对极啦,都伯雷。我们听你的!"

"我孩子就在那鬼地方得肺病死的,我敢说今后不会再有**人生**在那儿了,"他说,"所以现在,洛蒂,你走过去吧,上街那一头去,让我们男人好动手。"

她哭着往后退了一步。我看了她一眼,只见她脚踏便鞋,两个乳房胀鼓鼓的，沉甸甸的肚子高耸着。从人群里伸出几只妇女的手，把她领开了；一瞬间，她那双泪水汪汪的大眼朝那个穿橡皮靴的男人看了一眼。

他是哪一类人，杰克会怎样说他？杰克，**杰克**？在这次行动中他在哪儿呢？

"我们走吧，伙计。"斯科菲尔德用臂肘捅了捅我。我跟在后面，同时心中充分意识到杰克这个人在这种场合下显得多么荒唐而虚妄。我们进去后，打着手电筒走上楼梯。我看到都伯雷在我前头走着。我生活中的一切都不会启迪我去注视、理解或尊敬这一类人物，过去这样一个人是在我的视野之外的。我们进入的房间都显出匆忙搬空的迹象。房间里闷热不堪。

"这是我自己的公寓套间，"斯科菲尔德说，"嘿，那些臭虫可要大吃一惊了！"

我们把煤油四处泼洒，泼在一张旧床垫上，泼在地板上；接着照着手电筒走进过道。从楼房各处都传来了脚步声、泼煤油声；有时听到一个老人家被迫搬走时发出的作祈祷般的抗议声。男人们默默地忙碌着，就像深藏在地下的土拨鼠一样。时间仿佛凝固了。没有一个人在笑。终于从楼下传来了都伯雷的声音。

"兄弟们，行了。人都撤走了。现在我要求你们从顶层开始点火柴。小心，别烧着自己……"

斯科菲尔德的桶里还有一些煤油，只见他拣起一块破布扔了进去；接着一根火柴擦着，跟着噼啪燃了起来，顿时，整个房间轰的一下就着了火。热浪翻滚，我忙朝后退去。赤红的火焰映出他的身影，他站在那儿凝视着火焰，一边嚷着：

"你们这批烂狗养的完蛋了。你们不会想到我会这么干，可是瞧吧。你们再也无法收拾了。现在滋味怎么样？"

"我们走吧。"我说。

在我们下面，人们正朝楼下冲，一跳就是五六级楼梯；在手电筒光和烈火交织而成的怪诞的光影之中，人们仿佛在梦境里大步跳跃着。我经过的每一层楼上，都是浓烟滚滚，烈焰四起。这时一种幸灾乐祸的心情攫住了我。他们干了，我在想。他们自己组织，自己动手；这是他们自己的决定，自己的行动。他们有能力自己行动……

我头上传来一阵轰隆隆的脚步声，有人在叫："快走，伙计，楼上简直是地狱。有人打开了通屋顶的门，现在火苗正在向外蹿。"

"来吧。"斯科菲尔德说。

我在跑动时感到有一样东西滑了出来；直至我走到下一层楼的一半路上才发觉公文包丢了。我迟疑了一下，可是想到这么长时间都一直带在身边没丢掉，还是得把它找回来。

"来啊，伙计，"斯科菲尔德叫道，"我们可不能在这儿发呆。"

"马上来。"

男人们箭也似的往下奔。我猫下腰，抓住扶手，在人群中挤着慢慢往上走，同时用手电筒仔细照看每一级楼梯。终于找到了：这级楼梯油滋滋的，面上嵌着踏成碎屑的石灰，我那公文包皮面上也尽是石灰；我拾起后马上转身三步两跳地往下跑。想到油不容易擦掉时我突然感到一阵难受。不过真正使我难受的原因却在于：我所知道的东西正在转过我心灵里黑暗的角落，我曾把我知道的告诉委员会，而他们却不理不睬。我往下冲，极度兴奋使我全身发抖。

在一处楼梯转弯的平台上我看到一只桶里还有半桶煤油。我一把拎起，发狂似的往一间在燃烧的房间里一扔，一股四周喷烟的巨焰轰地涌到房门口，把门全部堵塞，火舌往外直向我卷来。我连跑带颠，呛得直咳嗽。他们自己干的，我屏住气想——这场大火是自己筹划、自己组织的。

我冲进黑夜的空气和爆炸声中。一瞬间我站在台阶上，身后是赤红的门道，这时我听到一个声音在叫我兄弟会里用的名字，我不知道这个声音来自一个男人、一个女人还是一个小孩。

我仿佛从睡乡里被人唤醒，我在那儿站了片刻，一边张望，一边倾听淹没在呼喊声、尖叫声、报警器声和警笛声这一片喧闹声中的那个声音。

"兄弟，这太妙了，"那个声音叫道，"你说过你会领导我们，你确实说过这话……"

我缓步向街上走去，实际上我内心里充满了一股狂热的愿望想远离那个声音。斯科菲尔德上哪儿去了？

很多双眼睛在向楼房眺望，在火光染红的黑夜里，他们的眼睛多半都是白闪闪的。

可就在这时我听见有人说："女人，你说那个人是谁？"她骄傲地把我的名字又说了一遍。

"他上哪儿了？抓住他，伙计们，拉斯要这个人！"

我走进了人群，缓慢而顺利地走进了黑色的人群，我整个皮肤表面都警觉着，背上丝丝发冷，他们呼哧呼哧地在我周围走动，浑身汗津津的，谈起话来喉音特别浓重；我张望着，倾听着，心中可是明白：虽然我想见他们，需要见他们，但不可能了；在我的感觉里，他们像是在漆黑的夜晚里正在行动的黑压压的一团东西，是在黑色大地上奔腾着的黑色河流；不论是拉斯还是塔普，即使他们在我旁边走动，我也一无所知；我跟群众融合在一起，在狼藉的街上行进，一道越过一汪汪煤油和牛奶，而我的个性已经烟消云散。我走到了下一个街区；我在人群中穿进穿出，依然能听到他们在我后面的人群里谈话；我继续走，四周是警笛声和报警器声；这时我发现被卷进一群走动得更快的人们中间，我东推西挤，半跑半走，不时设法回过头来张望，心中则在琢磨，不知道别人上哪儿去了。这时背后响起了枪声，我两边的人在朝店面玻璃扔空罐头盒、砖块或金属块。我走着，感到一股巨大的力量已到了爆发的边缘。我好不容易挤到了街道旁边，站在一个门道里注视着人们滚滚向前，这时我想起了那个把我叫来的电话，感到真是不虚此行。谁打的电话，区里的一个会员还是参加杰克生日庆祝会的一个人？事情已经发展到这个地步，谁还要我到区里去？好吧，我就去那儿。我要看看那些伟大的谋士们现在是怎么想的。他们到底在哪儿？他们在做出什么深刻的结论？事后总结的历史教训又是些什么？电话里的那一声哗啦声，那是这场行动的开始，还仅仅是杰克的假眼球掉了下来？我醉醺醺地笑了，由于酒力突然发作头痛了起来。

蓦地射击声停止了，寂静间传来了谈话声、脚步声和干活的声音。

"嗨，伙计，"我旁边一个人说，"你往哪儿去？"是斯科菲尔德。

"不跑的话就会被撂倒，"我说，"我还以为你还在那儿呢。"

"我溜了，伙计。隔两道门有一幢楼着了火，他们报了火警……他妈的！要不是这么响，我可以赌咒，那些子弹不过是蚊子在叫罢了。"

"小心！"我提醒他说，同时一把把他拖开，原来那地方有一个人背靠着灯柱坐在地上，正在朝自己被砍伤的手臂上紧扎止血带。

斯科菲尔德打开了手电筒，片刻间我看到那个黑人吓得面如死灰，他眼巴巴地看着跳动的血管把血直喷到街上。我不得不弯下腰替他调整一下止血带，血管不跳了，可是我满手都是热乎乎的血。

"你把血止住了。"一个青年人朝下看了看说道。

"给，"我说，"你拿着，拉紧。送他到医生那儿去。"

"你不是医生吗？"

"我？"我说，"**我**？你疯了？你如果要他活，快把他送去。"

"阿尔伯特已经去找医生了，"小伙子说，"可是我还以为你是医生呢。你……"

"我不是,"我说着看了看我的血手,"我不是医生。你抓紧,等医生来了再说。我连头痛也不会治。"

我站在那儿把手往公文包上擦,一面瞅着那个大个子,只见他背靠灯柱,双眼紧闭,那个青年人紧紧抓住止血带,它原来是一根簇新的领带。

"走吧。"我说。

"喂,"我们走过去后,斯科菲尔德说,"那边有个女人在叫**兄弟**,是不是就是指你?"

"兄弟?不是,肯定是另外一个人。"

"你知道,老兄,我寻思我在哪儿见过你。你去过孟菲斯吗……嘿,看谁来了。"他用手一指,我透过黑暗看见一队头戴白盔的警察冲上来了,就在这时砖头像雨点一般从楼房顶扔了下来,警察四散躲避。有几个警察在朝门道奔过去的时候转身开火,我听到斯科菲尔德哼的一声倒在地上,我也往他身边一扑,眼前是枪火发出的红光,耳边只听见刺耳的尖啸声,就像一条抛物线以弧形从上面落下,最后嘎吱一声爆落在街上,这声音使我感到仿佛就掉在我的肚子上,使我恶心。我匍匐在地,视线越过躺在我前面的斯科菲尔德向前望去,我看到从屋顶上掉下来的已经砸碎的黑色物体;再过去不远,一个警察的尸体,在黑夜里他的头盔就像一个发白光的小圆丘。

我不知道斯科菲尔德是否被击中,于是朝前挪动身子,刚好他也慢慢把身体转过来,一面恶狠狠地咒骂那些正在搭救同伴的警察。他全身扑在地上举枪射击,枪身镀着镍,跟都伯雷挥舞的那把一模一样。

"该死的,卧倒,伙计,"他向后喊道,"多少年来我就想毙了他们。"

"不行,那杆枪不行,"我说,"我们得离开这儿。"

"妈的,伙计,我能**打**这杆枪。"他说。

我滚到一堆筐子背后,筐里装满了正在腐烂的肉鸡,在我左边垃圾满地的人行道沿上,一男一女蜷伏在一辆翻倒的送货车的后面。

"德哈特,"她说,"我们一起上那边的小山吧。那边住的是正经人!"

"小山,浑蛋!我们就留在这儿,"男人说道,"事情刚开了个头。如果这场种族暴动货真价实,我要留在这儿打反击。"

这几句话就像近距离射出的子弹把我的自满情绪捅了个大窟窿。仿佛这几句话使这一夜获得了意义,甚至可以说创造了意义,形成了意义,虽然在同一刹那的时间里,与大嚷大叫的暴动气氛比较起来,说这几句话时的气息的振幅是如此之小。黑人的暴怒在这几句话里得到了说明,取得了清楚的脉络;可是与此同时我的思想也因此转了个身,使我想起克利夫顿被害以来的日子……这难道就是回答?难道是委员会策划的?难道这回答了为什么他们拱手让我们的影响被拉斯夺去?突然我听到滑膛枪的喑哑的枪声,我的视线越过斯科菲尔德的闪烁的手枪落在从屋顶上掉下来的蜷曲的尸体上。这是自杀,没有枪等于自杀,而在这里甚至当铺里也无枪可买。有一个想法吓得我周身打战:我知道骚乱在目前还主要以人毁物为标志——砸商店,砸市场——它可以很快转成人与人之间的冲突,而对方在人数和枪支上都占压倒优势。我现在明白了,而且越来越清楚地明白了。这不是自杀,而是谋杀。是委员会筹划的。而我出过力,我是个工具。正在我自以为是自由的时候,我成了工具。我假惺惺地表示同意,却不知这等于**已经**确实同意了,因此我应该对在街头蜷缩的那具尸体负责,烈焰和枪火把他照得清清楚楚;我也应该对那些在夜色下正在走向死亡的人负责。

我丢下斯科菲尔德向前跑去,重重的公文包在我的腿部晃荡着,敲打着。斯科菲尔德因为子弹打完而骂开了。我拼命跑,一条狗从人群里向我扑来，我一挥动公文包，正重重地打在狗头上，那狗汪汪叫着逃走了。我右面有一条僻静的住宅区林荫街道，我转入以后便往七马路跑去，往区办公室跑去，心中充满了恐惧和仇恨。他们得偿命，偿命，我想。一定得偿命。

在升起不久的月亮照耀下，街上静悄悄的；枪声稀稀落落，有一阵子去远了。暴动仿佛发生在另一个世界。我在一棵树叶茂密但并不高大的树底下停了一停，望出去影影绰绰的人行道打扫得颇为整洁，两旁房屋阒无人声，所有的窗户全关上了百叶窗，好像这里的住户全部消失，成了逃离不断上涨的洪水的难民。这时我听到了一个人的脚步声在黑夜里一心一意地朝我奔来，一阵怪诞的噼啪声，随之而来的是神经迷乱般的叫喊，不过词句却还清晰——

　　时光流逝
　　灵魂死去
　　上帝下凡
　　就在眼前

好像他日复一日、年复一年地在奔跑。他跑过我站在树荫下的那棵树，赤裸的双脚在宓静的街上啪啪作响，跑了几步以后，那凄厉的、梦幻般的叫声又开始了。

我跑到第七大道，在一家着了熊熊大火的酒店的火光之下，看到三个老妇人撩起裙边急匆匆向我跑来，裙子里塞满了罐头食品。

"我没办法啊，可怜可怜我，上帝，"其中一个说道，"真的，耶稣基督，真的，我的好耶稣……"

我向前走去，鼻孔里尽是酒精和沥青燃烧的气味。前面的马路左边，还有唯一的一盏路灯在亮着，就在那儿的右边有一条交叉的街口。这时，我能看见一群人正在拥进一家面对交叉路口的商店，而与此同时食品罐头、色拉米香肠、猪肝肠、酒桶、小红肠等像连珠炮似的从店里吐了出来,吐给那些等在外面的人群;一袋面粉扯开了,面粉把一片白色撒到人群身上;就在这时,从交叉路口暗处有两个骑警策马奔来,马不住地呼哧,马蹄沉重地敲在街面上。刚一驰到,他们马上就径直向麇集的人群冲刺,只见马的前蹄大步向人群中跃去,顿时人群散开,如浪花一般向后滚动,伴随着尖叫声、咒骂声,偶尔还有笑声——后退,散开,向第七大道奔来,跌跌撞撞,推推搡搡;而这两匹马,马首高昂,马嚼子处泡沫点点,跃过了人行道沿后四蹄落在人已散去的人行道上,由于冲刺的力量使马腿僵直地滑了过去,仿佛安上了冰刀似的,僵硬的马腿踢起四溅的火花;接着又向抢劫另一家商店的另一群人冲去。于是原先的那群人大声讪笑起来,若无其事地又回到食品店继续洗劫。我看了心一阵收紧,他们使我想起了矶鹞,一阵狂浪退去后,这些鸟又转身飞回海岸继续搜寻食物。

我一边咒骂杰克和兄弟会,一边绕过从一家当铺门面砸下来的铁栅栏。我看见骑警又疾驰回来;这些骑警头戴白盔,脸色峻厉,马技娴熟,只见他们猛拉马缰,正准备冲刺。冲刺开始了,这一次一个男人倒下了;有个女人挥动着雪亮的平底锅向马的臀部猛击,马一声长嘶,眼看前蹄就要落地。这笔血债他们得还,我想,他们得还。人群朝我跑来,我也跑了起来,一群男男女女提着啤酒箱、奶酪、一串串香肠、西瓜、一袋袋砂糖、火腿、玉米面,还有煤油灯。这一切要是能在此时此地停了下来就万事大吉了;就在此时此地吧,那些人就要带枪来了。我跑着。

没有枪声。可是**什么时候**会响起呢,我在想,还有多久呢?

"乔,搞一整扇咸肉,"一个女人喊道,"搞一整扇咸肉,乔,要威尔逊店里腌的。"

"上帝,上帝,上帝。"黑暗里一个低沉的声音叫道。

我向前走去,全身沉没在痛苦的孤立感里。我到了一百二十五街后便往东走。一队骑警驰过。有人手执轻机枪守卫在一家银行和一家大珠宝铺旁边。我向街中心走去,随即沿着电车轨道跑了起来。

这时月亮高悬天空,我面前街面上的碎玻璃在月光下闪烁,像泛滥的河水一般,而我像在梦中踏着河面奔跑,听凭命运支使我避开被洪水冲来的各种奇形怪状的物体。突然间我似乎在下沉,似乎就要卷入漩涡:在我面前的灯柱上悬挂着一个人体,白色的、赤裸裸的、使人惊骇万分的女人人体。我毛骨悚然,只感到天旋地转,仿佛我在翻噩梦似的跟头。我翻转着,只是靠生理的反射本能向前推进,接着我往后一退,停了下来,现在又有一个,又有一个,一共七个——全都吊死在被洗劫一空的店面之前。我绊了一脚,只听得脚下嘎啦嘎啦的骨头声音,一看原来是一个医用的骨骼架散落在街上,头颅已经与脊骨分离,滚开了。我站稳了,定了定神,这时才注意到挂在头上的尸体僵硬得很不自然。原来是人体模型——"假的!"我高声说。没有头发的、秃了头的女人模型,却没有女性气息。这时我想起戴金黄色假发的男孩子,颇想笑一笑轻松一下,但是突然感到这里所内含的幽默比恐怖更使我透不过气来。她们是假的吗?我想,**当真是假的**?如果其中有一个,只要有**一个**是真人那怎么办?——是……西比尔?我把公文包紧紧夹住,后退了几步,跑了……

他们一个紧挨一个向前移动,手执棍子和木棒,有的拿着滑膛枪或来复枪。那个"规劝者"拉斯现在成了"煞星"拉斯,骑在一匹大黑马上带着队。一个新拉斯,骄横、粗俗、神气十足;身上的穿着就像一位阿比西尼亚的酋长:头戴皮帽,手执盾牌,肩披不知什么兽皮制成的斗篷。这副模样不像个从哈莱姆来的人,甚至不像从今晚的哈莱姆来的人,而是来自梦乡,然而这是一个真人,一个活生生的、令人惊慌的人。

"别再干那种抢劫商店的蠢事了,"他对聚集在一家商店前的一群人嚷道,"跟我们一起冲去军械库抢枪,抢弹药!"

一听到他的声音,我马上打开公文包找那副墨镜,我的赖因哈特式的打扮,可是刚拿出来,碎了的镜片纷纷掉在街上。赖因哈特,我想,赖因哈特!我转过身来。身后是警察;只要一开火,我将受到双方火力的夹击。我在公文包里摸来摸去,只摸到了文件、碎铁片、硬币等,忽然手指抓到了塔普的脚镣,我马上把它套上了手腕,一面思索着。我把公文包关上,锁好。拉斯从来没有号召到这么多人;正当他们向我逼近时,一股前所未有的情绪笼罩着我。我拎着沉甸甸的公文包,平静地向前走去,心中怀着一种对自己的新认识,以及一种几乎使我长叹一声的慰藉感。我突然知道我应该怎么办了,这个想法甚至还没有在脑子里完全形成我就知道了。

有人喊了一声:"瞧!"拉斯从马背上低身一看,见到是我,就向我掷来——不是别的什么东西而是一根长矛。随着他胳膊一动,我向前扑下,就像翻跟头的人一样双手撑地,耳旁听到长矛刺穿人体模型时的冲击声。我站了起来,公文包仍然没离身。

"叛徒!"拉斯喊道。

"就是那个兄弟会的。"有人说。他们走上前来围住那头马,显得很激动,同时又拿不定主意。我面对着他,心中明白我既不比他坏,也不见得比他好,这些月来的幻想,这一夜的动乱只要几句简单的话就能说清楚,只要一个温和的、甚至柔顺的、无声的动作就能使之云消雾散。为了唤醒他们,也为了唤醒我自己。

"我已经不是他们的兄弟了,"我喊道,"他们需要一个种族暴动,而我是反对的。我们被杀得越多,他们越高兴……"

"别听他瞎编,"拉斯喊道,"把他吊死,作为全体黑人的一个教训,这样将来就不会有叛徒了,也不会有汤姆叔叔了。把他吊死在那些该死的模型上面！"

"可是任何人都能看到这一点，"我喊道，"我说的是真话，我被那些我以为是朋友的人出卖了——可是他们也指望这个人，他们需要这个**煞星**为他们出力。他们丢下了你们，这么一来，你们在绝望之中就会跟着这个人走向毁灭。难道你们看不到这一点？他们要你们自相残杀，自己牺牲自己！"

"抓住他！"拉斯喊道。

三个人走上前来，我喊了声"不！"同时不假思索地迎上去，实际上是一种绝望的演说姿势以表示不同意和反抗。可是我的手竟碰到了那根长矛，我用力一扭把它拔了出来，然后我紧紧握住柄中央，矛头指前。"他们就希望出这种事，"我说，"是他们策划的。他们希望能挑拨一批人带了机枪、步枪到这儿北区来。他们希望街上血流成河，你们的血，黑人的血和白人的血，这样他们就能利用你们的死亡、悲哀和失败大做宣传文章。这手段简单得很，你们早就知道了。这叫作'利用黑鬼抓黑鬼'。过去，他们利用我来抓你们，现在他们利用拉斯来干掉我，同时也为你们的牺牲做好了准备。你们难道还不明白？这不是明摆着的……"

"绞死这个烂舌头的叛徒，"拉斯嚷道，"你们还在等什么？"

我看到几个人迈步往前走来。

"等一等，"我说，"你们可以杀我，不过不是为了别的，而是因为我犯了错误，就这样行不行？可不要为了市南区的那批人杀我，他们正在因为诡计得逞而哈哈大笑……"

可是我一面讲，一面明知道没有用。我已经穷于言辞；拉斯在狂叫"绞死他"，而我面对他们站在那儿，心中只觉得这一切都是虚幻的。我站在他们对面，心中知道这个穿了异国服装的狂人似真非真，似假非假；我知道他要我的命，因为他认为我应该对这些日日夜夜、对这种种痛苦、对所有我无法控制的事态负责，而我本来不是个英雄，我生来又矮又黑，只是有几分口才，倒是具有做一个傻瓜的无穷的才能，我之所以能与众不同正在于此；我看到了他们，终于认出他们就是我未曾成功地领导过的人们，而我此刻，就是此刻，却是他们的领袖，不过我是在带领他们破灭我的幻想，在这方面我是跑在了他们的前面。

我看了看马上的拉斯，又看了看他们的几杆枪，我认识到这一夜的行动是多么荒谬；而希冀与欲望之间，恐惧与仇恨之间的交织虽说简单，却又复杂得使人迷惑不解——这种交织同样是荒谬的，但是它是我在这里东奔西跑的起因。我现在明白了我是谁、我在什么地方；我也明白了我再也不必为杰克、爱默生、布莱索和诺顿之流跑腿了，也不必躲避他们；我应该避之不及的是这些人的混乱思想和急躁脾气以及他们那种顽固想法：把他们和美国等同起来，或者把我和美国等同起来，这虽然美丽可爱，却很荒谬可笑。我站在那儿，心里很清楚：如果我死了，如果我在这个大破坏的晚上在这条街上被拉斯绞死了，我或许可以在微小的程度上，以血的代价，让他们认识到：他们是什么样的人，而我过去和现在又是什么样的人。可是这种认识实在是很狭隘的；我是看不见的，绞死我并不能使我被人看见，甚至他们也看不见我，而他们要我死不是因为我这个人本身怎么样，而是因为我一生奔波，因为我在奔波的时候被追逐、被动过手术、被清洗过——虽然在很大程度上我不可能有其他选择，要知道他们是些睁眼瞎（他们不是既容忍了赖因哈特，也容忍了布莱索吗？），而我是别人看不见的。其次，生活中某种现实看来是在白人的完全控制之下，这些白人据我所知跟拉斯一样也是些瞎子；不过难道由于他这位黑人大人物对这种现实怀有仇恨，由于他搞不清这种现实的性质就要我，一个使用化名的小小黑人去死，那不是太过分了，简直荒唐到了无耻的地步了吗？因此，即使自己的一生是荒唐的，我还是该活下去，我可不愿意为了别人的荒唐去死,不管他是拉斯还是杰克。

因此当拉斯狂叫"绞死他!"的时候,我飞出了长矛,在这一瞬间我仿佛遗弃了原来的生命而开始了新的生命,我注视着长矛在他转头高喊的时候击穿他的双颊,只见人群惊愕得发了呆,而拉斯抓住那锁住双颊的长矛死命挣扎。有人举起了枪,可是距离太近了反而没法开枪,我手持塔普的脚镣向最前面那个人打去,又用公文包猛击另一人的腰部,接着跑进一家洗劫一空的商店,我磕磕绊绊地穿过四散的鞋子、翻倒的玻璃柜台和椅子,耳旁报警器喀嘟嘟响声连续不断。我看见前面有一扇后门,月光就从那儿洒进,就忙从那儿跑出去。他们像一团烈火从后面卷来,我带着他们转了一个弯又回到了马路上。如果他们开枪,一定能把我打死;但是对他们说来,重要的是把我绞死,甚至用私刑折磨我,因为他们一生就是这样行事的,别人也是这样教他们的。只有绞死我才能解恨,仿佛只有绞刑才能解决问题,甚至能解决争端。我跑着,心里很清楚死亡随时可能会降临到我的后背上或后脑勺上,我一面跑,一面想起要到玛丽家去。这不是思考后的决定,而是在漆黑的街上跑过一摊摊牛奶时突然想到的;我不时地停下来挥舞那只沉甸甸的公文包和脚镣,他们想抓住我,可是我左躲右闪,每次都从他们的手里滑脱出来。

我多么希望能转过身子,垂下双手说:"瞧,哥儿们,让我喘口气,我们都是黑人嘛……别人又不在乎。"不过现在我明白了,**我们**是在乎的,他们终于也非常在乎,以至于他们需要行动——我这样想。我多么希望我能说:"瞧,他们对我们耍了阴谋,老阴谋,新花样——我们别跑了,让我们互敬互爱吧……"我多么希望——我正在想着,忽然发觉我跑到了另一大群人中间,我还以为这下总算逃脱了,不料一个人大叫大嚷地逼近我,接着我下巴颏儿就吃了一拳,我当即挥舞脚镣朝他头上猛敲一记,我还能感觉到那脚镣从他头上蹦起。随后，我向前猛冲，刚转出马路，蓦地一股水喷到我身上，仿佛是从上面泻下来的；原来是自来水总管道裂开了，正在对准黑夜喷出一道凶猛的水幕。我原想上玛丽家去，可是穿过这条水淋淋的街道我是在朝南跑，而不是朝北。我刚要向前穿越，一个骑警冲过水幕。只见一头黑马浑身淋着水冲了过来，高大的黑影犹如梦幻一般。马不住地嘶鸣，穿过人行道后，马蹄嘚嘚地直奔我踏来，这时我滑倒了，双膝跪地，我看见巨大的、搏动着的躯体向我身上飘浮，接着跃过了我的身体，我仿佛坐在一间四周装有衬垫的房间的角落里，马蹄声、尖叫声、哗哗的水声都似乎从遥远的地方传来，然后在我的头上腾越，正当这一切马上就要过去的时候，马尾猛地一扫我的双眼，只扫得我跌跌撞撞地转着圈子，一面胡乱挥舞着公文包，仿佛那烈火般的扫帚星的尾巴烧灼了我的眼皮；我转啊转，同时乱挥乱舞公文包和脚镣；正当我无可奈何地挣扎的时候，又传来疾驰的马蹄声；我这时一头向水柱冲去，身上感到水的赤裸裸的全部力量，仿佛吃了砰的一记又湿又冷的猛拳。我穿过水柱，刚勉强能看见四周的事物，只见另一匹马疾奔而来，随即它冲过水柱，就像猎人向障碍物冲刺一般；骑手后仰，马前蹄腾起，接着被升起的水花击中并吞没。我跌跌撞撞地在街上走着，感到扫帚星的尾巴还留在眼睛里，不过已经看得比刚才清楚些了；我回头望那水柱，它就像月光下发了狂的喷泉。上玛丽家去，我只有这个念头，上玛丽家去。

在一幢幢房屋前面，一排排铁栅后种着低矮的灌木丛。我跟跟跄跄地走到一幢楼门口，气喘吁吁地躺了下来：被水柱那股压倒一切的力量猛击以后很想休息一下。我刚躺下，鼻子里尽是灌木丛在大伏天那种干燥的气味。他们就在这幢房子前停了步，斜倚在铁栅前。一瓶酒在他们之间传来递去，他们的声音显示出，强烈的感情已经消耗殆尽了。

"这一夜真带劲,"其中一个说,"这一夜难道不带劲吗?"

"还不是跟别的晚上一样?"

"为什么这样说?"

"因为尽是些打架啊喝酒啊,吹牛骗人再加上那些乌七八糟的事——把瓶子给我。"

"对,不过今天晚上有些事我从未见过。"

"你以为**你**开了眼?咳,你还没有看到两小时前莱诺克斯街上出的事呢。你知道那个叫'煞星'拉斯的家伙吗?哼,伙计,他嘴里在喷血。"

"那个疯子?"

"咳,对了,伙计,他骑了一匹大黑马,头戴皮帽,肩披狮子皮一类的玩意儿,大叫大喊的,真他妈**活现眼**,骑了那匹老马来来去去,就是那种拉蔬菜车的老马,他还搞到一副牛仔用的马鞍和一些粗大的马刺。"

"不会吧,伙计!"

"妈的,当然真的!在街上骑到东骑到西,不住地大嚷:'杀了他们!把他们赶走!放火烧他们!我,拉斯,命令你们。哥儿们,你们懂吗?'他说,'我,**拉斯**下的命令——把他们杀得鸡犬不留!'就在那时候,一个带佐治亚口音的小丑把头伸出窗口扯直嗓门喊道:'牛仔,把那批畜生赶走。让他们见鬼去吧。'嗨,我说伙计,这时那个马背上的疯狗脸色煞白,就跟死神一模一样,他一弯腰,伸手掏出一把点四五口径的家伙,随即向窗口开起火来——咳,伙计,从没见过溜得这么快!一下子,人全散了,只剩下老拉斯在马背上,还有那张狮子皮在他身后奔拉着。疯了,伙计。别人都想法捞到些东西,只有他和他的那批人却想喝血!"

我躺在那儿倾听着,就像一个刚被救起的溺水的人,不知道是活着还是死了。

"我在另一头,"另一个声音说道,"骑警在他屁股后面追的时候你看见吗?"

"妈的,没看见……喂,来一点。"

"嘿,**那才算精彩呢**。当他看到警察就要追上了,他把手伸到马鞍后面拿出一块盾牌来。"

"**盾牌**?"

"妈的,是啊!中间还有根刺。这还不算什么;他眼看警察就要追上了,就叫他的一个妈的手下人递给他一根长矛。一个矮个子就跑到街中心给了他一根。你知道,就是电影里看到的那些非洲人拿的那种……"

"伙计,你当时他妈的在哪儿啊?"

"我?我就在边上,那儿有个家伙砸了一家店门,在窗口卖冷啤酒——做起买卖来了,伙计,"他笑了起来,"我在喝巴德韦泽牌,味道可真不错——忽然一群警察骑着马过来了,活像一群牛仔;那个拉斯——人家叫他什么来着——看见他们来了,像狮子一样吼了一声,拉马退了几步,再猛刺马屁股,那个速度,打个比方说吧,就像下班坐地铁回家丢硬币进售票机那么快——真他妈的!那才叫精彩呢!嗨,再给我一口。"

"谢谢。这时他喀嗒喀嗒冲了上来,一只手执着长矛指向前方,另一只手挽着盾牌,嘴里嚷着不知道是什么非洲语还是西印度群岛上的语言,低着头好像他真懂他在念叨的那些话,那副在马上的派头就像牙买加跑马场第五道赛道上骑马的厄莱·桑迪。那匹老黑马嘶叫一声,也把头低下了——我不知道他从**哪儿**搞到**那匹**杂种的——可是,哥儿们,我可以起誓!那匹马一感到屁股上有刺,它冲上去那股劲就像跑得飞快的名叫'军舰'的赛马!那些警察还不知道怎么回事,拉斯已经冲到他们中间,一个警察想夺那根长矛,老拉斯一转身，向他头上砸去，那警察就倒下了，他那匹马竖起了前蹄；老拉斯也一提马缰，把马前蹄竖起，同时向另一个警察刺去，只见那家伙的马乱蹦乱跳，这时老拉斯又想刺第三个警察，只是双方距离太近，而那匹马呼哧呼哧地在屁滚尿流，就这样，他们转来转去，警察老是挥动手枪，每次他一挥枪想开火，老拉斯盾牌一竖，另一只手抡起长矛就往下斫。伙计，那枪身砸在盾牌上的声音就像是从十二层楼窗口掉下来一只车轮箍。你知道后来怎么的？老拉斯一看距离太近，没法使开长矛，他就一转马头，向外退了几步，接着一个原地急转弯，然后又冲上前去——非杀个你死我活不可！不过这次警察已经厌烦透了，不想再啰唆，有一个家伙开了枪。**那一下可打中了！**老拉斯没来得及拔枪，只得把长矛飞出，他哼唧了几句骂那警察爹妈的话，然后只见那匹马驮着他飞也似的在街上奔，简直像'嗨嗬'和他妈的'银光'那两匹赛马一样！"

"伙计，你是在场吗？"

"这全是实话，伙计，不信我可以打赌。"

他们在灌木丛外面呵呵笑着走开了。我躺着仿佛得了痉挛，没法动弹，想笑又笑不起来，因为我知道拉斯并不可笑，也可以说不光是可笑，而且危险；行事乖谬，但是主持公道；是个疯子，可是有冷静的头脑……他们为什么讲得这么可笑，难道**仅仅是**可笑？我思索着。转念一想，的确是可笑。可笑、危险加上可悲。杰克看到了这一点，也可能是他无意中发现的，因此他就利用这来准备一场牺牲。而我却被当作工具利用了。祖父说过，要对他们说"是，是"，直到他们死去，毁灭，可是他错了；要么就是这些年来情况变化得太快了。

只有一个办法毁灭他们。我从灌木丛后面站了起来，全身湿淋淋的，不住地打战；月色昏暗，四周空气热烘烘的。我出发去找杰克，可是又得转一个方向。我走到街中心，倾听远方的暴动声，脑海里出现了一幅图画：一只打碎的玻璃杯底里装有两只眼睛。

我挑街上阴暗的地方以及宓静的街区走，我想，如果他真的想掩盖他的诡计，他会到这个区里来的，也许会坐一辆广播车来，假意替黑人出点子，在他身旁一边坐着雷斯特拉姆，一边坐着托比特。

他们身穿便衣，我一转念：警察——忽然我看到一根棒球棒，连忙撒腿就跑，耳旁只听得："嗨，你！"

我犹豫了一下。

"公文包里有什么东西？"他们说道，而如果他们问我任何其他问题，我可能会站定不动。可是一听到这个问题，一阵羞耻和愤慨涌上心头使我全身打战，我迈步跑了起来，方向依旧是去找杰克。只是我对这一带不熟悉，而有人，出于某种原因，把一个煤窑的盖子打开了，我感到自己在往下，往下坠，过了好一阵才掉在一堆煤上，顿时煤灰飞舞。就在一片漆黑之中，我躺在黑乎乎的煤上，不用跑跑颠颠，不用东躲西藏，也不用为什么事操心，只听见煤块在移动，这时从上面什么地方他们的声音飘飘悠悠地传了下来。

"你看到他掉下去那副样子，嗾地一下！我刚举枪想打这个杂种。"

"你打中了？"

"我不知道。"

"喂，乔，你看那个杂种死了吗？"

"也许吧。不过他肯定在漆黑的地方。你甚至看不到他的眼睛。"

"这么一说，乔，那黑鬼是在煤堆里啰？"

有人往下面的洞里喊："嗨，黑小子，出来，我们得看看那公文包里装的是什么。"

"下来抓我吧。"我说。

"公文包里是什么？"

"你们，"我突然大笑，"你们看是些什么东西？"

"我?"

"你们大家。"我说。

"你疯了。"他说。

"可是我这公文包里有你们!"

"你偷了些什么?"

"你难道看不见?"我说,"点根火柴吧。"

"他到底说什么来着,乔?"

"点根火柴,这黑鬼是疯子。"

我看见高处微弱的火焰扑嚓一响亮了起来。他们头朝下站着,好像是在做祈祷,可是看不见我蹲在煤堆里。

"下来啊,"我说,"哈!哈!我的公文包一直把你们装在里面,可是你们起先不认识我,现在又看不见我。"

"你这个狗娘养的!"其中一个发火了。这时火柴灭了,我听到一件东西轻轻落在了旁边的煤堆上,他们在上面交谈着。

"你这个该死的狗娘养的黑鬼,"有人叫道,"给你尝尝这个。"这时我听见盖子发出喀啷一声沉闷的声音把洞口盖住了。他们在盖子上使劲踩了几下,顿时一阵细泥掉了下来;煤块在脚下发疯似的滑动了片刻,这使我吃了一惊;我透过黑魆魆的空间朝上望去,只见在一瞬之间一根火柴的微弱亮光从钢盖上的一个小洞里透了进来。这时我想到:还不是向来如此,只是现在我知道了——于是心情平静了下来,把公文包垫在头后,朝后躺了下来。早晨我就可以把盖子推开。现在我很累,太累了;我又在往回想,脑海里出现了一个形象:两颗玻璃眼球就像两团熔化了的铅汇合在一起。在这里似乎暴动已成过去,我只感到睡意袭人,仿佛踏在一片黑水上向外走去。

这是一种没受绞刑的死,我在想,一种虽生犹死的状态,明天早上就打开盖子……玛丽,我应该上玛丽家去。现在去玛丽家只有一个办法,我就采用这个办法……我在黑水上向外飘动,叹息……

睡着了，即使睡着了别人也看不见我。

可是我再也到不了玛丽家了：我对早晨打开钢盖这事过于乐观了。无影无踪的时间巨浪在我身上流过，可是那个早晨永远不曾来到。没有早晨，也没有任何亮光将我唤醒，我只是一直睡啊睡，直到后来我被饿醒。我在黑暗中站了起来，四周瞎碰瞎撞，手摸着粗糙不平的墙壁，每走一步，脚下的煤就像陷人的流沙一般滑动。我尽力举手上伸，可是发现上面尽是连绵不断、无法穿越的空间。接着我设法找一般这种洞里会有的以便上下的梯子，可是找不到。我没有亮可不行，于是我一手抓紧公文包，趴在煤堆上四处寻找，总算找到那些人丢下来的火柴盒——多久以前丢的？——可是只有三根火柴，为了节约火柴，我在煤堆上仔细地摸来摸去，想找张纸卷起来做个像火把一类的东西。我只需要一张纸就能照亮出洞的路，可是什么也没有。我于是翻遍口袋寻找，也没找到什么：钞票、折页广告、兄弟会传单——什么也没有。我干吗把赖因哈特的那些宣传品都毁了？现在如果要做纸火把，只有一个办法：我必须打开公文包。我所有的纸都在这里面。

我首先烧的是高中毕业文凭。我用一根珍贵的火柴把它点燃，这时心头出现一阵淡淡的讥讽的感情；当我看到那微弱的光迅速把黑暗推开的时候，我甚至开颜而笑了。我是在一个很深的地下室里，里面堆满了奇形怪状的物件，一直向前延伸到我看不见的地方。这时我才意识到，如果要一路照出去，我得把公文包里每张纸都烧掉。我依靠纸火把发出的微弱的光慢慢向更深的黑暗地段挪动。接着我烧了克利夫顿的纸娃娃。这玩意儿不好烧，于是我把手伸进公文包再找一张纸。靠了不住喷烟的纸娃娃发出的光，我打开一张折叠好的纸。这是那封匿名信，它烧得很快，因此它一点着，我连忙打开另一张纸：这是杰克替我取兄弟会名字的那张纸条。地窖里虽然潮湿，我还是闻得到埃玛的香水味。这时，我盯着那两个人的字迹在火中燃烧，不禁烧灼了手。我脚底滑了一下，跪倒在地上，两眼直瞪着。笔迹是相同的。我直愣愣地跪在地上发呆，只见火焰把笔迹吞噬掉。他，或者任何别人，竟然在不久以前能把笔同样那么一挥给我起名字，又支使我到处奔波，这真叫人受不了。突然我尖叫了起来，我在黑暗中站起，疯狂地左冲右突，一会儿撞在墙上，一会儿把煤踢得乱糟糟，可是在怒火中竟把那微弱的光亮熄灭了。

在昏天黑地之中，我还是像旋风似的向前跑去；过道很窄，我不时撞在两边粗糙不平的墙上，撞得头嘭嘭直响，禁不住咒天骂地起来。我忽然打了一个踉跄，往下摔到一堵薄壁上，接着就一头栽进了没有上下左右的房间里，闹得我又是咳嗽，又是打喷嚏；我气往上撞，就在地上不停地滚来滚去。我不知道滚了多久，可能几天，也可能几个星期；我什么时间观念都没有了。而且我一停下来歇息，怒火又回到心头，于是我又滚了起来。终于在我几乎无力动弹的时候，似乎有什么东西说话了："够了，别把命送了。你奔波的时间够长了，现在你终于跟他们一刀两断了。"于是我，脸冲前方，瘫倒在地，人已筋疲力尽到了极点，累得连眼睛也闭不上了。人处于似梦非梦、似醒非醒的状态，就像特鲁布拉德所譬喻的那只樫鸟被黄蜂刺得除眼睛以外全身都瘫痪了。

可是不知怎么的，地上现在全成了沙子，黑暗也转成白天。我虽然还躺在那儿，却成了一群人的俘虏，这群人中有杰克、老爱默生、布莱索、诺顿、拉斯、督学等，此外还有不少人我不认识，不过他们都曾经驱使我为他们奔走过，这时都紧紧地围在我四周。我躺在一条黑水河边，附近有一座裹有铁甲的桥，桥拱跨度很大，看不出那一头在哪儿。我向他们抗议拘留我，而他们则要求我回去，对我的拒绝十分气恼。

"不行,"我说,"我同你们的一切谎言和幻想一刀两断了。我已经跑够了。"

"还不行,"在一片怒气冲冲的要求声中杰克说道,"除非你回来,否则就给你尝尝真的跑够的滋味。别固执了,我们可以让你从幻觉中解脱出来。"

"不用了,谢谢;我自己会解脱自己的。"我挣扎着从刀割似的黄沙上爬起来。

没想到这时候他们手持利刃跨步上前将我抓住;我顿时感到剧痛,眼前一阵亮晃晃的血红色:他们从我身上取出两团血淋淋的东西,接着向桥外一扔,我在极端痛苦中看到这两团东西在空中蜷缩起来,当掉到桥拱的顶端下部时,不知挂在什么东西上面就悬在那儿了;血滴答滴答地往下滴,透过阳光滴进了暗红色的水中。那些人哈哈大笑,在我那双因疼痛而变得锐利的眼睛前面,整个世界慢慢变成红色。

"这下你不会再有幻觉了,"杰克指指在空气里无端消耗的我的生命的种子时说,"去掉了幻觉,感到怎么样?"

我抬头注视,可是痛得太厉害了,空气仿佛在发出铿锵作响的金属声,同时听到:去掉了幻觉,感到怎么样……

我的回答是:"我感到痛苦和空虚。"这时我看到在大桥高高的桥拱下,一只闪闪发光的蝴蝶在我的血红的器官周围绕了三圈。我指着蝴蝶说:"可是看吧。"他们瞟了一眼,笑了。我看到他们得意扬扬的脸色,心中明白了几分,就突然以布莱索的方式笑了起来,这却惊动了他们。杰克怀着好奇心走上前来。

"你笑什么!"他说。

"虽然花了些代价,我看到了原来看不到的东西。"我说。

"他以为他看到了什么?"他们说。

杰克恶狠狠地又走近一步,我笑了起来。"我现在不怕了,"我说,"不过你们只要看上一眼,就会看见的……这并不是看不见的……"

"看到了什么?"他们说。

"我看到那儿挂着的不仅仅是我的先辈及后代,可怜他们在水面上白白消耗掉……"这时一阵剧痛涌上,我看不见他们了。

"而且还挂着什么?讲啊!"他们说。

"而且还有你们的太阳……"

"唔?"

"你们的月亮……"

"他疯了!"

"你们的世界……"

"我早知道他是个神秘的理想主义者!"托比特说。

"不过话说回来,"我说,"那儿就是你们的宇宙,你们听到的水上的嘀嗒声就是你们所创造的全部历史,以及你们要创造的历史。现在你们这批科学家笑吧。让我们听听你们的笑声!"

矗立在我上方的桥这时在向我看不见的地方移动,就像一个机器人,一个铁人,在迈开大步,铁腿在迈步时发出毛骨悚然的轰隆声。这时我挣扎着站了起来,满腹悲伤,全身疼痛,我大喊:"不行,不行,别让他走!"

在黑暗中我醒了过来。

这时我已完全清醒,我躺在那儿简直像瘫痪了一般。我想不起还有什么事要干。过一会儿我将去寻找出口,可是此刻我只能躺在地上,把那个梦从头至尾回忆一遍。那些人的脸部表情活灵活现的,仿佛他们就站在我前面的聚光灯下。他们都在地面上某个地方，正在把世界搞得乱糟糟的。好吧，就让他们去搞吧。对我说来，这一切已经结束；而且梦毕竟是梦，我还是完整无缺。

现在我开始明白，我可不能再去玛丽家了，也不能再过那旧时的生活了。我只能从外部接近那种生活，而且对玛丽，跟对兄弟会一样，我也是个看不见的人。不，不管是玛丽家，还是学院、兄弟会，或老家，我都不能去了。我要么前进，要么留在这儿，留在地下。那么我就待在这儿，除非有人把我赶出来。至少在这儿我能心平气和地思考问题，即使不能心平气和，也能安安静静地想。我准备在地下住下来。结尾又回到了故事开头。

尾 声

好，重要的事你现在全知道了。至少你**差不多**全知道了。我是个看不见的人，就这么被安置在一个洞里了——你也可以说，给我指定了现在我待的这个洞——我勉勉强强接受了这一事实。我还能有别的什么选择呢？你一旦对现实习以为常，现实就会像棍子那样无情，而我还没弄清楚怎么回事就被这根棍子打进地窖了。也许现实就是这样发展的，我可不知道。我也不知道，在我接受了教训以后，我是处于先锋地位呢，还是处于后卫地位。**这一点**可能要等历史来加以总结了，就让杰克及其一伙来做决定吧，而我则想研究一下我一生的教训，尽管这已经迟了。

让我对你讲老实话吧——顺便说一句，这可是高难度的绝技。当一个人让人看不见的时候，他就会发现，像善与恶，诚实与欺骗这类问题是如此捉摸不定，他很容易把两者混淆起来，不过这还得看当时谁的视线在洞察这个无形人。现在，我花了不少精力，想让我的视线能洞察我自己，这就招来了危险。别人最恨我努力做老实人了。譬如说，此刻我正努力如实地说出我所认识到的真话，就没有一个人会满意的——连我自己也不满意。另一方面，当我为某人的错误主张"辩护"或捧场时，或者当我对朋友们提出的问题做一些投其所好的、错误的或荒谬的解答时，别人就最喜欢我，最欣赏我。这样，即使我在场，他们也可以高谈阔论、自吹自擂，而世界既然已经就范，也就值得他们珍爱了。于是他们有了一种安全感。但是，问题来了：常常为了要替**他们**辩护，我不得不把自己的咽喉卡住，直憋得我眼珠突起，舌头外伸，摇动起来就像大风中空房子里的一扇门。唔，是这样，他们为此感到高兴，而我却感到恶心。

因此我已经讨厌捧场,讨厌嘴上说"是"肚子里说"不"——别提我脑子里说什么了。

附带说一句,在某种场合,一个人的感情比理智更合乎理性,而正是在这种场合,他的意志在同一时刻被扯到四面八方。你可能会对此嗤之以鼻,可是我现在明白了这一点。我已经记不起这有多久了:我一直不是被拉到这里,便是被推到那里。而我的问题正是在于我一直试图走别人的路,却从不想走自己的路。同样,别人这样称呼我,后来又那样称呼我,却没有人认真想听一听我怎样称呼我自己。因此,虽然多年来我很愿意把别人的意见当作自己的意见,现在我终于造反了。我是一个**看不见的**人。走了漫长的道路以后我又折回来了,我原先梦寐以求爬到社会的某一阶梯,此刻却反弹到了原处。

所以我蹲在地窖里不走了;我蛰伏着。我和上述一切一刀两断了。可是总还缺点什么。即使是蛰居吧,仍然得不到平静。因为,真该死,还有心灵,**心灵**。它不让我休息。杜松子酒、爵士乐和梦境不能使我平静。有书读也不顶用。对支使我东奔西跑的那个粗俗的玩笑好在我已有所认识——虽然迟了点——不过这也不够。而我的心灵转啊转,老是转到祖父那儿去。一场闹剧结束了我对兄弟会俯首帖耳地说"是,是"的生活,可是我的脑海里还萦绕着祖父的临终叮咛……我拿不定主意是他的话中另含深意呢,还是他的愤怒使我产生了错觉。他的意思是不是——嘿,他**肯定**是指原则,他的意思是说,我们应该同意的是建立这一国家的原则,而不是要我们对人,至少不是对那些暴徒说"是,是"。他说"是,是"的意思是不是因为他知道原则比人伟大,比数目字、比恶势力、比一切企图毁其声誉的阴谋诡计都伟大?他们自己在历经混乱以及封建时代的黑暗以后梦想到这个原则,现在甚至在他们腐朽的头脑里,都已违背它、破坏它到了荒谬的程度,而祖父的意思是不是说我们应该确认这个原则？也许他的意思是：我们对原则，对人都得负起责任来，因为轮到我们这些后来人运用原则，而舍此再无其他适合我们需要的原则了。我们一不贪图权力，二不谋求回报，而是因为既然我们有这样的先世渊源，只有这样才能超脱自我，不斤斤计较于历史怨恨。是不是说我们，尤其是我们黑人，应该确认这个原则，虽然他们曾经以它的名义迫害我们，牺牲我们——我们要确认这个原则，不是因为我们将会一直这样软弱，也不是因为我们胆怯、动摇，而是因为在懂得如何与别人在世界上共同生存这一意义上我们这个民族比他们古老，也因为他们促使我们摆脱了身上的部分贪婪和渺小——不是大部分，但至少一部分吧——确实如此，也摆脱了一直支使他们东奔西跑的恐惧和迷信。（哦，不错，他们也在东奔西跑，跑得筋疲力尽，甚至垮掉。）他的意思是不是说：我们应该确认这个原则是因为，我们不由自主地在高声喧嚣、似隐似现的那部分世界里同别人息息相关，杰克及其一伙只把那部分世界看成可以剥削的肥沃土壤，而诺顿和他的同伙却睥睨一切，他们可不愿意在"创造历史"的劳而无功的游戏中充当无名小卒？他是不是看到了这一点，认为我们即使为此也得对这个原则说"是，是"，免得他们转过身来，把我们、把原则都毁了？

祖父曾经叮咛说："俯首帖耳，直至他们死亡和毁灭。"见鬼，哪能把他们和死亡、毁灭分开呢？只有原则深入他们和我们的内心时才会如此。这一玩笑的妙处就在于：是不是我们不仅仅和他们有所区别，**也和他们密不可分**，他们一死，我们也不得不死？我想不清楚，找不到答案。还有，我曾经问过我自己，**我究竟需要什么？**当然不是赖因哈特的自由或者杰克的权势，也不光是可以不再四处奔波的自由。不是的。可是下一步怎么走我不知道，因此我只得待在洞里。

请注意，我并没有因为落到这一地步而责备任何人，也不光在嚷**我错了**。事实是,你的部分病根就藏在你自己身上——至少作为一个看不见的人,我是有这病根的。我身上潜伏着病根,可是长期以来总是归咎于别人;这一回,我打算写出来,就说明我已发觉至少有一半病根在我体内潜伏着。病是慢慢上身的,就像有些黑人得的一种怪病,身上皮肤由黑变白:经过某种凶恶的但是肉眼看不见的光的辐射,他们的黑色素消失了。你年复一年知道有些不对头,后来突然发现你像空气那样透明。起先你自己解嘲,说这只是个肮脏的玩笑,或者说这是"政治局势"所引起。可是内心深处你疑心这是咎由自取。你站在那儿赤身裸体,瑟缩发抖,而千百万双眼睛却对你视而不见。那才真是灵魂生了锈,好比腰上刺中一矛,又好比在一个暴动的小镇上被人勒住脖子拖过街头,或者像进了异端裁判法庭,上了断头台,被人家剖腹剜心,进煤气室被处死——那杀人的炉子倒很卫生,很干净——不过你的处境还要差,因为你死不了,你还得像个傻瓜似的活下去。话说回来,你还得活下去,你有两个选择:要么对灵魂上的锈痕被迫钟爱备至,要么咬咬牙,把它清除掉,然后进入下一个矛盾阶段。

可是那下一个阶段是什么呢?多少次我想找到它!我一次又一次地到地面上去寻找,因为跟这个国家的绝大多数人一样,我一开始很乐观。我相信埋头工作,相信进步,相信行动,可是当经历了"拥护"社会和"反对"社会这两个阶段后,我不再自称处于什么社会地位,也不自己限制自己,而这种态度是很不符合时代潮流的。可是我的世界充满了无限的可能性。哦,这句话好动听啊——不过这句话确实不错,而且也是一种不错的人生观。一个人不应该接受别的人生观;在地下蛰居时我至少悟到了这一点。除非有伙坏蛋要让世界穿上疯人院的紧身衣,世界的定义应该就是可能性。你只要走出一般人所谓的现实的狭隘地带,你就置身于混乱之中——只要问问赖因哈特就行了,他可是混乱的能手——或是想象之内。这也是我在地窖里悟到的，而不是靠使我的知觉麻木后学来的，虽然别人看不见我，我可不是个瞎子。

真的，世界和过去一样具体、卑下、邪恶、崇高、美妙，只是我现在对它跟我的相互关系有了更深一层的理解。过去，我充满幻想，我从事社会活动，而我行动的出发点是世界以及世界上的一切关系都是实实在在的，打那时起，我已尝尽人生的酸甜苦辣。现在我明白人与人各不相同，生活中千人千面，而这正说明了真正的健康。因此我还得在洞里住下去，因为在地面上越来越盛行要求人们整齐划一。我的噩梦并不虚幻，杰克和他的喽啰正拿着刀子等待时机，寻找一丝一毫的借口想……这么说吧，"上蹿下跳"（我可不是指那种古老的舞步），说实在的，他们的行动正在使那只古老的鹰①摇摇欲坠。

这种热衷于整齐划一的风气究竟从何而来呢？——这个世界本来应该是丰富多彩的嘛。只要人能保持其多种成分，我们就不会变成暴君式的国家。如果他们坚持主张整齐划一，结局不外是迫使我这个别人看不见的人变成白人，而白色实在不是什么颜色，而是缺乏任何颜色。我何必拼死拼活要变成无色人呢？不过正经的，如果真的发生这种事，想想这个世界所受的损失吧，我说这话可不是因为我媚上欺下。美国是由许多根线织成的，我可以把一根根线分辨出来，却不必把它们弄乱。"胜者无利"——这不仅仅在我国是伟大的真理，其实在别国也一样。人的一生应该一天天地度过，却不应该受人控制；只有面对劣势坚持不懈，才能获得人性。我们的命运是"一"与"多"的统一——这不是预言，而是翔实的描述。所以当今世界上最有趣的莫过于一方面我们看到白人整天忙忙碌碌，因为他们生怕变黑，可是又逃脱不了一天天黑起来的命运；另一方

---

① 此处指美国国徽上的那只展翅的秃头鹰。

面黑人在为变白而奋斗，结果并不妙——变成了阴沉沉的灰色。在我们中间谁也不认识这个人是谁，在往哪儿走。

这使我想起有一天在地铁里发生的一桩事。一开始我只以为是一位老绅士一时迷了路。我之所以知道他迷路，是因为我朝月台上望去的时候，看见他几次走近别人后又一言不发地转过身来。我寻思：他迷路了，他会一直走来，只要他看见我，就会向我打听方向。说不定他以为跟一个陌生白人说他迷了路不太好意思。或许不知道自己的**所在地**意味着不知道自己是谁。就是这么回事，我心想，失了方向等于失了面子。所以他来向一个看不见的人、无所适从的人问话。好吧，我已学会了没有方向感也能生活。让他问吧。

可是在几步路以外我认出了他，是诺顿先生。这位老绅士比过去消瘦，满脸皱纹，不过照旧衣冠楚楚。他的出现使我往昔的生活一下子掠上心头，我笑了笑，泪花在眼睛里隐隐作痛。然后，这种心情转眼即逝。他向我打听如何去中央大街，这时我打量了他一番，心中说不出什么滋味。

"你不认识我了？"我说。

"怎么了？"他说。

"你看得见我？"我紧张不安地盯着他。

"嗨，当然啰——先生，你知道去中央大街怎么走吗？"

"噢，上次是金日酒家，这次是中央大街。你境况不如从前了，先生。不过你难道不认识我？"

"年轻人，我有急事，"他说着把手掌拢在耳边，"我干吗一定要认识你呢？"

"因为我是你的命运。"

"什么？我的命运？"他发愣似的呆望着我，一边朝后退去，"年轻人，你怎么啦？你说我该搭哪路车来着？"

"我根本没说过，"我说着，摇摇头，"喂，你怎么不害臊？"

"害臊？**害臊**？"他发火了。

我蓦地想起这念头很有意思，不禁哈哈大笑。"因为，诺顿先生，如果你不知道你在**哪儿**，你就有可能不知道你是**谁**。因此你问我的时候有点害臊。你是害臊了，你说是不是？"

"年轻人，我在这个世界上活了很长时间，已经不会为了什么事而害臊了。你是不是肚子饿得有点脑袋不灵了？你怎么知道我的名字？"

"可是我是你的命运，是我造就了你。我为什么不该认识你呢？"我边说边向他逼近，只见他背倚廊柱，像只困兽似的四下张望。他以为我是个疯子。

"甭怕，诺顿先生，"我说，"月台那一头有个警卫。你很安全。坐哪路车都成；它们全都去金日……"

不料一辆快车滚滚而来，老头儿手脚倒还灵巧，转眼间就消失在车厢里。我站在那儿歇斯底里地笑着。走回洞里的时候也一路在笑。

我笑够了，不禁又回到原先的思路上——这一切怎么发生的？我反问自己，这是不是只是一场玩笑，可是我答不上来。打那个时候起，我有时会心血来潮，急切想回到梅森-狄克逊线① 南部的所谓"黑暗的心"② 地区去，不过转眼一想，真正的黑暗还是在我的心头，于是这念头就消失在朦胧之中了。不过那急切之心依然不减，有时我感到需要再一次认识和肯定这一切：那一片多灾多难的土地，那土地上一切可爱的和不可爱的东西；因为这一切已经溶化在我的血肉之中。然而，到目前为止，我能说的仅限于此了，因为从不可见的洞口望出去，一切生活都是荒谬的。

---

① 梅森-狄克逊线指宾夕法尼亚州和马里兰州之间的州界线，南北战争前被认为是蓄奴州和自由州的分界线，现在则被认为是美国南北部的分界线。
② 英国作家约瑟夫·康拉德（1857—1924）曾以此为题写过一篇描写非洲的中篇小说，原指非洲的腹心地区刚果。

那么，为什么我情愿折磨自己，把这一切写下来呢？因为我不由自主地学到了一些道理。如果没有行动的可能性，一切知识最终只能贴上"归档忘却"的标签，而我所学到的既无法归档，也不能忘却。况且有些念头也不会把我忘却，它们与我的怠惰、自满过不去，老是在我耳朵边嘀嘀咕咕。何必非轮到我去做这个噩梦？我何苦像一件牺牲品一样被人家往边上一摆——难道不是因为至少我可以把我所学到的**告诉**给一些人听？看来我是无路可逃了。这里，我摆出了架势，要把我的愤怒向全世界宣告，而现在既然我已差不多写下了全部故事，昔日那扮演角色的劲头又回来了，因此我又被拉向地面上去。这么一来，我还没写完就败下阵来了。（说不定是因为我的怒火太旺，也可能因为作为一个演讲人，我习惯于过多的辞藻。）总之我失败了。其实写书这一想法本身就使我困惑不解，它打消了我一部分愤怒，一部分辛酸。现在的情形是我又在谴责，又在维护，或者说做了要维护什么的准备。我责备这个，肯定那个，一会儿说不，一会儿说是；一会儿说是，一会儿说不。我谴责，因为虽然我也卷了进去，而且应负部分责任，我受到的伤害使我感到了揪心的痛苦，到了别人看不见的程度。我也在维护什么，因为尽管有种种不幸，我发现我充满了爱。要把一些东西写下来，我就**不得不爱**。我并不是向你兜售虚假的宽恕：我已经山穷水尽，什么都顾不得了——不过，在你回顾一生时，除非爱和恨在你的看法中比重相当，否则你就会失去太多，而且你一生的意义也将化为乌有。因此我把我的一生掰成两半。因此我既谴责也维护，既有恨也有爱。

也许就因为这一点，我才有点像祖父那样像个人。有一次我还以为祖父不可能就人性问题进行思考的，可是我错了。否则为什么一个老奴隶会用这样的词句："这个，还有这个，或者那个使我更像个人。"如同我在竞技场上讲的一样呢？见鬼，他可从来不曾怀疑他像个人——如果有什么怀疑，他也已经留给他"自由"的子孙了。

他对他的人性从不置疑，正如他从不怀疑原则一样。人性属于他个人，而原则在人世间亘古永存，尽管以不同的面貌出现，而且不同得荒谬可笑。现在既然我把这一切写成了书，在这个过程中我也就把手中的法宝丢了。你不会相信我是别人看不见的了，这么一来你就无法理解为什么适合你的原则也同样适合我。你不会理解的，即使威胁你说：你不理解的话，你我都得死。尽管如此，我已丢了法宝这一点使我下了决心。蛰伏期已经结束。我必须蜕去旧皮，上来透透气。空气中臭烘烘的，因为我远在地下深处，说不上是死亡的腐臭还是春天的气息——我希望是后者。但是，别让我耍了你，春天的气息里也**有**死亡，就像你我的气息中都有死亡。即使不为人所见的处境没教会我别的什么，它至少教会我的鼻子如何将各种死亡的臭气加以分类。

我到地下居住后，把什么都丢了，唯独心灵没有丢，**心灵**。而心灵，在设计出了一种生活方案的同时，绝不能忘了这个方案产生时一片混乱的背景。这个道理对社会、对个人都一样。那一片混乱源于你们的信念形式之中，而我写书却想使这一片混乱也具有一定的形式。我这样做了以后就必须出来，必须露面。而我心中还有一分矛盾：我有一半自我和路易斯·阿姆斯特朗在一起，它说"开开窗，把脏空气放出去"，而另一半却说"啊，快收获了，这玉米绿得真可爱"。当然，路易是在开玩笑，他不会把脏空气放出去的，因为这么一来，音乐舞蹈全毁了；靠了脏空气，小号的喇叭口才会吐出绝妙音乐，而这才是至关紧要的。脏空气无所不在，它以千姿百态的面貌在那儿奏乐跳舞，而我得到地面上来，以我的千姿百态来奏乐跳舞。我刚才说了，我已经下了决心。我正在蜕去旧皮，准备把它留在洞里。我就要出来了，没有旧皮，别人还是看不见我，不过总算是在往外走。而且我以为时机正好。细想起来，甚至蛰伏也不能太过分了。也许这是我对社会所犯的最严重的过失：我蛰伏得太久了，因为即使一个看不见的人说不定也可以在社会上扮演重要角色。

"啊，"我听得见你说了，"这么说来，这一切都是在骗人。他这个人神经不正常，胡扯一通，我们可听腻了。他只是要我们听他胡言乱语！"这话只对了一半：我这个没有实质的看不见的人，讲起话来声音空空荡荡，我还能干别的什么？在你的视线对我视而不见的时候，我除了想告诉你一些真情实况以外，还能干什么呢？我所害怕的正是：

谁知道我不是在替你说话，尽管我用的调门比较低？